KB275987

FRANZ KAFKA
THE DRAWINGS

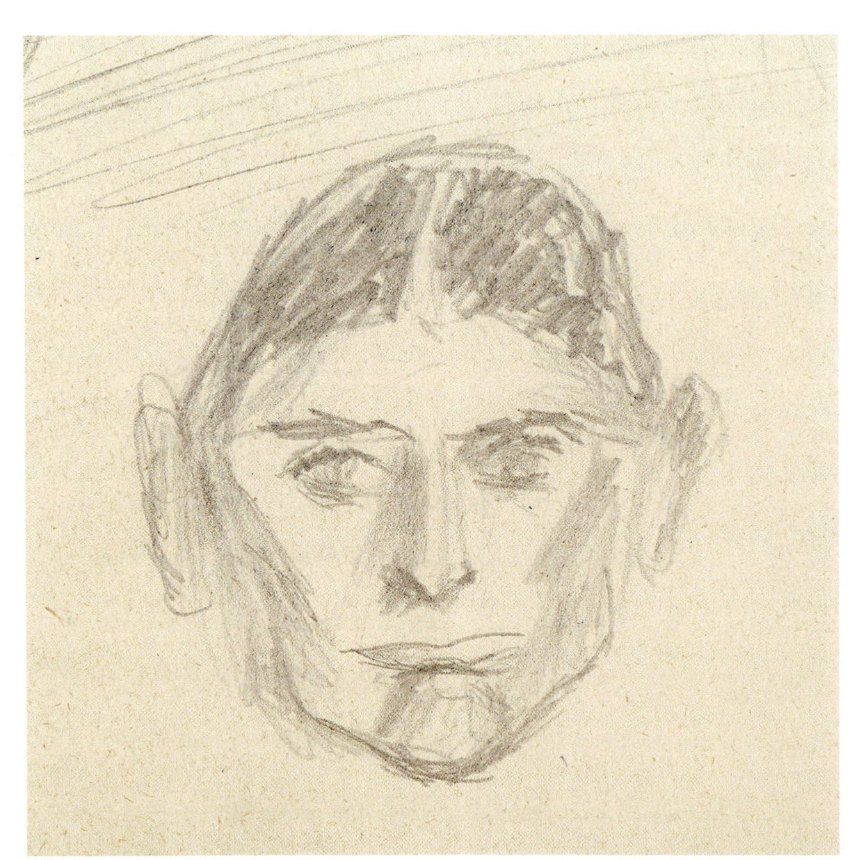

프란츠 카프카의 그림들

안드레아스 킬허 편저

민은영 옮김

FRANZ KAFKA

THE DRAWINGS

일러두기

1. 단행본과 정기간행물은 『 』, 논문, 글, 단편소설은 「 」, 그림, 일간지는 〈 〉로 표시했다.
2. 인명, 지명 등 외래어는 국립국어원의 외래어표기법을 최대한 따랐다. 단, 일부 인명은 국내에서 일반적으로 통용되는 표기를 사용했다.
3. 본문 하단의 각주는 모두 옮긴이주다.
4. 본문 중 고딕체는 원서에서 이탤릭체로 강조한 부분이다.

차
례

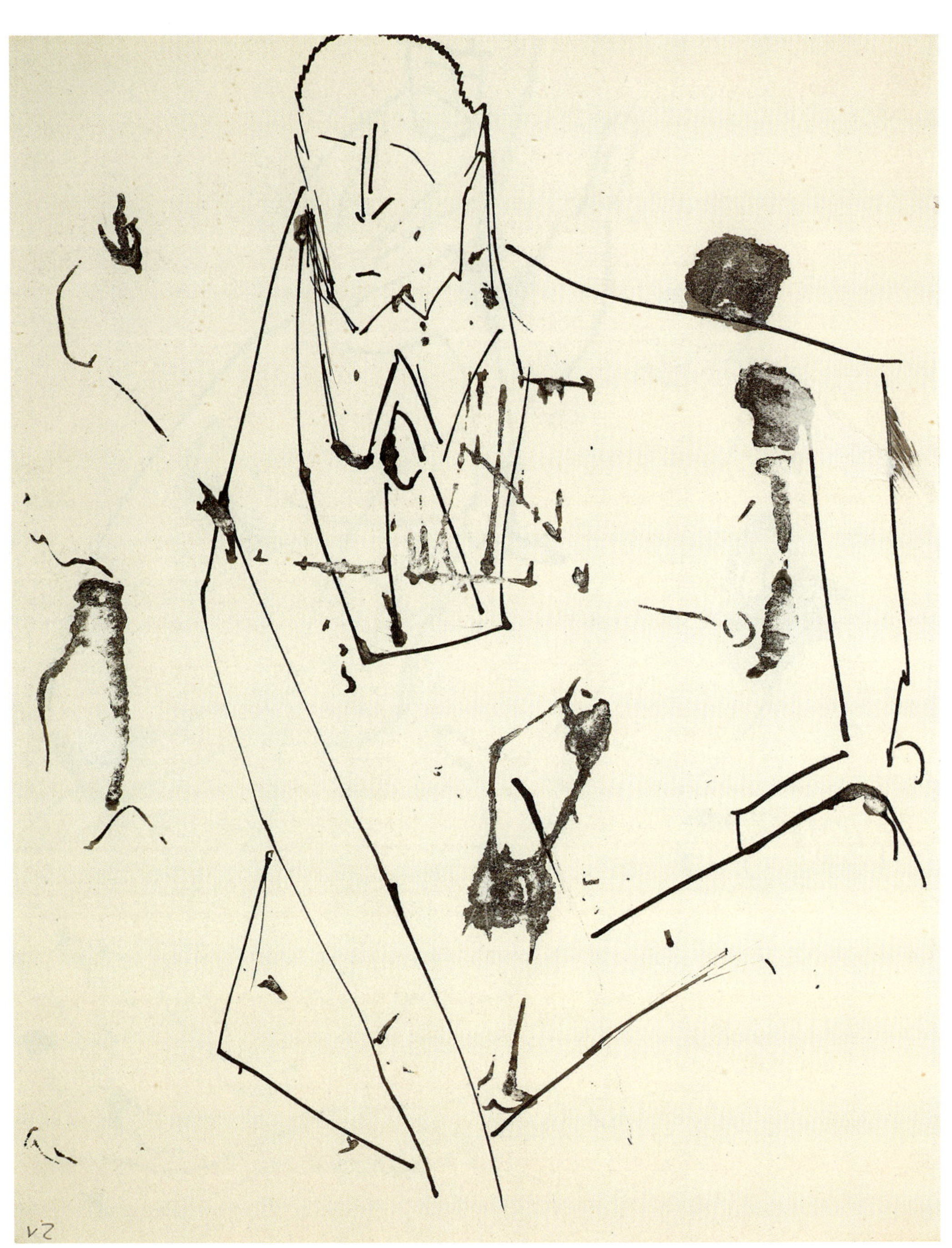

카프카의 그림에 얽힌 역사와 법적 분쟁

안드레아스 킬허

시각예술가로서의 카프카. 오늘날까지 이 주제는 본격적으로 고찰할 가치가 별로 없어 보였다. 우리의 역사적 인식 안에서 화가 카프카는 작가 카프카에게 뚜렷이 종속되는 역할이었고, 부분적으로 이는 우리가 늘 카프카에 대해 떠올린 이미지가 불충분한 것이었다는 사실에 기인한다. 최근까지 우리가 접할 수 있었던 카프카의 그림이 대략 마흔 점의 스케치에 불과해 그 수효가 비교적 적었기 때문이다. 그리고 얼마 안 되는 공개된 그림 중에서도 널리 알려진 것은 1950년대 이후 출간된 카프카 작품의 페이퍼백 판본에서 표지 삽화로 주로 사용된 몇 작품에 불과하다.

2002년 닐스 복호버와 마레이커 판도르스트는 위트레흐트에서 당시 구할 수 있었던 카프카의 그림을 『마침내 위대한 화가로: 시각예술가로서의 프란츠 카프카 *Einmal ein großer Zeichner: Franz Kafka als bildender Künstler*』라는 책을 통해 소개했고, 이어 2007년 프라하의 비탈리스 출판사에서 영문판(『*A Great Artist One Day: Franz Kafka as a Pictorial Artist*』)을, 2011년에는 독일어 증보판을 출간했다. 하지만 이 책은 결코 카프카 그림의 충분한 목록이라고 할 수 없다. 첫째로 질적인 측면에서 보면, 수록된 그림 마흔한 점은 원본에서 직접 복제한 것이 아니다. 둘째로 양적인 측면에서 보면, 선집에 포함된 (복호버와 판도르스트의 표현대로) "작가의 그림들"은 최근에야 공개된 훨씬 더 광범위한 카프카 작품 목록의 존재를 모른 채로 선정한 것이기 때문이다. 같은 이유에서, 카프카의 그림에 관한 기존의 학술 연구 역시 불충분하기는 마찬가지다.

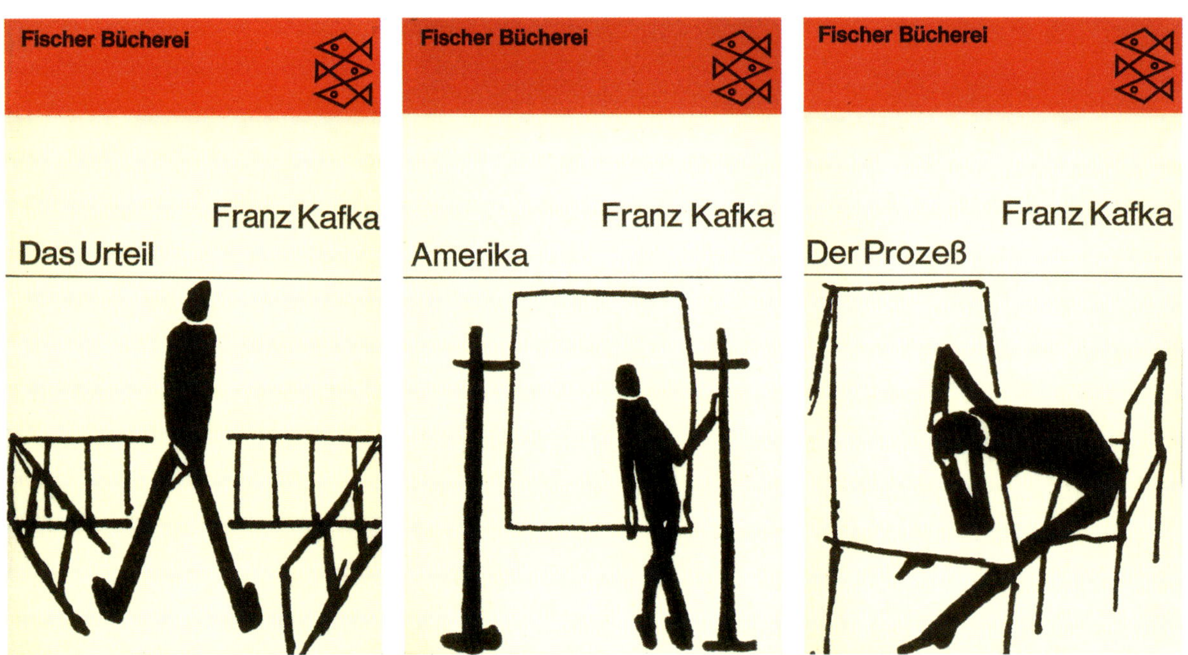

S. 피서 출판사 판본의 카프카 작품들. 『선고』(1952), 『실종자』(1956), 『소송』(1960)

1979년 『카프카 편람 *Kafka-Handbuch*』에 수록된 「소묘화」라는 글이 카프카의 창작물에 포함된 시각예술 작품을 처음으로 다루었을 때, 이 글의 저자인 미술사학자 볼프강 로테는 자신이 아는 작품의 수가 수록 지면을 기준으로 "십여 페이지가 조금 넘을 뿐"[1]이라고 밝혔다. 최근 몇 년 사이에 적어도 두 편 이상의 논문을 포함해,[2] 카프카의 그림에 관해 더 많은 연구가 진행되고 있지만, 과거에 알려진 마흔여 점의 작품에만 근거한 이 연구들 역시 신뢰성이 낮고 불완전한 원천 자료에 기댈 수밖에 없었다. 이처럼 자료가 불충분했던 이유는 카프카의 그림 대다수가 수십 년간 접근이 완전히 차단된 문학 유고 안에 포함되어 있었기 때문이다. 그러므로 이 유고는 알려지지 않은 카프카 작품의 마지막 보고寶庫라 해도 과장이 아니다.

　　문제의 유고는 원래 ― 카프카의 가족이 아니라 ― 막스 브로트의 소유였으며, 최근까지는 브로트의 상속자이자 비서였던 일제 에스터 호페의 사유재산으로 철저히 관리되어왔다. 그 외 모든 카프카의 원고는 작가 사후에 이미 출간되었거나 현재 출간이 진행중이며, 여기에는 카프카가 사망한 1924년 이후 브로트가 발표한 판본들부터 시작해 다음의 두 비평본이 포함된다. 첫번째는 1982년부터 S. 피서 출판사가 원고 Schriften, 일기 Tagebücher, 편지 Briefe로 구분해 출간한 비평본 시리즈이고, 두번째는 1997년부터 발슈타인 출판사(그 이전에는 스트룀펠트 출판사)가 발행한 수기 원고Handschriften, 인쇄물Drucke, 타자 원고Typoskripte의 전작 역사비평본이다. 이들 원고와 달리 이전까지 개인 소유였던 일부 유고는 2019년 중반부터 비로소 공개되기 시작했는데, 이는 십여 년에 걸친 이례적인 법적 분쟁 끝에 2016년 이스라엘 대법원이 호페와 그의 상속자들이 주장한 소유권을 부정하고 카프카의 유고를 예루살렘의 이스라엘국립도서관에 이양하라는 판결을 내린 결과였다. 이처럼 복잡한 분쟁의 이력이 있으므로, 카프카의 그림들이 어떤 경로로 전달되어왔는지 그 역사를 상세히 재구성해볼 가치가 있다.[3]

카프카의 그림이 전달된 과정

카프카의 친구 막스 브로트는 카프카의 문학작품 원고뿐만 아니라 그림까지도 완성 직후부터 수집해 보존했다. 특히 1901년에서 1906년까지 ― 프라하의 독일대학교[•] 학생이면서 문학 작가의 길도 탐색하던 시기에 ― 카프카는 소묘를 연습하고 소묘화 수업을 들었으며, 미술사 강의도 수강하고, 프라하의 미술계와 인맥을 쌓기 위해 노력했다.[4] 카프카의 그림에서는 진지한 열의가 분명히 드러나지만, 본인은 자신의 작품을 보존할 가치가 없다고 보았다. 하지만 역시 1900년 즈음 미술에 뜻을 품고 그림 작업을 시도하면서 당대 예술가들을 후원하고 작품을 선별적으로 수집하던 브로트에게 카프카의 작품은 강렬한 호소력을 발휘했다. 브로트는 카프카의 그림뿐만 아니라 본인의 작품과 그 밖에 수집한 미술품들을 평생 보존했다. 저서 『프란츠 카프카의 신앙과 학설 *Franz Kafkas Glauben und Lehre*』(1948)의 부록에서 브로트는 다음과 같이 썼다. "그는[카프카는] 자신의 문학작품보다 스케치 작품에 훨씬 더 무관심했다. 어쩌면 적대적이었다는 표현이 더 적절할 것이다. 내가 구해내지 않은 그림은 전부 폐기되었다. 나는 그에게 '그 낙서들'을 달라고 하기도 했고, 직접 휴지통에서 건져내기도 했다 ― 사실, 내가 그의 법학 강의 노트 여백에서 잘라낸 것도 많다."[5]

카프카는 자신의 그림을 이처럼 소홀히 다뤘지만, 1921년 작성한 유언장에서 유산을 서술할 때 따로 언급할 정도의 의미는 두었다. 유언장에서 그는 "글"뿐만 아니라 "그림"까지 지목해 두 가지 다 폐기해달라고 요구했다.

[•] 카프카가 재학했던 카를페르디난트대학교(카를로바대학교)는 당시 독일어 부문(독일대학교)과 체코어 부문(체코대학교)으로 나뉘어 있었다.

소중한 막스, 나의 마지막 요청이네. 내가 남기고 가는 물품 안에서(다시 말해, 책장, 이불장, 집과 사무실의 책상, 그 외에 어떤 곳에서든) 일기와 원고, 내가 쓰거나 받은 편지, 그림 등을 발견하면 보지 말고 모조리 태워주길 바라네. 자네가 갖고 있거나, 나 대신 다른 이들에게 달라고 해서 입수할 수 있는 글과 그림도 부디 똑같이 처리해주게······ 그럼 이만, 프란츠 카프카.[6] [강조 표시는 저자 추가]

카프카도 충분히 예상했겠지만, 브로트는 그러한 '헤로스트라투스'● 같은 행위를 이행하길 거부했고, 이는 타당한 판단이었다. 그는 오히려 카프카의 글뿐만 아니라 그림도 최대한 꼼꼼히 보존했다.[7] 그는 외적 위협으로부터, 특히 (나치의 선전에 사용된 표현대로) "체코슬로바키아의 소멸"이 일어난 1939년 3월 15일 이후 나치의 손아귀에서 카프카의 유고를 여러 차례 구해냈다. 체코슬로바키아가 점령된 바로 그날, 아슬아슬했던 그 마지막 순간 브로트는 콘스탄차를 경유해 팔레스타인으로 가는 극적인 탈출에 나섰다 ─ "카프카의 유고 전부를 여행가방에 넣어 직접 지닌 채로. 그래서 그 원고들은 나와 함께 처음에는 기차를 타고 흑해 연안의 콘스탄차로 갔다가, 루마니아 국적 선박에 올라 다르다넬스해협과 에게해를 지나 텔아비브로 가는 여정을 거쳤다."[8] 브로트는 팔레스타인에 도착한 뒤 카프카가 자신에게 남긴 원고뿐만 아니라 카프카의 상속자인 조카딸 네 명, 즉 카프카의 여동생 발레리에('발리')와 오틸리에('오틀라')의 딸들에게[9] 상속된 일부 원고도 자택에 보관했다. 이후 1940년에는 안전상의 이유로 이 유고들을 출판인이자 수집가인 잘만 쇼켄의 도서관으로 옮겼다. 쇼켄은 1934년 베를린에서 예루살렘으로 이주한 상태였다. 브로트는 이주 직전 카프카 작품의 초판을 편집해 엮은 『저작집 *Gesammelte Schriften*』(1935~1937, 총 6권)을 당시 아직 베를린에 있던 쇼켄의 출판사를 통해 출간했다. 쇼켄은 1934년 2월 26일 카프카의 어머니 율리에로부터 그의 작품에 대한 전 세계 판권을 확보했다. 1937년 브로트는 "추억과 문서 *Erinnerungen und Dokumente*"라는 부제를 붙인 카프카의 전기를 완성했으나, 1935년 이미 나치 제국문학원으로부터 출간 금지를 당한 터라 프라하의 출판인 하인리히 메르치 존을 통해 이 책을 발표했다. 첫번째 카프카 전기로서 수십 년간 권위를 누리게 될 이 책의 끝부분에서 브로트는 최초로 소묘화 두 점과 작은 스케치 여섯 점 모음을 소개하여(작품 번호 56, 68, 113~118) 이전까지 알려지지 않았던 카프카의 일면을 드러냈다. 이 그

● 후세에 이름을 남기기 위해 아르테미스 신전에 불을 지른 고대 그리스의 인물.

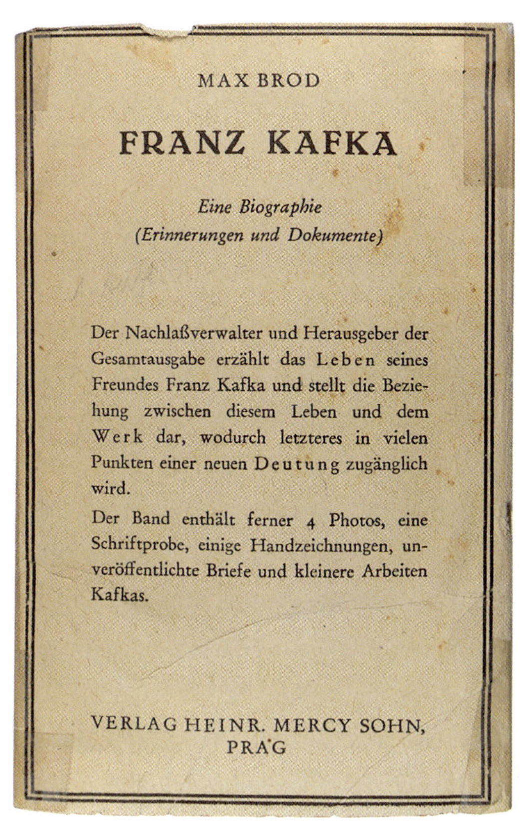

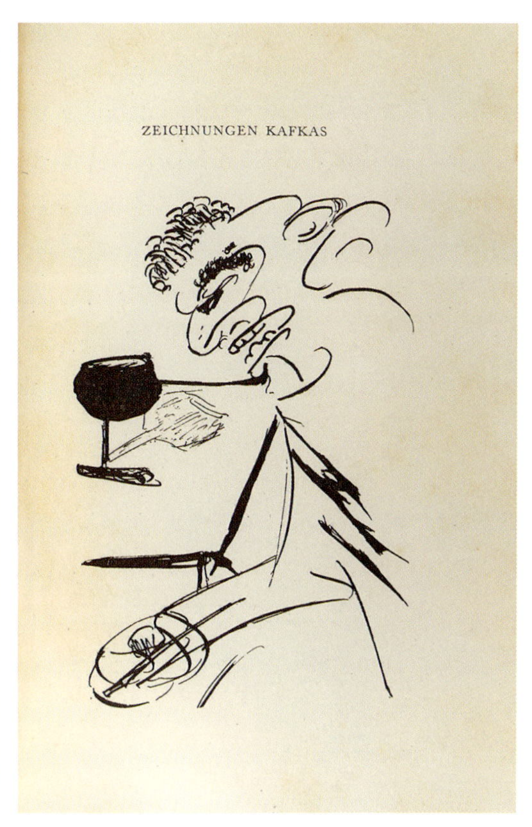

막스 브로트, 『프란츠 카프카: 전기』(1937), 표지와 내지 삽화

림들은 책표지에서 다음과 같이 홍보되기도 했다. "이 책에는 카프카의 사진 네 점과 손글씨 샘플 한 점, 소묘화와 미발표 서간문, 단편 작품 등이 포함되어 있다."

하지만 쇼켄의 도서관에 맡겨진 후에도 카프카의 유고가 거쳐온 긴 여정은 아직 끝나지 않았다. 1956년 가을 수에즈 위기•가 발생하면서 이스라엘이 위태로워지자, 브로트와 쇼켄은 이스라엘에서 스위스로 유고를 옮겼고, 브로트는 자신이 보관중인 유고를 취리히의 스위스은행(지금의 UBS) 금고 네 곳에 나누어 맡겼다. 카프카의 상속자들이 소유한 주요 유고가 쇼켄의 금고에 보관된 것은 단 몇 년 동안이었다. 1961년 카프카의 조카 마리안네 스테이네르(발리의 딸 중 하나)의 요구에 따라, 옥스퍼드대학교의 독일문화 연구자인 맬컴 페이즐리가 카프카의 가족 소유 유고를 옥스퍼드의 보들리언도서관으로 가져갔고, 해당 유고는 현재까지 그곳

● 제2차 중동전쟁. 이스라엘이 이집트를 침공하고 이어 영국과 프랑스가 개입한 군사적 충돌 사건.

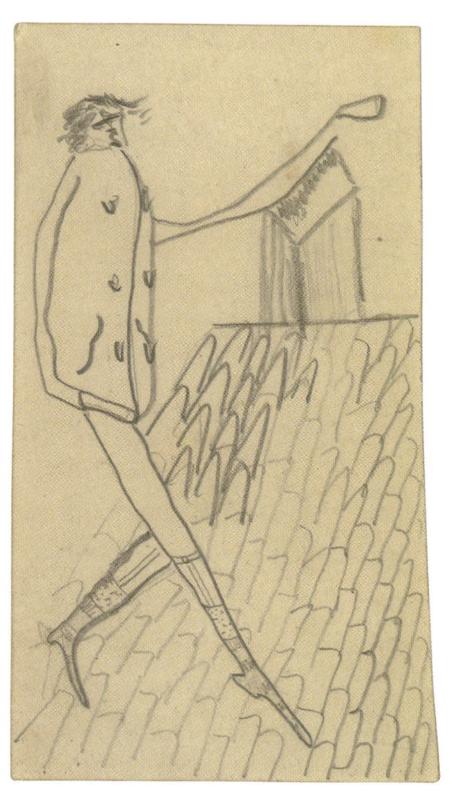

막스 브로트, 『프란츠 카프카의 신앙과 학설』(1948)의 표지 | 책에 수록된 소묘화 중 한 점, 브로트는 이 그림을 1952년 알베르티나미술관에 팔았다.

에 남아 있다. 하지만 브로트의 소유였던 원고는 취리히의 금고 네 곳에 계속 보관되었다. 여기 포함된 문서에는 카프카와 브로트가 주고받은 편지와 카프카가 브로트에게 전달한 여러 원고 — 1920년에 건넨 『소송』, 그리고 집필을 끝내자마자 건넨 「어느 투쟁의 기록」과 「시골에서의 결혼 준비」— 뿐만 아니라 브로트가 수집한 카프카의 소묘화들도 있었다.

이후 문학 원고들은 여러 출판사에서 하나둘씩 출간되었지만 그림은 대부분 미공개 상태로 취리히의 금고 속에 남아 있어 대중의 접근이 불가능했다. 브로트는 자신이 카프카에 대해 쓴 글에 견본 이미지를 가끔 한 점씩 끼워넣을 뿐이었는데, 그 첫번째 사례가 앞서 언급한 연구서 『프란츠 카프카의 신앙과 학설』로, 여기에 그림 네 점(작품 번호 9, 52, 74, 125)이 새로 실렸다. 이 연구서의 부록에 실린 브로트의 글 「삽화에 대하여」는 카프카의 그림과 관련해 매우 유익한 정보를 제공한다. 이 글에서 그는 자신이 여전히 많은 카프카의 그림을 소장하고 있으며, 이를 출간할 생각이라고 분명히 밝혔다. "내게는 아직 많은 그림이 있고, 언젠가 이 그림들을 카프카 포트폴리오로 선보일 것이다."[10] 브로트가 이 책에 수록된 그림 네 점 중 두 점(작품 번호 52, 74)을 1952년 10월에 빈의 알베르티나미술관에 팔았다는 사실도 주목할 만하다. 이 이례적인 행위는 카프카의 그림을 저명한 미술관의 소장 목록에 포함시켜 작품의 예술적 지위를 확립하고 명망을 높이려는 의도였을 것이다. 브로트가 두 그림을 얼마 안 되는 가격인 미화 백오십 달러에 팔았다는 사실이 이러한 결론을 뒷받침한다.[11]

그림 전작을 모아 "카프카 포트폴리오"를 만들겠다던 1948년의 계획과는 달리, 브로트는 이후로 오랫동안 카프카 그림의 인지도를 높이려는 노력을 이따금 제한적으로만 기울였다. 가장 주목할 만한 점은, 브로트가 자신이 편집한 카프카의 작품들과 직접 쓴 카프카 전기를 1950년대에 기존의 쇼켄 출판사에서 S. 피셔 출판사로 옮겨 발간했을 때, 이미 발표된 그림들 외에 새로 몇 점의 그림을 추가했다는 사실이다. 1954년 피셔 출판사에서 나온 그의 카프카 전기 제3판에는 새로운 그림이 세 점(작품 번호 4, 41, 80) 포함되었다. 카프카의 일기 초판(1951)에는 일기 노트 지면에서 가져온 그림이 두 점(작품 번호 137, 138) 포함되었다. 마지막으로, 1966년 브로트가 카프카를 주제로 이전에 발표한 긴 글을 모두 모아서 "프란츠 카프카에 대하여 *Über Franz Kafka*"라는 제목으로 '피셔 뷔혀라이 Fischer Bücherei' 시리즈의 페이퍼백 저서를 출간했을 때, 그는 또다시 미발표 그림 네 점(작품 번호 6, 66, 67, 75)을 추가했다. '그림 부록'에는 작은 스케치 여섯 점 모음(작품 번호 113~118) 외에도 총 열한 점의 소묘화가 수록되었다.

1947년 이후의 소유권

브로트는 결국 "카프카 포트폴리오"를 만들겠다는 1948년의 계획을 실천하지 않고 다양한 상황에서 그림을 따로따로 발표했는데, 이는 직접 수집한 카프카의 원고와 그림을 포함한 브로트 문서의 소유권을 둘러싼 사정이 그의 생전에도 이미 복잡했기 때문이기도 하다. 그러나 당시에는 그런 상황이 명확히 드러나지 않았다. 예를 들어,『프란츠 카프카에 대하여』초판의 판권에는 다음과 같이 모호하게 쓰여 있다. "카프카의 그림은 판권 보유자의 허가를 받아야만 복제할 수 있다." 하지만 브로트가 사망한 1968년 12월 20일 이후의 판본들에는 판권의 소재가 명시되었다. 1974년의 개정판에는 다음과 같은 공지가 있다. "이 책의 무단 전재 및 무단 복제를 불허함/ 특히 프란츠 카프카의 그림에 대한 판권은/ 텔아비브의 일제 에스터 호페가 소유함/ Copyright © 1974 Ilse Esther Hoffe."

막스 브로트가 일제 에스터 호페 앞으로 쓴 증여 문서, 1947년 3월 12일 (이스라엘국립도서관)

　　사실 브로트는 자기 소유의 문서를 사후에 호페에게 넘긴 것이 아니라, 생전에 이미 증여한 상태였다. 이런 일이 어떻게 이루어진 것일까? 최근에야 공개된 브로트의 문서에는 우리가 이 중대한 증여 과정을 재구성할 수 있게 해주는 서류가 포함되어 있다. 이 과정은 1947년 3월 12일과 1952년 4월 2일에 작성된 두 편의 '증여 문서'에 기록되어 있다. 아울러 브로트는 서류철에 "이것은 에스터 호페의 자산임"이라고 적고 날짜와 서명을 남겨놓았다. 호페 역시 두 번 다 "이 선물을 받아들임"이라고 인수를 확인하는 문구를 적고 날짜와 서명을 기록했다. 첫번째 증여는 "나의 카프카 유고 중 서류철 네 개"만을 포함했지만, 두번째 증여는 "내가 소유한 카프카의 원고와 서신 전체"를 망라했다.[12] 하지만 첫번째 증여 문서조차도 앞부분에 "그림"에 대해 명확히 언급한다. "친애하는 에스터, 나의 카프카 유고 중 서류철 네 개를 당신에게 증여합니다. 여기에 포함된 것은, 첫째로 그림⋯⋯"

　　즉 카프카의 유고는 취리히로 이송되던 1956년 가을에도 이미 브로트가 아니라 호페

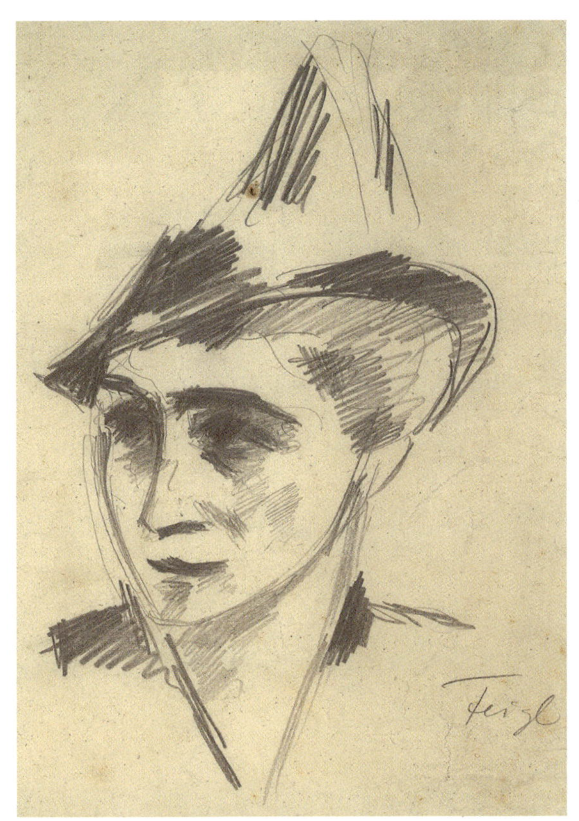 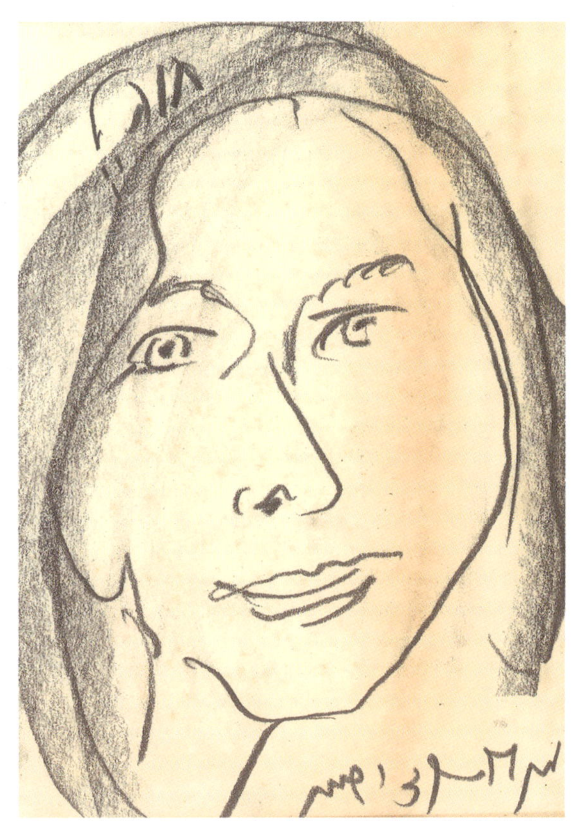

프리드리히 파이글, 〈엘사 브로트〉 | 메나시 카디시만, 〈에스터 호페〉 (브로트의 소장품 중에서)

의 소유였다는 뜻이다. 하지만 브로트는 이 사실을 공개하지 않고, 죽을 때까지 계속 유고가 자신의 소유인 양 행동했다. 과거를 잠시 살펴보면 확실히 알 수 있듯, 호페에게 유고를 증여한 것은 당연한 귀결이 아니었다. 1938년 11월 30일, 나치 독일의 위협이 점점 심각해지고 있을 때 브로트는 프라하에서 토마스 만에게 편지를 보내 카프카의 유고를 프린스턴으로 가져가겠다는 의사를 밝혔다. "저는 프란츠 카프카의 미발표 원고 전체를 그곳으로 가져가 편집하고, 카프카 기록보관소를 설립하려 합니다."¹³ 하지만 열성적 시온주의 사상에 따라 브로트는 1939년 미국이 아니라 팔레스타인으로 이주했고, 텔아비브의 하비마극장에서 극작가로 일하며 작가와 언론인 활동도 병행했다.

　　브로트가 자신의 전 재산과 문서를 결국 호페에게 남긴 건 무엇보다 개인적인 이유에서였다. 에스터 호페는 남편 오토 호페와 함께 역시 1939년 프라하를 탈출해 파리를 거쳐 텔아비브로 갔다. 브로트는 아내 엘사(혼전 성은 타우시크)가 세상을 떠난 1942년 히브리어 수업에

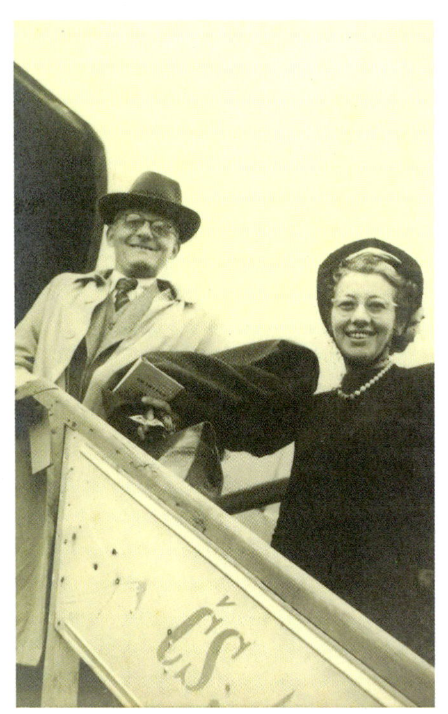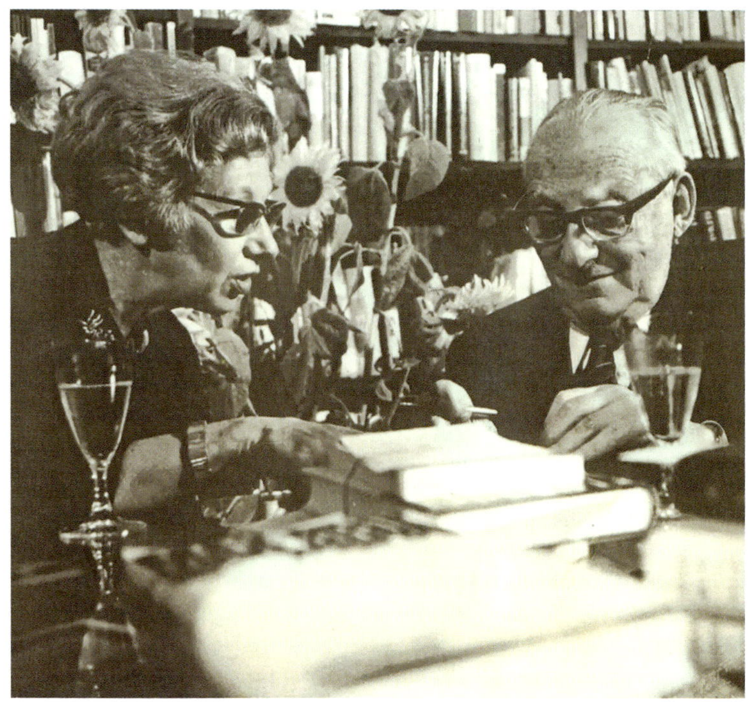

막스 브로트와 일제 에스터 호페, 1950년경 | 함께 서재에서, 1965년경 (호페 가족 제공)

서 호페를 만났다.

　직접 시를 쓰기도 했던 호페는 1968년 브로트가 사망할 때까지 그의 저술과 언론 활동을 보조한 "비서"이자 "협력자"였다.[14] 호페는 텔아비브의 하야르텐가街 16번지에 있던 브로트의 아파트 안에 사무실을 두고 일했다. 그러나 브로트는 호페에게 급여를 줄 형편이 아니었고, 그래서 유고 증여는 호페의 노고에 대한 감사의 표현이기도 했다 — 실은 그것이 주된 이유였다. 게다가 브로트는 자식이 없었기 때문에 사적으로는 호페 가족의 일원이 되었다. 그는 호페의 딸 에바와 루트에게 두번째 아버지 같은 존재였고, 브로트 자신과 같은 해에 사망한 남편 오토와도 친구 사이였다—즉, 그들은 "트리오"를 이루었다.[15] 브로트는 자서전에서 유부녀 일제 호페와의 다면적인 관계를 묘사하며 그 중요성을 역설했다. 그는 호페에게 에스터라는 유대인의 이름을 붙여주었고, 에스터는 "과거에도 지금도 내게 단순한 '비서'를 훨씬 뛰어넘는" 존재라고, "나의 창조적 협력자, 가장 가혹한 비평가, 조력자, 동지이자 벗"이라고 썼다.[16]

　브로트는 생전에 행한 증여에 대해 유언장에도 기록했다. 그는 1948년과 1961년을 포함해 몇 차례에 걸쳐 유언장을 썼는데, 1948년 유언장에서 이미 호페를 "유일한 상속자"로 지정하여 "가구, 개인 물품, 서재, 문학과 음악학 문서, 원고" 등을 포함한 모든 것을 유증했다 (유언장 2절). 1961년 6월 7일 두번째로 작성한, 법적 구속력을 갖춘 유언장에서는 호페에게 유언 집행자이자 유산 관리자, 유일한 상속자로서 훨씬 더 포괄적인 역할을 맡겼다. 7절에서 브로트는 호페가 "나의 자산을, 그 소재所在와 종류를 막론하고, 전부 받을 것"이라고 선언한다. 카프카의 유고를 포함해 브로트의 문학 유산에 대해서는 11절에 언급되어 있다. 이 단락에서 브로트는 상속자로 호페를 지명할 뿐만 아니라 호페의 딸들을 모든 저작권의 수혜자로 지정한다. 동시에 호페가 실물 원고를 그것의 "보존을 위해" 이스라엘국립도서관 같은 기관에 전달해야 한다고 명시하며, "만일 일제 에스터 호페 부인이 생전에 다른 방안을 마련해두지 않았다면"이라는 단서를 달았다.[17]

호페는 이후 이 권한을 온전히 행사하게 된다. 1968년 브로트가 사망한 뒤 호페는 서서히 그의 유산 일부를 처분하기 시작했다. 먼저 카프카와 다른 작가들이 브로트에게 쓴 편지 여러 점을 1971년 함부르크에서 에른스트 하우스베델 경매소를 통해 경매에 내놓았다. 매매에 대한 비판적 여론이 일자 호페는 1974년 텔아비브 지방법원에서 자신의 상속 사실을 확정 지었다. 그 일이 성사되자 다른 작품들도 팔기 시작했고, 그중에는 출판인 지그프리트 운젤트가 구매하여 현재는 그의 아들 요아힘이 판권을 지닌 「어느 투쟁의 기록」이 포함된다. 마지막으로 판 원고는 『소송』으로, 1988년 11월 소더비 경매소에 나온 이 원고는 마르바흐의 독일문학기록보관소가 당시로서는 어마어마한 금액인 백만 파운드에 낙찰받았다. 그러나 호페는 그림만은 단호하고 일관되게 지켰다. 그리하여 그 그림들은 카프카 작품 전문가들 사이에 기대와 소문만 무성한 채 카프카 유고의 거대한 미지 영역으로 남아 있었다.

S. 피서 출판사는 1980년 카프카 작품의 비평본 출간에 착수해 최종적으로 카프카의 수기 원고 전체를 책으로 발행했다. 여기에는 UBS의 금고 네 곳, 즉 6577, 6222, 2690, 6588번 금고에 보관된 작품이 포함되었다. 이 프로젝트가 진행되는 동안, 호페의 요청에 따라 해당 금고의 내용물 전체를 목록으로 작성했고, 이 작업은 로베르트 발저 연구가인 베른하르트 에히테가 진행했다. 카프카의 그림은 6577번 금고의 내용물 목록에서 『소송』 원고 바로 뒤인 14번과 15번 항목으로 기록되어 있으나, 그림의 종류나 매수에 대한 설명은 없다.

14) - 카프카의 소묘화(원화) 여러 점이 담긴 갈색 봉투 한 개

15) － 카프카의 소묘화 여러 점을 촬영한 네거티브필름이 담긴 작은 봉투 한 개

　　　＋카프카의 무덤 사진 한 장

맬컴 페이즐리가 1987년과 1989년 "우정 *Eine Freundschaft*"이라는 제목으로 발간한 막스 브로트와 프란츠 카프카의 글 모음집 두 권에는 1909년에서 1912년 사이에 쓰인 여행 일기 같은, 종전에는 잘 알려지지 않았던 취리히의 금고 속 원고들이 포함되어 있다. 이 두 권의 책에는 브로트와 카프카가 여행 일기에 그린 미발표 스케치들이 담겨 있으나 브로트가 수집한 카프카의 다른 그림들은 실리지 않았다. 브로트가 "카프카 포트폴리오"의 자료로 모아둔 이 문서 꾸러미는 호페에게 예속되어 그녀가 2007년 9월 2일에 101세를 일기로 사망할 때까지 세상의 빛을 보지 못했다.

카프카의 그림을 출간하기 위한 노력(1951~1983)

　　이러한 복잡한 소유권 문제로 인해 그림에 대한 브로트의 처분권이 적어도 법적으로는 한정적이긴 했지만, 브로트는 남아 있는 카프카의 그림 전체를 출간하자는 제안을 1950년대부터 여러 차례 받았다. 이 제안들은 1948년 브로트가 표명했듯이 "언젠가 이 그림들을 카프카 포트폴리오로" 출간하겠다는 의도와도 일치했다. 하지만 바로 얼마 뒤 처음 기회가 찾아왔을 때 그 프로젝트를 무산시킨 것은 놀랍게도 브로트 자신의 변심이었다.

　　1950년대 초에 카프카의 그림 전체를 담은 책을 출간하자고 처음 제안한 사람은 프라하의 미술사학자 요세프 파울 호딘이었다. 1949년부터 1954년까지 호딘은 런던에 막 설립된 현대미술연구소의 연구실장이자 도서관장으로 일했다. 이 시기에 호딘은 브로트의 친구인 (그리고 예전에는 카프카의 친구이기도 했던) 프라하 출신 화가 프리드리히 파이글과 같은 동네에 살았고, 앞서 1948년에는 파이글이 추억하는 카프카에 대한 글을 문예지 『지평 *Horizon*』에 영문으로 처음 발표하기도 했다. 1951년 말에 브로트에게 연락한 호딘은 런던에서 카프카의 그림을 전시하자는 상대적으로 소박한 제안을 건네면서, 그림을 찍은 사진을 샘플로 보내달라고 요청했다.[18] 처음에 브로트는 제안에 응하여 자신이 최고라고 평가하는 그림 스물한 점을 선정했는데(작품 번호 4, 7, 8, 26, 28, 32, 38, 41, 45, 46, 47, 50, 54, 55, 77, 79, 80, 82, 83, 84, 138) 이중 다수는 당시 전혀 알려지지 않은 작품이었다. 그는 호딘에게 경비를 지원받아 텔아비브의 프리오르 포토

브로트가 요세프 파울 호딘을 위해 선정한 그림들에 제목을 붙여 정리한 목록 (이스라엘국립도서관), 브로트가 보낸 사진 스물한 장 중 스무 장만 목록에 기재되어 있다.

하우스에서 이 그림들을 촬영했고, 전략적으로 — 네거티브필름이 아니라 — 인화본을 선택해 편지와 함께 호딘의 인척인 아펠바움이라는 남성을 통해 호딘에게 전했다. 해당 필름과 그림 목록은 예루살렘에 있는 카프카의 유산에 포함되어 있으며, 뒷면에 브로트가 식별 정보를 기재한 스물한 장의 사진은 호딘의 유산으로 런던에 남아 있다. 브로트는 1954년 카프카 전기를 새로 발행하면서 이 그림 중 세 점을 실었다.

하지만 브로트는 1953년 8월 5일 사진과 함께 호딘에게 보낸 편지에서 이미 이 계획에 대한 심각한 의구심을 드러내기 시작했다. 예를 들어, 그는 "대부분 더럽고 구겨지고 찢어진 종이에 그려진" 카프카의 그림이 전시에 전혀 적합하지 않다고 걱정했다. 심지어 사진이 "원화보다 훨씬 더 좋은 인상을 준다"고 하면서, 그러므로 전시에는 주로 사진을 쓰고 원화는 극소수만 포함해야 할 것 같다고 했다.[19] 답신에서 호딘은 브로트의 우려를 가라앉히려고 갖은 노력을 기울였다. 부분적으로는 그런 목적으로 그는 화가 카프카의 명성을 구축할 훨씬 더 포괄적인 계획을 브로트에게 제시했다. 한 차례의 런던 전시뿐만 아니라 많은 수의 원화를 선보이는 국제전을 기획해 우선 현대미술연구소에서, 그다음에는 뉴욕과 바젤 등 예술계의 중심 도시들에서 전시회를 열자는 것이었다. 그와 더불어 "카프카의 그림 전체를 설명하는" 카탈로그 레조네*를 다국어로 작성하여 브로트와 다른 이들의 소론과 함께 즉시 출간하자고도 제안했다.[20]

인상적인 계획이었지만 브로트는 반년 동안이나 반응하지 않았다. 1954년 1월 6일 마침내 응답했을 때는 전보다 훨씬 더 미온적이었다. 이제는 원화를 전시한다는 발상을 완전히 배제하고, 그림들이 보존된 물리적 형태로 인해 — 특히 "대다수 그림이 노트 한 권에 담겨 있기 때문에" — 그 어떤 전시도 불가능하다는 새로운 주장을 펼쳤다. 게다가 그는 카프카가 아무렇게나 뚝딱 그린 스케치가 대중에 공개되면 완전한 "망신거리"가 될까봐 두려워했다. "책을 내는 계획" 정도는 논의할 수 있다고 했지만, 브로트는 이 프로젝트보다 작가로서 자신의 일을 앞세우기 급급했다. 이로써 그가 국제 전시와 다국어 카탈로그 관련 호딘의 계획에서 발을 빼고 싶어한다는 것이 그 어느 때보다 명확해졌다. 그러므로 결국 전시도 카탈로그도 실현되지 않았다는 사실은 그다지 놀랍지 않다. 십 년 뒤 다시 브로트에게 연락한 호딘이 계획을 대폭 축소해 카프카의 그림을 주제로 소론을 발표하고 싶다고 전했을 때 — 대부분 미공개 상태로 남은 그림 스물한 점의 사진이 아직 호딘에게 있었다 — 1964년 2월 5일 보낸 답신에서 브로트는 그 어떤 그림도 삽화로 사용하는 것을 허가하지 않았다. "그 이미지의 통제권은 계속 내가 보유하기를 바랍니다." 그리하여 이 소론조차 출간되지 못했고 카프카의 그림에 대한 호딘의 거창한 계획들은 미완의 작업으로 기록보관소에 남게 되었다.[21]

1960년대 초 루돌프 히르슈 — 『디 노이에 룬트샤우 *Die neue Rundschau*』 잡지 발행인이자, 1950년부터 쇼켄의 허가를 받아 카프카의 작품들을 독일어로 출판해온 S. 피셔 출판사의 이사 — 가 역시 브로트에게 연락해 카프카의 그림을 실은 책을 출간하자는 아이디어를 전했다. 히르슈는 1961년 7월 11일 텔아비브에 있는 브로트에게 보낸 편지에서 카프카의 그림과 관련된 그간의 긍정적 논의들을 언급했다. "편지나 대화를 통해 [카프카의 그림에 대한] 문의가 계속 들어오고 있는데, 특히 선생님이 전기에 실으신 일부 그림들 때문이기도 합니다."[22] 히르슈는 잘만 쇼켄의 사위이자 당시 뉴욕의 쇼켄 출판사 이사였던 테오도어 헤르츨 로메와 공동으

<hr>

● catalogue raisonné. 한 예술가의 모든 작품을 분류, 정리하여 해제와 함께 목록화한 자료.

로 출판 제안을 하며, 영문판도 동시에 발행할 계획임을 암시했다. "혹시 카프카의 그림들을 미술 전문가나 예술사가와 함께 출판하시겠습니까? 저는 그래야 한다고 생각하는데요, 헤르츨 로메가 S. 피셔 출판사와 함께 출판을 맡을 의향이 있을 겁니다. 목록은 아주 간결하게 작성해야 하고, 무엇보다 필요한 것은 고화질 복제본입니다. 기술적인 측면에서요. 이 계획을 대략적으로 어떻게 생각하십니까?" 1961년 8월 3일 취리히에서 보낸 답신에서 브로트는 호딘에게 보인 것보다 오히려 더욱 커진 의구심을 내비쳤다. "솔직히, 내가 소유한 카프카의 그림을 출판하자는 그 제안이 그리 달갑지 않습니다."[23] 그러나 이 경우 그는 호딘에게 말한 것과는 아주 다른 논거를 내세웠다. 그는 그림들이 너무 개략적이고 불완전하다는 점을 우려한 것이 아니라, 자신이 카프카 작품의 편집자로서 점점 존중받지 못하게 된 점 — 이를 심지어 "배은망덕과 적대감"이라고까지 표현했다 — 을 우려했다. 실제로 그는 카프카의 글에 대한 편집상의 접근법과 작품의 해석 양쪽 모두에서 — 발터 벤야민으로부터, 그리고 나중에는 한나 아렌트를 포함한 다른 학자들로부터 — 점점 격해지는 비판을 감내해야 했다.[24] 이러한 관점에서 보면, 브로트는 자신이 카프카의 그림을 다룬 방식에 대해서도 비판받을까봐 두려워했을 법하다. 책이 나온다면 그가 특히 카프카의 스케치북을 어떻게 다뤘는지 드러날 것이기 때문이었다. 사실 브로트는 출간을 위해 어떤 그림을 고르면 그것을 스케치북에서 거칠게 잘라내거나 심지어 찢어내기도 했고, 때로는 그림 일부를 다른 종이로 덮기도 했다. 스케치북은 이러한 취급 방식이 남긴 상흔을 분명히 보여주며, 그리하여 카프카를 시각예술가로 내세우려는 브로트의 시도에 내재한 다소 공격적인 일면을 드러낸다.

그렇지만 브로트가 히르슈에게 그런 답신을 보낸 뒤로 S. 피셔 출판사 내부의 논의까지 종료된 것은 아니었다. 카프카의 작품 출간과 관련한 1965년 2월의 회의에서 이 아이디어는 다시 한번 거론되었고, 1963년부터 발간된 '피셔 도펠풍크트Fischer Doppelpunkt' 시리즈로 내자는 제안이 나왔다 — "카프카의 소묘화(막스 브로트의 출간 허가를 받아야 함. 서문을 써달라고 설득할 수 있을지도 모름)."[25] 호페도 함께 참여한 대화에서 브로트가 이 새로운 제안에 보인 반응은 1965년 9월 30일자 내부 메모에 기록되어 있다. "그는 카프카의 그림을 책으로 내자는 계획에 별로 관심이 없는 듯함. 그러나 우리의 제안을 고려해보겠다고 함." 하지만 1966년 3월 31일자 기록에서는 다시 한번 브로트의 의구심이 확인된다.[26]

1950년대부터 내내, 브로트는 왜 카프카의 그림을 출간하자는 모든 진지한 제안에 이토록 일관되게 거리낌을 보인 것일까? 추가적인 이유 한 가지는 다시 한번 살펴봐야만 분명해진다. 물론 호딘과 히르슈에게 제시한 이유들을 브로트가 진심으로 우려했던 것은 확실하다. 그 스케치 작품들이 전시에 합당한지, 진정한 예술 작품으로 받아들여질지, 그리고 카프카의 작품을 다룬 방식을 두고 자신이 비판받지 않을지 걱정한 것이다. 아울러 호딘이 카프카의 그림에 깊이 관여하려 하자 이를 경쟁으로 인식했다고 볼 여지도 있다. 그렇다 하더라도, 브로트가 1950년 이후 내보이기 시작한 거리낌은 그 이전에 카프카의 그림을 최대한 홍보하고 보여주려 했던 노력과 현저히 대비되는 모순으로 보인다. 브로트는 공공연히 거론할 수 없었던 그 밖의 다른 문제도 안고 있었다. 그는 그림들의 실질적인 소유자인 양 개별 작품을 책에 싣기도 하고 호딘을 비롯한 제삼자에게 그 그림들이 자신의 "자산"이자 "관할"이라고 말하기도 했지만, 이미 일제 에스터 호페에게 그림을 넘긴 터라 법적인 소유권을 행사할 수 없다는 점이었다. 하지만 그림의 진정한 지위는 1966년 피셔 출판사판『프란츠 카프카에 대하여』의 판권에 넌지시 암시되었고, 1974년판에는 명시적으로 밝히고 있다. 즉, 법적인 사안에서 그림들의 통제권은 일제 에스터 호페에게 있었다.

그것이 무슨 의미인지는 브로트가 사망하고 십오 년 뒤 또다른 저명 출판사가 카프카의 그림을 출간하려 했을 때 벌어진 일을 살펴보면 알 수 있다. 1980년대 초 카를 한저 출판사의 대표 미하엘 크뤼거는 1983년 카프카 탄생 백 주년을 기념해 그림 선집의 출간 계획을 세웠다. 그는 이전의 관련 논의에 대해 전혀 모른 채 호페에게 연락을 취했다. 크뤼거는 다음과 같이 설명했다. "나는 그림이 몇 점이나 있는지, 판권을 어떻게 취득할 수 있는지 몰랐습니다. 그래서 브로트의 유산 가운데 대중에 알려지지 않은 그림들을 아직 보유하고…… 있다고 알려진 에스터 호페에게 편지를 보냈습니다."²⁷ 호페의 답변은 2009년 주간신문 〈디 차이트*Die Zeit*〉의 기사에 실렸다 — 세간에 알려진 이야기를 전달한 것이지만, 크뤼거는 사실과 일치한다고 확인했다.

> 1981년 한저 출판사의 미하엘 크뤼거가 이스라엘에 갔을 때, 스피노자 스트리트에 있는 호페의 아파트를 찾아갔지만 호페는 그를 안으로 들이지 않았다. 두 사람은 계단실에서 오래 대화를 나눴다. 크뤼거는 카프카 문서에 있는 그림들, 즉 아직 미발표 상태로 알려진 학생 시절의 낙서들을 복제할 허가를 받고자 했고, 호페는 그러려면 매우 비싼 값을 치러야 할 거라고 말했다. "매우 비싼 값"이 얼마나 비싼지 알려면 취리히의 변호사 엘리오 프뢸리히와 통화를 해야 한다고도 말했다. 로베르트 발저의 유

산도 담당해 세심히 관리하던 변호사 프륄리히는 전화로 크뤼거에게 말했다. "그림

들을 열람하기 위해서는 십만 마르크를 내야 합니다." 판권 가격은 그다음에 논의할

수 있다는 것이었다. 크뤼거는 점잖게 거절했다.[28]

결국 카프카의 그림을 출간하려는 모든 시도가 수포로 돌아갔기 때문에, 브로트의 1966년

판 『프란츠 카프카에 대하여』 이후 그의 수집품 가운데 추가로 발표된 그림은 1987년 출간

된 여행 일기를 제외하면 전혀 없었다. 특히 1968년 말 브로트가 사망한 이후, 호페는 그림들

을 철저히 비밀로 유지했기 때문에 1950년대에 호딘이 시도한 일, 즉 "소묘 화가로서의 카프

카에 대한 수수께끼를 푸는 일, 이를 둘러싼 미스터리를 뒤덮은 베일, 미지의 구름을 벗겨내는

일"[29]은 지금까지 불가능한 상태로 남아 있었다.

2019년 이후 변경된 소유권과 현재 작품 소장 기관들

카프카의 그림을 둘러싼 까다로운 상황은 2007년 9월 호페가 세상을 떠난 뒤, 브로트

의 유산과 그 안에 포함된 카프카 문서의 권리 및 소유 관계가 재조정되면서 비로소 바뀌기 시

작했다. 이 문제에 대한 재판이 이스라엘에서 십여 년에 걸쳐 진행되며 국제적 관심을 끌었다.

이 재판은 카프카 문서의 전달과 관련한 극적인 이야기의 마지막 장이 되었다고 볼 수 있다.[30]

재판에서 원고인 이스라엘국립도서관은 앞에서 언급된 브로트의 유언장 11절을 일부 근거

로 삼아 브로트/카프카 문서의 소유권을 주장했다. 반대편에서는 호페의 상속자인 두 딸, 에

바와 루트가 브로트의 증여 문서와 유언장을 근거로 같은 문서의 소유권을 주장했다. 재판부

는 라마트간 가정법원(2012년 10월 12일 선고)부터 텔아비브 지방법원(2015년 6월 29일 선고)과 이

스라엘 대법원(2016년 8월 7일 선고)까지 모든 심급에서 국립도서관의 손을 들어주었다. 그러나

이 선고가 효력을 발휘하기 위해서는 취리히 지방법원의 동의가 선행되어야 했다. 호페의 명

의로 된 취리히 UBS의 금고 네 곳을 제삼자가 열어 그 내용물을 이스라엘로 이송하려면 이스

라엘 대법원의 결정이 스위스에서도 받아들여져야만 했던 것이다. 취리히 법원은 2019년 4월

4일에 이를 승인하며 이스라엘의 결정이 스위스에서도 법적 구속력을 지닌다고 선언했다.[31]

그리하여 2019년 7월 15일에 이스라엘국립도서관의 대표단은 극적인 공방의 소재가 된 금고

의 내용물 — 카프카의 그림이 포함된 — 을 취리히의 반호프 슈트라세에서 예루살렘의 국립

도서관으로 옮겨올 수 있었다.[32]

　　예루살렘으로 가져온 문서에 포함된 원고들은 이미 전부 알려진 것들이었고 (카프카의 히브리어 어휘 연습장을 비롯한) 몇 가지 예외를 빼면 모두 기존에 출간되었으나, 카프카의 유산에서 마지막까지 남은 미지의 영역은 — 다시 말해, 그림들은 — 그제야 마침내 빛을 보게 되었다. 2019년 말 처음 공개된 이스라엘국립도서관의 소장품에는 브로트가 이미 출간한 작품을 포함해 백오십여 점(더 정확히 말하면, 백오십여 페이지)의 그림이 있다. 이들은 다양한 재질의 화폭에 그려졌고, 낱장 종이, 잘라낸 종잇조각, 글이 인쇄되었거나 손글씨가 있는 지면, 작은 두 면짜리 낱장 종이, 그리고 그림 용도로만 쓰인 스케치북 한 권 등의 다양한 형태로 보존되어 있다.[33] 무선지 52면으로 된 이 스케치북에는 한 면에 여러 점의 스케치가 그려진 경우도 많다. 이것은 학생 시절 카프카가 시각예술 작업에 보인 일관성과 집중의 증거로 특히 주목할 만하다. 브로트가 1937년부터 출간한 개별 그림 작품 대다수가 이 스케치북에서 나왔다. 그 과정에서 그는 일부 그림을 스케치북에서 잘라내 원래의 맥락을 소거해버렸는데, 우리는 이제야 스케치북 전체에 대한 이해를 토대로 이 맥락을 재구성할 수 있게 되었다. 이 스케치북 외에도 예루살렘의 소장품에는 자화상 여러 점을 포함한 수많은 그림이 담긴 열아홉 개의 기록물 폴더가 있다.[34] 카프카가 1911년부터 1912년까지 여행 일기에 그린 — 이전에도 존재는 알려져 있었으나 이제야 처음으로 실물로 확인된 — 그림들 역시 예루살렘의 문서에 포함되어 있다.

　　이 책에 복제되어 실린 작품은 예루살렘 소장품 중 기존에 알려지지 않았던 그림이 대다수를 이루지만 그것에 국한되지는 않는다. 이 책의 목적은 카프카의 그림 전작을 선보이는 것이다. 여기에는 브로트가 1952년 빈의 알베르티나미술관에 판 그림 두 점과 더불어, 카프카가 가족에게 남긴 유산 중 일부로 대다수가 지금은 옥스퍼드대학교의 보들리언도서관에 소장된 그림들도 포함된다. 옥스퍼드의 작품들이 예루살렘이나 빈의 작품들과 다른 점은 특정한 그림 용지에 그려진 것이 아니라 원고의 맥락 속에 — 예컨대 1909년 이후로 쓴 카프카의 일기와 노트, 그리고 1920년경까지 쓴 편지 속에 — 섞여들어 있다는 것이다. 이렇게 원고의 맥락에서 나타나는 그림들은 복합적인 텍스트 - 이미지 군집 속에 존재한다. 카프카의 가족 소유였던 그림들과 카프카나 브로트의 친구들이 간직했던 그림들이 주종을 이루는 마르바흐의 독일문학기록보관소 소장품도 대체로 비슷한 경우라고 말할 수 있다. 마르바흐의 소장품 중에도 그림만 따로 있는 작품이 존재하기는 하지만, 대다수는 편지라는 맥락 속에서 나타난다. 특히 카프카가 1915년과 1918년 여동생 오틀라에게 보낸 엽서에 포함된 경우가 많은데, 이 엽서들은 2011년부터 마르바흐의 기록보관소에 편입되어 있다.[35] 오틀라의 가족 소장품에서 나온 유물 중에는 빈에서 발행한 풍자잡지 『디 무스케테 *Die Muskete*』의 1906년 4월호에서 찢어낸 지면을 그림으로 장식한 것이 있다.[36] 마르바흐의 기록보관소에는 카프카가 연인인 밀레나 예센스카에게 보낸 편지들도 있는데, 1920년 이후의 날짜가 적힌 일부 편지에는 카프카의 마지막 작품에 속하는 그림들이 담겨 있다. 마르바흐의 기록보관소는 이 편지들을 1980년 뉴욕의 쇼켄 출판사로부터 사들였다.[37] 이보다 더 후기에 작업한 유일한 그림은 카프카의 마지막 연인 도라 디아만트를 그린 것으로 추정되는 초상화로, 「가수 요제피네」의 원고 속에 있다. 현재 옥스퍼드 소장품에 포함된 이 그림은 1924년 초에 그려진 것으로 짐작된다.

카프카의 원고 지면에서 발견된 그림 중에는 구상적으로 묘사한 신체 형태와 얼굴 등도 있지만 장식적인 스케치도 있다. 그중 일부는 명백히 글을 쓰거나 줄을 그어 글자를 지우는 과정에서 만들어진 것으로 보이며, 따라서 글과 그림 사이의 중간 지대를 차지한다. 예컨대 현재 마르바흐에 소장된 『소송』 원고와 옥스퍼드에 소장된 『성』 원고의 경우도 이와 같다. 그러나 분명히 구분해둘 필요가 있다. 이 책은 비록 글을 쓰는 과정에서 비롯되었더라도 글에서 이미지로 확실히 선을 넘어온 작품만을 '그림'으로 실었다.

이 책에 대하여

이 책은 세 부분으로 구성되었다. 머리말에 이어 책의 중간 부분에는 지금까지 보존되어 열람 가능한 카프카의 소묘화 전작이 수록되어 있다. 세번째 부분을 차지하는 소론들은 이 그림들을 논평하고 분석한다.

그림은 기본적으로 제작된 시간 순서대로 제시된다. 날짜가 명시된 작품은 소수에 지나지 않지만 대략적인 날짜를 규명할 수 있는 작품도 많다. 그림은 크게 세 그룹으로 분류할 수 있다. 첫번째 그룹은 1901년에서 1907년 사이에 제작되었고 전체 작품의 대다수를 차지하며 상당수가 스케치북에서 나온 그림들이다. 어떤 글과도 연결되어 있지 않고 그런 의미에서 독자적인 그림이라고 할 수 있지만, 제목과 서명이 없는 작품이 많다. 수효가 현저히 적은 두번째 그룹은 편지나 일기의 맥락 속에 있거나 1909년부터 1924년 사이에 사용한 노트에서 나온 그림들이다. 텍스트 – 이미지 군집을 이루는 이 그림들은 대체로 상당히 정확히 날짜를 특정할 수 있다. 세번째 그룹은 글을 쓰는 과정에서 생겨난 장식적인 형상들로 이루어져 있다. 이 책에는 세번째 그룹에 속하는 작품을 하나도 빠짐없이 수록하기보다는 명백히 이미지로 구분할 수 있는 작품만 선정해 실었다. 모든 그림은 컬러로, 그리고 대체로 원화와 같은 크기(1:1)로 재현했으나 크기를 키운 그림이 한 점 있고 상대적으로 큰 그림 몇 점은 약간 축소했다.

이 책의 세번째 부분은 카프카의 그림 작업을 전기적, 역사적 맥락에서 설명하며, 동시에 그의 그림이 글과 맺는 미학적, 시학적 연관을 입증하는 소론으로 시작된다(안드레아스 킬허, 「카프카의 그림과 글쓰기」). 이어지는 글은 이 그림들과 카프카의 작품 전체를 관통하는 중심 주제, 즉 인간의 몸이 예술적으로 어떻게 다뤄지는지에 대한 좀더 보편적인 고찰이다(주디스 버틀러, 「"하지만 무슨 땅이 그렇고, 무슨 벽이 그렇단 말인가!": 카프카가 스케치한 육체적 삶」). 이 글은 카프카의 그림에서 인물과 집단이 재현되는 방식, 그의 그림이 문학작품과 맺는 관계를 분석한다. 책의 마지막 부분에는 카탈로그 레조네(파벨 슈미트)가 수록되어 있다. 이 목록은 개별 그림을 기준으로 삼지 않고, 많은 경우 그림 여러 점이 함께 그려진 — 예를 들면 카프카의 스케치북과 같은 — 물리적 바탕을 기준으로 기술한다. 각 항목은 제목(제목을 붙일 수 있는 경우에 한해), 날짜, 매체, 재료, 크기, 소장처, 최초 인쇄 등의 정보를 포함하며, 뒤이어 형식과 내용을 간략히 설명한다.

그림들

1. 한 면 혹은 두 면짜리 낱장 그림,
   1901～1907년경

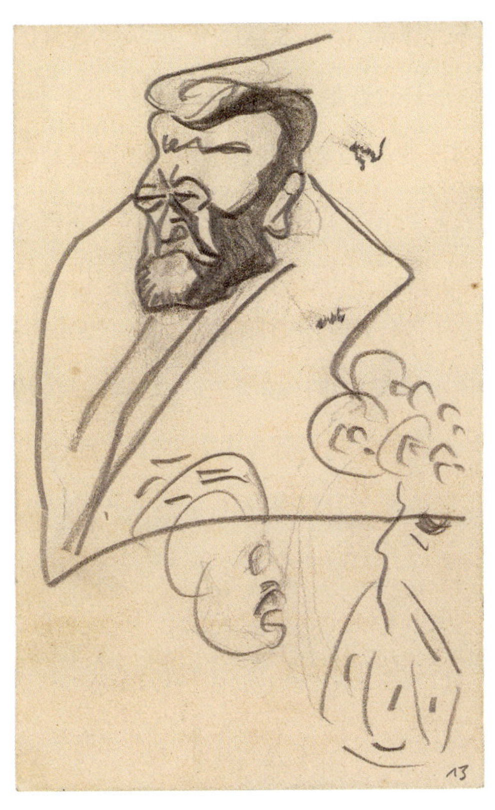

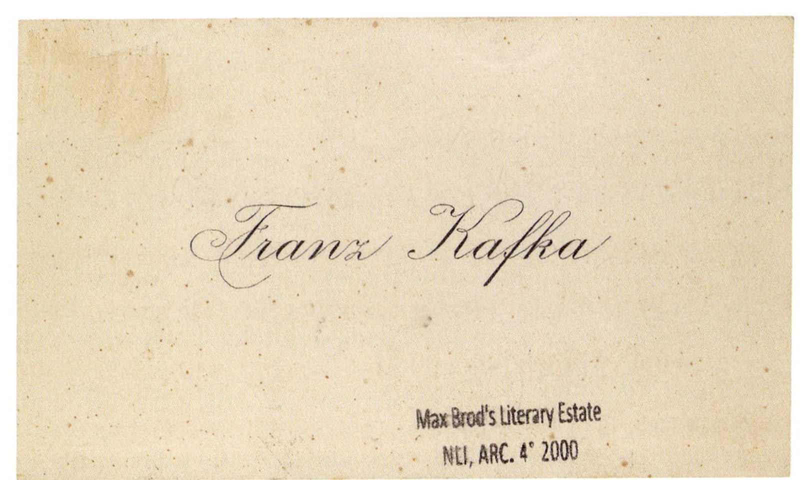

1, 2 | 낱장 그림, 1901~1907년경

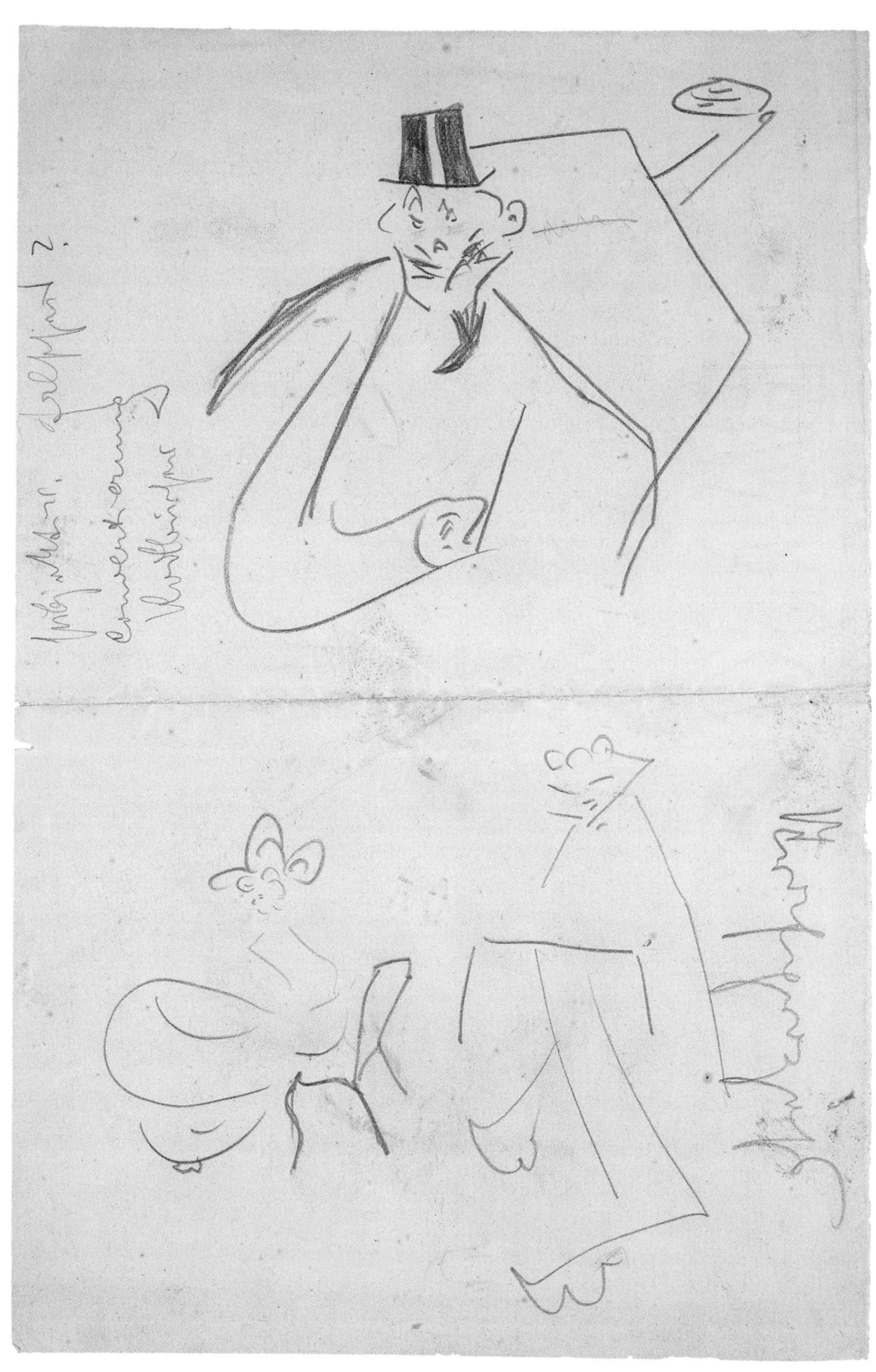

3, 4 | 낱장 그림, 1901~1907년경

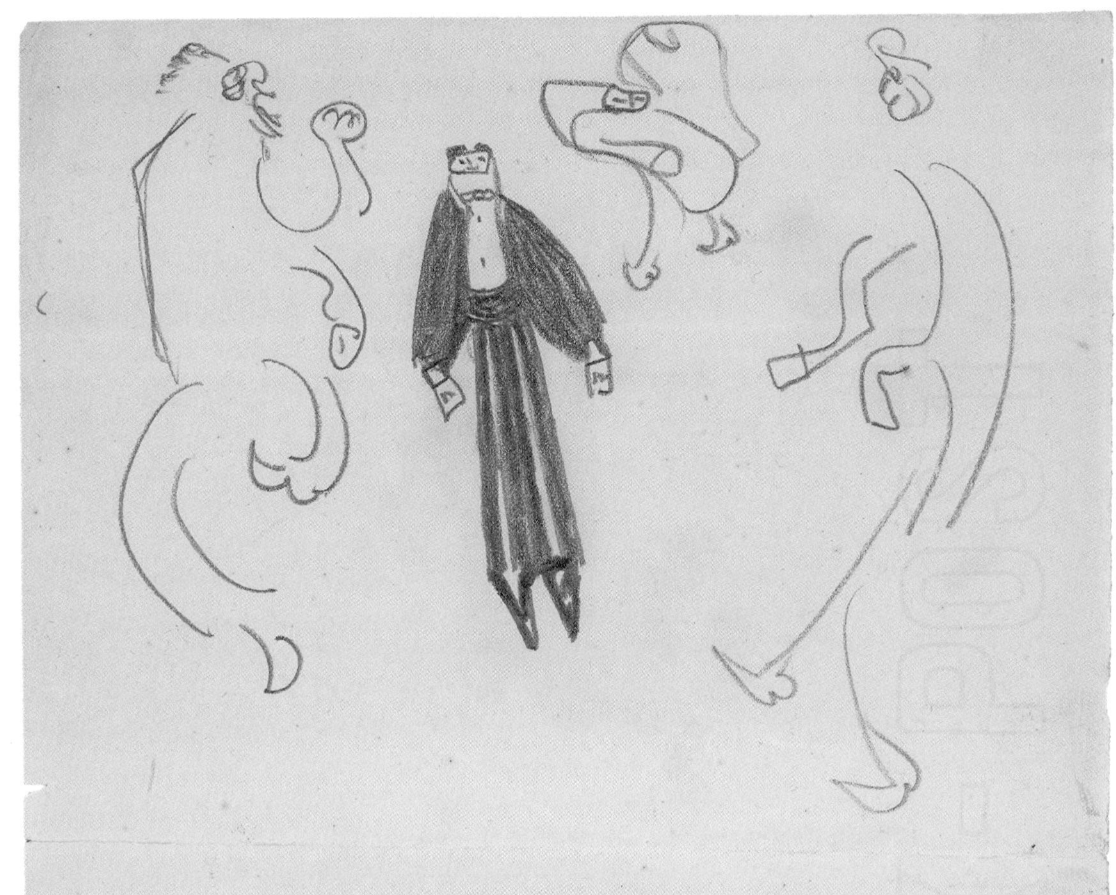

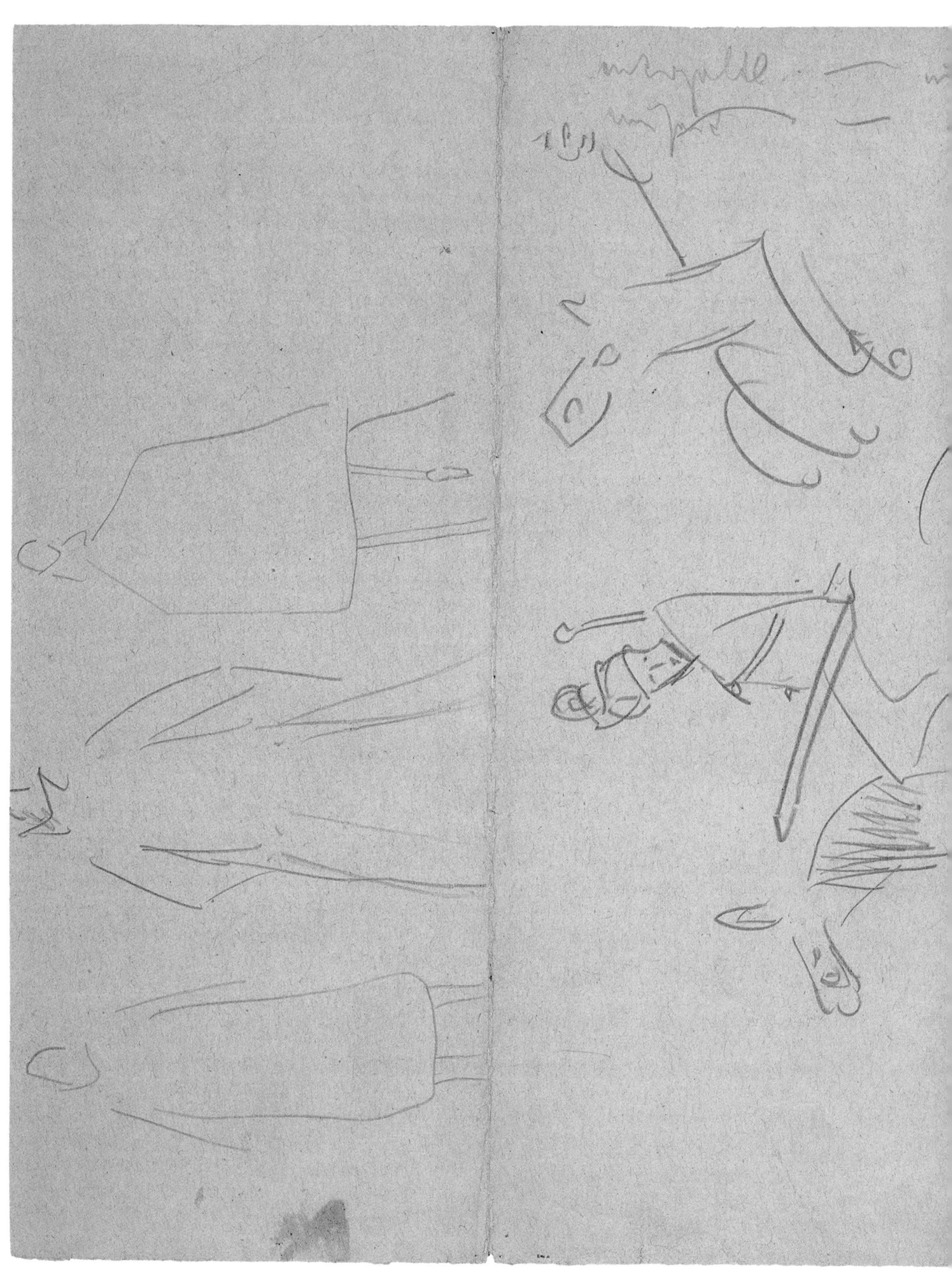

5 | 낱장 그림, 1901~1907년경

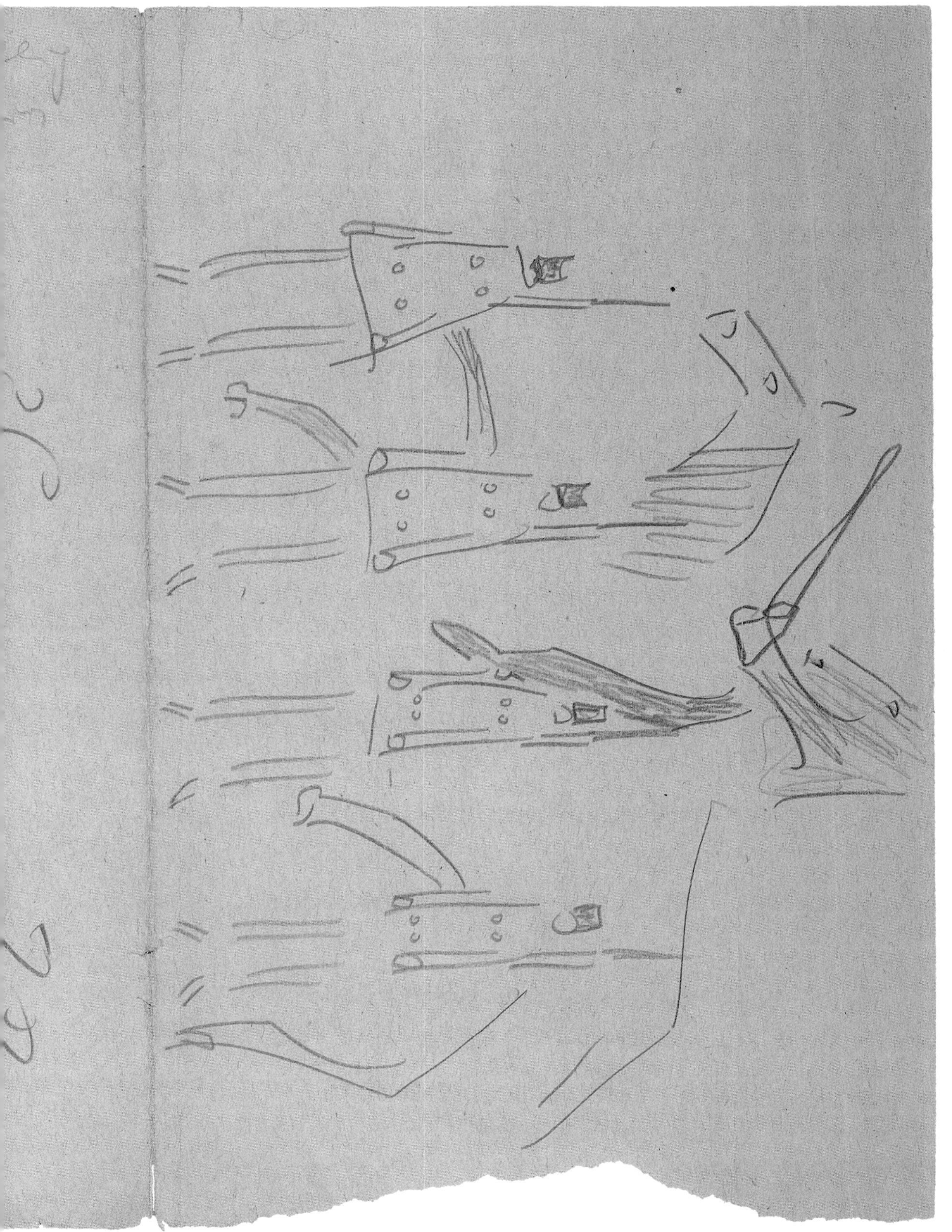

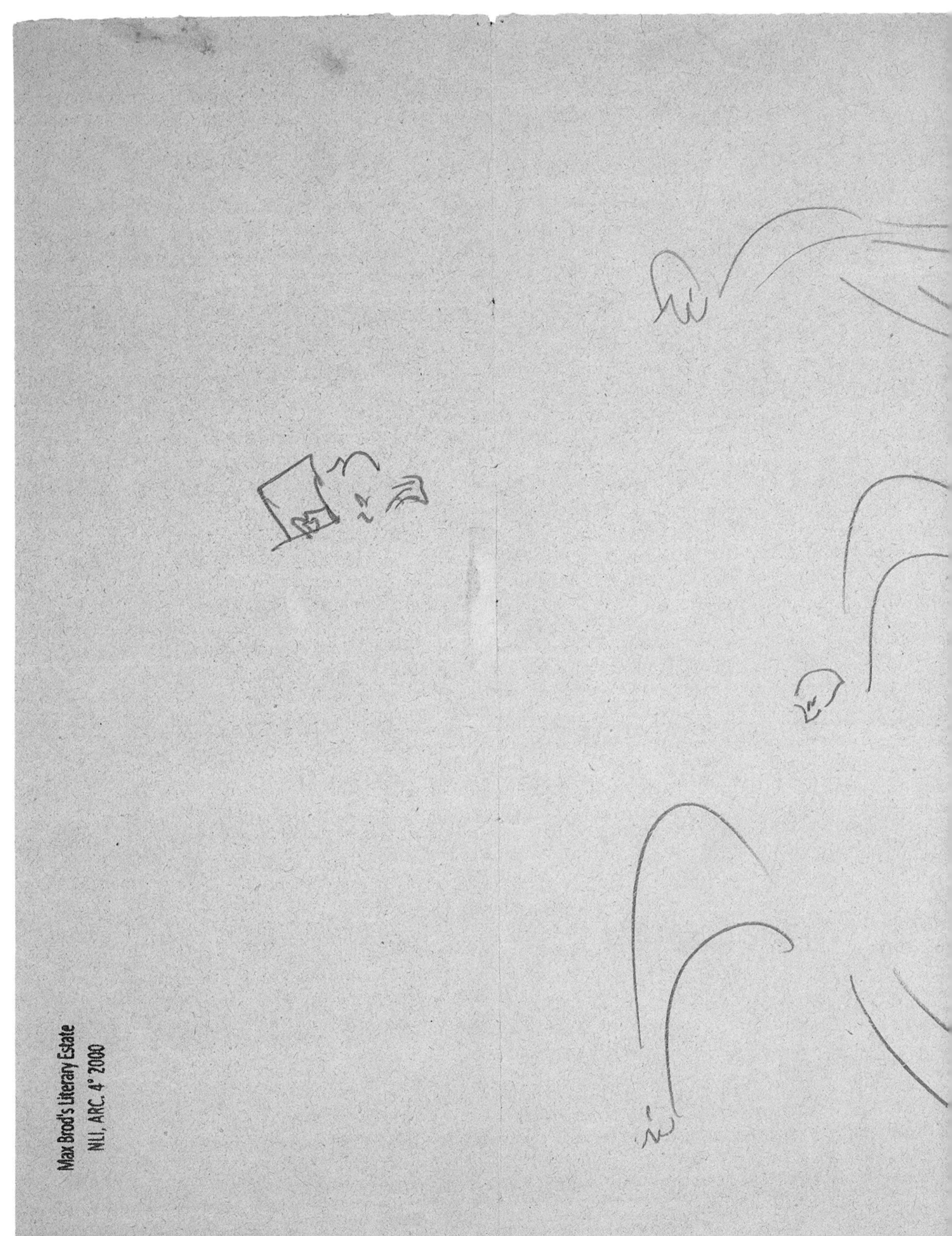

6 | 낱장 그림, 1901~1907년경

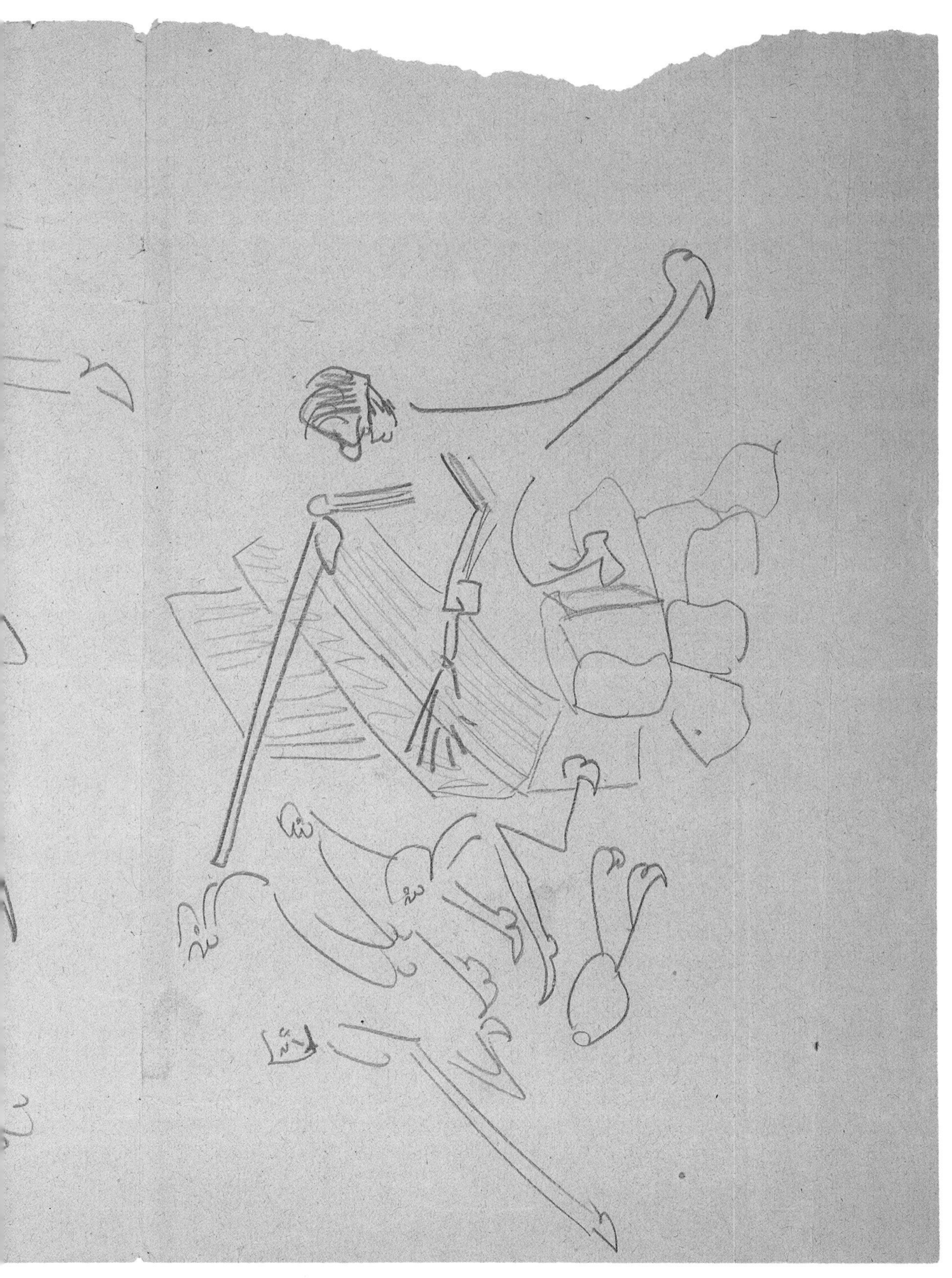

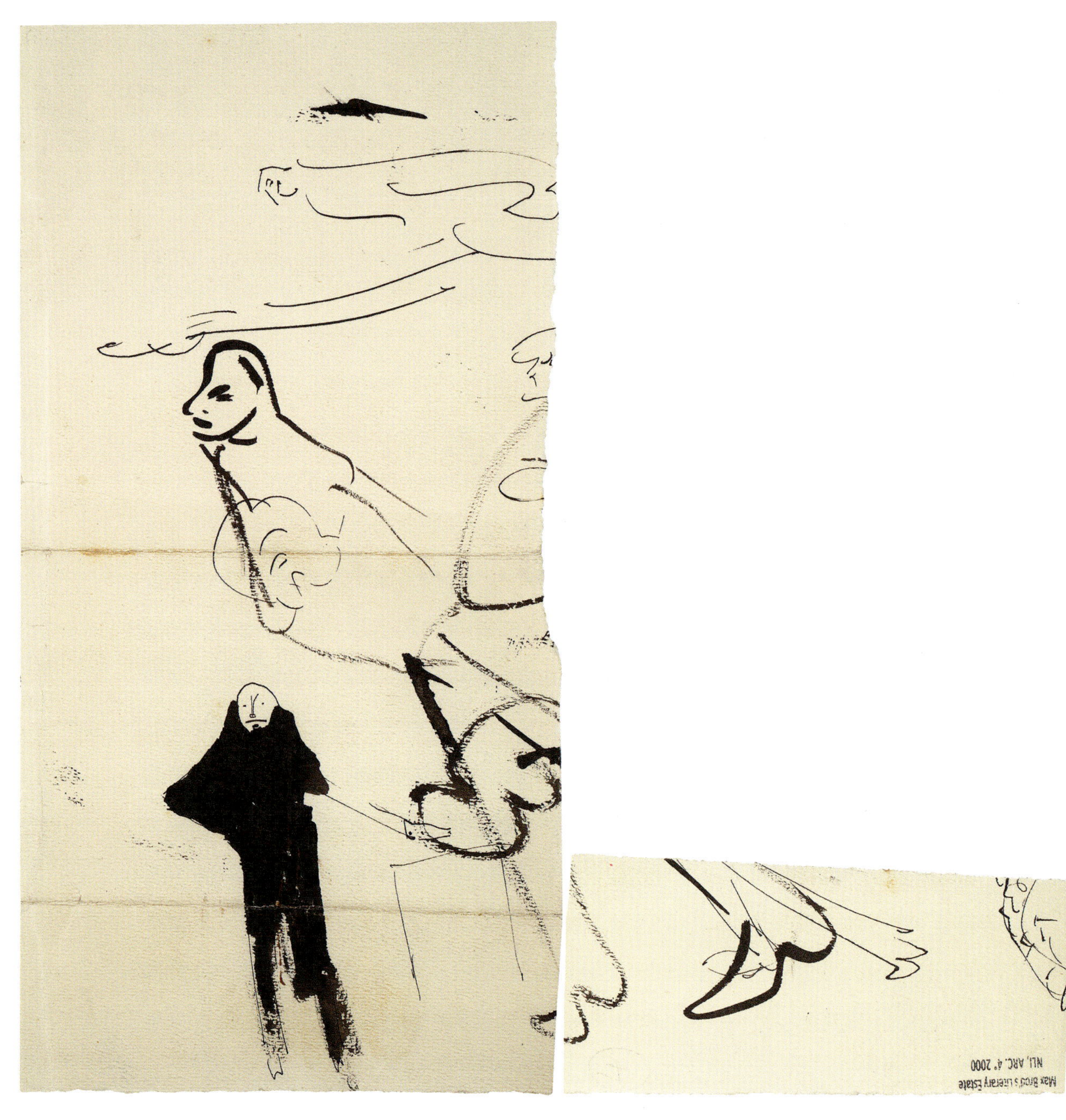

7, 8, 9 | 낱장 그림, 1901~1907년경

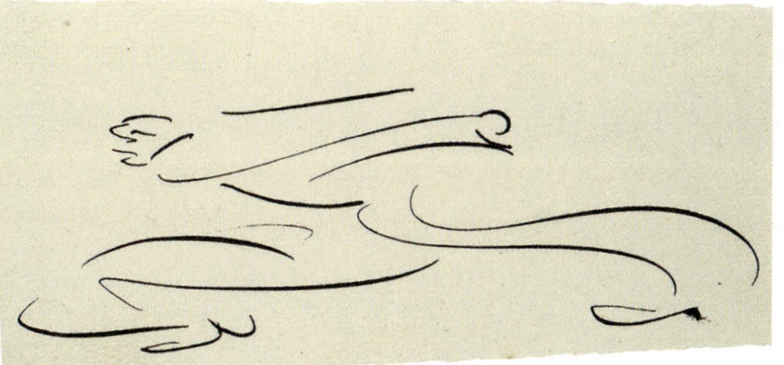

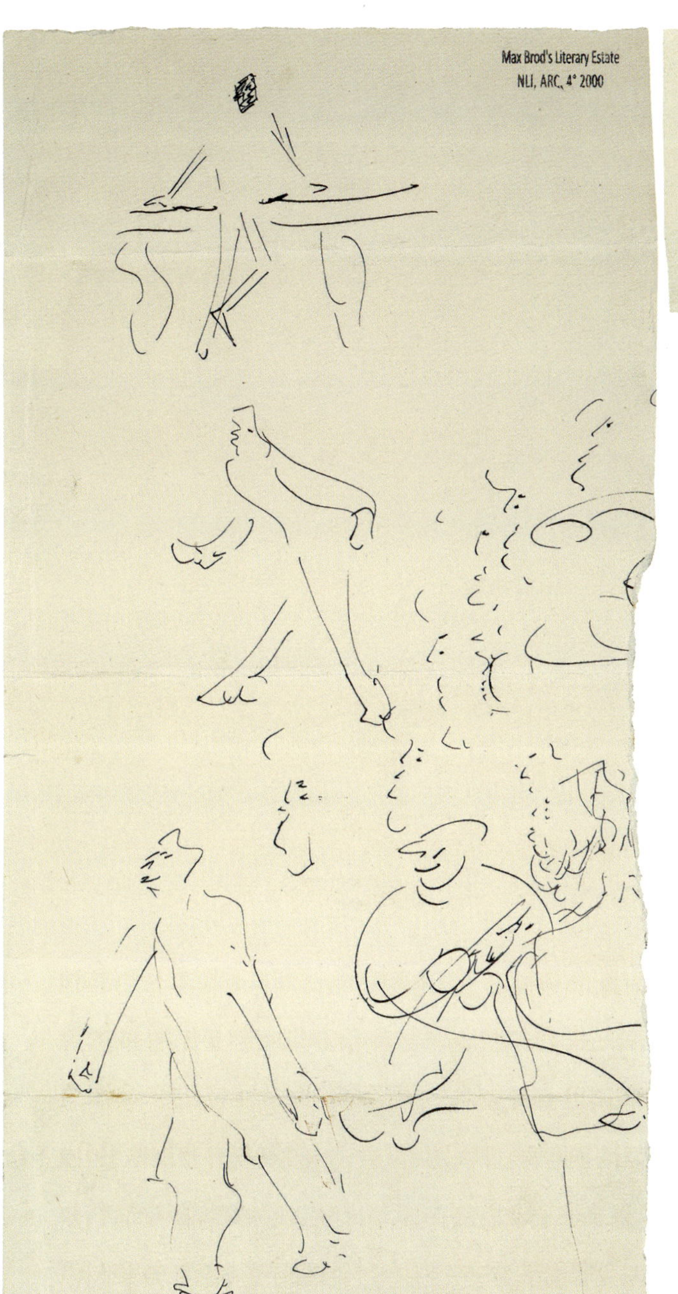

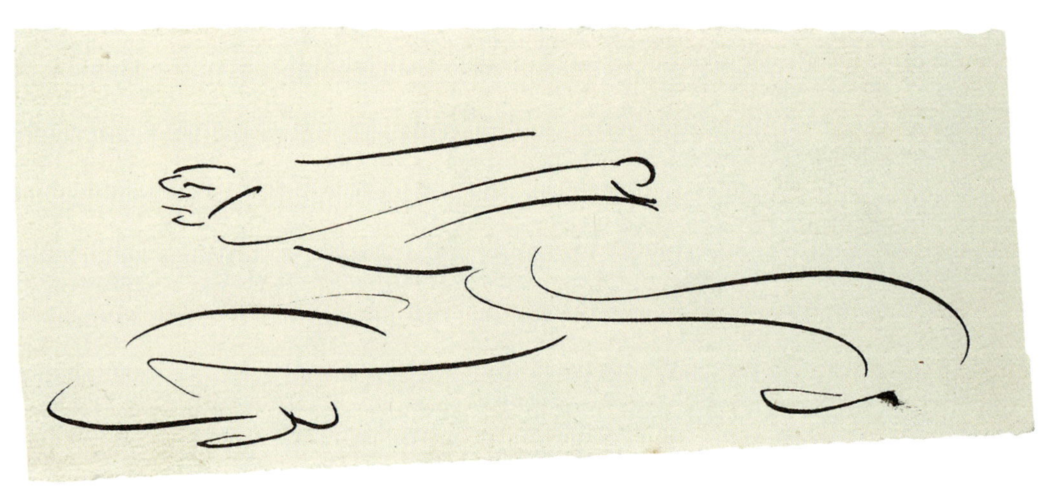

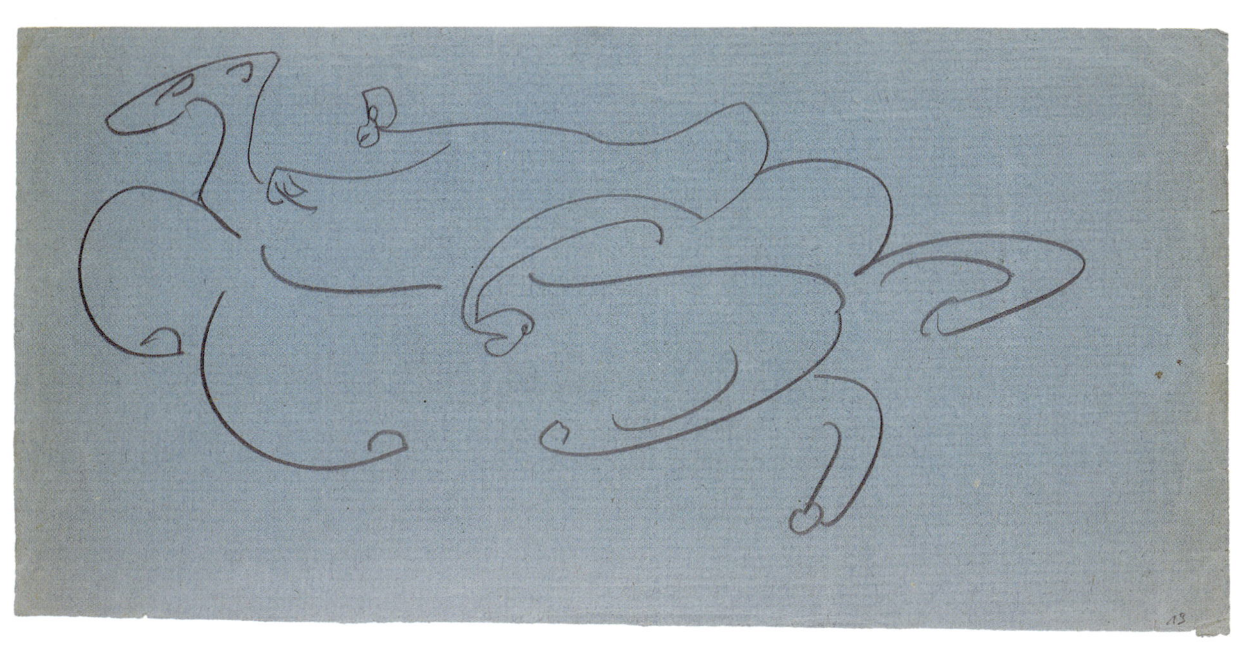

10 | 낱장 그림, 1901~1907년경

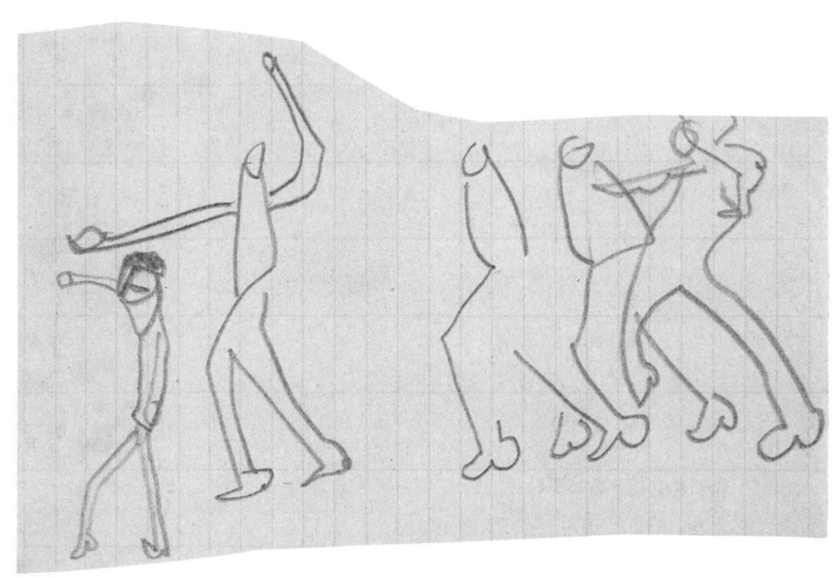

11, 12 | 낱장 그림, 1901~1907년경

Die Prügelstrafe.

(Der sächsische Landtag hat sich gegen die Abschaffung der Prügelstrafe in den Schulen ausgesprochen.)

„Da läßt sich nu emal nischt machen!
D'r Stock, der is ä Schulgerät . . .
M'r hauen, daß die Schwarten krachen —
Es lebe die ‚Gemiedlichkeet!‘ . . ."

Nun gut! Den Stolz — die deutsche Treue,
Kurzum den Geist der ‚Wacht am Rhein‘
Den impft man eueres Erachtens
Am besten via podex ein?!

Ich dächt', das Herz — nicht jene Stelle —
Sollt' stählen man jahrein, jahraus;
Und geltet ihr auch sonst als ‚helle‘ —
Der Streich schaut ‚pfaffen-dunkel‘ aus.

Doch seht ihr in der Prügelstrafe
Das rettende Probatum est —
Dann setzt sie nicht nur für die Schule,
Setzt sie auch für — den Landtag fest!

Ernst Stax.

Merkwürdig.

Im Aufruf der patriotischen Jugendliga für Ungarn findet sich folgender Satz: «Wer den Boden besitzt, der besitzt auch das Land.»

Nun wissen wir's: die Kossuthianer sind eigentlich — Zionisten.

Abstimmung.

Im Bufett des Parlaments sitzt eine Gruppe von „Führern" beim Tarok. Da ruft die elektrische Klingel des Präsidenten zur Abstimmung und die „gewöhnlichen" Abgeordneten stürzen herein, ihre Führer zu holen.

Die Partie war aber sehr interessant und beschäftigt die Gedanken der Herren noch im Saale. Und da einer der Teilnehmer laut und schrill „Contra" abstimmt, fällt sein Gegner heftig ein: „Recontra!"

Kiek-Kiek.

Briefkasten der Redaktion.

O + B + P; E. K.; Ehrlich, Innsbruck; A. V.; Akademia; l. B. 1889; C. Kunst; Emil Kopf; Pulitaka; R. Sch.; Dr. H. H. . b.; Alexander, Laibach; R. F. Nichts.

Courrières. Die Ingenieure haben vollkommen «im Sinne des Gesetzes» gehandelt. Das Gesetz schützt nämlich vor allem das Eigentum.

I. P. Verweisen nur auf Nr. 11 unseres Blattes.

FM., Graz. Schwerhörige verwendet.

Lebensmüder. Lesen Sie täglich sämtliche Zeitungsartikel über Wahlreform und ungarische Frage! Oder mehrere Broschüren des Grafen Sternberg! Wirkt wie Strychnin. Krämpfe mit letalem Ausgang.

B²; Franz Pichler; Dr. M. Brodf. . d. Rückporto!

Adi Ah. Bedingungslos unbrauchbar! „Eifriger Leser 94". Senden Sie das beim Paprika-Schlesinger ein.

Moderne. Sie haben einen neuen Typus gefunden: «Die Suchenden». Im Fundbureau würde man das, was Sie suchen, unter die Gegenstände einreihen, für die man keinen Finderlohn gibt, weil sie wertlos sind.

Himmelfahrt. Leider nicht neu.

Franz Gater, Prag. Wir sind doch kein «Reiseverlag», wie das Fachwort so schön lautet. Machen Sie einen «Fremdenführer durch Melnik» daraus. Sie brauchen nicht viel zu ändern.

V. Heisa. Wir sollen im Briefkasten antworten, aber «nicht boshaft sein». Dabei schicken Sie uns eine reizende Babygeschichte von Frühling, Murmeltier und Igel. Wir sind artig: wir schweigen.

Genickstarre. Läßt unbedingt geistige Defekte zurück. Zwei Spielarten: in Preußen zieht sie den Kopf nach rückwärts und oben, in Österreich nach vorn und unten.

Hanns Fischl; Leo R.; P. M.; E. B.; M. M . . . . k.; 1236, Gmunden; Aichinger, Linz; O. in L. Nichts.

Altes Luder. «Wassergeschichten» erwünscht. Aber bessere.

Särnblom, Berlin. Wir honorieren jede Einsendung, wenn wir sie akzeptieren. Im gegebenen Falle also nicht. Rückporto!

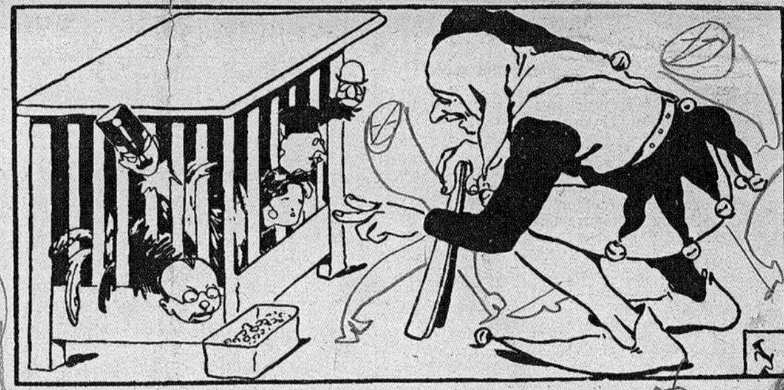

Im Zweifel wird wohl hier die Urkunde als zu Beweiszwecken ge-
wollt und nicht als Erfordernis für die Giltigkeit des Vertra-
ges anzusehen sein.

        4.) Ist Schriftlichkeit erforderlich, so ist die
F e r t i g u n g   der Urkunde geboten. Bei einseitig verbind-
lichen Verträgen genügt die Fertigung durch den Verpflichteten.

Sinne, ist von der blossen Aufforderung, Offerten zu stellen,
wohl zu unterscheiden. Als blosse Einladung, Offerten zu stel-
len, ist anzusehen die Zusendung von Preislisten oder Lagerka-
talogen Art. 337.

        Der Antrag bedarf vielmehr jener Qualität, damit bei
Annahme desselben durch den Oblaten die für den Vertrag erfor-

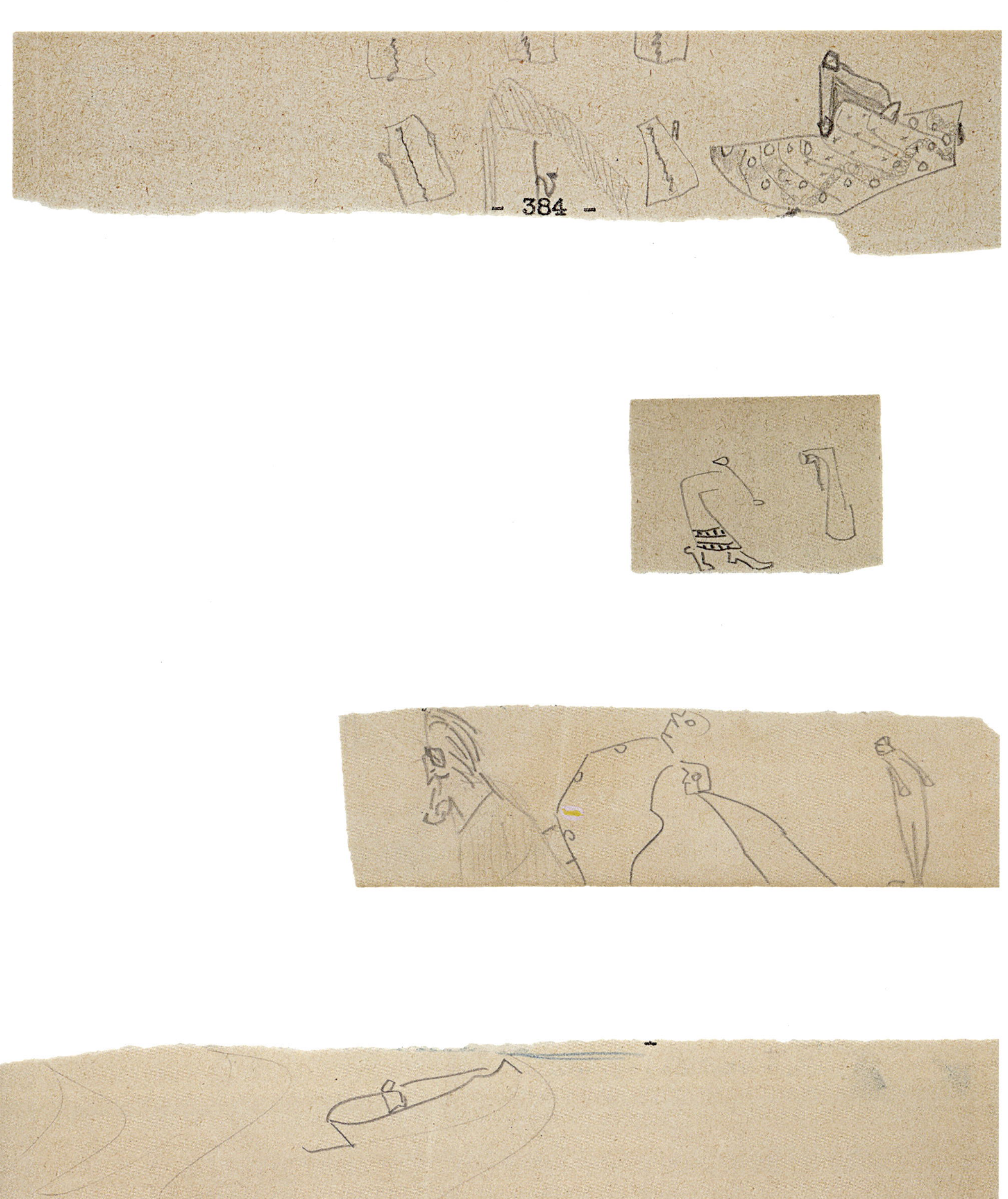

16, 17, 18, 19 | 낱장 그림, 1901~1907년경

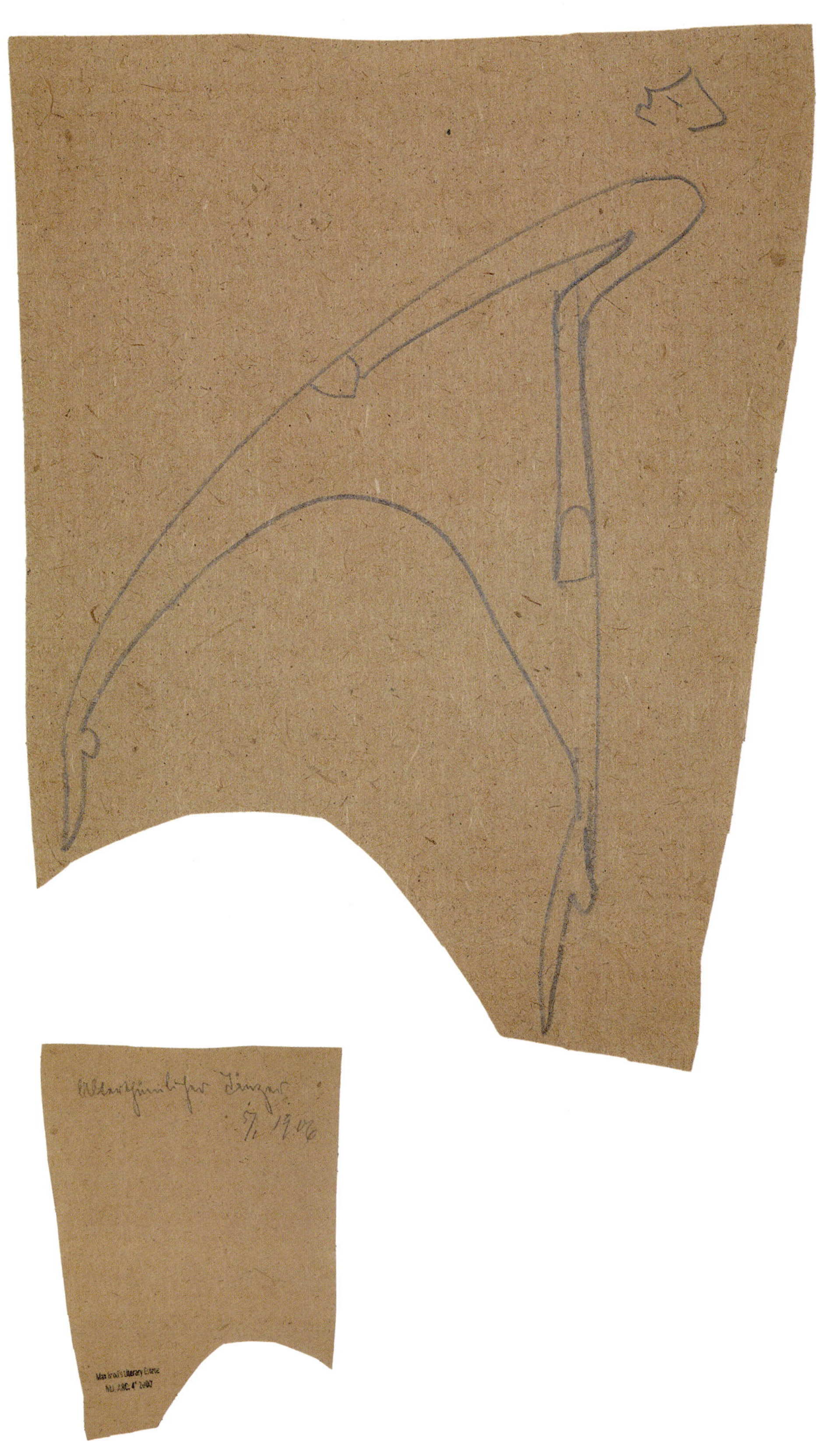

20, 21 | 낱장 그림, 1901~1907년경

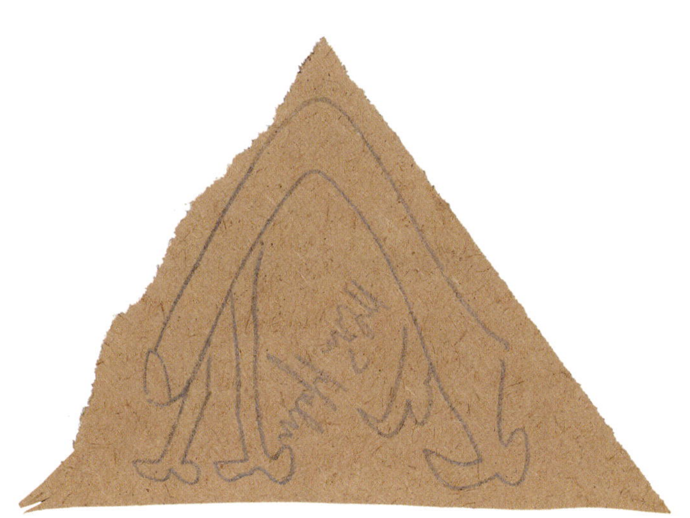

22, 23 | 낱장 그림, 1901~1907년경

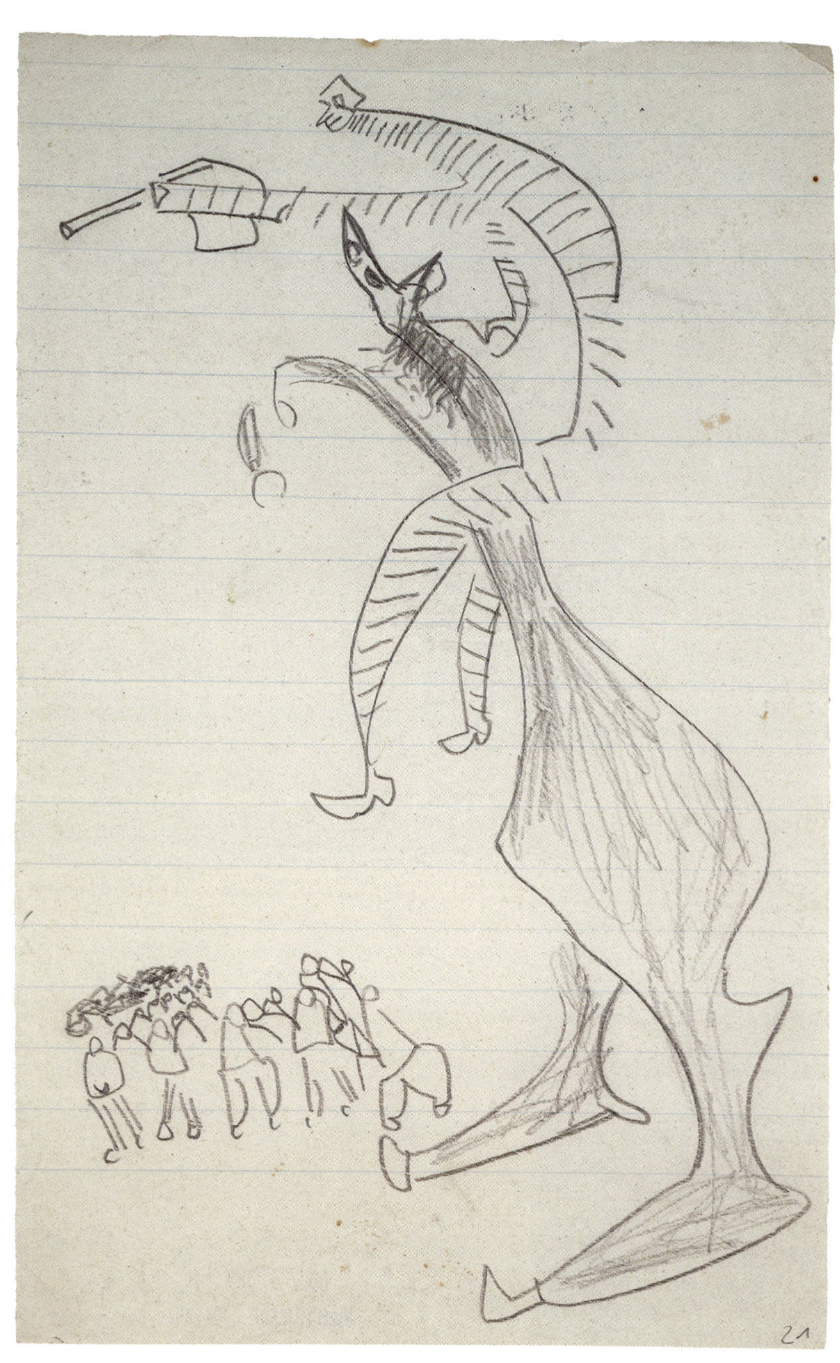

24, 25 | 낱장 그림, 1901~1907년경

21.
22
25
73
—
91

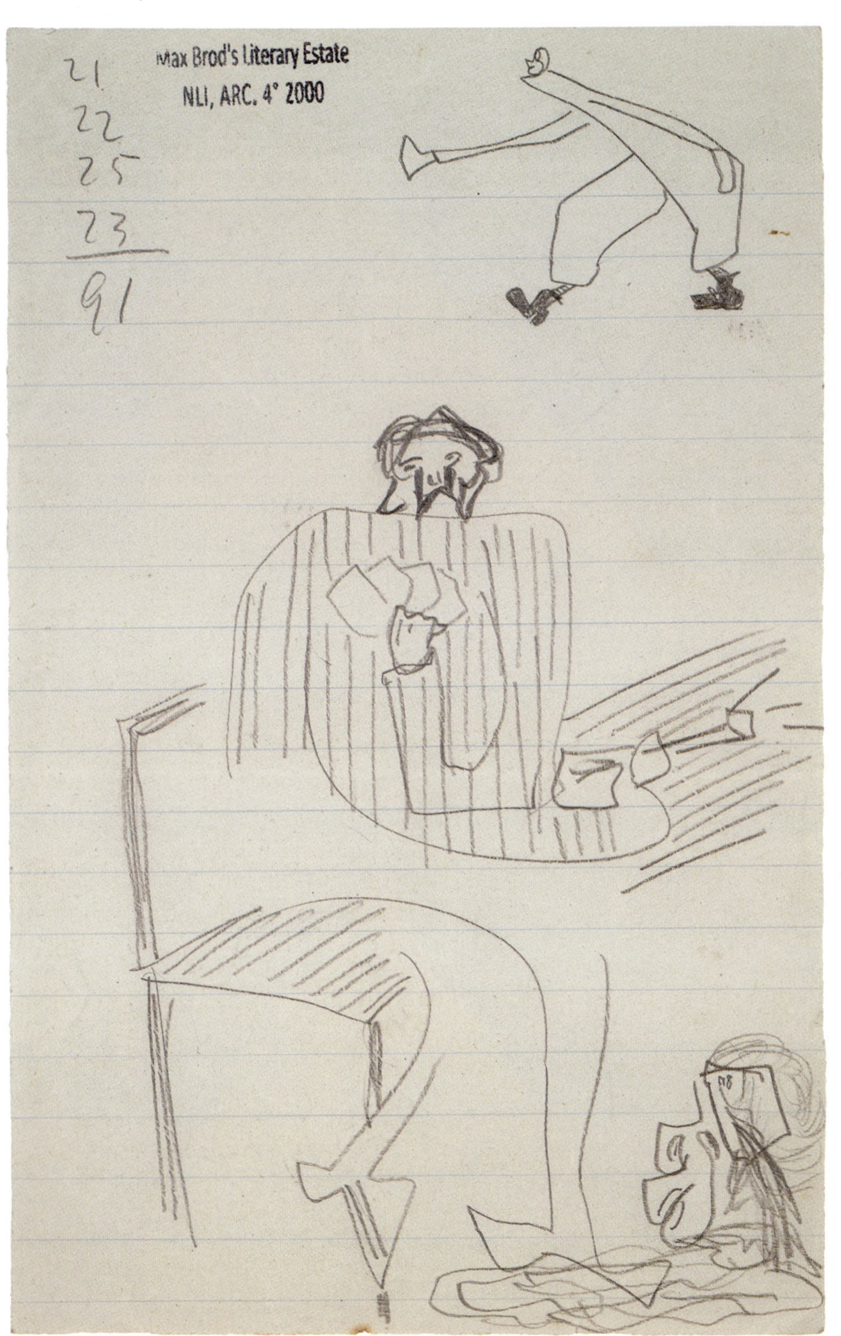

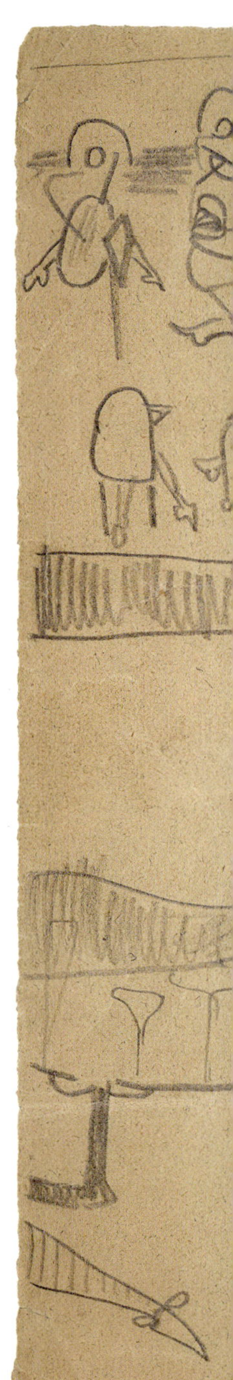

26, 27 │ 낱장 그림, 1901~1907년경

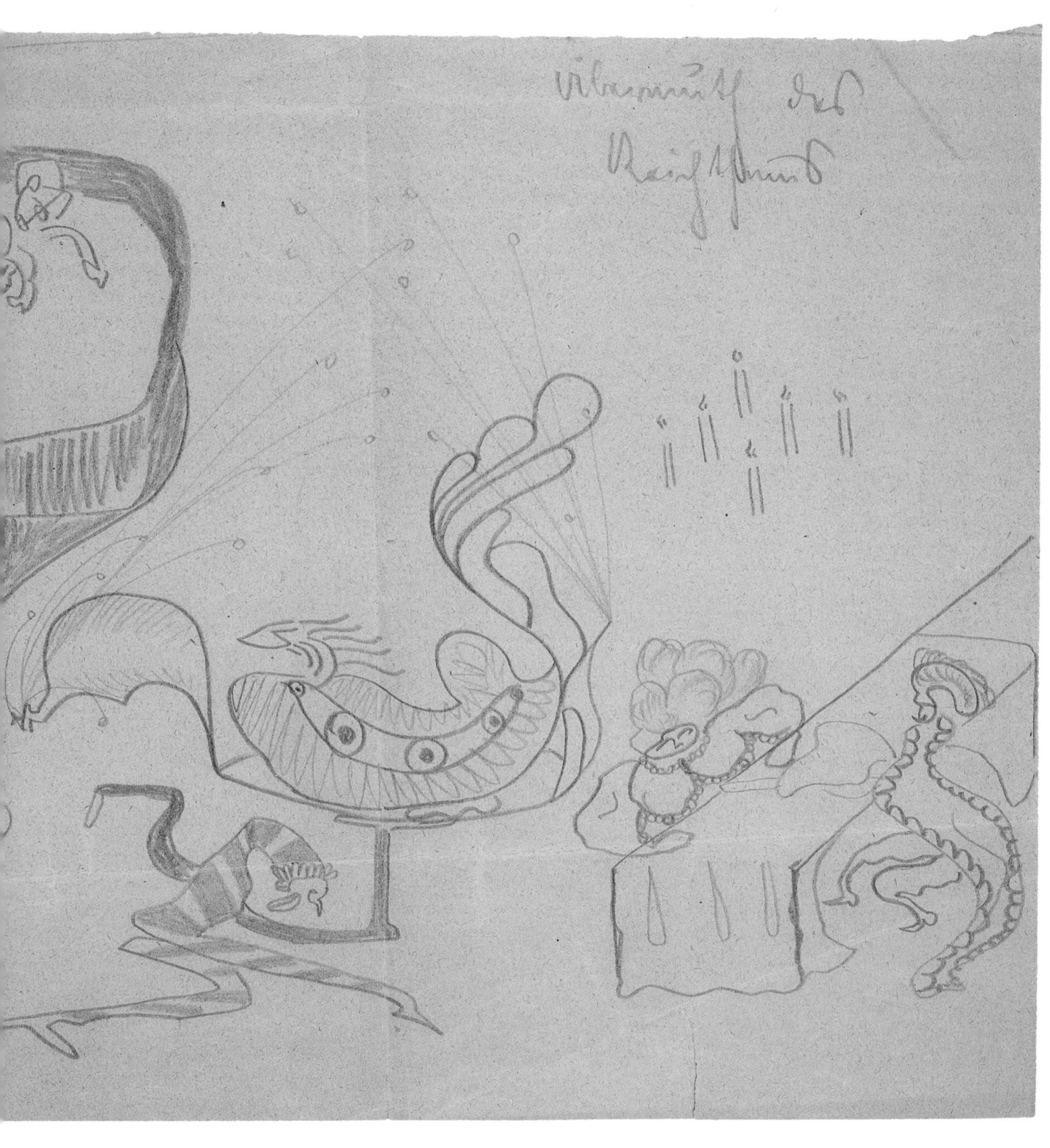

Übermuth des
Reichthums

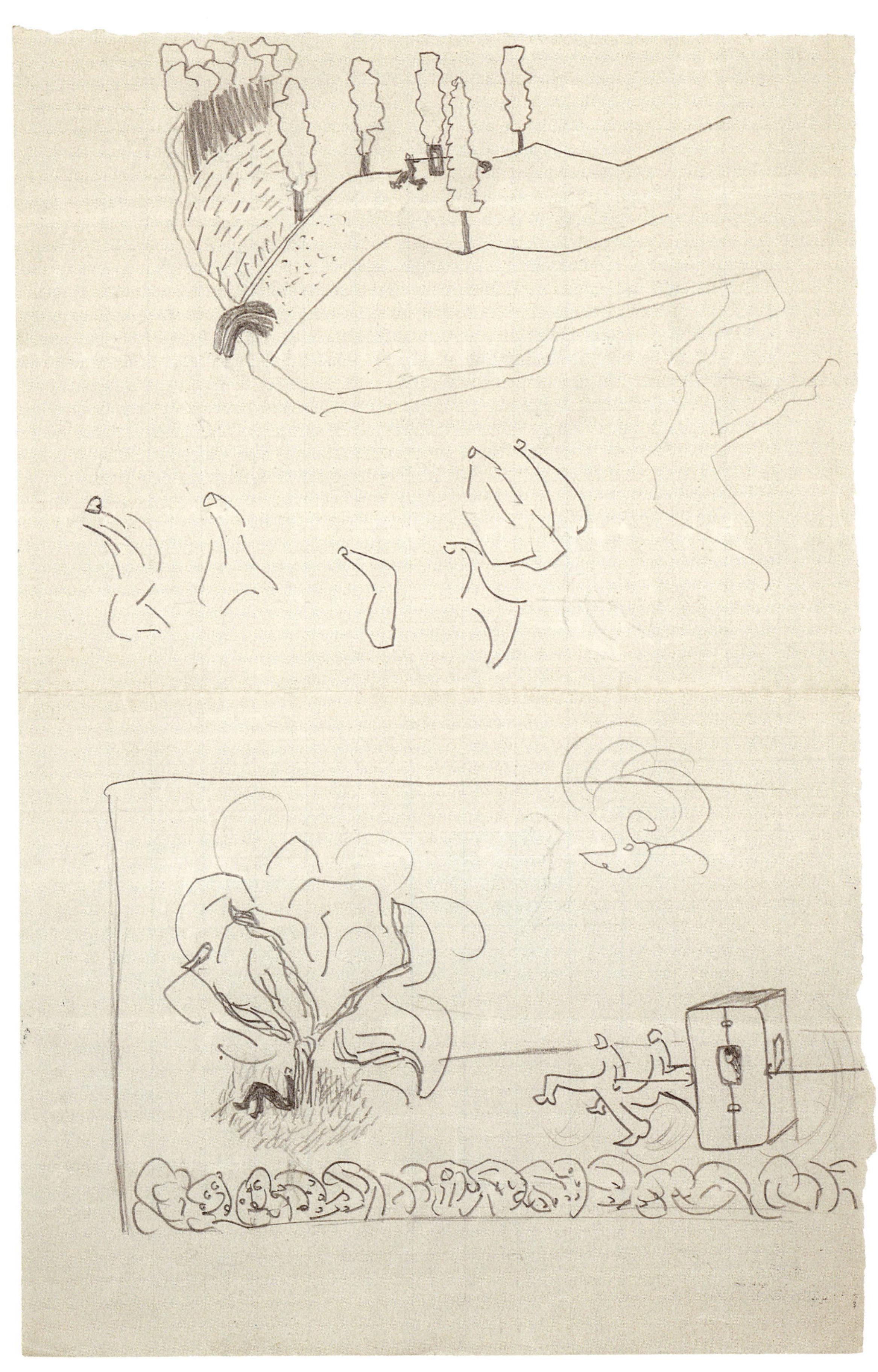

28, 29 | 낱장 그림, 1901~1907년경

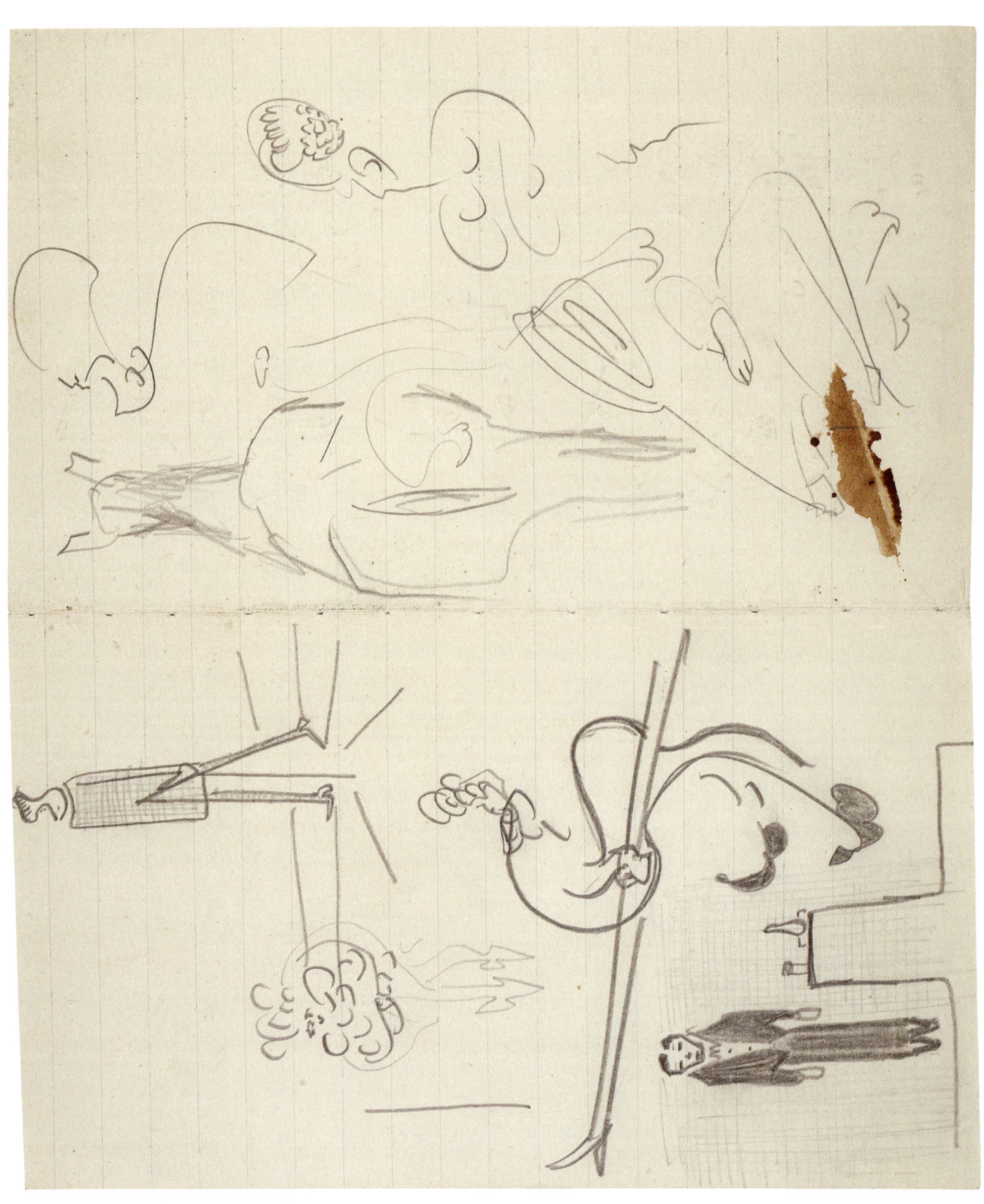

30, 31 | 낱장 그림, 1901~1907년경

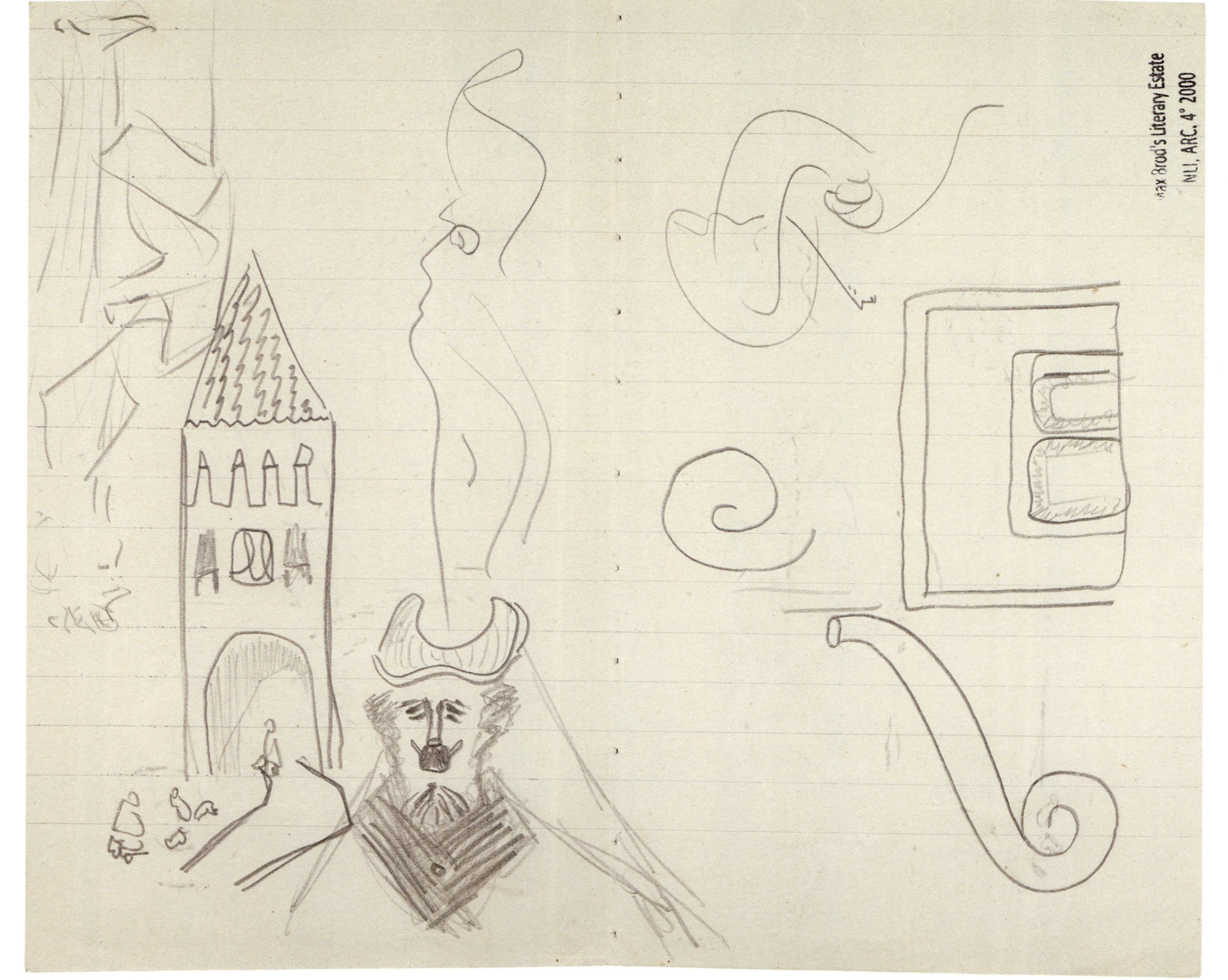

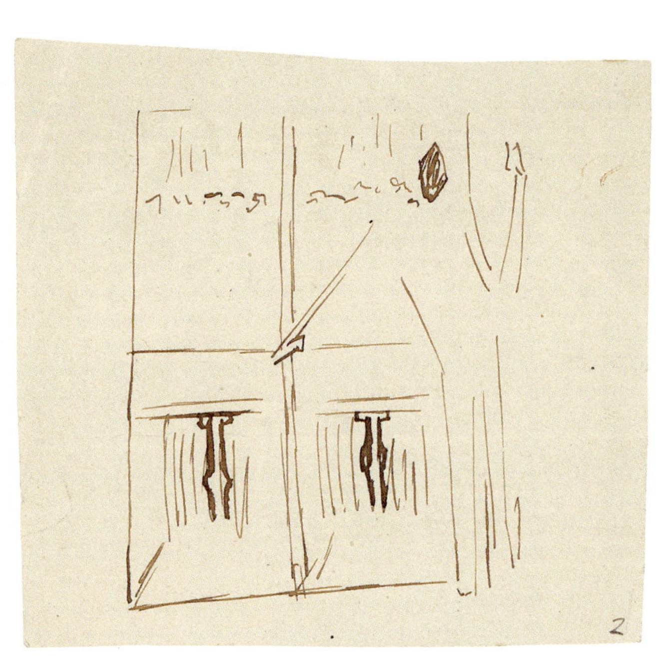

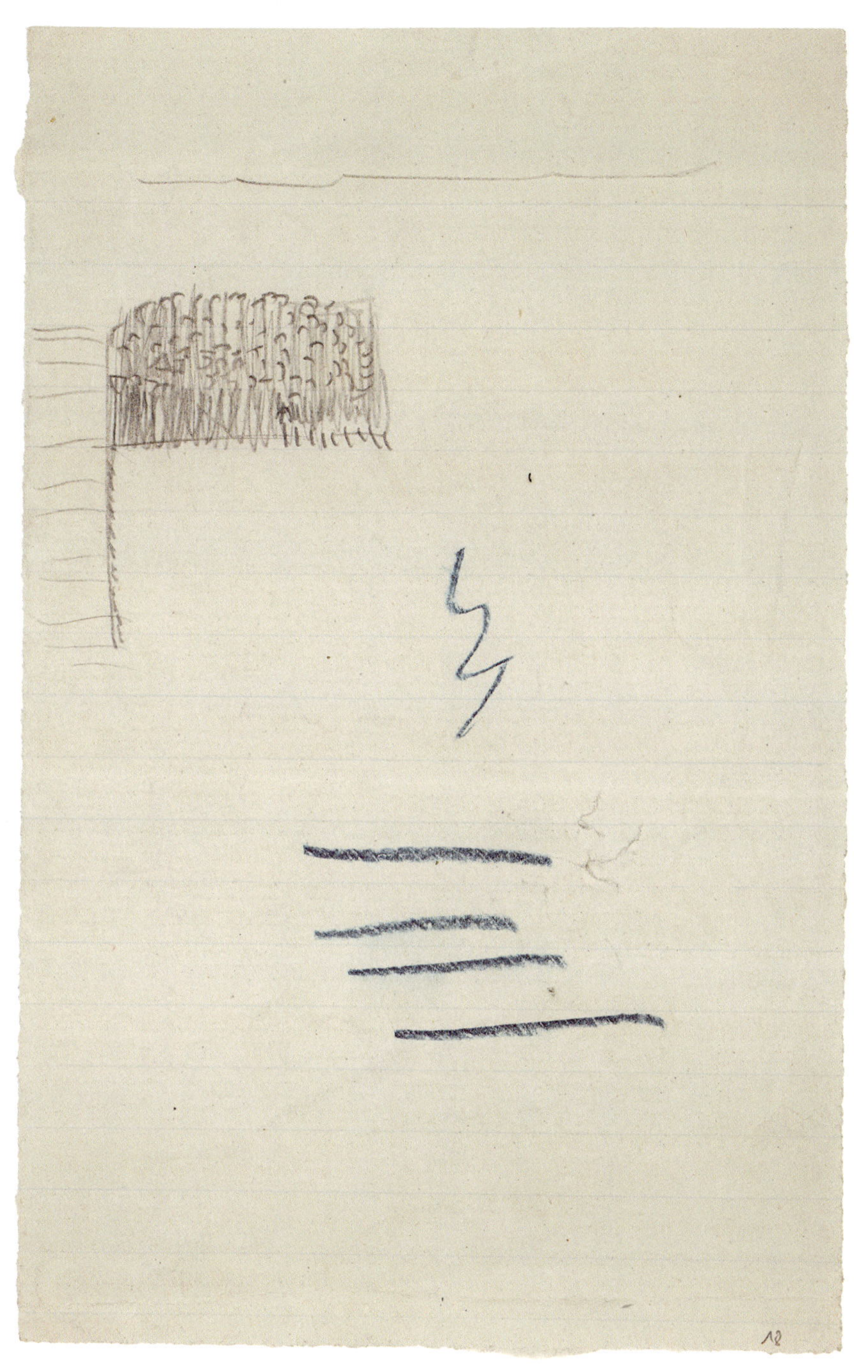

33 | 낱장 그림, 1901~1907년경

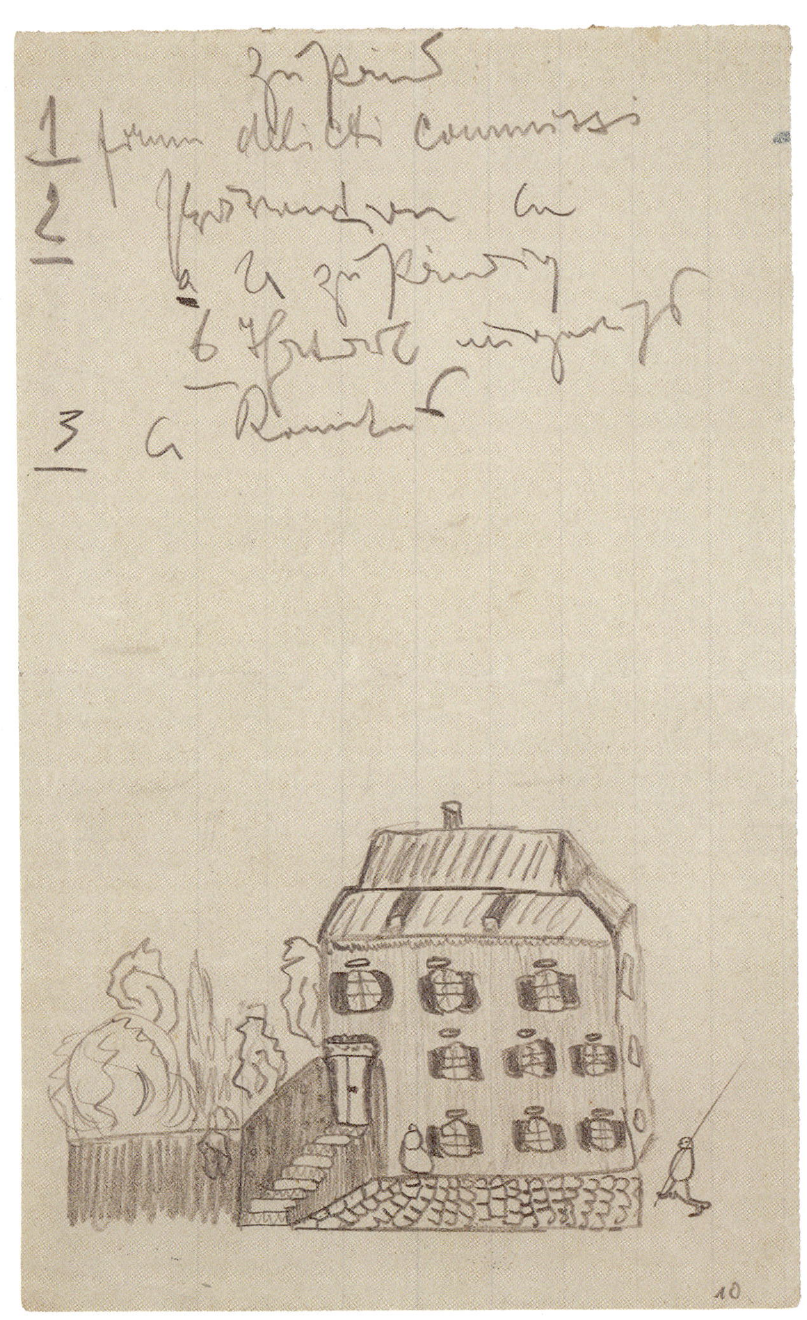

34, 35 | 낱장 그림, 1901~1907년경

Justizminister

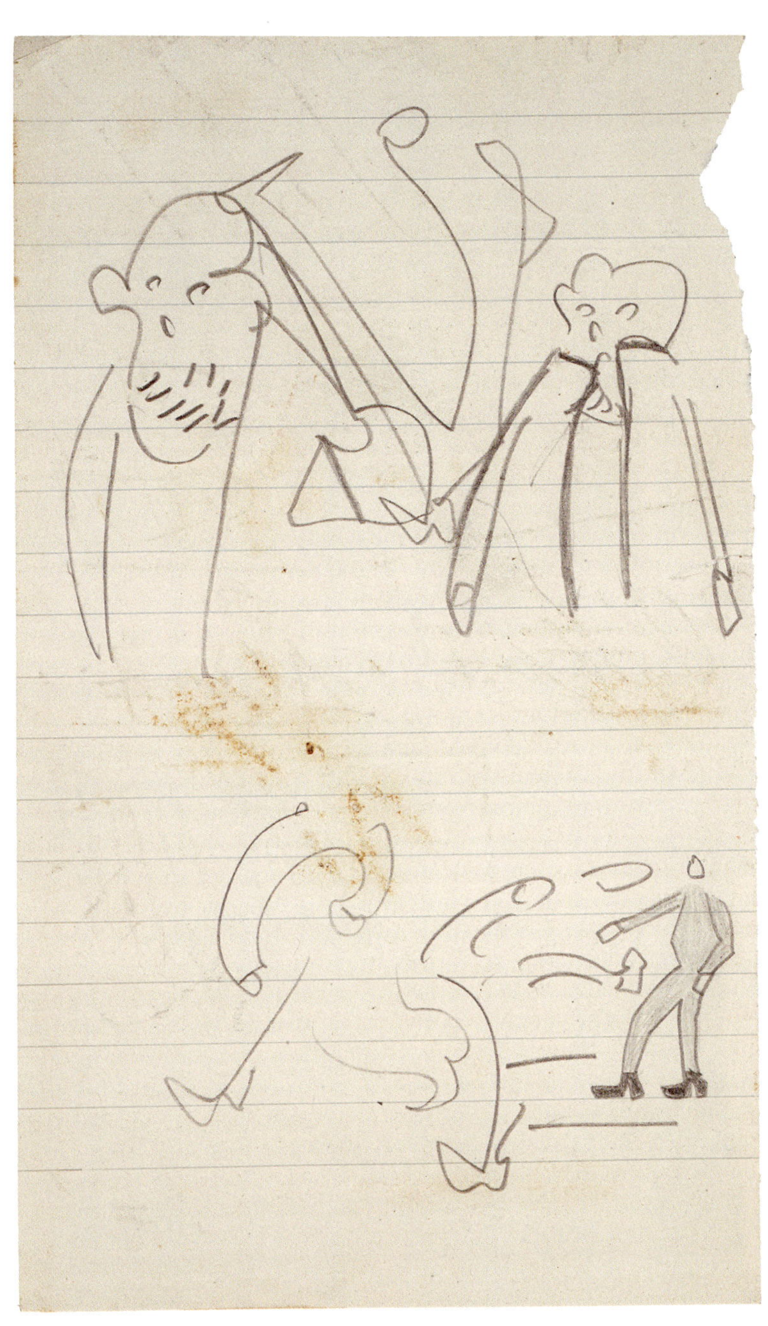

36, 37 | 낱장 그림, 1901~1907년경

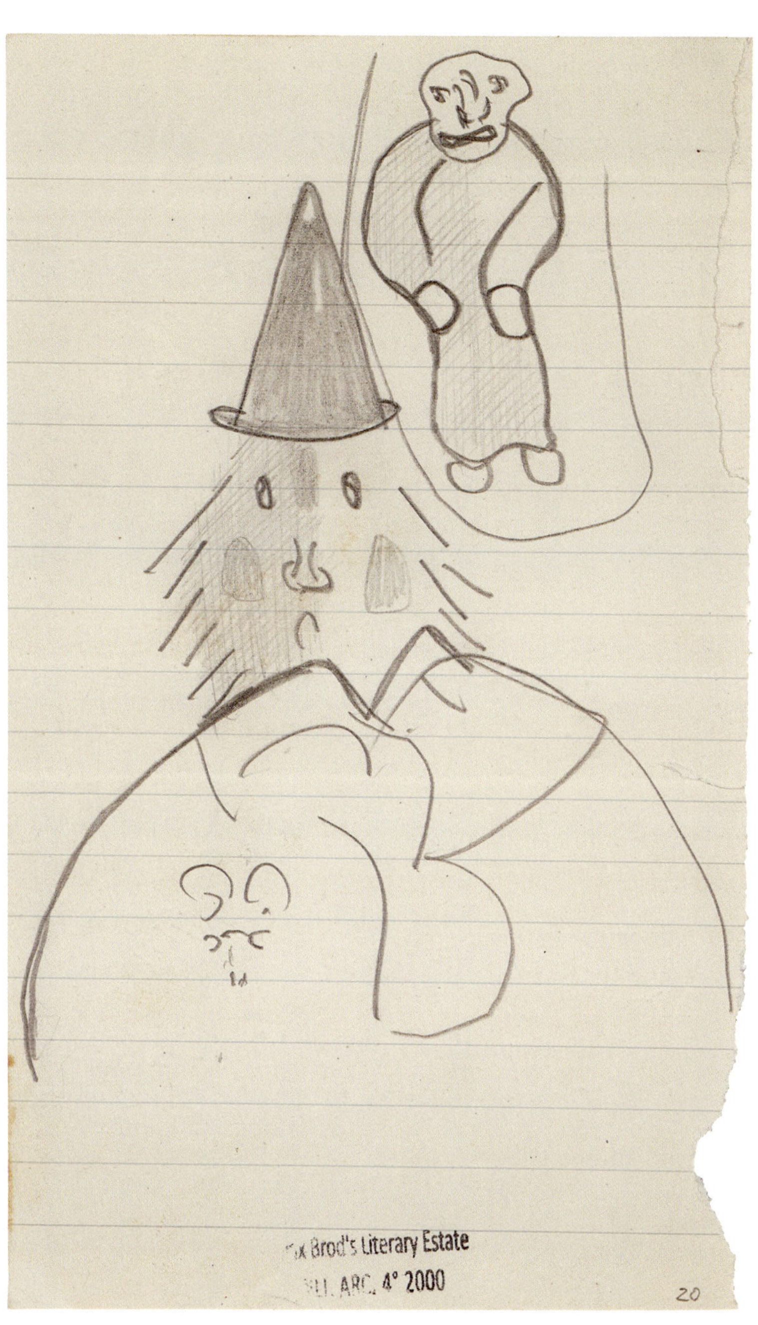

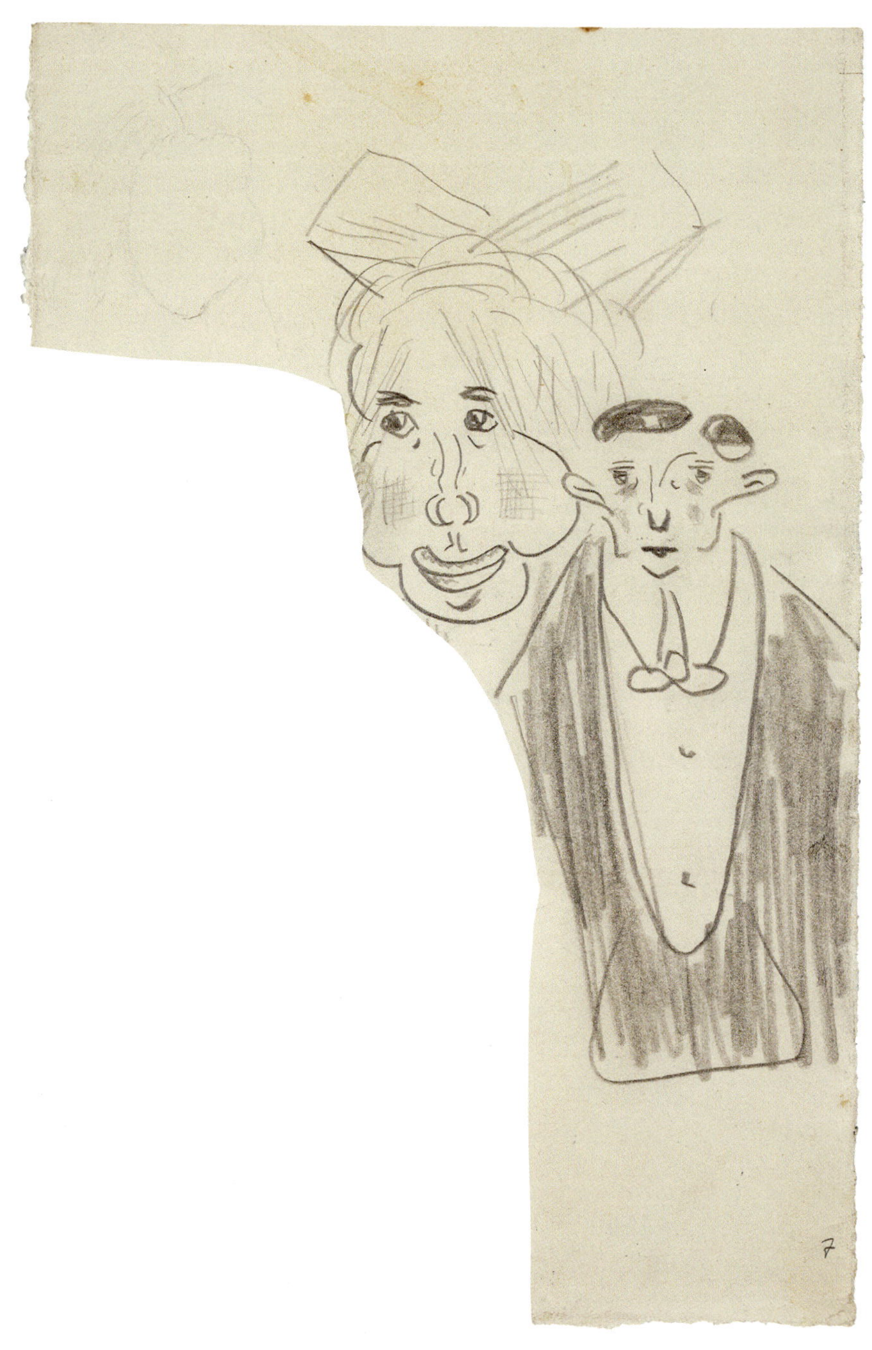

38 | 낱장 그림, 1901~1907년경

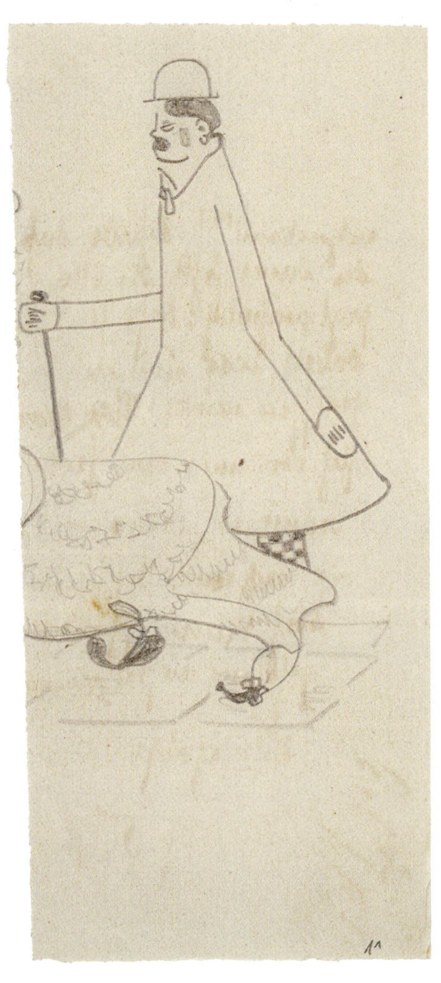 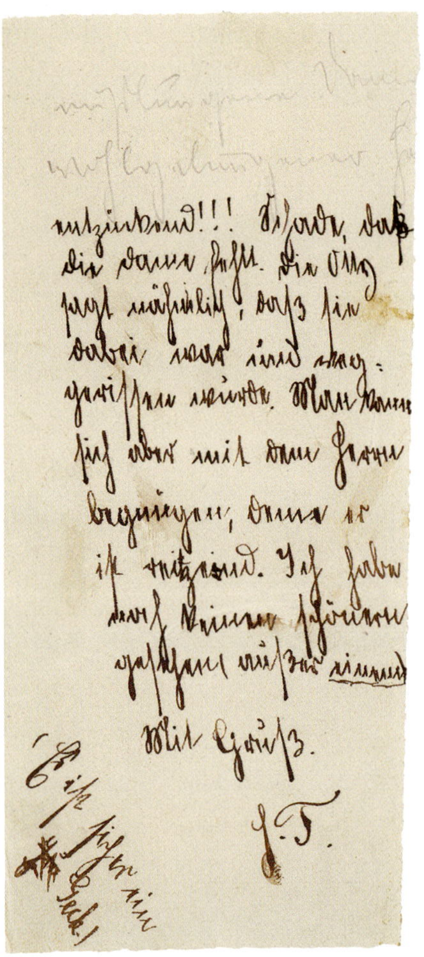

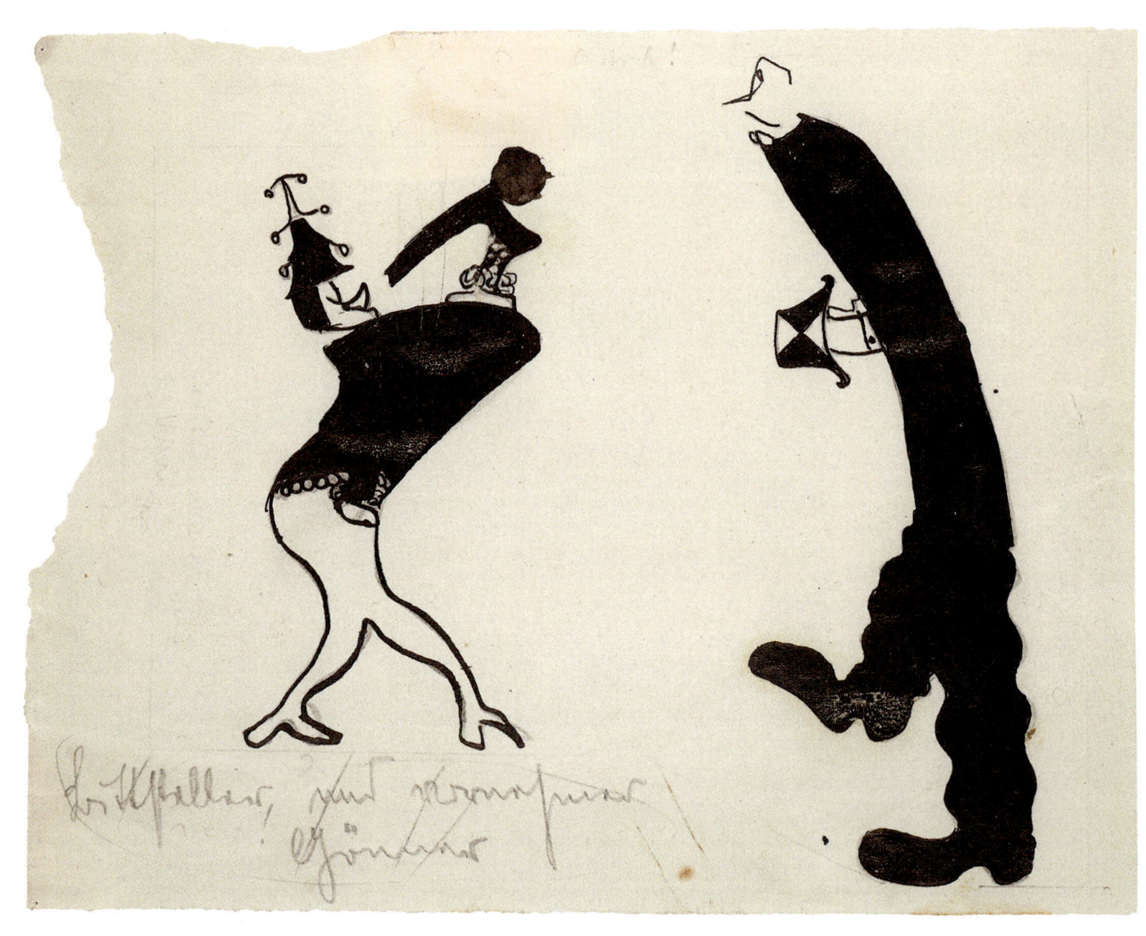

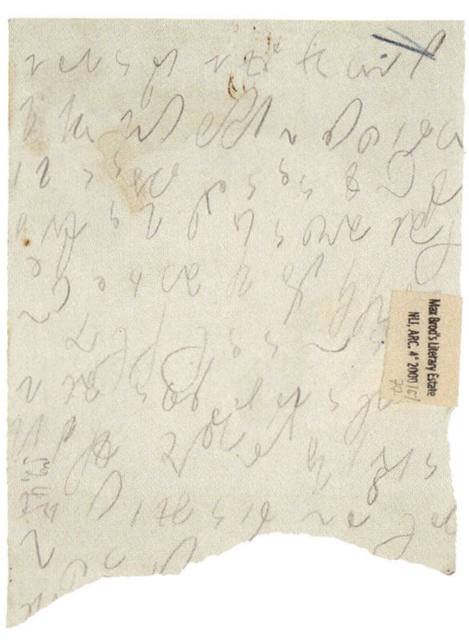

41, 42 | 낱장 그림, 1901~1907년경

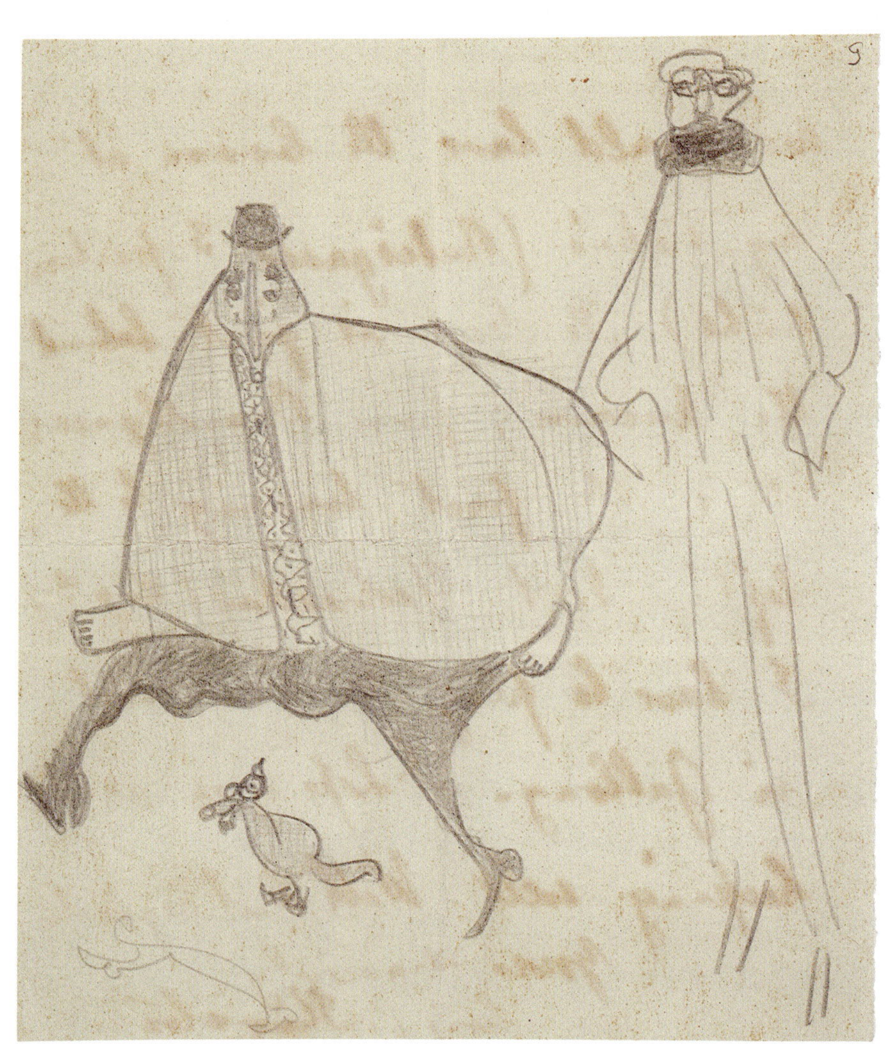

43 | 낱장 그림, 1901~1907년경

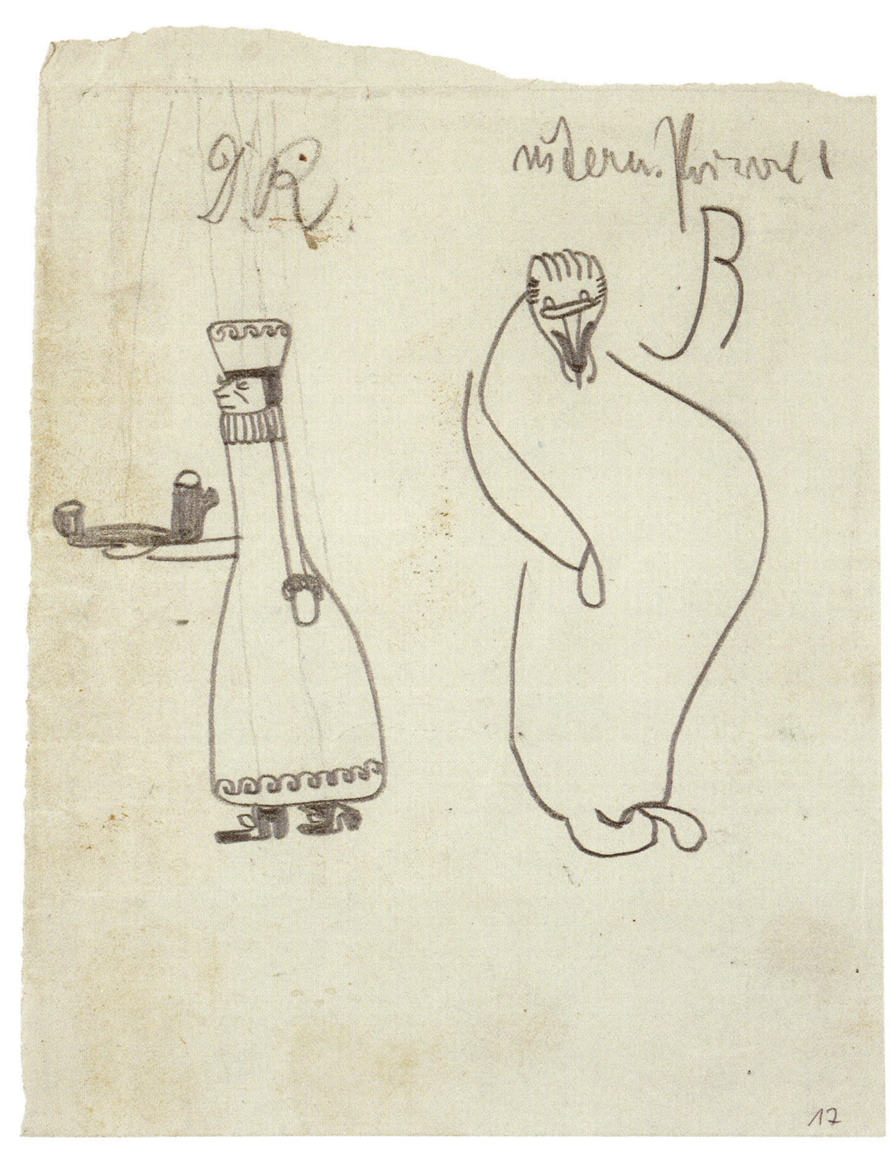

44 | 낱장 그림, 1901~1907년경

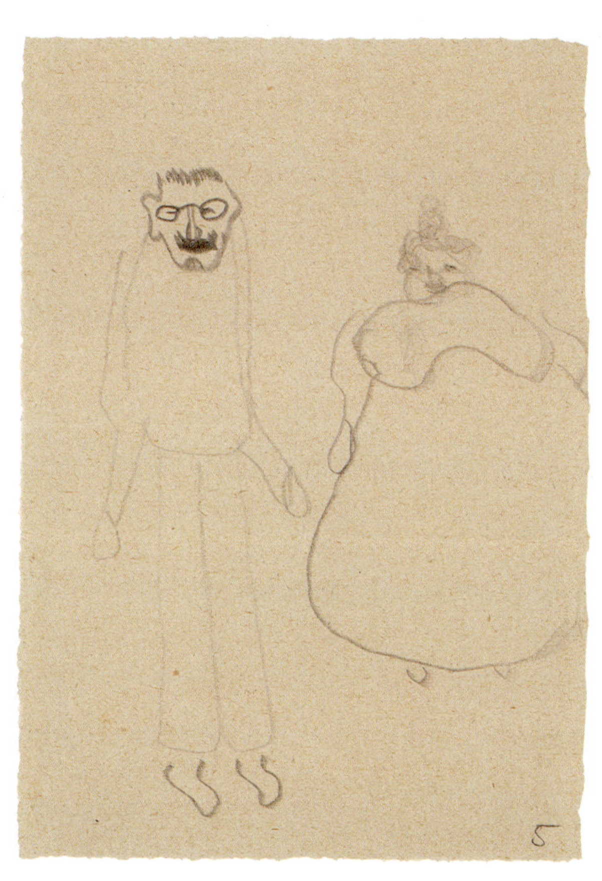

45 | 낱장 그림, 1901~1907년경

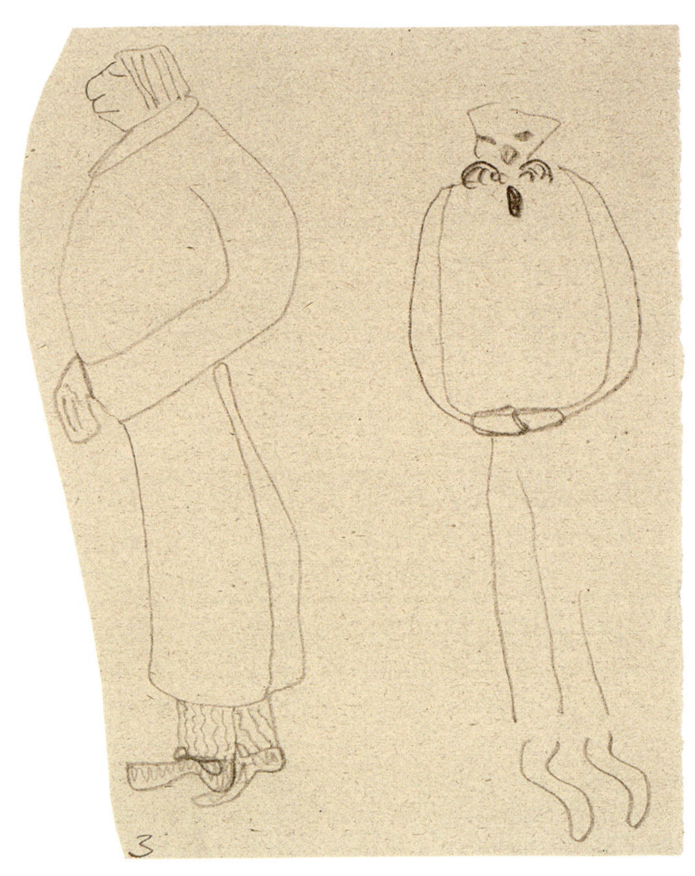

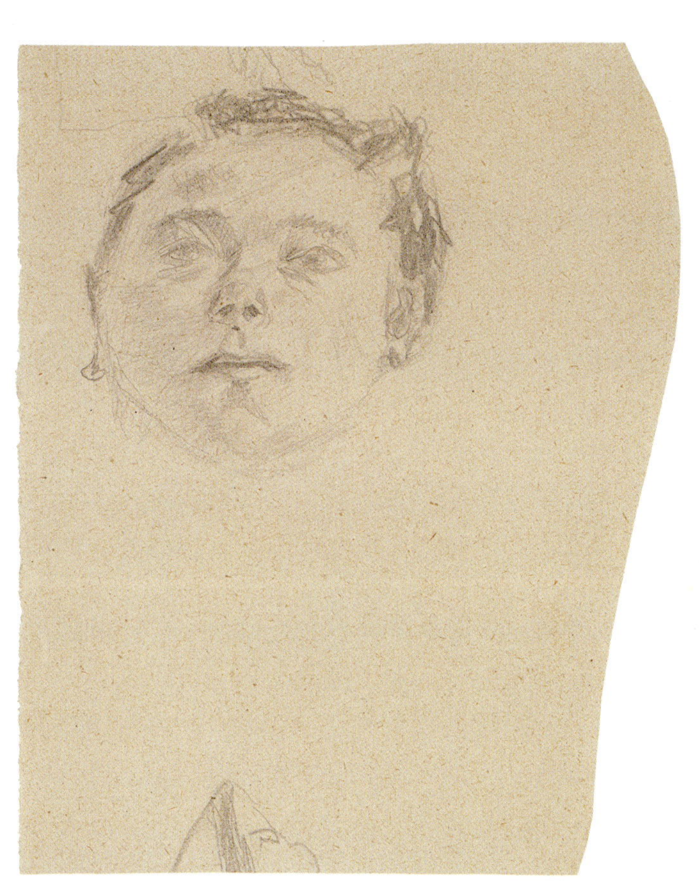

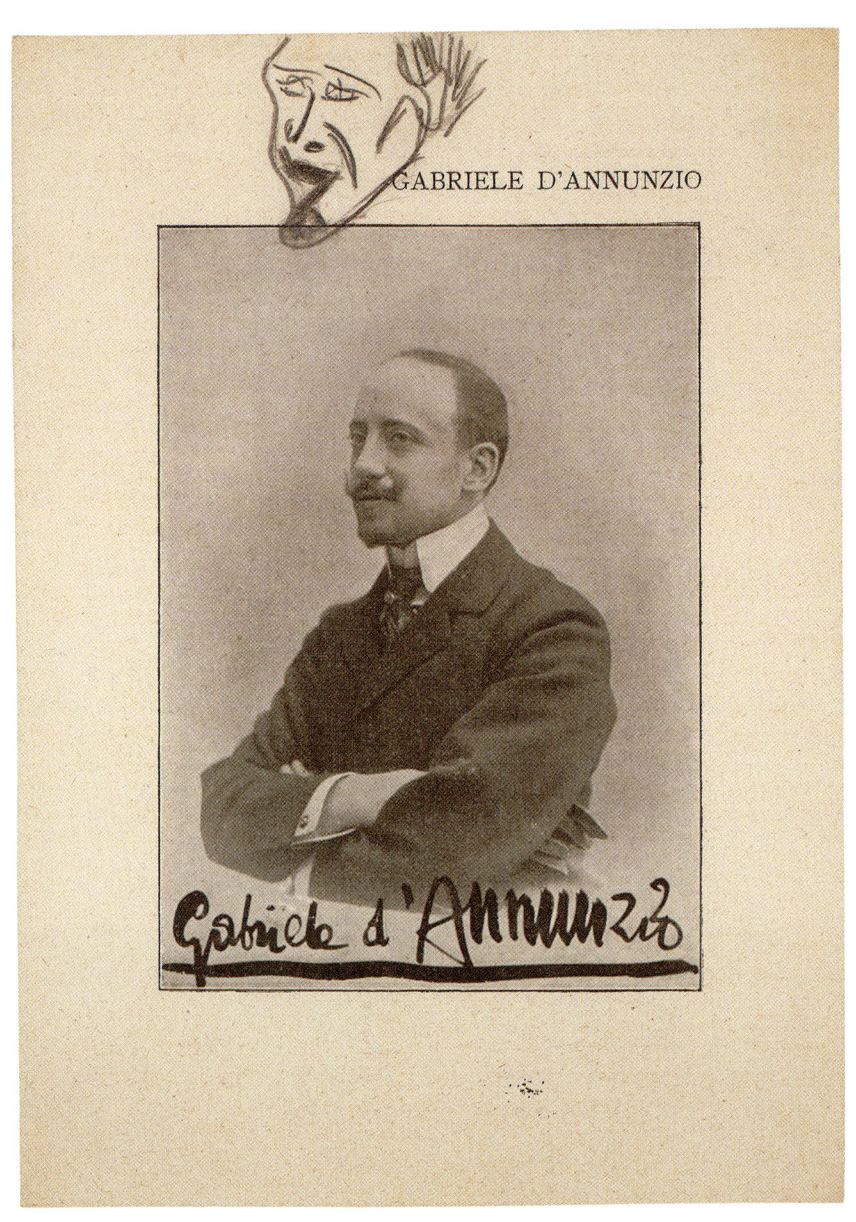

48, 49 | 낱장 그림, 1901~1907년경

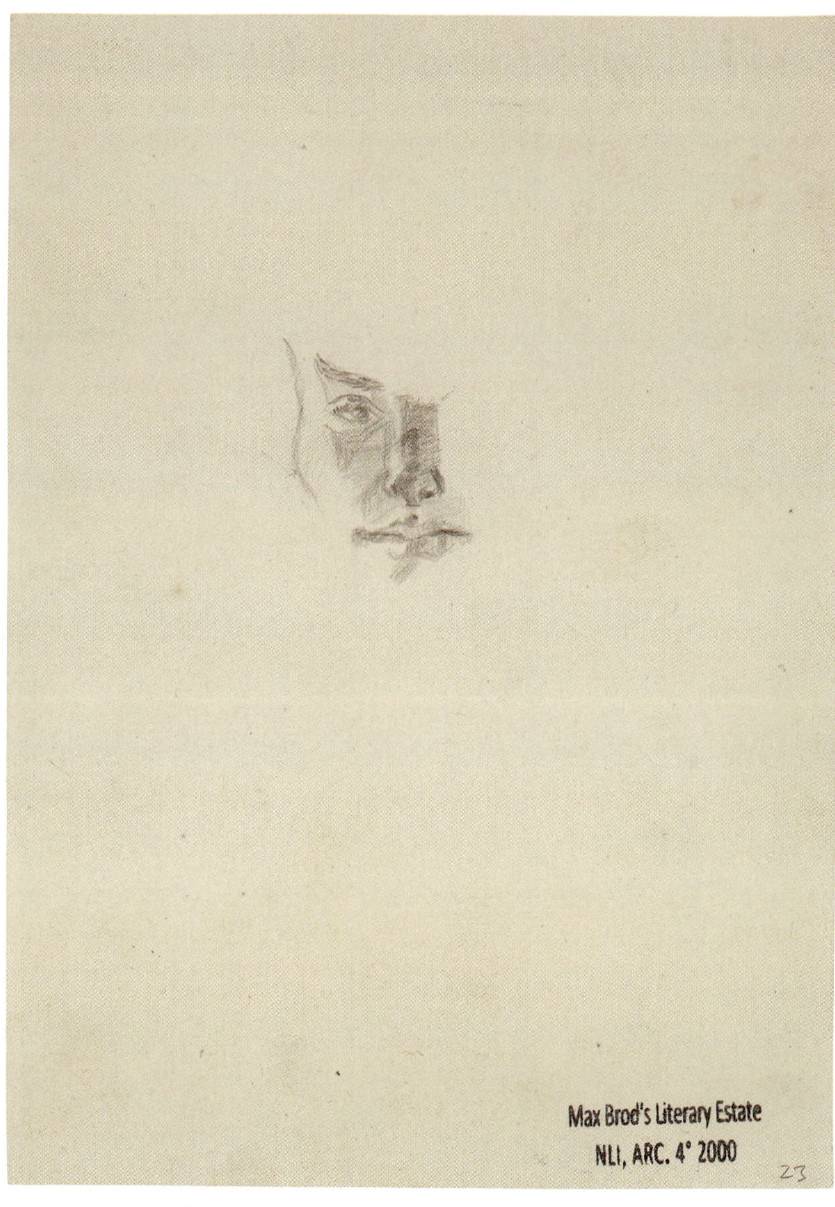

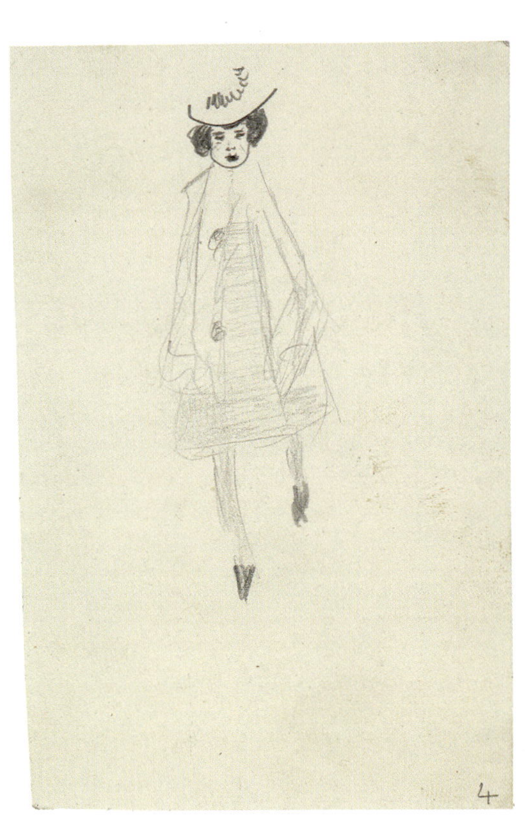

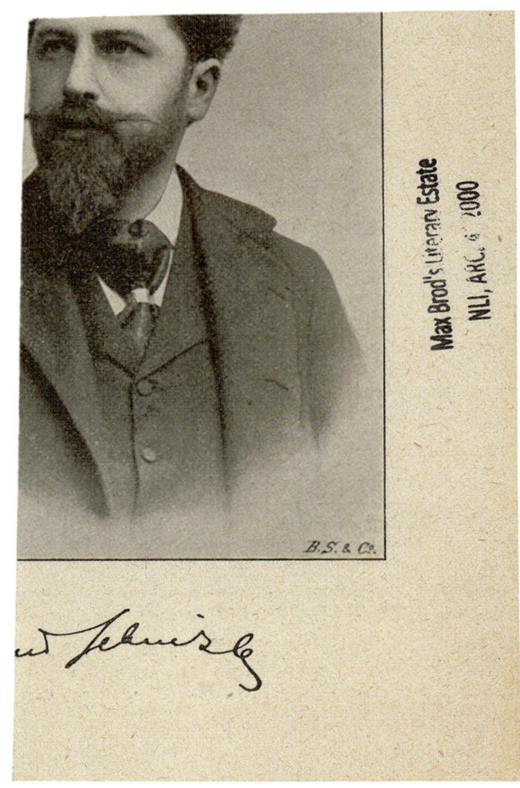

Max Brod's Literary Estate
NLI, ARC. 6' 2000

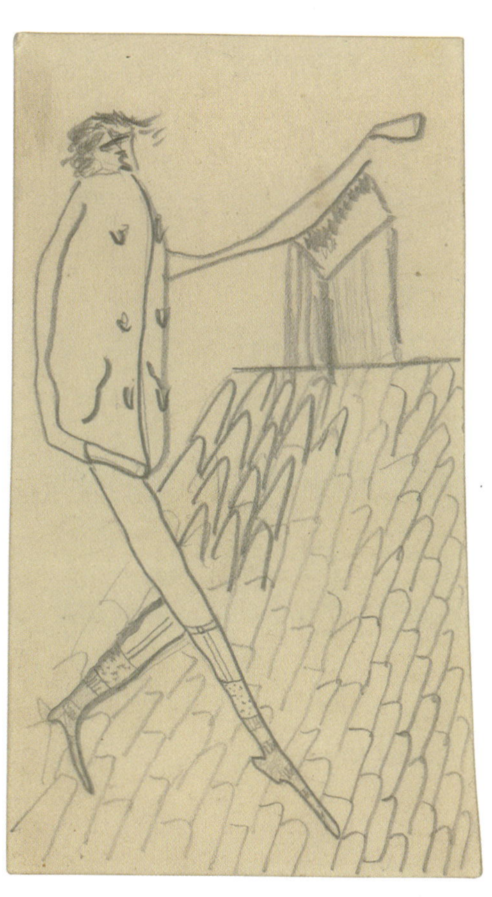 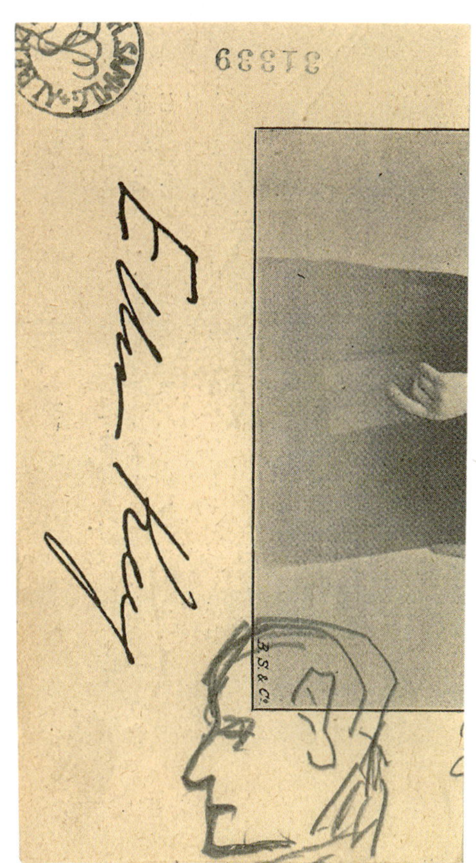

52, 53 | 낱장 그림, 1901~1907년경

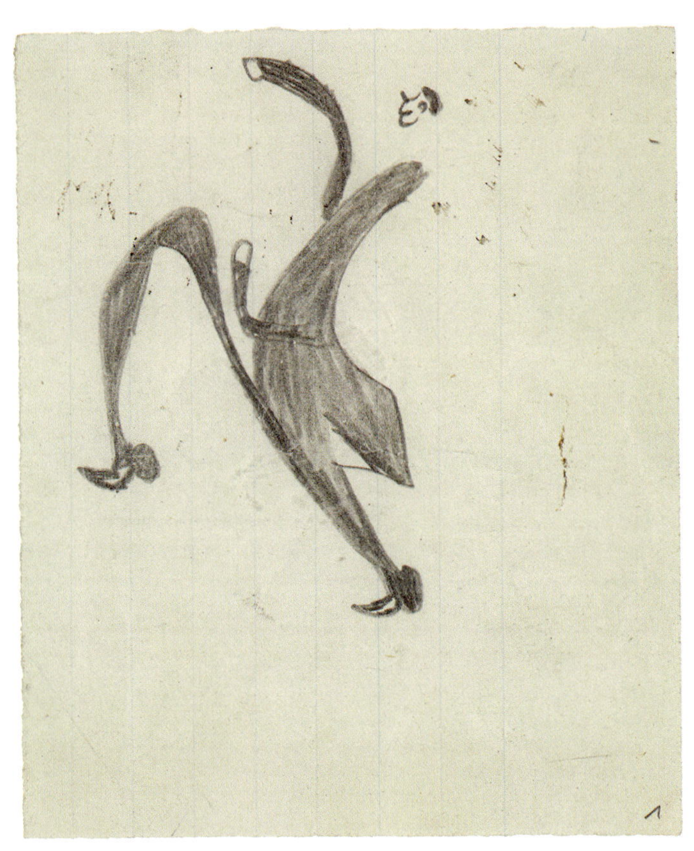

54, 55 | 낱장 그림, 1901~1907년경

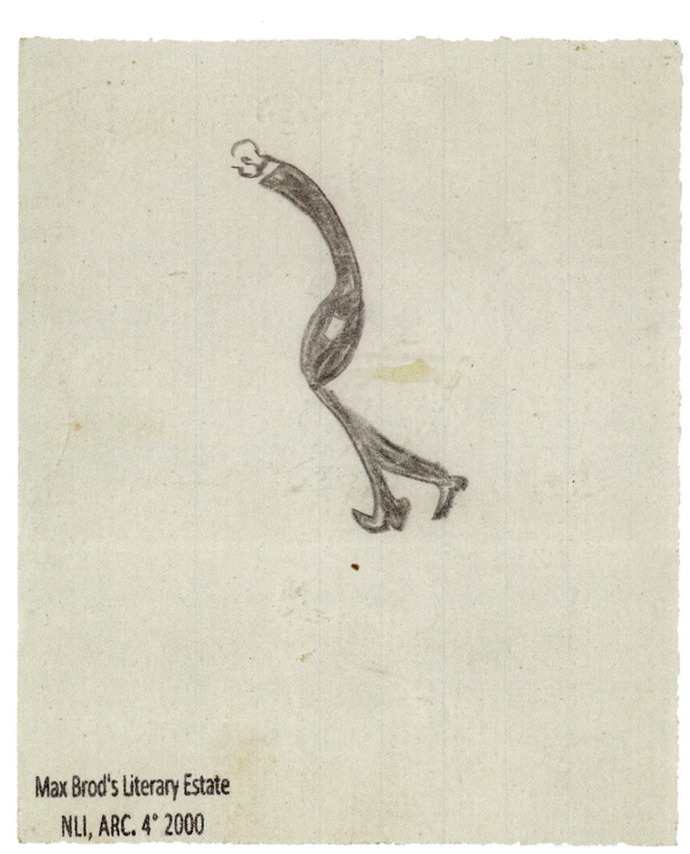

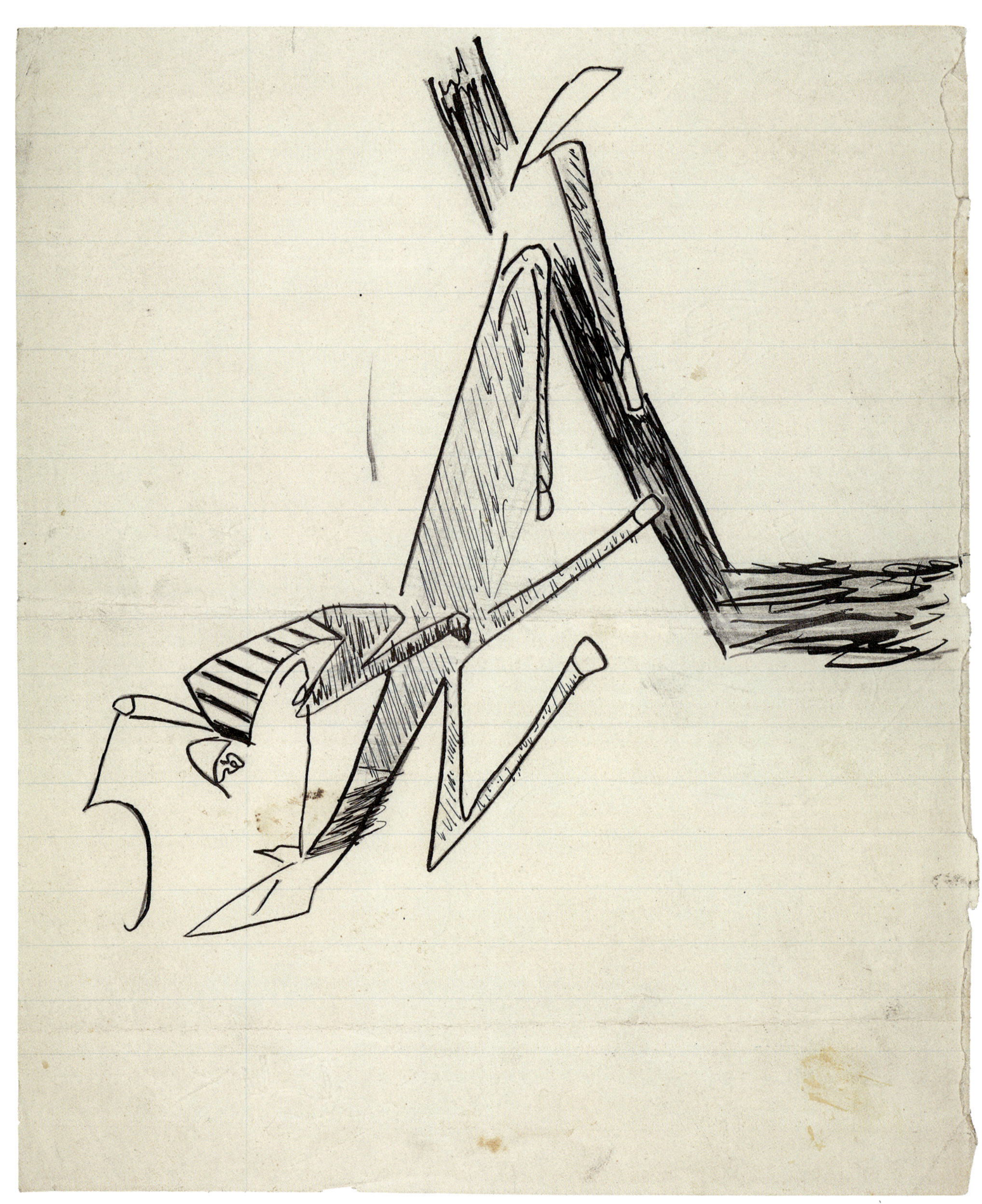

56, 57 | 낱장 그림, 1901~1907년경

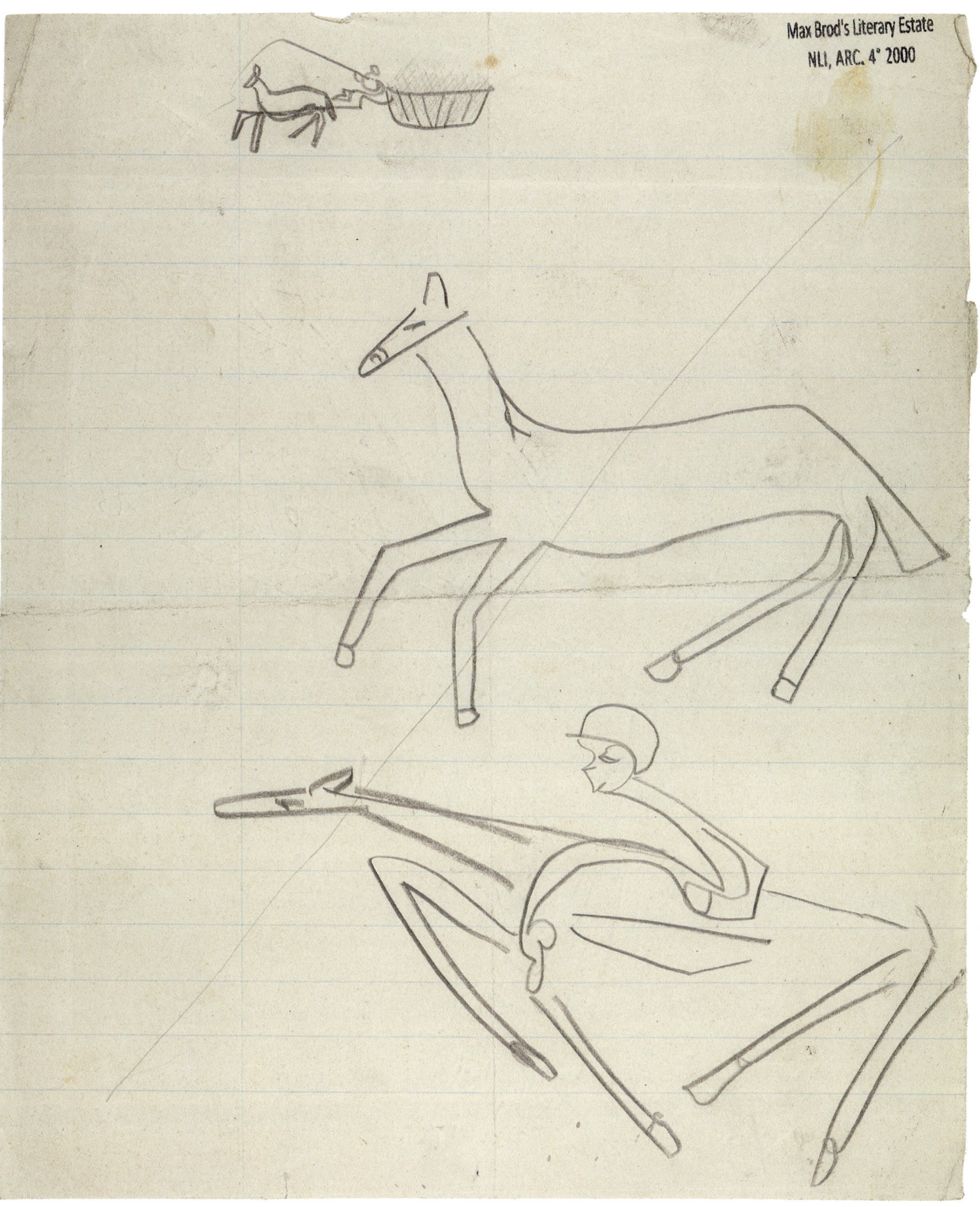

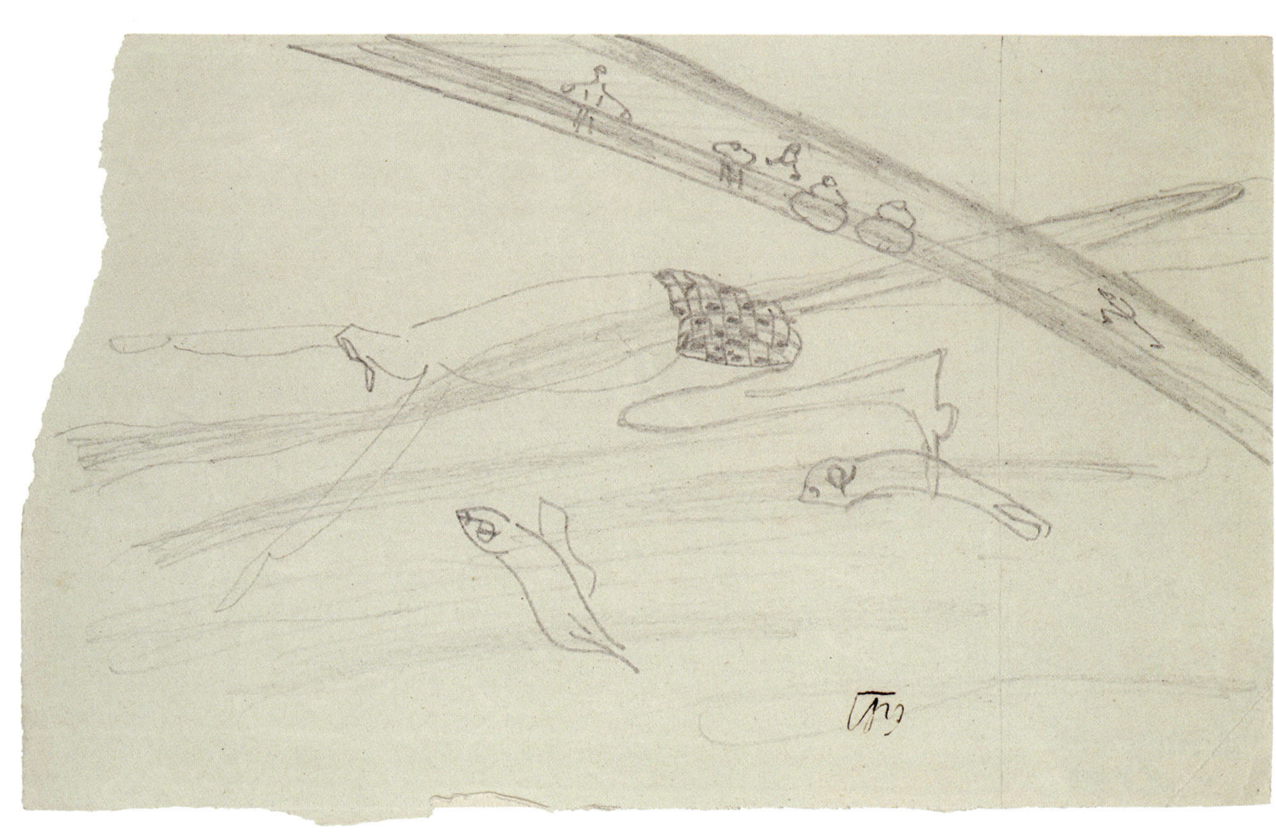

58, 59 | 낱장 그림, 1901~1907년경

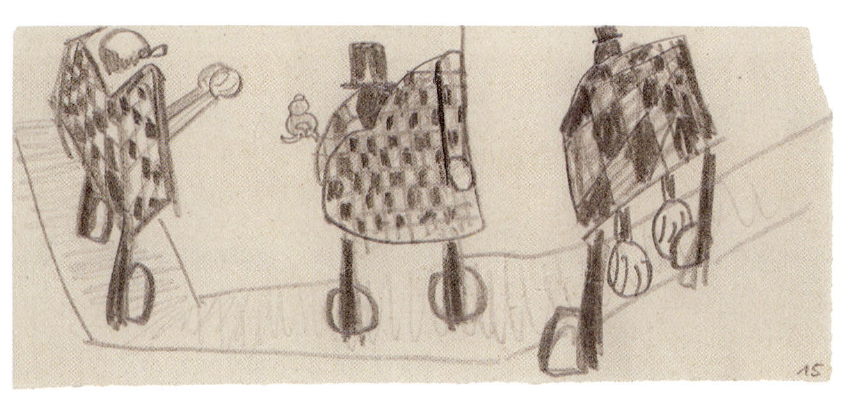

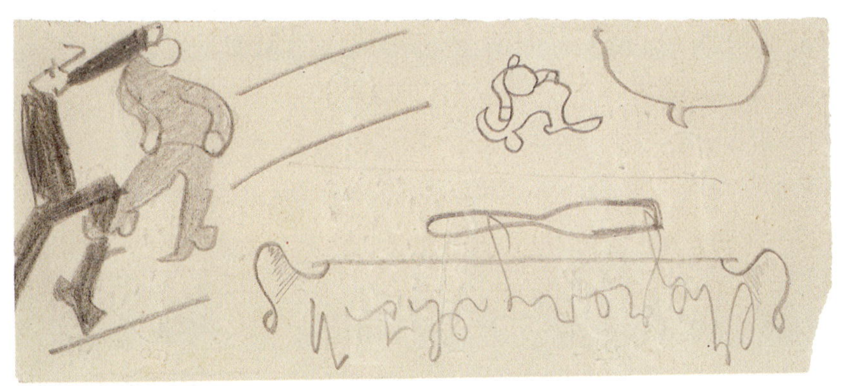

60, 61 | 낱장 그림, 1901~1907년경

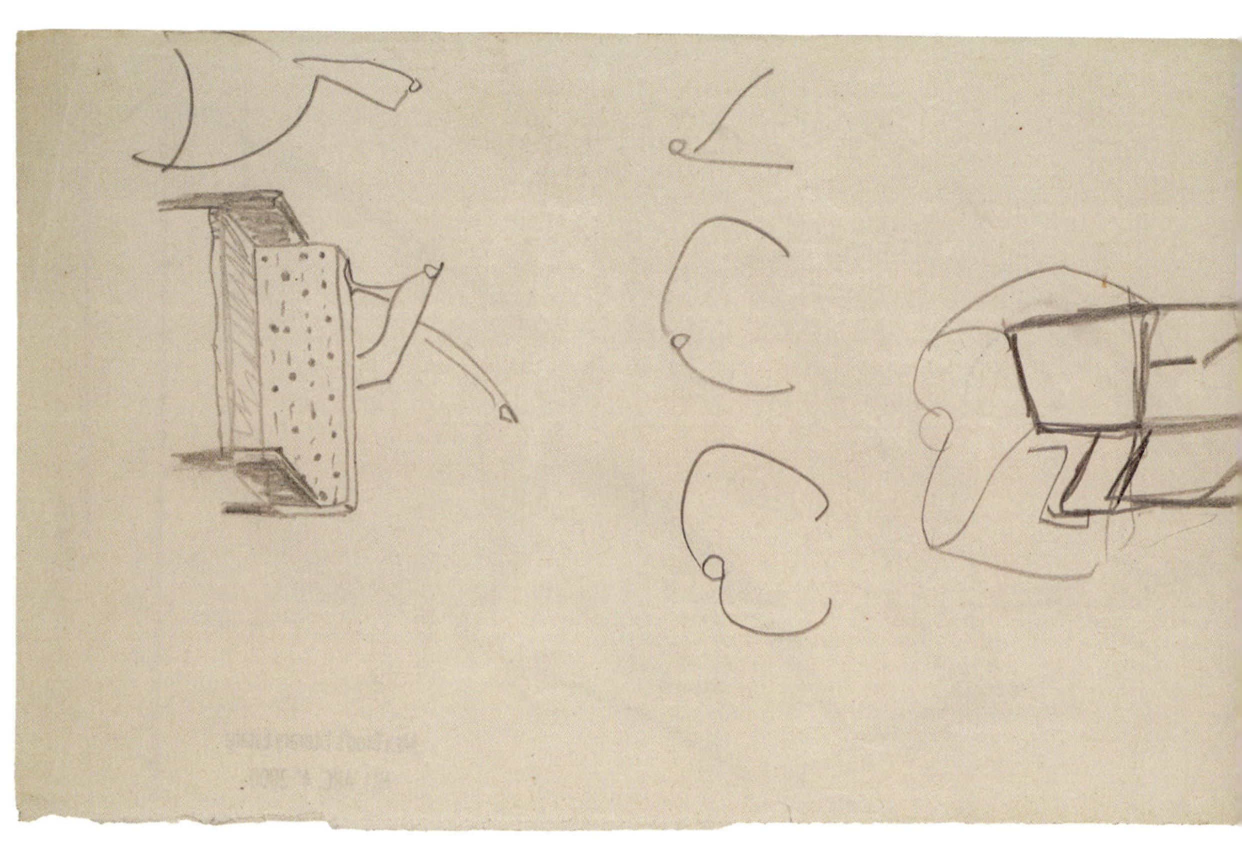

62, 63 | 낱장 그림, 1901~1907년경

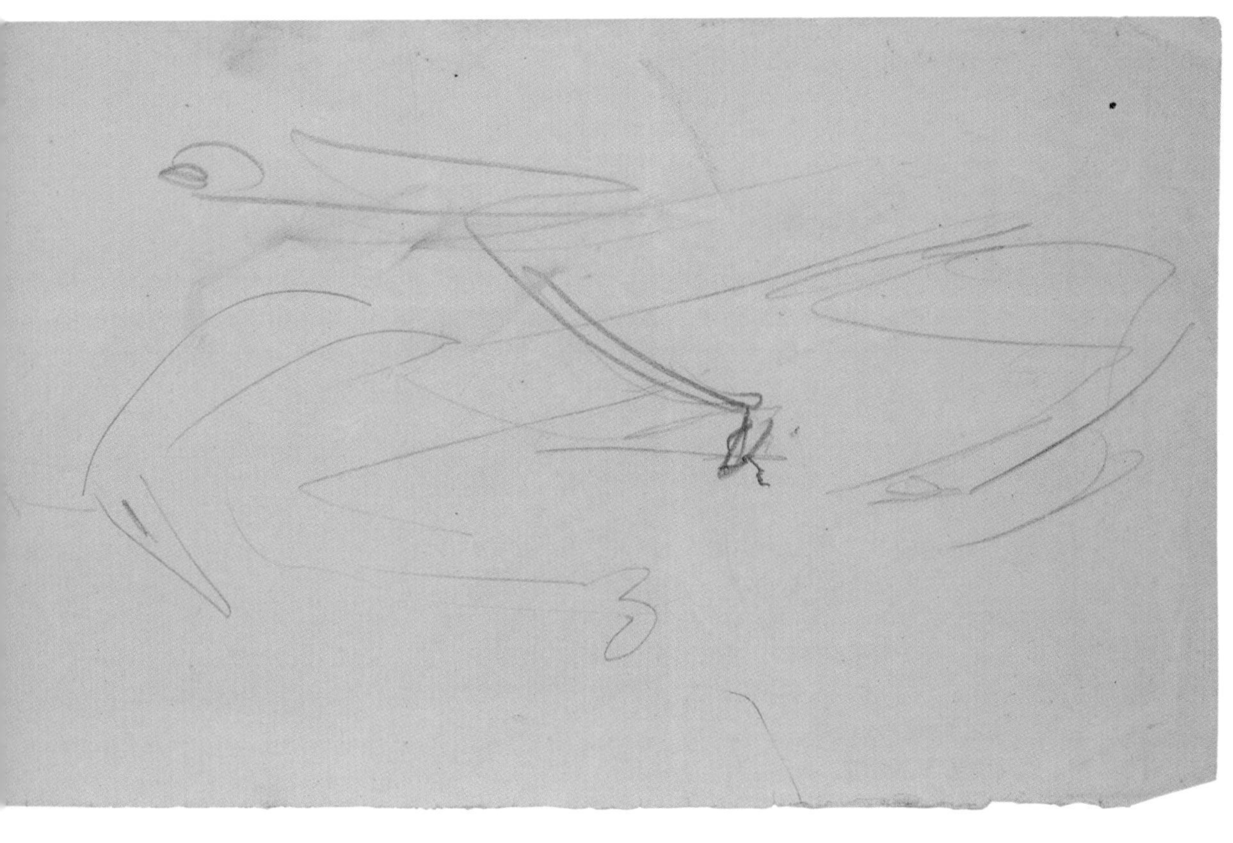

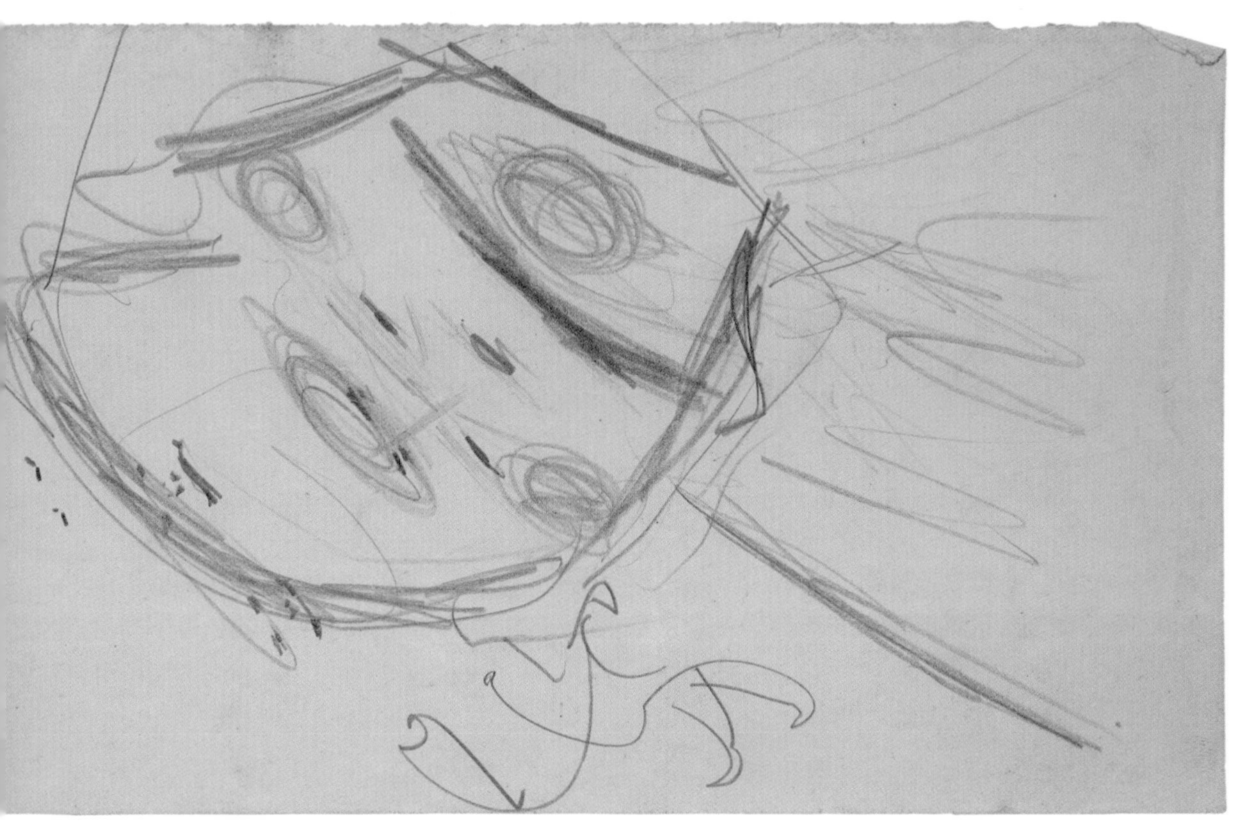

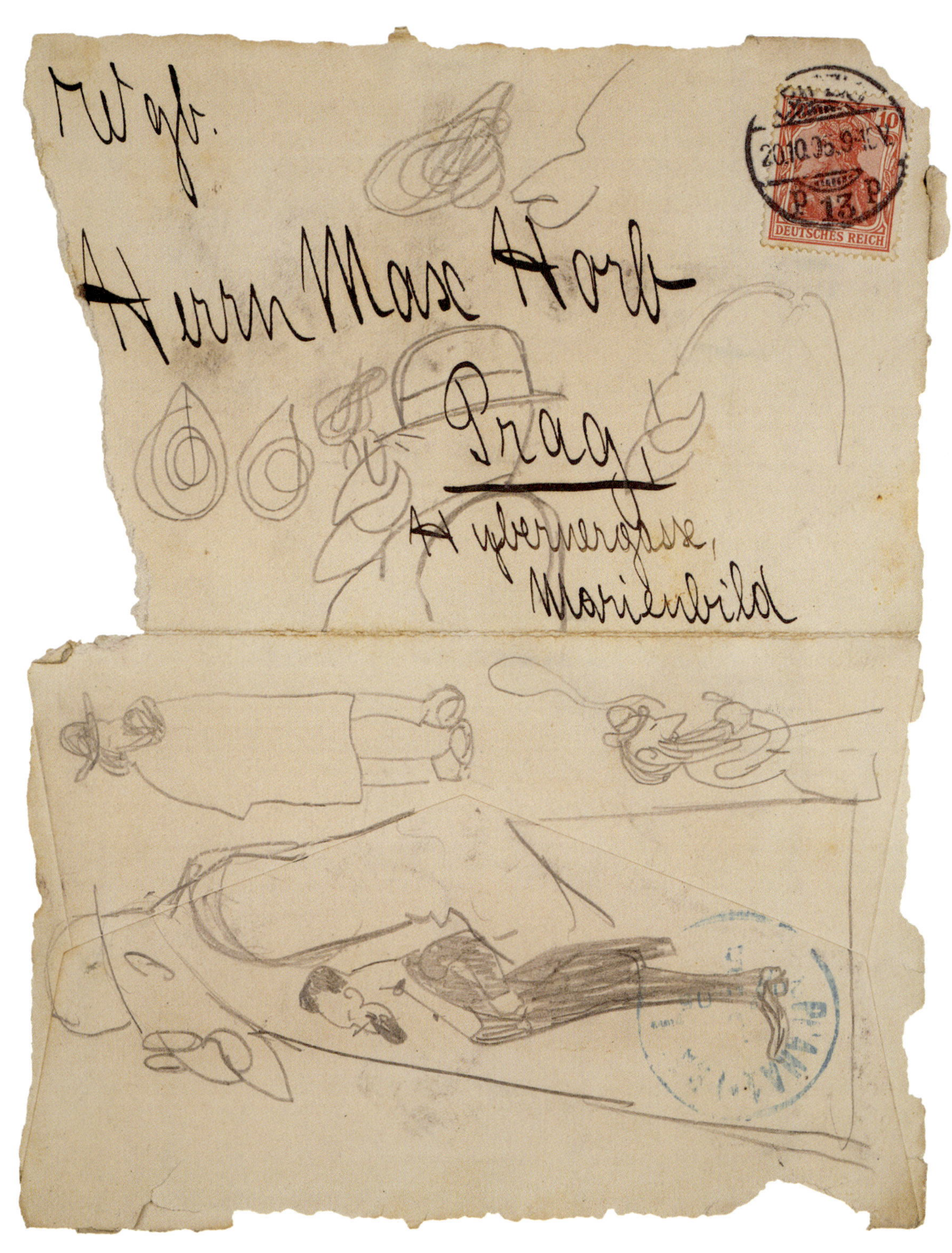

Herrn Max Horb
Prag
Hybernergasse,
Marienbild
DEUTSCHES REICH

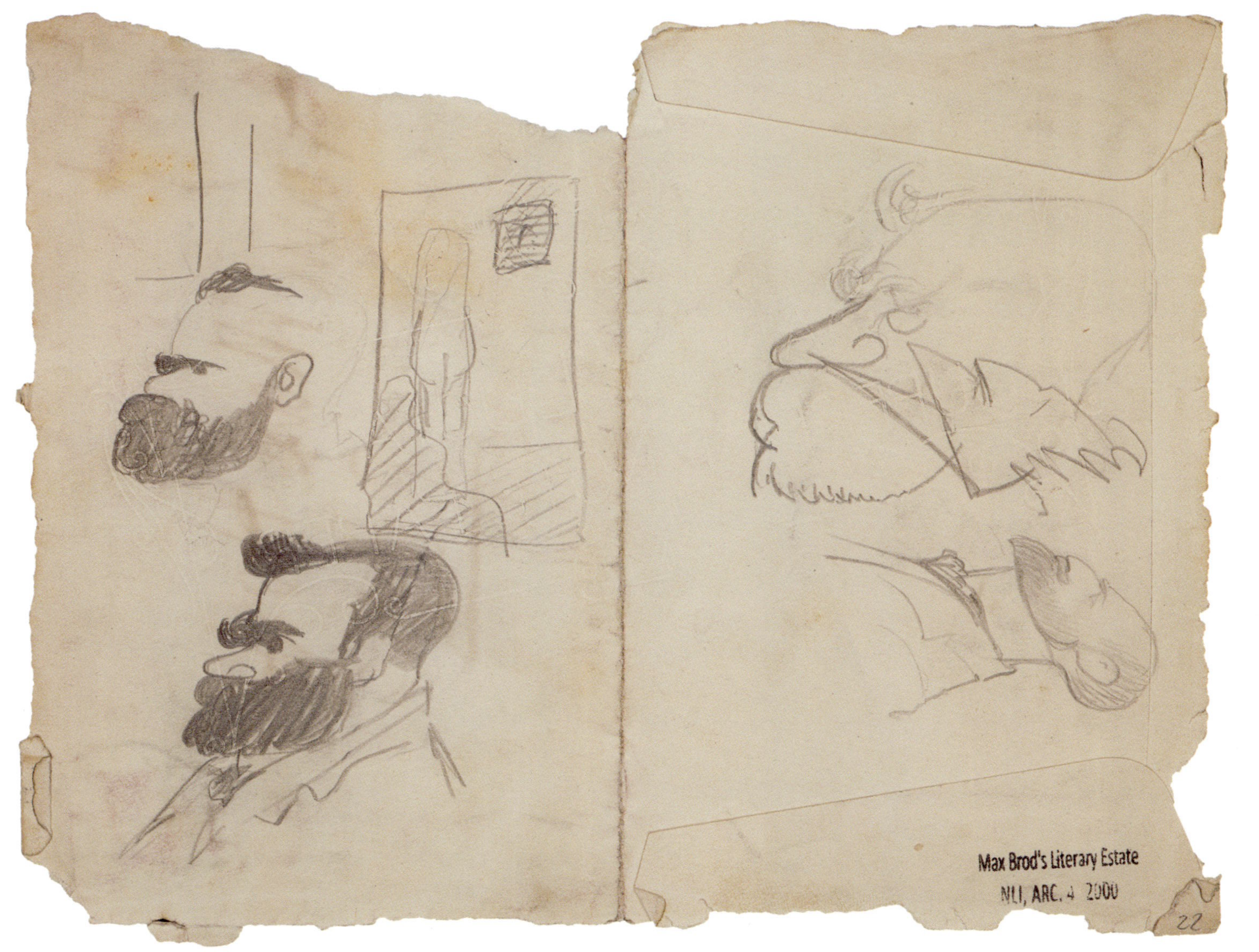

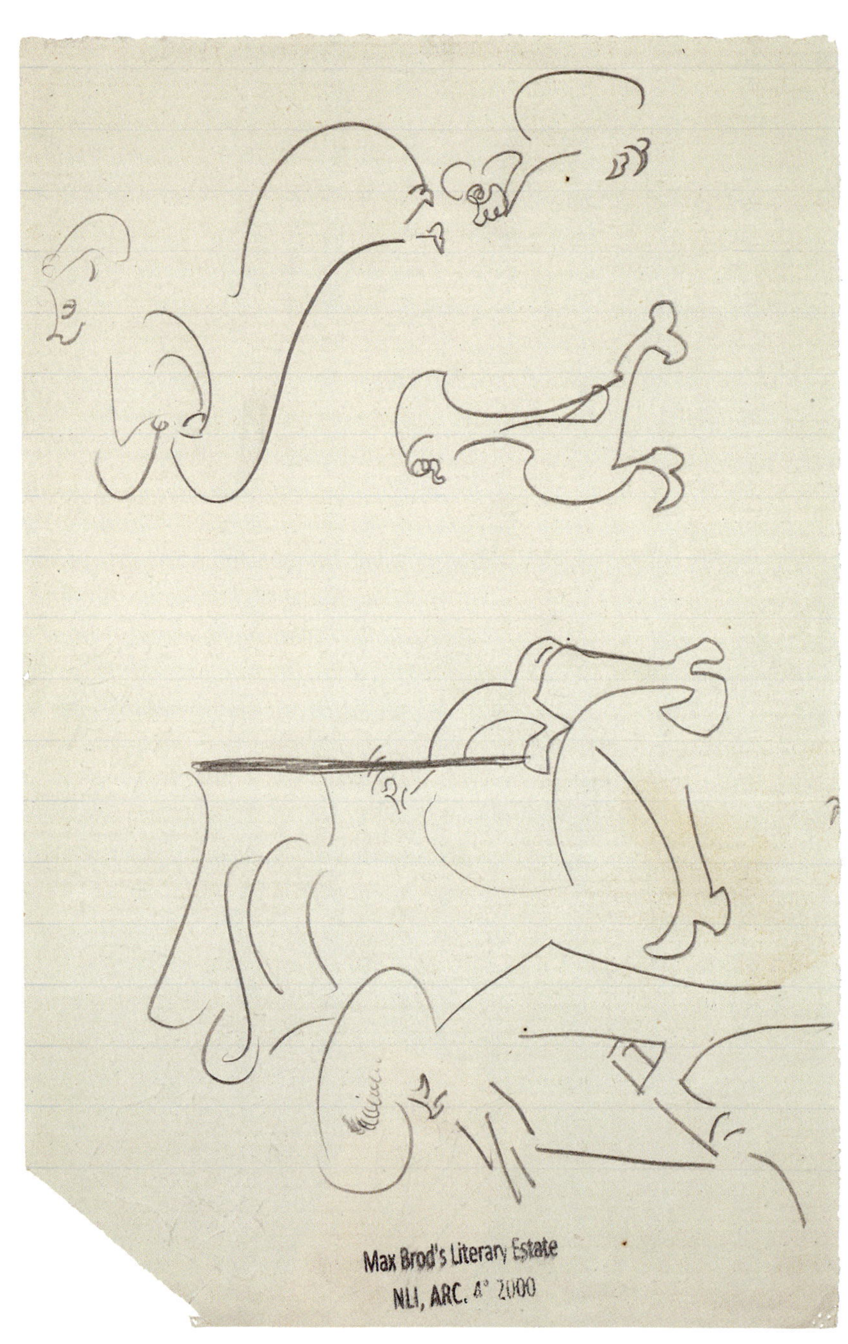

66, 67 | 낱장 그림, 1901~1907년경

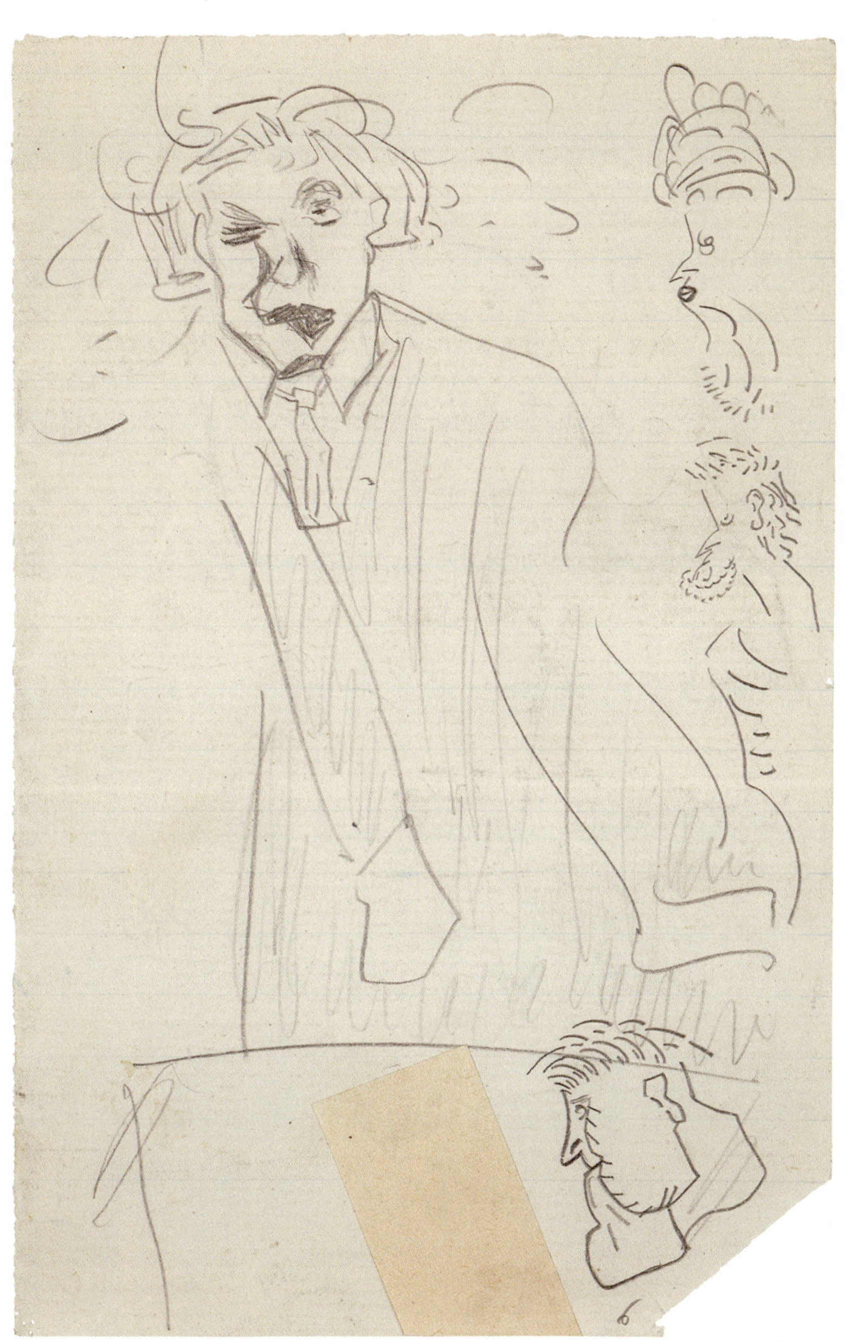

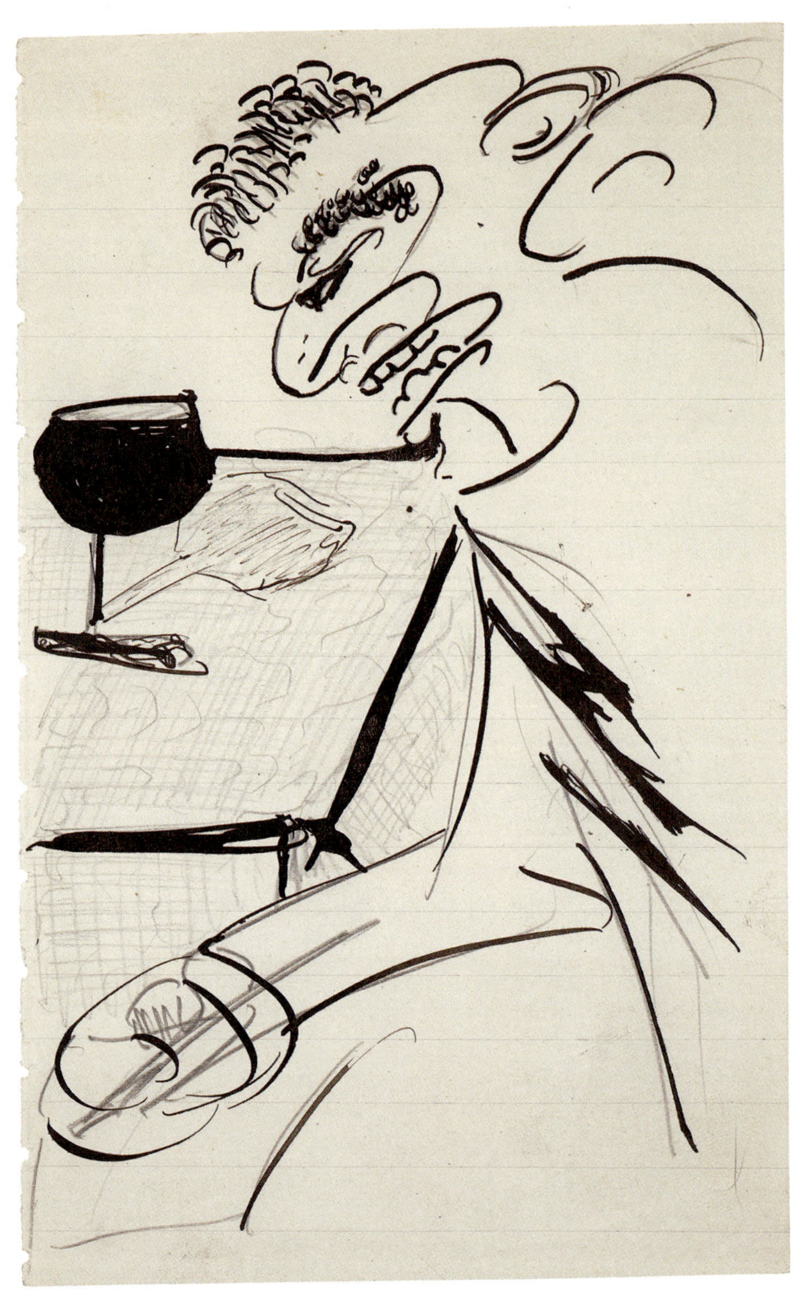

68, 69 | 낱장 그림, 1901~1907년경

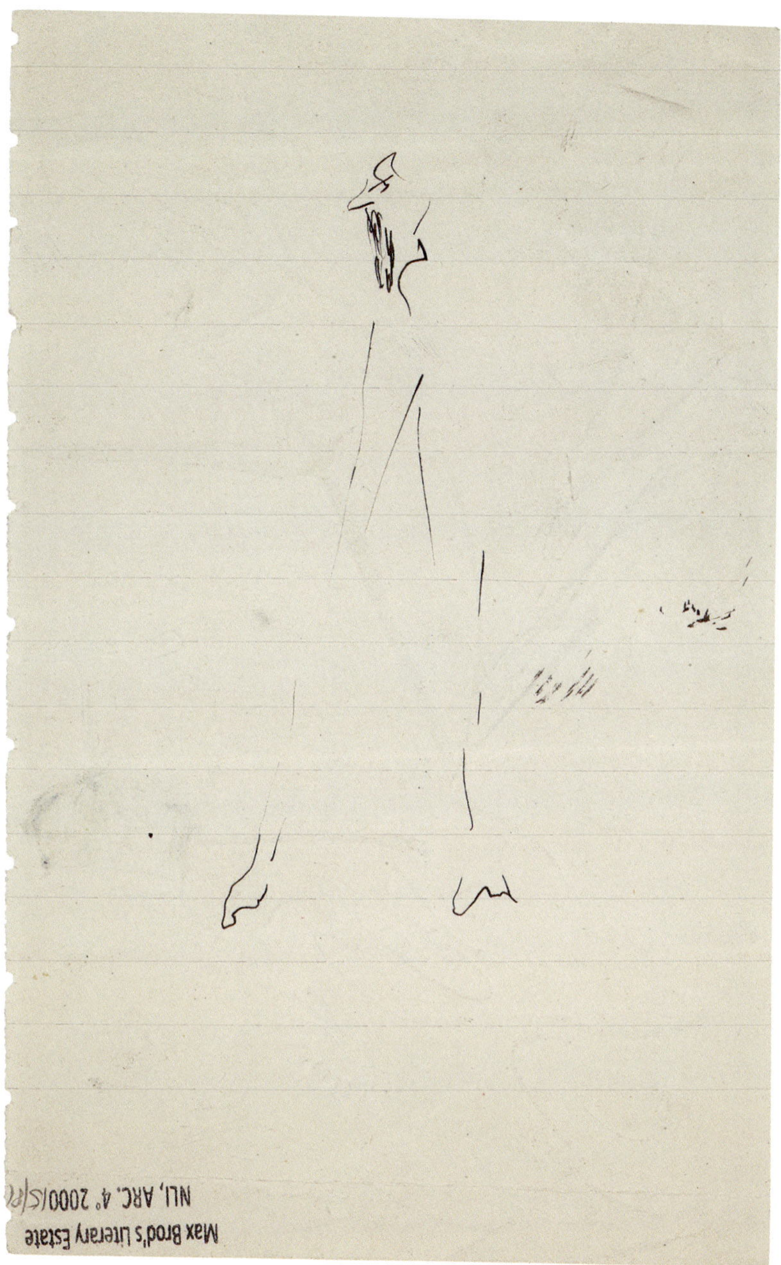

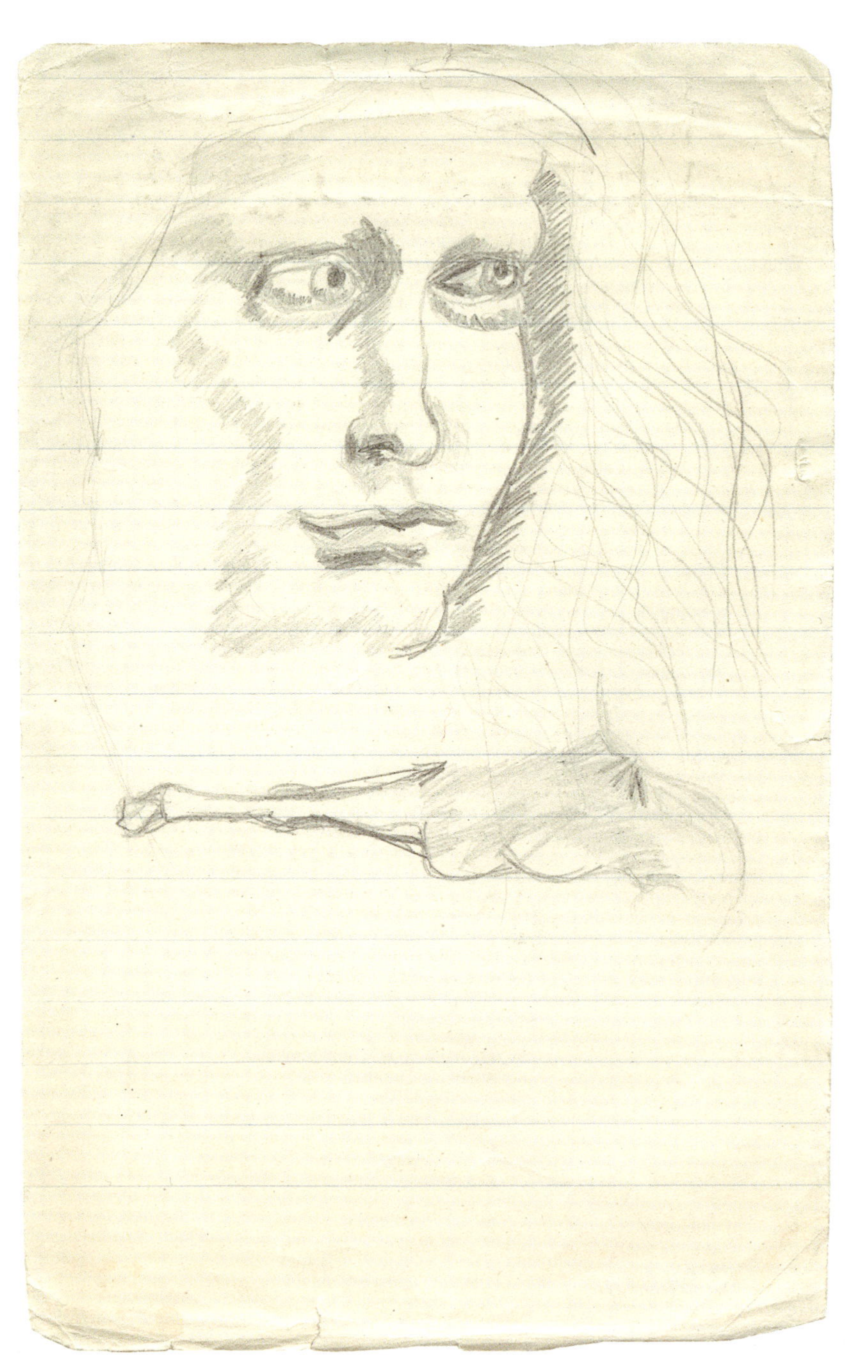

70 | 낱장 그림, 1901~1907년경

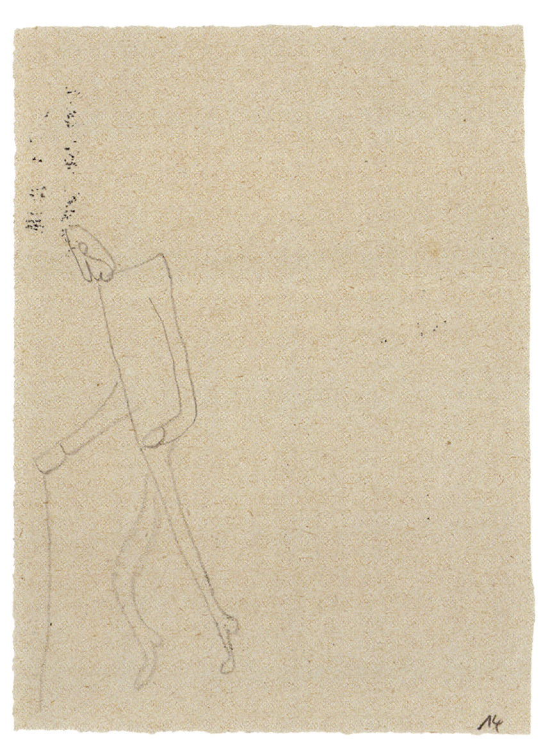

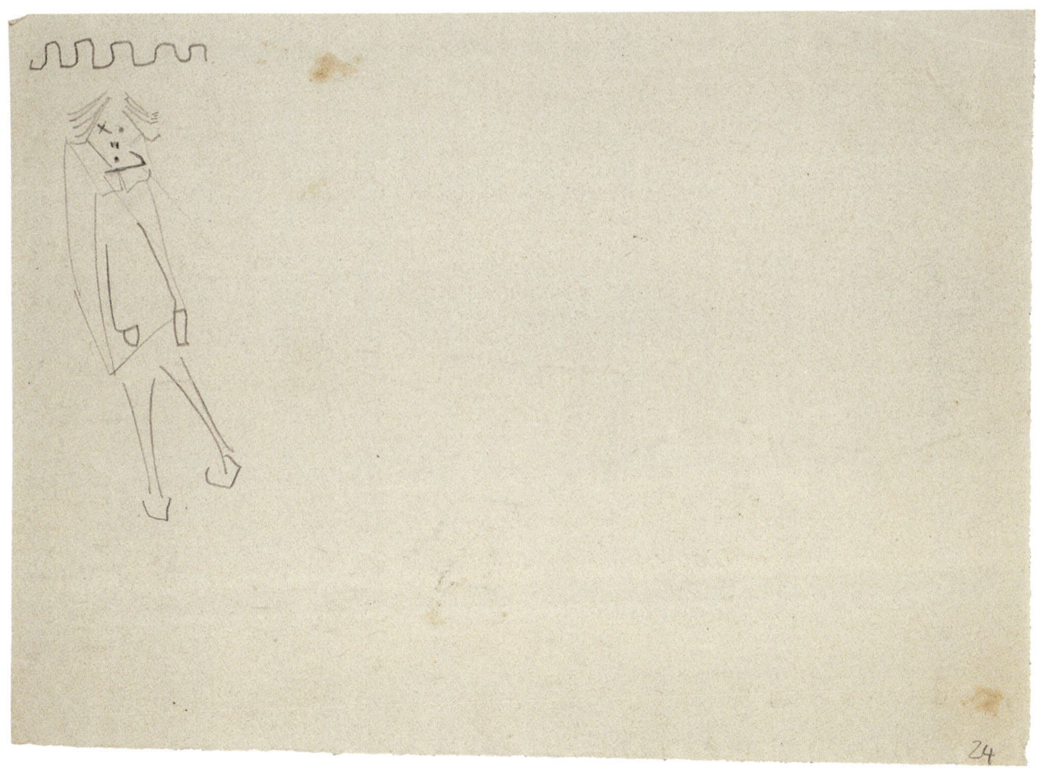

71, 72 | 낱장 그림, 1901~1907년경

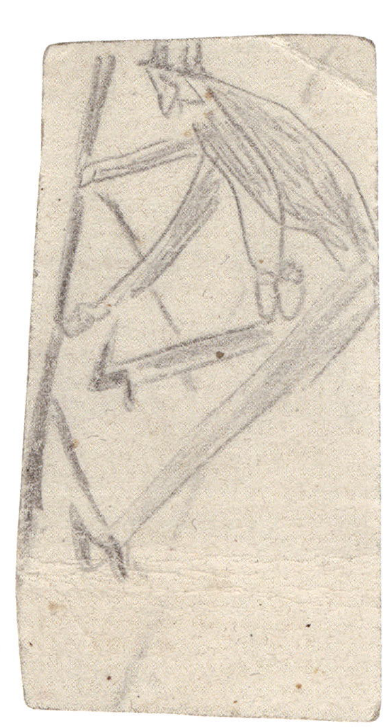

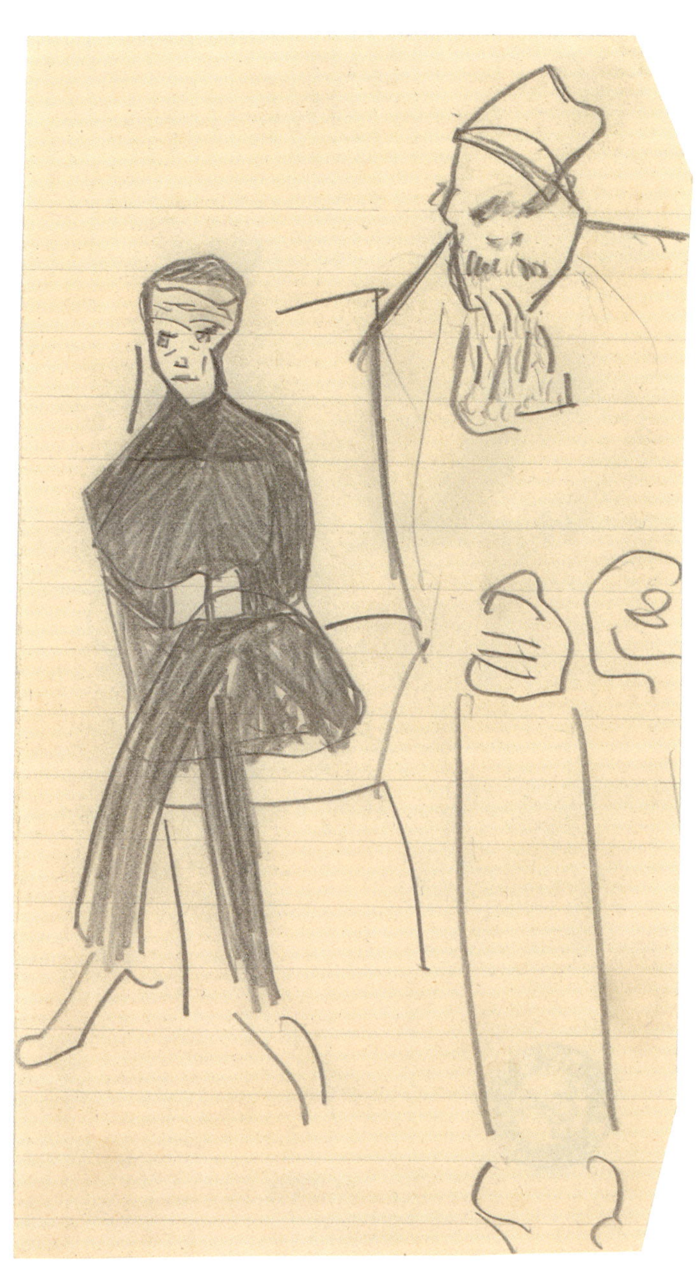

74 | 낱장 그림, 1901~1907년경

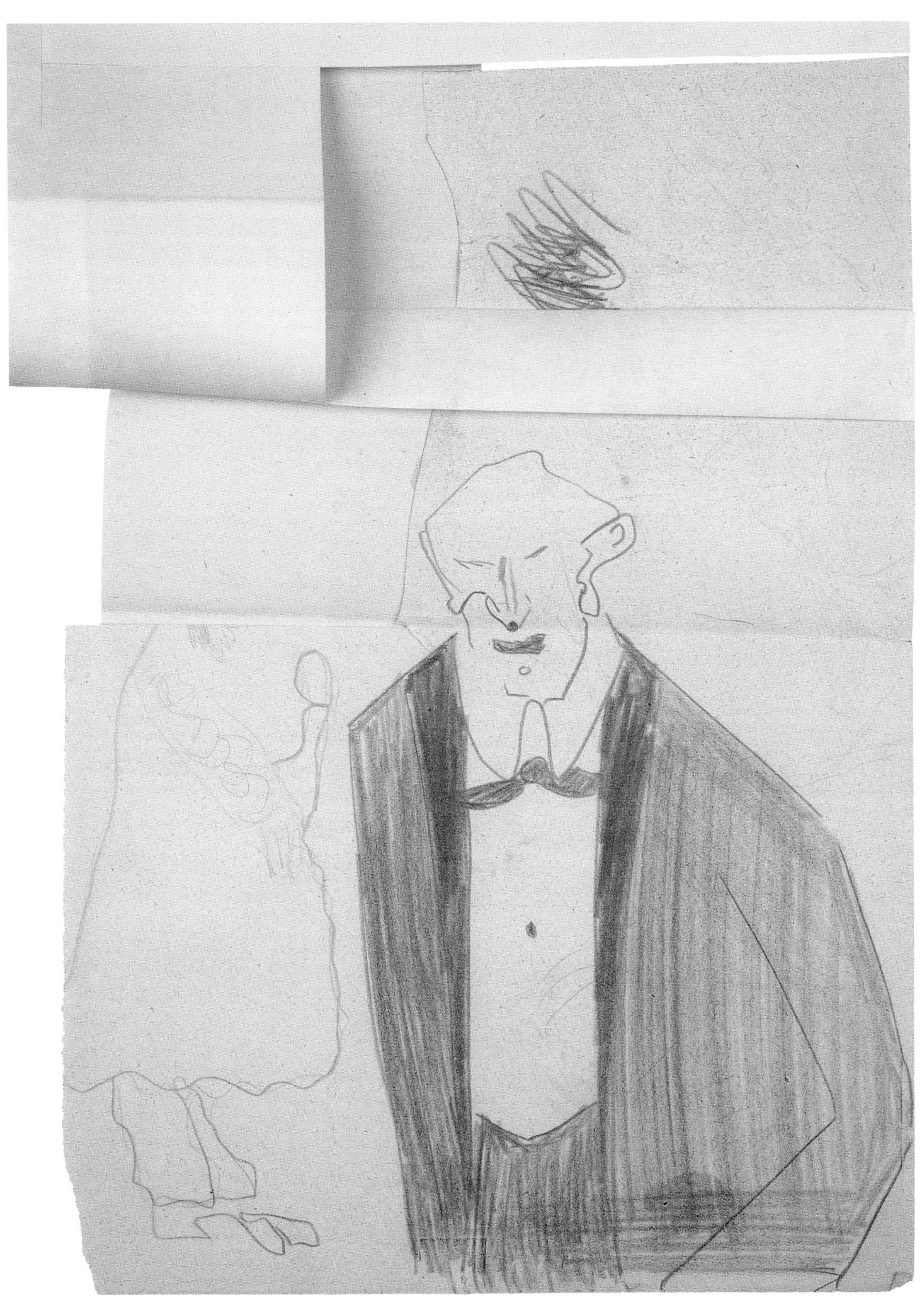

75, 76 | 낱장 그림, 1901~1907년경

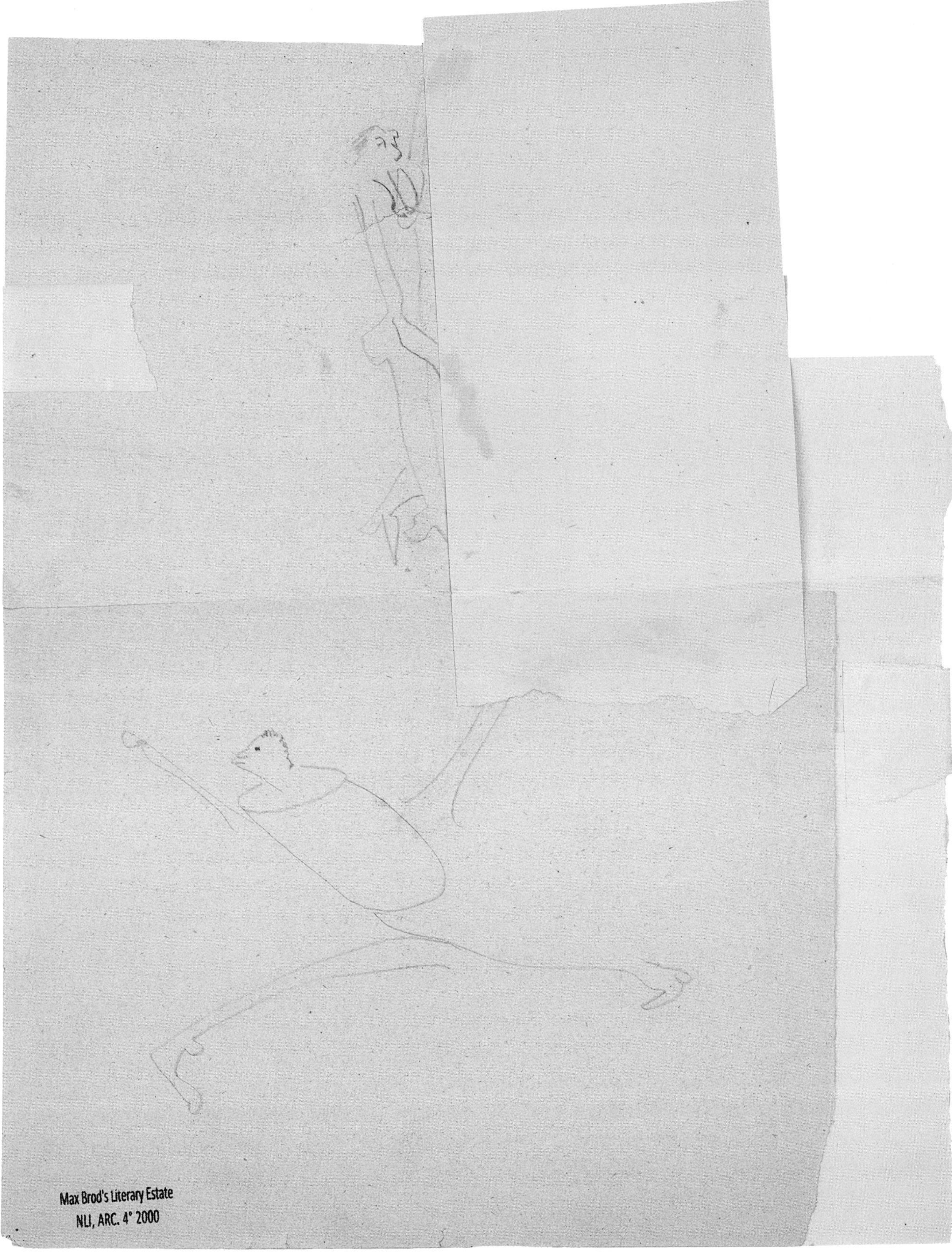

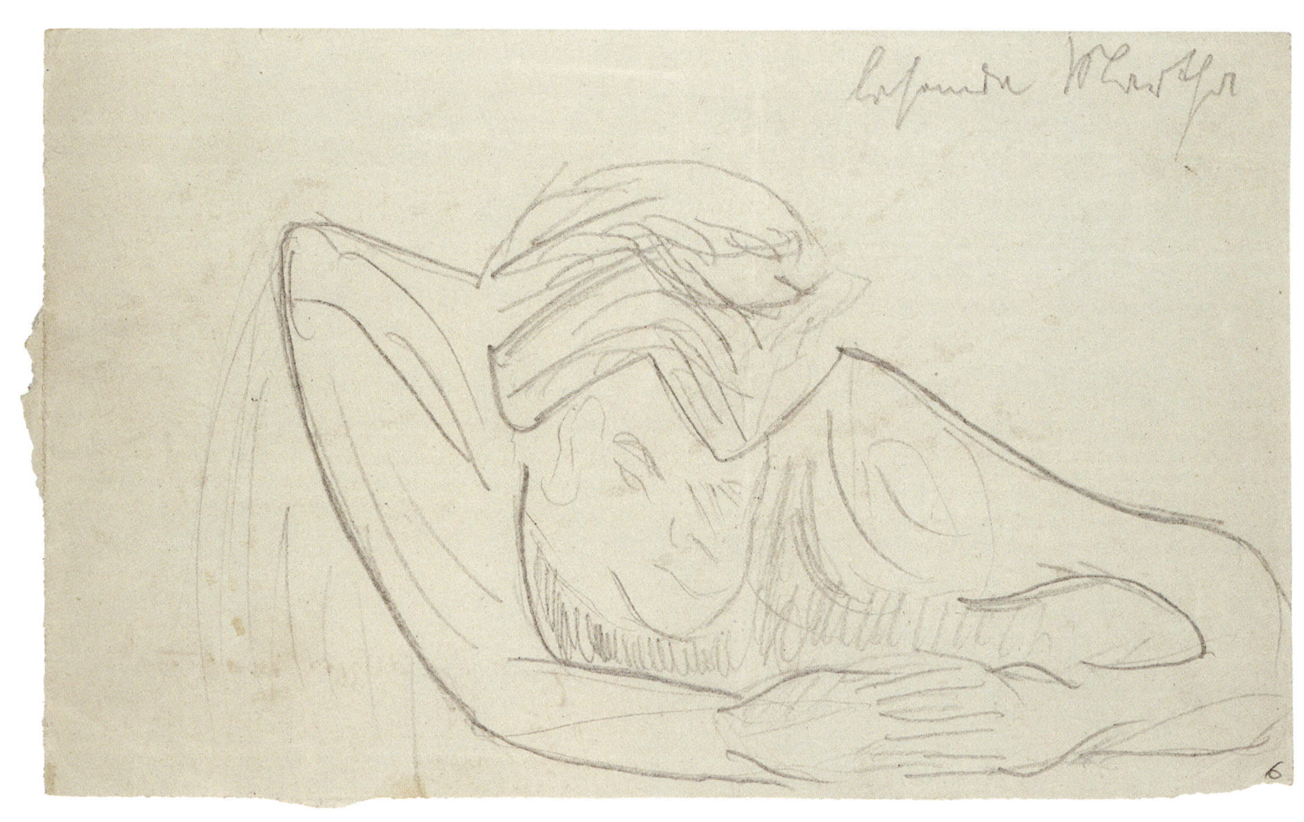

77, 78 | 낱장 그림, 1901~1907년경

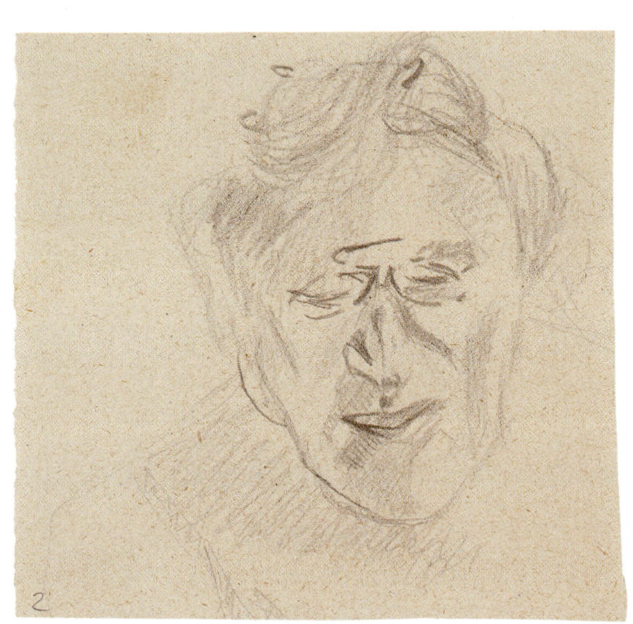

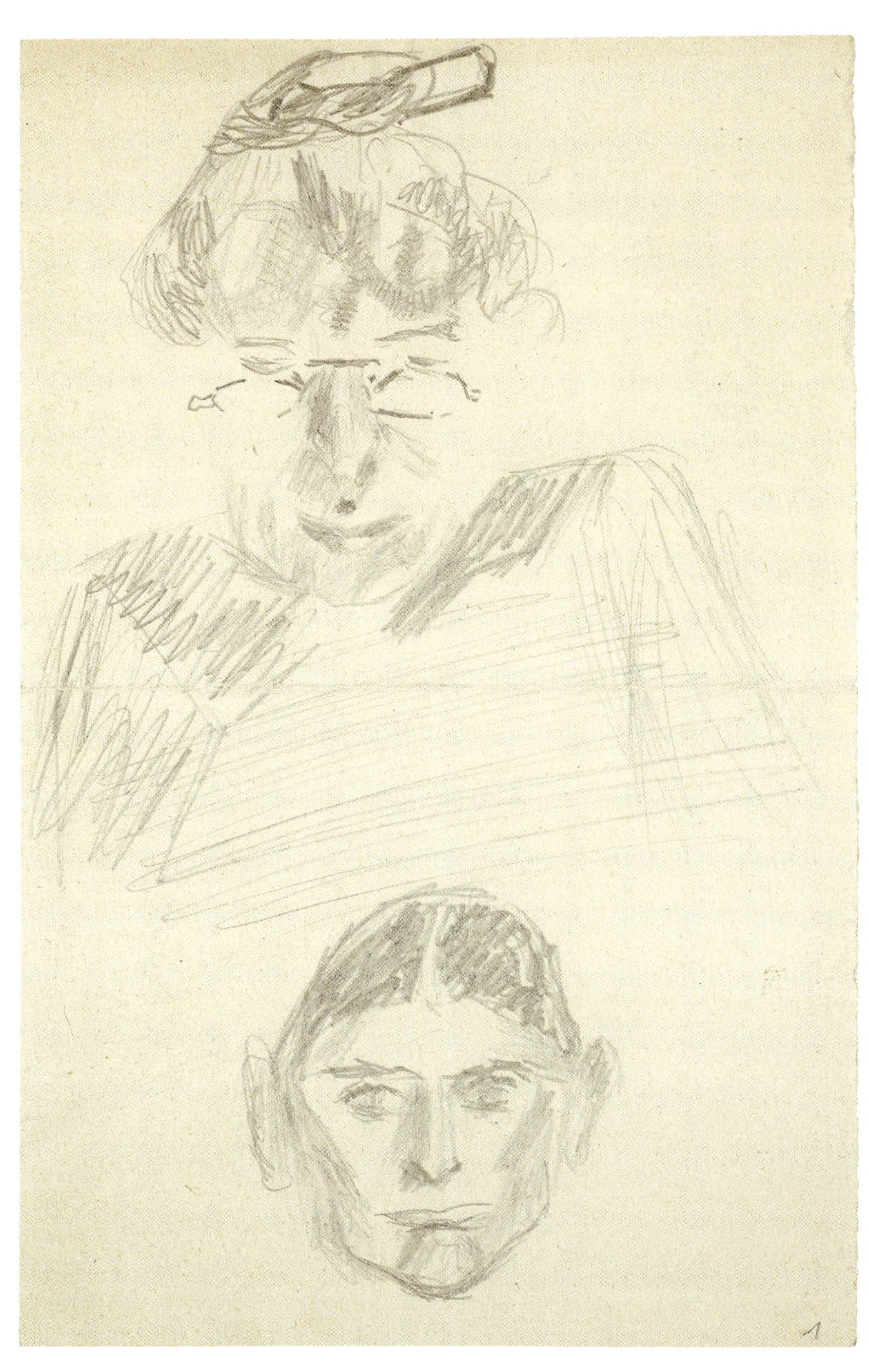

80, 81 | 낱장 그림, 1901~1907년경

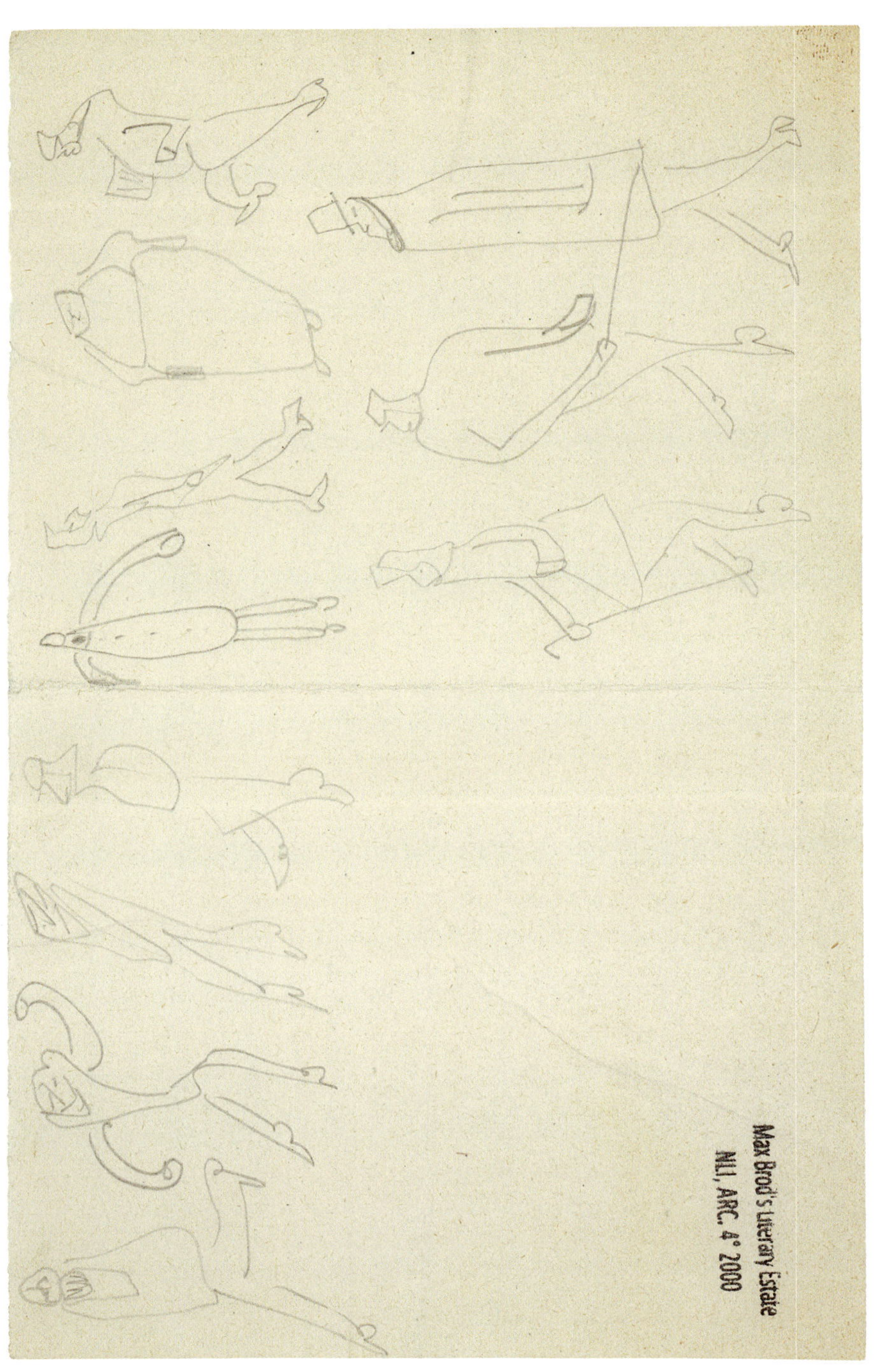

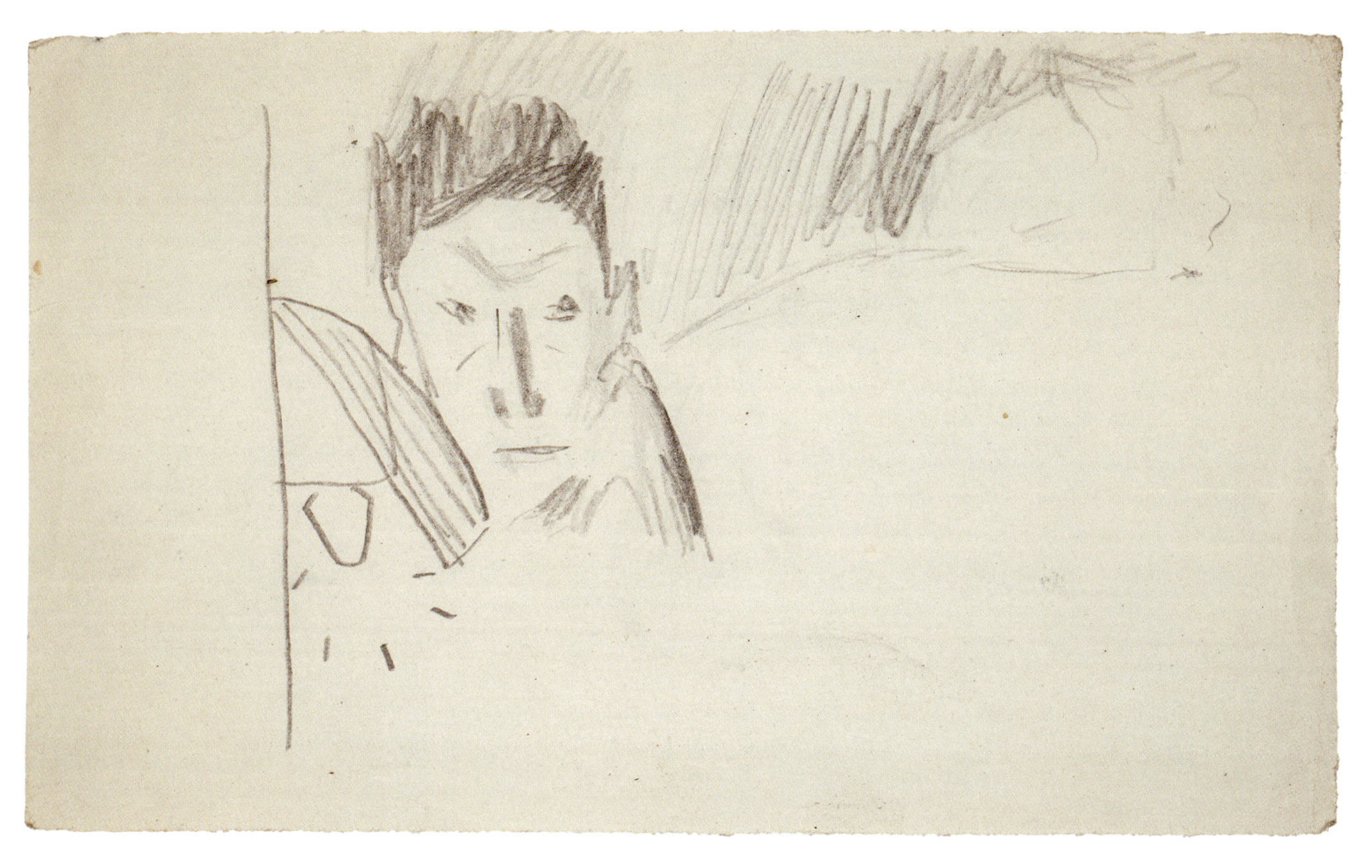

82, 83 | 낱장 그림, 1901~1907년경

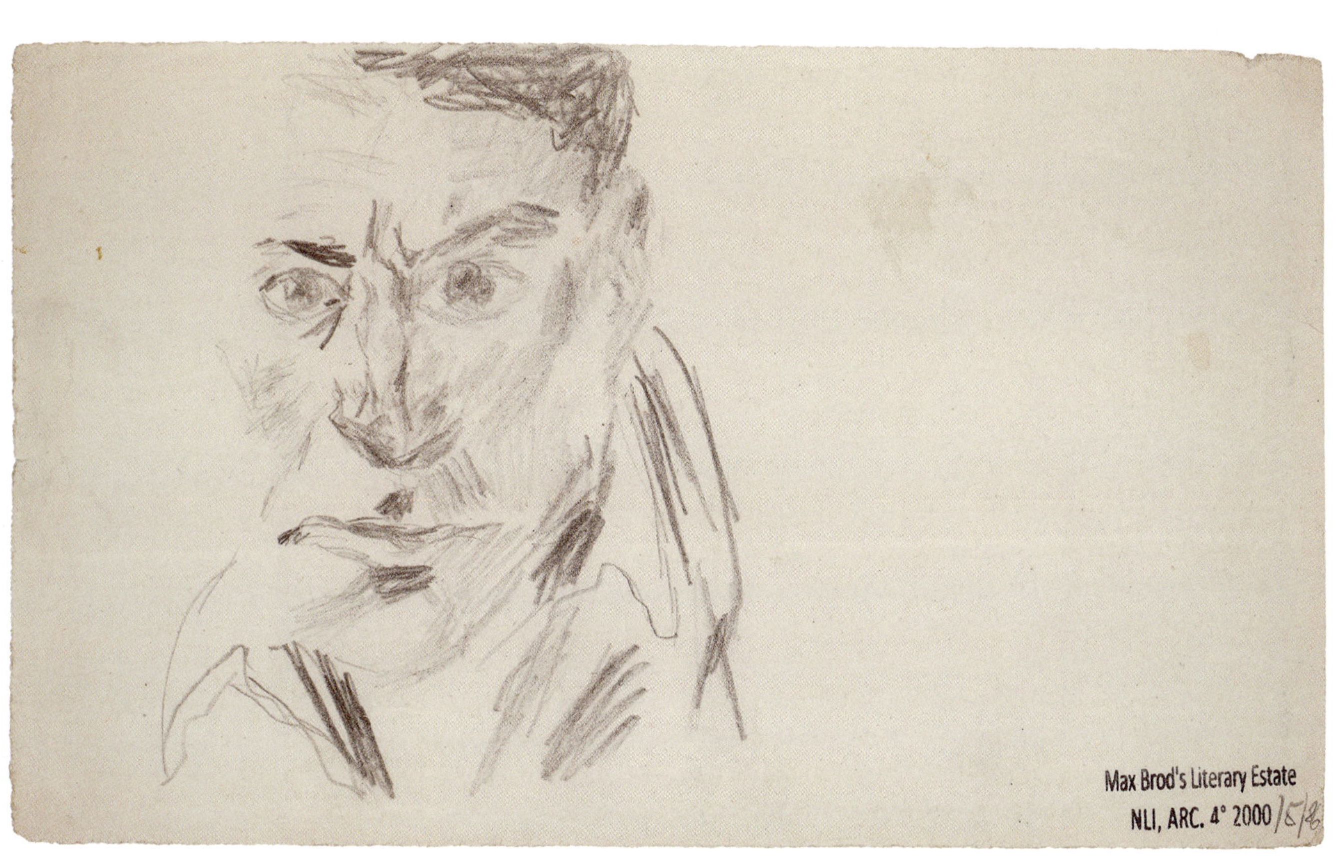

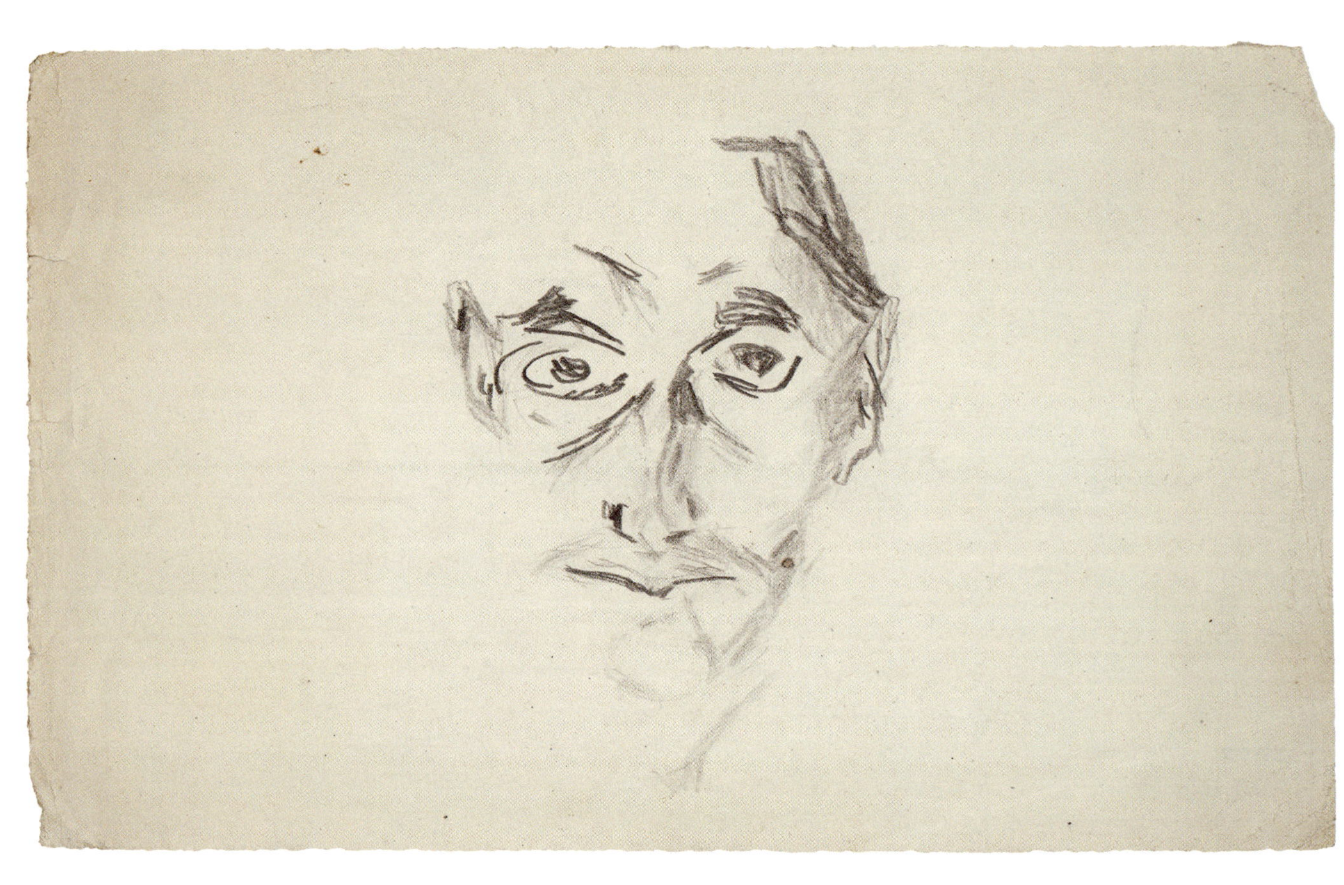

84 | 낱장 그림, 1901~1907년경

2. 스케치북

Die Reise, ich weiß es nicht

Ich schlafe, ich wecke sie nicht. Warum wecke ich sie
nicht? Sie ist mein Unglück und mein Glück. Ich bin
unglücklich, daß ich sie nicht wecken kann, daß ich
nicht auftreten kann den Fuß auf die brennende
Tierschwelle ihres Hauses, daß ich nicht den Weg kenne
zu ihrem Hause, daß ich nicht die Richtung kenne
in welcher der Weg liegt, daß ich mich immer
weiter von ihr entferne ... kraftlos, wie
das Blatt im Herbstwind sich von seinem Baum
entfernt und überdies: ich war niemals an diesem
Baum, war ein Blatt im Herbstwind ein Blatt von keinem
Baum ... verflogen. Ich bin glücklich, daß ich
sie nicht wecken kann. Was täte ich wenn sie sich
erhöbe, wenn sie aufstehen würde von ihrem Lager,
wenn ich aufstehen würde von dem Lager, der

(Ich traf einen Wanderer den ich auf der Landstraße traf)

Löwe von seinem Lager und mein Gebrüll anbrechen
würde zu mein augenblickes Gehör

ob hinter den 7 Meeren, die 7 Völker wären und hinter ihnen
die 7 Berge auf dem 7 Berge der Schloß und o

Es war ein Eichhörnchen, es war
das Eichhörnchen mit wilden Nüssen und Knochen,
... die Eichhörnin und ihr
... Schwanz war herum zu den Wäldern
... Eichhörnchen ... immer ...
... auf der Reise ...

nicht viel, ihm die Rede fehlte, < so hätte k.e. aller
genügte Zeit.

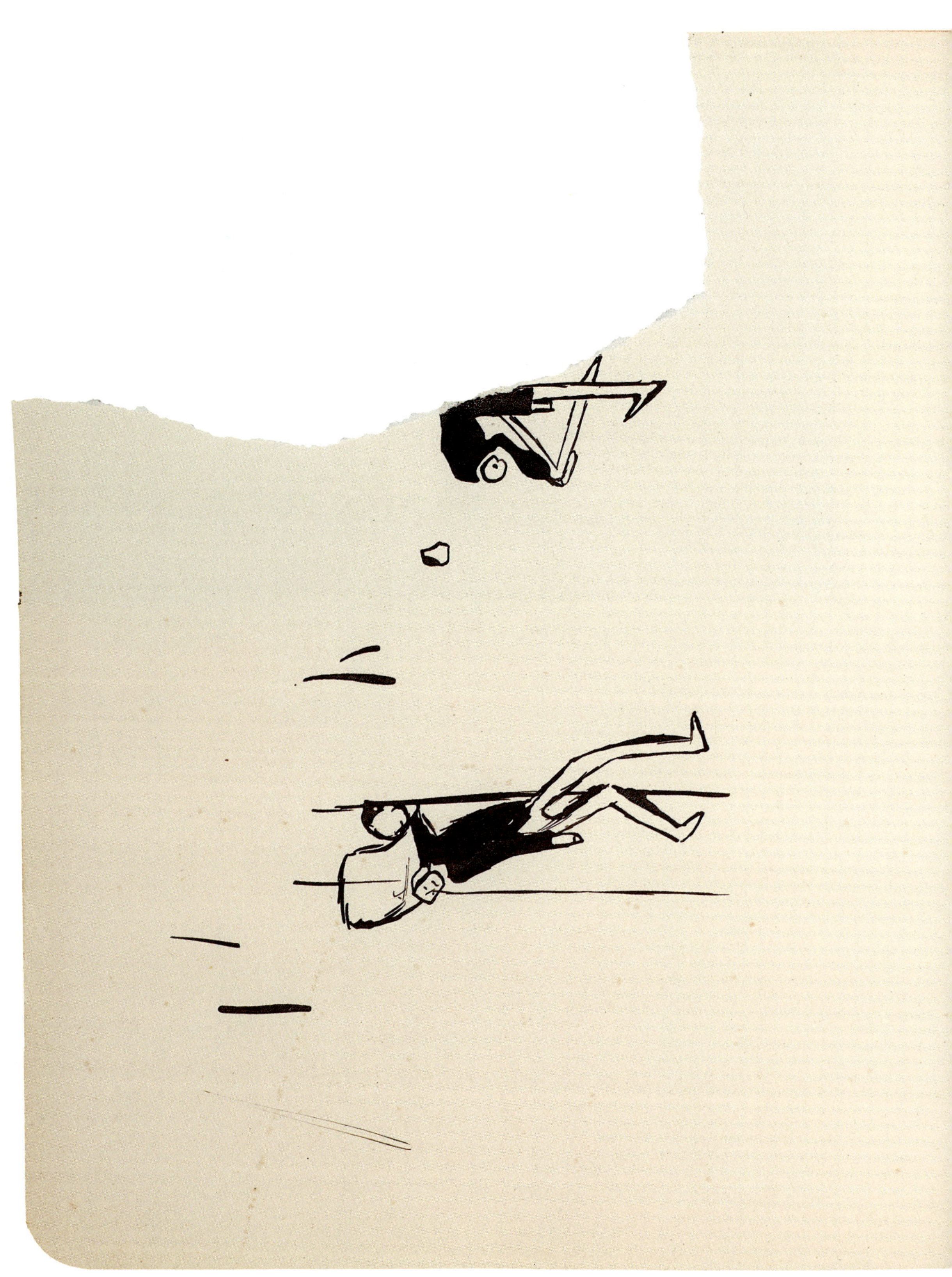

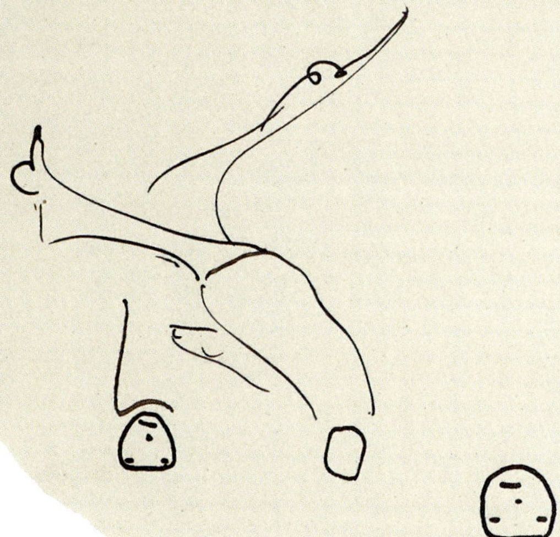

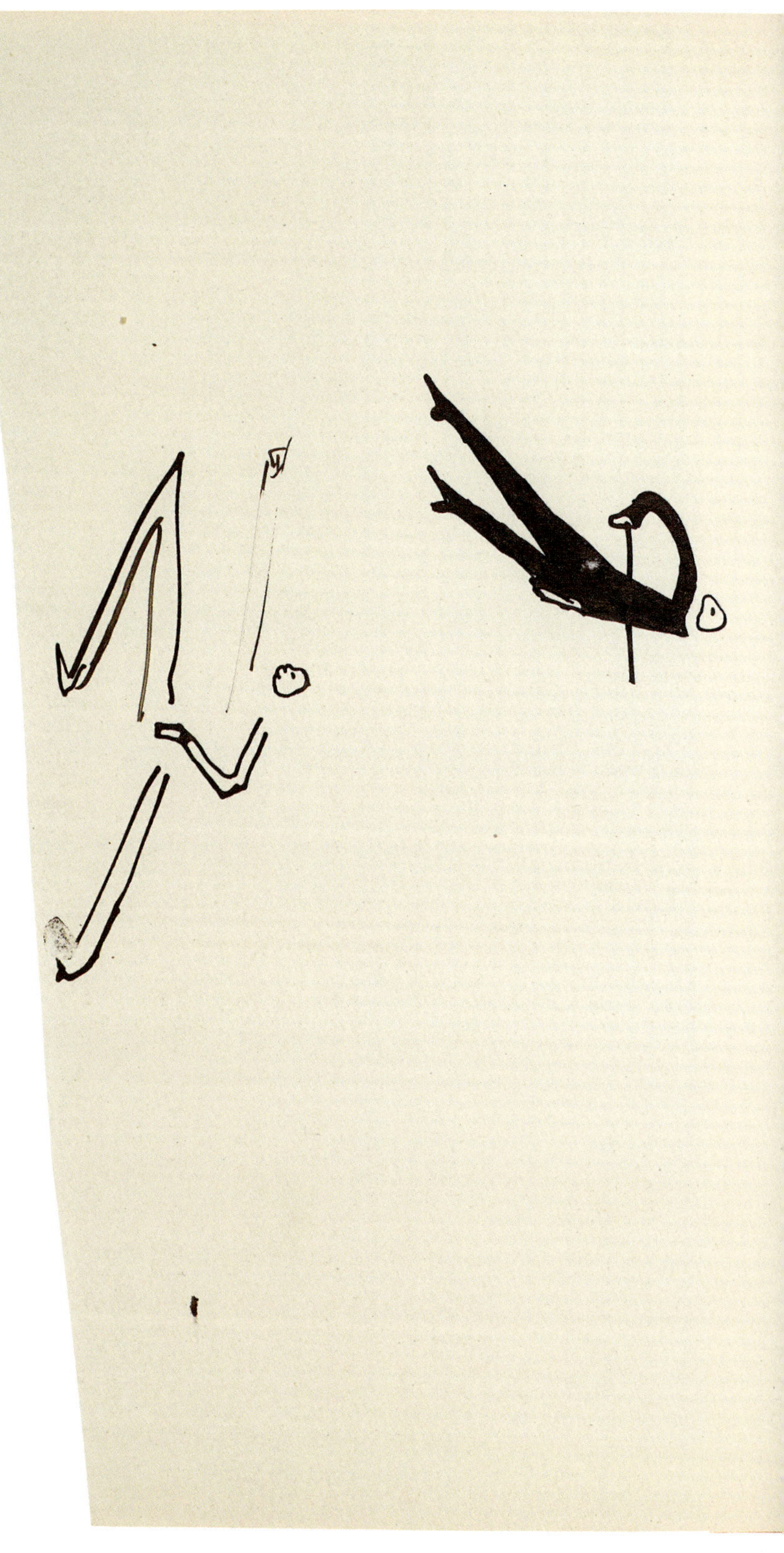

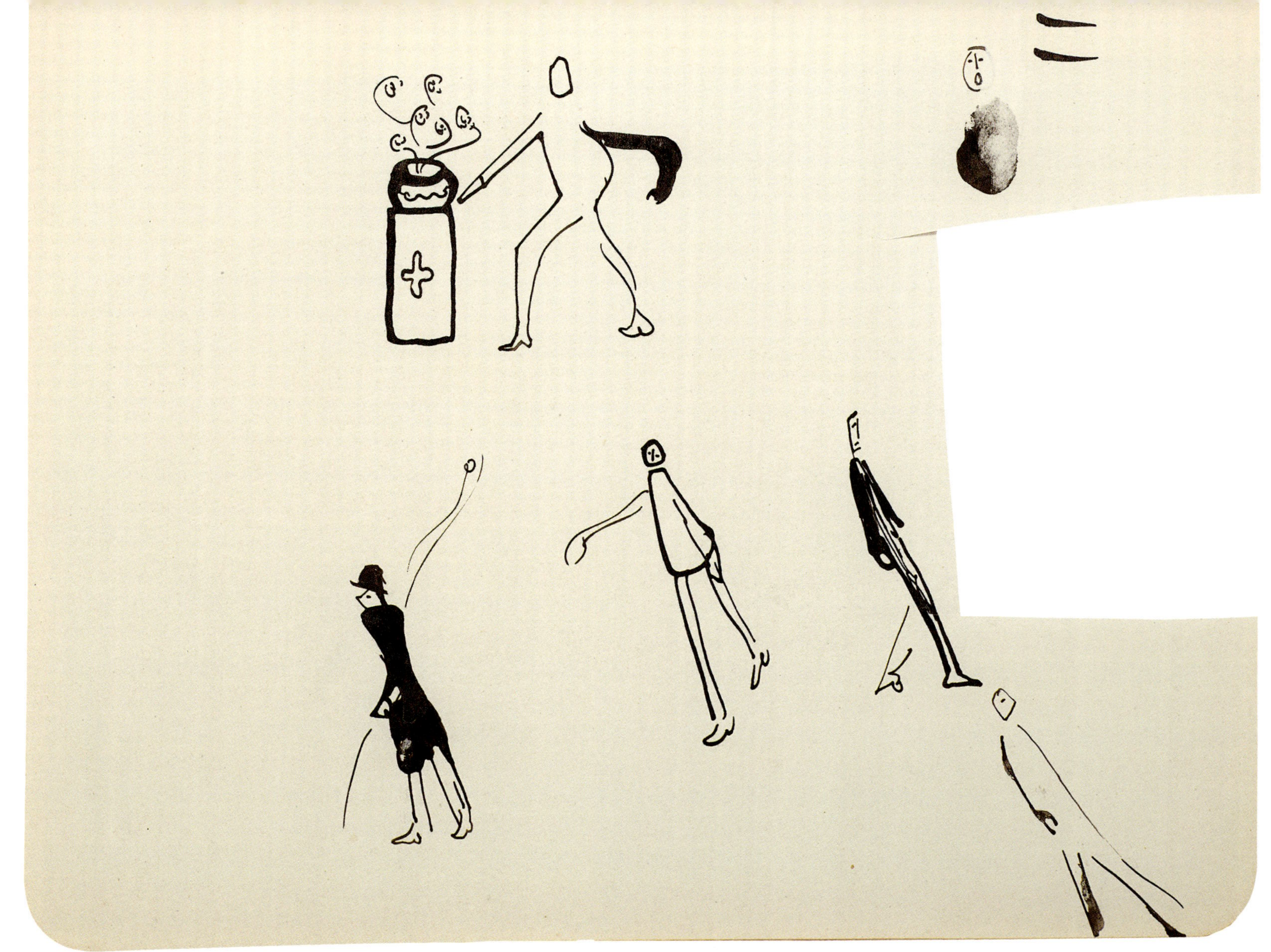

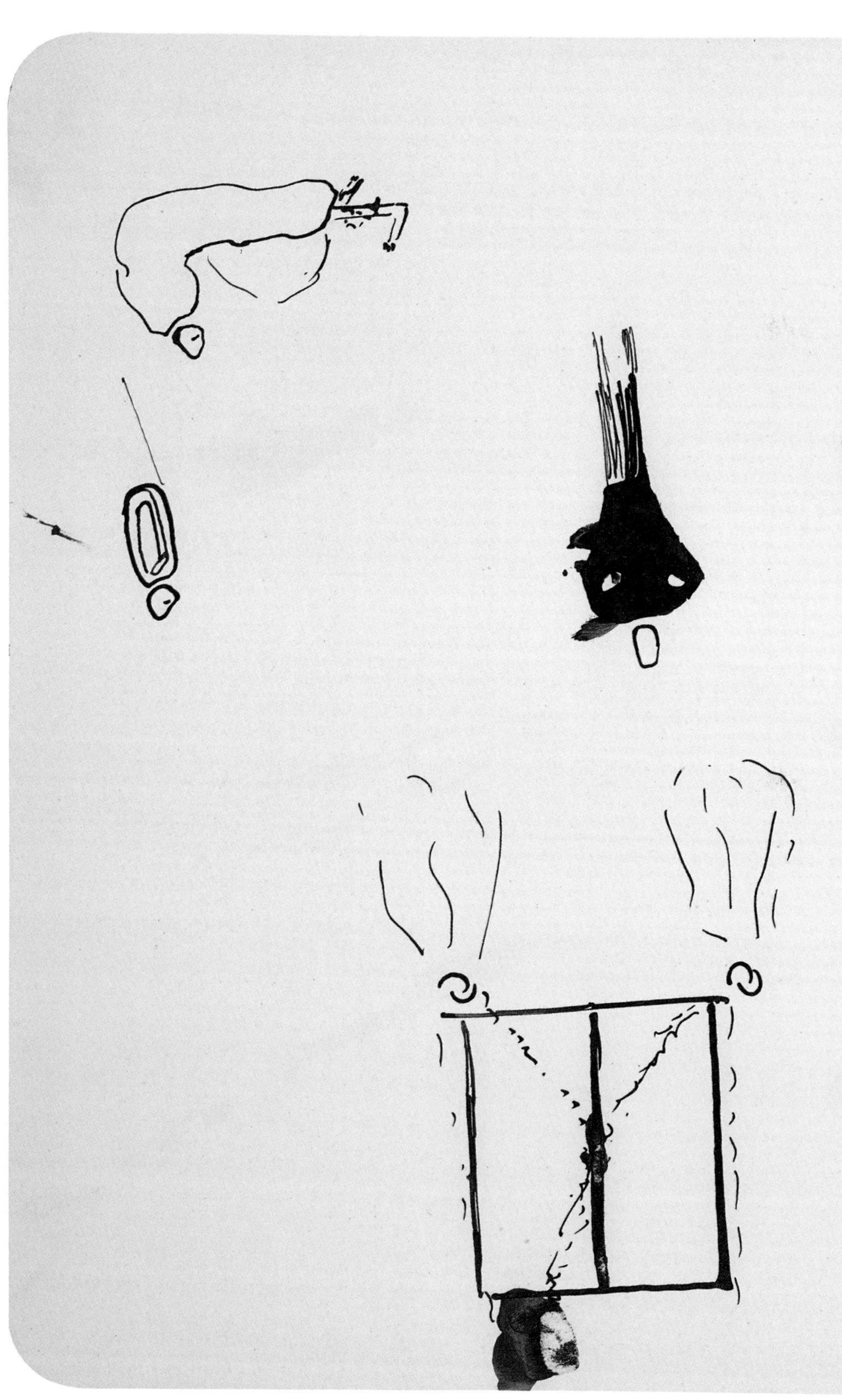

13.

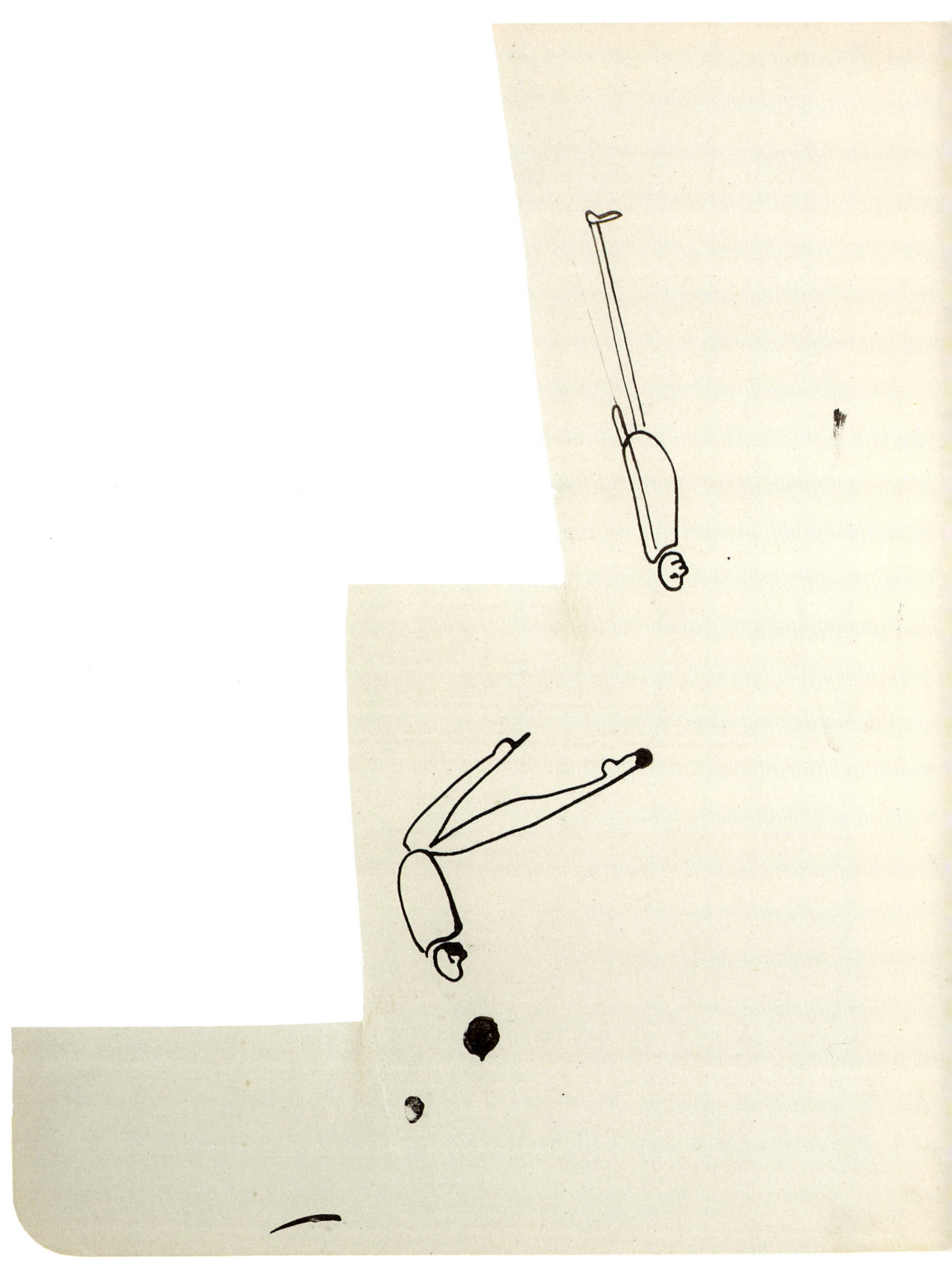

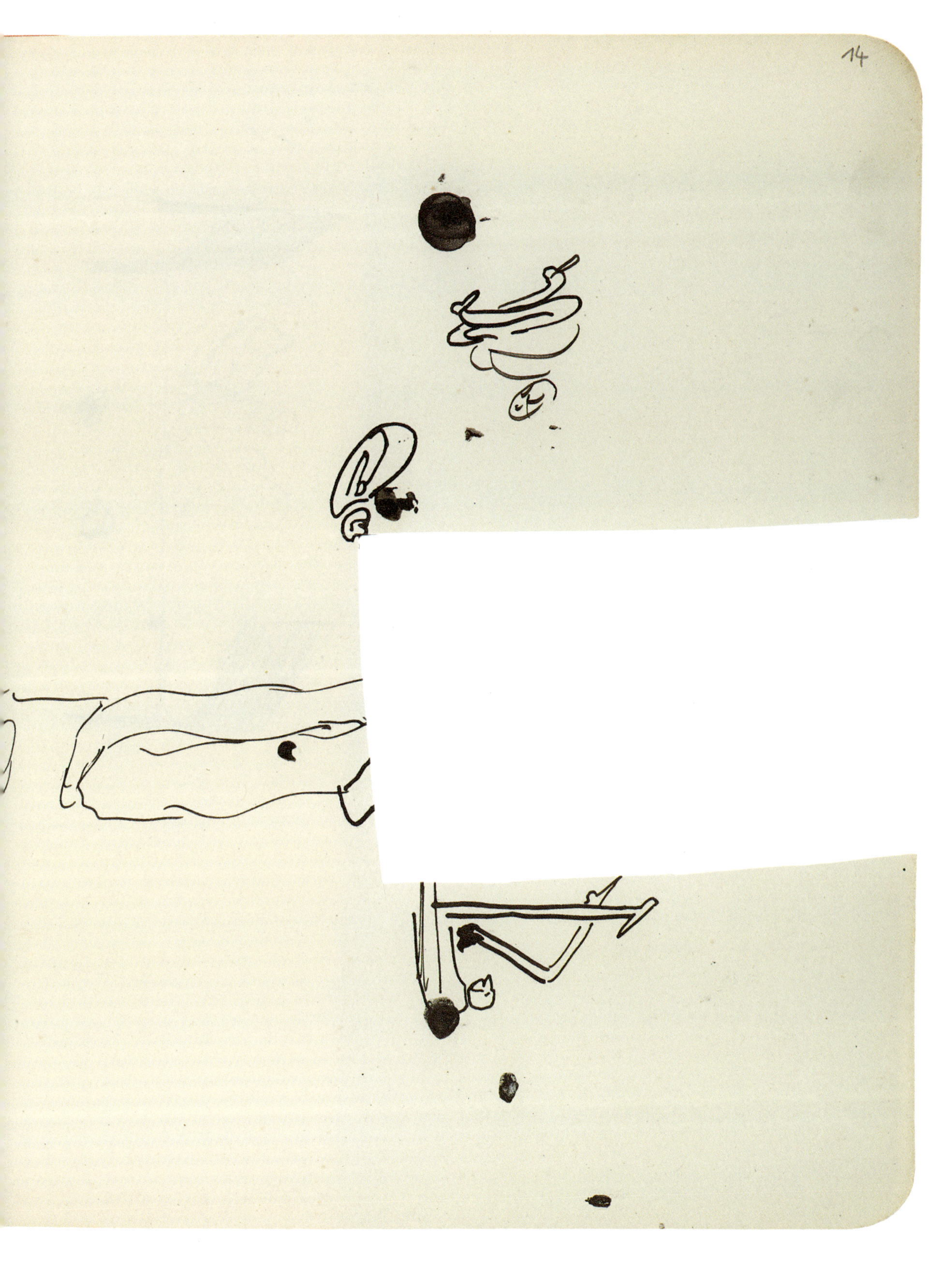

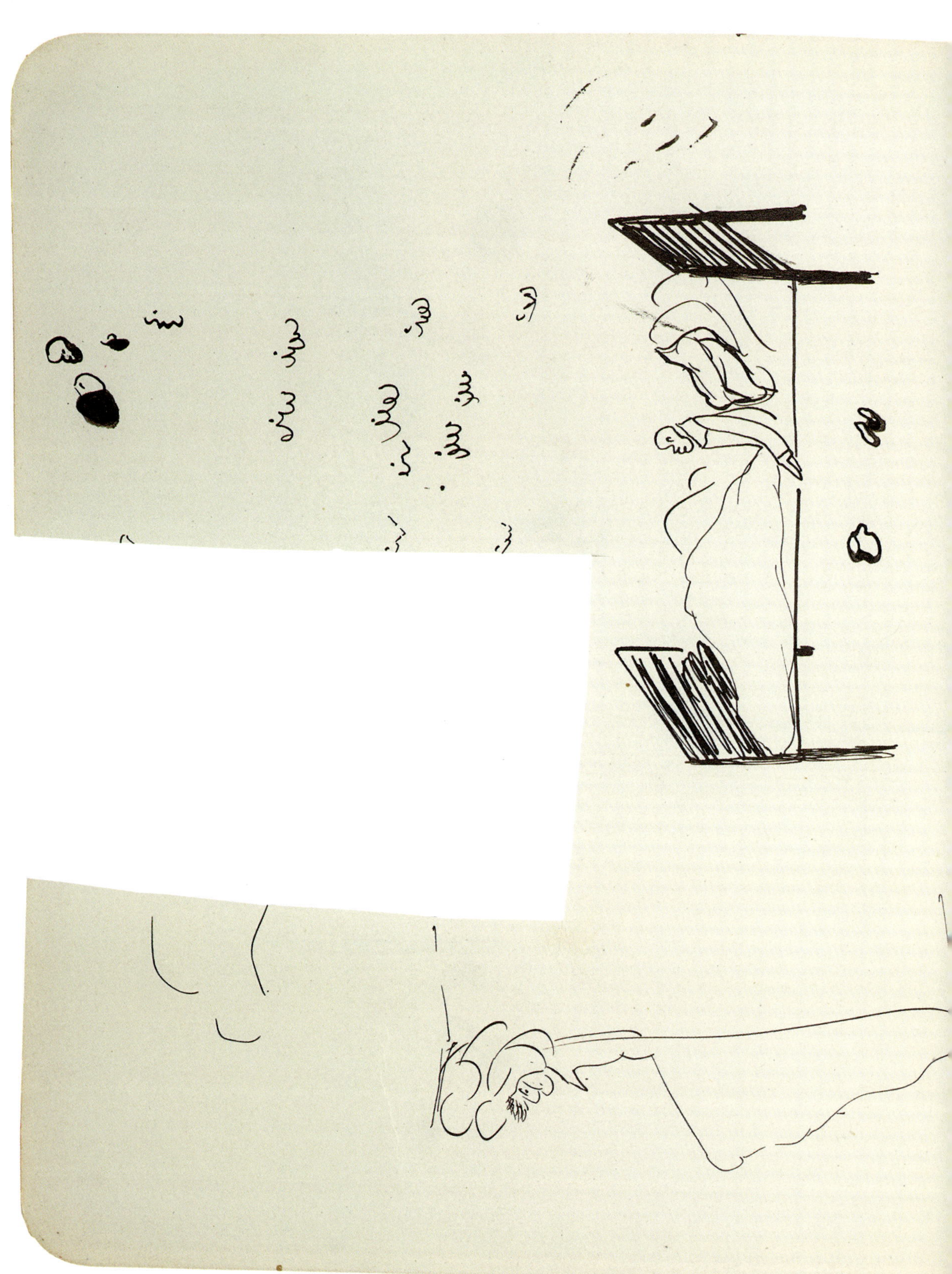

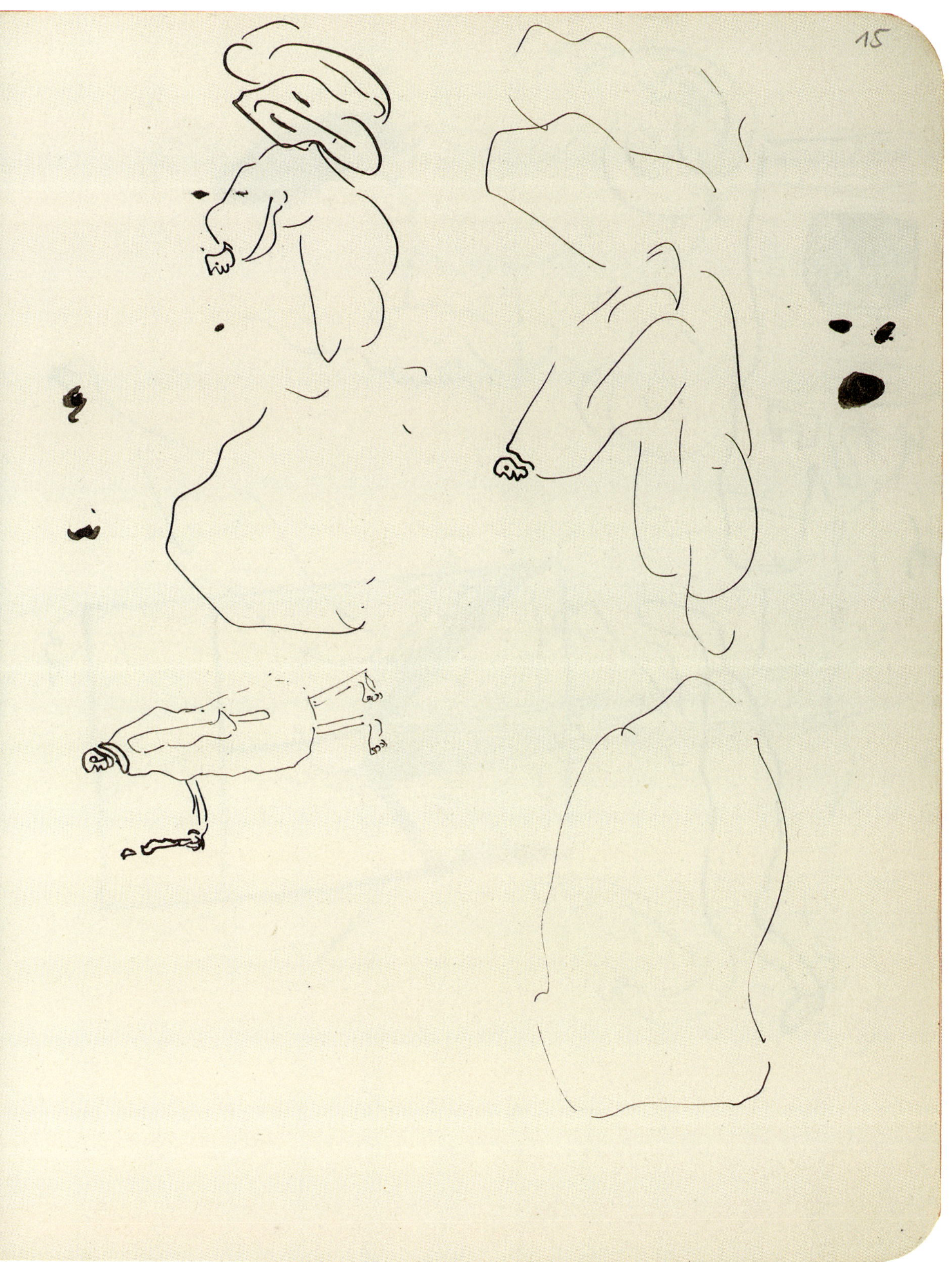

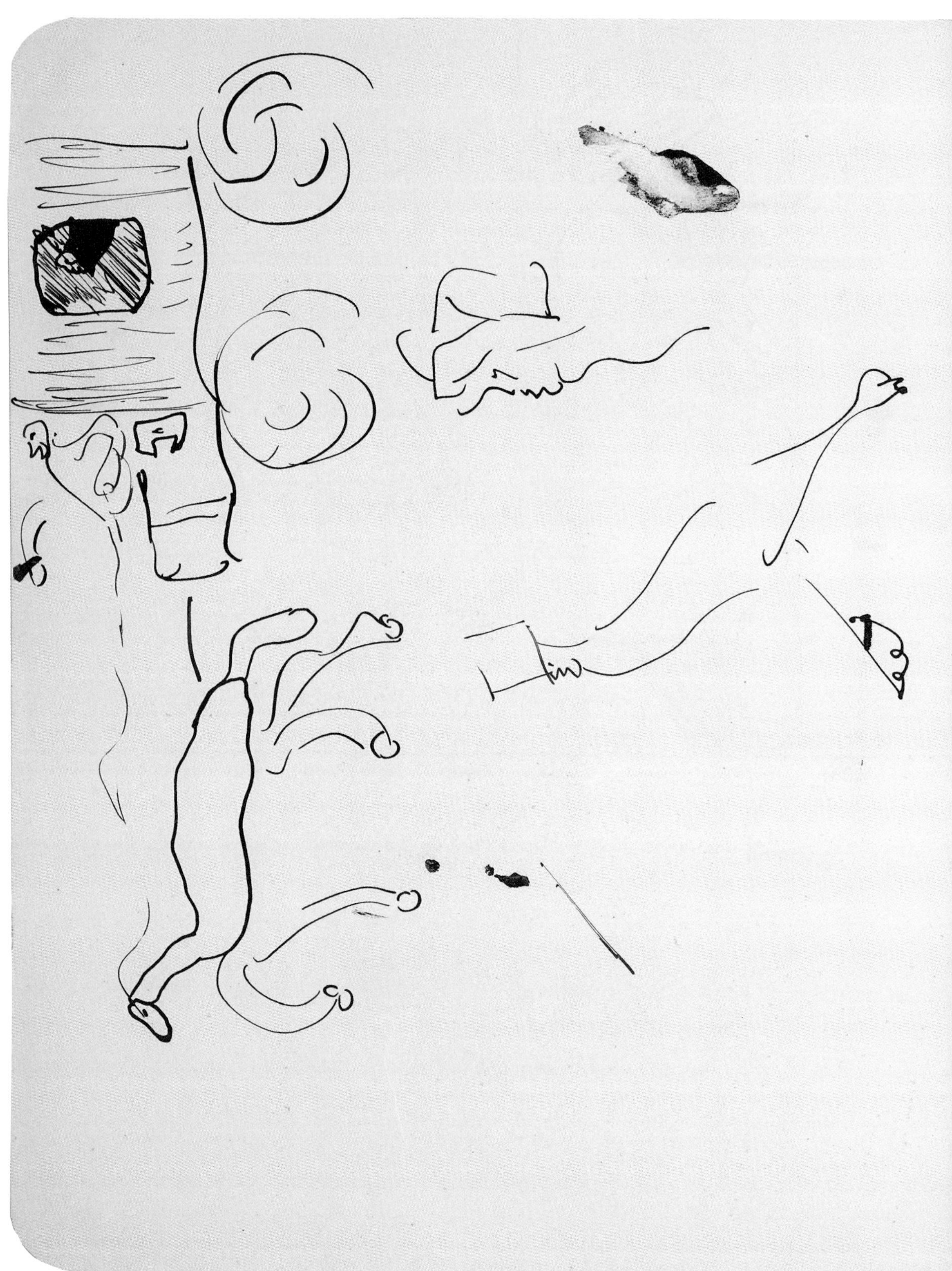

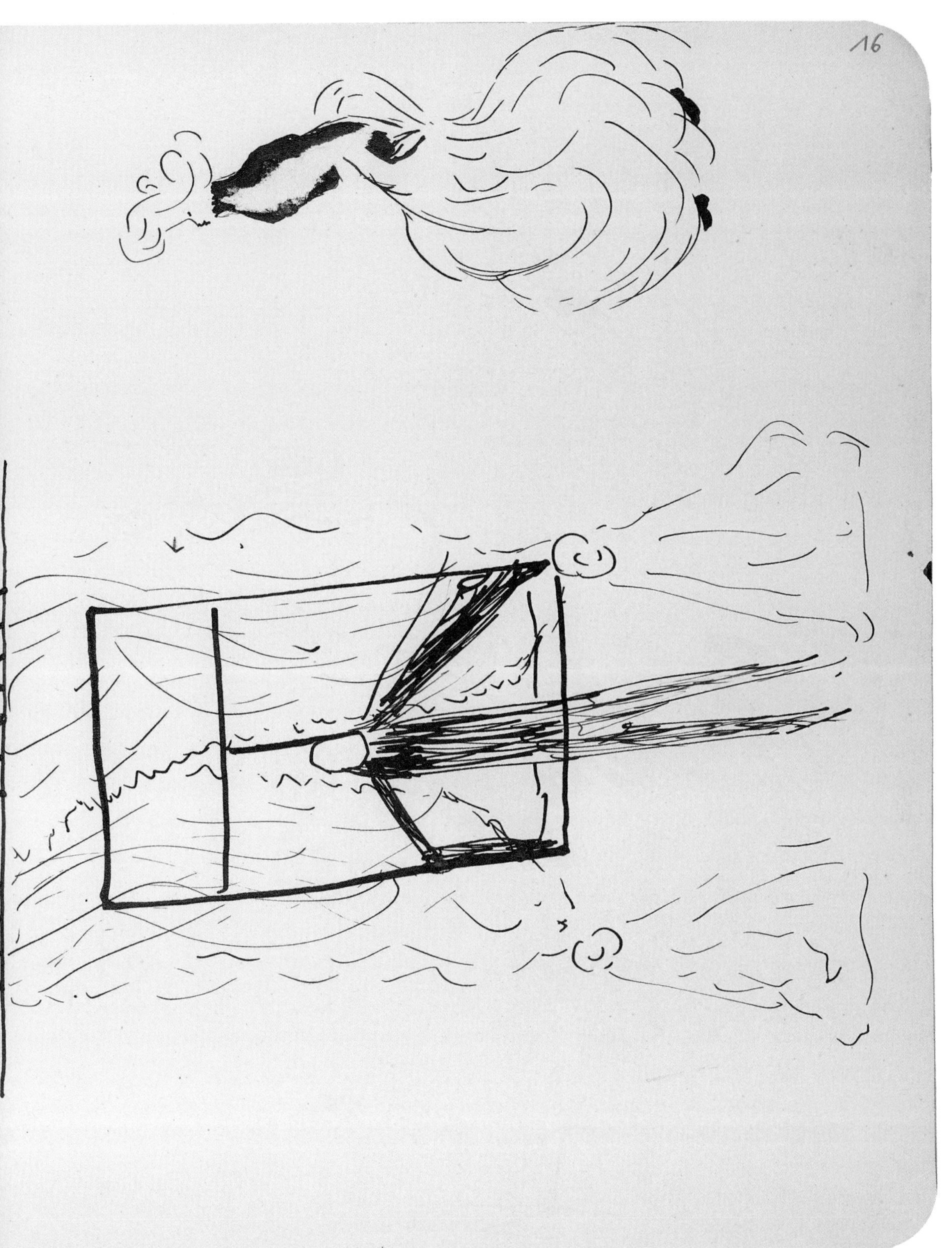

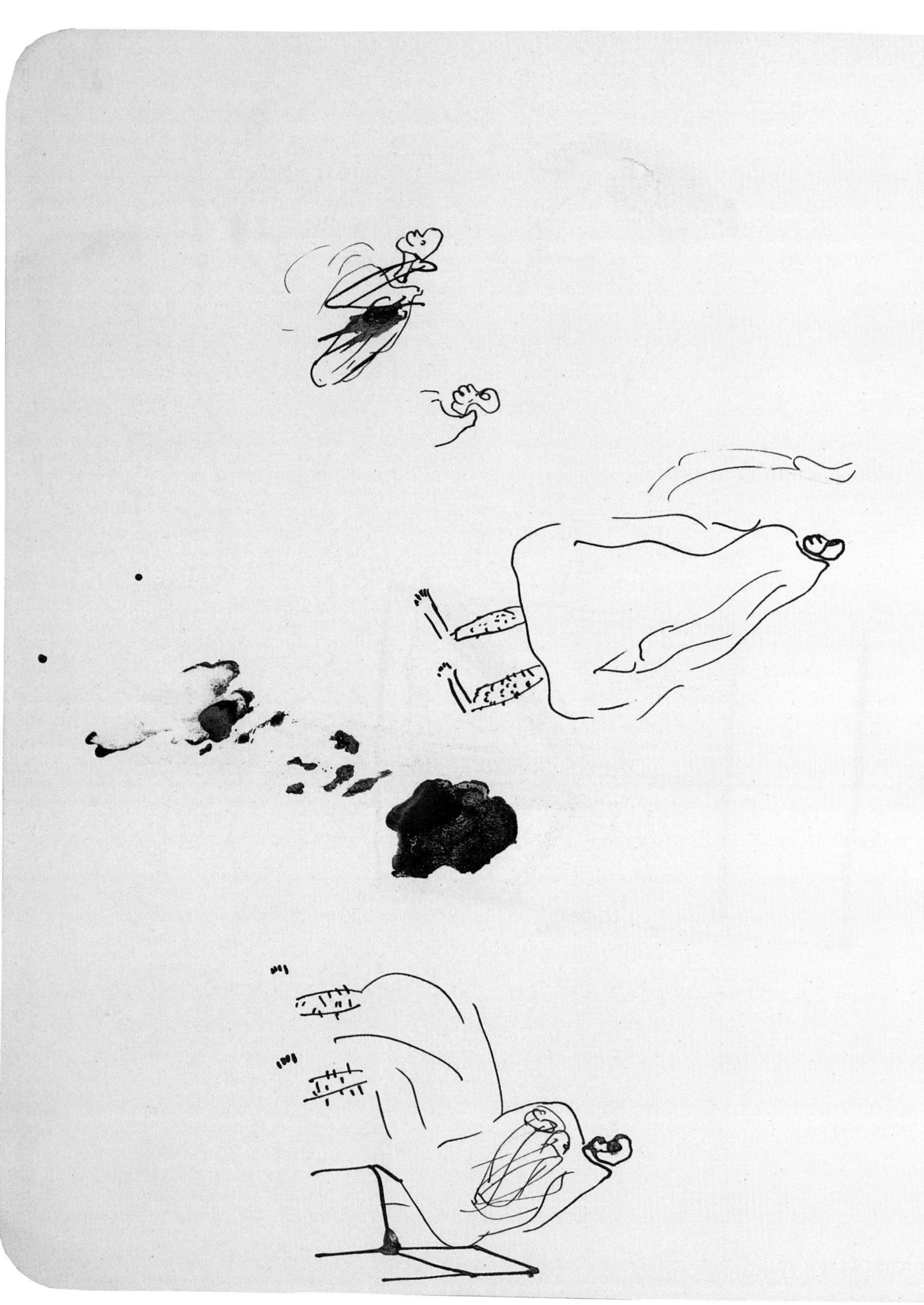

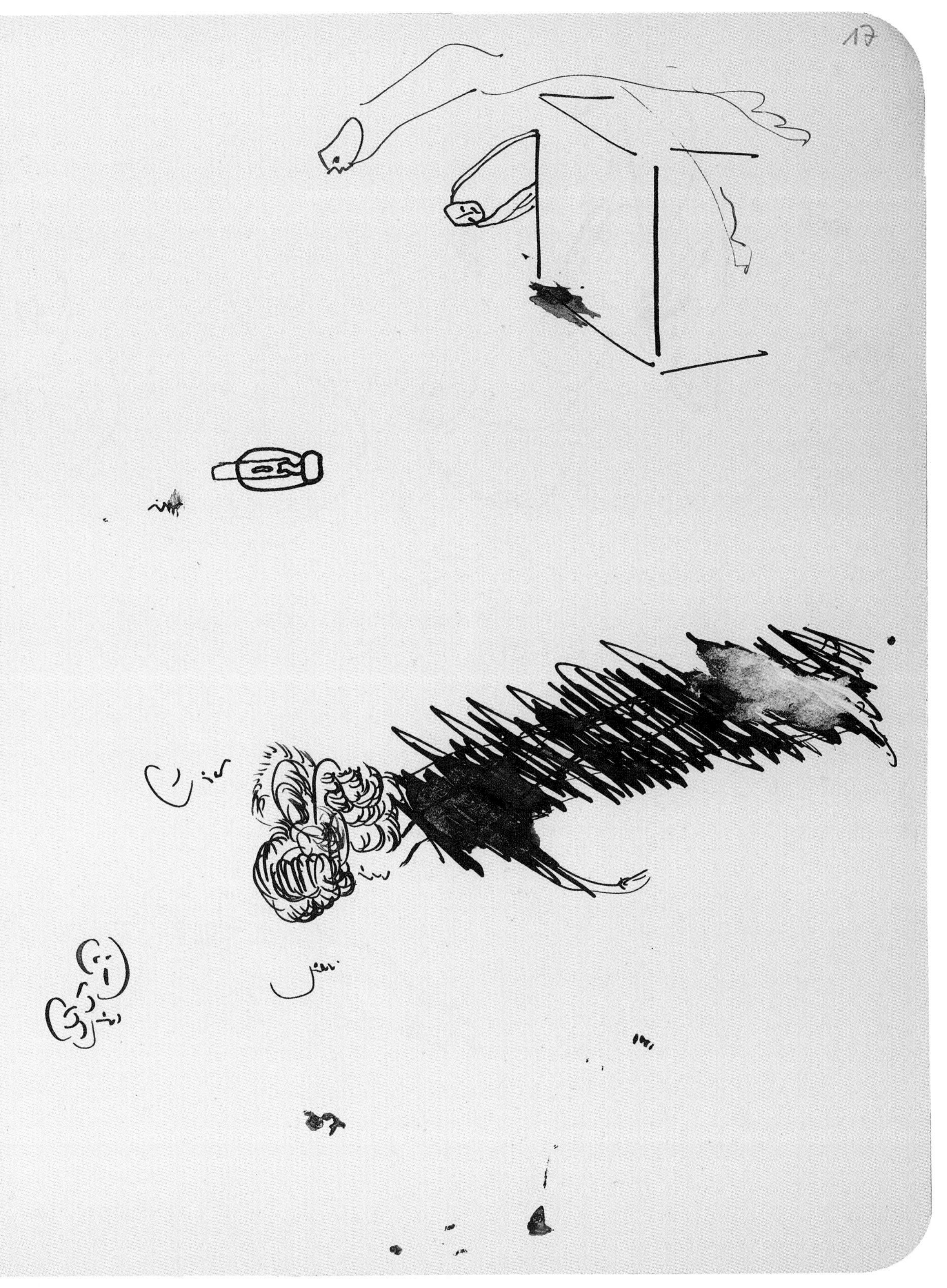

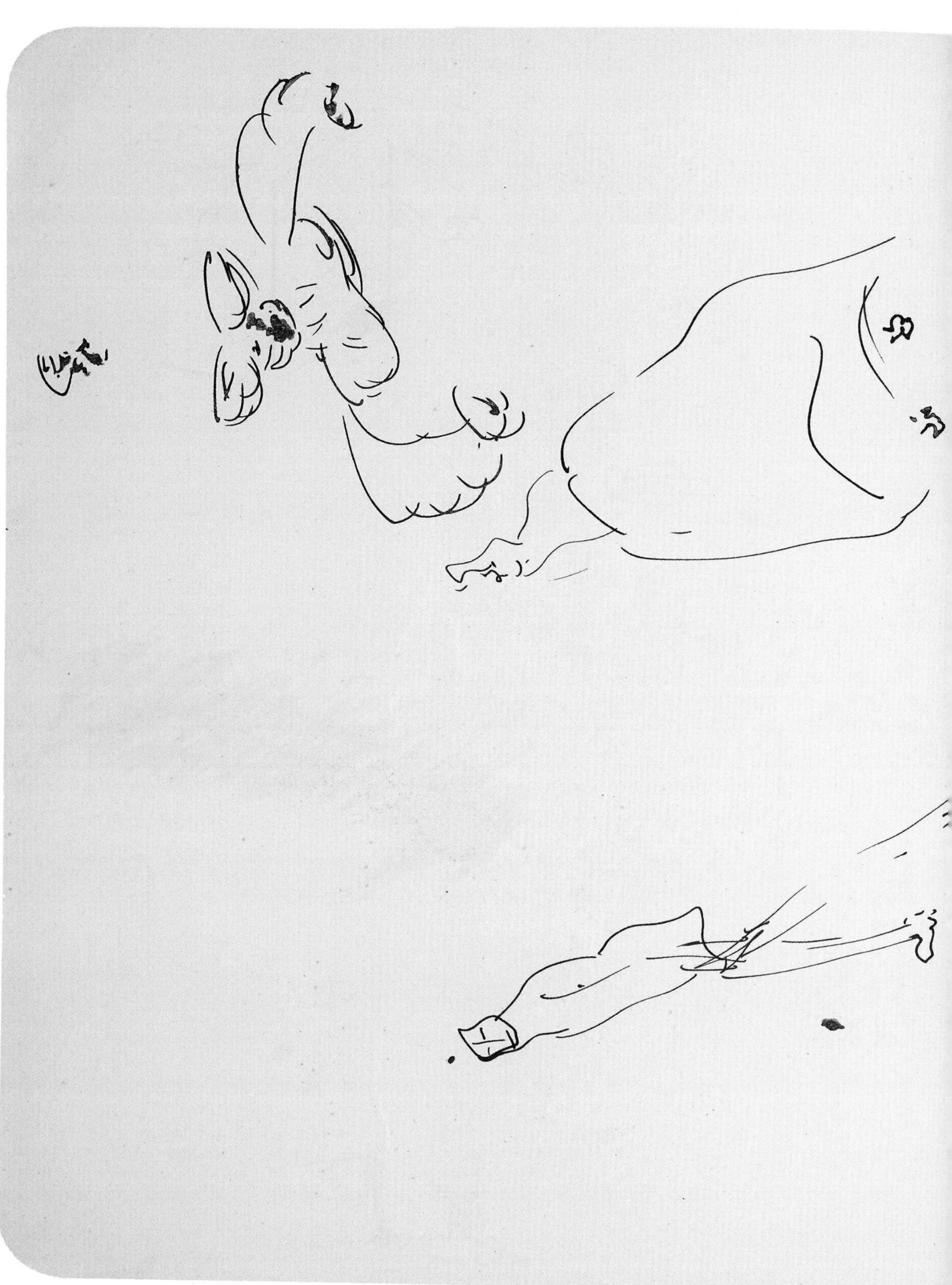

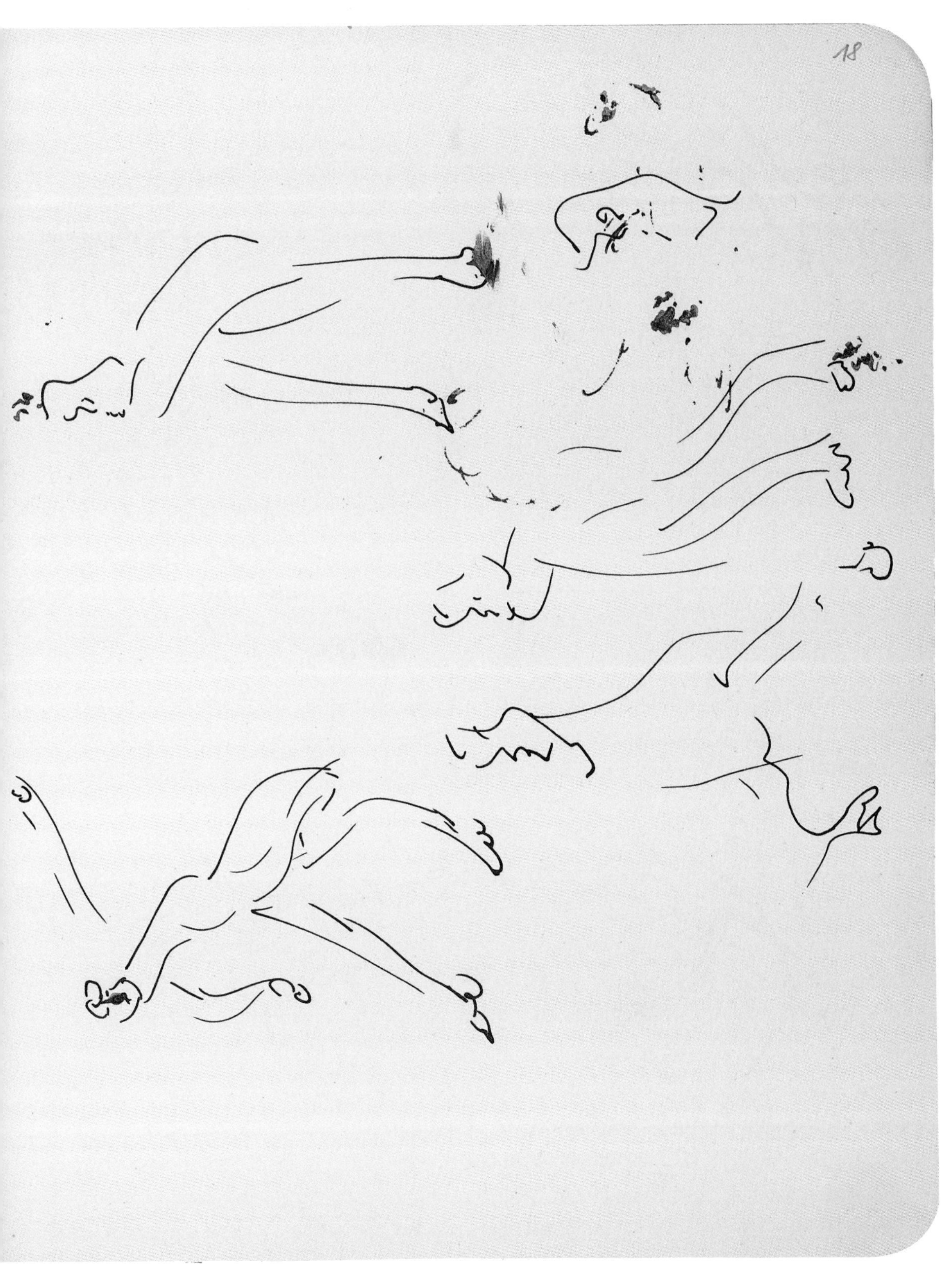

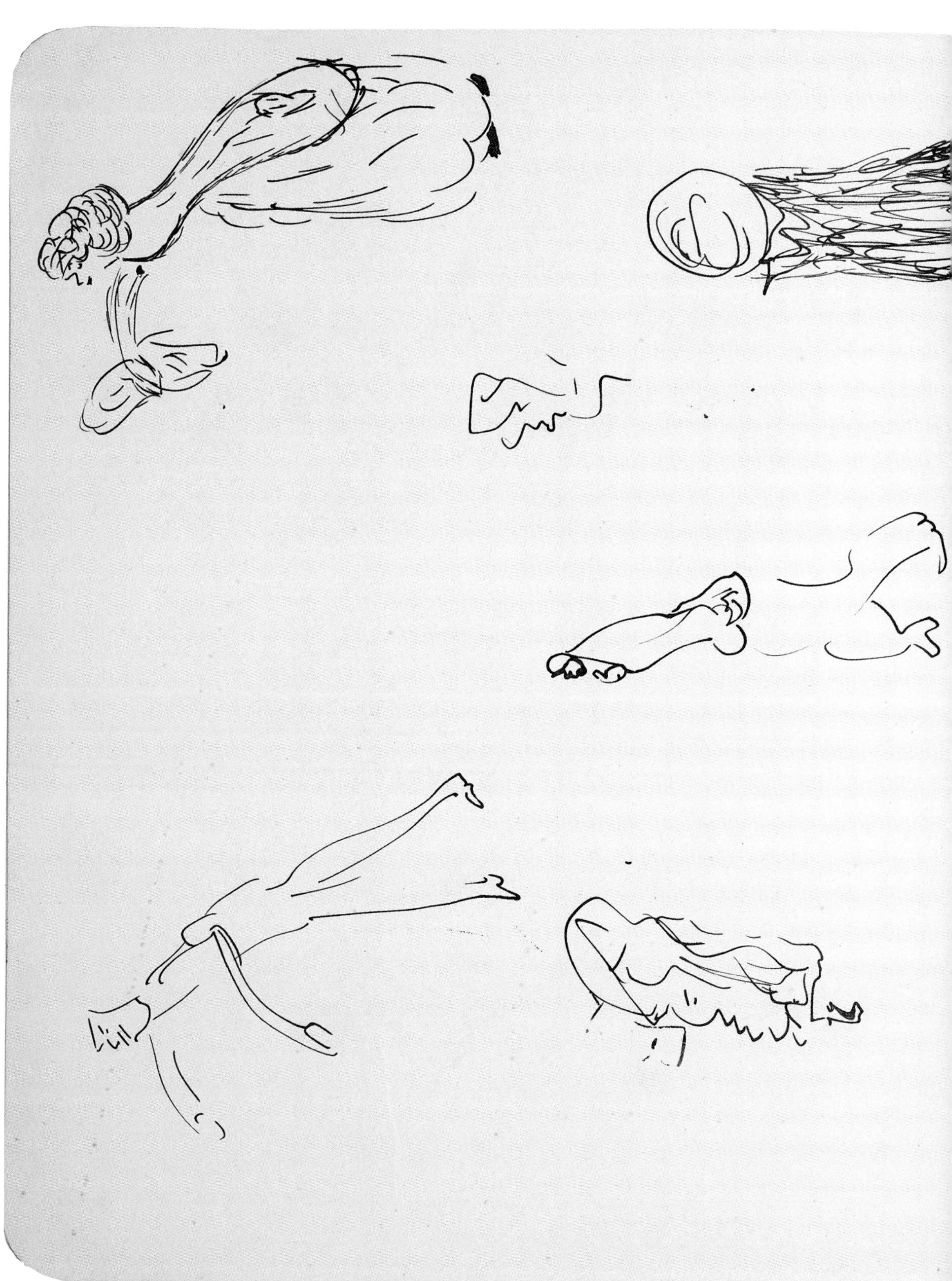

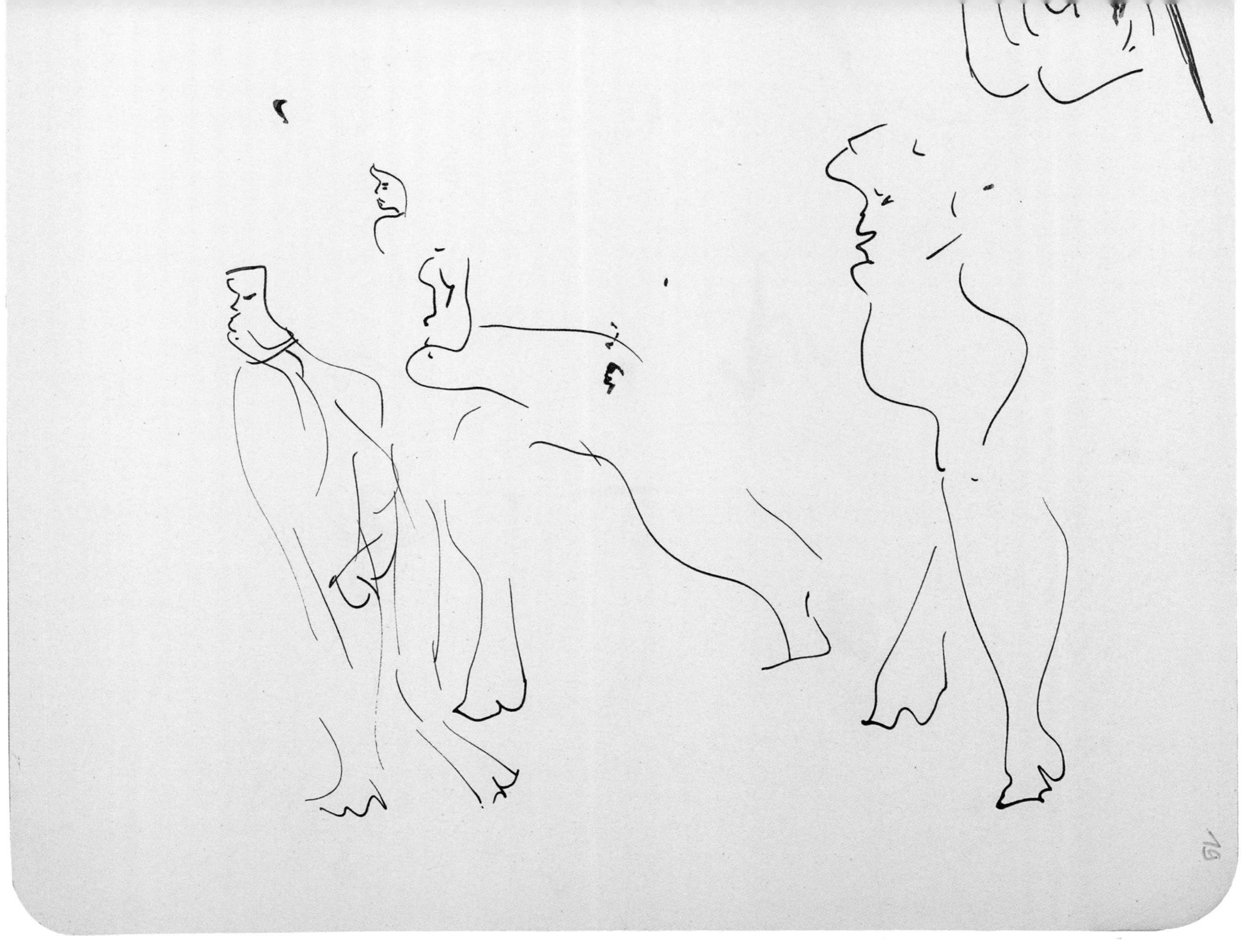

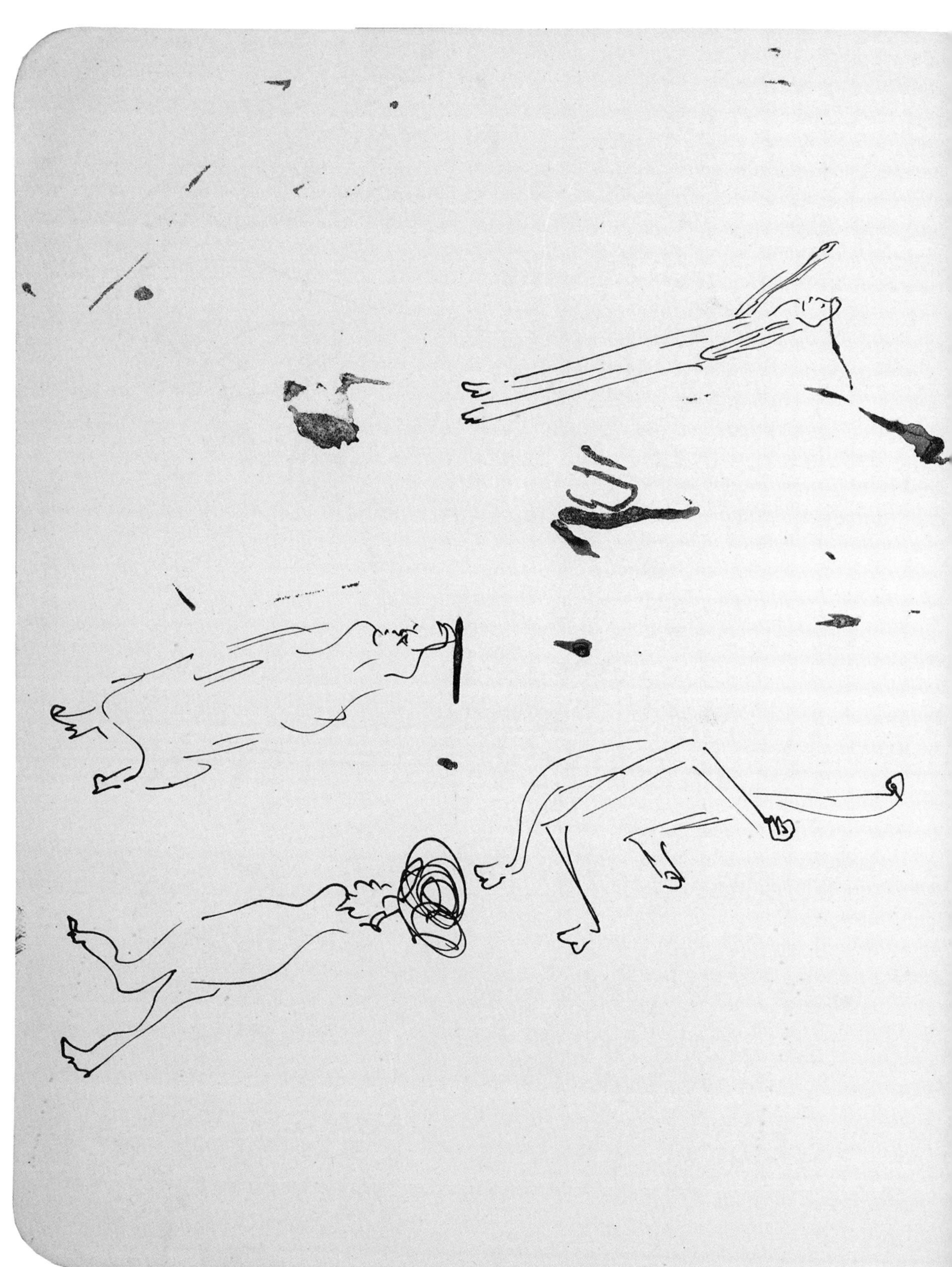

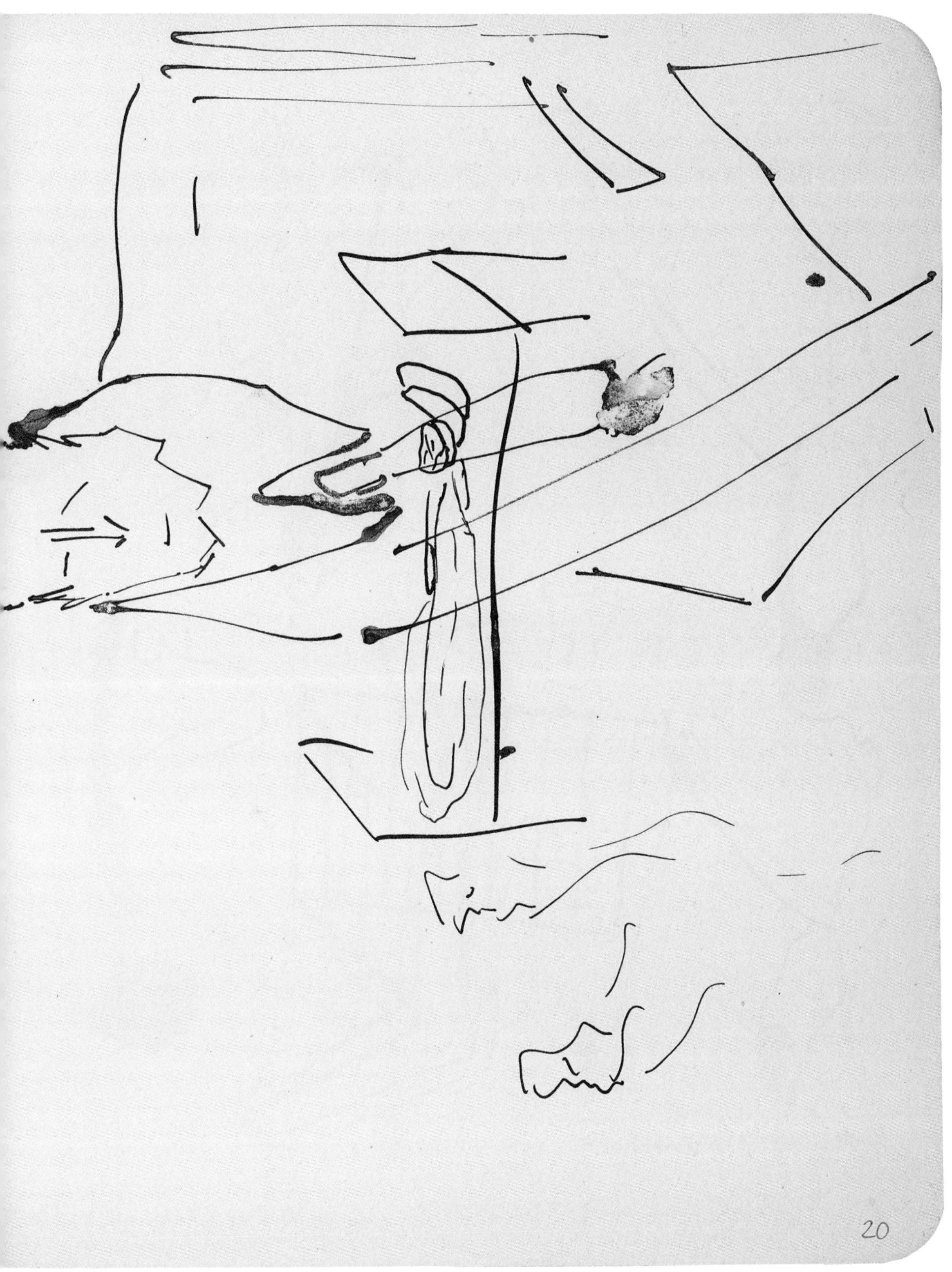

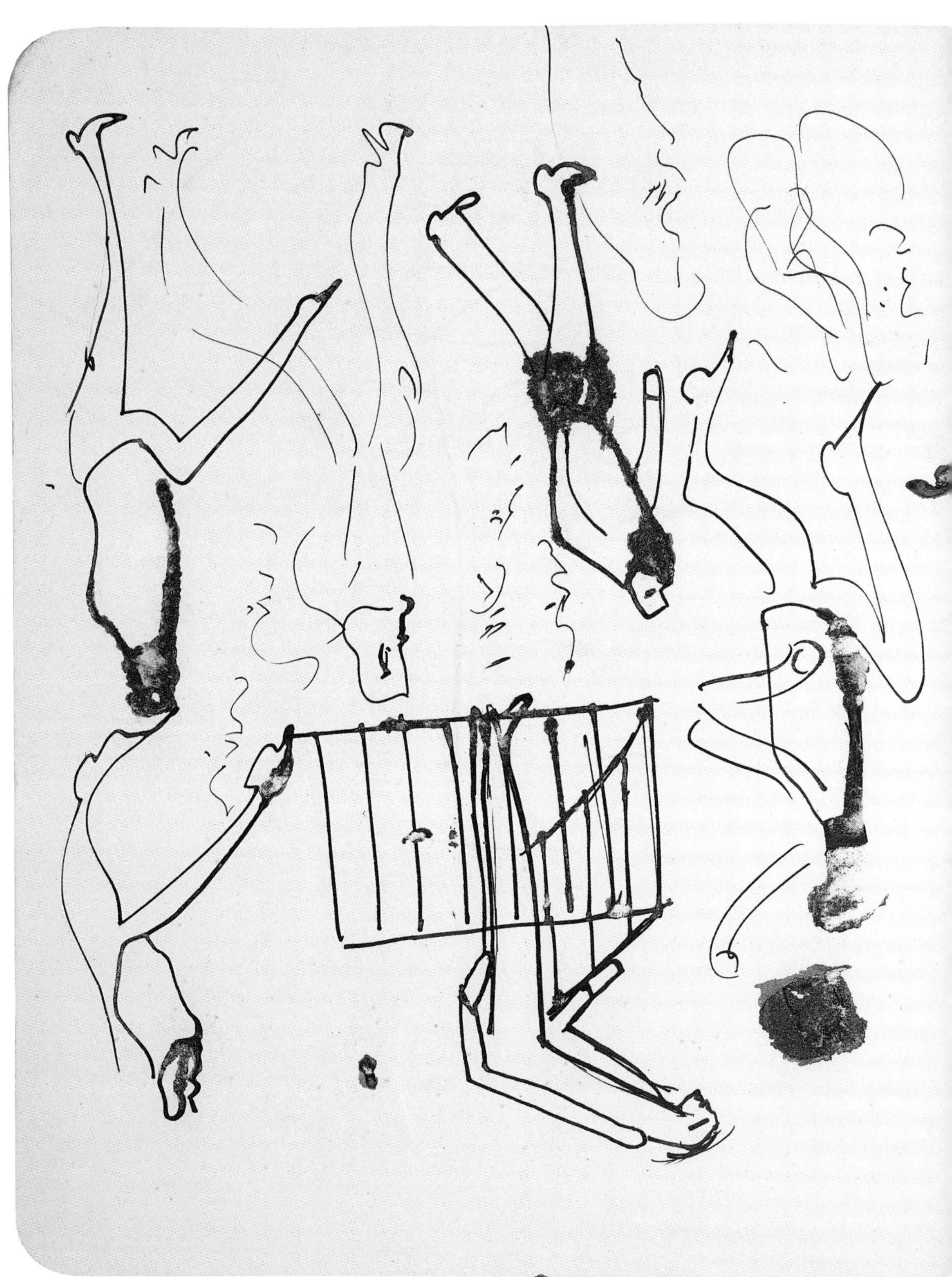

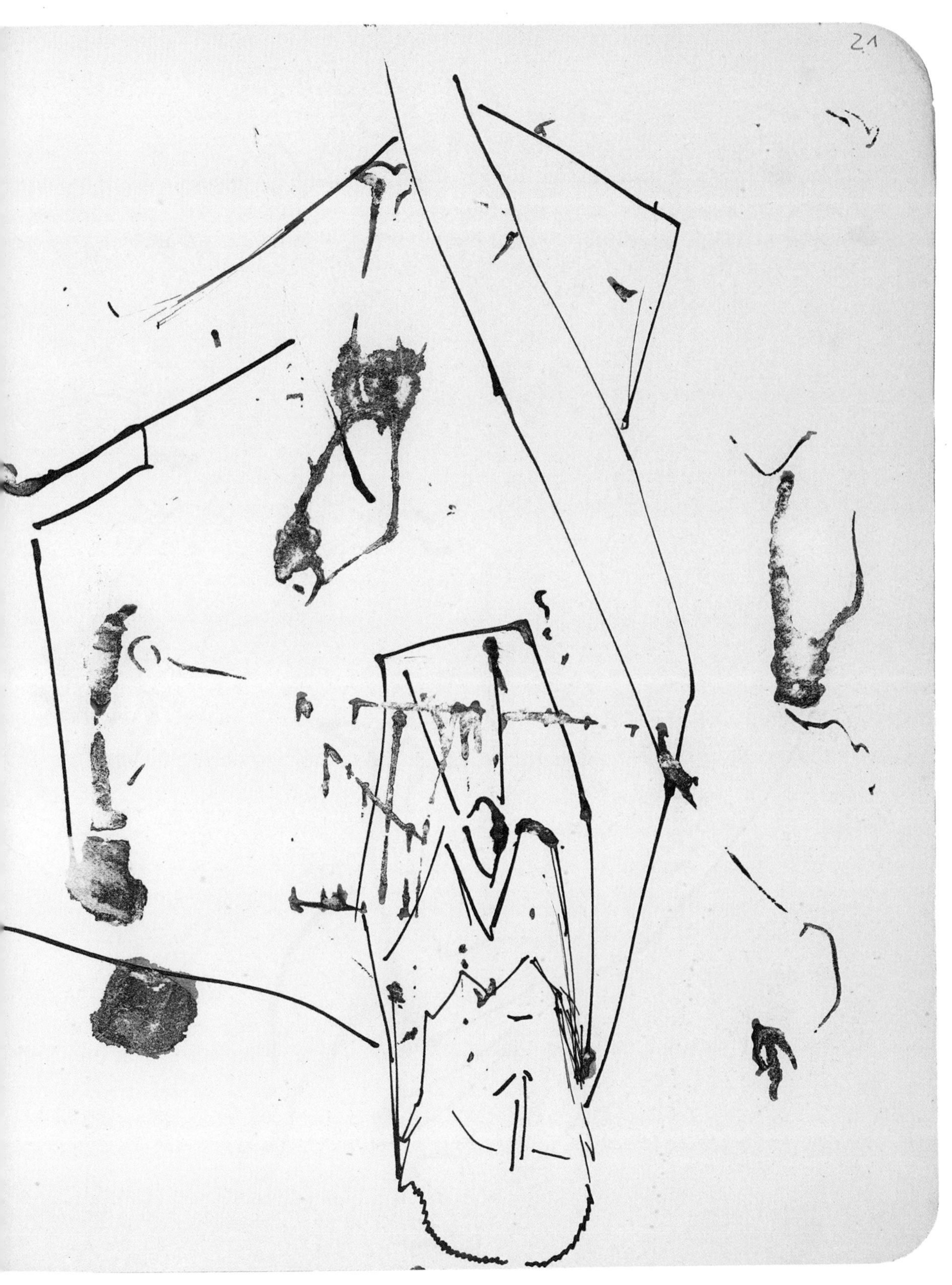

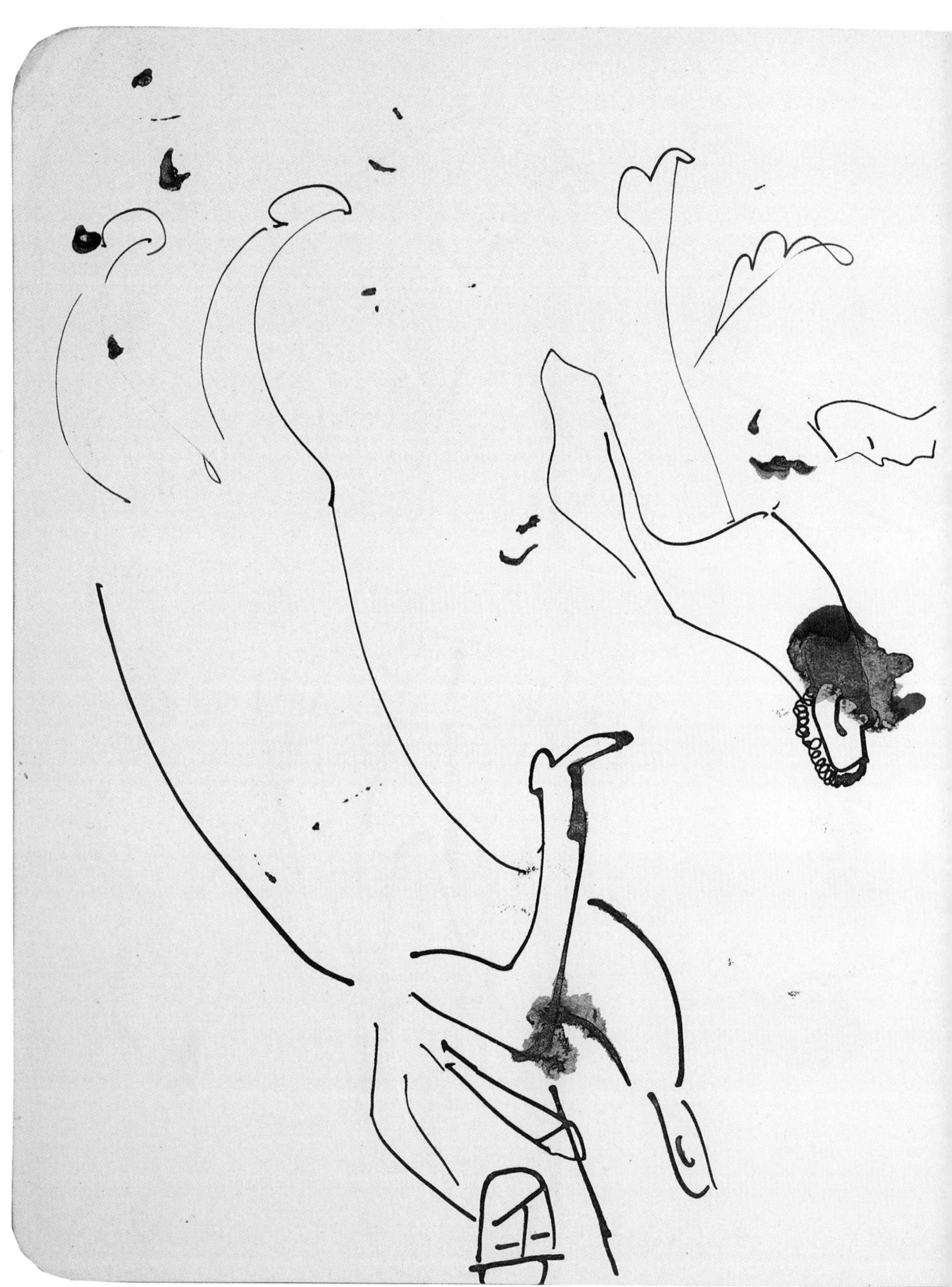

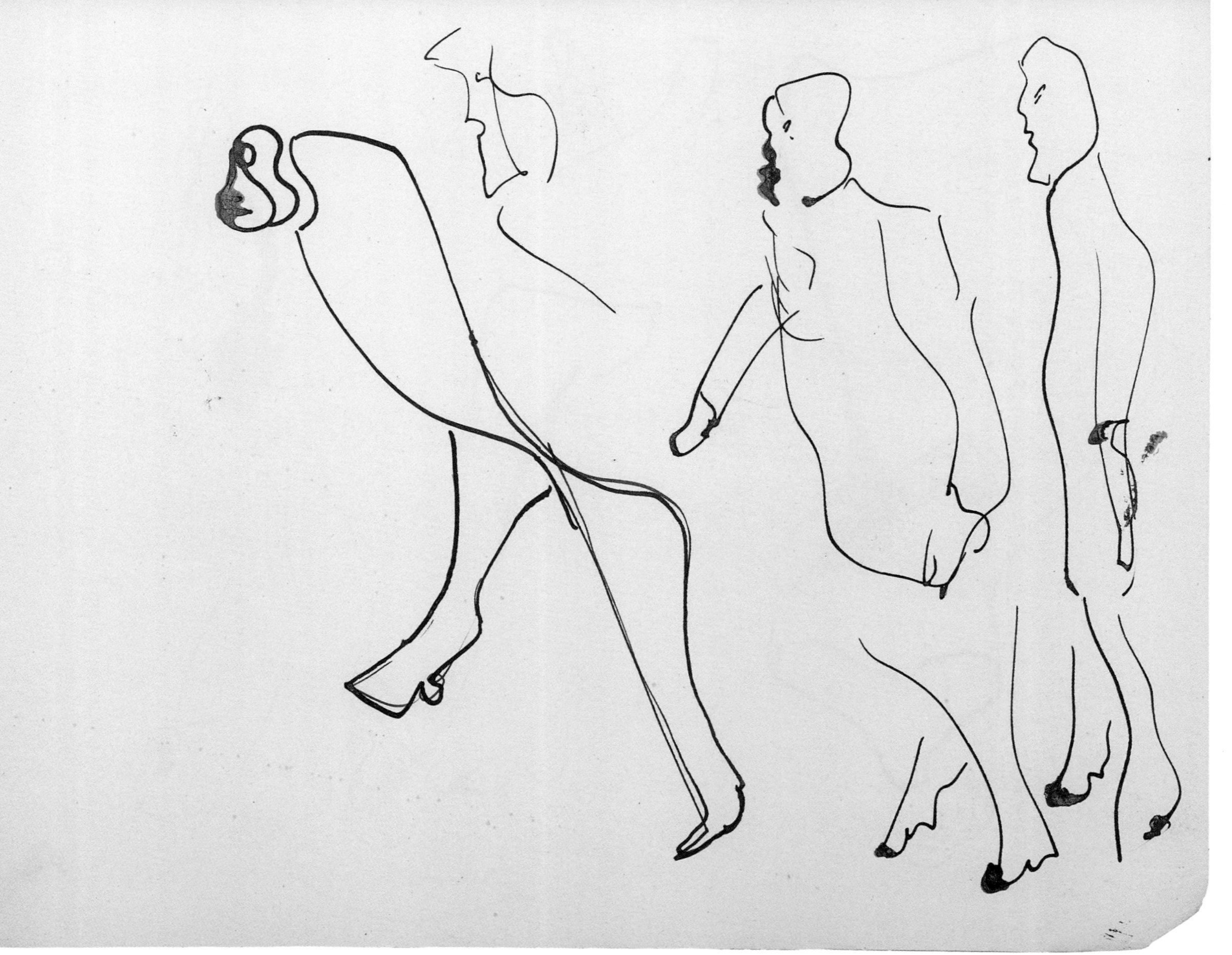

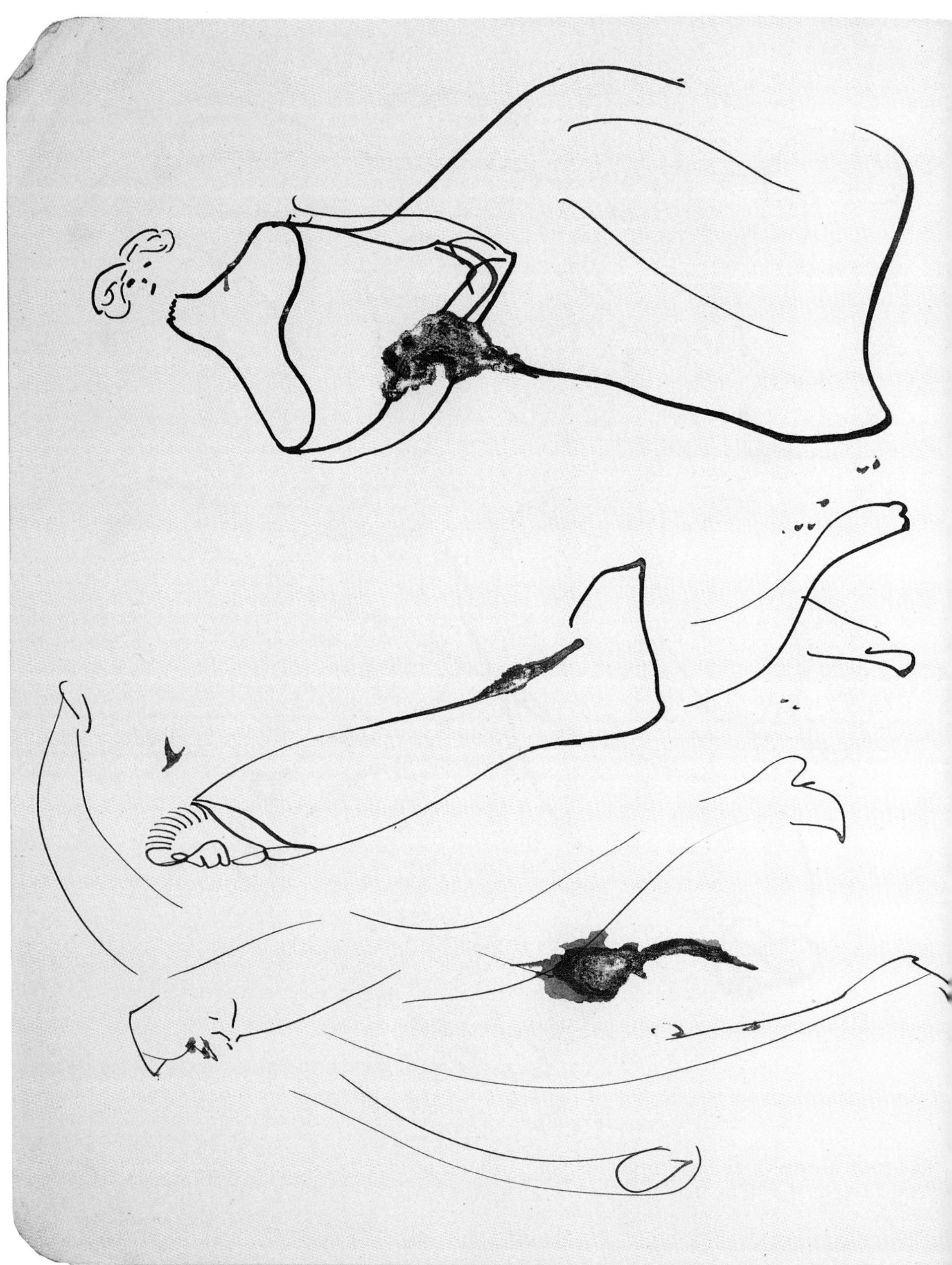

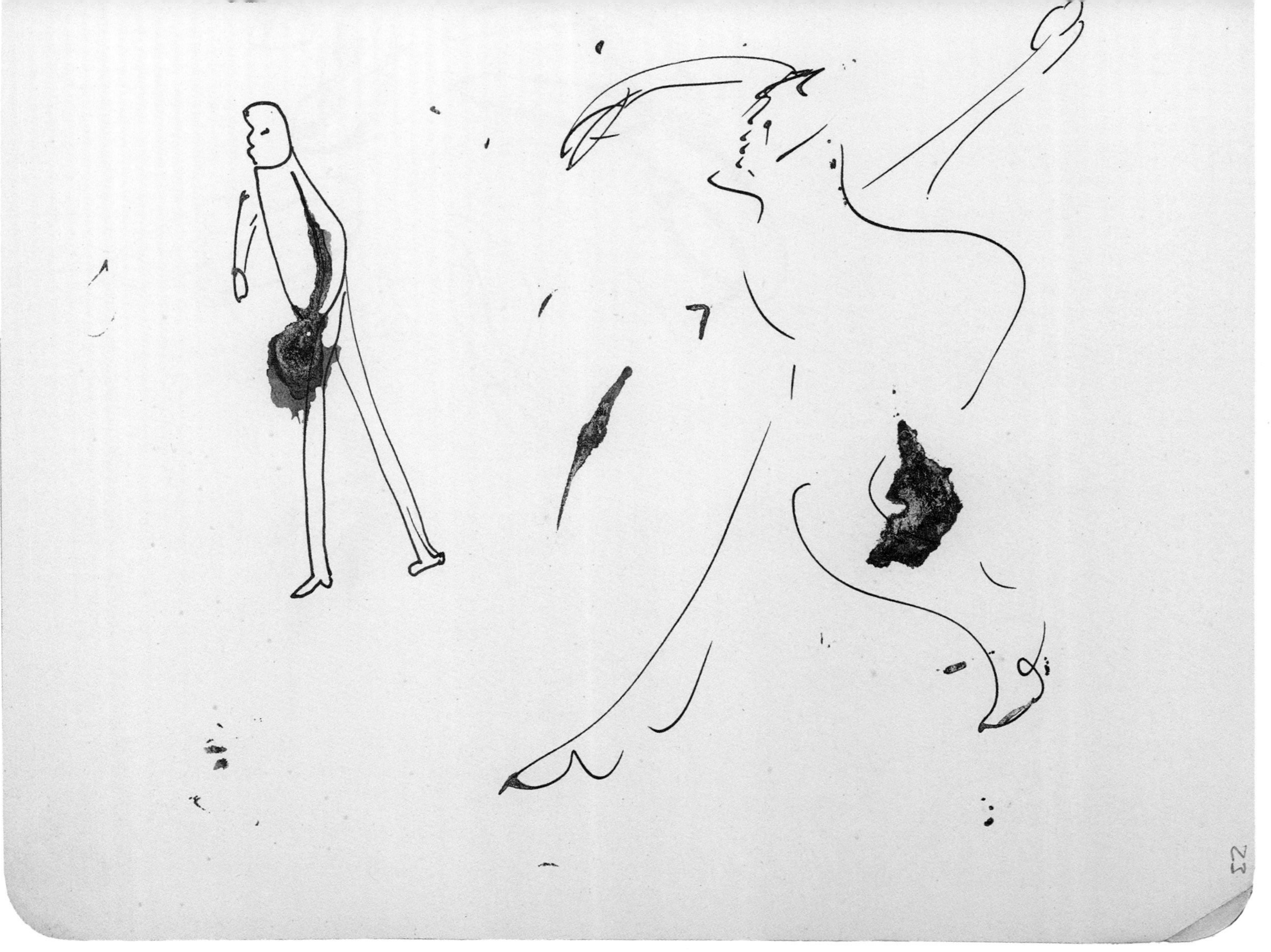

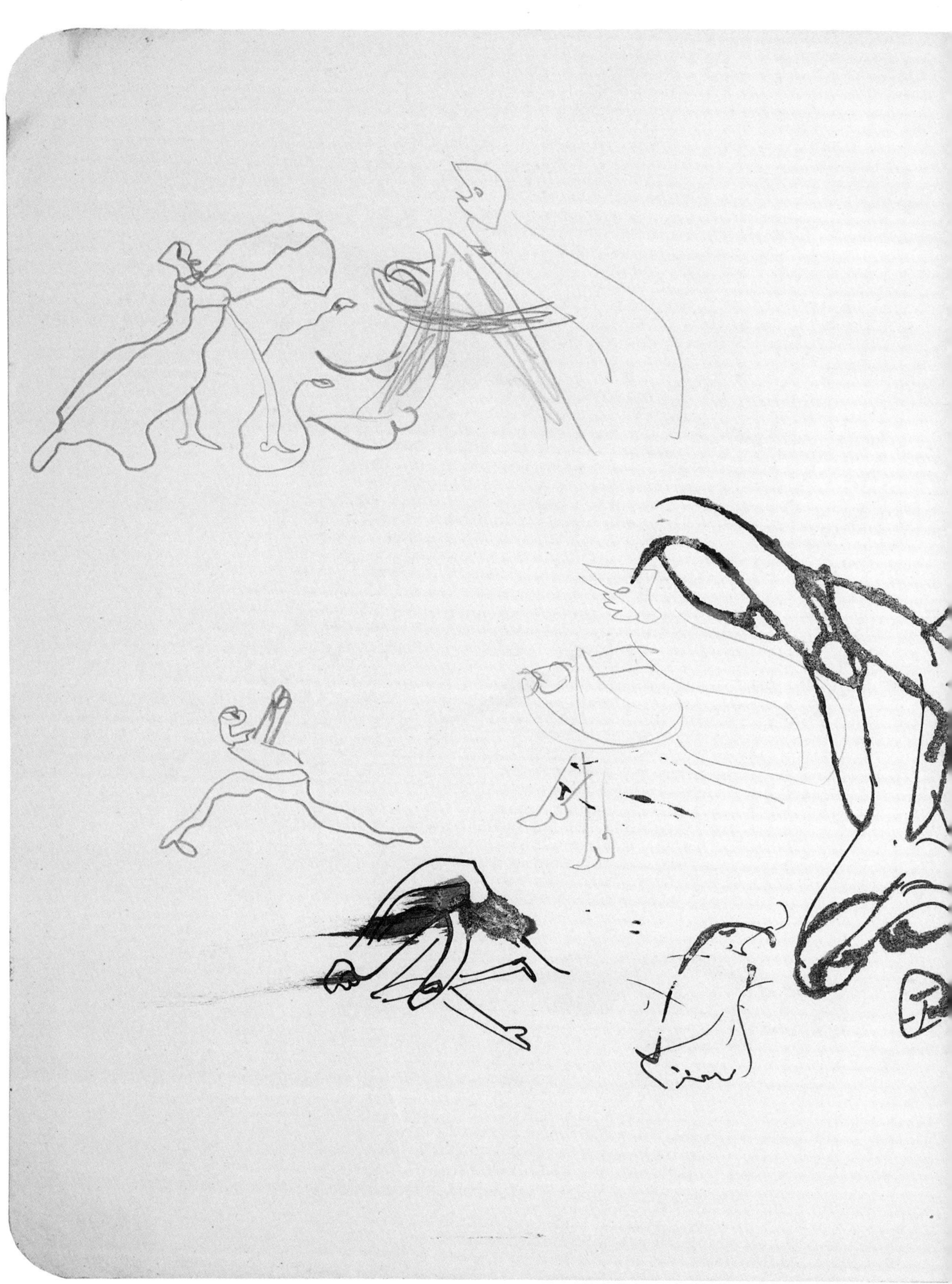

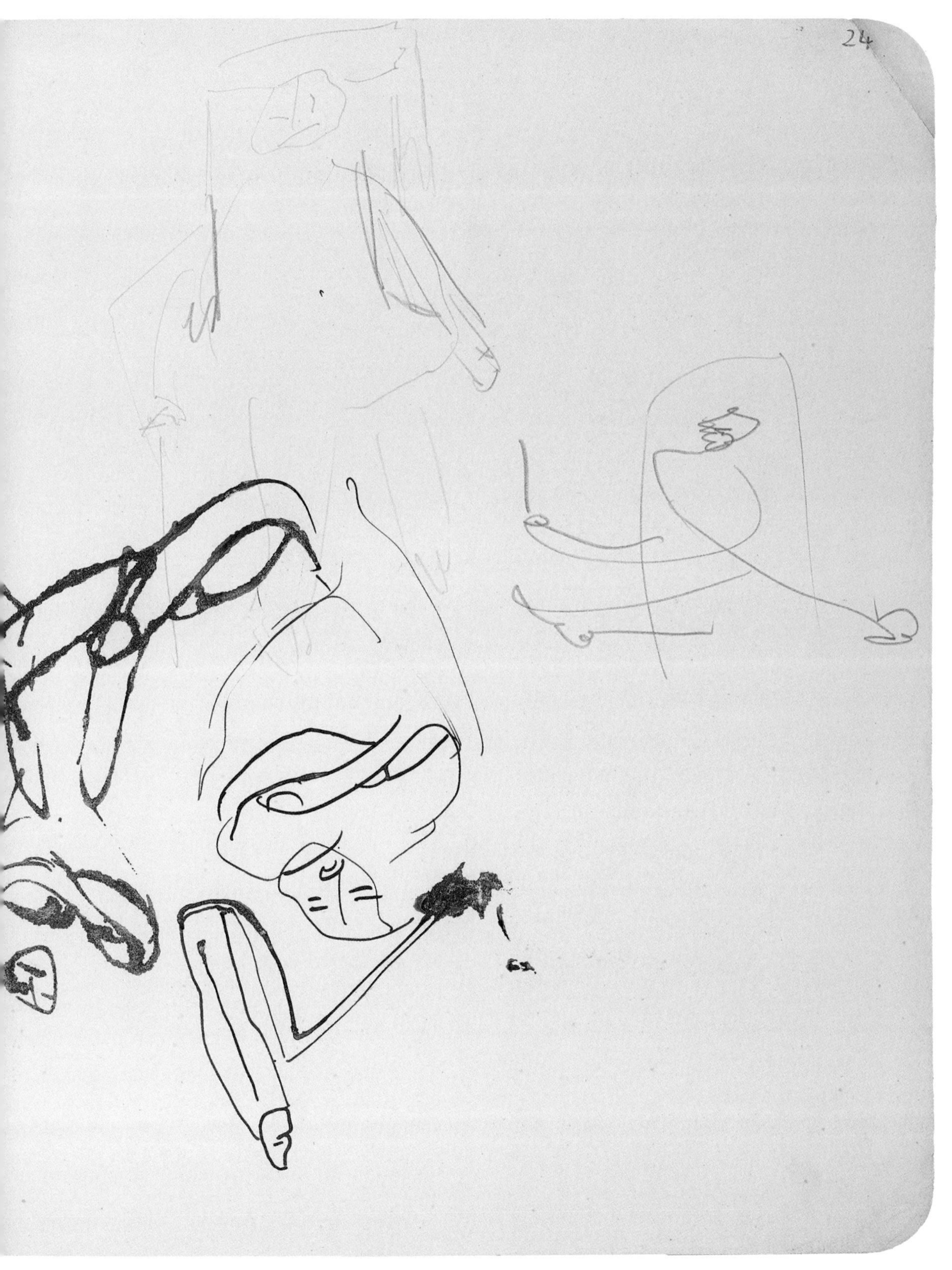

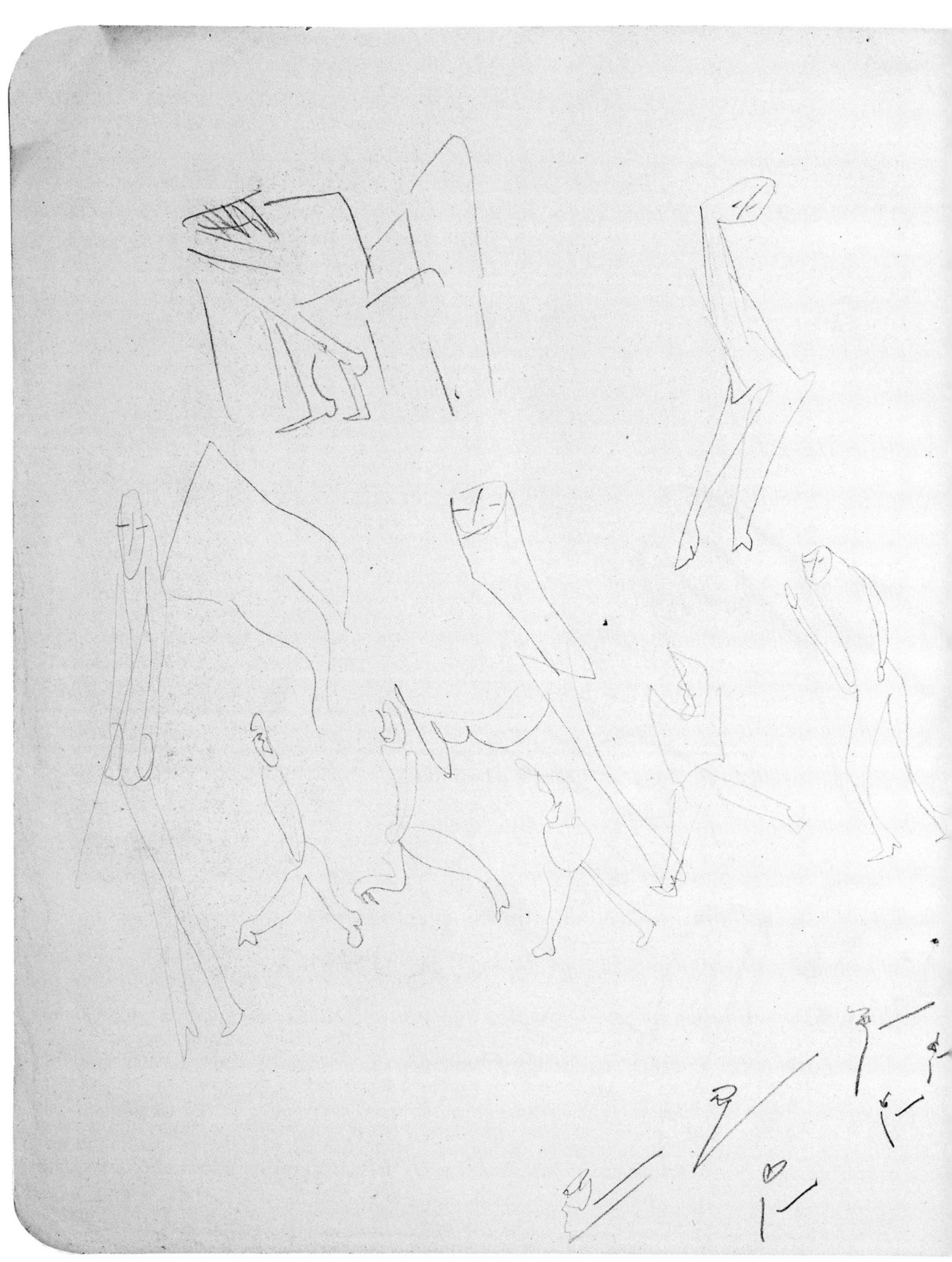

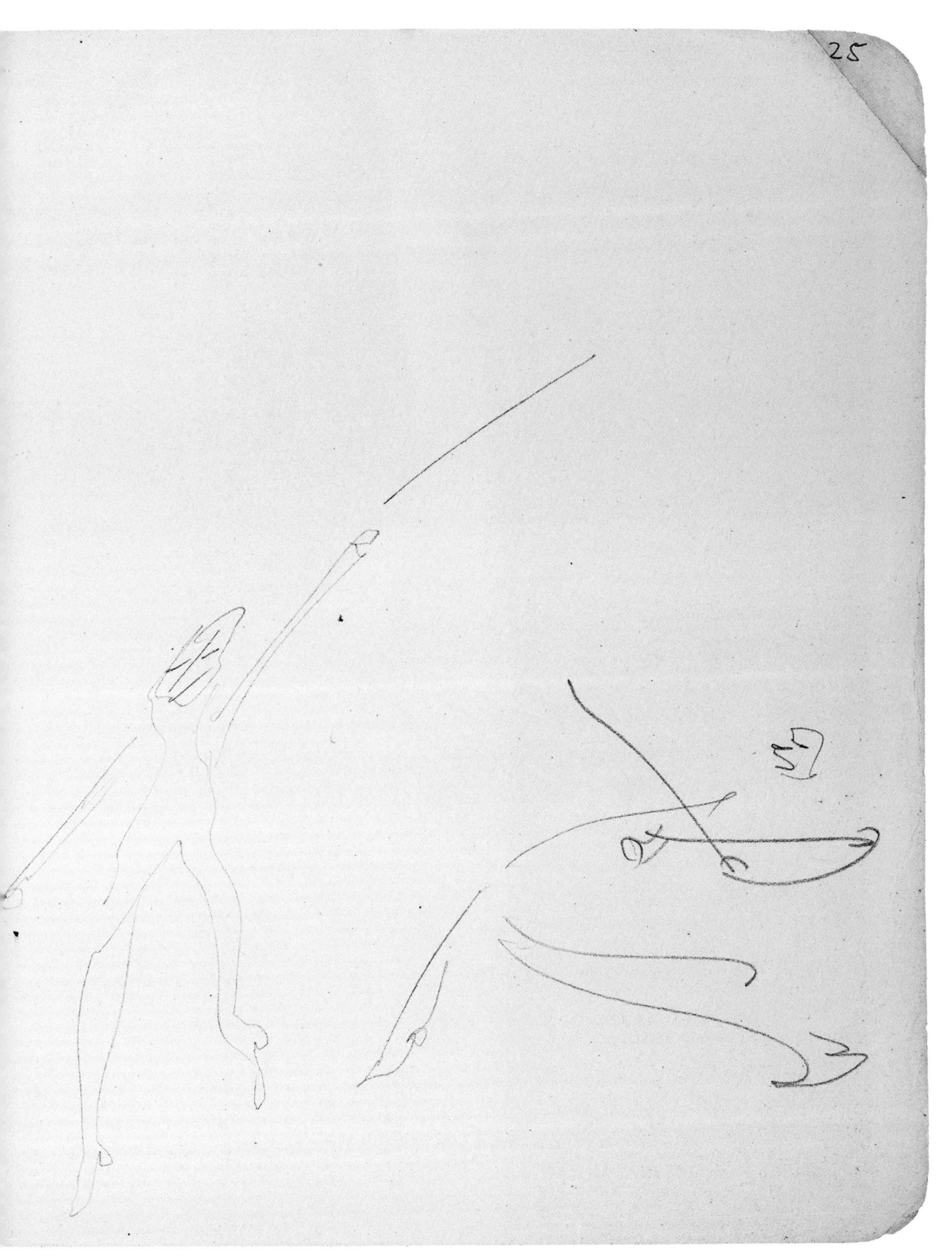

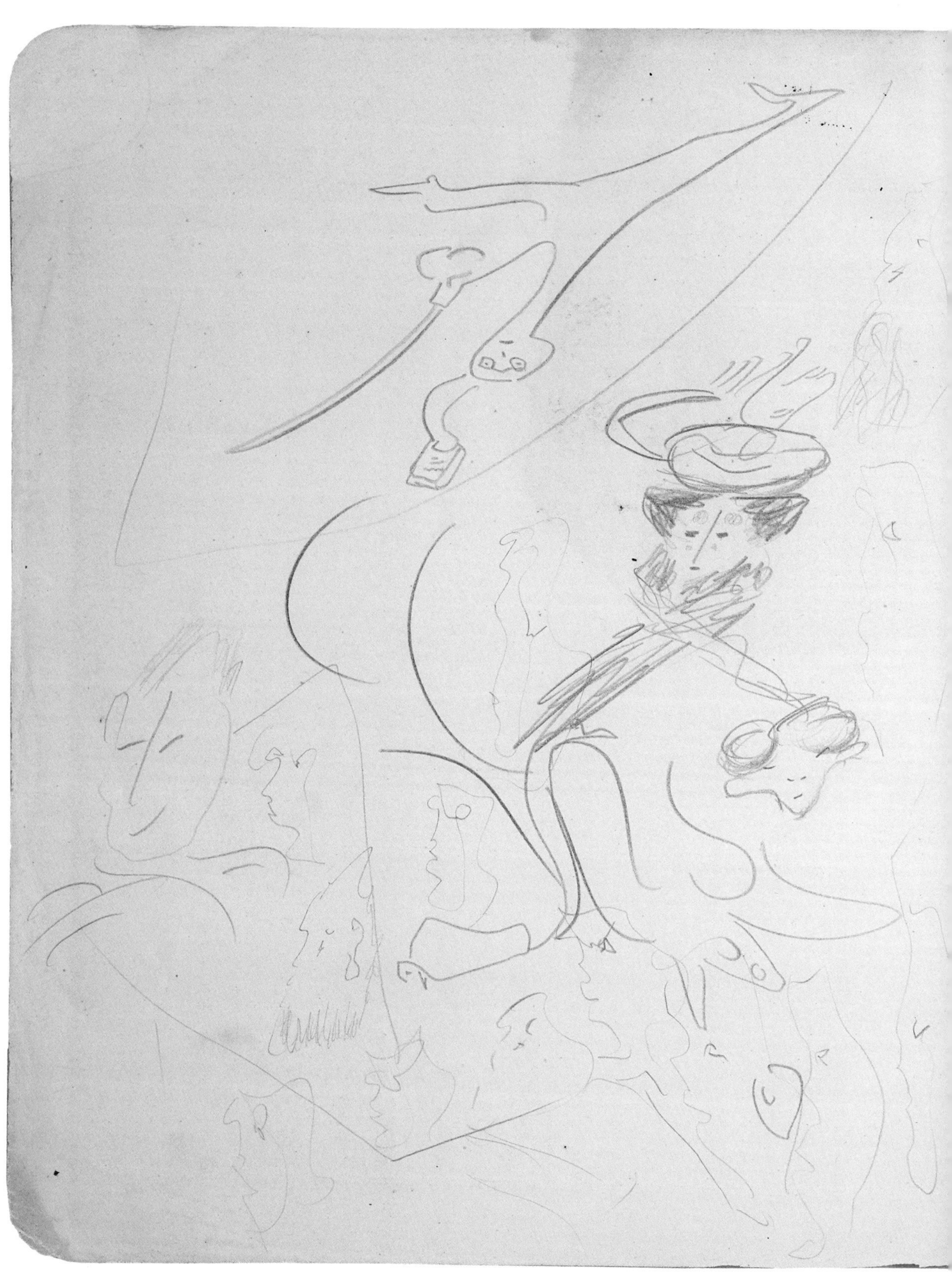

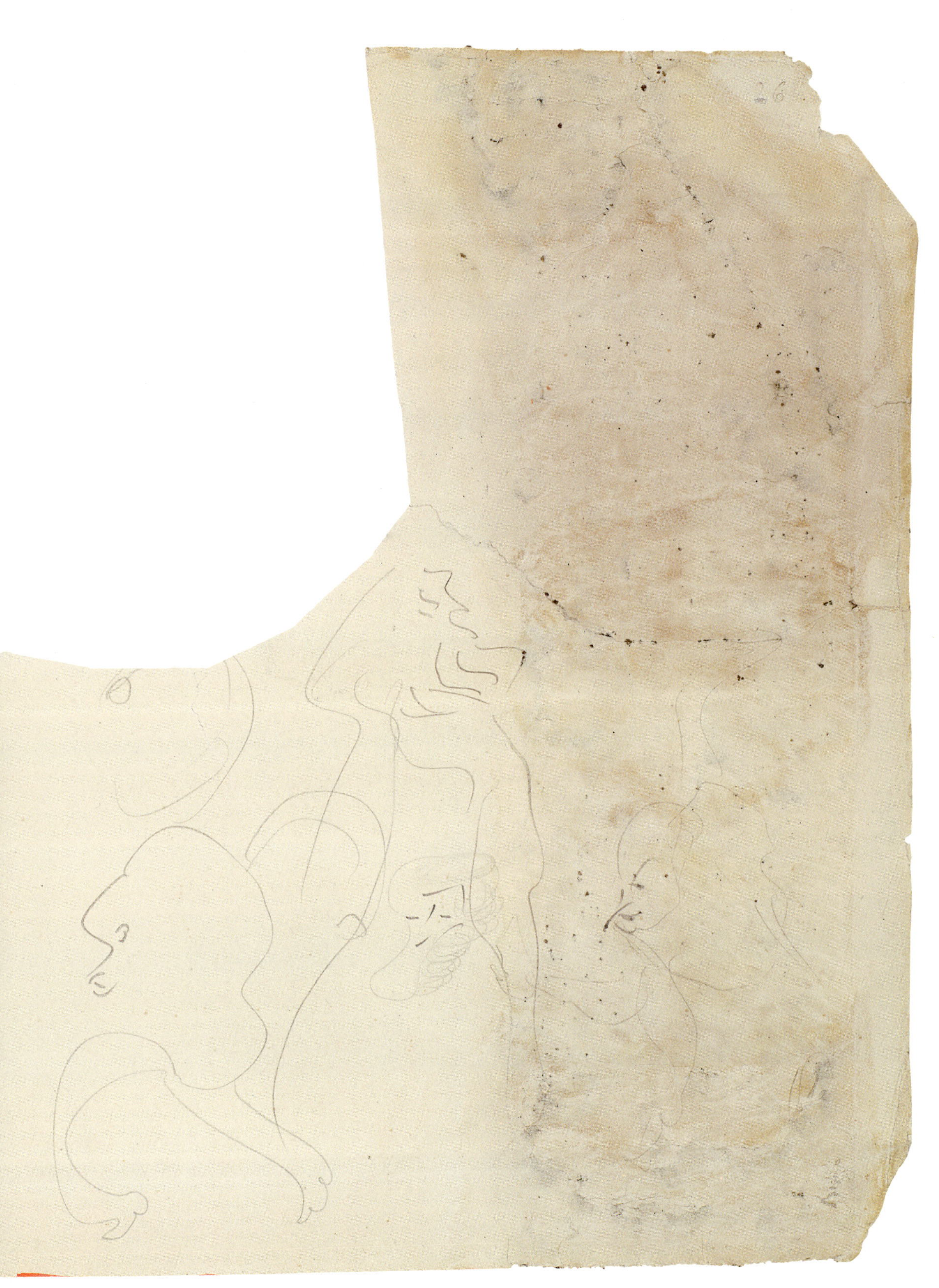

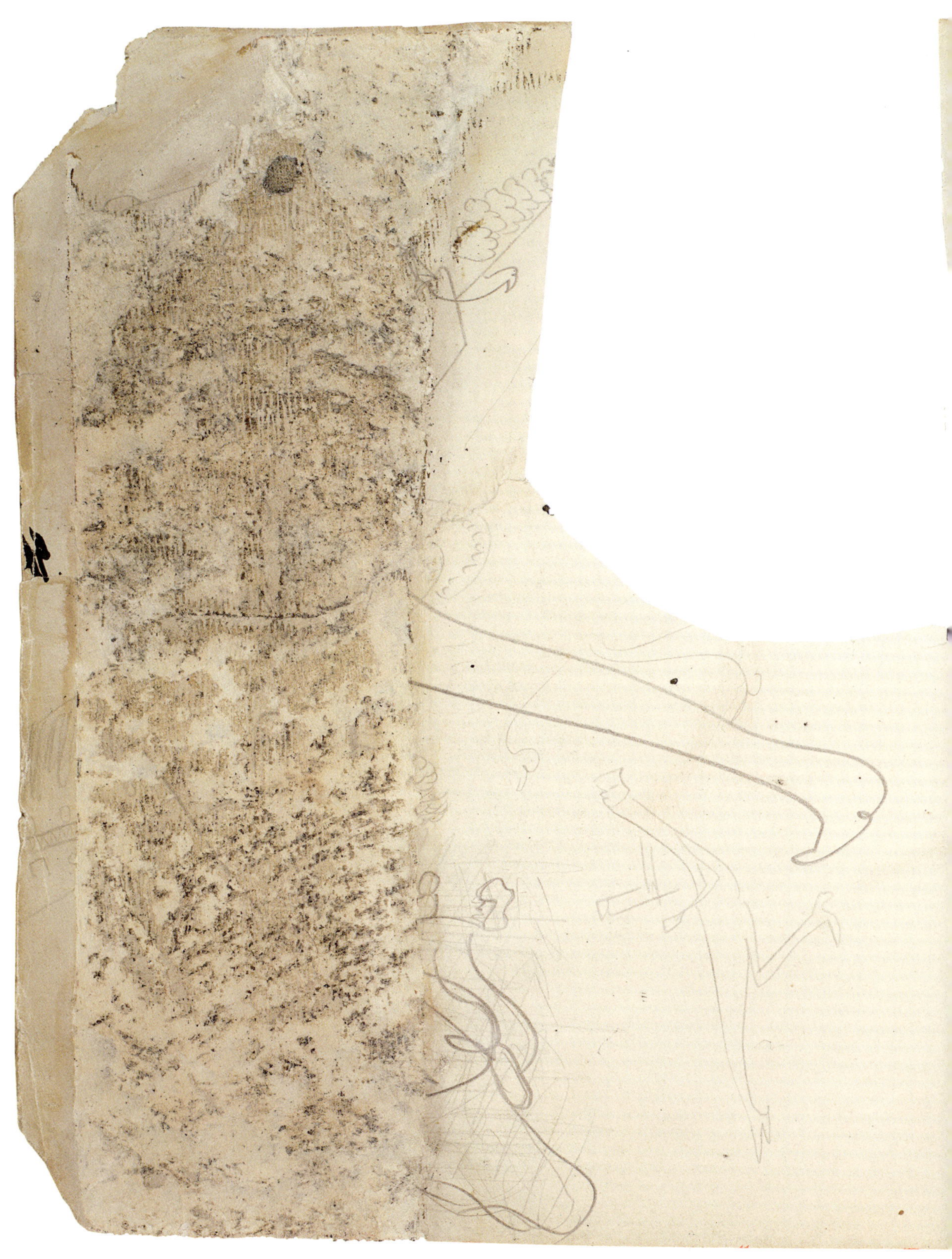

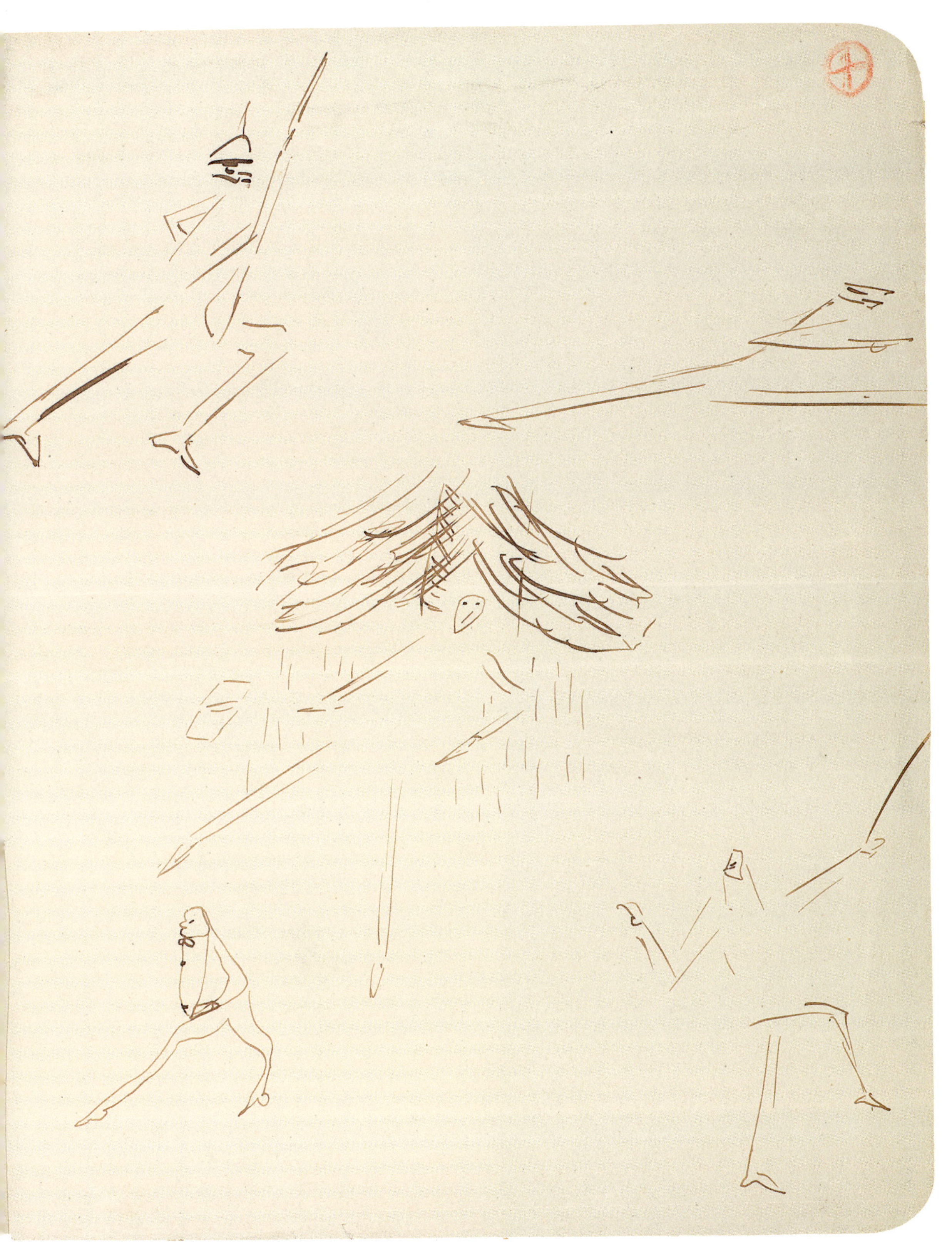

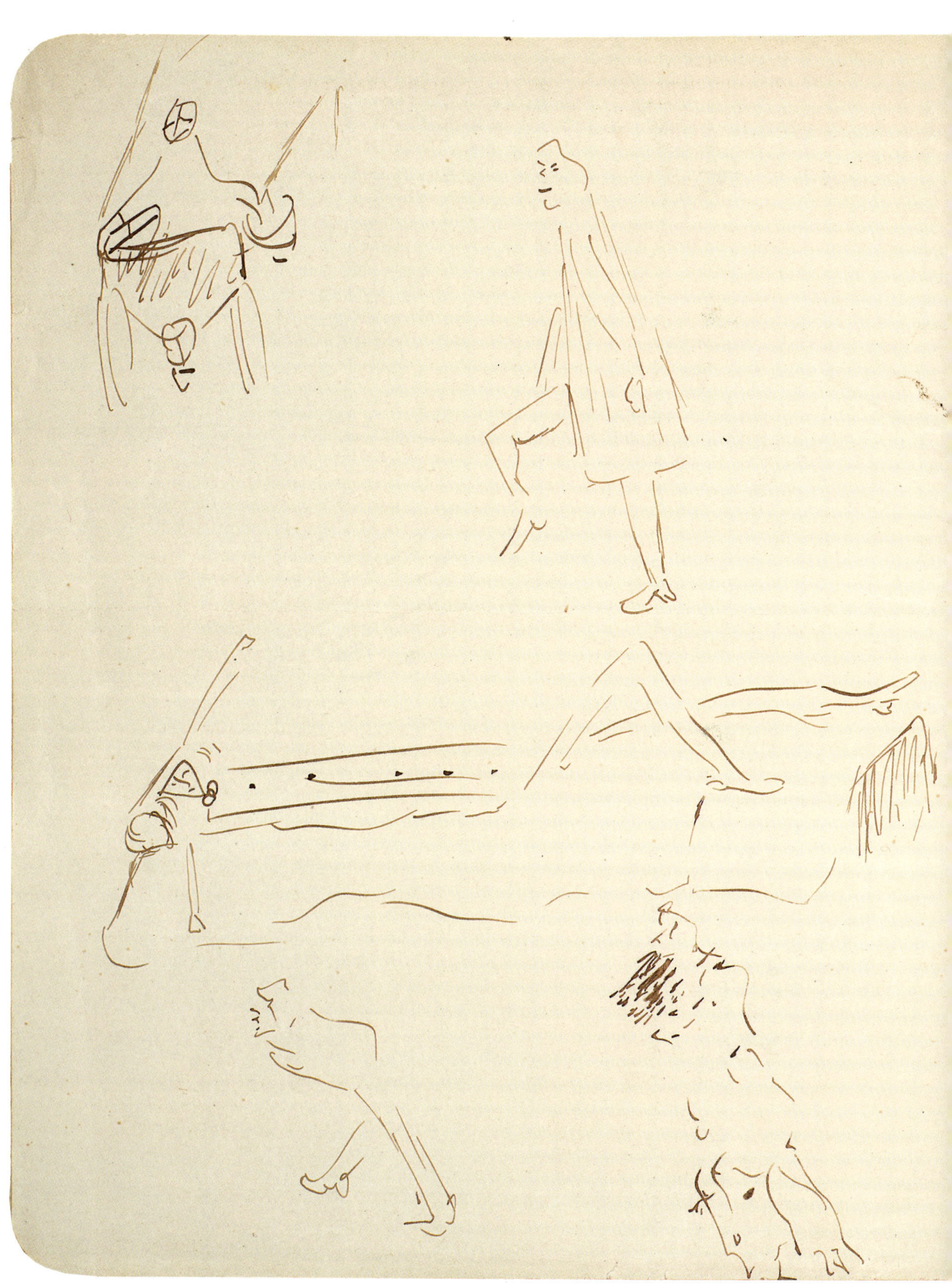

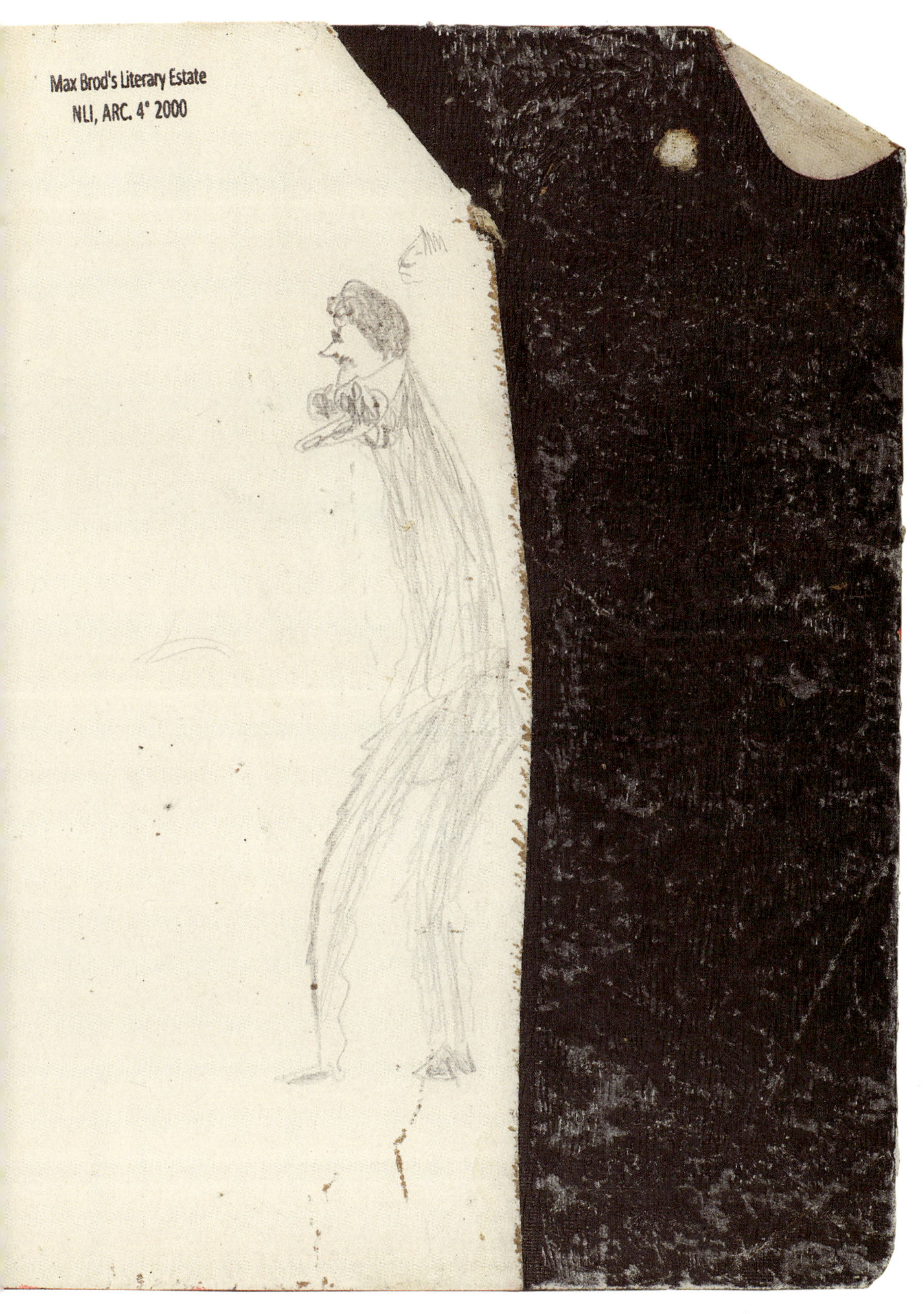

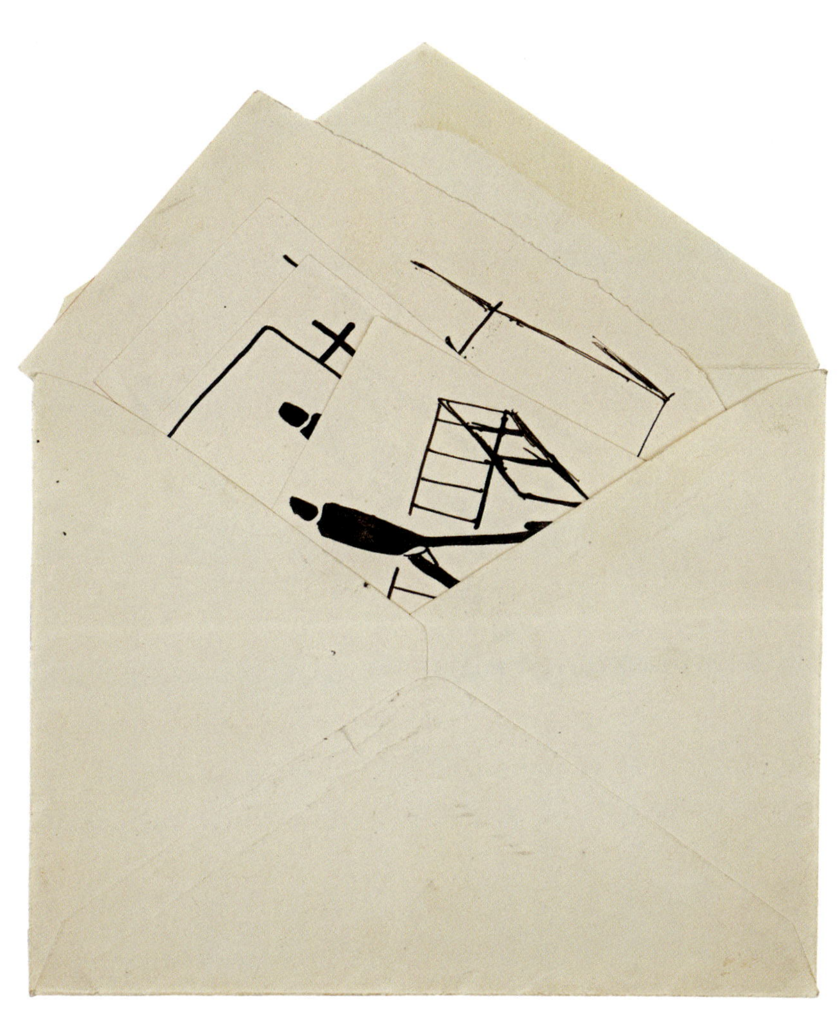

113~118 봉투에 담겨 있음 | 스케치북

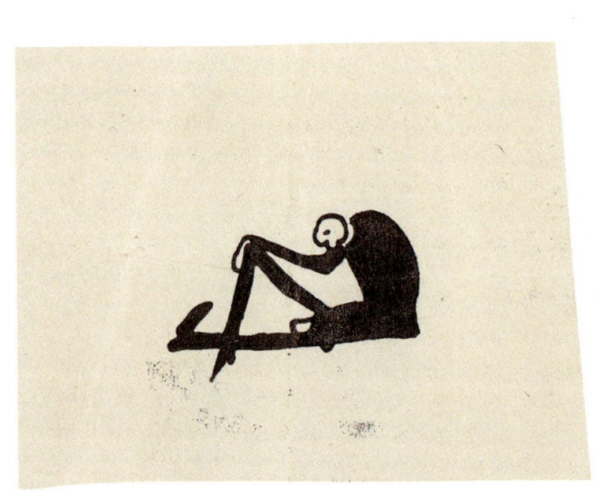 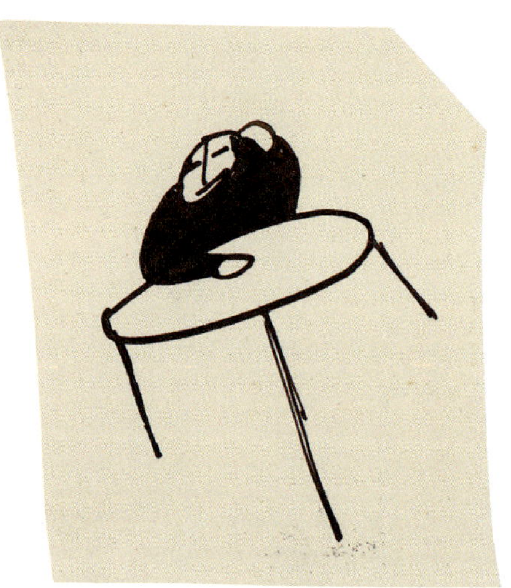

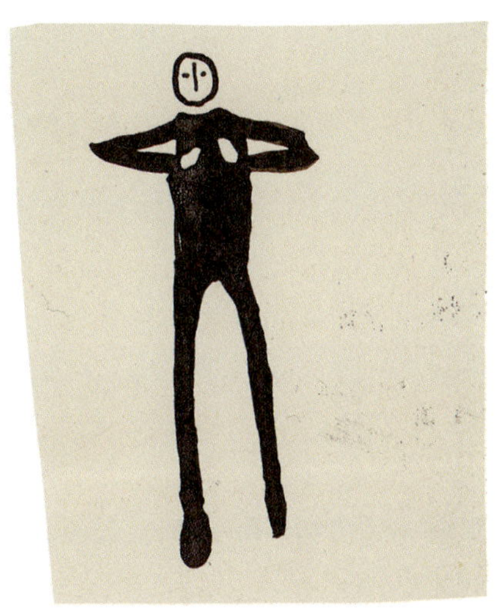 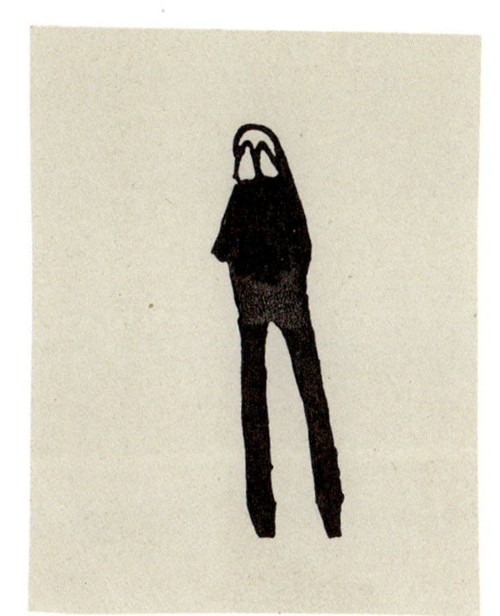

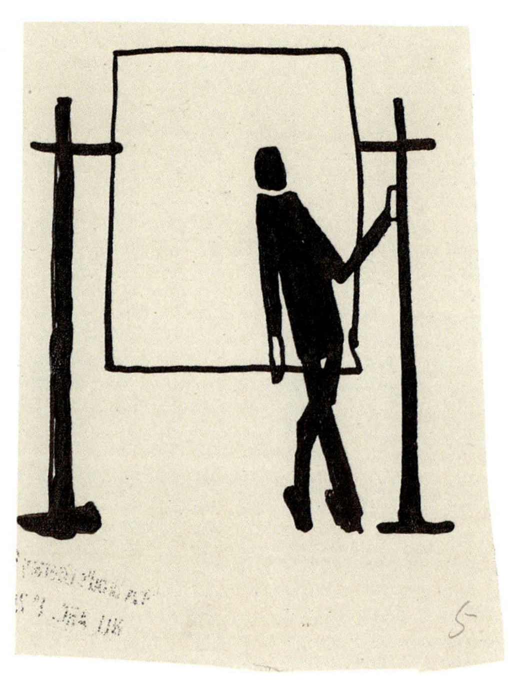

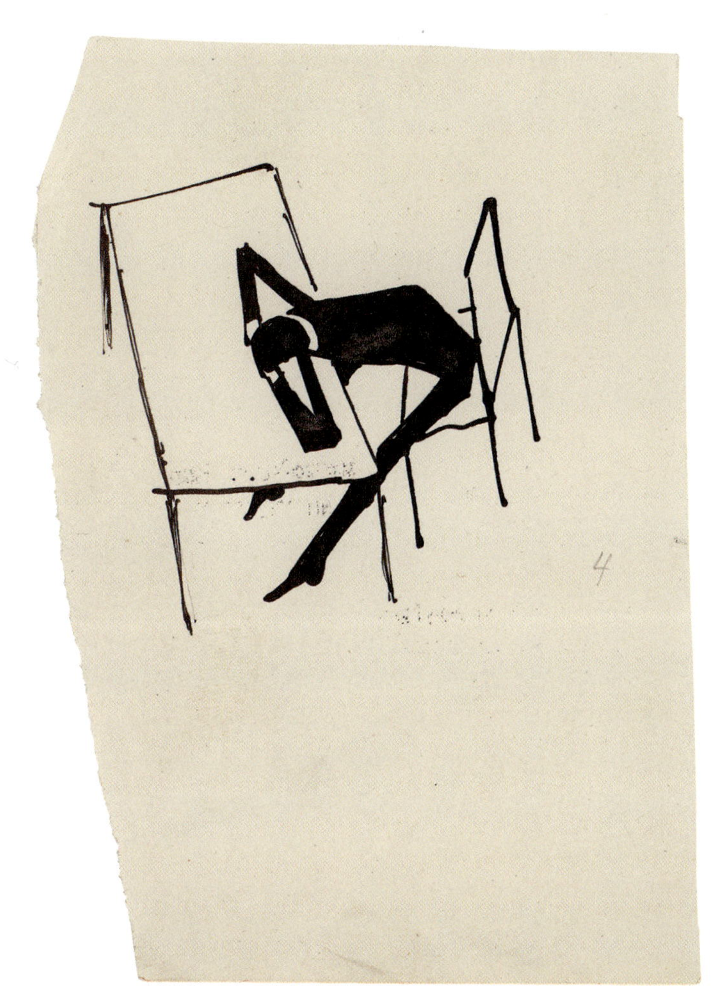

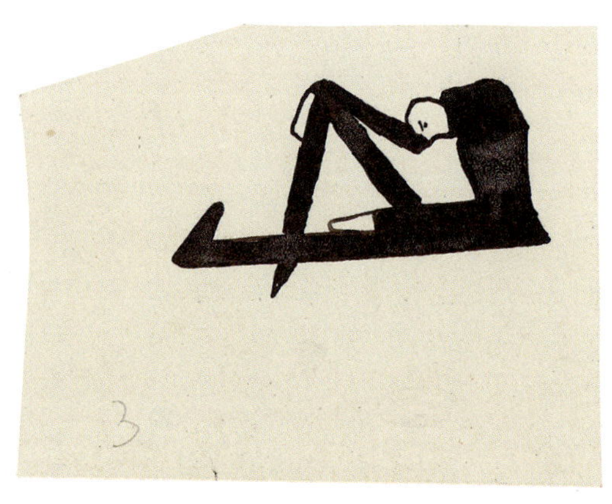

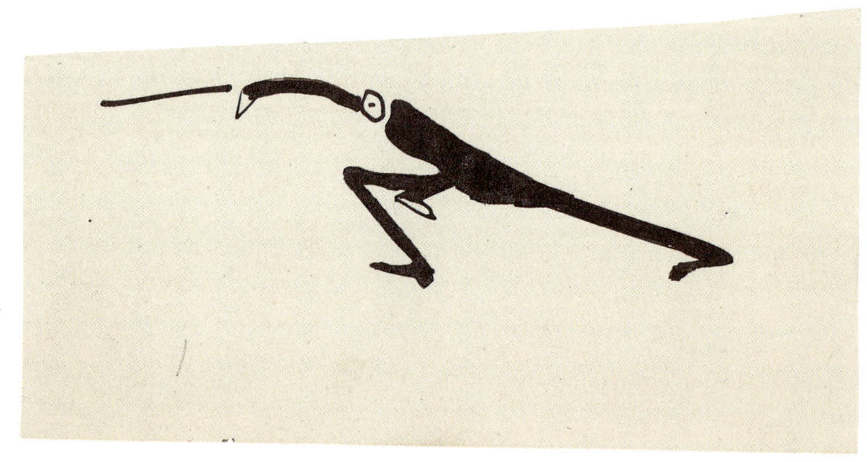

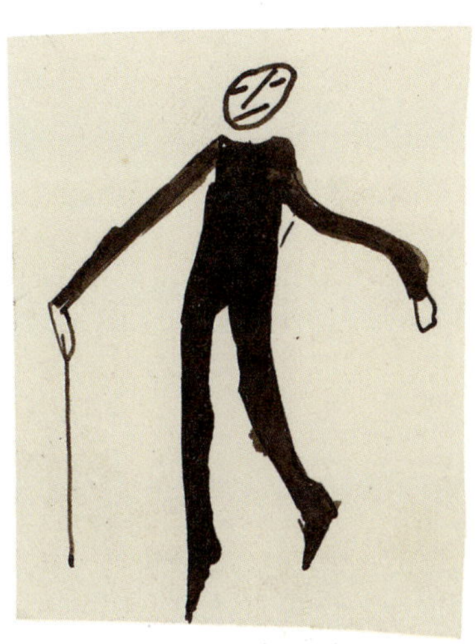

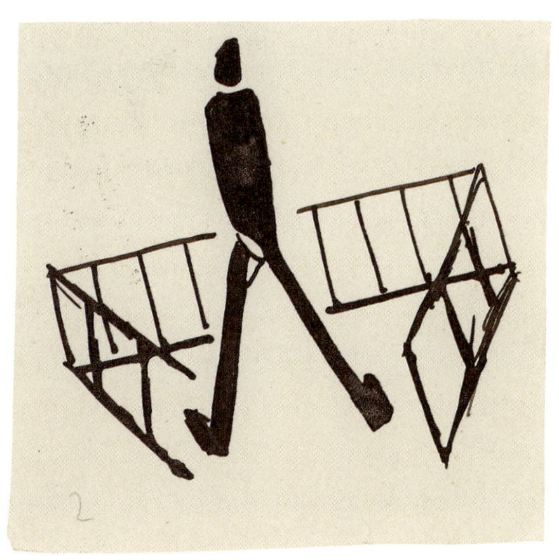

117, 118 | 스케치북

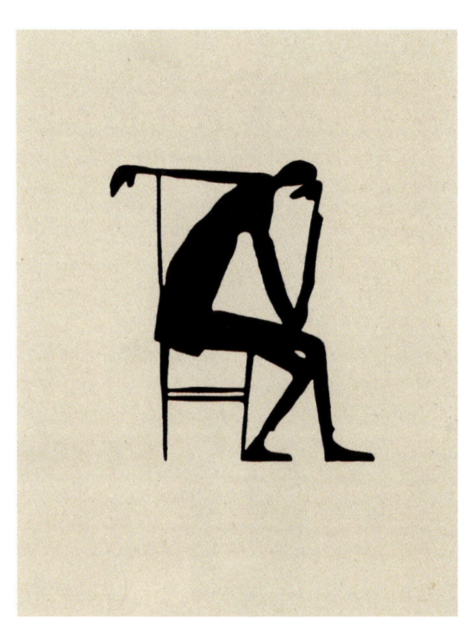

3. 여행 일기에 그린 그림, 1911~1912년

selbst über lassen. Ich werde
Man beim Anblick einer
derartigen Brücke
werde ich Man
und verschaffe mir da
durch den ersten starken
Eindruck von der Schweiz
trotzdem ich sie schon
lange aus innerer in
anderer Dämmerung an-
schaue. — Der Eindruck
aufrechter, selbständiger
Männer in Gallen ohne
Garen bildung. — Winter-
thur. — Mann in der

Altern. Entdeckung des
Spielsaales in Luzern.
1 fr. Entrée. 2 lange
Tische. Wirkliche Sehens-
würdigkeiten sind häß-
lich zu beschreiben,
weil es förmlich Wartenden Tisch
geschehen muss. An jeden
ein Angestellter in der
Mitte mit 2 Wächtern
nach beiden Seiten
hin.

Kugel rollt

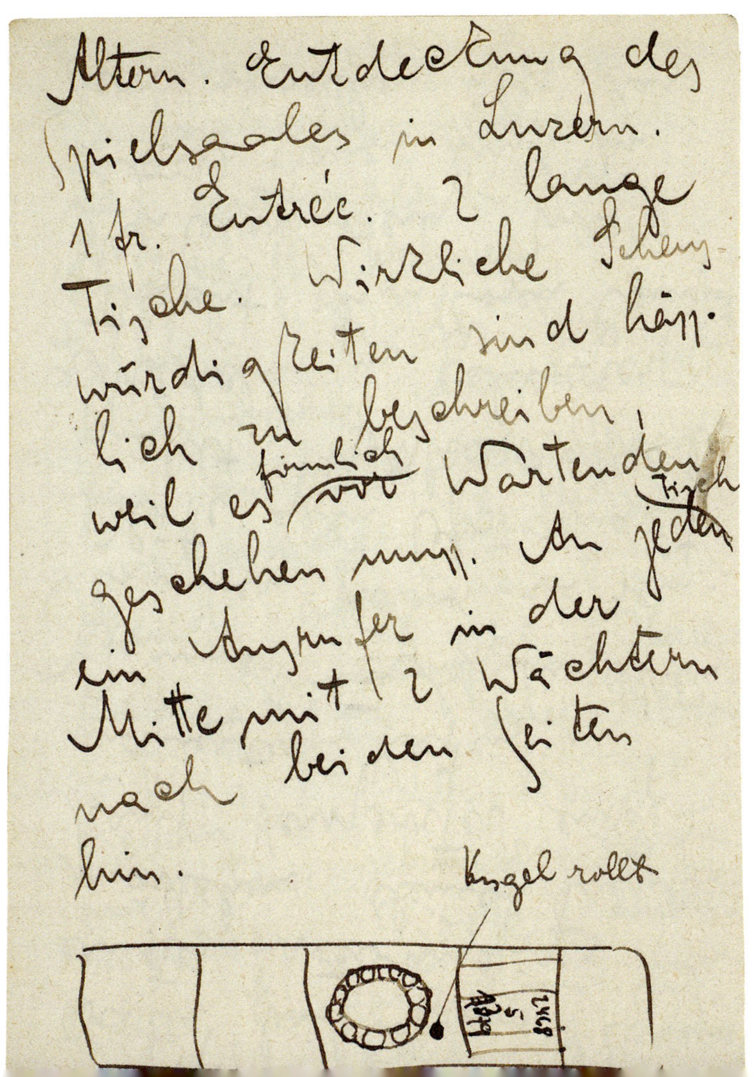

Höchsteinsatz 5 fr. „Die Schweizer werden
gebeten, den Fremden den Vortritt zu
lassen, da das
Spiel zur Un-
terhaltung der
Gäste bestimmt
ist."

Ein Tisch mit Kugel, einer mit
Pferdchen. Croupiers in Kaiserrock.

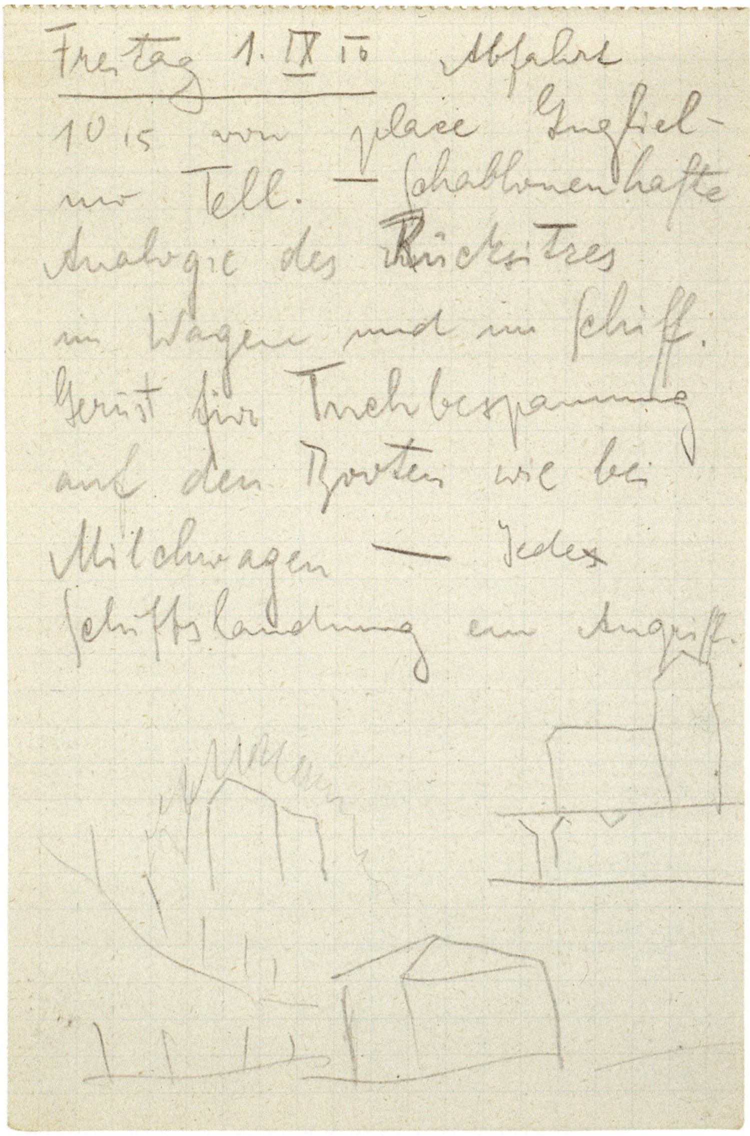

Freitag 1. IX 10   Abfahrt
10 15 von place Gugliel-
mo Tell. — schablonenhafte
Analogie des Rückseitres
im Wagen und im Schiff.
Gerüst für Tuchbespannung
auf den Booten wie bei
Milchwagen — Jeder
Schiffslandung ein Angriff.

Fahrt ohne Gepäck Hand
frei um den Kopf zu
halten — Gandria ein
Haus hinter dem andern
aufgesteckt Loggien mit
fertigen Trichtern, keine
Vogelperspektive, Gassen
und keine Gassen —
(S. Margaretha mit Spring-
brunnen y.(Landungsstelle
Villa mit 12 Cypressen bei
Oria.

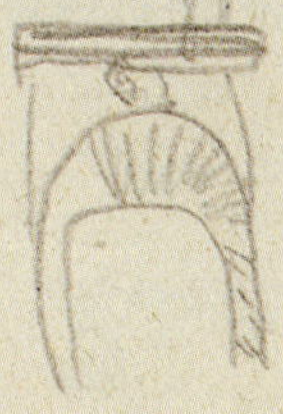

Balkoneingang in
Meride — Man kann
und wagt sich in Oria

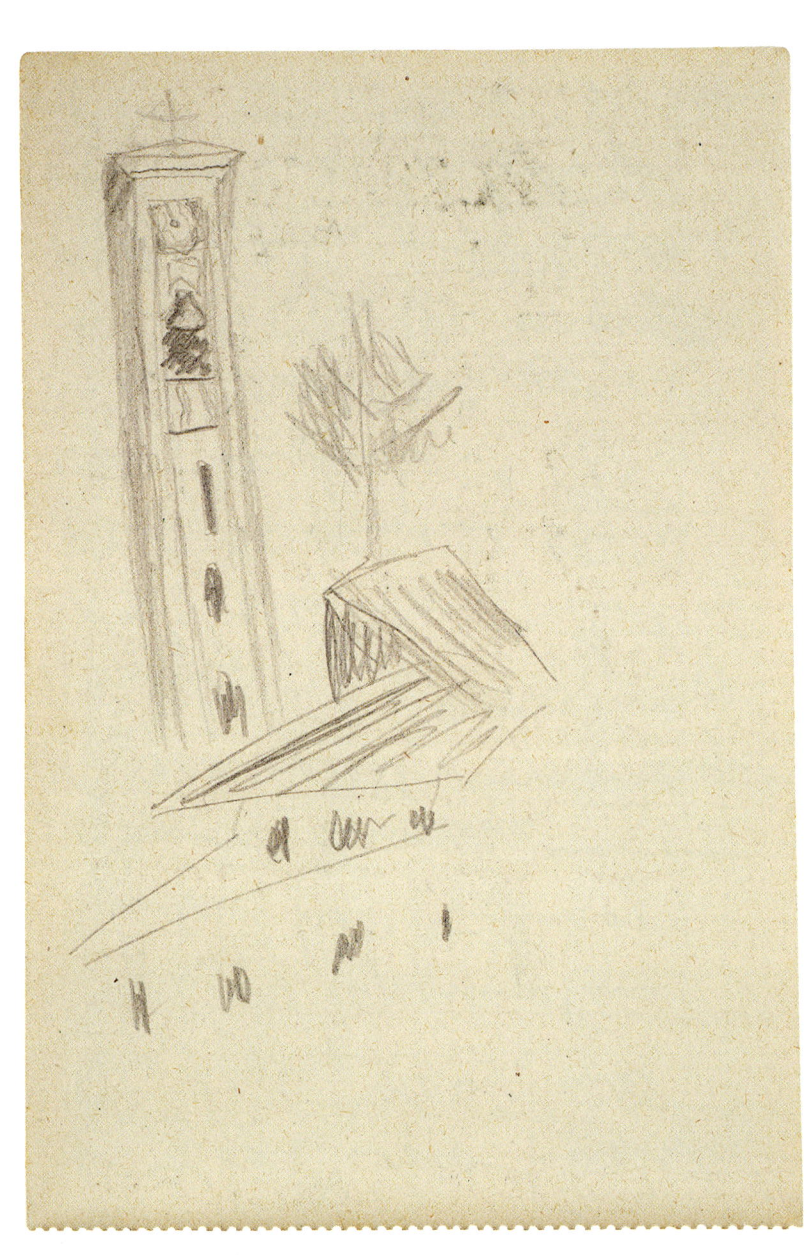

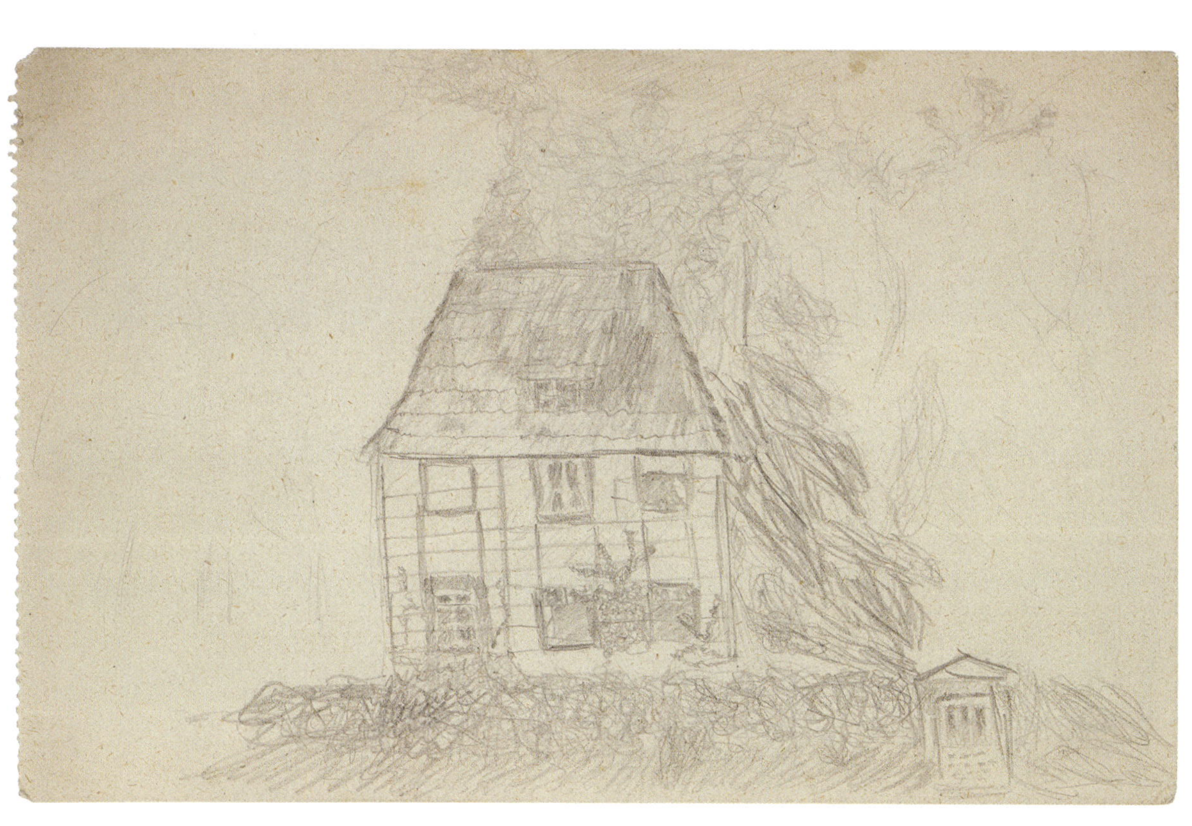

4. 편지에 그린 그림,
　　1909～1921년

gehen wir durch den Wald in den Kronzquellen auf denen wir herumfahren werden. Um 7 Uhr fahren wir mit dem Dampfer nach Prag. Überlege es Dir nichts weiter und sei um 3/4 6 auf der Bahn. — Übrigens kannst Du doch eine Rohrpostkarte schreiben, dass Du nach Dobrichowitz oder anderswohin fahren willst. —

Mein lieber Max, stürze Dich in Kosten wegen einer Rohrpostkarte, in der Du mir schreiben wirst, dass Du um 6 05 nicht auf der F. Josefs Bahn sein kannst, denn das musst Du, de der Zug mit dem wir nach Wien fahren um 6 Uhr 05 fährt. Um 1/4 8 machen wir den ersten Schritt gegen Davle, wo wir um 10 h bei Lederer eine Paprika essen werden, um 12 h in Stechowitz mittagmahlen, von 2 - 1/2 4

das ist eine Feder von Sönnecken; die gehört nicht zur Geschichte

nach einander. Aber warte, ich
zeichne es auf. Eingehängtsein ist
so: Wir aber giengen so:

Wie gefällt Dir mein Zeichnen? Ja,
ich war einmal ein großer Zeichner,
nur habe ich dann bei einer schlech-
ten Malerin schulmässiges Zeichnen
zu lernen angefangen und mein
ganzes Talent verdorben. Denk nur!
Aber warte ich werde Dir nächstens
paar alte Zeichnungen schicken, damit
Du etwas zu Lachen hast. Jene Zeich-
nungen haben mich zu seiner Zeit,
es ist schon Jahre her, mehr befrie-
digt, als irgendetwas.
    Liebste hast Du denn zu meiner
geschäftlichen Tüchtigkeit gar kein Vertrau-
en? Versprichst Du Dir für den Sterbographen
gar keinen Nutzen von mir? Was ich

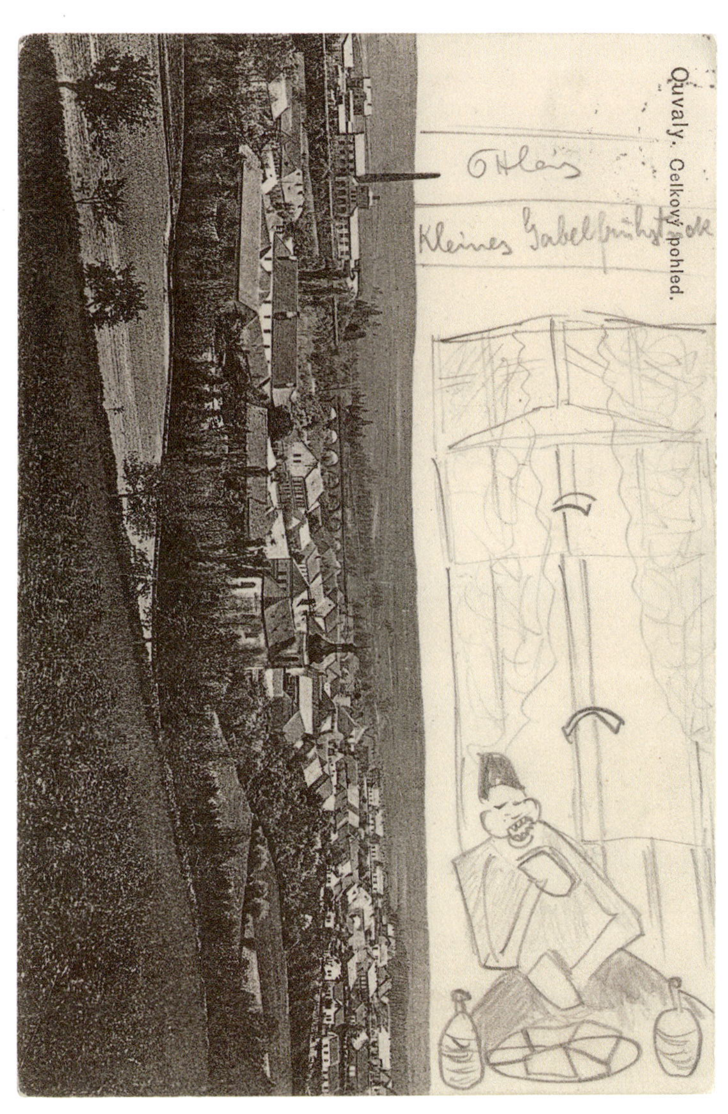

Quvaly. Celkový pohled.
Kleines Gabelgebirg
Hlas

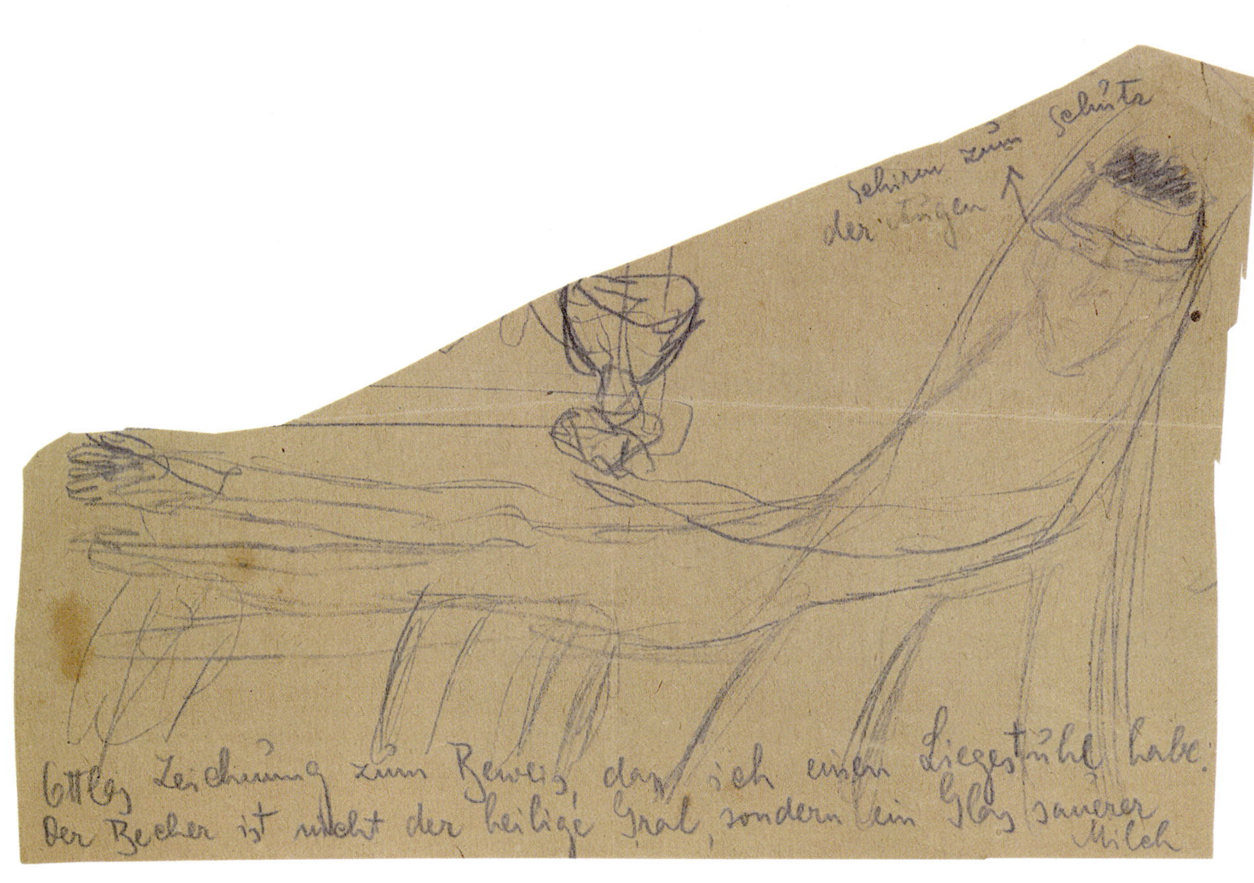

Schirm zum Schütze
der Augen
Beiliegende Zeichnung zum Beweis, daß ich einen Liegestuhl habe.
Der Becher ist nicht der heilige Gral, sondern ein Glas saurer
Milch

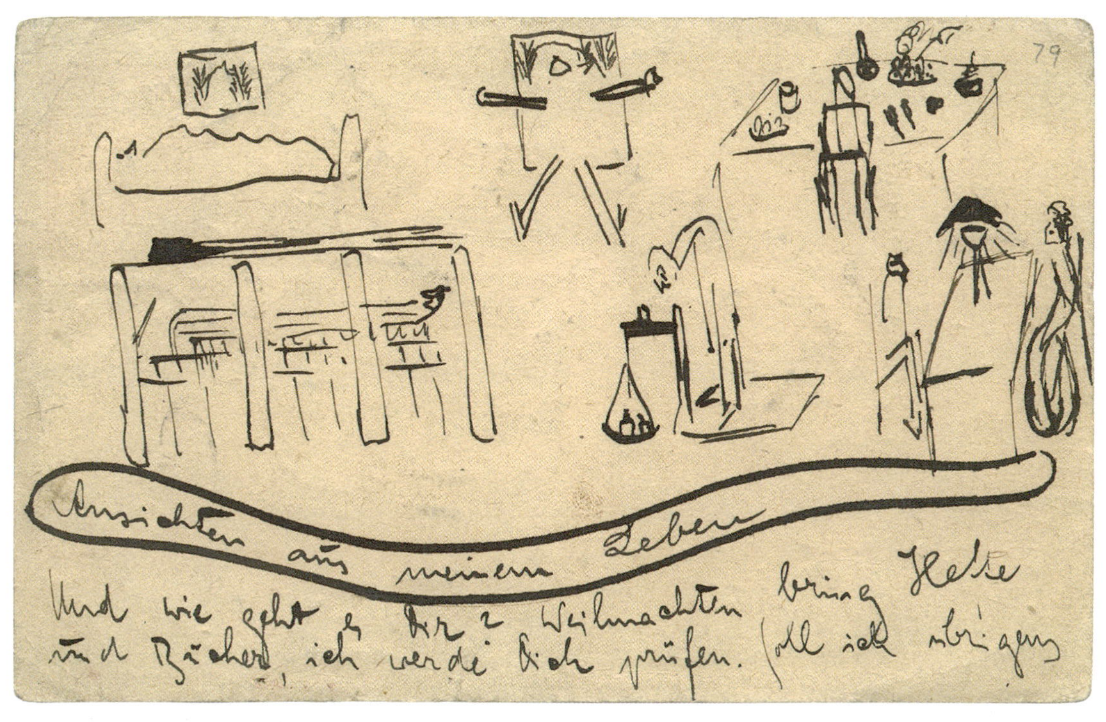

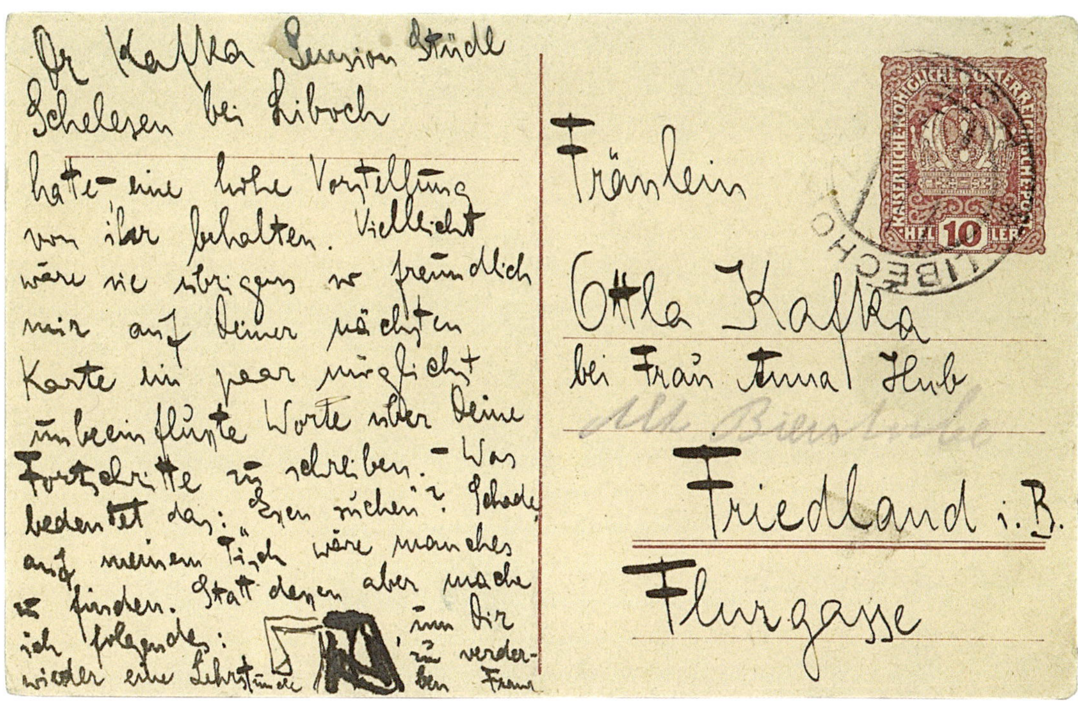

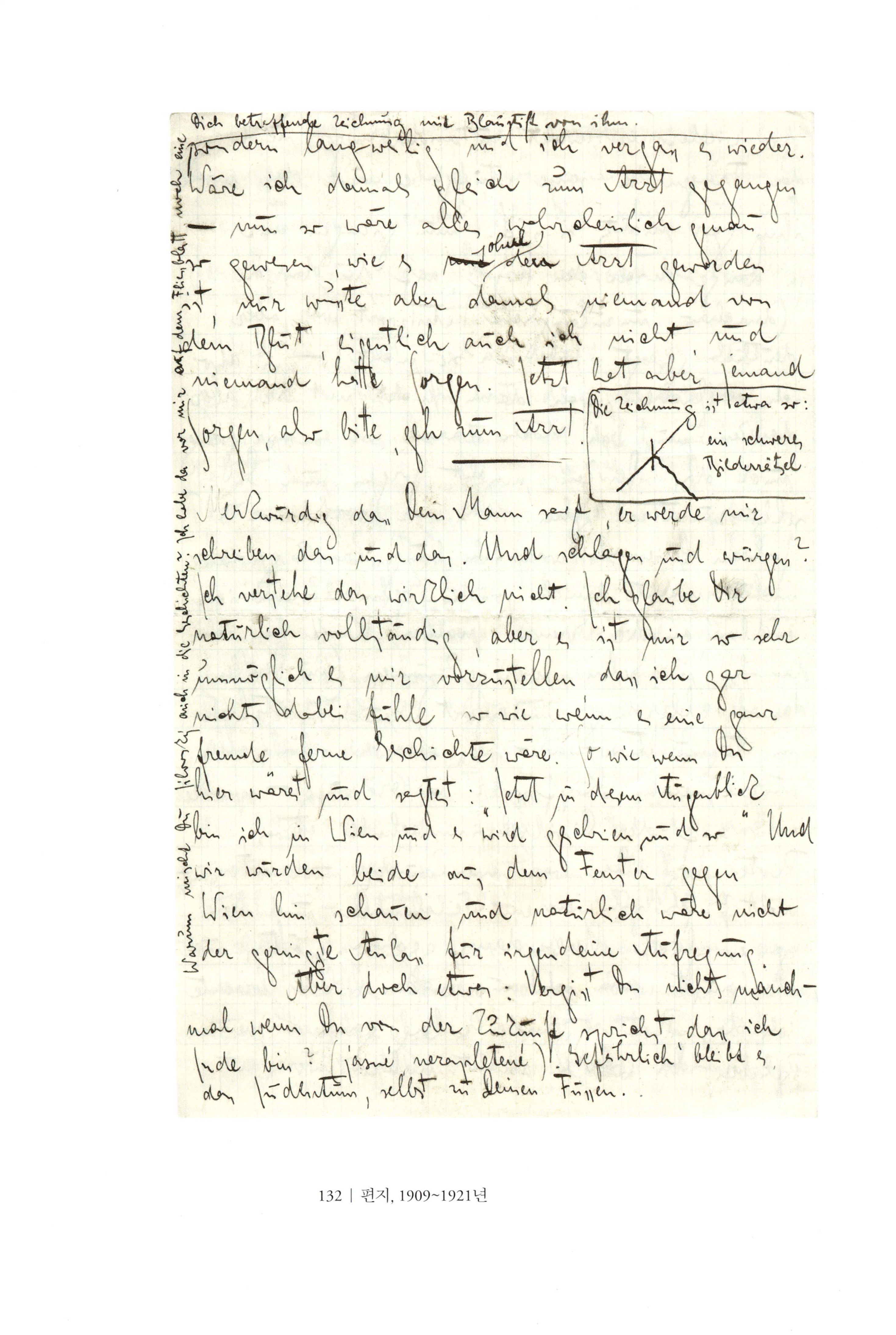

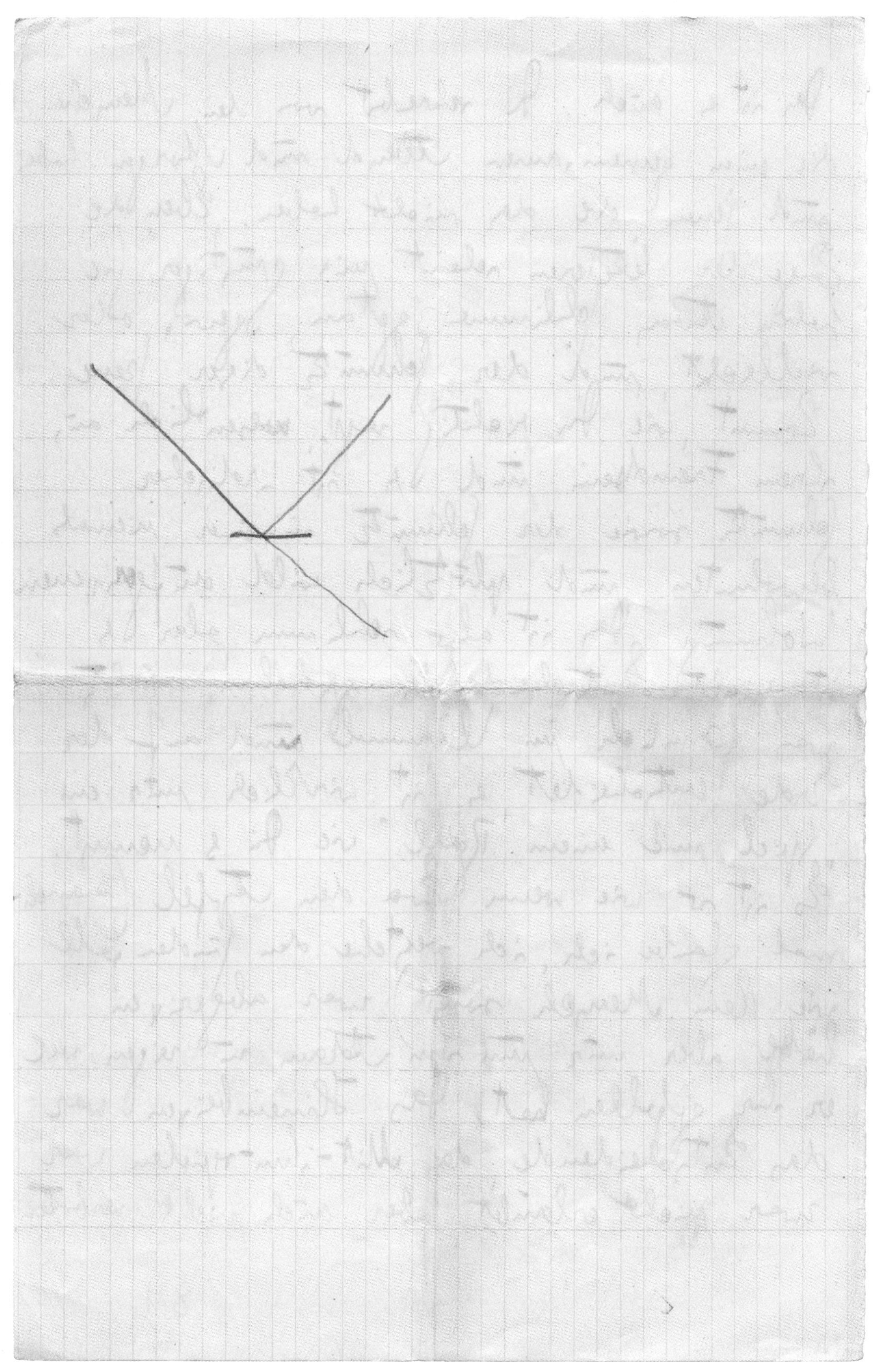

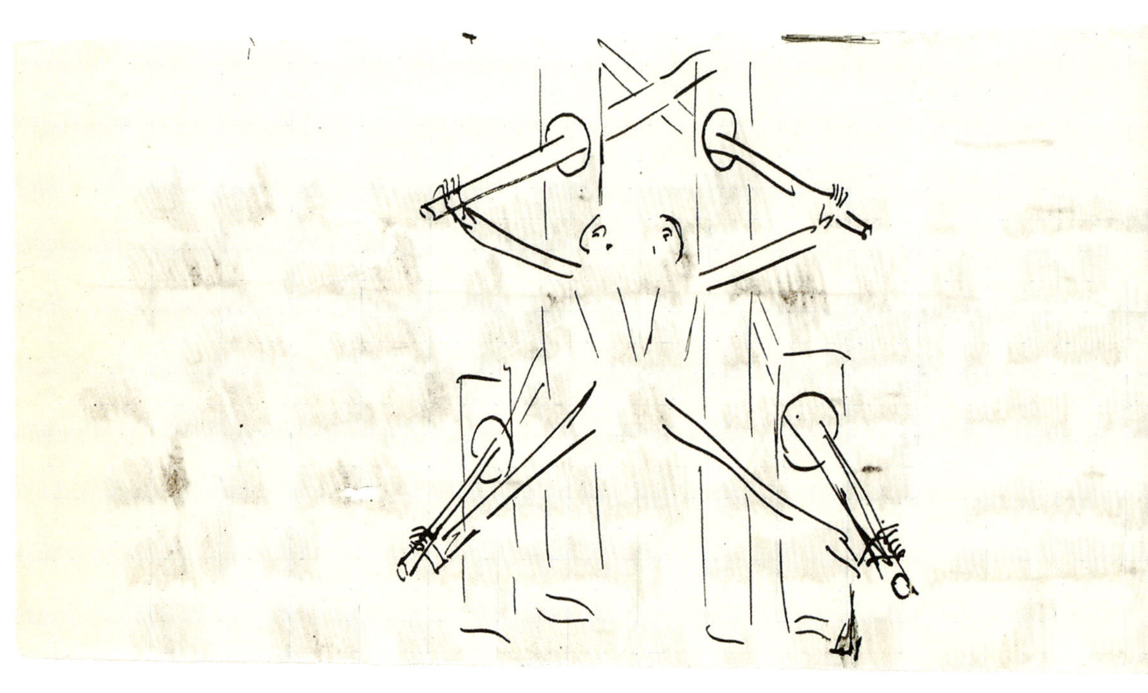

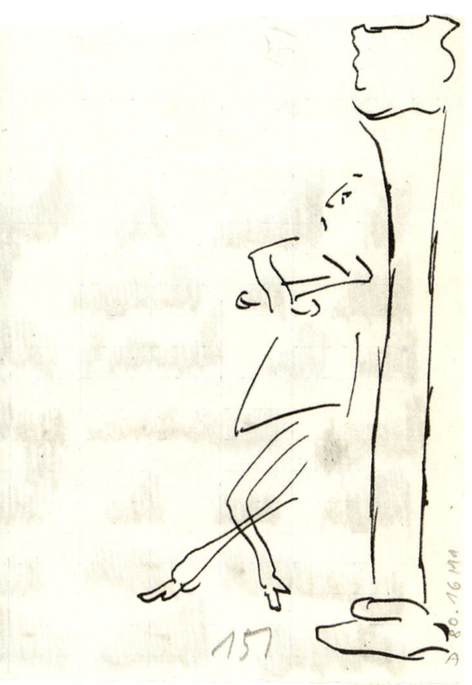

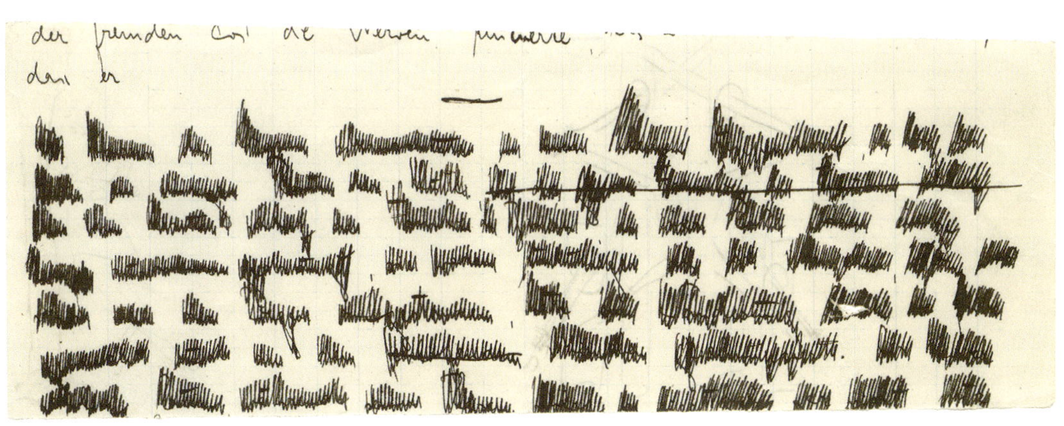

der fremden ... de ...
dan er

Liebster Max, noch ein Nachtrag, damit Du
siehst, wie der „Feind" vorgeht, es sind
gegen unsere Gesetze aber es sieht fast wie
nach anderen Gesetzen eingerichtet aus. Vielleicht
verstehst Du als körperlich Unbeteiligter
es besser.

Ich hatte das Balkon-Unglück bei
weitem nicht überwunden der obere Balkon
ist zwar jetzt still, aber meine angst-
geschärften Ohren hören jetzt alles, hören
sogar den Zahntechniker, trotzdem er
durch 4 Fenster und 1 Stockwerk von
mir getrennt ist

und wenn er auch ein Jude ist, bescheiden
grüßt und gegen keine bösen Absichten hat,
ist er für mich durchaus der fremde
„Teufel". Seine Stimme macht mir Herz-
beschwerden, sie ist matt, schwer beweglich
eigentlich leise, aber dringt durch Mauern!
Wie ich setze ich mir mich erst davon
erholen vorläufig stört mich noch alles,

5. 일기와 노트에 그린 그림,
   1909~1924년

Ich schreibe das ganz bestimmt aus Verzweiflung über meinen
Körper und über die Zukunft mit diesem Körper
Wenn sich die Verzweiflung so bestimmt gibt
so an ihren Gegenstand gebunden ist, so zurückgehalten
wie von einem Soldaten, der den Rückzug deckt und sich
dafür zerreißen lässt, dann ist es nicht die richtige
Verzweiflung. Die richtige Verzweiflung hat ihr
Ziel gleich und immer überholt (Bei diesem Beistrich
zeigte es sich, dass nur der erste! (satz richtig war)

meiner Leiter nicht einmal jene Sohlen zu Ver-
fügung stehn. Es ist das natürlich nicht alles
und eine solche Anfrage bringt mich noch nicht zum
Reden. Aber jeden Tag soll mindestens eine Zeile
gegen mich gerichtet werden wie man die
Fernrohre jetzt gegen den Kometen richtet. Und
wenn ich dann einmal vor jenem Satze erscheinen
würde hergelockt von jenem Satze so wie ich
z. B. letzte Weihnachten gewesen bin und wo
ich so weit war daß ich mich nur noch gerade
fassen konnte und wo ich wirklich auf
der letzten Stufe meiner Leiter schien, die
aber ruhig auf dem Boden stand und an
der Wand. Aber was für ein Boden, was für
eine Wand! Und doch fiel jene Leiter nicht,
so drückten sie meine Füße an den Boden,
so hoben sie meine Füße an die Wand.

¹⁴ frühste Jugend wird später hell wie die Zukunft
ist und das Ende der Zukunft ist mit allen
unseren Seufzern eigentlich schon erfahren und
Vergangenheit. So schließt sich fast dieser Kreis,
an dessen Rand wir entlang gehn. Nun dieser
Kreis gehört uns ja, gehört uns aber nur so-
lange als wir ihn halten, picken wir nur einmal
zur Seite in irgendeiner Selbstvergessenheit, in
einer Zerstreuung einem Schrecken, einem Erstau-
nen, einer Ermüdung, schon haben wir ihn
in den Raum hinein verloren, wir hatten bis-
her unsere Nase im Strom der Zeiten stecken,
jetzt treten wir zurück, gewesene Schwimmer,
gegenwärtige Spaziergänger und sind verloren.
Wir sind außerhalb des Gesetzes, keiner weiß es
und doch behandelt uns jeder danach.

Wasrich

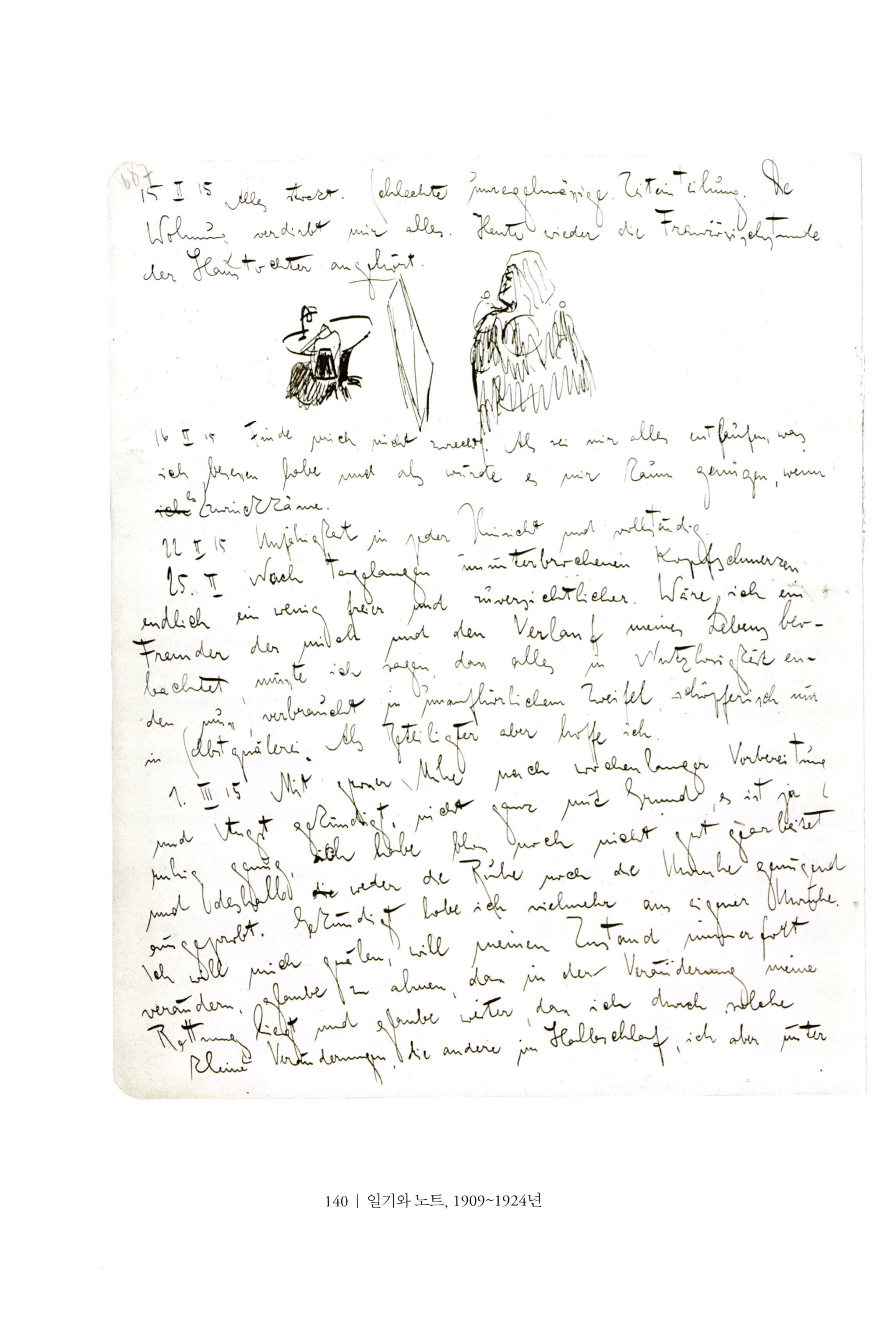

auch schon einer den Waldweg herauf. Er trug ein lang-
gebrauntes Kleid über der Schulter, hielt den Kopf nur
Thür geneigt und setzte den mit gestreckter Hand den
Stock bei jedem Schritt weit von sich auf den Boden

14 Isaac verlangte eine Frau von Abimelech, wie
schon früher Abraham die seine.

Verwirrung mit den Brunnen in Gerar. Wiederholung eines
Verses.

Die Sünden Jakobs. Praedestination Esaus.

Im trüben Sinn schlägt eine Uhr
höre auf sie wenn du eintrittst ins Haus

15 Er wollte Hilfe in den Wäldern, er sprang fort
durch die Vorberge, er eilte in den Quellen der
ihm begegnenden Bäche, wie die Schwimmer sprang er
die Luft mit den Händen, er schnaufte durch
Nase und Mund

19. | bis 15 Fromme und weine armes Geschlecht
findet den Weg nicht, hast ihn verloren
Wehe! ist dein Sinn am Abend, Wehe! am Morgen

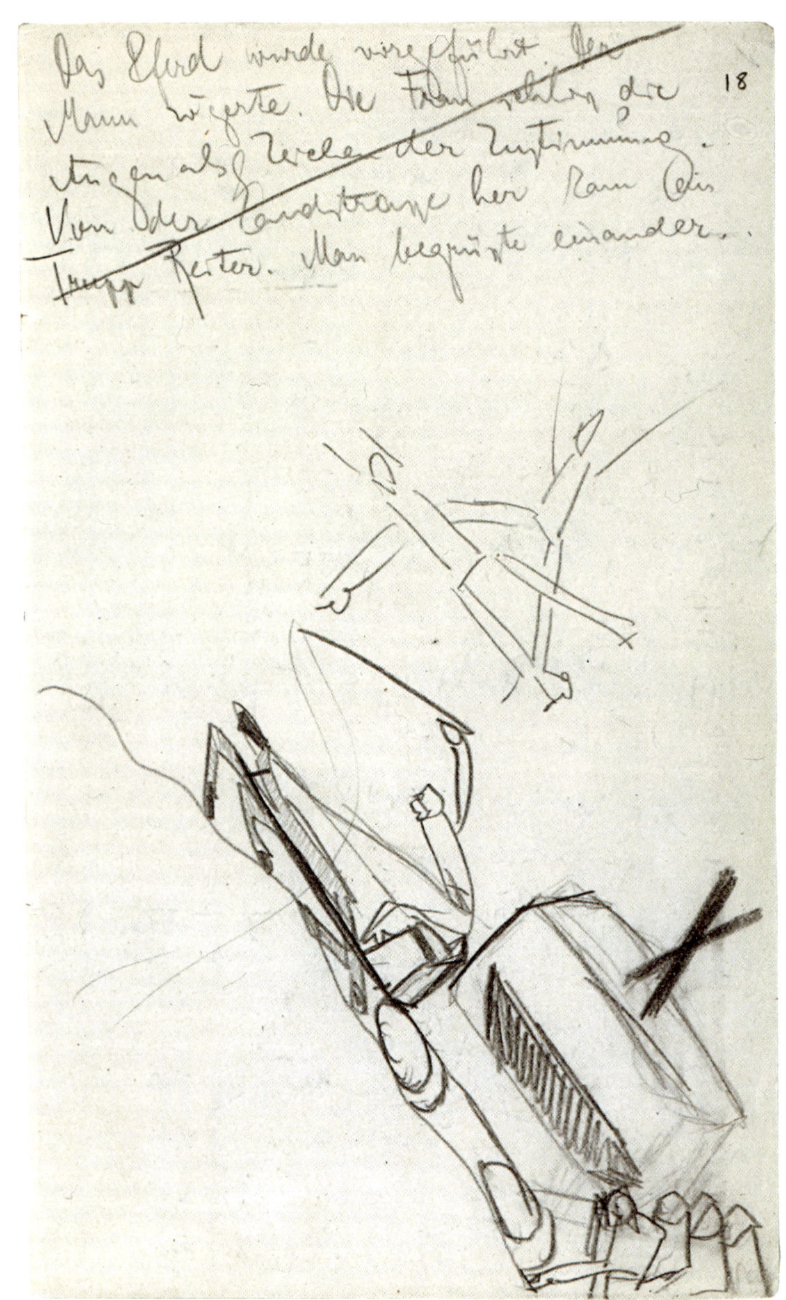

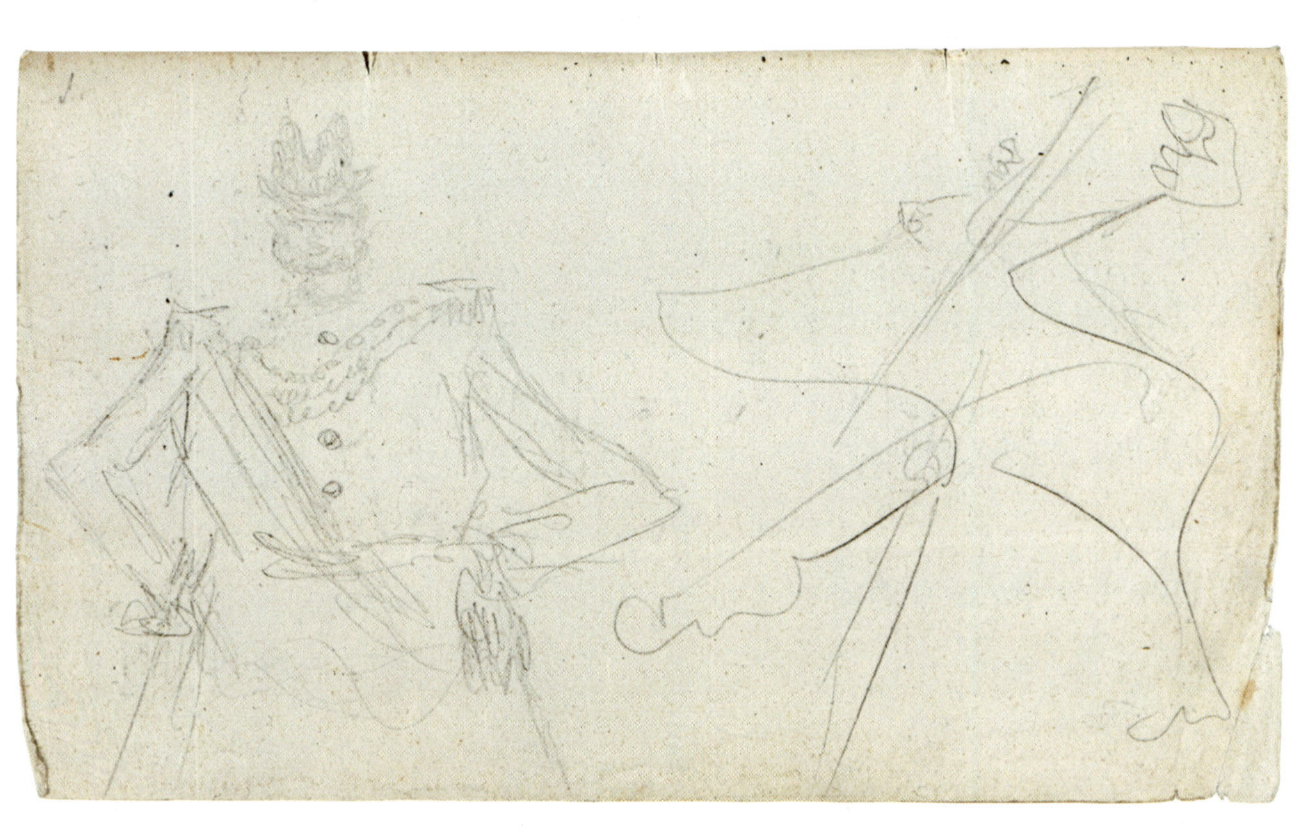

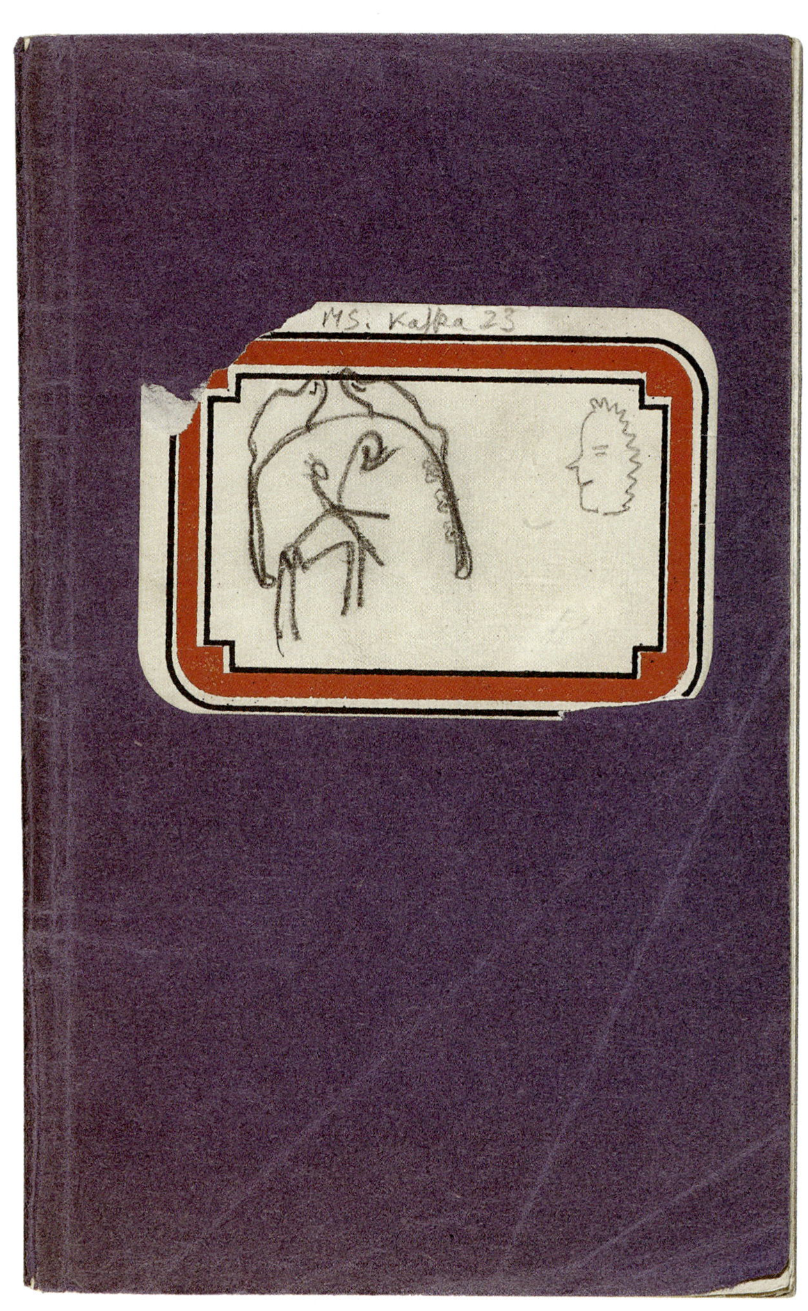

MS. Kafka 23

Waldschatten noch in reine Luft
hinauf
—
Inhalt
—
sich sammeln, um sich werfen
zu können
—
es bricht auf, schwache Erdplatte
—
Engel vor dem Gericht
—
Wecken aus dem zweiten Traum
—
in der Bewegung der tiefsten steckt
das Geheimnis
—
Schwelle ßö
Unter der Schwelle ßö–ʒNiʿ

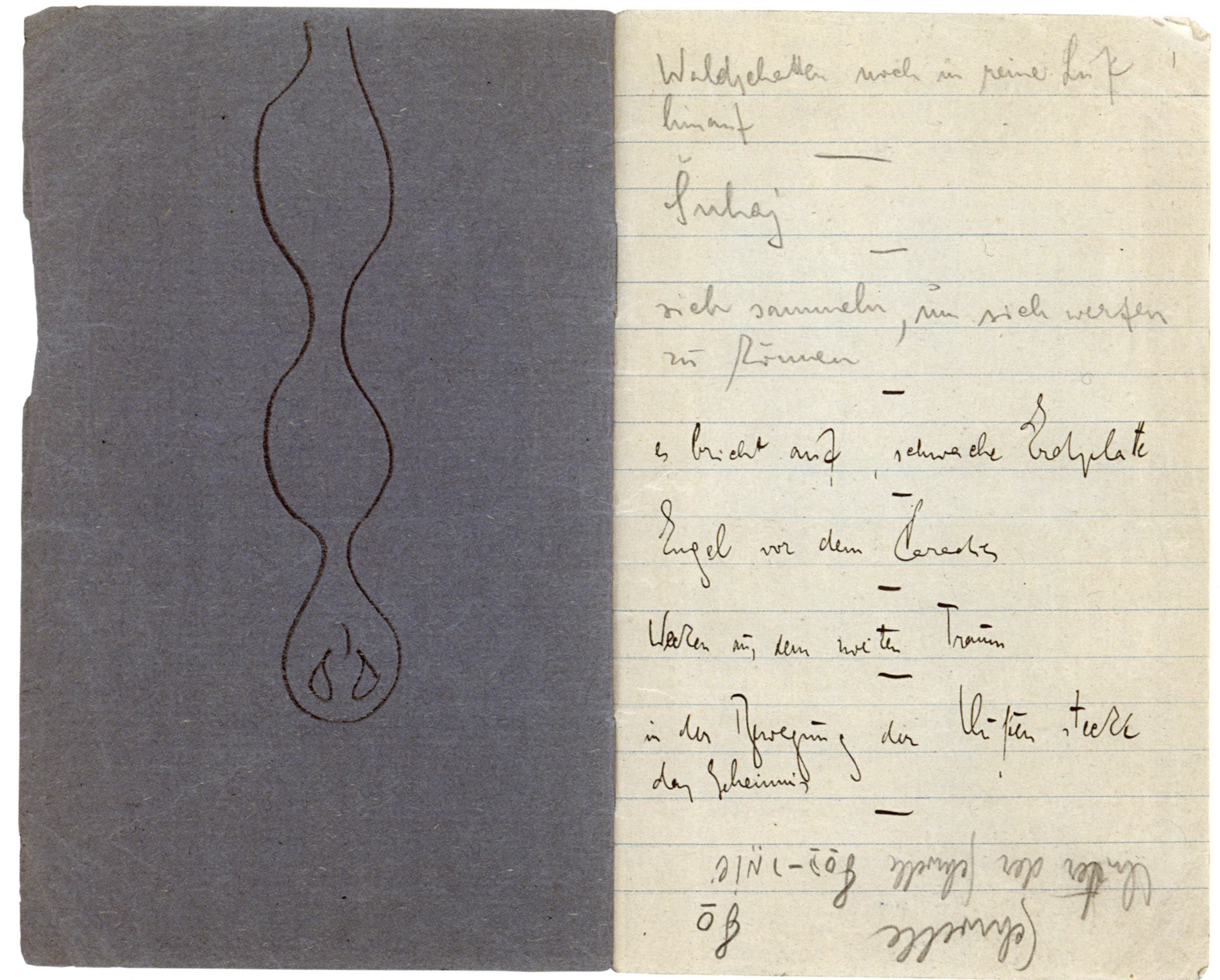

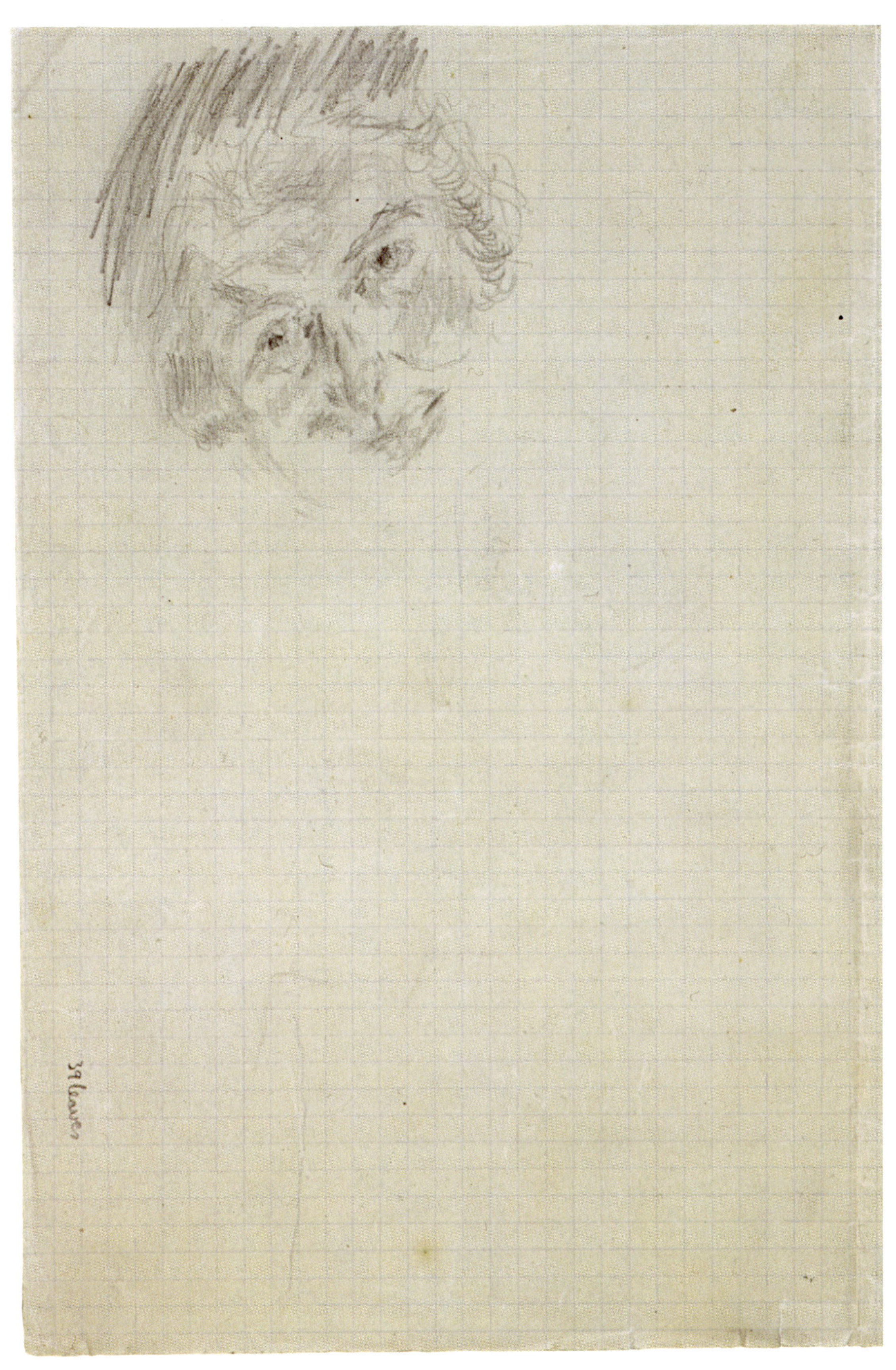

6. 원고에 그린 문양과 장식,
1913~1922년

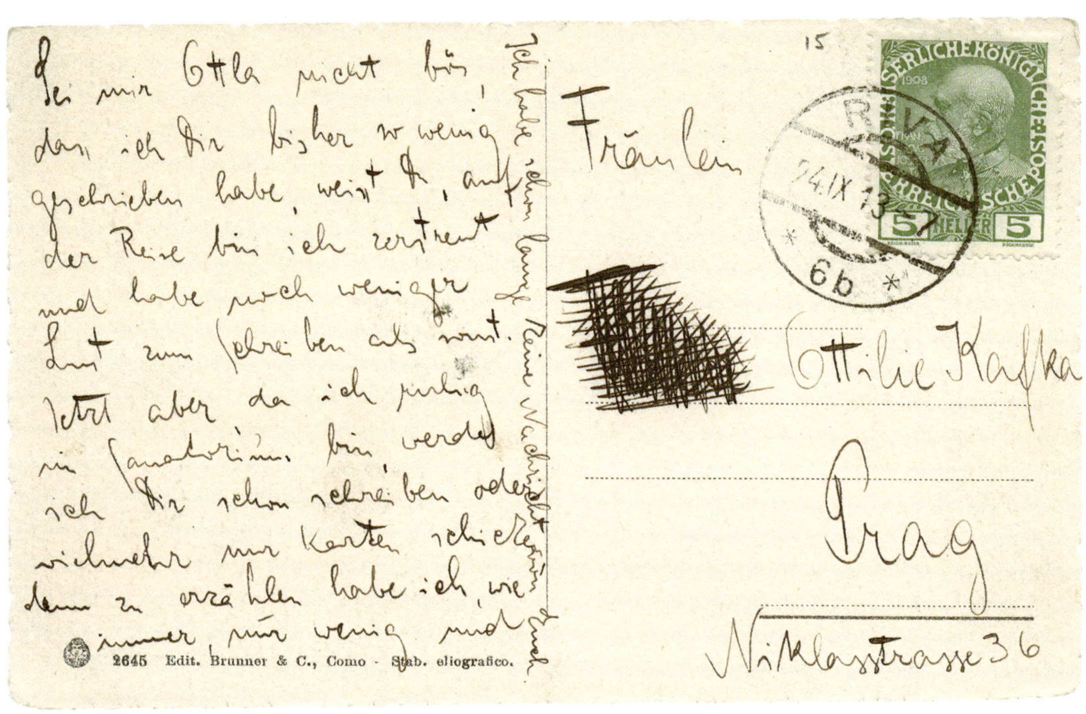

147 | 문양과 장식이 담긴 원고, 1913~1922년

10

„Haben Sie schon einmal mit ihm gesprochen?" fragte er denn. „Nein" sagte ich, aber ich hatte schon viel von ihm gehört und ich wollte [würde] werde sehr gern mit ihm zu reden wenn er mich einmal empfangen wollte."

„Was denn? Was denn?" rief ich noch vom Bett selbst [...] und streckte die Arme [...] in die Höhe [...] denn stand ich auf, die Gegenwart [...] hätte der [...] mußte ich einige Leute die mich hinderte nur [...] schieben, [...]

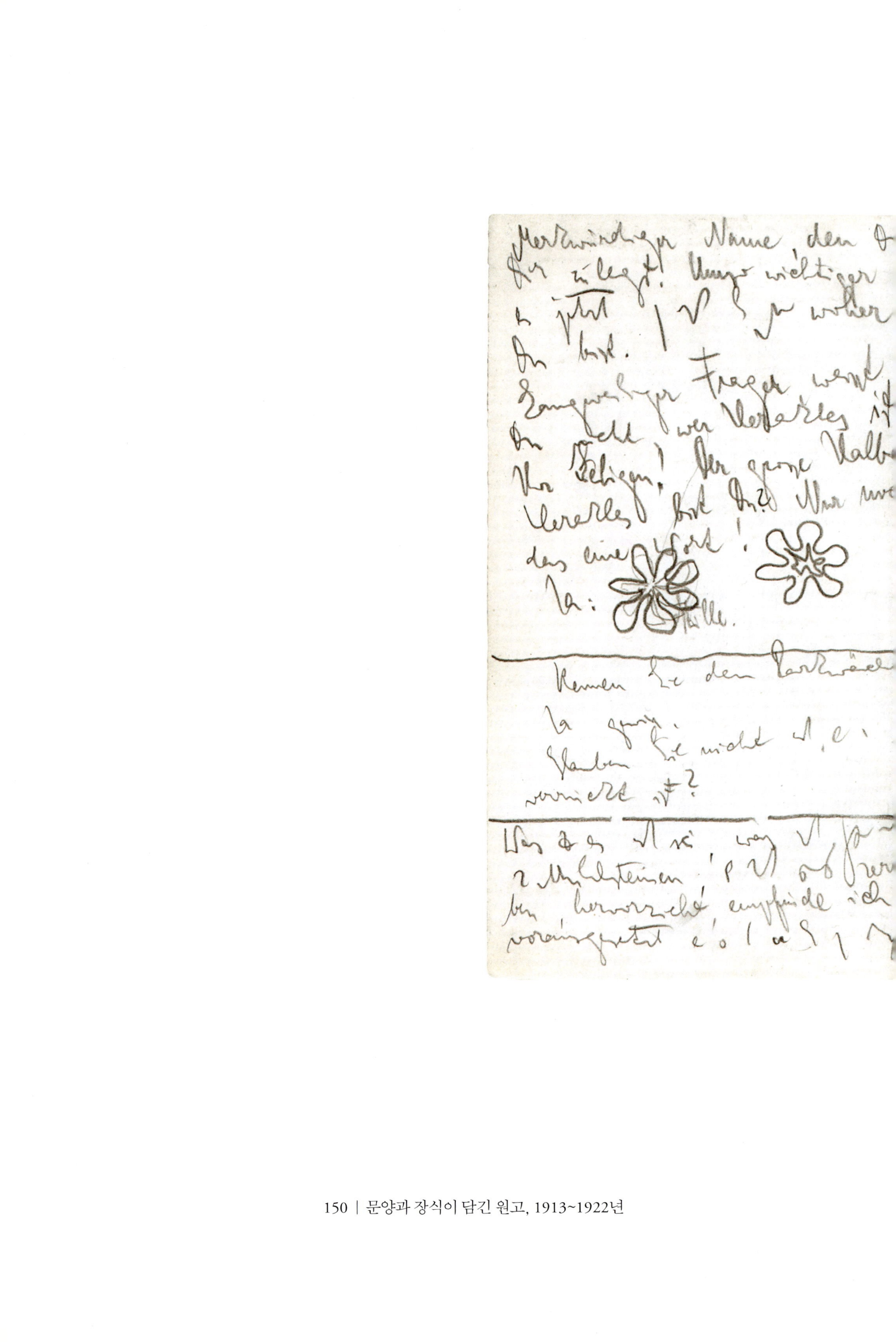

gerecht aber grob
____

er Traum von [Krankheit
? sich [Krankenwagen
ene und die mich [[
[prügelt   ____

[kleine Veranda platt in
[Sonne gelegt, das Wehr
[friedlich 4 unverändert.
   ____

Nichts hält mich.
[Fenster
[weiß leer
   ____

           Hintendale

[ein großer Taschenspieler.
Programm [war [ein [
[aber infolge [[
[[[anziehend

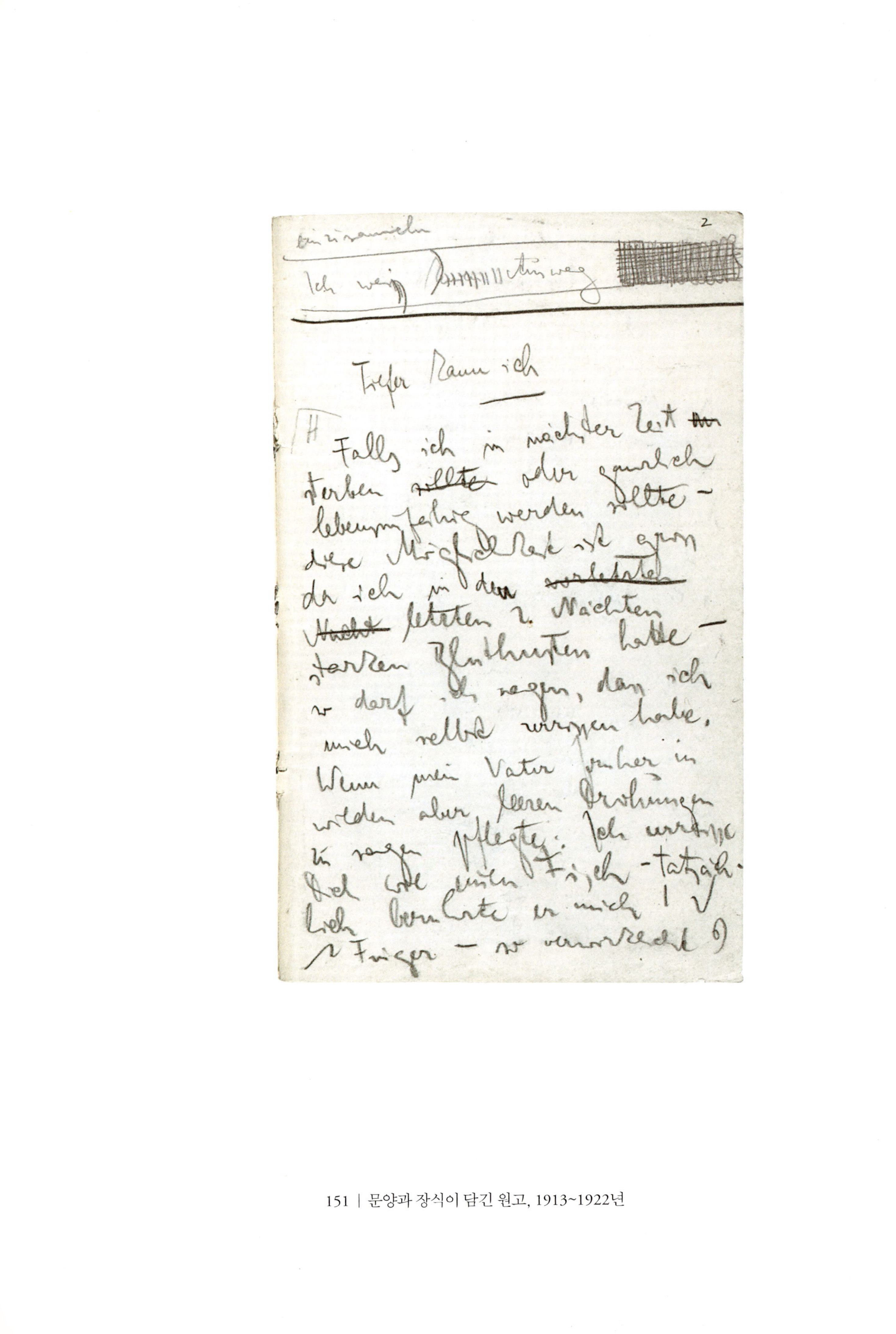

Das Trauerjahr war vorüber
die Flügel der Vögel waren
schlaff.
Der Mond entblößte sich
in kühlen Nächten
Mandel und Ölbäum waren
längst gereift

Die Wohltat der Jahre

Der Unternehmer

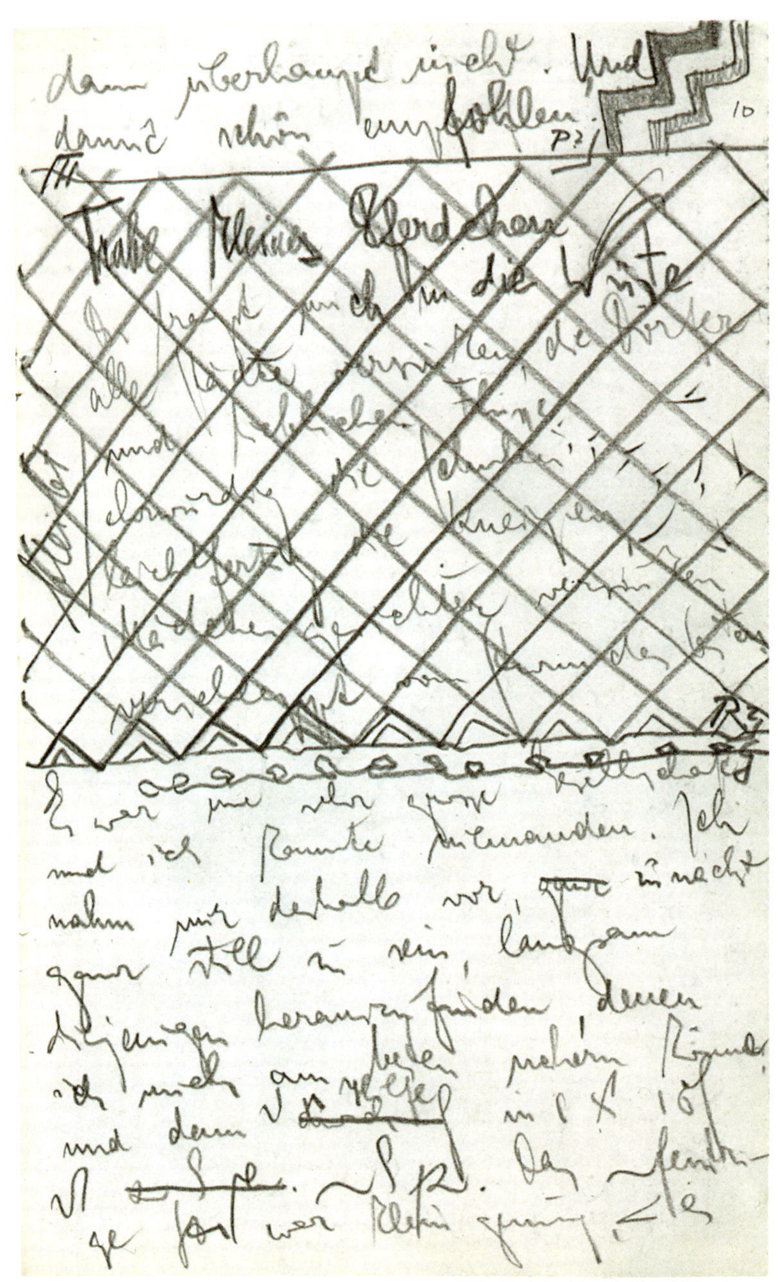

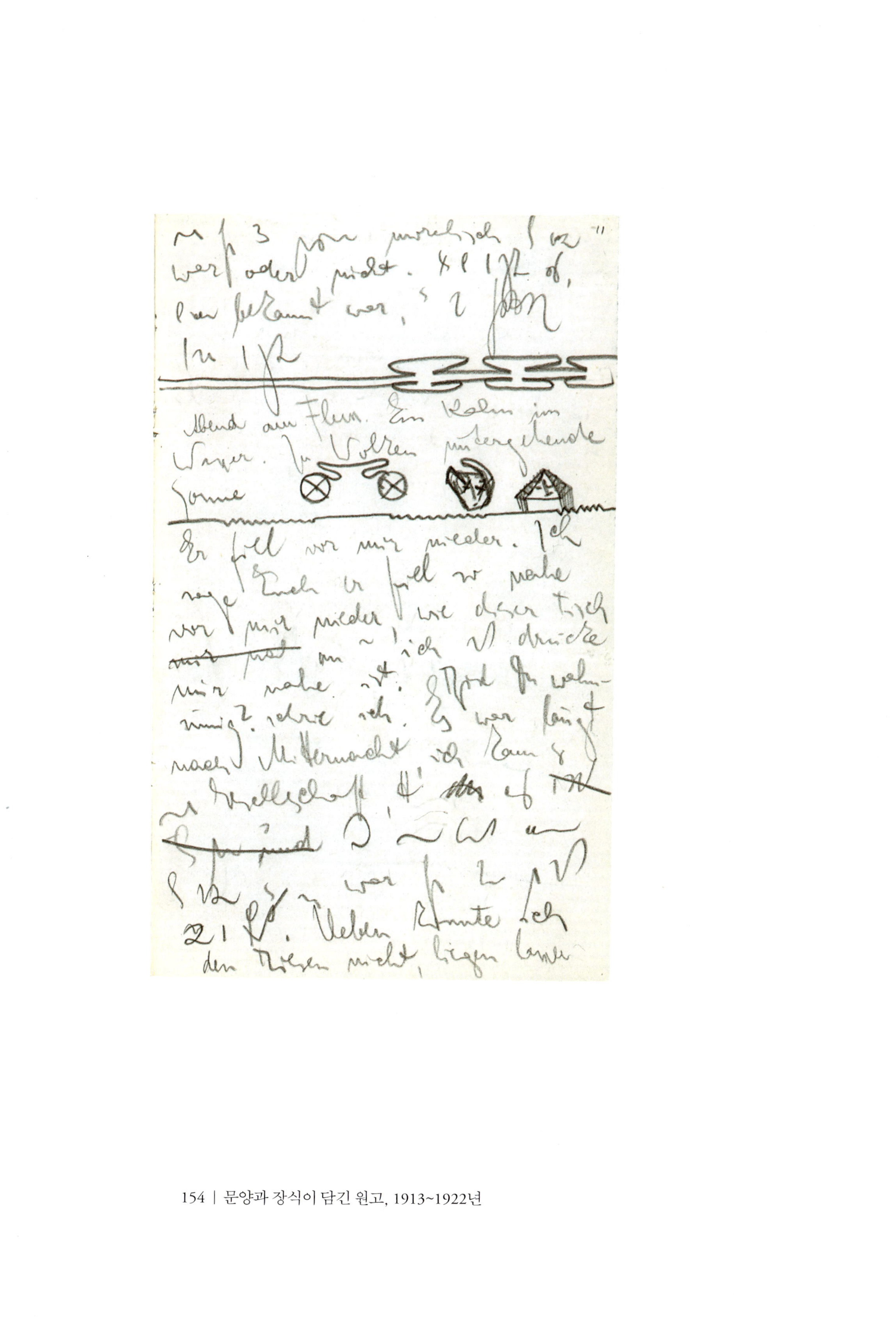

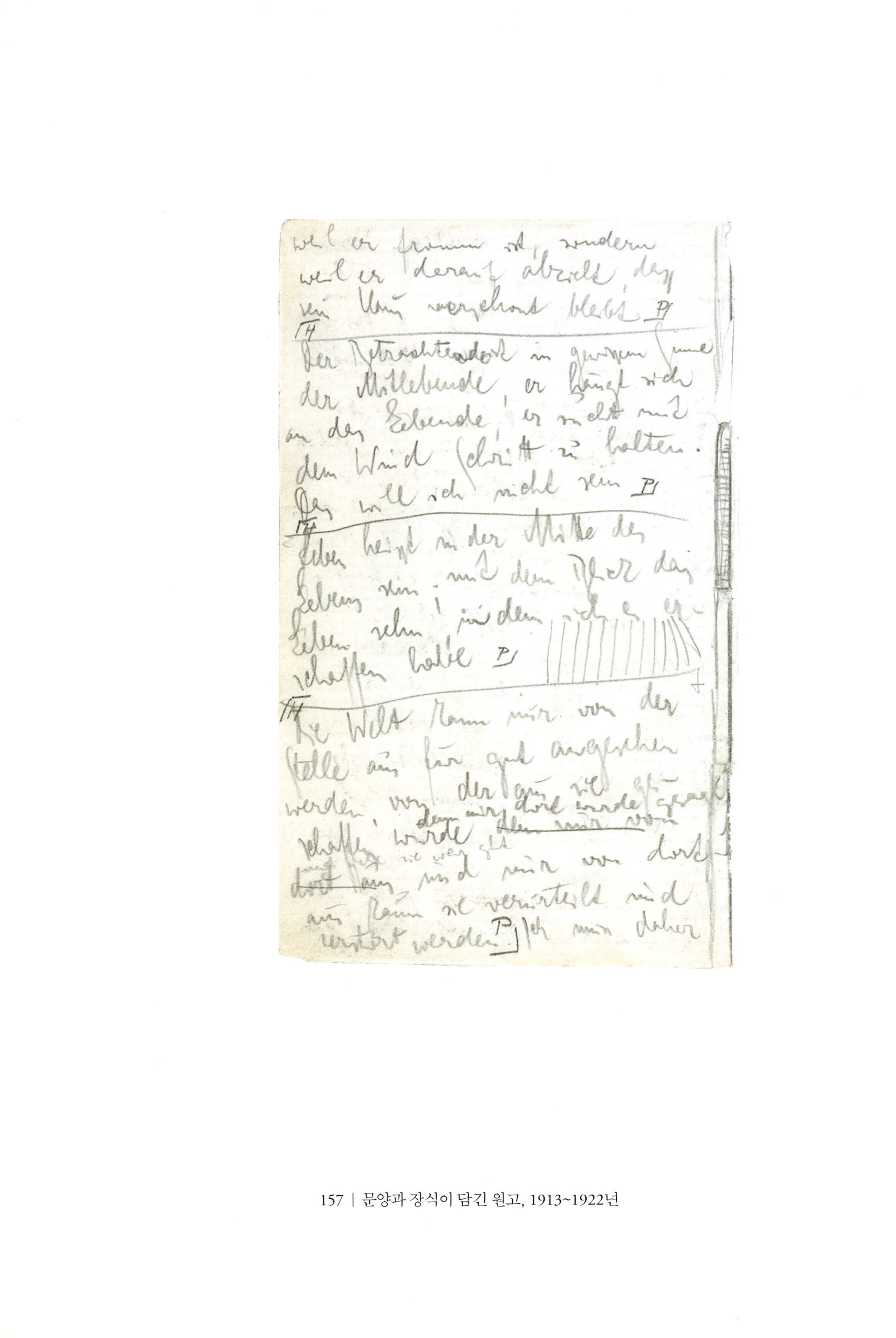

war es nicht, es war ein […] in der Historie, und die Deputation ging daher […] Heere. Wo wird sie enden? Wird sie wiederkommen? Wird sie […] erkennen, wie die Dinge stehn? Der […] der auch teilnahm tritt schon aus der Gruppe und übernimmt der Kleinen […] Unterricht. Mit einem Stecken schiebt er alles […] von Tisch hinunter, was dort war, […] ihm mit der Fläche nach […] als Tafel in die Höhe und schreibt darauf mit einer Kreide die Ziffer 1.

─────────

Wir tranken; das Kanapee wurde […] zu eng, […] drehten sich […] der Wanderer […] Weizen. Der […] sah herein, wir […] ihm mit erhobenen

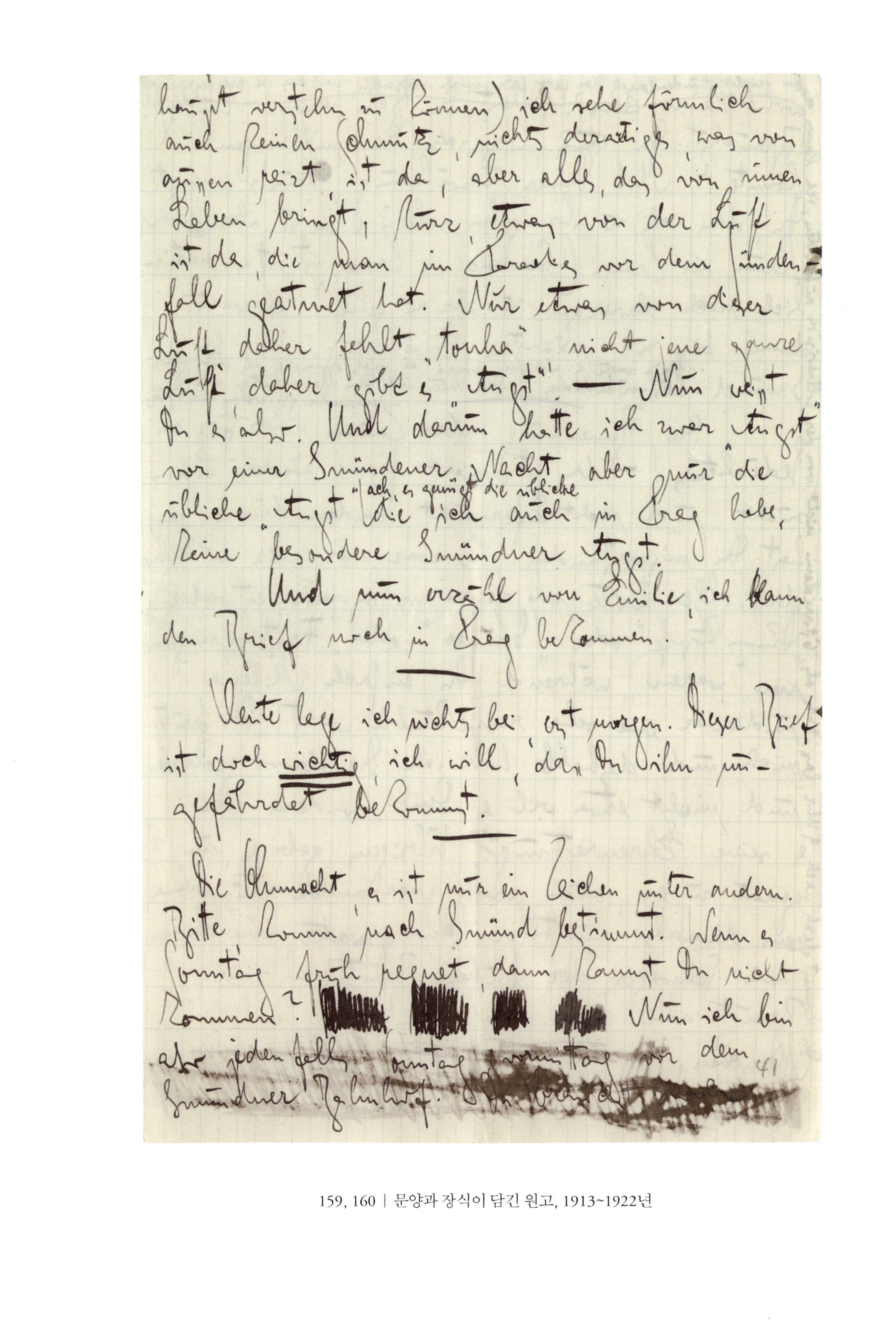

159, 160 | 문양과 장식이 담긴 원고, 1913~1922년

nicht stundenlang den Satz für mich aussagen mit dem ich dich begrüßen will.
wohl keinen Tag. Hast du Ihn schon erfunden?

Brauchst du etwas wegen ich dir mitbringen
könnte? Mit deiner Erwähnung Staša's meinst
du daß ich zu ihr gehn soll? Sie ist aber doch
kaum in Prag. (Wenn sie in Prag ist ist es natür-
lich noch schwieriger zu ihr zu gehn) Ich warte
dann bis zur nächsten Erwähnung oder bis
Sonntag. Selbstverständlich, ja dein Vater und dein Mann hätten mir
Staša sagte übrigens, soweit ich mich erinnere als etwas ganz
zueinander gesprochen und öfters

Die Bemerkung über Laurin (was für ein
Gedächtnis!) das ist nicht Ironie sondern Eifer-
sucht und nicht Eifersucht sondern dummer Spaß)
hast du mißverstanden. Es wär mir nur auffallend
daß alle Leute von denen er sprach entweder
"Dummköpfe" oder "Gauner" oder "Fensterspringerin-
nen" waren, während du einfach Milena
und zwar eine sehr respektable wurst. Das freute
mich und deshalb habe ich dir davon geschrieben
und nicht etwa weil es Deine, sondern weil
es seine Ehrenrettung war. Übrigens gab es, um
genau zu sein auch noch paar andere Ausnahmen,
sein damals künftiger Schwiegervater, seine Schwägerin
sein Schwäger der frühere Bräutigam seiner
Braut alle die waren aufrichtig "herrliche"
Menschen,

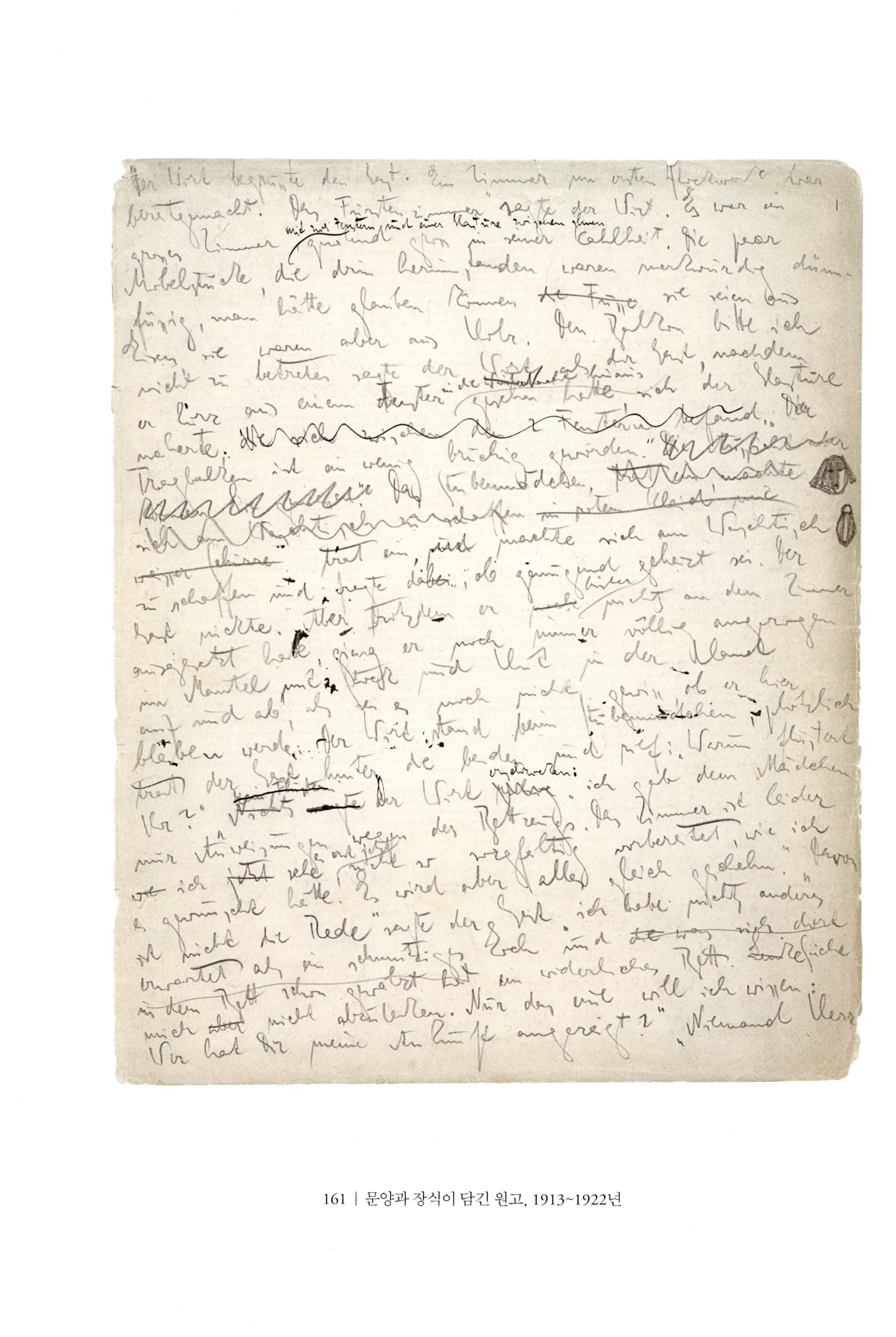

Trauring Ruf der alten Magd vom Berge trug den
Korb mit Äpfeln voll beladen

Ich habe meinen Verstand in die Hand vergraben,
fröhlich aufrecht trage ich den Kopf, aber die
Hand hängt müde hinab der Verstand reicht
ee zur Erde. sich nur die kleine, berkündige
alterndurchbrogene falten zerigene, buckledrige
fünffingrige Hand, wie gut den ich den Verstand
in scheinbaren Behälter Verstand
sonders vorzüglich ist, daß ich zwei Hände habe.
Wie im Kinderspiel frage ich: In welcher Hand
habe ich meinen Verstand, niemand kann es
verraten, denn ich kann durch Falten der
Hände im Nu den Verstand aus einer
Hand in die andere übertragen.

Wiederum wiederum weit verbannt, weit verbannt.
Berge, Wüste, weites Sand
gilt es zu durchwandern

sich nur ich nur immer wieder Ruf des bösen Mannes

Ein Volkenring schwebend

Ich bin im Jagdhund Zero ist mein Name, Ich kenne alle
und alles, Ich kenne meinen Herrn, den Jäger, kenne ihn

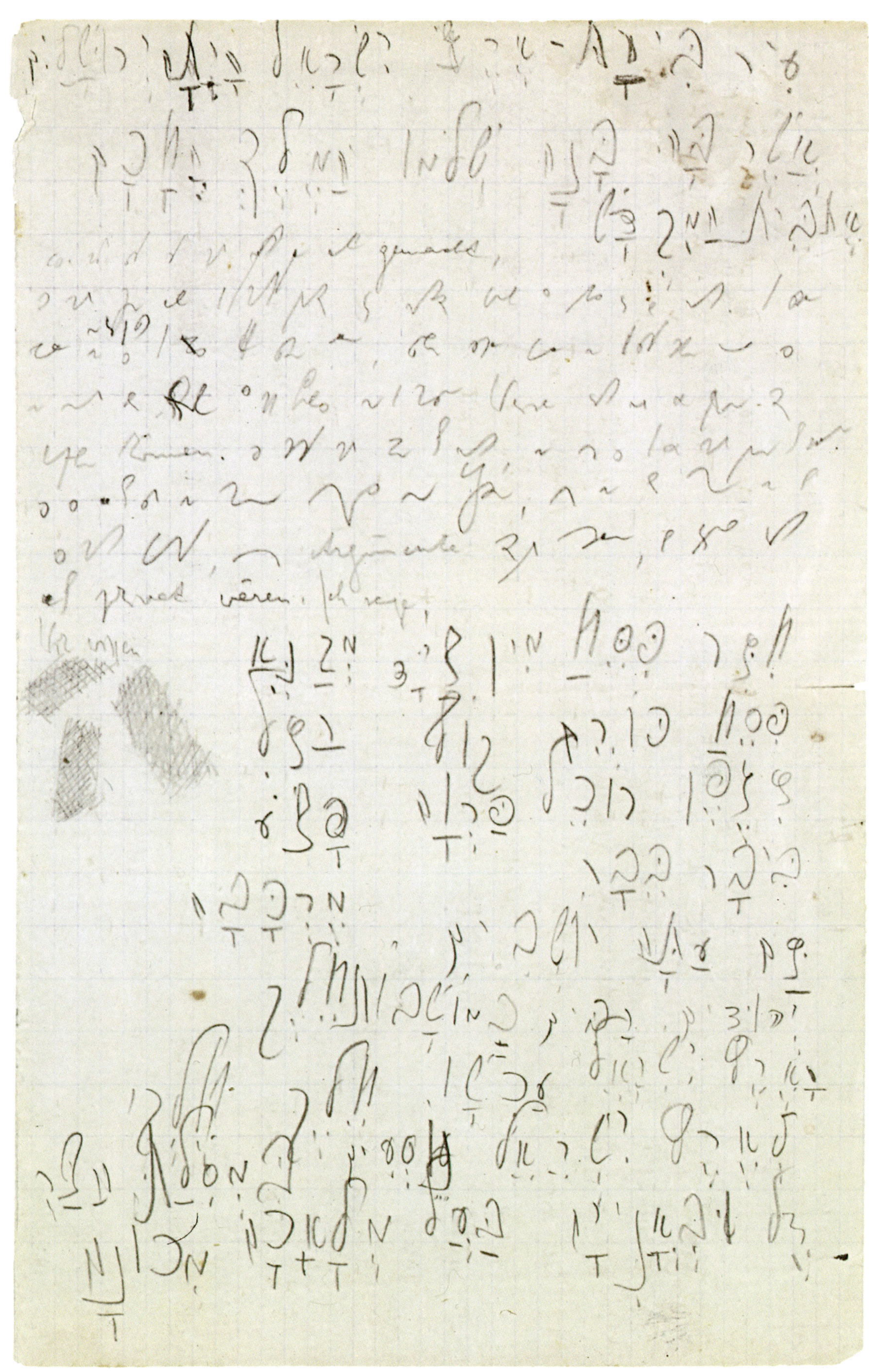

카프카의 그림과 글쓰기

안드레아스 킬허

다른 어떤 것도 될 수 없고 오로지 스토리텔러이기만 한 유대인 작가 — 다시 말해, 본인의 유대인적 본성에 부응하려는 듯 서사에 절대적 지위를 부여하고, 그래서 이미지를 거부하는 작가 — 라는 관념은 지금까지 다른 많은 작가와 더불어 카프카에게 적용되었다. 이러한 시각을 강화한 저작은 가장 널리 읽혔으나 동시에 가장 의문스러운 카프카의 전기 자료 중 하나로, 카프카 자신이 그 관념을 입에 올리는 장면을 기술함으로써 매우 능란하게 주장을 정당화했다.[1] 그 저작은 바로 1920년에 비유대인 고등학생 구스타프 야누흐가 그 누구보다 존경했던 작가와 나눈 대화를 담은 책 『카프카와의 대화』(1951)다. 당시 열일곱 살이던 야누흐는 카프카의 직장 동료 아들이었다. 야누흐의 설명에 따르면, 그는 이 대화를 자신이 "생각 창고Gedankenlager"라고 이름 붙인 노트에 적었고, 수십 년이 흐른 뒤인 1947년 체코에서 이를 "재구성"해 "프란츠 카츠카는 말했다……*Franz Kafka řekl......*"라는 제목의 책으로 펴냈다.

1951년 막스 브로트가 편집하여 첫 독일어판으로 나온 이 대화가 엄청난 영향력을 갖게 된 부분적인 원인은 브로트를 비롯해 카프카를 알았던 사람들이 그 진실성을 인증함으로써 오랫동안 카프카 연구자들이 신뢰할 만한 자료라고 여겼다는 점이다. 특히 — 카프카가 보통은 거의 거론하지 않았지만 야누흐와는 꽤 길게 다루었던 화제인 — 그림에 관한 발언은 더욱 영향력을 발휘해 지금까지도 예술가로서 카프카의 자아 개념에 대한 증거로 인용되고 있다.[2]

일례로 "프란츠 카프카 박사"의 다음과 같은 발언이 실려 있는데, 야누흐는 카프카가 이 같은 주장을 통해 유대주의에서 이미지와 텍스트, 그림과 서사의 관계를 명확히 거론했다고 서술한다. "'우리 유대인은 화가가 아닙니다. 우리는 사물을 정적으로 묘사할 수가 없어요. 우리는 사물을 늘 전환하는 상태, 이동하는 상태로, 변화로 바라봅니다. 우리는 스토리텔러입니다.' ……하지만 카프카는 내 말을 자르며 말했다. '그 얘기는 그만두죠. 스토리텔러는 스토리텔링에 대해 말하지 못해요. 그저 이야기를 하거나, 침묵하죠. 그게 다예요. 스토리텔러의 세상은 자기 안에서 진동하기 시작하거나, 아니면 침묵 속으로 가라앉습니다.'"[3]

여기에서 카프카 고유의 견해처럼 제시된 관념은 자세히 살펴보면 유대인 스토리텔러를 반反예술가로 보는 상투적 시각의 되풀이에 지나지 않음을 알 수 있다. 이는 무엇보다 십계명 중 두번째 계명에서 이미지●를 금지한 성경의 내용에 근거를 두고 있으며(「탈출기」20장 1절~6절), 유대인은 그러한 예술적 창조에 무능하다는 주장을 정당화하는 데 쓰인다.[4] 야누흐의 (독일어판에서 그가 일관되게 사용한 호칭대로) 프란츠 카프카 박사가 유대인에 관해 "우리는 사물을 정적으로 묘사할 수가 없어요. 우리는 사물을 늘 전환하는 상태, 이동하는 상태로, 변화로 바라봅니다"라고 말할 때, 그는 또한 두번째 상투적 시각 — 유대인이 국토 혹은 장소와 유리된 민족이라는 개념 — 을 그대로 반복하고, 예술적 재현의 매체에 그 상투적 시각을 적용하고 있다. 이미지는 장소에 단단히 뿌리내리고 있어서 유대인에게는 적합하지 않다고 야누흐는 암시한다. 반면에 유대인에게는 글이라는 유랑적인 매체가 훨씬 더 어울린다는 것이다. 게다가 야누흐의 카프카는 글마저도 의식적인 이론적 지식의 대상이 될 수 없고 오직 서사적 응용을 통해서만 풀려나올 수 있다고 주장한다. 유대주의에서 스토리텔링을 바라보는 두 가지 관념 — 이미지와 대척점에 있다는 것, 유랑적 본질을 지닌다는 것 — 모두 유대 모더니즘에서도 발견되지만[5] 야누흐의 카프카 이야기에서 그 관념들이 발휘하는 효과는 진부하고 우려스럽다.

야누흐가 말하는 카프카와 실제 카프카의 일치도가 상대적으로 낮은 부분에서 그러한 인상은 특히 강해진다. 사실 그림과 관련한 말을 비롯해 야누흐의 서술 상당 부분이 카프카의 관점과 정확히 상반된다. 카프카를 바라보는 자신의 이상화된 — 다시 말해 왜곡된 — 시각을 훼손하고 싶지 않기 때문에 그의 문학작품을 되도록 읽지 않는다는 야누흐의 말은 의미심

●　한국어 성경에서는 '우상'으로 번역된다.

장하다.[6] 야누흐가 카프카의 작품을 꼼꼼히 읽었다면 카프카는 글쓰기와 그림을 이런 식의 민족적 혹은 종교적 대립항으로 보지 않았다는 사실을 분명 알았을 것이다. 반대로 카프카에게 이 두 가지 예술 매체는 확연한, 그러나 긴장감 역시 팽팽한 상호 관계를 이루었다.

이러한 배경에서, 우리는 카프카의 그림이 글쓰기와 맺는 관계를 포함해 그의 그림에 대한 지금까지의 지배적 해석을 수정해야 한다. 이 그림들이 기본적으로 글쓰기의 연장이었다고, 예컨대 그의 문학작품보다 부차적인 지위를 갖는 "삽화"였다고 이해하는, 가장 최근의 학술 연구들마저도 당연시하는 듯한 이러한 견해를 더는 고수할 수가 없다.[7] 이 글은 그와 정반대의 접근법을 취해, 이미지의 관점에서 그림과 글쓰기의 관계를 조명할 것이다. 하지만 동시에 카프카의 그림과 글 사이의 관계를 체계적으로 분석할 필요도 있다. 이를 위해서는 관계의 양측 모두를 정확히 대변해야 한다. 이미지는 이미지의 특성 측면에서만이 아니라 글쓰기의 한 형태로서 고려해야 하고, 텍스트는 글의 특성 측면에서만이 아니라 이미지의 한 형태로서 고려해야 한다. 따라서 다음에 이어지는 논의의 목적은 한편으로 카프카의 그림을 독자적인 이미지로 이해하면서, 다른 한편으로는 글과의 관계 속에서 살펴보는 것이다. 앞으로 보게 되겠지만, 카프카의 경우에는 그 관계에서 마치 텍스트와 이미지가 함께 해석학적 전체를 이룬다거나, 혹은 이미지가 텍스트에 시각적 형태를 부여하고 텍스트는 이미지를 설명한다는 식의 조화를 전혀 기대할 수 없다. 오히려 카프카 작품에서는 텍스트와 이미지 사이에 마찰이 있다. '서화書畫'가 아니라 '서/화'인 것이다.

카프카의 그림과 그것이 글과 이루는 관계를 분석하면서, 이후의 논의는 두 가지 근본적인 목표를 추구한다. 카프카의 시각예술 작품을, 첫째로는 역사적이고 전기적인 관점에서, 둘째로는 미학적이고 시학적인 관점에서 설명할 것이다. 이러한 이중 목표 달성을 위해 구체적으로 다음 네 단계를 거친다. 첫째, 카프카가 젊은 시절부터 일관되게 품은 시각예술에 대한 지적인 관심을 조명해 역사적 – 전기적 토대를 쌓는다. 둘째, 이러한 관심의 징후로서 카프카가 소묘화로 시도한 예술적 실험은 주로 학생 시절 두드러졌지만 말년까지도 간헐적으로 이어졌음을 서술한다. 셋째, 카프카의 그림 작업과 글쓰기의 관계를 미학적, 시학적 측면을 위주로 검토하되, 우선 그림의 관점에서 살핀다. 넷째이자 마지막 단계에서는 여기에 글쓰기의 관점을 보완함으로써, 그 관계를 텍스트와 이미지 사이의 긴장으로 조망한다. 따라서 이후의 논의는 전체적으로 이중의 주장으로 볼 수 있다. 첫째로는 카프카 전작에서 미술과 그림의 중요성을 주장하며, 둘째 (그 결과) 이미지의 근원적이고 본질적인 차원을 결합해 "글쓰기의 에로스"

를 보완하는, 그리하여 카프카의 글이 글의 영역에만 국한되지 않고 이미지의 영역까지 포괄한다는 확장된 카프카 시학을 주장한다.[8]

카프카와 시각예술

미술에 대한 카프카의 관심은 프라하 구시가의 독일계 김나지움에 다니던 고등학생 시절에 처음 생겨나고 형성되었지만, 그 도시의 독일대학교에서 수학하는 동안에 더욱 강해졌다.[9] 어린 시절 친구인 오스카르 폴라크를 포함해 카프카의 고등학교 친구들이 특히 큰 영향을 미쳤다. 1901년 7월 시험(마투라)•을 치른 뒤 카프카는 폴라크, 후고 베르크만과 함께 화학을 공부하기 시작했지만, 그 이후의 학업은 그들을 각기 다른 방향으로 이끌었다. 카프카의 경우는 법학이었고 폴라크는 고고학과 예술사였으며 베르크만은 철학이었다. 그렇지만 대학 입학 초기에 카프카는 폴라크에게, 그리고 시각예술에 대한 그들의 공통 관심사에 밀접히 연결되어 있었다. 훗날 르네상스와 바로크미술 전문가가 되는 폴라크는 1902년경부터 카프카가 쓴 편지의 초기 수신인이었다. 그는 카프카의 초기작들을 읽었고, 카프카에게 시각예술에 대한 관심을 불어넣은 주역이었다.

그들이 고등학생이던 1898년부터 이미 폴라크는 카프카에게 페르디난트 아페나리우스가 발간한 잡지 『데어 쿤스트바르트*Der Kunstwart*』를 읽어보라고 권했으며, 카프카는 이후 대학에 다니는 동안 1901년부터 1904년 중반까지 이 잡지를 구독했다.[10] 1900년경 독일어권에서 문학과 예술 분야의 선두적인 간행물이었던 『데어 쿤스트바르트』는 부분적으로 프리드리히 니체의 영향을 받아 고전주의와 신낭만주의적 예술관을 홍보했으며, 생활 개혁*Lebensreform*이라는 사상을 전파했다. 『데어 쿤스트바르트』는 독일 민족주의적 지향을 추구했으나, 자신이 "근대성*die Modernitis*"이라고 명명한 것에 특히 반대의 목소리를 드높인 아돌프 바르텔스 같은 푈키슈** 계열의 민족주의 연구가들의 글만을 싣지는 않고, 오히려 1904년 『모더니즘의 성과*Die Bilanz der Moderne*』를 쓴 사무엘 루블린스키 같은 유대인 작가들도 포괄했다. 이러한 경향에도 불구하고 『데어 쿤스트바르트』의 미학적 개념들, 그리고 삶, 자연, 일, 수공예, 민족*Volk*, 고

• Matura. 일부 유럽 국가에서 고등학교 과정을 마칠 때 치르는 시험으로 대입을 위한 필수 과정이다.
•• völkisch. 푈키슈 운동은 19세기 말부터 나치 독일 시기까지 지속된 독일의 민족주의 운동으로 민족적 결집을 강화하고 타민족 배제를 촉발했다.

국Heimat까지 포함한 미학의 범주 확장 등은 카프카에게 사상적으로 중요한 영향을 미쳤다. 이는 『데어 쿤스트바르트』와 연계한 작가와 예술가들의 조직인 뒤러분트Dürerbund가 공유한 미학적 접근법이었다.[11] 1937년 출간된 카프카 전기에서 브로트 역시 카프카의 편지에 나타난 이 잡지의 영향을 지적했다. "『쿤스트바르트』가 전파한 예술 작품과 예술적 가치관의 영향이 이 글 곳곳에 명확히 드러난다."[12] 그는 이 말을 강조하기 위해 카프카가 1903년 9월 폴라크에게 쓴 편지의 한 구절을 인용했다. "노동을 위해서도 예술이 필요하지만, 예술을 위해서는 노동이 더욱 필요하지."[13]

이러한 미학의 요소는 심지어 젤트네르가세의 부모님 아파트에 있던 카프카의 방 가구 장식에서도 드러났다. 『데어 쿤스트바르트』는 명확히 조언했다. "집안에도 미술을 들이십시오!" 다시 말해, 집을 "고품질 복제화"와 "석고 모형"으로 꾸미라는 것이었다.[14] 카프카는 그 말에 따랐다. 브로트가 카프카의 1937년 전기를 쓰기 전부터 이미 친구의 방과 그곳의 예술적 장식을 묘사하려 했다는 사실도 특기할 만하다. 카프카 사후 단 사 년 만에 브로트는 세상을 떠난 친구를 글로 포착하려는 첫 시도로, 그의 소설 『사랑의 비경 Zauberreich der Liebe』(1928)에서 리하르트 가르타라는 인물을 만들어냈다. 브로트는 가르타의 방을 이렇게 묘사한다. "그 방은…… 임시 거처 같은 분위기였고 가구도 매우 단순했다 — 침대, 수납장, 책 몇 권과 여기저기 흩어진 원고가 놓인 오래된 작은 책상. 전체적으로 사람이 살 수 없는 곳 같은 인상을 주진 않더라도 평범한 장식과 편안함을 찾는 사람의 눈에는 확실히 이상해 보였을 것이다. 텅 빈 벽에는 그림 두 점만 걸려 있고…… 고랑이 넓은 밭을 배경으로 쟁기질하는 사람이 담긴, 『데어 쿤스트바르트』에 실린 석판화가 한 장, 투명한 옷을 걸친 채 동물의 찢긴 살점을 휘두르며 춤추는 마이나드•를 조각한 작은 복고풍 부조의 석고 모형이 한 점 있었다."[15] 1937년 전기에는 〈쟁기질하는 사람 Der Pflüger〉이 『데어 쿤스트바르트』의 주요 참여 작가인 한스 토마의 작품이라는 사실만 추가되어 있다.[16]

카프카는 위의 두 복제품을 또다른 고등학교 동창인 파울 키슈의 도움으로 구했다. 그는 1902년 여름 학기부터 독일문학을 공부하기 위해 뮌헨에 체류중이던 키슈를 1903년 가을에 만나러 가기도 했다. 고전 부조 작품은 뮌헨 소재 '요한 바인크네히트의 조형예술 및 도금 공방'의 우편 주문 카탈로그를 보고 구입했다. 1903년 2월 7일 카프카는 뮌헨에 있는 키슈에

• 그리스신화에서 디오니소스를 수행하는 여자들을 뜻하는 '마이나데스'의 단수형.

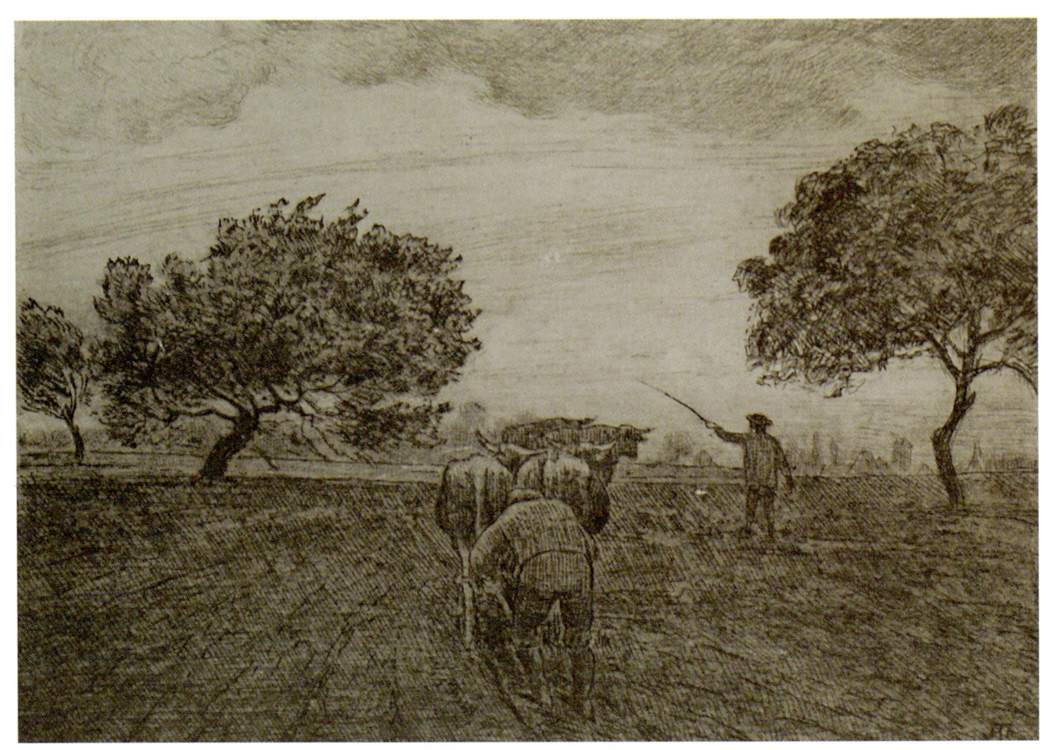

한스 토마, 〈쟁기질하는 사람〉, 동판화, 1897

게 편지를 써서 어머니 생일 선물이 필요하니 카탈로그의 47번 상품 ─ 도나텔로 작 〈세례자 요한〉(1457)의 석고 모형 ─ 을 우편으로 보내달라고 부탁하면서 이렇게 덧붙였다. "바인크네 히트에서 사서 내가 갖고 싶은 것도 있어. 카탈로그 64번. 〈춤추는 마이나드〉(노란빛 도는 상아 색)."[17] 토마의 1897년작 동판화 〈쟁기질하는 사람〉은 키슈가 1902년 여름에 뮌헨에서 프라 하에 다녀갈 때 카프카에게 직접 갖다주었다.[18]

　토마 외에도 『데어 쿤스트바르트』의 또다른 중요한 참여 작가 중 카프카가 일찌감치 관심을 둔 이는 비더마이어● 화가 루트비히 리히터였다. 카프카는 파울 몬의 논문 「루트비히 리히터」(1897)를 소장했고 나중에 리히터의 자서전을 읽었으며 이에 대해 1917년 2월 19일 에 다음과 같이 기록했다. "오늘 리히터의 회고록을…… 조금 읽고, 그의 그림들을 봤다."[19] 얼 마 후 그는 여동생 오틀라의 친구에게 줄 『루트비히 리히터의 고국과 민족 *Ludwig Richters Heimat und*

●　　Biedermeier. 19세기 초부터 중반까지 유행했던 안락하고 실용적인 소시민의 풍속을 반영한 예술 양식.

214

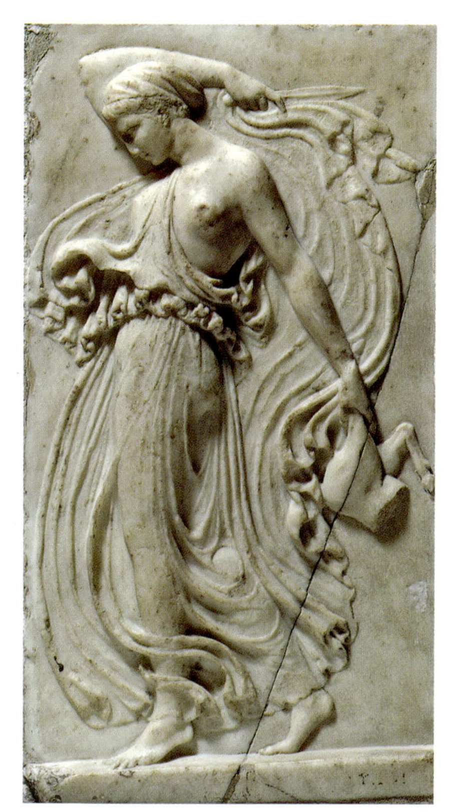

〈춤추는 마이나드〉, 부조, 기원전 5세기, 영국박물관
(카프카가 뮌헨에서 산 복제품의 원본)

Volk』(1917)에 서명을 남기기도 했다.[20] 리히터의 사례를 보면 『데어 쿤스트바르트』에서 우세한 양식적 경향이 1900년 전후로 부상한 모더니즘의 전개와는 동떨어져 있었다는 점과, 카프카가 예술가들의 작품뿐만 아니라 전기(자서전)에도 관심을 두었다는 점을 알 수 있다. 이 전기들의 주제는 사회적 삶에서 예술의 역할을 정립하려는 예술가들의 실존적 고민이었고 이는 카프카에게도 무척 친숙한 주제였다.

브로트의 『사랑의 비경』은 예술이, 작품과 예술가라는 두 가지 의미 모두에서, 가르타/카프카와 그의 동급생들에게 주된 관심사였음을 소설의 형태로 명확히 보여준다. 현실에서 카프카 같은 법학과 학생들에게 예술은 하나의 부전공 과목 정도에 불과했지만, 소설에서는 이들의 공통된 전공으로 격상되었다. 가르타만이 아니라 가르타의 우정을 놓고 경쟁을 벌인 크리스토프 노비와 게스테르타크도 예술을 전공한다. 이 두 등장인물에게서는 브로트와 폴라크의 특징들이 결합되어 나타나는데, 노비라는 성은 브로트와 카프카의 친구이자 1903년에서 1906년까지 프라하미술아카데미에서 공부한 빌리 노바크의 이름을 압축한 것으로 보인

37

II. Wintersemester 1903—1904.

Im Wintersemester 1903—1904 entfaltete die Abteilung für Literatur und Kunst eine überaus rege Tätigkeit.

Sämtliche Vorträge waren sehr besucht, die Debatten anregend und lebhaft.

Namentlich erfreute sich die Veranstaltung eines Vorlesungszyklus heimischer Autoren des lebhaftesten Interesses seitens aller literarischen Kreise, wofür als der schönste Beweis der äußerst zahlreiche Besuch sämtlicher Vorlesungen anzusehen ist. Die Interpretation der — zum größten Teile ungedruckten — Dichtungen besorgten bestbewährte Vorleser.

Obmann: Herr Phil. Max Milrath.
Obmannstellvertreter: Jur. Alfred Utitz.
Literaturberichterstatter: Jur. Paul Soudek.
Kunstberichterstatter: Phil. Oskar Pollak.
1. Schriftführer: Techn. Arnold Spritzer.
2. Schriftführer: Phil. Viktor Freud.
1. Kassier: Jur. Arthur Lasch.
2. Kassier: Med. Leopold Pollak.
1. Preßreferent: Jur. Max Brod.
2. Preßreferent: Jur. Richard Sgalitzer.

Im Laufe des Semesters schieden folgende Herren aus der Leitung aus: Utitz, Soudek, Oskar Pollak, Sgalitzer.

An deren Stelle wurden gewählt:
Obmannstellvertreter: Jur. Max Brod.
Literaturberichterstatter: Jur. Rudolf Schwarzkopf.
Kunstberichterstatter: Jur. Kafka.
Preßreferent: Techn. Oskar Weil.

Vorträge:
1. Phil. Viktor Freund: Über Heyses „Maria von Magdala".
2. Phil. Paul Kisch: Über Schnitzlers „Reigen".
3. Ernst Limé: Über „Kunst und Weltanschauung".
4. Jur. Oskar Trier: Über „Maxim Gorki".
5. Jur. Richard Porges : Über Scheffels „Ekkehard".
6. Jur. Wilhelm Hahn: Über „Emerson".

Vorlesungszyklus heimischer Autoren.
1. Friedrich Adler.
2. Gustav Meyrink.
3. Hedda Sauer, Heinrich Teweles, Emil Faktor.
4. Paul Leppin, Oskar Wiener.
5. Eugen Lirsch, Fr. W. v. Oesterén.

「독서와 강연 홀 55주년 보고서」, 1903

다. 극중에서 크리스토프 노비는 바로크양식의 전문가가 되어 잔 로렌초 베르니니를 주제로 책을 쓰고(둘 다 폴라크의 경험과 같다), 이른 나이에 결핵으로 사망하고 남겨진 친구 크리스토프에게 "성인"으로 칭송받는 가르타는 "미술에서…… 기쁨을 찾는"다고 묘사된다.[21]

이런 방식으로 브로트의 소설은 (브로트를 비롯한 다른 이들과 마찬가지로) 카프카가 법학을 전공하면서 동시에 진정한 열정의 대상인 미술과 문학에서도 비공식적 부전공 과정을 마쳤음을 암시한다. 이는 1901년부터 1902년까지 대학의 첫 두 학기 동안 카프카가 법학, 독문학, 철학 과목뿐만 아니라 특히 미술사를, 그중에서도 알빈 슐츠 교수의 수업을 위주로 수강했다는 사실에서 명확히 드러난다. 카프카는 '독일미술사' '건축사' '네덜란드 회화의 역사' '기독교 조각의 역사' 그리고 '미술사 연습'을 비롯한 슐츠의 여러 수업을 들었다.[22] 1903년 가을에는 법학 공부에 매진했지만 1905년 여름 학기에도 '미술사 연습'을 수강했다.

216

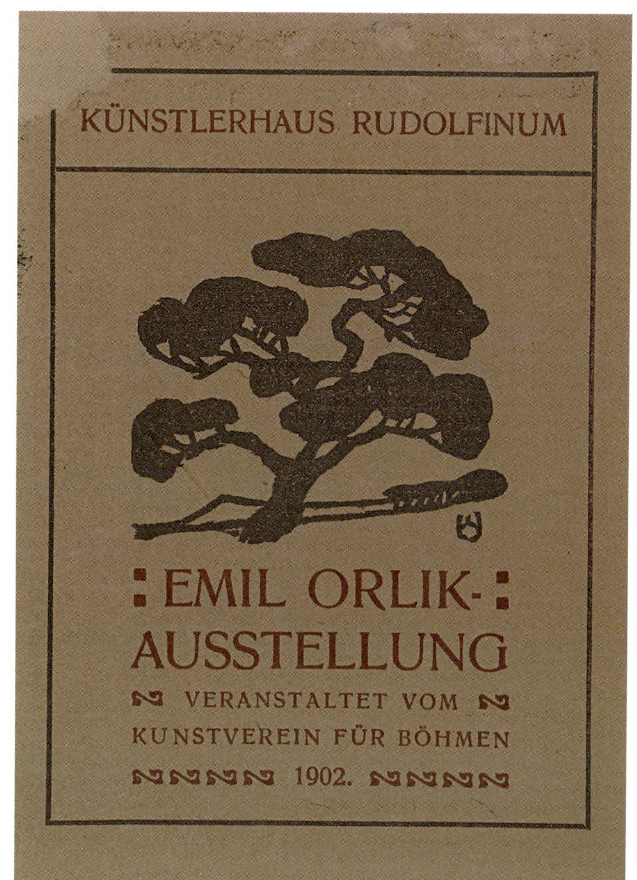

프라하의 루돌피눔에서 열린
에밀 오를리크 전시 카탈로그, 1902
(취리히연방공과대학, 회화 컬렉션)

카프카는 대학 재학 기간 내내 점점 커져가는 문학과 미술에 관한 관심을 좇아 무엇보다도 학생 단체 활동에 몰두했다. 대학 입학 직후인 1901년 10월 가입한 '프라하의 독일 대학생들을 위한 독서와 강연 홀'('홀'이라는 약어로 알려짐) 활동이 대표적이다.[23] 특히 이 모임의 문학 및 미술 분과에서 카프카가 활동한 사실은 무엇보다 「독서와 강연 홀 연간 보고서 *Jahres-Bericht der Lese-und Redehalle*」에 잘 기록되어 있다. 카프카는 다른 동료 학생 여럿과 함께 이 모임에 적극적으로 참여했는데, 이들 중에는 당시 가장 절친했던 오스카르 폴라크뿐만 아니라 1902년 '독서와 강연 홀'에서 처음 만난 막스 브로트,[24] 그리고 화가 막스 호르프도 있었다. 1904년 가을에 훌륭한 도서관과 강당 시설을 갖춘 크라카우어가세 14번지의 새 회관으로 옮겨간 이 모임은 문학을, 특히 미술을 향한 이들의 실제 관심사와 기호를 추구할 무대가 되어주었다. 카프카가 1903년 가을 문학 및 미술 분과 소속의 미술 통신원이 되었다는 사실은, 그가

217

이 모임에서 적극적인 역할을 맡았음을 보여준다.[25] 미술 통신원은 한 학기 전 브로트가 부회장 자리에 올랐을 때 폴라크가 넘겨받았다가 다시 카프카에게 인계한 역할이었다.

하지만 그 이전인 1902년 말경에 이미 카프카는 '독서와 강연 홀'에서 활동하며 미술을 가까이에서 접할 기회를 얻었다. 1902년 11월에 프라하의 화가이자 판화가인 에밀 오를리크의 대형 전시회가 보헤미아 예술 협회 주최로 프라하 루돌피눔의 미술관에서 열렸다. 전시회의 여러 주제 중 "일본으로부터"라는 제목이 붙은 부문에는 일본 회화에 관한 오를리크의 강연들이 준비되어 전시와 함께 이루어졌는데, 프라하장식예술박물관에서 열린 '일본의 예술과 삶'이라는 강연도 그중 하나였다.[26] 오를리크는 1900년에서 1901년에 걸친 일본 여행 이후로 동아시아에 관심을 갖게 되었고, 그곳에서 배운 소묘와 목판화 기술로부터 지대한 영감을 얻었다. 그의 포트폴리오 『일본으로부터 _Aus Japan_』(1904)에는 그 시기에 창작한 판화 열여섯 점이 수록되었고, 프라하의 전시도 이 작품들을 동일한 제하에 선보였다. 이중 전시회 카탈로그에 86번 작품으로 수록된 세 점의 판화 — 〈조각사 _Holzschneider_〉〈화가 _Maler_〉〈인쇄사 _Drucker_〉 — 는 예술 작업 자체를 소재로 삼았는데, 오를리크는 이 주제를 여러 강연과 소론에서도 다루었다.

〈프라하일보 _Prager Tagblatt_〉는 1901년 12월 29일자 기사 「일본인들의 예술」에서 이 주제를 다룬 오를리크의 앞선 강연에 대해 다음과 같이 보도했다. "어제 에밀 오를리크는 일본에 관해 두번째 강연을 했다. 첫번째 강연은 일본이라는 예스러운 문화국의 생활을 묘사했는데, 이번 강연은 문화 그 자체로 초점을 옮겨, 가장 화려하게 꽃피운 문화와 미술을 다뤘다. 이 강연에서 득의의 경지를 보여준 오를리크는 설득력 있는 설명과 함께 일본 회화의 성격과 유럽 미술에 미친 영향뿐만 아니라 이제는 유럽에서도 친숙한 이름이 된 호쿠사이, 고리[sic.], 우타마라[sic.]• 등 저명한 일본 화가들의 고유한 특성을 성공적으로 조명하였다."[27]

프라하에서 열린 오를리크의 전시와 강연, 특히 일본과 관련된 부분은 미술과 문학에 관심이 깊은 '독서와 강연 홀' 학생들, 특히 막스 호르프, 막스 브로트, 오스카르 폴라크, 그리고 프란츠 카프카에게 강렬한 영향을 미쳤다. 고등학교 때부터 브로트의 친구였고 얼마 뒤 프라하미술아카데미로 편입하게 되는 호르프는 1902년 11월 25일 '강연 홀'에서 '에밀 오를리크 전시'라는 강연을 하며 오를리크를 칭송했다.[28] 바로 두 주 후, 오스카르 폴라크는 '미적 문

• 이 기사에서 화가들의 이름이 잘못 표기되었으나 원문 그대로 인용했으며, '고리'는 '이소다 고류사이', '우타마라'는 '기타가와 우타마로'의 이름을 잘못 표기한 것으로 보인다.

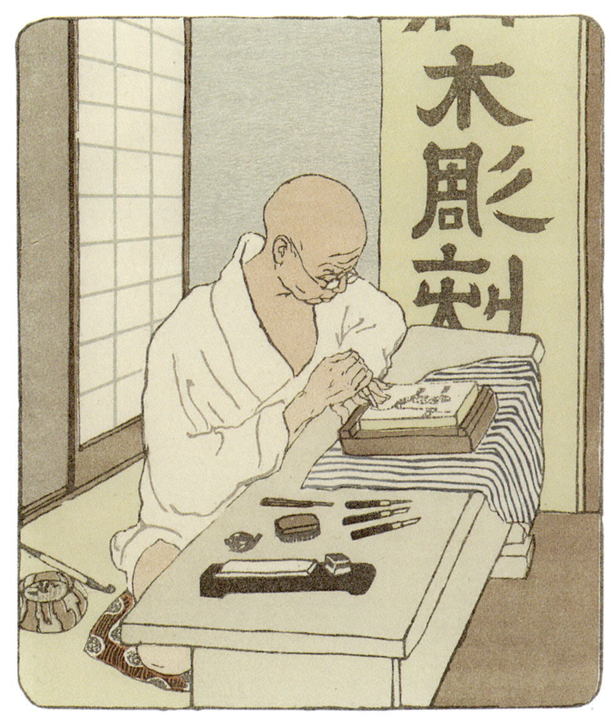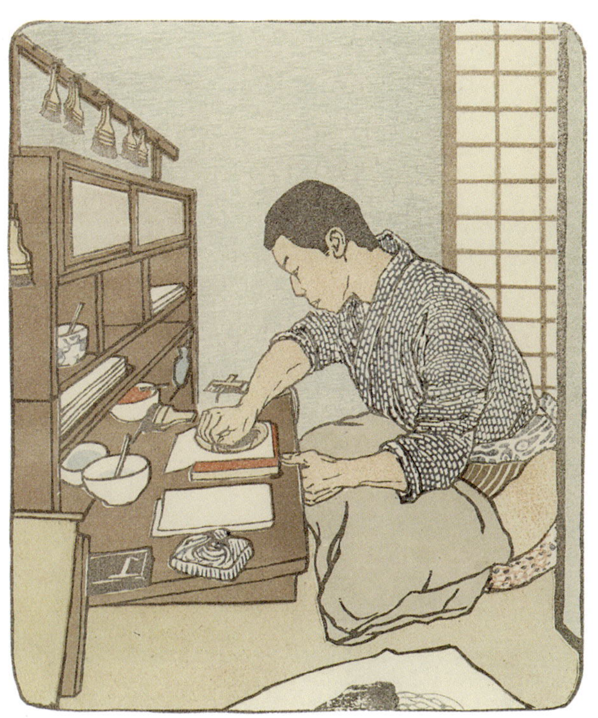

에밀 오를리크, 〈조각사〉와 〈인쇄사〉, 1901, 채색 목판화. 1902년 프라하의 루돌피눔에서 전시, 오를리크의 포트폴리오
『일본으로부터』(1904)에 인쇄본 수록 (취리히연방공과대학, 회화 컬렉션)

화'라는 강연을 통해 이들이 열정적으로 공유한 관심사를 좀더 보편적 차원에서 다뤘으며, 이
에 대해 이날 회합의 의사록에는 다음과 같이 기록되어 있다. "폴라크 씨는 먼저 에밀 오를리
크의 전시에 대해 논의한 뒤 우리 시대의 미적 결핍을 검토한다."[29] 하지만 그것이 전부는 아
니었다. 카프카 자신도 오를리크의 '자포니즘Japonisme'[30]에 영감을 받은 듯했고, 그리하여 '강
연 홀'에서 보편성을 더욱 넓힌 '일본과 우리'라는 주제로 강연에 나설 의향을 밝혔다.[31] 카프
카는 결국 이 강연을 하지 않았지만 그런 계획을 세웠다는 사실 자체가 『데어 쿤스트바르트』
예술 미학의 강력한 대안으로 떠오른 자포니즘에 상당한 열의를 품었음을 나타낸다. 이 시기
에 오를리크는 강연뿐만 아니라 소론을 통해서도 이 혁신적인 미학을 개괄했으며, 그 예로는
「일본 채색 목판화 고찰」(1902)과 「어느 편지에서 - 1900년 6월 도쿄」 등이 있다. 이 소론들은
프라하에 기반을 둔 "보헤미아 거주 독일인들의 지적 생활을 위한 월간지" 『도이체 아르바이
트Deutsche Arbeit』를 통해 1902년 발표되었다. 오를리크는 이 미학의 특징이 "이미지에 나타나는
사실적 효과"가 아니라 "본질의 재현" ─ 더 엄밀히 말하자면 순수주의와 미니멀리즘 ─ 이라

219

고 말한다. 재현의 과정에서 이미지는 "단순한 스케치"로, 혹은 심지어 "획"으로 축소된다. 오를리크의 견해에 따르면 이러한 추상화 과정을 통해 그림은 글쓰기에 가까워진다.

> 수단이 단순할수록 작업에 임하는 예술가의 집중도는 높아지고, 그리하여 재현 대상의 가치도 커진다…… 이 기법이 양식을, 즉 단순성의 양식을 낳았다. 따라서 일본인의 이미지 창조 단계는 우리의 일반적인 방식과 다르다. 생각에 더 많은 시간이 걸리고 그리는 시간은 짧다. 결과적으로 그림은 — 특히 가장 유명한 그림들은! — 단 몇 획의 붓질로만 이루어진 경우가 많다…… 우리의 '예술을 위한 예술 l'art pour l'art'을 일본인은 전혀 알지 못한다. 거의 모든 이들이 매우 단순한 스케치에서도 무언가를 볼 수 있기 때문이다…… 일본인은 중국인과 마찬가지로 언제나 글쓰기와 그림이 밀접히 관련되어 있다고 보기에 (우리 화가들이 말하는!) '획'과 선에 대한 이러한 감수성은 더욱 강화되고 장려된다.[32]

오를리크에 따르면 이러한 "단순한 스케치"는 획의 특성으로 인해 글쓰기와 연결될 뿐만 아니라 목판화와, 특히 채색 목판화와 잘 어울린다. 목판화의 재현 과정은 소묘화의 스케치적인 특성과 특히 잘 맞는다. 소묘화의 "즉흥적인" 본질을 담아내 이를 지우지 않고 가시화하기 때문이다. "채색 목판화는 이처럼 가볍게 휘갈겨 그리는 일본식 스케치에 맞는 월등한 재생 매체임이 분명하다."[33]

그러면 다음과 같은 의문이 생긴다. 유럽 모더니즘에 자포니즘을 도입한 오를리크의 작품 경향이 카프카의 소묘화가 — 아울러 그의 글쓰기가 — 추구한 미학에 얼마나 큰 영향을 미쳤을까? 스케치한 선과 글의 경계에 있는 일본 소묘화 특유의 미학에 1902년 말경의 카프카가 특별히 관심을 둔 것은 확실하다. 문화적 측면과 예술적 측면 모두에서 이는 『데어 쿤스트바르트』의 미학보다 더 큰 폭의 자유를 주었다. 전근대 시대에 발원하여 19세기에 뿌리를 내린, 아늑한 전원에 대한 목가적 이상을 유지한 『데어 쿤스트바르트』와 비교할 때, 일본이라는 "기호의 제국"[34]은 추상화를 향한 경향성이나 선과 글을 향한 경향성에서 훨씬 더 미학적 의식이 강하고 섬세했다. 사실 카프카의 소묘화에는 의심의 여지 없이 『데어 쿤스트바르트』의 미학보다 자포니즘의 미학이 더 분명히 나타난다. 일본의 소묘와 판화 기법이 카프카에게 깊은 인상을 남겼다는 점은 1908년 11월 21일 브로트에게 보낸 예술 엽서 속 히로시게의 판화

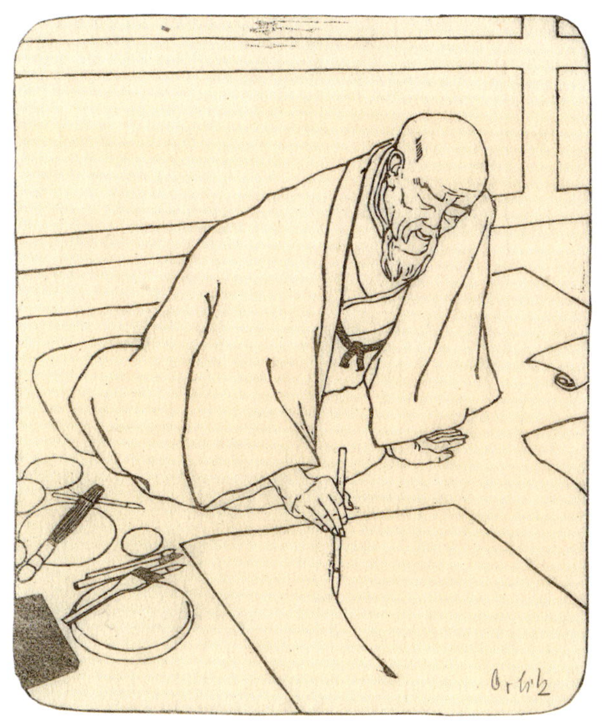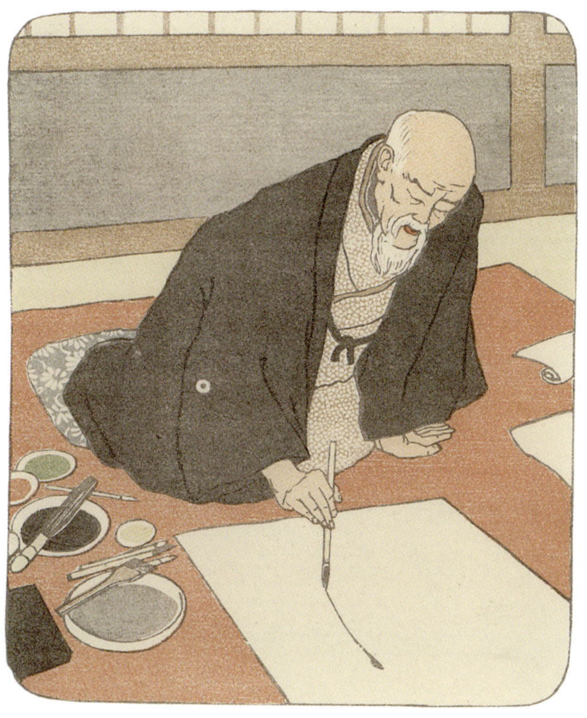

에밀 오를리크, 〈일본 화가 가노 도모노부 *Der japanische Maler Kano Tomonobu*〉, 1901, 동판 인쇄와 채색 목판화, 1902년 프라하의 루돌피눔에서 전시, 오를리크의 포트폴리오 『일본으로부터』(1904)에 인쇄본 수록 (취리히연방공과대학, 회화 컬렉션)

로도 입증된다. 이 엽서는 주목할 만한 다음 문구로 시작된다. "나의 친애하는 막스에게. 여기 이 얼룩진 그림엽서, 하지만 내가 가진 가장 아름다운 이 엽서에 키스를 담아 보낸다 ─ 그러니까, 전 대중의 눈앞에서 말이야."[35] 그뒤로 한참 후인 1923년에도 카프카는 관련 주제를 다룬 책들 ─ 오토 피셔의 『중국 풍경화 *Chinesische Landschaftsmalerei*』(1922)와 루트비히 바흐호퍼의 『일본 목판화 거장들의 예술 *Die Kunst der japanischen Holzschnittmeister*』(1922) 등 ─ 을 게오르크 지멜의 논문 단행본 『렘브란트 *Rembrandt*』와 폴 고갱의 자서전 『전과 후 *Avant et après*』(1920) 같은 책들과 함께 쿠르트 볼프 출판사의 최신 카탈로그에서 주문했다.[36]

카프카의 남은 대학 시절 내내 미술은 미학과 예술 철학에 관한 여러 강연과 더불어 '강연 홀'의 중심적인 토론 주제였다. 일례로 1904년 1월 6일에는 카프카의 또다른 예전 급우이자 신예 예술 이론가인 에밀 우티츠가 에른스트 리메라는 가명으로 "예술과 세계관"이라는 제목의 강연을 했다.[37] 〈프라하일보〉의 논평 기사는 이 강연을 요약하며, 세계관의 토대를 과

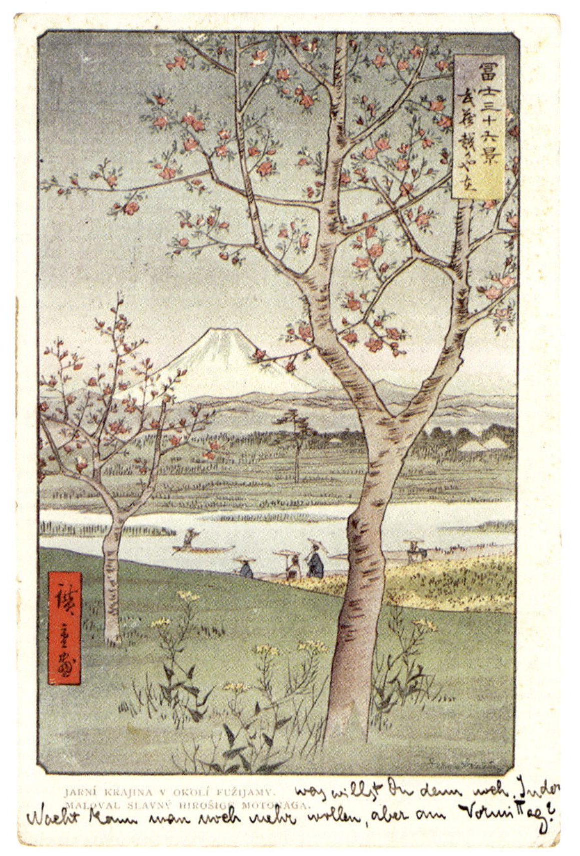

카프카가 1908년 11월 21일에 막스 브로트에게
보낸 히로시게 판화 엽서 (이스라엘국립도서관)

학 하나만으로 놓을 수는 없고 — "고전, 고딕, 로코코 시기를 거쳐 근대까지 둘러보는 속성 여정에서" 우티츠가 논증했듯 — 예술 역시 필수적이라는 중심 주장을 전했다.[38] 1904년 여름 학기에 '강연 홀'의 문학 통신원이 된 뒤로 카프카는 이 단체의 예술 행사에 지속적으로 참여했다. 이 행사 중 브로트가 사회를 본 한 저녁 토론회는 '예술에서 양식의 정의'와 '양식의 우수성에 대한 객관적 기준'이 있는지를 논제로 삼았다. 당연히 객관적 기준이 있다는 결론은 나오지 않았다.[39]

예술과 철학에 뜻을 둔 이 대학생들은 '강연 홀' 활동 외에도 또다른 학술 모임에서 예술에 대한 철학적 관점을 논의했다. 판타 서클, 혹은 회합 장소였던 카페 루브르의 이름을 따 루브르 서클이라 불리는 이 모임은 프란츠 브렌타노에게서 영감을 받았고, 아마추어 철학자이자 훗날 인지학자가 되는 베르타 판타를 중심으로 결성되었다. 카프카는 1903년 초 오스카르 폴라크의 소개로 이 모임에 합류했다. 여기에서 활동한 카프카의 예전 급우 중에는 에밀 우

222

티츠, 그리고 모임에서 주도적 역할을 한 베르크만도 있었다. 막스 브로트와 펠릭스 벨치 역시 이따금 모임에 참석했다. 판타의 1904년 12월 중순 일기를 보면 이들이 '강연 홀'의 토론을 확장해, 철학적 관점에서 예술에 대해 논의했음을 알 수 있다. "요즈음 논란이 분분한 미학적 질문에 몰두해 있다. 형식이란 무엇인가, 예술 작품의 내용이란 무엇인가?…… 우리는 카페 루브르에서 열린 철학의 밤 모임에서 이 질문들을 두고 오스카르 폴라크, 에른스트 리메[=에밀 우티츠]와 함께 여러 차례 진지한 토론을 벌였다."[40] 바로 얼마 뒤 1904년의 마지막날 카프카가 폴라크와 함께 브렌타노의 철학을 모방한 글을 발표했다는 사실은 그가 이날 저녁의 토론에 참석했으리라 짐작할 단서를 준다. 더욱이 카프카는 판타의 자매인 이다 프로인트와 아는 사이였고, 1903년 2월 7일에 뮌헨 있는 파울 키슈에게 보낸 편지에서 이에 대해 언급하며 그녀가 "그림을 그리고 이름은 프로인트 양"이라고 적었다.[41] 사실 이다 프로인트는 1900년부터 여성진보 협회의 미술 및 공예 부문 대표를 맡아 적극적으로 활동해온 화가였고, 1904년부터 오스트리아 뒤러분트의 예술가 부문 회원이었으며, 1906년부터는 프라하 독일 여성 예술가 클럽의 공동 창립자이자 열성적인 회원이었다. 프로인트는 카프카와 소묘화에 대한 생각을 교환했고 그의 그림 중 최소 한 점에 대해 논평을 했다(작품 번호 39, 40 참조).[42]

　　미술과 미술사, 그리고 미학에 대한 카프카의 관심은 점점 커졌고 학생 시절의 독서를 통해 더욱 풍부해졌다. 미술 잡지와 논문 단행본이 읽은 책의 상당 부분을 차지했다. 아직 학생이던 시기에도 '예술가 모노그래프Künstler-Monographien' 시리즈를 여러 권 구매했는데, 앞서 언급한 리히터 외에도 뒤러(1899)와 호도비에츠키(1897), 레오나르도 다빈치(1898)를 다룬 책들을 소장했다. 특히 레오나르도 다빈치를 다룬 책은 카프카 자신의 공부를 위한 모델로 활용했다(작품 번호 70 참조).[43] 카프카는『데어 쿤스트바르트』외에도, 미술사가인 오스카어 비가 편집한 좀더 현대적 감성의 잡지『디 노이에 룬트샤우 Die neue Rundschau』를 1904년 초부터 읽기 시작했고 1906년에는 정기적으로 구독했다. 비의 저서인『사회적 교류 Der gesellschaftliche Verkehr』(1905)와『현대 소묘화 Die moderne Zeichenkunst』(1905)를 소장했고 두 책 모두에 주석을 달아두었다.[44]

　　1906년 6월 학업을 마치고 법학 박사학위를 받은 뒤로도 카프카는 다양한 방식으로 예술에 밀접히 관여했다. 관련 주제의 독서를 이어갔고 전시회나 미술관에 자주 다녔으며, 화가들과 사적인 친분을 유지했다는 점 등은 예술이 그에게 얼마나 중요했는지를 방증한다. 이 시기에 카프카를 위해, 나아가 프라하의 젊은 화가 세대 전체를 위해 결정적인 역할을 해낸 사람은 더이상 폴라크가 아니라 브로트였다. 1906년 이후 작가이자 언론인으로서 신속히 자리 잡는 동안에도 브로트는 젊은 작가들(카프카 이전에는 특히 프란츠 베르펠)뿐만 아니라 젊은 시각 예술가들의 후원자로 나섰으며, 이 과업을 이행하는 과정에서 카프카에게도 적극적인 역할을 맡겼다.[45] 브로트와 카프카가 구독했던 애서가 잡지인 프란츠 블라이의 『오팔: 예술과 문학잡지 *Die Opale: Blätter für Kunst und Litteratur*』(1907)와 같은 간행물들 역시 그에게는 중요했다. 장오노레 프라고나르, 펠리시앙 롭스, 그리고 몽마르트르의 화가들이 그린 작품을 담은 선집 『프랑스의 대가들 *Französische Meister*』(1908년경)을 비롯한 이 간행물들은 카프카의 독서가 구시대 미술에만 국한되지 않았음을 보여준다. 좀더 가까운 동시대 현대 예술가들을 다룬 책들도 카프카의 개인 서재를 채웠고, 자서전적 저서들이 겸비된 경우도 많았다. 예컨대 1911년 12월에 카프카는 스위스의 초상화가인 카를 슈타우퍼베른의 전기와 편지에 관심을 두었고, 같은 달 초의 일기 여러 편에서 이 화가의 비극적인 삶을 되새겼다. 1917년 12월에는 빈센트 반고흐의 편지들을 읽었다. 이후 그의 독서 목록에 포함되는 책으로는, 앞서 언급한 폴 고갱의 자서전과 오귀스트 로댕의 『예술: 폴 젤과의 대화 *L'art: Entretiens réunis par Paul Gsell*』(1920, 독일어 번역판은 『*Die Kunst: Gespräche des Meisters gesammelt von Paul Gsell*』)와 브로트가 번역한 로댕의 『프랑스의 성당들 *Les cathédrales de France*』(1917, 독일어 번역판은 『*Die Kathedralen Frankreichs*』) 등이 있다.

카프카와 프라하의 젊은 현대 예술가들을 만나게 해준 사람은 막스 브로트였다. 1907년 브로트는 '팔인회'(체코어로는 '오스마 Osma')라고 알려진 동인에 카프카를 소개했고, 이 인연은 카프카에게 지속적인 영향을 미치게 된다. 이 동인의 이름은 모더니즘에 전념하는 독일과 체코의 예술가 여덟 명을 지칭했다. 이중에는 막스 호르프와 프리드리히 파이글처럼 카프카가 전부터 개인적으로 알던 이들도 있었고, 1907년에 가까워진 빌리 노바크도 있었다. 이 동인을 더 자세히 살펴볼 필요가 있는데, 이때 브로트의 의도는 카프카의 소묘화를 강조하며 그를 화가로 소개하는 것이었기 때문이다. 이 사례는 브로트가 1905년경부터 프라하에서 문학만이 아니라 미술적 모더니즘을 결정적으로 발전시킨 네트워크 형성에 성공했음을 특히 분명하게 보여준다. 이러한 맥락에서 팔인회는 『데어 쿤스트바르트』의 미학을 뒤로하고 인상주의, 표현주의, 큐비즘 등 주로 프랑스에서 유래한 신경향을 받아들이는 새로운 유럽식 모더니즘을 제시함으로써 오를리크의 일본 미학과 유사한 역할을 했다. 팔인회는 '보헤미아 지역 독일 시각예술가 협회 Vereines deutscher bildender Künstler in Böhmen'의 예술적, 정치적 대안이 되었다. 1895년 '보헤미아 지역 독일 작가 및 예술가의 콩코르디아 협회 Verein deutscher Schriftsteller und

Künstler in Böhmen Concordia'에서 갈라져나온 이 단체는 팔인회보다 규모가 더 큰 프라하의 상설 예술가 집단이었다. 1907년에서 1908년까지만 짧게 활동한 독일 – 체코 연합 집단 팔인회와 달리, 주로 독일인 예술가들로 이루어진 이 협회에는, 후고 슈타이너프라크와 리하르트 테슈너, 그리고 지도적 인물이었던 에밀 오를리크가 참여하고 있었다.[46] 이 협회는 전시회를 여러 차례 조직했을 뿐만 아니라 콩코르디아 협회의 출판 매체도 이용할 수 있었다. 게다가 스무 편의 시리즈로 구성된 자체 포트폴리오『그림 속 독일 보헤미아 *Deutschböhmen im Bilde*』(1909~1912)를 제작하기도 했다.[47] 이 예술가 단체의 다른 회원으로 오스카어 비너와 파울 레펀 같은 신낭만파 작가들도 있었는데, 이들은 스스로를 '젊은 프라하'라고 명명하고 문학과 미술을 통합한 『봄 *Frühling*』(1900~1901)이나『우리: 독일 예술 신문 *Wir: Deutsche Blätter der Künste*』(1906) 등의 자체 학술지를 발간했다.

보헤미아 지역 독일 시각예술가 협회는 카페 르네상스에서 만났지만 팔인회는 1907년 당시 막 문을 연 카페 아르코에서 모였다. 그러나 호르프, 노바크, 브로트를 비롯한 일부 회원들은 두 동인회를 오가며 활발히 참여했다. 브로트의 활동은 더욱 두드러졌다. 그는 1907년 팔인회의 첫 전시를 비평하며 이들을 모더니즘의 대표자로 칭송했을 뿐만 아니라, 1908년 4월 루돌피눔에서 열린 보헤미아 지역 독일 시각예술가 협회의 주요 전시회를 기념해「문자적 그리고 비문자적 회화」라는 중대한 소론을 발표했다. 카프카에게도 긴요했던 이 두 비평은 뒤에서 더 논의할 것이다. 카프카가 이러한 비평문들을 주의 깊게 읽었다는 사실은 브로트가 예술을 주제로 초기에 쓴 소론과 관련된 사례에서 확인할 수 있다. 예술 이론을 다룬 이 글은 (앞서 언급한 비평문들과 마찬가지로) 베를린에서 발행되는 주간지『디 게겐바르트 *Die Gegenwart*』에 1906년 2월 실린 소론「미학에 관하여」였다. 3월에 카프카는 이 글에 대한 논평에서 아름다운 것을 새로운 것과 동일시한 브로트의 논지를 비판했다.[48]

예술을 바라보는 카프카의 지평은 곧 프라하를 넘어섰다. 1903년 가을 뮌헨을 여행했을 때 그는 아마 노이에 피나코테크도 방문했을 것이다.[49] 브로트와 함께 스위스와 이탈리아를 거쳐 파리로 간 여행도 두 사람 모두에게 뚜렷한 인상을 남겼다.[50] 그들은 여행하는 동안 유사한 일기를 썼을 뿐 아니라 둘 다 그림을 그렸는데, 이에 대해서는 아래에서 논의할 것이다. 이 교육적 여정의 정점은 밀라노성당과 더불어 1911년 9월에 두 번 관람한 루브르박물관이었다. 카프카는 여행 일기에 루브르에서 인상 깊었던 화가와 작품 목록을 적었다. 그것은 카프카와 브로트가 "빌리히 Billig"(싸구려)라고 이름 붙인 여행 안내책자를 만들며 생각해낸 우스

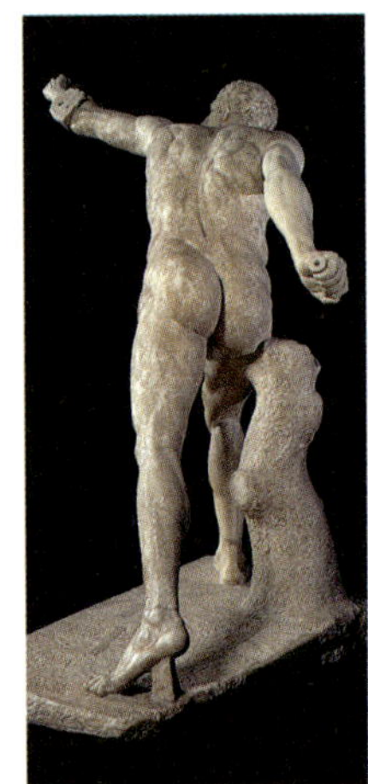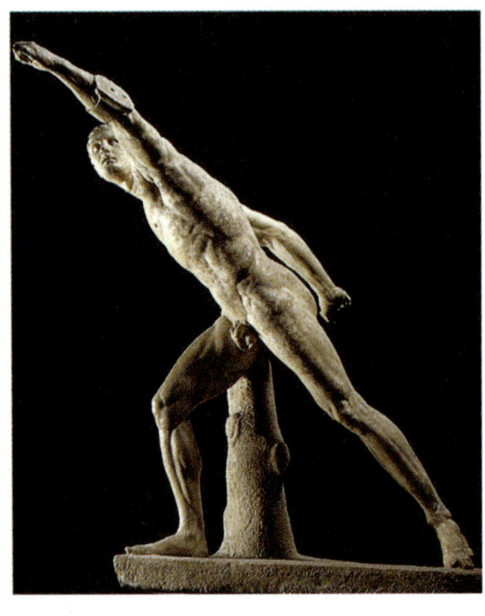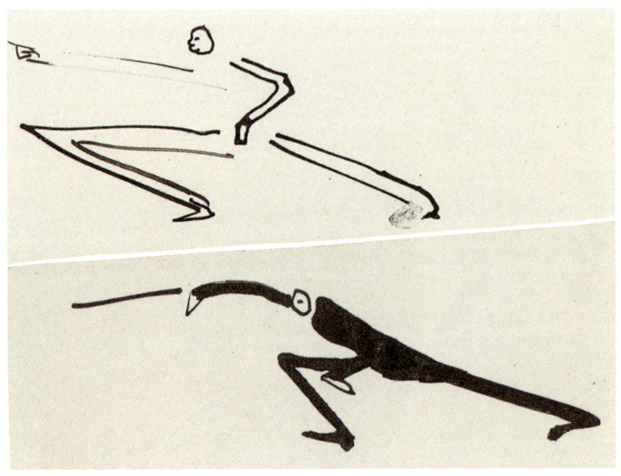

〈보르게세의 검투사〉, 기원전 1세기(루브르) | 두 가지로 변주된 카프카의 검투사, 스케치북, 작품 번호 89, 116
(이스라엘국립도서관)

운 아이디어와도 연관되어 있었다. 브로트에 따르면, "프란츠는 이 새로운 유형의 안내책자에 적용될 원칙들을 자잘한 세부 사항까지 끈질기게 생각해내며 천진한 즐거움을 느꼈다. 이 안내책자가 우리를 백만장자로 만들어주고 무엇보다 끔찍한 사무실 업무로부터 해방시킬 거라고 했다."[51] 브로트의 자필로 기록된 메모 "백만장자가 되는 계획"에는 예술도 언급되어 있다. "값비싼 항해 뒤에는 절약하는 일정(예컨대, 미술관)을 넣는다…… 절약의 날에는 미술관으로. 중요한 그림 몇 점만. 하지만 (『쿤스트바르트』 잡지처럼) 세부까지 샅샅이 볼 것, 교육적으로."[52] 카프카의 목록에는 그 장소에 적절한 작품들이 열거되어 있다. 안드레아 만테냐, 티치아노, 라파엘, 벨라스케스, 루벤스, 야코프 요르단스 등의 그림을 포함한, 고전고대부터 바로크 시대까지의 예술품과 더불어 그가 일기에 더욱 자세히 묘사한 밀로의 비너스와 보르게세의 검투사 등 대표적인 고전주의 조각상 두 점이 이 목록에 포함된다.[53] 이들 작품에서 영감을 받아 쓴 다음 단락이 조각상의 피상적인 앞모습에서 언뜻 부차적으로 보일 수 있지만 카프카에게는 가장 주요한 뒷모습으로 이동하는 다중적 시선을 따른다는 점에서, 예술 작품을 소재로 한 그의 논평과 묘사는 이미지에서 텍스트로의 실험적 전환을 보여줄 뿐 아니라 보르게세의 검투사와 그의 강렬한 손짓을 추상적 형태로 연거푸 표현한 (그리하여 아래의 주장으로 귀결되는) 카프카의 그림과도 일치한다.

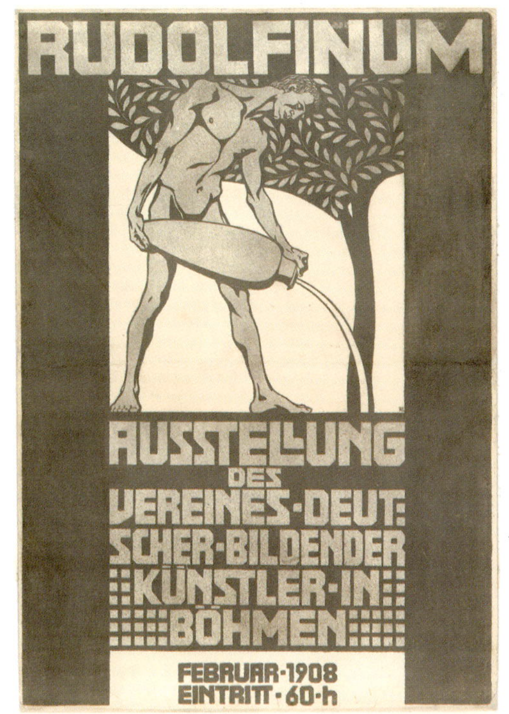

루돌피눔 전시 포스터, 카를 코스티알의 석판화,
1908년 2월

보르게세 [검투사]의 앞모습은 가장 좋은 모습이 아니다. 보는 사람을 움츠러들게 하고 분절된 외양을 보여주기 때문이다. 그러나 뒤에서 보면 땅에 닿은 그의 발이 먼저 눈에 들어오고, 관람객의 기꺼운 시선은 단단한 다리를 따라 거부할 수 없는 등으로 안전하게 날아올라가 앞을 향해 쳐든 팔과 장검에 이르게 된다.[54]

파리에서 돌아온 카프카는 1911년 9월 말 두 명의 동시대 화가, 알프레트 쿠빈과 쿠르트 샤프란스키를 만났다. 두 사람은 브로트를 만나러 프라하에 왔고 브로트는 두 번 다 카프카를 동석시켰다. 더 먼저 온 사람은 쿠빈이었는데, 브로트는 그후 1912년 1월 28일자 〈프라하일보〉에 그날의 만남을 자세히 회상하는 찬탄 조의 기사를 썼다. 브로트는 쿠빈이 "한낱" 보헤미안 퇴폐주의자에 지나지 않는다는 공격에 맞서 그를 옹호했다. 나아가 쿠빈을 미술가로서만이 아니라 소설 『저 건너편 *Die andere Seite*』(1909)에서 환상성과 "섬뜩함"을 잘 그려낸 작가로서도 칭송하며 이렇게 선언했다.

227

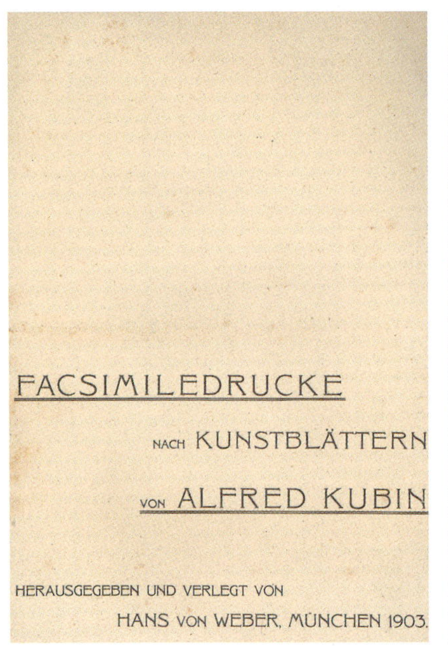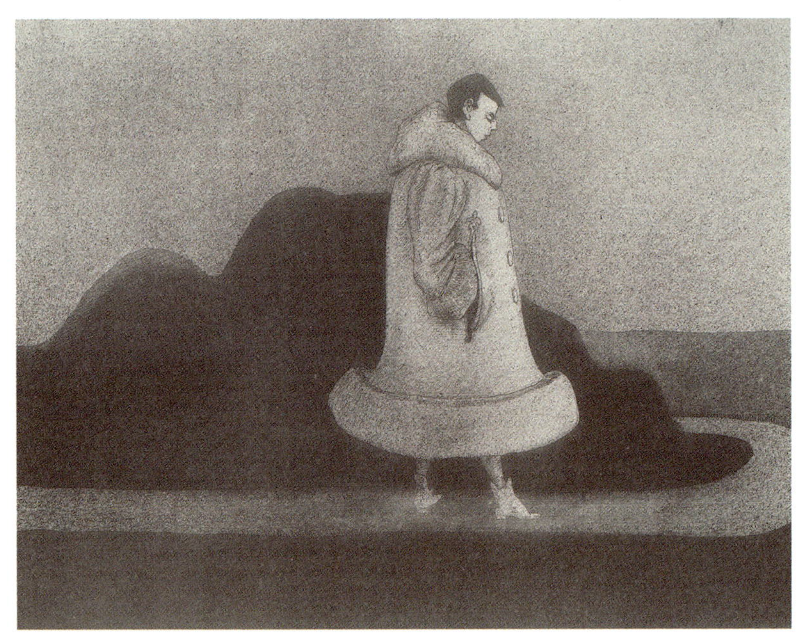

『영인 복제본 알프레트 쿠빈 작품집』, 1903, 브로트 소장본 | 〈허약한 사람〉, 쿠빈의 포트폴리오에 포함된 동판화

그런데 내게 최고의 순간이 왔다. 그를 직접 만난 것이다. 프라하로 나를 만나러 온 그는 사람들이 뒤에서 수군대듯이 피로에 찌든 커피하우스의 우상이 아니라 내가 예상한 대로 매력적이고 강인하고 건전한 젊은이였다. 그에게서 샘솟는 수천 가지 아이디어는―그 아이디어 하나하나가 저마다 세상의 헛됨과 불가해함에 관련된 슬픈 것이긴 했지만―음울한 분위기를 풍기지 않았다. 내용을 고려하지 않고 그 신속한 발상과 창조의 기쁨만을 보면 오히려 밝은 장조 화음이 들려왔다. 슬픈 마음, 명랑한 정신 Le cœur triste, l'esprit gai.[55]

이 기사에서 브로트는 쿠빈을 "처음 발견한" 사람을 언급한다. 그는 1908년 카프카의 첫 글이 실린 문학잡지 『히페리온 Hyperion』을 발행하기도 한 출판인 한스 폰 베버였다. 1902년 쿠빈의 작품이 베를린의 브루노 카시러 미술관에서 처음 전시된 후, 1903년 베버는 『영인影印 복제본 알프레트 쿠빈 작품집 Facsimiledrucke nach Kunstblättern von Alfred Kubin』이라는 포트폴리오를 발간했다. 쿠빈은 이 화집을 통해 환상적이고 그로테스크한 소묘화 작가라는 명성을 확립하게 된다. 1908년 브로트는 베버에게 직접 포트폴리오를 주문했고,[56] 그래서 적어도 그 시점에는 쿠빈

228

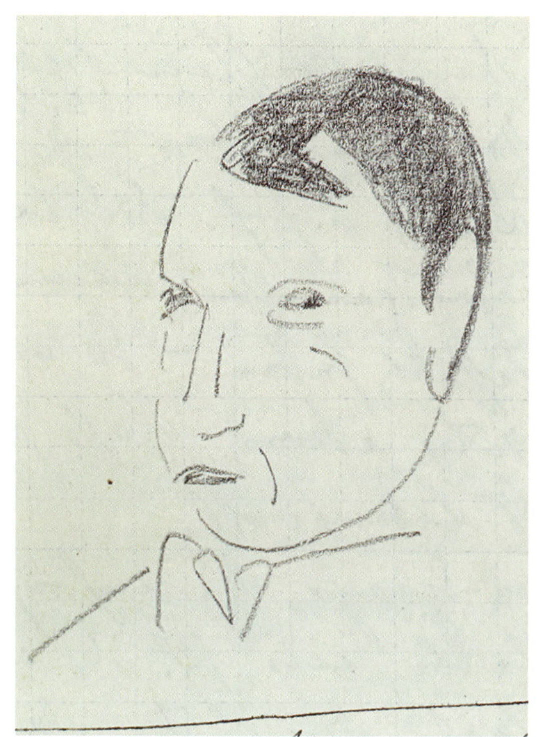 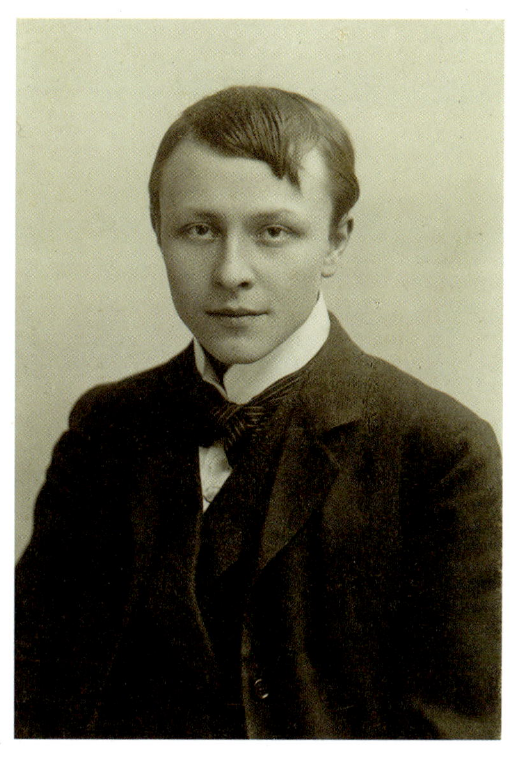

막스 브로트, 일기에 그린 알프레트 쿠빈의 초상화, 1911년 9월 (이스라엘국립도서관) | 알프레트 쿠빈, 1904
(B. 디트마어의 사진)

작품에 대한 그의 애호가 이미 확고했다는 사실을 알 수 있다. 쿠빈이 프라하를 방문한 계기는
앞서 언급한 보헤미아 지역 독일 시각예술가 협회가 1908년 2월 루돌피눔에서 개최한 전시회
에 작품을 출품하기 위해서였다. 브로트는 이 전시의 비평문이자 그 자체로 미술 이론 소론의
격을 갖춘 「문자적 그리고 비문자적 회화」에서, 쿠빈의 그림이 순수하고 "비문자적인" 장식
예술과 대조되는 문자적 – 철학적 알레고리에 불과하다는 공격에 맞서 그를 옹호했다. "이와
마찬가지로, 쿠빈(알프레트 쿠빈의 포트폴리오는 뮌헨의 떠오르는 고품격 출판인 한스 폰 베버가 열다섯 점
의 훌륭한…… 영인 복제본을 담아 출간했다)은 동판화 외에 다른 형식으로는 자신의 분위기를 표현
할 수 없었으며, 그의 작품이 '문자적'이라는 비난은 전적으로 부당하다…… 쿠빈의 작품에서
내게 보이는 것은 엄청나게 의미심장한 철학이 아니라 오히려 풍부한 예술이다…… 나는 예
술의 벗들이 모인 공동체를 위해 쿠빈을 되찾고자 한다." 브로트는 앞서 언급한 포트폴리오에
포함된 동판화 〈허약한 사람 *Der Schwächling*〉에 관해서도 쿠빈을 훌륭히 옹호하며, 그 작품은 "비

229

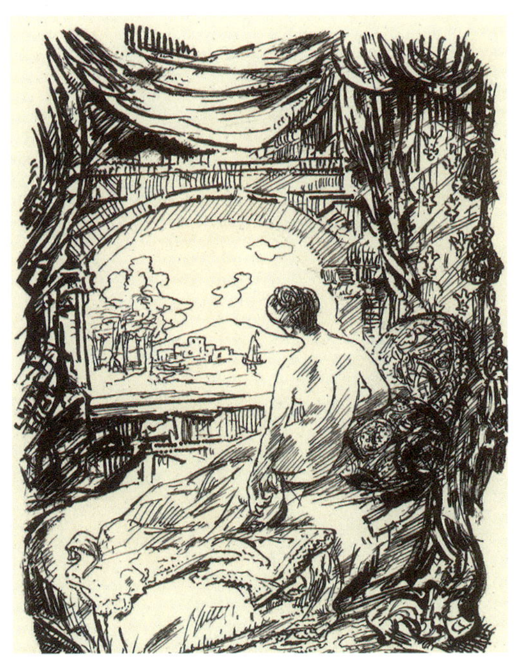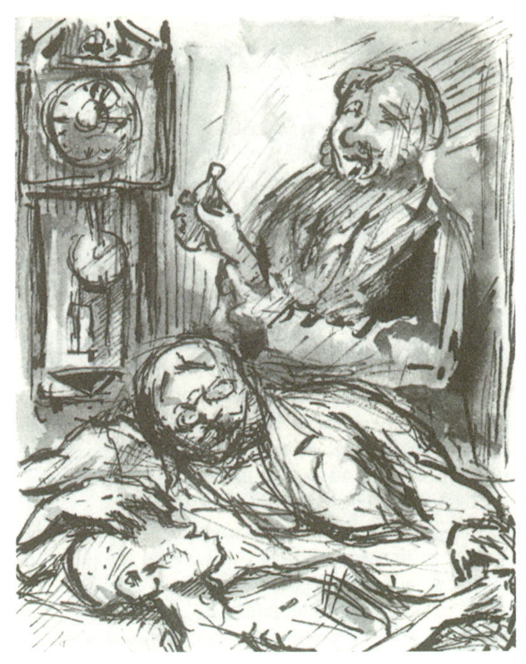

알프레트 쿠빈, 〈동화 속 공주〉, 석판화, 1920 | 알프레트 쿠빈, 카프카의 『시골 의사』에 실린 펜화, 1932

관주의"를 비롯한 무언가의 알레고리로 축소될 수 없다고 주장했다. 오히려 그것은 "눈에 보이는 것, 산책하는 젊은 청년의 모습으로 구체화되는 선들"을 나타내며 "그 과정에서 말로는 표현될 수 없는 분위기를 창조해낸다. 이를 '문자적'이라고 부를 수 있을까?"[57]라고 그는 질문했다.

브로트가 쿠빈을 공개적으로 단호히 지지하면서 두 사람은 개인적으로도 가까워져서, 1909년 이후로 계속 편지와 책을 주고받았다. 예컨대, 1909년 6월 10일에 쿠빈은 브로트의 소설 『노르네퓌게성 *Schloss Nornepygge*』(1908)을 받은 "보답"으로 "그 유명한 '쿠빈 포트폴리오'(H. v. 베버 출판)"를 보내겠다고 썼는데, 브로트가 이미 출판사에 직접 주문했다는 사실을 모르고 한 말이었다. 브로트에게 그 사실을 전해들은 쿠빈은 8월 6일 이렇게 답신을 보냈다. "포트폴리오는 이미 있다고 하시니 조만간 원화 한 점을 보내겠습니다."[58] 이러한 상호교류가 먼저 이루어진 뒤 1911년 9월 브로트와 카프카는 이 예술가와 직접 만나게 되었다. 카프카는 브로트와 함께 여행을 갔다가 뒤이어 혼자 일주일 동안 취리히 근처 에를렌바흐에 있는 자연 요법 요양원에 머무느라 아직 돌아오지 않아서 브로트가 먼저 쿠빈을 만났다. 브로트는 이 만

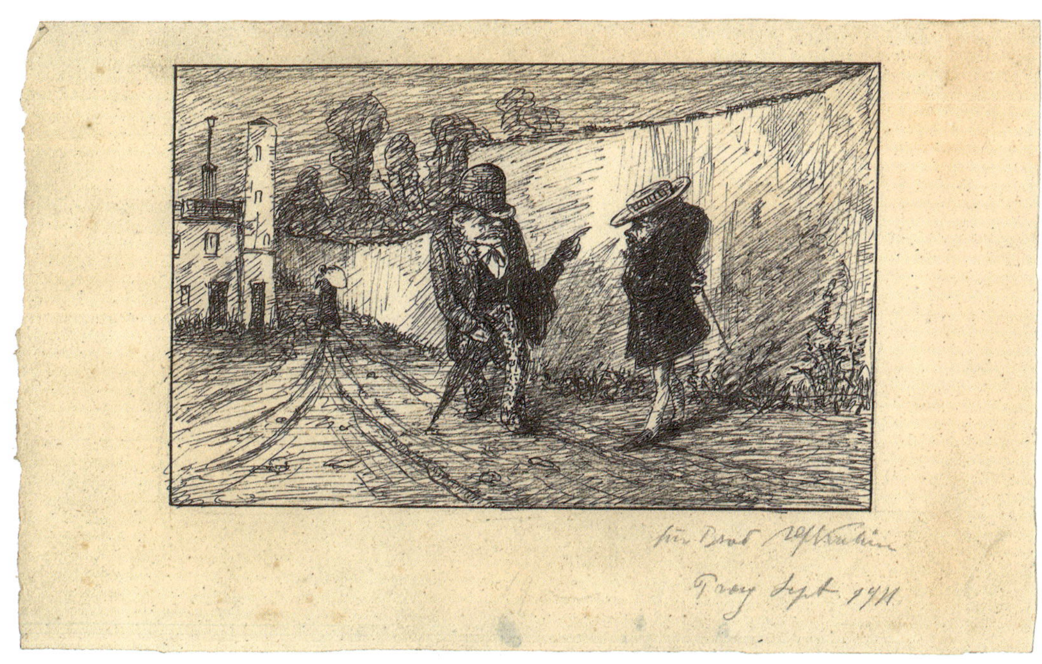

알프레트 쿠빈, 막스 브로트에게 선물한 소묘화, 1911년 9월

남을 기사로 썼을 뿐만 아니라, 일기에 쿠빈의 초상화를 그리기도 했다. 카프카도 쿠빈과의 만남을 일기에 적었다. 그 역시 쿠빈의 골상이나 전반적인 외모에 강한 인상을 받았다. 다음과 같이 글을 쓸 때, 카프카에게 쿠빈은 마치 프로테우스● 같았다. "앉거나 서 있을 때, 양복만 입었을 때나 코트를 입었을 때, 그때마다 나이와 몸집과 힘이 달라 보인다."[59] 쿠빈에게 이 만남의 주된 초점은 브로트와 그의 공개적 지지였다. 그는 감사하는 마음으로 브로트에게 소묘화를 한 점 선물했고 ― 아마도 편지에서 언급한 "원화"일 테다 ― 카프카도 이 그림을 보았을 것이다. 기괴한 두 인물을 묘사한 그림으로, 그들의 뒤틀린 몸은 모자로 완성된 부르주아 의복의 우아함 뒤에 감춰져 있다.

　　또한 이 만남을 계기로 카프카와 쿠빈 사이에 상호 인정의 관계가 시작되었다. 이는 두 사람이 이따금 주고받은 편지에서 확인할 수 있는데, 예를 들어 카프카가 쿠빈의 엽서를 받고 나서 1914년 7월 22일 쓴 답장에는 다음과 같은 모호한 말이 담겨 있다. "언젠가는 당신의

●　그리스신화에 나오는 바다의 신. 온갖 형태로 모습을 바꾸는 능력이 있다고 한다.

작업이 내게 갖는 의미를 잘 전달할 표현을 찾아 다시 말씀드릴 기회가 있을 겁니다."[60] 브로트는 1966년 이때를 회고하며 강조했다. "카프카와 나는 알프레트 쿠빈과 우호적인 관계를 유지했다."[61] 1922년 봄에 기회가 찾아왔는데, 쿠빈의 작품이 화가 동인 '순례자Die Pilger'의 전시에 포함되어 다시 루돌피눔을 찾은 것이다. '순례자'는 요스트 피치, 안톤 브루더, 아우구스트 브룀제 등의 화가가 1920년 결집한 동인으로 훗날 결성되는 '프라하 독립'의 전신이다. 쿠빈과 오를리크는 객원 작가로 초청받아 전시에 참여했다. 이 전시에 대한 브로트의 비평은 "신비주의적"인 브룀제에 초점을 두었지만, 쿠빈을 브룀제와 거의 "대척점"을 이루는 작가로 조명함으로써 쿠빈에게도 이목을 집중시켰다. "쿠빈은 언제나 물질적 세계의 공포를 그려왔고…… 반면에 브룀제는 영혼의 공포를 표현한다."[62] 카프카 역시 이 전시 개막일에 참석하여 1922년 4월 7일자 일기에 각각의 작품을 묘사했다. 브루더의 〈벌거벗은 소녀 *Nacktes Mädchen*〉와 피치의 〈앉아 있는 농부 소녀 *Sitzendes Bauernmädchen*〉에 대해서도 썼지만, 특히 쿠빈의 〈동화 속 공주 *Die Märchenprinzessin*〉(1920)에 대해서는 다음과 같이 적었다. "긴 의자 위에 벌거벗고 앉아 열린 창문 밖을 바라본다. 우뚝 솟아오른 듯한 풍경은 약간 비현실적인 느낌이 있다."[63] 카프카와 쿠빈 — 그들의 관계는 여러 차례에 걸쳐 재해석되어왔다[64] — 은 카프카의 『시골 의사』에 실린 1932년작 펜화 연작 여섯 점에서 암시되듯 동화보다는 환상성으로 연결되어 있었다.

1911년 9월 쿠빈을 만난 직후 브로트의 주선으로 만난 또다른 동시대 예술가 역시 카프카에게 깊은 인상을 남겼다. 베를린에서 쿠르트 투홀스키와 함께 브로트를 만나러 온 쿠르트 샤프란스키였다. 샤프란스키는 바로 얼마 전 브로트의 권유로 출간된 프란츠 베르펠의 첫 작품 『세상의 벗 *Der Weltfreund*』(1911)에 삽화를 그렸고, 브로트의 출판인인 악셀 융커의 의뢰로 투홀스키가 쓴 "연인들을 위한 이야기책" 『라인스베르크 *Rheinsberg*』(1912)의 삽화를 준비하고 있었다. 카프카가 일기에 기록했듯, 샤프란스키는 "베른하르트의 제자"였는데, 이는 악셀 융커의 책 디자이너인 루치안 베른하르트를 가리킨다. 샤프란스키는 카프카가 보는 앞에서 초상화를 그린 것 같은데, 카프카는 이에 대해 일기에 적으며 쿠빈을 봤을 때와 똑같은 변신이라는 모티프를 다시 거론한다. 샤프란스키는 "대상을 관찰하고 그리는 동안 그림의 대상과 비슷한 방식으로 얼굴을 찌푸린다. 그 모습은 나 역시 특출한 변신 능력이 있다는 사실을 일깨운다. 다만 내 능력은 아무도 알아차리지 못한다." 왜냐하면 내면에 있는 그 "낯선 존재"는 "그림 퍼즐 속에 숨은 사물처럼" 계속 보이지 않는 상태로 남아 있어야 하기 때문이다.[65]

브로트와 카프카는 시각예술에 깊은 관심을 두고 폭넓게 관여했기 때문에, 모든 관런 사례를 일일이 세밀하게 논의하기는 불가능하다. 카프카 본인의 미술 창작에 관해서라면, 어쨌든 가장 주목할 만한 시기는 초창기였다. 그러나 후기에도 그가 관여한 미술계의 사건이 여럿 있었는데, 그중 하나는 조각가 프란티셰크 빌레크를 위한 옹호 활동이었다. 카프카는 1922년 브로트에게 보낸 편지에서 강렬한 비유를 사용해 빌레크를 묘사했다. "내 견해로 그건 야나체크를 위한 투쟁에 필적하는 투쟁이 될 거야. 내가 그 문제를 옳게 이해하고 있다면 말이지(하마터면 '드레퓌스를 위한 싸움'이라고 쓸 뻔했어)."[66] 말년의 일화 중 적어도 한 가지는 더 언급할 가치가 있다. 이 경우는 카프카가 어느 전시의 비평가로도 등장하기 때문이다. 1921년 4월에 이미 결핵으로 와병중이던 카프카가 타트라산지의 온천 마을 마틀리아리(머틀라르하저)에서 경험한 특별한 만남과 관련한 이 일화는 여동생 오틀라에게 보낸 편지에 기록되어 있다. 카프카는 투숙객 중 하나인 "참모본부 대위"에 대해 묘사했다. 그를 주목한 이유는 우선 그가 들려준 "굉장한 스키 여행담" 때문이고, 나중에는 무엇보다 그의 다른 "두 가지 일 때문인데, 하나는 스케치나 수채화 그리기이고, 다른 하나는 플루트 연주"였다. "그 사람은 매일 정해진 시간에 야외에 나가 그림을 그리고 스케치를 한다"고 그는 적었다. 카프카는 안톤 홀루프라는 그 장교와 대화를 나눴을 뿐만 아니라 미술 작업을 하는 그를 옆에서 지켜보기도 했는데, 편지에 그에 관해 짓궂게 썼다. "그 사람이 스케치를 할 때 마주치면 나는 몇 마디 찬사를 해주지. 스케치가 나쁘지 않아. 아니, 좋아. 심지어 매우 훌륭한 아마추어 작품이야."[67] 예술가로 훈련된 카프카의 안목이 드러나는 부분은 그림 그리는 장교의 골상을 잘 알려진 두 이미지 — 하나는 프리드리히 실러의 이미지이고 다른 하나는 오르비에토대성당에 있는 루카 시뇨렐리의 프레스코화 〈최후의 심판〉(1499~1502)에서 부활한 사람들의 이미지 — 에 비유하는 묘사다.

> 그 본질을 잘 전달하기는 불가능해. 그 사람의 모습을 애써 묘사해보자면, 거리를 산책할 때는 늘 허리를 꼿꼿이 세우고 천천히 편안하게 활보하는데, 항상 롬니츠키봉峰을 향해 시선을 들어올린 채 코트 자락을 바람에 흩날리는 모습이 꼭 실러 같아. 가까이 다가가 옅은 나무색의 깡마르고 주름진(플루트를 부느라 생긴 주름도 있겠지) 그의 얼굴을, 마찬가지로 나무처럼 메마른 그의 목과 몸 전체를 보면 시뇨렐리의 프레스코화 속 무덤 위로 올라오는 망자들이 생각난단다.[68]

하지만 그림 그리는 장교에 대한 그의 장난스러운 관심은 그것으로 끝이 아니었다. 홀루프가

233

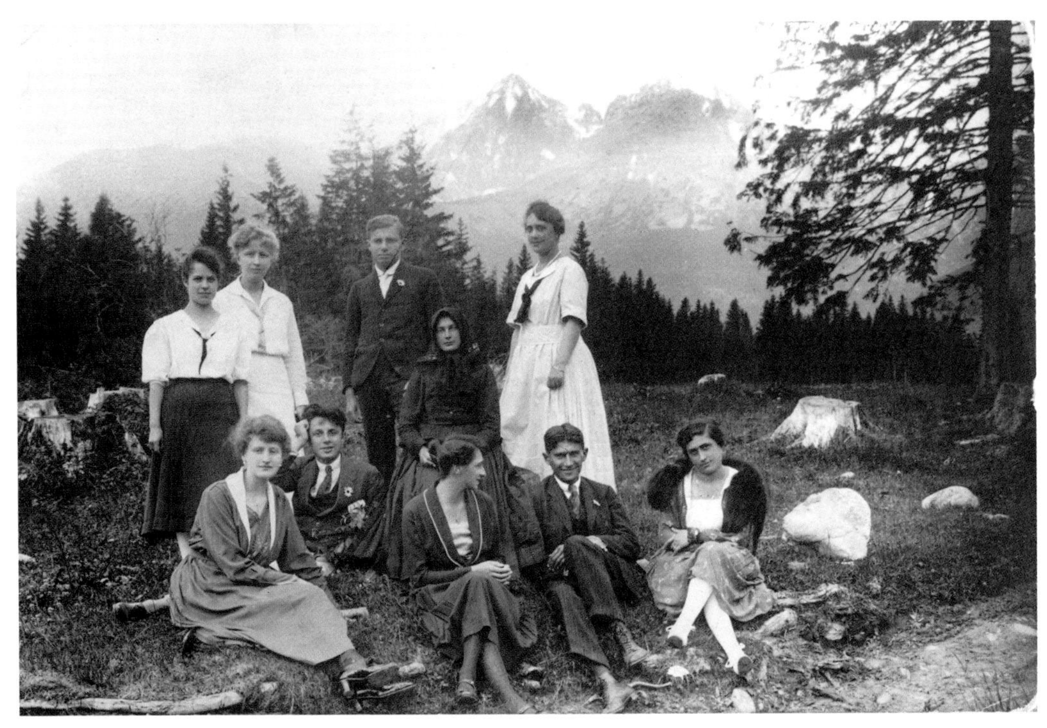

마틀리아리에서 찍은 단체 사진. 카프카가 요양원의 직원 및 투숙객들과 함께 찍어 1921년 6월 부모님에게 보낸 사진엽서. 카프카는 앉아 있는 사람들 중 오른쪽에서 두번째에, 로베르트 클롭슈토크는 서 있는 사람들 중 오른쪽에서 두번째에 있다. (클라우스 바겐바흐 출판사 자료보관소)

자신의 수채화 작품을 호텔에서 전시하겠다는 아이디어를 냈을 때, 이에 대해 카프카와 다른 온천 투숙객 — 카프카와 친해졌고 편지에 "의대 학생"이라고 언급된 의학도 로베르트 클롭슈토크 — 은 풍자적인 비평을 썼다. "그는[장교는] 어떤 환상을 품게 되었는데, 자기 그림들을 가지고 — 아니다, 이건 너무 큰 주제로구나. 내면적으로 그렇다는 거야. 간단히 얘기하면, 그 사람은 전시를 열었어. 의대 학생이 헝가리어 신문에 평론을 썼고, 나는 독일어 신문에 썼지. 모든 것을 비밀리에."[69] 카프카의 풍자적인 비평은 지역신문 〈카르파텐포스트 *Karpathen-Post*〉에 실제로 인쇄되어 나왔다.

마틀리아리발發. 안톤 홀루프의 타트라산지 그림들을 선보이는 작은 전시가 마틀리아리에서 성황리에 열려 응당한 주목을 받고 있다. 전시된 수채화 중에는 음울한 진지함을 띤 저녁 분위기를 표현한 작품이 눈에 띄고…… 하지만 가장 보기 좋은 것은

펜화 작품이다. 부드러운 획, 멋진 원근법, 세심한 구성이 돋보이는 — 어찌 보면 목
판화 같고, 또 어찌 보면 동판화 같기도 한 — 이 작품들은 대단히 우러러볼 만한 성취
이다.[70]

이 비평문은 그저 그림을 해학적으로 다룬 글에 머물지 않는다. "타트라산지 그림들"을 묘사
하는 카프카의 글에서 우리는 카프카 자신의 그림, 그리고 그의 글과 연관된 미학적 범주가 어
떤 것들인지 알 수 있다. "음울한 진지함," 소묘적인 특성, 심지어 판화 기법과의 유사성까지,
결국 일본 목판화에 대한 오를리크의 근본적인 논평, 즉 이미지와 글쓰기의 유사성으로 되돌
아가는 범주들이다.

화가 카프카

카프카는 약혼자 펠리체 바우어에게 1913년 2월 11일~12일에 보낸 편지에서,
1912년 8월 프라하에서 그들이 처음 만난 날을 회상하며 펠리체가 했던 말에 자극받아 자신이
꾼 꿈을 묘사한다. 카프카는 프라하 구시가의 광장을 거닐던 그들 두 사람이 "팔짱을 끼고 걸
을 때보다 더 서로에게 가까웠다"고 썼다가, 상상 속의 이 장면을 묘사할 표현의 한계에 다다
르고 만다. "오, 이런, 팔짱을 끼지 않고 이목을 끌지 않으면서 걷는데도 내가 당신에게 아주 가
까운 모습을 생각해냈는데 그걸 지면에 표현하기가 이렇게 어렵다니."[71] 몇 줄 뒤에서 그는 다
시 한번 시도한다. "꿈속에서 우리가 함께 걷던 모습을 도대체 어떻게 묘사할 수 있을까요?"
그러다가 그는 방법을 찾아낸다. "아니, 잠깐만, 그림으로 그릴게요. 이건 팔짱을 낀 모습이에
요. [그림] 하지만 우린 이렇게 걸었죠. [그림]"

이런 식의 딜레마 해결은 카프카가 이미지 — 꿈속 이미지 — 를 전달하려 할 때 글보
다 그림을 우선시했다는 놀라운 사실을 보여준다. 게다가 이렇게 그림을 향한 놀라운 전환을
계기로, 카프카는 자신의 초기 그림들을 성찰하게 되는데, 그림에 대한 그의 생각은 다른 어느
작품에서보다 이 편지에서 더욱 명확히 드러난다.

내 그림이 어떤가요? 난 말이에요, 한때 굉장한 소묘화가였는데, 어떤 고약한 여자 화
가에게서 정식 수업을 받다가 재능을 망쳐버렸어요. 생각해봐요! 아니 잠깐만, 조만

235

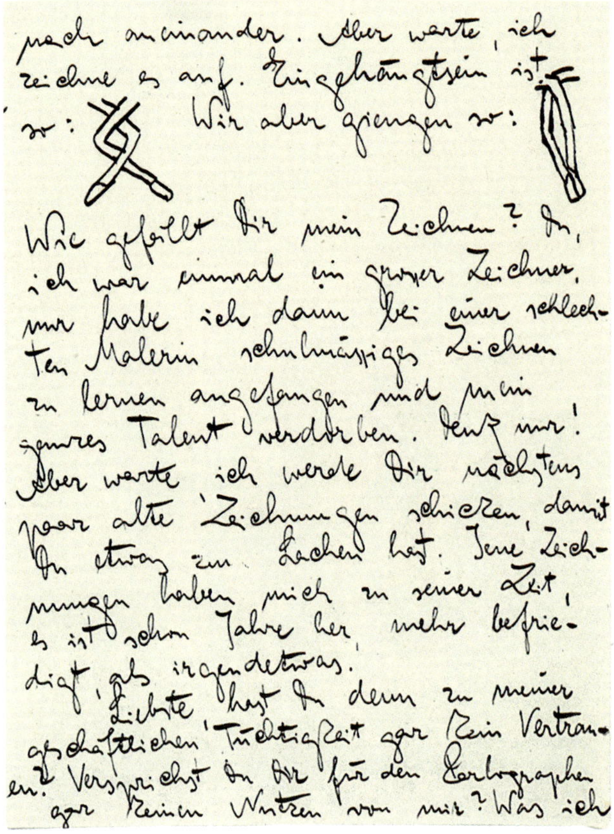

카프카가 펠리체 바우어에게,
1913년 2월 11~12일, 개인 소장
(복사본: 카프카 비평본 아카이브)

간 내가 예전에 그린 그림을 몇 장 보내줄게요. 보고 웃으라고요. 이 그림들은 그 시절에 — 꽤 오래전이죠 — 내게 그 무엇보다 큰 만족감을 주었어요.[72]

1913년의 카프카는 예전에 미술에 몰두했던 일 —"꽤 오래전이죠"— 을 언급하며 학생 시절에 대해 이야기할 때, 이 취미에 더없이 막중한 중요성을 부여하는 표현을 사용한다. 당시 그림이 "그 무엇보다 큰 만족감을 주었"다는 것이다. 카프카에게 소묘를 가르친 "고약한 여자 화가"가 누구인지 이제는 특정할 수 없다.[73] 그러나 이러한 언급은 카프카가 1901년에서 1906년까지의 대학 시절과, 이듬해 상급 지방법원에서 법률 시보로 일하던 때부터 1907년 가을까지 얼마나 진지하게 소묘를 공부했는지 더욱 명확히 드러낸다. 현재 남아 있는 그림 대다수에 제작 연도가 표기되지 않았지만, 그중 특히 브로트가 수집해 보존한 작품들만은 확실히 이 시기에 제작되었다. 이 시기의 스케치는 대략 백오십 점이 남아 있다.

1902년 가을에 카프카를 처음 만난 브로트가 당시 친구가 그림을 그린다는 사실은 잘 알고 있었지만 글을 쓴다는 사실은 몰랐다는 점도 특기할 만하다. 그는 카프카 전기에서 이렇게 강조했다. "나는 몇 년 동안 카프카가 글을 쓴다는 사실을 모르는 채로 그와 어울렸다."[74] 그러나 카프카가 소묘에 관심 있다는 걸 알고는 몹시 기뻐했으며, 한 학년 위인 이 동료 학생이 강의 노트 여백에 그린 스케치를 보여주자 감탄하기까지 했다. 헥토그래피●로 인쇄된 이 노트들은 "여백이 환상적인 그림으로 장식되어 있었다. 나는 이 해학적인 그림들을 조심스럽게 잘라냈고 이것이 내 카프카 그림 수집의 토대가 되었다."[75](작품 번호 14~19 참조)

브로트는 그의 저서 『프란츠 카프카의 신앙과 학설』(1948)의 부록에서 이러한 상황을 더 세밀히 회고했다.[76] 카프카가 1913년 2월 펠리체에게 보낸 편지를 제외하면 이것이 카프카의 초기 그림에 대한 가장 중요한 역사적 증거다. 족히 사십 년이 지난 뒤, 브로트는 자신이 카프카의 그림을 — 그의 원고보다 더 이른 시기에 — 수집했다고 할 뿐만 아니라, 카프카가 없애버린 다른 그림들이 있다는 사실을 암시한다.

> 그는 자신의 문학작품보다 스케치 작품에 훨씬 더 무관심했다. 어쩌면 적대적이었다
> 는 표현이 더 적절할 것이다. 내가 구해내지 않은 그림은 전부 폐기되었다. 나는 그에
> 게 '그 낙서들'을 달라고 하기도 했고, 직접 휴지통에서 건져내기도 했다 — 사실, 내
> 가 그의 법학 강의 노트 여백에서 잘라낸 것도 많다. 강의 내용을 '전사'한 불법 복사
> 본이었던 그 노트들을 나는 (한 학년 위인) 그에게서 항상 '물려받았다'.[77]

또한 이 회고에서 브로트는 특기할 만한 시학적 논지를 펼친다. 그가 다른 데서 쿠빈의 자질이라고 묘사했던 것과 동일한 종류의 "복합 재능"이 카프카에게도 있다면서, 카프카의 그림과 글쓰기가 유사한 원리에 따라 작동한다는 의견을 내놓는다. "지금까지 누구도 카프카의 복합 재능에 대해, 그림과 서사를 바라보는 두 관점의 병존에 대해 탐구할 필요가 있다고 여기지 않았다." 브로트는 사실주의와 환상이라는 상반된 개념의 공존이라는 측면에서 이 두 관점의 병존을 구체적으로 조명한다. "글쓰기에서와 마찬가지로 그림에서도 카프카는 성실한 사실주의자인 만큼…… 환상 세계의 창조자이기도 하다."[78] 그림에서나 글쓰기에서나 카프카는 외

●　젤라틴판을 이용해 문서를 복사하는 인쇄 기술.

237

부 세계와 내부 세계가 서로 관계를 맺게 한다고, 혹은 비록 "모순적인" 방식으로나마 두 세계를 "연결"시킨다고 브로트는 주장한다.

브로트가 1948년 과거를 돌아보며 "복합 재능"을 주장했을 때, 이것은 카프카를 시각예술가로 정립하려는 그의 첫번째 시도가 아니었다. 오히려 이와 관련한 최초의 노력은 카프카가 그림을 그리던 당시에 시작되었다. 카프카를 앞서 언급한 팔인회에 소개한 것도 그런 의도에서였다. 1907년 팔인회를 결성한 젊은 화가 여덟 명은 막스 호르프, 프리드리히 파이글, 빌리('Willy' 혹은 'Willi') 노바크, 게오르크 카르스, 오타카르 쿠빈, 에밀 필라, 보후밀 쿠비슈타, 안톤 프로하스카였다. 일부는 프라하미술아카데미의 학생이었고 나머지는 한때 그곳에서 공부하다 떠난 이들이었다. 미학적으로 그들은 유럽, 특히 프랑스의 모더니즘과 연계를 추구했다 — 이는 당시 프라하미술아카데미를 지배했던 사실주의와 정반대되는 지향점이었다. 그들은 여러 도시를 방문했는데 그중에는 파리 — 파이글은 이곳을 1905년에 한 번, 그리고 1906년에 다시 한번 여행했다 — 와 베를린이 포함된다. 마네스Mánes 미술가 협회(1887년 설립)가 조직한 에드바르 뭉크의 전시가 1905년 프라하에서 열렸고, 이는 팔인회와 그들의 반자연주의적 접근법의 발전에 결정적인 영향을 미쳤다. 1907년 봄에 그들은 파이글, 노바크, 필라의 주도로 팔인회의 단독 전시를 열었다. 보헤미아 지역 독일 시각예술가 협회가 전시를 개최한 루돌피눔 같은 장소가 아니라, 브로트가 비평 기사에 썼듯 "아직 회반죽냄새가 가시지 않은 신축 건물의 마침 비어 있던 평범한 상업 공간"에서 열린 전시였다.[79] 1907년 4월 17일, 〈프라하일보〉는 "팔인회의 전시"라는 제목의 기사에서 다음과 같이 선언했다. "내일, 4월 18일 목요일, 젊은 화가 여덟 명의 전시가 프라하 1지구의 쾨닉스호페르가세 16번지에서 열릴 것이다. 막스 호르프, E. 필라, F. 파이글, A. 프로하스카, W. 노바크, O. 쿠빈, B. 쿠비슈타 등의 작품이 전시된다."

브로트는 이들 화가 중 일부를 학교에서 알게 되었고, 다른 이들은 도서관과 독서실을 갖추고 있어 금세 그들이 선호하는 회합 장소가 된 카페 아르코에서 만났다. 1907년 5월 발표한 「프라하의 봄」이라는 비평에도 썼듯이, 브로트는 그들을 화실로 찾아가 만나기도 했다. "나는 그들의 작은 화실로 이끌려 갔고, 거기서 그림을 감상하며 즐거운 시간을 보냈다. 그런데 이제 그 그림들이 작은 전시회장에 걸려…… 그 아담한 벽들이 온통 생생한 봄으로 뒤덮였다."[80] 브로트는 — 예술적 열정의 표현이자 정치적 성명이기도 한 — "봄! 봄!"이라는 외침과 함께 "독일인과 체코인"이 "민족에 구애받지 않고" 서로에게 가는 길을 찾았음을 축하했다.

238

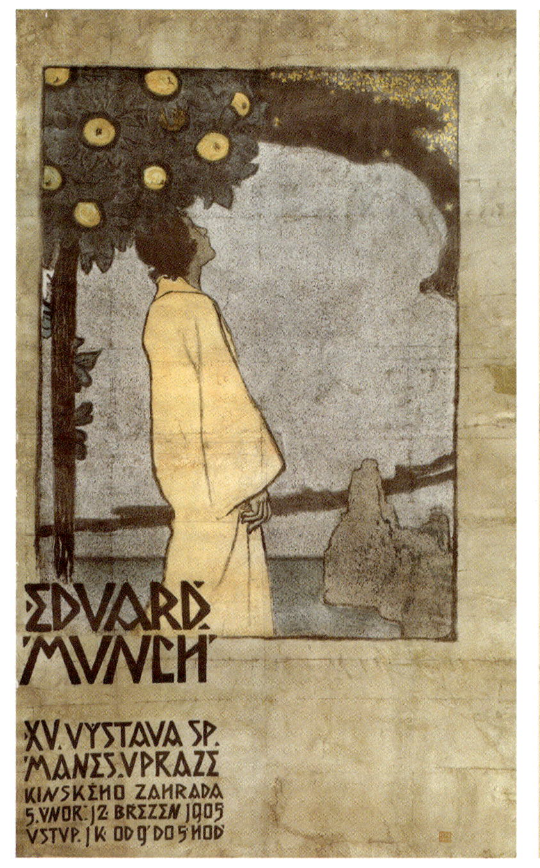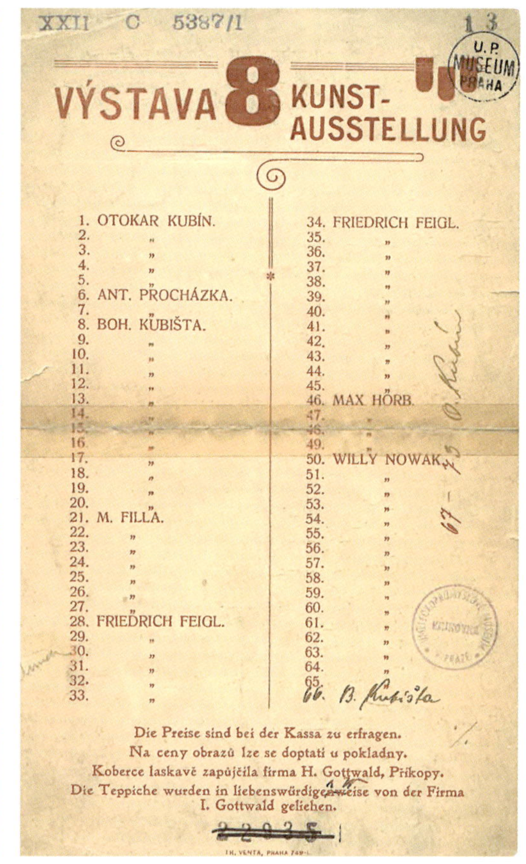

프라하에서 열린 에드바르 뭉크 전시회 포스터, 1905 | 팔인회 전시 포스터, 1907

동시에 팔인회의 회원 각각을 자세히 다루며, 그들이 모더니즘 미술, 특히 프랑스의 인상주의
와 연계하며 전통을 거부한다는 점 등을 강조했다. 훗날 브로트는 1923년의 어느 비평에서 그
들이 "표현주의의 선도자"였다고 회고한다.[81]

　　　이 동인이 모더니즘을 받아들이는 경향은 사실 균질하지 않았다. 특히 쿠빈과 쿠비
슈타와 필라 등 체코계 회원들은 큐비즘 쪽에 더 기울었고 파이글과 노바크 같은 독일계 회원
들은 표현주의를 지향했다.[82] 그렇지만 브로트는 팔인회의 프로그램에서 통일된 지점을 찾
아낼 수 있었다. 그것은 글과의 관계에서 이미지의 자율성이었다. "영혼의 언어는 모든 문자
적 수단을 거부한다는, 그것은 오로지 그림이라는 매체를 통해서만 말한다는 생각은 분명 화
가 여덟 명 모두가 공유하는 관점이다." 따라서 순수하게 회화적인 표현 수단을 탐색하는 것
이 현안이 되었다. 브로트는 소론 「문자적 그리고 비문자적 회화」에서 특히 알프레트 쿠빈을

239

언급하며 이 핵심 논지를 이어갔다. 그는 미술이 "실제 대상과의 직접적 관계" 혹은 "그림 퍼즐 같은" "상형문자"로 축소되어버리는 "문자적 회화"에 대한 비판에 특히 동조했다. 그와 달리, "이미지의 '내용'은 말로 표현될 수 없는, 세세한 작가적 특성의 총합에서 나오는 개별적인 분위기" — 일종의 형언하기 힘든, 뭔지 모를 매력 — "자체라고 봐야 한다"고 브로트는 주장했다.[83]

프리드리히 파이글을 비롯해 팔인회의 일부 회원들이 저마다 개별적으로 밝힌 바에 따르면, 그들에게 카프카를 소개한 사람은 브로트였다. 카프카는 파이글 가족을 고등학교 시절부터 알았다. 그는 프리드리히의 형제인 카를과 프라하 구시가의 독일계 김나지움에서 같은 반이었고, 파이글의 또다른 형제인 에른스트의 작가 활동을 격려하기도 했다.[84] 1948년 체코계 영국인 미술사학자 요세프 파울 호딘이 영어로 쓴 책에 처음 실린 파이글의 회고에는 카프카가 "눈이 아주 크고 검은, 깡마르고 허약한 청년"이었으며,[85] 무엇보다 1907년 브로트가 그를 "매우 훌륭한 화가"라고 칭하며 팔인회에 소개했다고 언급되어 있다. "프라하에서 '팔인회'라고 알려진 모더니즘 화가 모임에서 막스 브로트는 회의중 이렇게 말했다. '제가 매우 훌륭한 화가 한 명의 이름을 알려드리겠습니다—프란츠 카프카입니다.' 그러고는 카프카의 소묘화 몇 점을 우리에게 보여주었는데, 초기의 파울 클레나 [알프레트] 쿠빈의 작품을 떠올리게 하는, 표현주의적인 그림이었다."[86] 그러나 호딘과 마찬가지로 파이글은 카프카를 당대의 모더니즘 화가들과 같은 계열에 포함시키는 이 언급에 비판적인 주석을 덧붙였다. 사회주의 사상가들(예컨대, 죄르지 루카치) 사이에 널리 퍼져 있던 전위주의에 대한 비판과 맥을 같이하는 이 의견은 '부르주아' 작가로서 카프카에게도 적용되는 것이었다. 사실 파이글은 카프카가 표현주의뿐만 아니라 큐비즘이나 초현실주의와도 통한다고 보았고, 그러한 맥락에서 허무주의와 데카당스의 증상을 짚어냈다. "진정한 예술은 언제나 통합이다. 카프카의 정신은 기본적으로 냉소적이고 분석적이었다. 분석은 왜 그 자체로 목적일 뿐, 천재성의 징후가 아닌가? 분석에는 실질적인 내용이 없기 때문이다. 실질적인 의미가 없다. 분석은 내용인 동시에 형식인 척 가장한다. 카프카에게 대상은 존재하지 않았다. 그의 대상은 무無였다. 그는 분석을 분석했다. 이것이 큐비즘, 초현실주의와 정확히 일치하는 지점이었다."[87] 호딘은 그보다 더 나아가 카프카에 대해 다음과 같이 논평했다. "그것은 보들레르의 악마주의, 혹은 하이데거와 슈펭글러의 비관주의, 혹은 사르트르의 허무Néant보다 훨씬 더 미묘한, 극히 한결같은 현혹이었다."[88]

카프카로 말하자면, 그는 파이글의 그림을 높이 평가했고 팔인회의 다른 어떤 회원

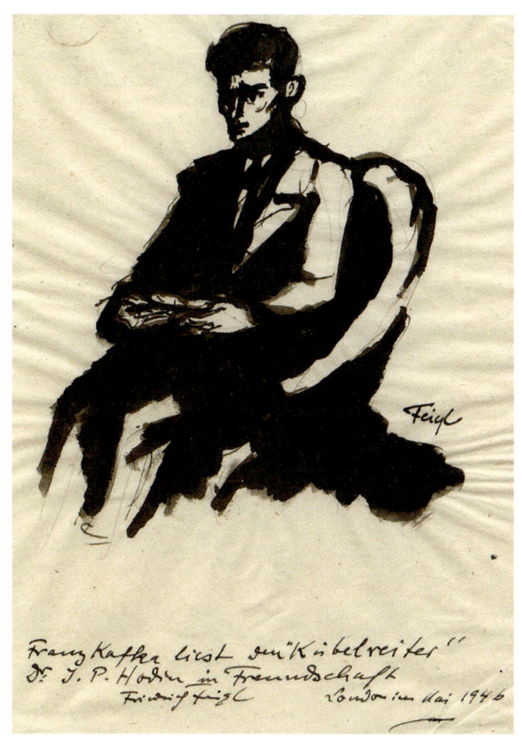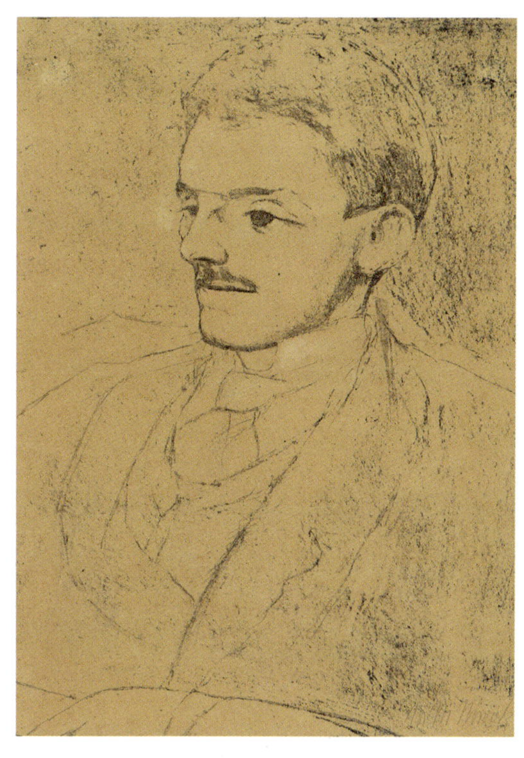

프리드리히 파이글, 〈「양동이 기사」를 읽는 프란츠 카프카〉, 잉크 소묘, 1946 (독일문학기록보관소, 마르바흐) |
빌리 노바크, 〈막스 브로트의 초상〉, 석판화, 1911 (브로트 소장품)

들보다 더 긍정적으로 묘사했는데, 특히 펠리체 바우어에게 보낸 편지에 그런 언급이 있다. 1916년 8월 말 파이글의 그림을 보며 경험한 자신감에 대해 쓴 편지가 주목할 만하다. "당신은 그림들을 보고 확신을 느끼나요? 난 그럴 때가 드물어요. 그런데 파이글의 그림을 보고서는 두세 번인가 그런 느낌을 받았어요."[89] 하지만 그로부터 사 년 전인 1912년 11월 28일에도 카프카는 프라하에서 파이글을 만난 뒤, 펠리체에게 보내는 편지에 그의 자화상을 동봉하며 이 화가를 언급한 적이 있었다. 그 과정에서 카프카는 파이글의 "예술론"에 대해 비판적으로 논평했지만 — "촛불처럼 흐릿하고 꺼뜨리기 쉬운"데다, 작품 자체보다 훨씬 설득력이 떨어진다고 그는 생각했다 — 동시에 파이글의 "행복한" 삶, 이상적인 동시에 카프카 자신은 도달할 수 없을 듯 보이는 부르주아적 생활에 대해서도 언급했다. 파이글은 1910년 아내와 결혼했고, 1911년부터는 베를린의 빌메르스도르프구區에 살면서 미술상이자 편집자인 파울 카시러와 함께 일했으며, 1933년까지 서적 디자이너로도 활동했다.[90]

파이글이 카프카 생전에 그의 유일한 초상화를 그렸다는, 오랜 세월 이어진 낭설이 있

241

다. 문제의 그림은 1917년 1월 사적인 친구들 모임에서 「양동이 기사」를 낭독하는 카프카를 그린 초상화인데, 이 그림의 제작 일자는 낭독회에 참석했던 파이글이 그림 역시 당시에 완성했다는 가정을 근거로 추측한 것이다.[91] 지금까지 이 잉크 소묘는 일반적으로 그림 캡션의 마지막 줄이 잘린 채 복제되어왔는데, 잘린 줄에는 파이글이 1946년 런던에서 이웃에 살던 미술사학자 요세프 파울 호딘을 위해 초상화를 그렸다는 내용이 적혀 있다. 실제로 파이글은 1916년 찍은 카프카의 사진을 1946년 그림의 모델로 사용했다.[92]

브로트와 카프카는 빌리 노바크와도 잘 아는 사이였다. 브로트는 노바크를 카페 아르코에서 만났고, 카프카는 브로트를 통해 그를 만났다.[93] 일찍이 팔인회의 1907년 전시 비평에서부터 브로트는 노바크의 그림을 "조화롭고" "절제되고" "멋스럽다"는 이유로 높이 평가하고 있음을 분명히 밝혔으나 카프카는 좀더 비판적이었다. 노바크는 에밀 오를리크처럼 일본의 채색 목판화에서 영감을 얻었고, "문자적인 것이 아니라, 직관적이고 공간적이고 감각적인" 형태와 비례의 예술을 옹호했다.[94] 팔인회의 첫 전시에서 그는 작품 전부를 판 유일한 화가로서 가장 성공적인 회원임을 입증했다. 결과적으로 노바크의 작품은 1908년 6월에서 7월까지 열린 팔인회의 두번째 전시에서 파이글의 작품과 함께 걸렸는데, 그 둘을 제외하고는 동인의 체코계 회원들이 장악한 전시였다. 노바크는 부분적으로는 브로트의 노력에 힘입어 프라하, 빈, 베를린 등지에서 개인전을 열었고, 브로트는 그중 일부 전시에 대해서도 비평을 썼다.[95] 브로트와 카프카는 둘 다 노바크의 그림을 구매했고 1910년에는 그에게서 함께 프랑스어를 배웠다. 카프카가 그의 작품을 사겠다고 생각한 것은 브로트와 함께 프라하 남서부의 므니셰크 포트 브르디에 있는 노바크의 집을 방문했던 1909년 여름부터였다.[96] 브로트는 노바크가 그의 초상화를 그려준 지 얼마 지나지 않은 1911년 2월 중순 노바크의 그림들을 샀다. 카프카도 같은 해 후반 크리스마스 즈음, 노바크의 새로운 석판화 네 점을 선보이는 작은 전시회가 열렸을 때 기회를 잡았다. 이 석판화 중에는 노바크가 1월 25일 그린 브로트의 유화 초상화를 바탕으로 한 작품도 포함되어 있었다.[97] 〈프라하일보〉는 12월 24일 이 전시를 보도했다.

> 우리 나라의 위대한 화가 빌리 노바크가 새로운 채색 석판화 네 점을 선보이며 다시 한번 거장의 위대함을 입증했다. 흔치 않은 완성도를 자랑하는 그의 작품 네 점은 옛 거장들에게서 볼 수 있는 조화가 돋보인다. 특히 〈산책 *Spaziergang*〉은 모든 미술 전문가를 기쁘게 할 작품이다. 〈사과를 가진 소녀 *Mädchen mit Äpfeln*〉는 색채를 다루는 섬세한

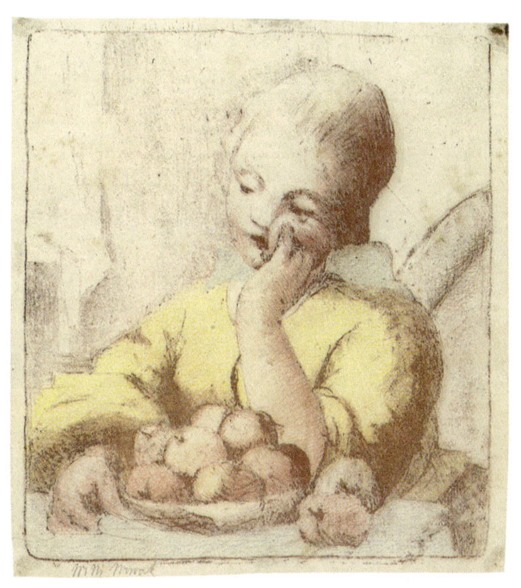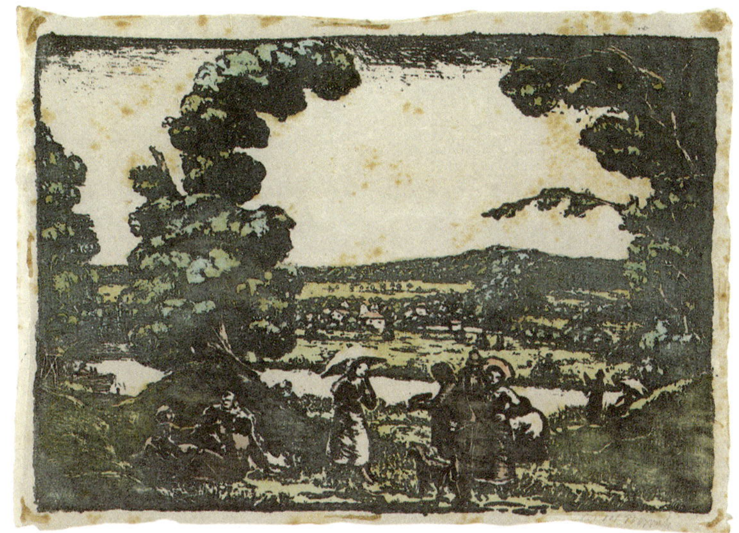

빌리 노바크, 〈사과를 가진 소녀〉, 채색 석판화, 1911 | 빌리 노바크, 〈산책〉, 채색 석판화, 1911 (두 점 모두 브로트 소장품)

솜씨를, 막스 브로트의 초상화는 멋스러운 고귀함을, 〈목욕하는 소녀들〉은 프랑스의
위대한 화가들을 연상시키는 형식적 품위를 드러낸다. 이 석판화 네 점은 전시회에서
관람할 수 있고 휩서 화랑(엘리자베텐 슈트라세)을 통해 구매할 수 있다.[98]

전날인 12월 23일 밤 브로트는 자신의 집에서 카프카와 노바크의 만남을 주선했고, 이때 노바
크는 석판화 네 점 전부를 펼쳐놓았다. 일기에 꽤 길게 썼듯이 카프카는 이 작품들을 다소 비
판적으로 바라보면서도 결국 〈사과 장수〉와 〈산책〉 두 점을 구매했다.[99] 브로트는 더 과감했
다. 그는 2월에 이미 네 점을 모두 구매한 상태였다.[100] 카프카가 소유한 작품들은 유실되었으
리라 추정되지만, 노바크의 작품들을 포함해 브로트가 소장한 예술품은 대다수가 보존되었
다.[101] 일기에서 카프카는 특히 브로트의 초상화에 대해 상당히 비판적이었는데, 예술가로서
노바크의 자아 개념에 대해서도 마찬가지였다. "귀에서부터 이미 턱선이 시작되는 막스의 각
진 턱은 그 단순한 경계선을 잃어버렸다. 그건 없어서는 안 될 선인데도 말이다. 관찰자의 입
장에서는, 예전의 진실이 사라진 자리에 새로운 진실이 만들어지듯 새로운 턱선이 창조되었다
는 느낌도 들지 않았다…… 화가는 우리에게 이런 변형을 이해하라고 요구하더니, 이어 성급
히, 하지만 자부심을 담아 말했다. 화폭에 담긴 것은 모두 의미가 있으며 심지어 우연한 것들

243

조차 뒤따르는 모든 것에 영향을 미치기 때문에 필연적이라고."[102]

1916년 여름 카프카는 다시 노바크를 찾았다. 사촌 로베르트 카프카의 결혼을 앞두고 그의 부모가 카프카에게 결혼 선물을 찾아보라고 시켰을 때였다. 노바크가 1915년 이후 주로 독일에서 살고 있었기 때문에, 처음에 카프카는 펠리체에게 그림을 골라달라고 부탁했다. 그리고 이미 브로트에게 이런 편지를 써 노바크의 베를린 주소를 받아둔 터였다. "부모님이 결혼 선물을 하실 노바크의 그림이 필요해. 예산은 백에서 이백 코루나 정도야. 자네가 노바크에게 연락해 알아봐줄 수 있을까?"[103] 하지만 노바크의 작품을 구매하려는 시도가 무위로 돌아가자, 카프카는 자신이 더 선호하는 파이글의 그림으로 눈을 돌렸다. 그는 펠리체에게 편지를 보냈다. "어느 화가에게 편지를 보냈어요(내가 아주 높이 평가하는 화가인데 전에 당신에게도 얘기한 적 있어요). 프리츠 파이글, 빌메르스도르프, 바크호이슬러 슈트라세 6번지. 값을 깎으려고 ― 별로 점잖은 짓은 아니지만 ― 그림 선물이 필요한 사람이 나라고 거짓말했어요. 지금 그 사람이 답장을 했는데, 내가 말한 그림들은 쾰른에 있다고, 베를린에 있는 그림 중에서는 뭘 골라주어야 할지 모르겠다네요." 그래서 카프카는 펠리체에게 자기 대신 그림 한 점을 골라달라고 부탁했다. "당신에게도 여러 가지 좋은 구경을 할 수 있는 기회가 될 거예요 ― 그 사람, 그의 그림들, 그의 아내, 그리고 그의 집."[104] 카프카는 특정한 그림 여덟 점을 마음에 두고 있었는데, "전부 프라하에서 본…… 하나같이 감탄하며 바라보던 그림들"이었다. 하지만 그중 하나인 "파리 그림"은 그의 마음에 특히 또렷한 인상을 남겼다.[105] 이 대화는 몇 주에 걸쳐 이루어졌고, 펠리체는 8월 말경 드디어 파이글을 찾아가 카프카가 원하던 그림을 골랐다. 그 그림은 한 달 후 프라하에 도착했다 ― 그런데 파이글의 다른 그림 한 점도 함께여서 카프카를 놀라게 했다.[106] 그 다른 그림은 프라하 풍경이었을 가능성이 있다. 파이글이 카프카를 회고하며 이렇게 말했기 때문이다. "[카프카는] 내 그림 한 점을 샀다. 프라하를 그린 습작이었다. 뭉크의 분위기가 나는, 어딘가 섬뜩한 느낌을 주는 그림이었다."[107]

브로트 역시 파이글의 작품을 소장했으며,[108] 카프카와 팔인회의 다른 회원들, 특히 막스 호르프 사이의 접점 역할을 했다. 카프카는 호르프가 1902년 '독서와 강연 홀'에서 오를리크를 주제로 강연했을 때부터 그를 잘 알고 있었지만, 호르프는 브로트의 절친한 벗이었으므로 ― 두 사람은 슈테판스김나지움에 다니던 고등학교 시절 이미 서로를 알았고 1902년 가을에 함께 법학 공부를 시작했다[109] ― 카프카와도 틀림없이 더 가까워졌을 것이다. 호르프는 열여섯 살 때부터 그림 수업을 받았고, 법학 공부를 하는 동안에도 화가 루돌프 벰의 제자였

244

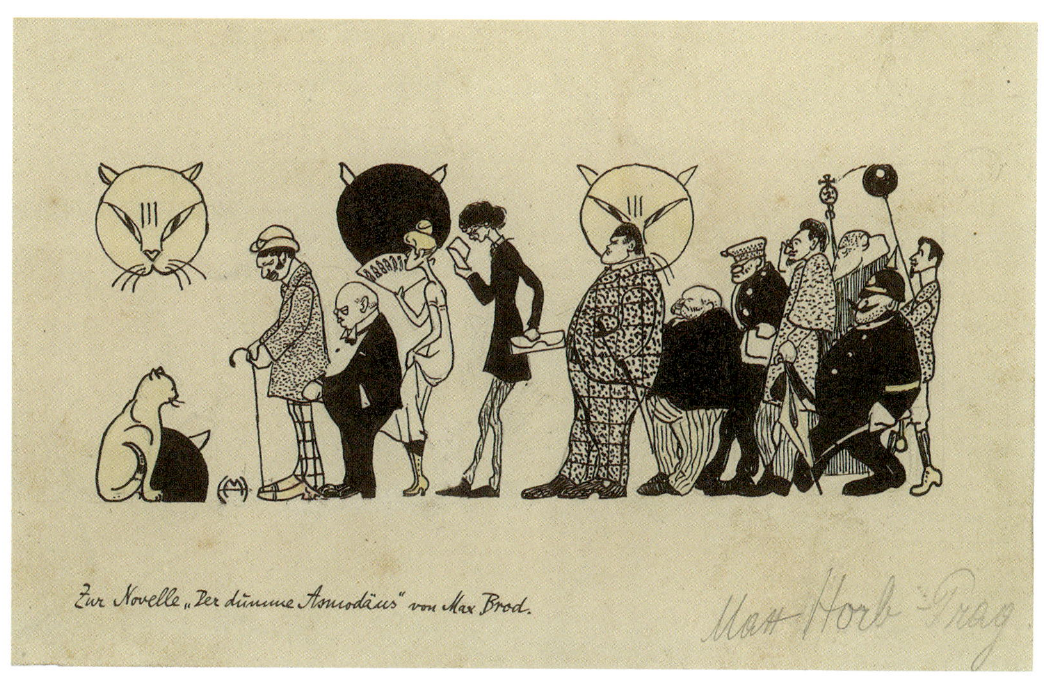

막스 호르프, 막스 브로트의 미출간 중편소설 「아둔한 아스모데우스」의 삽화, 1905년경 (브로트 소장품)

다. 또한 1903년부터는 프라하미술아카데미에서 프란스 트히엘레와 함께 공부했으며, 동시에 '젊은 프라하' 동인, 특히 파울 레핀과 리하르트 테슈너와 교유했다. 호르프와 브로트 둘 다 그들과 함께 『우리: 독일 예술 신문』 제작에 참여했다. 브로트는 프라하를 배경으로 일부 자전적인 내용을 담아 쓴 소설 『안개 속의 젊음 Jugend im Nebel』(1959)에서 호르프가 — 쿠빈과 마찬가지로 — "미술사" 도서관을 갖춘, "극히 세련된" 카페 아르코의 고객이었으며, "그곳에서 우리 미술학도들은 늘…… 화가들 구역의 가장 안쪽 구석에 앉아 있었다"고 회상했다. 브로트가 적절히 묘사한 그 장소에 카프카도 이따금 찾아갔다.[110] 브로트는 1907년 열린 팔인회 전시를 포함해 여러 기회를 통해 호르프의 그림을 구매했다. 답례로 호르프는 미출간 중편소설 「아둔한 아스모데우스 Der dumme Asmodäus」를 포함한 브로트의 글에 삽화를 그려주었다. 이 소설을 각색한 희곡은 브로트의 문서 중 하나로 보존되어 있다.

1907년 12월, 호르프가 매우 이른 나이에 결핵으로 사망해 프라하에 묻혔을 때 브로트가 추도 연설을 했다.[111] 작가 오스카어 비너와 파울 레핀, 그리고 게오르크 카르스를 비롯한 그들의 화가 동료들과 함께 브로트는 호르프의 포트폴리오 출간을 주도했다. "막스 호르프:

245

영원히 추억하며, 그의 벗들이 헌정함 *Max Horb: Zur bleibenden Erinnerung, gewidmet von seinen Freunden*"(1908)
이라는 제목이 붙은 이 포트폴리오는 신청한 사람들에게만 개인적으로 판매했다. 브로트의
소장본은 아스모데우스 삽화와 함께 그의 소장품으로 보존되었다.[112] 브로트는 당시를 회고하
며 호르프와 함께 카페에 가거나 외출했을 때, 호르프가 화실에서 브로트를 그리던 때를 묘사
했다. "나는 공부했고, 그는 그림을 그렸다," 그리고 "나는 그를 찾아갔다. 그의 그림들을 보면
행복해졌고, 그 속에서 내가 발견한 신중한 낭만주의는 많은 생각할 거리를 주었다".[113] 호르
프가 브로트의 절친한 벗이었을 뿐만 아니라 카프카와도 아는 사이였다는 가정을 뒷받침하는
사실은, 1905년 10월 20일자 소인과 함께 호르프의 주소가 적힌 봉투에 카프카가 그린 스케치
일부가 남아 있다는 점이다(작품 번호 64, 65 참조). 게다가 이 그림들, 그리고 카프카가 그린 다
른 그림들은 1906년 즈음 호르프가 그린 소묘화들과 유사하다.[114]

　　　사후 십 년 만에, 호르프는 프라하에서 다시 추도의 대상이 되었다. 이번에는 특기할
만한 새로운 맥락이 있었는데, 그 또한 카프카와 연관된 것이었다. 그것은 바로 시온주의 주간
지『자기방어 *Die Selbstwehr*』가 프라하의 젊은 유대인 작가와 화가들의 기고를 받아 펴낸 선집『프
라하의 유대인들 *Das jüdische Prag*』(1917)이었다. 이 책의 편집자는 프라하에서 법률을 공부하던
폴란드 출신 시온주의자 시에그문트 카즈넬손이었다. 그는 머지않아 베를린 위디세 출판사의
책임자가 되지만, 당시 프라하에서는 타인의 지원에 의지했고, 광범위한 인맥을 형성하고 있
었던 브로트는 그에게 지원을 아끼지 않았다. 나중에 카즈넬손이 회고했듯, 브로트는 작품 기
고를 의뢰하는 과정에서 주도적인 역할을 맡았다.[115] 선집에 참여한 이들은 프리드리히 파이
글, 막스 호르프, 막스 오펜하이머를 비롯한 프라하의 예술가들과, 브로트, 오스카르 바움, 프
란츠 베르펠, 루돌프 푸흐스, 그리고「꿈」을 기고한 카프카 등을 포함한 프라하의 작가들이었
다. 1차대전의 한복판에 출간된 이 책의 가장 두드러진 특징은 화가와 작가들이 "유대인"이라
고 소개되었다는 점인데, 1907년이었다면 사정이 달랐을 것이다. 사회에 동화된 유대인 가정
의 아들이었던 이 화가와 작가 중 다수는 마르틴 부버가 1909년부터 1911년까지 프라하에서
행한 '유대주의에 대한 세 강연'을 통해 시온주의의 대의명분에 공감하게 되었는데, 특히 브
로트가 그랬지만 카프카도 그중 하나였다. 카프카는 이제『자기방어』를 비롯해『팔레스타인
Palästina』, "삽화가 있는 현대 유대주의 월간지"『동방과 서방 *Ost und West*』 등 다른 시온주의 잡지
들을 읽기 시작했다.『동방과 서방』은 문화적 시오니즘 논의에서 한 역할을 담당했고, 특히 레
서 우리와 마르틴 부버를 비롯한 이들이 쓴 기사들을 통해 '유대인 미술'이라는 개념 정립에

246

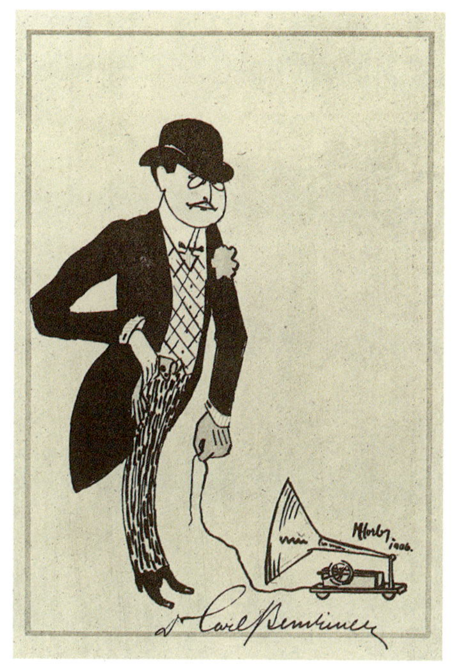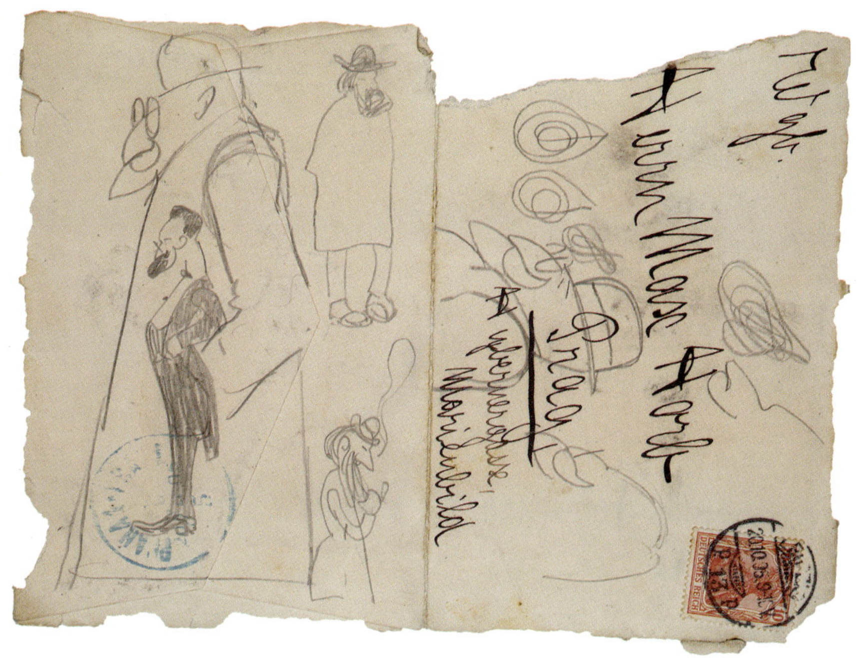

막스 호르프, 캐리커처, 1906, 1908년 호르프 포트폴리오에 수록, 1917년『프라하의 유대인들』에 수록 |
프란츠 카프카, 막스 호르프의 주소가 적힌 봉투에 그린 캐리커처 (이스라엘국립도서관)

기여했다.[116] 브로트 역시 '유대인 문학'만이 아니라 유대인 미술의 개념에 대해서도 여러 편의 소론을 기고했다. 그의 글「유대인 화가」는 1920년『디 노이에 룬트샤우』에 실렸다.

카프카를 알프레트 쿠빈과 샤프란스키, 특히 팔인회 회원들 같은 당대 화가들과 연결하려는 브로트의 노력이 카프카를 "훌륭한 화가"로 정립하거나 전시회에 참여시킨다는 의도된 효과를 거두지는 못했을지라도, 그 인연은 카프카와 팔인회 회원들 양쪽 모두에 결정적인 영향을 미쳤다. 이 화가들이 카프카의 작품에 미친 영향은 쿠빈과 호르프의 경우 가장 두드러진다. 파이글과 노바크는 좀더 고전적인 양식과 기법을 유지했고 그래픽적인 작품뿐 아니라 채색화도 제작했지만, 쿠빈과 호르프는 스케치와 소묘 기법에서나, 그들이 묘사한 신체의 캐리커처 같고 기괴한 형태에서나 카프카의 소묘화와 좀더 유사한 작품을 창작했다.

1907년 즈음 카프카의 소묘화가 지닌 가치를 확신한 브로트는 시각예술가로서 그의 명성을 세우려는 노력에 더욱 박차를 가했다. 이는 자신의 출판인에게 카프카를 삽화가로 추천하기 위해 오래 애썼다는 사실에서 알 수 있다. 1906년에 슈투트가르트의 출판인 악셀 융커는 브로트의 문학 데뷔작인 단편집『죽은 자들에게 죽음을! *Tod den Toten!*』을 출간했다. 1907년

247

3월 브로트는 자신의 두번째 책인 단편집 『실험 *Experimente*』의 표지 이미지로 카프카의 그림 중 하나를 쓰자고 융커를 설득하려 했다. 3월 7일 브로트가 융커에게 추천서와 함께 보낸 그림은 사라지고 없지만 브로트의 묘사는 남아 있다. 여기에서 그는 오를리크의 자포니즘을 언급하며 그림의 양식적 특징을 설명했다.

> 동시에 저의 책 『실험』의 표지 이미지를 보내드립니다. 제가 발견한 프란츠 카프카라는 화가의 그림인데, 지금까지는 완전히 무명이었습니다. 이보다 더 예술적 가치가 뛰어나고 효과적인 이미지를 찾기는 어려울 거라고 생각합니다. 너무나 고유하고 독특한 작품인데, 그러면서도 섬세한 자포니즘이 가득 담겨 있고…… 게다가 이 중편소설에서 근본이 되는 관념의 상징으로 이 우아한 청년보다 더 좋은 것을 저로선 상상하기 힘듭니다. 웃는 동시에 울면서, 체념에 젖은 채 ─ 잎이 다 떨어진 아름답고 연약한 두 그루 나무 사이의 ─ 심연을 향해 성큼성큼 걸어가는 이 청년 말입니다…… 이 그림이 복제가 쉬운 이미지라면 좋을 텐데요. 물론 그림은 완전히 검은색에 글씨는 붉은색으로요 ─ 그림값은 안 주서도 됩니다.[117]

브로트가 하지 않은 말은 같은 책의 한 단편에서 카프카를 소설 속 인물로도 묘사했다는 사실이다. 「카리나섬 Die Insel Carina」에서 그는 카프카를 카루스라는 인물로 그렸는데, "우리의 삶을 실험한다"는 그의 아이디어는 이 책 전체에 결정적인 표제어를 제공했다.[118]

하지만 융커는 브로트의 제안을 받아들이지 않았다. 당시 융커가 출간한 책 대부분과 마찬가지로 이 책에도 그는 에밀 칸이라는 예명으로 알려진 유대인 광고 및 책 디자이너 루치안 베른하르트의 표지 디자인을 사용했다. 베른하르트의 학생이던 쿠르트 샤프란스키 역시 융커의 의뢰로 책표지를 디자인했다. 그렇지만 브로트는 포기하지 않았다. 그는 당시에 집필중이던 시집에 카프카의 그림을 쓰자고 융커를 설득하려 했다. 가제가 "에로스 *Erotes*"였던 이 시집의 제목은 이후 "연인의 길 *Der Weg des Verliebten*"로 바뀌었다. 그러나 이때도 브로트의 노력은 실패했고, 세번째 시도에서는 융커에게 "카프카의 그림을 본문 끝 삽화로 쓰면" 어떨지 힘주어 물었다. "그러면 새로운 제목과 정말이지 훌륭하게 어우러질 텐데요!"[119] 하지만 이 역시 소용없었다. 책은 카프카의 그림이 실리지 않은 채 1907년 가을 출간되었다. 1907년 10월, 카프카는 당시 연인이던 헤트비히 바일러에게 보내는 편지에 유감의 흔적이 살짝 묻어나는 어조

로 이야기했다. "'에로스'가 곧 '연인의 길'이라는 제목으로 출간될 거예요. 하지만 복제가 불
가능하다고 판명된 내 그림은 표지에 실리지 않는다고 합니다."[120] 그런 와중에도 브로트는 포
기하지 않았다. 1907년 9월 23일 그는 융커에게 다시 한번 제안했다. "이 책에는 그 카프카 그
림을 넣지 않으셔도 괜찮습니다. 대신 그걸 앞으로 나올 장편소설에 사용하면 어떨까 싶은데
요. 제가 지금 정서본을 열심히 쓰고 있거든요."[121] 문제의 그 소설은 『노르네퓌게성』이었다.
하지만 그 책 역시 카프카의 그림 대신, 출간 정보에 명시된 대로 "루치안 베른하르트가 작업
한…… 표지 이미지" 및 "장 제목과 단락 첫 글자" 디자인을 담아 출간되었다. 카프카는 친구
가 자신을 위해 얼마나 애쓰고 있는지 잘 알고 고맙게 여겼다 ─ 그는 브로트의 헛된 노력에 실
망보다는 안타까움을 담아 이렇게 말했다. "이제 고맙다는 말을 해야겠군, 내 불쌍한 친구. 자
네의 출판인에게 내 그림의 우수성을 설득하려고 그토록 애를 썼으니 말이야."[122]

　　　카프카를 화가로 자리잡게 하려고 브로트가 시도한 일들을 보면, 시각예술가라는 직
업의 길에 들어서기 위한 예술적 맥락과 제도에 대한 통찰을 얻을 수 있을 뿐만 아니라, 카프카
가 자신의 시각예술 작품을 어떻게 이해(혹은 자각)하고 있었는지 알 수 있다. 1913년 그가 이
시기를 돌아보며 펠리체에게 쓴 편지 ─ "이 그림들은 그 시절 ─ 꽤 오래전이죠 ─ 내게 그 무
엇보다 큰 만족감을 주었어요" ─ 는 카프카 자신도 이 분야에 대해 품은 포부가 작지 않았으
며 자신을 화가로 이해했음을 명확히 드러낸다. 1907년경까지 그가 그린 많은 그림은 이러한
관점에서 이해해야 할 것이다.

　　　카프카의 소묘화는 단 몇 개의 획으로 사람의 얼굴이나 형체를 간략히 암시한다. 표
정과 자세는 정적이지 않고 많은 경우 동적이며, 대개는 옆모습을 보인 채 오른쪽에서 왼쪽으
로 움직이듯 몸을 기울인 경우가 많다. 특히 전형적인 소재는 펜싱하는 사람, 말을 타는 사람,
춤추는 사람이다. 이처럼 동적인 개별 인물들 외에 무리 지은 인물들도 있는데, 이는 카프카
가 유심히 주목한 오스카어 비의 용어를 인용하자면, "사회적 교류"라는 주제를 보여준다. 기
술적 관점에서 보면 매우 미니멀한 그의 스케치는 몇 개의 상징적 선과 획으로 축소되는 경우
도 많아 파편적이고 잠정적이고 미완성된 느낌을 준다. 하지만 이를 그저 초안 정도로 보는 오
류를 범해서는 안 된다. 오스카어 비가 『현대 소묘화』에서 강조했고 카프카가 공감했던 다음
주장이 특히 카프카의 소묘화에 적용될 수 있다. 즉 현대에 와서 소묘화의 지위는 그저 회화의
준비 단계에 머무르지 않고 하나의 예술 형식이 되었다는 것이다. 소묘화의 이러한 자기주장
은, 비록 스케치라는 상당히 임시적인 형태일지언정, 인쇄된 그래픽아트가 새롭게 중시되면

249

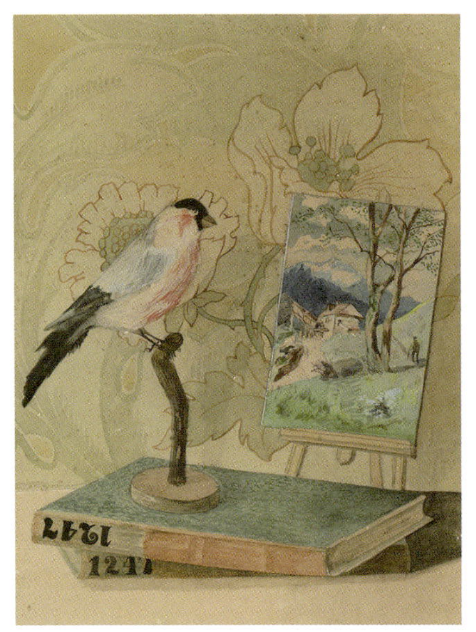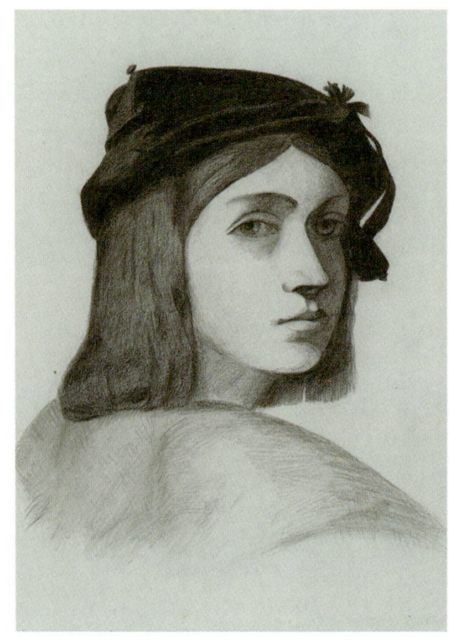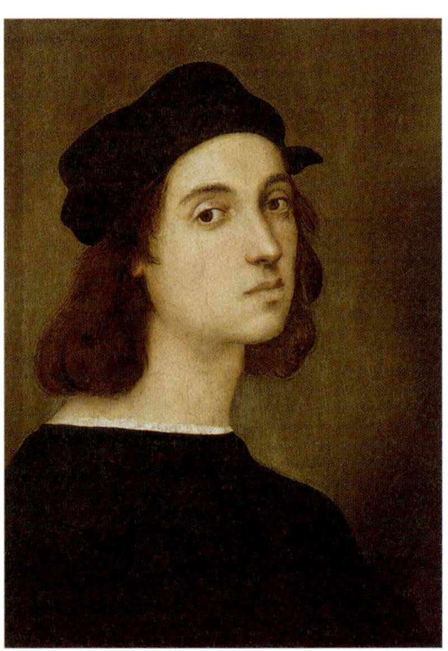

막스 브로트, 〈무제 정물〉, 수채, 1902 | 막스 브로트, 〈라파엘 산티 습작〉, 연필화, 1900 |
라파엘, 〈자화상〉, 1506 (우피치미술관, 피렌체)

서 더욱 강화되었다는 것이 오스카어 비의 의견이다. "소묘의 예술성은 채색 판화에 존재하는
만큼 스케치에도 존재한다. 이제 더는 흑백과 다색 사이에 근본적인 차이가 없고, 손으로 그린
그림이 복제본보다 우월한 측면은 오직 물적 가치뿐이다."[123] 카프카의 경우, 스케치에서 책
표지와 같은 그래픽 인쇄물로의 도약은 적어도 그의 생전에는 실현되지 못했다. 1907년 브로
트가 시도했다가 실패한 일이 1950년대에 와서야 S. 피셔 출판사에서 마침내 이루어졌기 때
문이다. 하지만 카프카 자신은 제아무리 하찮고 휘갈겨 그린 것이라도 스케치는 진정한 예술
형식이라고 주장했다.

　카프카의 소묘화에 대한 이러한 이해는 그림의 대상을 살펴보면 확인된다. 대부분이
세부 묘사가 불충분한 신체 혹은 초상이다. 삼차원공간에 놓인 구체적 형체도 완전히 발달한
체격도 아니다. 오히려 아무런 배경 없이 대개 허공에 떠 있는데, 인물 자체도 불균형적이고,
평평하고, 허약하고, 캐리커처 같고, 기괴하고, 카니발적●이다. 전형적인 예로, 빈의 풍자 잡지
『디 무스케테』의 지면에 그린 그림을 보면 어릿광대 주변에 이런 종류의 인물이 여럿 모여 있

●　기존 체제를 풍자하고 전복하는 활발하고 해학적인 축제의 분위기.

250

다(작품 번호 13 참조). 전체적으로 이 인물들에서 가장 눈에 띄는 특징은 다리, 팔, 코와 같은 말단 부분이다.[124] 그리하여 카프카가 그린 몸들은 형태적 '아름다움'의 고전적 비율로부터 멀리 물러난다. 오히려 반대로, 대부분의 경우 어떤 독특한 특징이 한껏 강조됨으로써 과장된 모습을 띤다.

하지만 이러한 미학적 특징이 카프카의 소묘화를 하나의 협소한 미술사적 범주로 성급히 분류하는 데 이용되어서는 안 된다. 그러나 그의 동시대인들조차 그렇게 하려 했다. 브로트와 파이글, 그리고 그들의 뒤를 이은 최근의 저자들도 파울 클레, 알프레트 쿠빈, 혹은 게오르게 그로스 등을 언급하며 카프카의 소묘화를 "전형적인 표현주의"로 분류해왔다.[125] 또다른 이들은 팔인회를 언급하며 카프카가 큐비즘적 경향을 따랐다고 주장했다.[126] 브로트를 포함해 어떤 이들은 (암묵적으로) 에밀 오를리크와 관련지으며 카프카 그림에 자포니즘의 특징이 있다고 보았다. 그러나 이렇게 정형화된 양식과 예술 경향을 거론함으로써 카프카의 그림을 적절히 기술할 수 있을지 의문이다. 앞에서 설명한 대로 카프카의 소묘화는 몇 가지 특정한 미학적 속성의 측면에서 알프레트 쿠빈이나 호르프의 그림과 유사하지만, 이 공통점들은 선택적이다. 카프카의 그림은 더 광범위하고 일반화된 분류를 위한 일체의 시도를 거부한다. 카프카가 펠리체에게 쓴 편지에서 선생과의 관계로 규정되는 학생의 역할을 거부한다고 말했듯이, 그의 그림 또한 기존의 모범을 따르는 학생의 작품으로 보이기를 거부한다. 대신 이 그림들은 '무학無學'의 방식으로라도 자신을 드러내는 강렬한 독창성을 발휘한다.

그렇다 해도, 이 그림들을 순수하게 사적인 상징, 혹은 "상형문자" 등으로 실체화하는 것은 오류일 것이다. 구스타프 야누흐 역시 카프카가 스스로 다음과 같이 자신의 작품을 설명했다고 주장하며 그러한 오류를 범했다. "하지만 이건 누구에게 보여줄 그림이 아닙니다. 순전히 개인적이고, 그래서 판독이 불가능한 상형문자죠 …… 내 소묘화는 그림이 아니라 사적인 표의문자입니다."[127] 또한 야누흐가 카프카의 말이라고 주장하는, "내 그림은 원시적 마법을 향한, 영원히 갱신되며 늘 실패하는 시도입니다"[128]라는 진술대로, 카프카의 그림이 그의 교양 있고 이지적인 글에 종속된 원시적이고 "마법적인" 부속물인 것도 아니다. 이 두 가지 인용문에 담긴 단정적 신비화나 상징적 해석과는 달리, 카프카의 그림은 무엇보다 시각적 언술이자 예술적 표현으로서 진지하게 검토되어야 한다. 이 작품들은 수수께끼 같은 상형문자가 아니라 어떤 정형이나 학파도 따르지 않은, 그리하여 그림에 대한 무제한의 자유를 누린 손의 움직임이다.

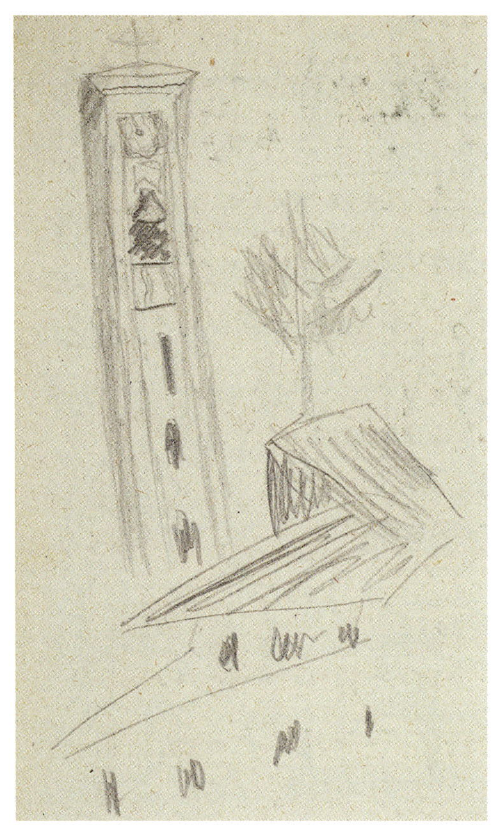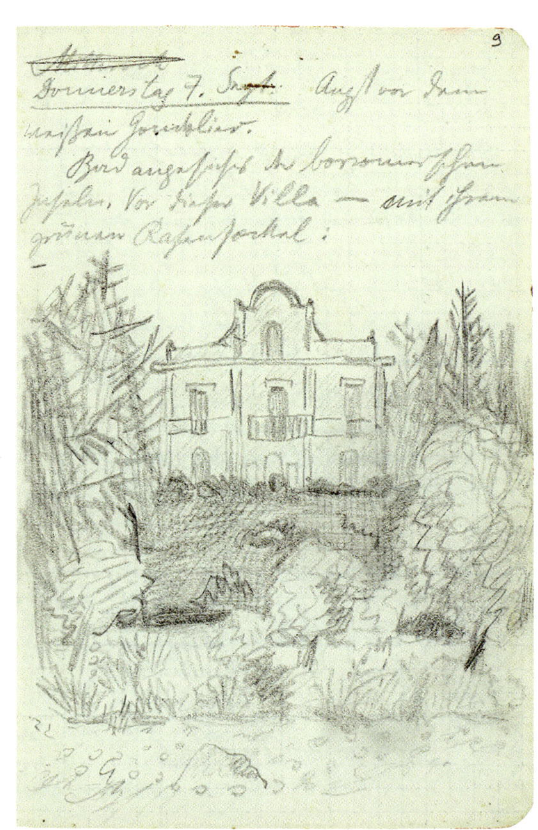

프란츠 카프카, 오스테노의 교회, 루가노호수에서, 여행 일기, 1911년 9월 1~2일 | 막스 브로트, 보로메오제도의 별장, 마조레호수에서, 여행 일기. 1911년 9월 7일 (이스라엘국립도서관)

　　이러한 관점에서 카프카의 그림들은 특히 막스 브로트가 청년기에 창작한 그림들과 특히 구분된다. 브로트의 작품은 오랫동안 알려지지 않았고, 그가 알프레트 쿠빈, 파이글, 노바크, 호르프, 카르스, 브뢰제 등을 비롯한 당대 예술가와 친구들의 작품을 수집한 상당히 방대한 소장품의 소재 역시 오랜 세월 미지의 영역으로 남아 있었다. 브로트의 소묘화 대부분은 최근에야 대중에 공개되었다.[129] 그전까지는 1911년에서 1912년 사이 여행 일기에 그린 스케치만이 알려졌는데, 그로부터 대략 십여 년 전인 1902년 가을 대학에 입학하기 전에 그린 초창기 작품은 어둠에 싸여 있었다. 브로트는 고등학교에 다닐 때 여러 학기 동안 소묘를 선택 과목으로 수강했으므로 이 초창기 스케치의 일부는 고등학교 수업에서 그린 것일 수도 있다. 그의 초기 작품은 대체로 학생다운 그림으로 보이며, 고전 거장들의 작품을 본인의 뚜렷한 예술적 특색을 가미하지 않은 채 베껴 그린 것들도 있다. 여러 점의 초상화, 상당히 절제된 다층적

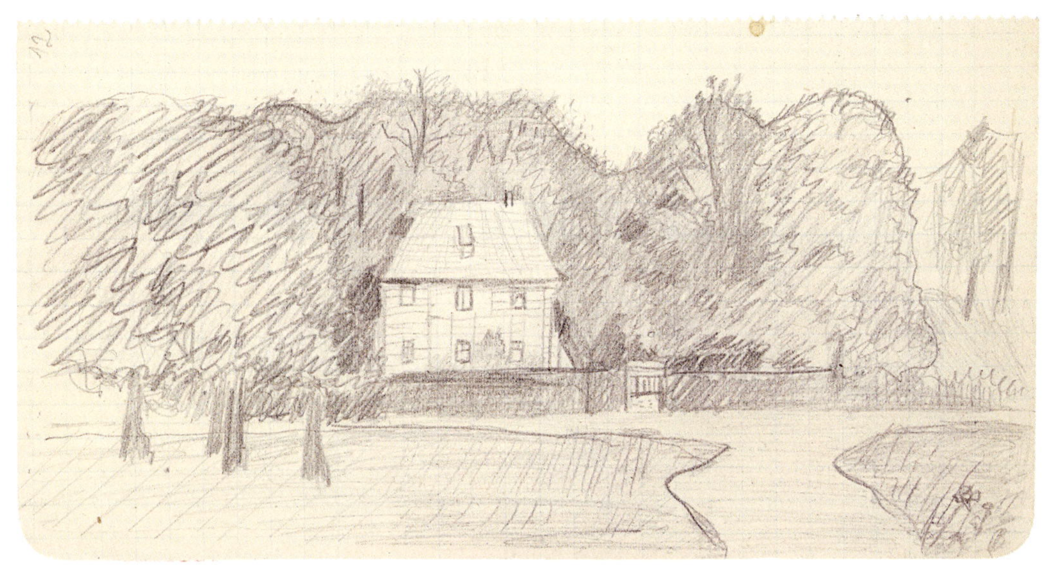

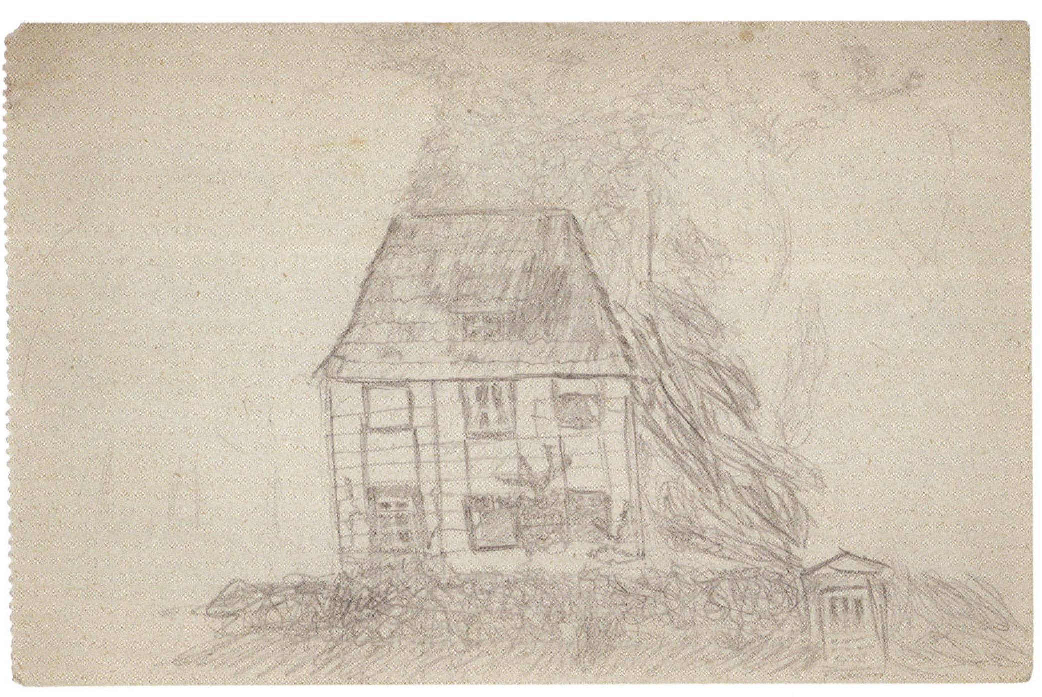

괴테의 정원 별장, 막스 브로트(위)와 프란츠 카프카(아래)의 그림, 1912년 7월 1일 (두 작품 모두 이스라엘국립도서관 소장)

253

트롱프뢰유* 정물, 그리고 라파엘의 1506년작 초상화를 모델로 한 〈라파엘 산티 습작 *Studie nach Raphael Santi*〉 등이 여기 해당한다. 그럼에도 이 작품들은 기법적으로 능숙하며, 카프카뿐만 아니라 브로트 역시 두드러진 예술적 야심과 자의식을 지닌 채 그림을 그렸다는 사실을 명확히 드러낸다. 이는 브로트가 자신의 그림에 제목과 서명과 날짜를 기록했다는 점에서도 알 수 있다. 반면에 카프카의 그림에는 대개 서명과 날짜가 없고 제목이 붙은 경우도 흔치 않다. 그러한 파라텍스트적 틀의 부재는 작품에 임시적이고 불확실하고 파편적인 인상을 더한다. 그와 달리 브로트의 소묘화는 다른 작품을 모델로 한 경우조차 완성된 작품임을 대담할 정도로 주장한다.

카프카가 브로트의 초창기 그림에 대해 알았는지, 당시 두 친구가 그림에 대한 실용적인 대화를 얼마나 나눴는지는 불분명하다. 그러나 카프카와 브로트가 1911년 스위스와 이탈리아를 거쳐 파리로, 그리고 1912년에는 바이마르와 융보른까지 여행했을 때 그들이 공통의 관심사를 함께 나눴다는 점은 확실하다. 카프카와 브로트는 유사한 여행 일기를 썼고 둘 다 거기에 글만 쓴 것이 아니라 그림을 그려넣었는데, 때로는 같은 대상을 그리기도 했다. 예를 들면, 두 사람이 스위스 남부와 이탈리아 북부를 여행한 1911년 9월 초 이후의 여행 일기는 그들이 그림이라는 매체에 함께 관여했음을 입증한다.

그들은 1912년 여름 바이마르를 여행할 때도 둘 다 일기를 썼고 둘 다 일기에 그림을 그렸다. 1912년 7월 1일 브로트는 기록했다. "우리는 공원으로 들어가 괴테의 정원 별장으로 갔다."[130] 두 친구가 정원 별장 앞에 앉아 글이 아니라 그림으로 그곳을 묘사하는 모습을 상상하기란 어렵지 않다. 카프카는 "슈테른의 정원 별장 Gartenhuas am Stern. 그 앞의 풀밭에 앉아서 스케치를 했다"[131]라고 기록했다. 나란히 놓고 보면 두 그림은 소규모 미술대회에 출품된 작품들 같다. 차이는 극명하다. 브로트는 사실적인 방식을 고수하며 별장을 지리적 배경 안에 완전히 포섭하려 했으나, 카프카는 별장 건물 자체와 바로 인접한 주변물에만 집중하여 주변 공간에 대한 감각은 거의 느껴지지 않는다.

그림과 글쓰기

위에서 언급한 대로, 카프카의 소묘화 대다수는 대학 시절과 그 직후 상급 지방법원에서 실무를 익히며 직장생활로 전환하는 동안 — 다시 말해, 1901년경부터 1907년경까지 — 제작되었다. 그의 첫 문학 텍스트도 거의 일치하는 시기에 창작되었다. 당시 카프카는 아직 작가로 공식 데뷔를 하기 전이었다 — 1908년과 1909년 처음으로 짧은 산문들이 프란츠 블라이와 카를 슈테른하임이 편집한 잡지 『히페리온』에 실렸고, 첫 책인 『관찰』은 1912년 에른스트 로볼트 출판사에서 발표되었다. 하지만 지금까지 전해오는 이들 텍스트가 처음 쓰인 시기는 이른 경우 1904년까지 거슬러올라간다. 「어느 투쟁의 기록」 초고는 1904년에서 1907년 사이, 단편집 『관찰』은 1904년에서 1912년 사이, 그리고 미완성 소설 「시골에서의 결혼 준비」는 1906년 쓰였다. 현재 남아 있는 카프카의 문학 텍스트 중 시기가 가장 이른 것은 1902년 12월 20일 오스카르 폴라크에게 보낸 편지의 일부인 「수줍은 키다리」다.

청년기의 카프카는 거의 동시에 글을 쓰고 그림을 그렸지만, 이 시기 예술적 표현의 두 형식은 서로 그다지 관련이 없었다. 1907년 즈음까지는 대체로 글과 별개로 그림을 그렸다. 오히려 그림은 앞서 살펴보았듯 그가 시각예술과 다방면으로 맺은 관계를 배경으로 — 그림을 통한 예술적 표현에 대한 실험이자 연습으로 — 수행한 작업이었다. 이 점을 뒷받침하는 부분적인 근거로, 그 시기에 그림을 그릴 때는 글을 쓸 때와는 다른 지면을 사용했다는 사실도 들 수 있다. 이 규칙에 대한 예외는 몇 안 되지만, 그 예외적인 경우에도 텍스트와 이미지 사이에 명백한 관계성은 보이지 않는다. 첫째, 본문이 헥토그래피로 복사된 강의록의 여백뿐만 아니라 수기로 메모한, 일부는 가벨스베르거 속기법으로 쓴 법학 강의 노트 지면에도 카프카의 그림이 있다(작품 번호 14~19, 29, 34, 35 참조). 하지만 이 그림들은 인쇄되었거나 수기로 쓰인 법학 지식과는 정반대의 대극을 이루는, 그에 대한 일종의 해학적인 반박이다. 둘째로, 스케치북 곳곳에 흩어진 조각 글이 있다. 예를 들어, 스케치북의 첫 두 페이지에는 브로트가 1953년 출간하고 후일 그 출처를 밝힌 문학작품 두 편의 초고가 있다.[132] 그러나 이 글에 '다람쥐'라는 뜻의 히브리어 단어(סנאי)가 등장한다는 점으로 미루어볼 때, 이 원고는 그림보다 더 늦은 시기에 쓰인 것이다 — 카프카는 1916~1917년이 되어서야 히브리어를 배우기 시작했다.[133] 아마도 그림을 그리고 나서 몇 년 뒤 그저 종이가 필요해서 스케치북의 빈 지면을 이용했을 뿐이라는 것이다. 마지막으로 예외적인 세번째 예시는, 일부 낱장 지면에 카프카가 (때로는 속기로) 쓴

255

기호들이 그림의 제목 역할을 하는 경우다. 이때는 그림의 선과 글의 선 사이에 공간적, 그래픽적 연결이 생겨나며 글이 그림으로 침입해들어가는 경향이 매우 강하다. 이상의 예외에도 불구하고 초기 그림은 글과의 관계에서 독자적이라고 볼 수 있다. 그림이 글을 가리키지 않고 독자적인 그림으로 존재한다.

그러나 1908년경 이후로, 특히 글과 관련해서, 그림의 역할이 달라졌다. 카프카는 계속 그림을 그렸지만 빈도는 뜸해졌다. 동시에 이 시기에 그린 그림 대다수가 글과 눈에 띄는 관련을 맺고 있다. 1908년경 이후에 그린 소묘화 대부분은 글의 맥락 속에서 등장한다. 예컨대 1909년 시작되는 초기의 일기와 1910년 즈음의 여행 일기처럼, 일기나 노트에서 발견되는 그림이 있다. 또다른 예로는 1910년과 1920년 즈음 브로트에게, 1913년 펠리체 바우어에게, 1915년 오틀라에게, 그리고 1920년 밀레나 예센스카에게 보낸 편지들에 담긴 그림도 있다. 이 그림들은 글로부터 독립적이지 않으며, 많은 경우 일기나 편지의 주변 단락들과 타율적 관계를 맺고 있다. 특기할 만한 점은 이러한 구상적 소묘가 카프카의 문학 원고에는 전혀 나타나지 않고 논픽션인 일기와 편지에만 있다는 점이다. 이런 맥락에서 그림은 저자가 보거나 묘사한 대상에 가시성을 부여한다. 또한 일기와 편지에서 그림들은 실존적 상태에 시각적 표현을 입힌다. 그러나 이러한 시각화나 표현은 텍스트를 이미지로 조화롭게 옮기거나, 혹은 더 나아가 이미지를 텍스트에 종속시키는 형식을 취하지 않는다. 오히려 이미지는 글이 한계에 도달한 지점에서 현저하게 모습을 드러낸다.

그림과 글쓰기 사이의 이러한 긴장은 현재 옥스퍼드대학교에서 소장하고 있는 4절판 노트 여러 권에 기록된 카프카의 일기 중 첫번째 권(1909년 말/1910년 초) 앞쪽 부분을 보면 즉시 명확해진다. 이 노트가 그림에서 글로의 전환점이라고, 여기에서 카프카는 그림 단계를 마무리하고 글쓰기를 향해 결정적인 새 출발을 한 것이라고 보려는 유혹이 있을 수도 있다. 그러나 자세히 분석해보면 그 반대가 옳다는 사실이 드러난다. 카프카의 그림은 그의 글 안에서 영속적인 존재로 남는다. 사실 일기 맨 앞부분에서 카프카는 글쓰기를 부정적인 것, 부재하는 것으로 다룬다. "아무것도 쓸 수 없었던 내 인생의 오 개월."[134] 카프카는 이 고난 ― "글을 쓸 수 없는 상태"와 글을 쓰려는 의지를 쥐어짜내려는 그 아슬아슬한 과정 ― 을 표현할 이미지를 찾았고, 그 이미지를 글과 그림 모두에 이용했다. 그것은 허공으로 들어올린 사다리에서 떨어지는 한 남자의 이미지였다. 균형을 잡는 곡예 기술 ― 이 남자는 숙련하지 못한 것이 분명한 이 기술 ― 은 카프카가 11월 중순 프라하의 바리에테극장에서(앞선 10월에도 같은 곳에서 다른 유사한

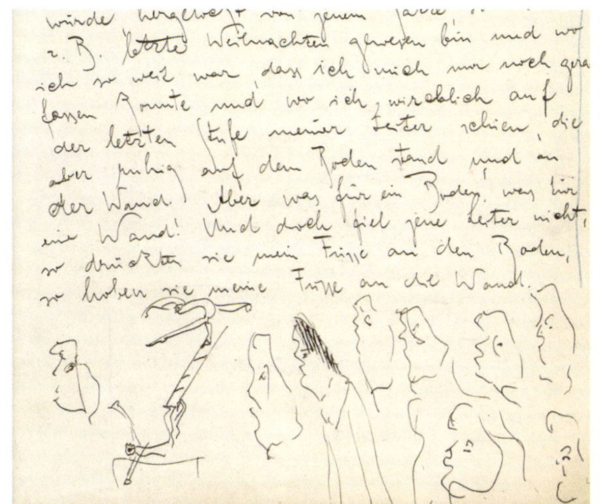

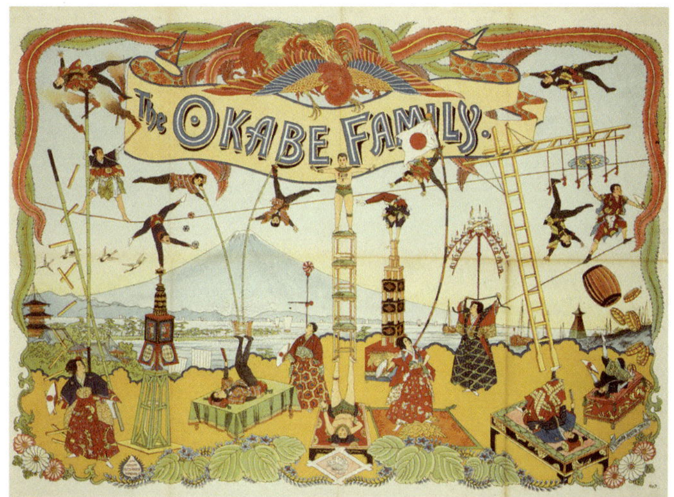

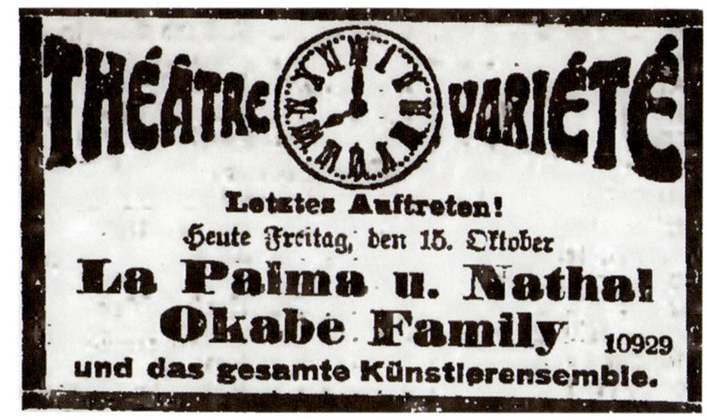

미쓰다 가족과 비슷하게 1909년 10월 15일에 프라하의
바리에테극장에서 공연한 오카베 가족. 이들의 곡예에
대한 해석이 카프카 일기 첫 권의 앞부분에 실려 있다.
(보들리언도서관)

곡예단의 공연이 있었다) 본 일본인 줄타기 곡예사는 가능했을지라도,[135] 떨리는 손으로 글쓰기를
시도하던 카프카는 도달할 수 없는 경지였다.

1909년 11월 17일자 〈보헤미아〉 신문은 바리에테극장에서 막 공연을 시작한 새로운
프로그램에 대해 보도했다. "맨 처음 선보인 곡예가 큰 인기를 끌었다. 환상적으로 유연한 일
본인 곡예사들인 미쓰다 가족의 곡예였다. 그중 한 명이 공연 내내 다리를 위로 뻗어 8미터 높
이 사다리를 붙잡은 가운데, 그들은 마치 고양이와 같은 날렵함을 자랑하며 죽음과 무모한 게
임을 벌였다."[136] 같은 날 〈프라하일보〉 역시 바리에테극장의 새로운 프로그램 중 바로 이 곡
예에 집중했다. "다른 여러 묘기 중에서도 가장 먼저 언급할 만한 것은 일본인 사다리 곡예사
인 미쓰다 가족의 묘기다. 그들 중 한 명이 높이가 수미터에 이르는 사다리를 발 위에 놓고 균
형을 잡은 상태에서, 다른 한 명이 천장 커튼의 주름 사이로 솟은 꼭대기 단까지 올라가 아찔하

257

게 위험한 묘기를 펼친다."[137] 이 공연이 다시 한번 카프카에게 ― 오를리크의 미학적 자포니 즘처럼 ― 일본을 이미지가 글을 앞지르는 예술적 "기호의 제국"(롤랑 바르트)으로서 조명했다 는 사실이 특기할 만하다. 조금 더 예리하게 표현하자면, 글쓰기의 실패는 이미지로 보상된다. 글쓰기의 실패라는 주제를 이미지로 ― 문학적 이미지로만이 아니라 그림으로 ― 다룸으로써 카프카는 그림에 탁월한 미학적 기능을 부여한다.

> 내 상태는 불행이라고 할 수 없지만 행복이라고도 할 수 없다. 무관심이라고도, 나약
> 함이라고도, 피로라고도, 달라진 관심사라고도 말할 수 없다 ― 그럼 뭘까? 그걸 모른
> 다는 것이 글을 쓸 수 없는 이 상태와 아마도 관련이 있을 것이다. 그리고 나는 글을
> 쓸 수 없는 이 상태를, 그 이유를 모르면서도, 이해하고 있다고 생각한다. 이 모든 것,
> 다시 말해, 내 머리에 떠오르는 모든 것은 뿌리부터가 아니라 중간 어딘가에서부터
> 생각난다. 그러면 누군가가 그 생각들을 움켜쥐게 하자. 풀잎이 중간부터 자라기 시
> 작할 때 그것을 움켜쥐고 꽉 붙들게 하자.
> 아마도 이런 일을 할 수 있는 사람이 있을 것이다. 예를 들면, 땅에 고정된 것이 아니
> 라 바닥에 반쯤 누워 다리를 들어올린 사람의 발바닥에 놓인, 벽에 기대어지지 않은
> 채 그저 허공으로 솟은 사다리를 타고 오르는 일본인 곡예사라면 가능할 것이다. 나
> 는 할 수가 없다 ― 내게는 필요하면 언제든 사다리를 올려놓을 발바닥조차 없다는
> 점은 논외로 치더라도. 당연히 이게 전부는 아니다. 단지 그런 문제 때문에 내가 이
> 런 말을 하는 건 아니다. 하지만 요즘 사람들이 혜성을 향해 망원경을 겨냥하듯 날마
> 다 최소한 한 줄의 글은 나를 비출 것이다. 그러면 나는 그 문장에 이끌려 그 문장 앞
> 에 한 번 설 것이다. 지난 크리스마스에, 내가 인사불성이 되어 나 자신을 주체하기 힘
> 들었을 때, 정말로 사다리 맨 꼭대기 단에 있는 것 같았을 때 그랬듯이 말이다. 하지만
> 그 사다리는 고요히 땅에 놓이고 벽에 기대어져 있었다. 하지만 무슨 땅이 그렇고, 무
> 슨 벽이 그렇단 말인가! 그래도 사다리는 무너지지 않았다. 내 발이 사다리를 땅에 단
> 단히 누르고 있어서, 내 발이 사다리를 벽에 단단히 기대고 있어서 그런 것이다.[138]

1909년 말/1910년 초의 첫번째 일기 노트에는 이처럼 글쓰기가 재개된 사례가 적혀 있는데, 이런 경우에도, 글쓰기가 결국에는 이기게 되어 있는 상황에서도, 묘사와 그림은 시학적, 인식

론적 측면에서 특권적 기능을 유지한다는 것을 이 사례를 보면 알 수 있다.

그렇다 해도 카프카의 작품에서 그림과 글쓰기가 맺는 관계에 대해 보편적으로 적용할 수 있는 단일한 이론을 제시하는 것은 바람직하지 않을 것이다. 그보다는 텍스트와 이미지가 군집을 이루는 각각의 경우를 별도로 살펴봐야 한다. 이를 설명할 두번째 사례는 1920년 10월 29일부터 밀레나 예센스카(결혼 후 성은 폴라크)에게 보낸 편지에서 찾을 수 있다. 이 편지에서도 카프카는 그림을 보지 않고도 먼저 떠올릴 수 있을 만큼 상세한 설명과 함께 그림을 그려넣었다. 그러나 설명이 아무리 자세해도 그림은 단지 나중에 생각나서 덧붙인 도해에 머물지 않는다. 오히려 카프카는 그림을 설명보다 미적으로 우월한 것으로 취급한다.

> 그래서 내가 어떻게 '소일'하고 있는지 당신도 알 수 있도록, 여기 그림을 하나 동봉합니다. 기둥 네 개가 있는데, 가운데 기둥 두 개에 끼운 장대에는 '무뢰한'의 손이 묶여 있고, 바깥쪽 기둥 두 개에 끼운 장대에는 그의 발이 묶여 있어요. 남자를 이렇게 묶은 다음 장대들을 천천히 바깥쪽으로 젖히면 남자의 몸이 반으로 쩍 갈라집니다. 발명가는 팔과 다리를 꼰 채로 근처의 건물 기둥에 몸을 기대고서, 그 모든 것이 자신의 독창적인 발명인 양 행세하고 있지만, 사실 그 사람은 푸줏간 앞에서 배를 가른 돼지의 내장을 빼내는 푸주한을 보고 배운 것뿐입니다.[139]

1909년 이후 카프카의 일기와 편지에서 글과 함께 있는 소묘화들은 글과 유사한 내용을 표현하는 '삽화'로 분류될 수 없다. 오히려 이 그림들은 텍스트 환경에서조차 이미지가 차지하는 의미론적 우위를 주장한다. 기호학적 수준에서 일종의 '상징적 글자'에 대해 여전히 말할 수 있다면, 그것은 에밀 오를리크와 관련한 의미에서 그렇다. 다시 말해, 카프카의 그림이 스케치로, 획으로, 선으로 향하는 이미지의 극단적인 단순화와 추상화 — 글과 함께 있는 그림만이 아니라 카프카의 다른 그림에도 적용되는 요점 — 라고 특징지을 수 있는 한 그렇다는 것이다. 오를리크가 일본의 소묘화에 대해 말한 것이 카프카의 그림에서도 핵심적이다. 즉 "단순성의 양식"과 "단 몇 획의 붓질로만" 그리기, "'획'과 '선'에 대한…… 감수성," 그리고 이를 기반으로 "글과 그림이 공유하는 도구"인 "붓"에 의해 강화되는 "글과 그림" 사이의 "관계." 이상의 매우 특정한 의미에서, 카프카의 그림은 "그래픽"으로도 이해할 수 있다. 전혀 자연주의적이지 않아서 세부가 "채워지지" 않았고, 장면을 온전히 묘사한 재현이 아니며, 회화가 아니다. 그저

259

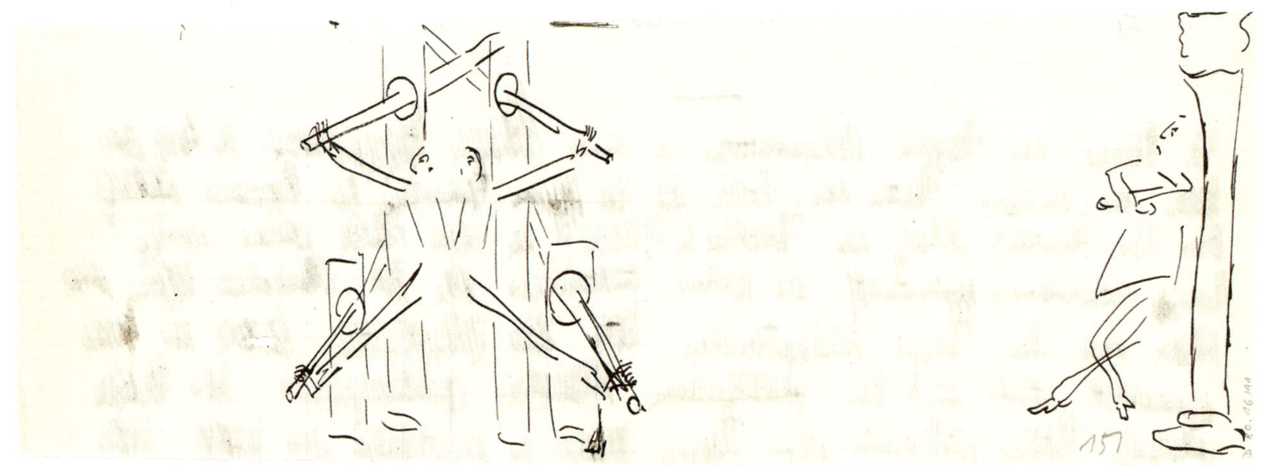

프란츠 카프카, 밀레나 예센스카에게 보낸 편지 속 그림, 1920년 10월 29일 (독일문학기록보관소, 마르바흐)

연필이나 먹물로 그린 몇 개의 획으로 이루어졌고, 보여주거나 말하지 않으며 단지 암시할 뿐이다. 이러한 관점에서 카프카의 그림은 미학적으로 회화보다 그래픽아트에 더 가깝다. 카프카가 (아마도 여전히 오를리크의 영향 아래에서) 안톤 홀루프의 그림들을 보고 "어찌 보면 목판화 같고 또 어찌 보면 동판화 같기도 한" 특징적인 구도에 주목했다면, 똑같은 서술이 카프카 자신의 그림에도 적용될 수 있다. 그리고 이러한 의미에서만 브로트와 한목소리로 카프카에게 "그림과 서사를 바라보는 두 관점이 병존"한다고 말할 수 있다. 이는 카프카의 작품에서 이 두 가지 예술 매체가 단일한 미학으로, 다시 말해 (그 미학이 어떤 형태를 취하든) 모방적, 도해적인 묘사를 일관되게 회피하고 암시와 전이와 추상을 활용해 예술 작품의 개방성과 불완전성을 확대하는 미학으로 통합되는 한 그렇다는 뜻이다. 하나의 논지로 압축하자면 카프카의 그림은 — 역설적이지만 실제적으로 — 이미지 없는 이미지다.

텍스트와 이미지

이로써 카프카가 텍스트와 이미지를 상호 참조 관계로 구축하지 않았다는 점이 명백하며, 또한 이미지와 상보_{相補}적인 텍스트의 관점에서도 같은 결론을 도출할 수 있다. 그림을 도해적인 '서화'의 범주에 넣을 수 없듯이 텍스트를 이미지에 맞춰 조화시킬 수도 없다. 차라리 그 관계의 특징은 이쪽 편에서도 마찬가지로 갈등과 긴장이다.

260

텍스트와 이미지 간의 이러한 긴장은 쿠르트 볼프 출판사에서 그의 글을 삽화와 함께 책으로 내려 했을 때, 카프카가 그 제안을 단호히 거부한 사실에서 특히 예리하게 드러난다. 그 책의 디자인을 맡은 사람은 대학 졸업 직후, 당시 막 출범한 출판사에 편집자로 채용된 프란츠 베르펠이었다. 그는 1900년 즈음 우세했으나 표현주의 시기에 더욱 영향력을 확대한 미학적 원리에 따라, 출간되는 책들에 표지 이미지와 권두 삽화, 본문 삽화 등을 삽입했다.[140] 유겐트슈틸*부터 표현주의까지, 북아트는 그래픽아트의 정립에 크게 기여했다. 이 분야의 유명 예술가들을 꼽자면, 독일어 사용 지역에서는 멜히오어 레히터, 에프라임 모제스 릴리엔, 오스카어 코코슈카, 에른스트 루트비히 키르히너, 루치안 베른하르트, 쿠르트 샤프란스키, 마르쿠스 베머, 오토마어 슈타르케, 헤르만 슈트루크 등이 있었고, 프라하와 주변 지역에서는 후고 슈타이너프라크, 리하르트 테슈너, 알프레트 쿠빈, 에밀 오를리크, 프리드리히 파이글과 빌리 노바크 등이 있었다. 브로트가 이런 종류의 작업에서 자신의 출판인 악셀 융커와 화가 카프카를 연결하려 한 시도들은 이 맥락에서 이해해야 한다.[141]

이는 카프카가 자신의 글에 삽화를 넣으려 한 출판사의 바람에 저항했다는 사실에 더욱더 역설적인 빛을 드리운다. 1913년 초 에른스트 로볼트 출판사를 이어받은 쿠르트 볼프 출판사는 이곳에서 출간할 최초의 카프카 텍스트 두 편에 삽화를 추가하려 했다. 하나는 후일 『실종자』의 일부가 되는 단편 『화부』(1913)였고, 얼마 뒤에 나온 다른 하나는 『변신』(1915)이었다. 1913년 4월 2일 두 작품을 다 보여달라고 요청한 볼프는 카프카가 『변신』의 송고를 두고 아직 숙고중이었던 4월 8일 이미 『화부』 출간과 관련해 구체적인 제안을 담은 회신을 보냈다.[142] 『화부』의 조판, 교정, 인쇄 등은 신속하게 완료되었다. 1913년 5월 25일 이미 카프카는 출판사의 새로운 시리즈 '최후의 심판일Der jüngste Tag' 제3권으로 나온 이 책의 저자 소장본을 받고 볼프에게 감사 편지를 쓰고 있었다. 하지만 놀랍고 실망스러운 문제가 있어서 기쁨이 한풀 꺾인 상태였다. '뉴욕 항구에서'라는 설명이 붙은 권두 삽화 때문이었다. 카프카의 단편 처음 몇 페이지의 내용에 따라, 주인공 카를 로스만이 원양 기선을 타고 뉴욕항에 도착하는 장면을 묘사하는 삽화가 들어가 있던 것이다. 카프카는 쿠르트 볼프에게 곧바로 보낸 편지에 썼듯이, 이를 두 가지 측면에서 반대했다. 첫째, 권두 삽화를 넣자고 미리 합의한 적도 없거니와 책을 직접 보니 삽화가 이야기를 지배할까봐 두렵다는 것이었다. 둘째, 카프카 본인이 상상한

261

장면은 산업화 이전의 항구로 들어오는 연락선이 아니라 산업화된 현대적 메트로폴리스의 대형 항구로 들어오는 원양 기선이라는 점이었다. 편지의 어조는 내내 정중했지만 불쾌함이 가려지지는 않았다. 그런 와중에도 카프카는 그 이미지를 애써 받아들이려 했고, 놀랍게도 쿠빈과 엮어가면서라도 어떻게든 좋게 보려고 노력했다.

> 소포 정말 감사합니다. 당연히 '최후의 심판일'에 대해 감히 제가 사업적 판단을 내릴 수는 없지만, 그 자체로 훌륭한 시리즈라는 느낌이 듭니다.
>
> 제 책에 실린 그림을 보았을 때 처음에는 좀 놀랐습니다. 우선 그것이 제 생각과 어긋나서인데, 어쨌든 저는 글에서 가장 현대적인 뉴욕을 그렸으니까요. 둘째로는, 제 이야기보다 그 그림이 더 유리한 위치에 있다는 점 때문이었습니다. 이야기에 앞서 그림이 이미 어떤 효과를 발휘하는데다, 당연히 그림은 산문보다 더 집약적이니까요. 셋째로, 그림이 너무 예쁩니다. 오래된 그림이 아니었다면 쿠빈의 작품인가 싶었을 겁니다. 하지만 지금은 이 그림을 완전히 받아들이게 되었고, 차라리 저를 이렇게 놀라게 하셔서 다행이라고 생각합니다. 사전에 의논하셨다면 저는 동의할 수 없었을 테고, 그러면 이 아름다운 그림을 잃었을 테니까요. 이 판화 덕분에 제 책이 확실히 풍성해졌다고 느낍니다. 벌써 그림과 책 사이에 강점과 약점의 교환이 이루어지고 있는 듯합니다. 그나저나 그 판화는 어디에서 온 겁니까?[143]

쿠르트 볼프는 1913년 5월 27일 재빨리 답장을 보내 이미지의 출처를 설명했다. 그것은 1838년에 나온 책 『미국의 풍경 *American Scenery*』에 실린 윌리엄 헨리 바틀릿의 판화 〈브루클린의 연락선 *The Ferry at Brooklyn*〉이었다.[144] 이는 판화의 풍경이 카프카의 단편에서 묘사된 풍경과 크게 다르다는 의미이며, 또한 볼프가 베르펠은 이 단편에 "이런 종류의 이미지"를 더 많이 넣는 방안을 내심 "선호했을 것"이라고 말한 점도 특기할 만하다. 볼프는 도입부의 이미지가 글의 힘을 떨어뜨릴 수도 있다는 카프카의 시학적 우려를 의도적으로 무시하고, 디자인이나 상업적인 이유를 들어 이미지를 삽입하려는 출판사의 의도를 변호했다.

> 편지를 보내주셔서, 아울러 단편에 삽입한 그림에 흔쾌히 동의해주셔서 무척 기뻤습니다. 그건 1850년 제작된 철판화의 복제화입니다. 그나저나 이 그림을 넣자는 아이

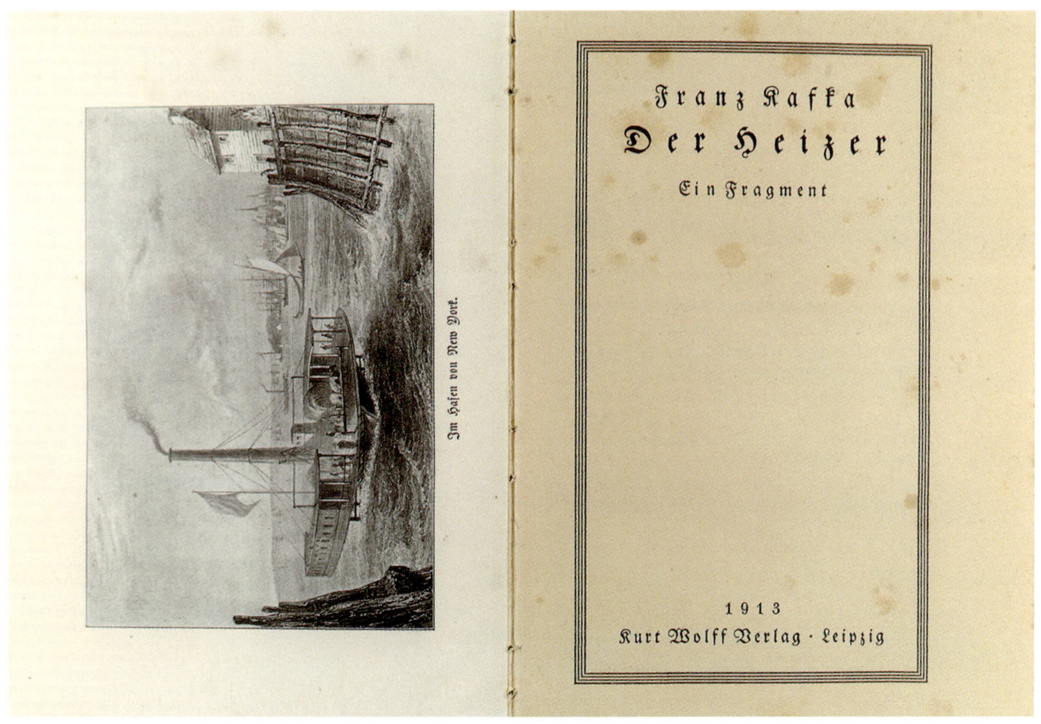

프란츠 카프카, 『화부』(라이프치히: 쿠르트 볼프 출판사, 1913), 속표지와 '뉴욕 항구에서'라는 설명이 붙은 권두 삽화

디어를 낸 사람은 제가 아니라 프란츠 베르펠이라는 사실을 밝혀야겠군요. 베르펠은
일관된 특징이 있는 이런 종류의 이미지를 단편 곳곳에 여러 장 넣어 장식하는 쪽을
선호했을 겁니다. 하지만 저는 이 그림 딱 한 장이 적당했다고 생각합니다. 더 많았다
면 장난스럽게 보였을 테니까요.[145]

이 년 후,『변신』의 출간을 준비하는 과정에서 다시 한번 작가와 출판사 간에 갈등이 발생했
다. 쿠르트 볼프는 1913년 봄 베르펠에게서 카프카의 "벌레 이야기"에 대해 들었을 때부터
『화부』 못지않게 큰 관심을 두었다. 하지만 카프카는 이 책에도 삽화를 넣을 계획이라는 소식
을 듣고 이번에는 노골적인 예방책을 마련했다. 쿠르트 볼프 출판사는 1915년 발표한 '새로
운 독일 작가들Neue deutsche Erzähler' 시리즈를 통해 문학과 표현예술 사이에 확고한 미학적 연
결고리를 만들기 위해서 체계적으로 구상한 삽화 도서들을 출간했다. 무대 디자이너이자 그
래픽 예술가인 오토마어 슈타르케가 디자인을 맡아 표지에 표현이 풍부한 이미지를 넣었고,

263

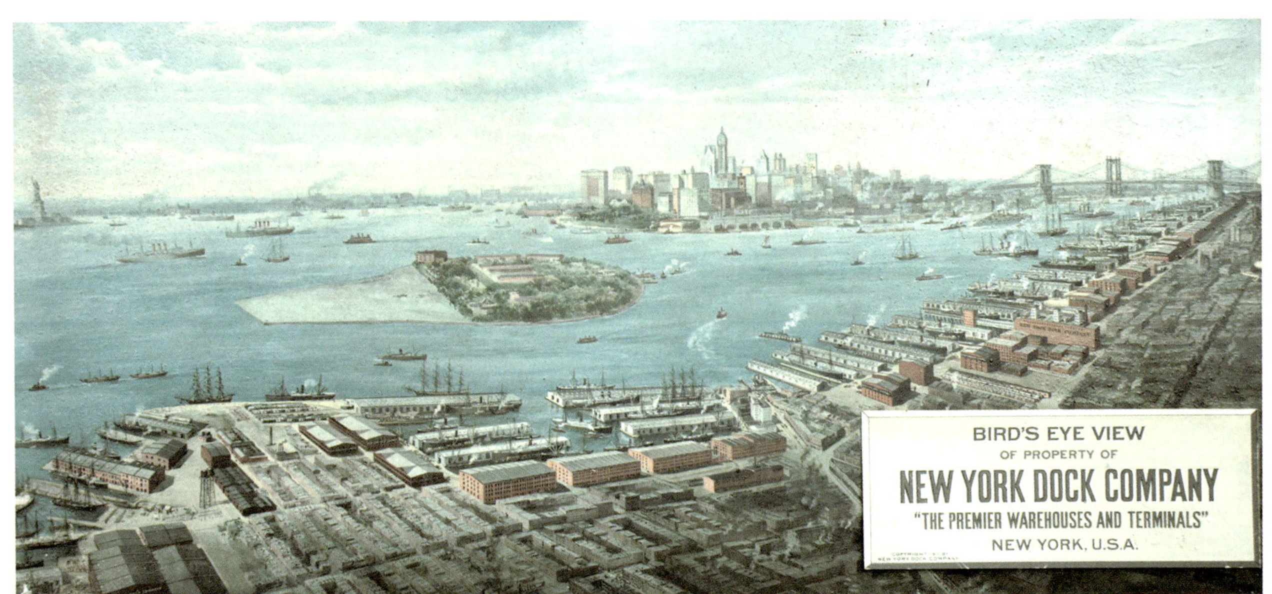

카프카가 『화부』의 앞부분에서 상상했을 법한 풍경, 뉴욕 항구, 석판화, 1911년경

출판사는 이를 다음과 같이 광고했다. "시리즈의 모든 책에 오토마어 슈타르케의 원작 석판화로 제작한 이미지가 실린다. 창작 성향이 전혀 다른 작가들이 쓴 이 작품들은 삶에 대한 격렬한 열정을 공유하며, 이는 새롭게 기획된 강렬한 재현 수단을 통해 전달된다."[146] 역시 슈타르케가 작업해 카프카에게 제안한 삽화는 카를 슈테른하임의 중편소설 『나폴레옹 *Napoleon*』(1915)의 표지와 비슷한 분위기였는데, 슈테른하임은 이 소설로 폰타네상을 타고 나서 상금을 무명의 카프카에게 넘겨주었다. 슈테른하임의 책이 거둔 성공과는 상관없이, 카프카는 그토록 표현적이고 구체적인 삽화를 자신의 단편에 사용하는 것을 단호히 거부했다. 그런데도 여전히 삽화를 원하는 출판사의 요구를 수용하기 위해 그는 1915년 10월 25일 쿠르트 볼프에게 역제안—일종의 '앞지르기'—을 내놓아 텍스트와 관련한 이미지의 삽화적 기능을 최소화하려고 했다. 중심 소재인 "곤충"은 보이지 않아야 한다는 것이었다.

선생님, 안녕하십니까,

최근에 오토마어 슈타르케가 『변신』의 속표지 그림 작업을 할 거라고 말씀하셨지요.
제가 『나폴레옹』을 보고 파악한 그 화가의 스타일을 생각하니, 그 계획과 관련해 어쩌면 불필요할지도 모르는 가벼운 두려움이 생깁니다. 삽화가로서 슈타르케는 곤충 자체를 그리고 싶어할 거라는 느낌이 들거든요. 그건 안 됩니다, 제발 그것만은 안 됩니다! 그분의 작업에 제약을 가하려는 것이 아니라, 단편의 내용을 더 깊이 아는 사람으로서 간청을 드리는 것입니다. 곤충 자체가 묘사되어선 안 됩니다. 멀리에서 보여도 안 됩니다. 어쩌면 애초에 그럴 의도가 없어서 제 간청을 웃으며 무시하실 수도 있겠습니다 ─ 그러면 더욱 좋습니다. 하지만 부디 제 요청을 전달해주시고 힘주어 강조해주시면 정말로 감사하겠습니다. 제가 삽화를 제안한다면, 저는 다음과 같은 장면을 고를 겁니다. 잠긴 문 앞에 있는 부모와 회사 지배인, 아니면 더욱 좋은 것은, 불을 켠 방에 있는 부모와 여동생, 그리고 열린 문 너머로 보이는 어둠에 잠긴 옆방.[147]

쿠르트 볼프는 카프카의 우려를 수용했다. 슈타르케는 카프카의 제안을 받아들여 표지 이미지를 곤충이 보이지 않게, 그리고 문이 열린 옆방이 보이게 그렸다. 그래서 그 그림은 카프카가 두려워한, 텍스트를 예상하게 하거나 침해하는 효과를 내지 않는다. 대신 그저 암시 정도에 그침으로써 이 시각예술은 의미의 개방성과 텍스트의 우화적 모호성에 자리를 양보한다. 이러한 측면에서는 이미지가 텍스트에 근접했다고 말할 수 있다. 하지만 이로써 생겨나는 것은 조화로운 '서화'가 아니라, 두 예술 매체의 자율성과 그 결과로 발생하는 둘의 상호적 긴장을 모두 포용하여 각각의 힘을 가시화하는 서/화다.

텍스트와 이미지 사이의 긴장은 카프카 문학작품 자체의 디에게시스적● 맥락에서도 살펴볼 수 있다. 다시 한번 상보적인 두 가지 시각에서, 다시 말해 텍스트 안에서 발생하는 이미지의 관점과 이미지로 나타나는 텍스트의 관점에서 검토하는 것이다. 카프카의 텍스트에서 그림은 자주 문자적 대상으로, 사물로 존재한다. 하지만 그림은 바로 대상 혹은 사물이기에 서술 텍스트에 시학적, 해석학적 전체를 구성하는 요소로서 유기적으로 통합될 수 없다. 도리어 그림은 혼란을 일으키고, 텍스트에서 ─ 분열적으로 ─ 도드라지거나 이물질로서 텍스트의 흐름에 침입한다. 이는 작품에 사진과 회화 작품이 등장하는 경우에 특히 그러한데, 그 예로『변신』(그레고르 잠자의 방 벽에 걸린 모피 옷 입은 여자의 그림),『실종자』(카를 로스만 부모의 사진),『소송』(화가 티토렐리의 풍경화) 같은 작품을 들 수 있다. 대상으로서 이 그림들은 매체의 자격으로 등장해 집약된 의미를 기약하기 때문에 텍스트에서 기호학적으로, 그리고 상징적으로 도드라진

● Diegesis. 서사 행위의 측면에서 '미메시스(Mimesis)'와 구분되는 개념으로, '미메시스'는 대상을 객관적으로 모방하고 재현하는 행위이고 '디에게시스'는 서술자의 눈으로 대상을 설명하는 것을 뜻한다.

265

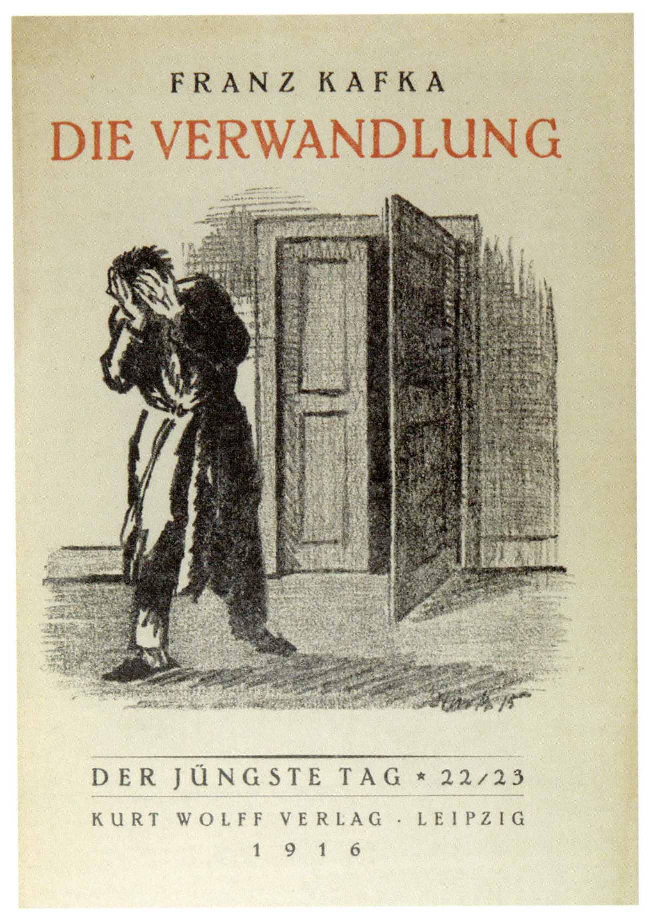

프란츠 카프카, 『변신』(라이프치히: 쿠르트 볼프 출판사, 1916), 오토마어 슈타르케의 삽화가 들어간 표지

다. 그러나 이 그림들은 텍스트를 따라 직선적으로, 전체를 구성하는 요소로서 읽히기를 거부한다. 카프카의 텍스트 속 그림들은 대단히 불투명하다.

　　화가 티토렐리 — 카프카가 알빈 슐츠 교수의 수업에서 공부했고 루브르박물관을 비롯해 여러 미술관에서 직접 작품을 관람한 이탈리아 르네상스 시기의 거장들(티치아노, 틴토레토, 시뇨렐리/보티첼리)을 합성한 인물 — 의 황야 풍경화들은 명확한 예시가 된다.[148] 그 작품들은 K가 갑자기 말려든 소송에 대해 이해하려 애쓰는 동안 그에게 어떤 대답이나 깨우침도 주지 못한다. 오히려 "황량"하면서 단조롭기도 한 풍경화의 구성은 그러한 깨우침을 불가능하게 만든다. "황야"는 의미상으로 정의되지 않은 공간을 열어젖히는데, 부분적으로 이는 한 가지 똑같은 주제의 연쇄적 변주라는 원리를 통해서 이루어진다. K는 화가가 — 무의식의 장소인 — "침대 밑에서" 끝없이 꺼내는, 액자에 끼우지도 않은 먼지투성이 그림 "더미"를 마주한

266

다. 똑같은 황야 풍경을 거의 아무런 차이도 없이 무수히 거듭해 그린 그림들이다. 이 장면은
카프카가 빌리 노바크에게서 그림을 살 때 느낀 괴로움을 암시하는 패러디로도 읽을 수 있다.

> 화가는 침대 밑에서 액자에 끼우지 않은 그림 더미를 꺼냈다. 먼지가 얼마나 두껍
> 게 쌓여 있는지 화가가 맨 위에 있는 그림에서 먼지를 불어내자, 먼지가 K의 눈앞으
> 로 소용돌이치며 일어났고, 그래서 그는 한참 숨을 쉬기가 힘들었다. "황야의 풍경이
> 죠." 화가가 말하고는 K에게 그림을 내밀었다. 거기에는 어둑한 풀밭에서 서로 멀찍
> 이 떨어져 서 있는 연약한 나무 두 그루가 있었다. 여러 색을 띤 석양이 배경을 이루었
> 다. "멋지군요," K는 말했다. "제가 사겠습니다." K는 아무 생각 없이 퉁명스럽게 말
> 했고, 그래서 화가가 기분 나빠하지 않고 바닥에서 다른 그림을 집어들자 다행스러웠
> 다. "여기 그 그림과 한 쌍인 작품이 있어요," 화가가 말했다. 한 쌍을 의도하고 그렸
> 는지는 몰라도 처음 그림과 아무런 차이가 없었다. 여기에 나무, 여기에 풀밭, 저기에
> 석양. 하지만 K에게는 중요하지 않았다. "멋진 풍경화들이군요." 그는 말했다. "둘
> 다 사서 사무실에 걸어놓겠습니다." "이 소재를 좋아하시는 것 같습니다." 화가가 말
> 하면서 세번째 그림을 꺼냈다. "다행스럽게도 비슷한 그림이 여기 하나 더 있어요."
> 그러나 그것은 비슷하기만 한 게 아니라 완전히 똑같은 풍경화였다…… "그 그림도
> 사겠습니다." K가 말했다. "세 점 다 해서 얼마죠?" "그 얘기는 다음에 하죠." 화가가
> 말했다. "지금 빨리 가셔야 하잖아요. 어쨌든 우린 다시 연락할 거고요. 그나저나 그
> 림들이 마음에 드신다니 다행입니다. 이 밑에 있는 그림들을 전부 드리겠습니다. 전
> 부 황야 풍경이에요. 난 황야 풍경을 아주 많이 그렸거든요. 어떤 사람들은 이런 그림
> 들이 너무 황량하다고 꺼리는데 또 어떤 사람들은, 선생님이 그중 하나시고요, 특히
> 황량한 것을 좋아하지요."[149]

이 그림들은 다름 아닌 생생한 묘사와 이해를 거부한다는 점에서 차별화된다. 각각의 그림이
완전한 묘사와 고유한 구성을 이뤄내지 못하고 차이가 거의 없는 것들의 연속적인 혼합으로
존재한다. 그것이 K에게 즉시 발휘하는 효과는 신체적인 것으로, 그는 몰려오는 현기증 때문
에 화실을 떠날 수밖에 없다.

　　텍스트와 이미지의 상보적 관점에서, 카프카가 글쓰기를 이미지의 방향으로 끌고 가

는 반대의 경우에도 이러한 부조화가 관찰된다. 이 경우 카프카는 글쓰기를 일종의 상형문자와 같은 '서화'로 취급하지 않는다. 글을 이미지와 형식적으로 일치시켜 그림으로 글을 쓰는 방식을 지양한다는 것인데, 사실 이것은 정확히 그가 거부하는 패러다임이다. 그보다, 글은 이중의 — 간접적이고도 직접적인 — 유형성corporeality을 지닌 채 그림과 같은 기능을 수행한다. 그러므로 카프카의 작품에서 텍스트가 기능적 조정을 거쳐 이미지의 역할을 수행하는 경우는 두 가지 차원에서 살펴볼 수 있다. 첫째는 의미론적 차원에서, 우화적 형상화의 경우이고, 둘째는 기호학적 차원에서, 글로 쓰인 기호가 문자 그대로인 — 물리적이고 물질적인 — 현실로 축소되는 경우다.

카프카의 우화는 의미의 간접적인 형상화imagery로 이해할 수 있다. 카프카의 문학 언어가 지닌 은유적, 비유적 특성은 우화의 한 형태로 볼 수 있으며, 본질적으로 그림과 같은 방식으로 기능한다. 다시 말해, 기호는 명료하고 노골적이기보다 간접적이고 모호하고 열려 있다. 이는 본질적으로 추상적인 개념에 이미지를 입히는 역할을 하는 고전 우화나 풍자와 달리, 카프카의 우화는 표현적이거나 교훈적이거나 도덕주의적이지 않다는 의미이기도 하다. 카프카의 우화는 바로 이러한 교훈적 기능을 거부하며, 암시라는 회색 지대에 머물러 있다. 그리하여 비현실의 시학이 급진화되면서, 카프카의 이미지는 '실제' 의미로 귀착되지 못하는 효과를 일으킨다. 오히려 이미지는 끝없이 계속될 수도 있는 비교와 지연의 과정을 촉발한다.[150] 고전 우화는 '파라발라인parabállein',[*] 즉 나란히 놓는, 혹은 비교하는 행위 — 다시 말해, 의미의 유추를 통해 두 가지 진술을 나란히 놓는 행위 — 에 기초를 두지만, 카프카의 우화적 텍스트는 끝이 열린 시각화의 과정에 발동을 건다. 이러한 의미에서 카프카의 우화가 아무것도 보여주지 않는 한, 그것은 — 이번에는 언어라는 매체를 사용한 — 이미지 없는 이미지로 이해될 수 있다.[151] 이 경우 무언가를 보여줄 수 없다는 사실은 직접적으로, 명시적으로 말할 수 없음을, 오로지 간접적으로 넌지시 말할 수밖에 없음을 뜻한다. 언어를 매개로 한 이미지 없는 이미지는 암시라는 열린 공간에 존재한다.

카프카의 텍스트 「우화에 대하여」(1922)에서, 이러한 이미지의 시학은 대상인 동시에 주체가 되어, 주제로 다뤄지는 동시에 수행을 통해 실증된다. 여기에서 논의되는 우화는 특정한 추상적 혹은 도덕적 원리 — 카프카의 표현을 빌리면, "신비한 저 너머"에 불과한 것 —

---

[*] '옆에'를 뜻하는 말 'pará'와 '던지다'를 뜻하는 말 'bállein'을 합친 고대 그리스어 동사로 '서로의 옆에 던져놓는다'는 의미이며, '우화(parable)'의 기원이 되는 단어다.

를 상징하는, 고전적인 의미와 교훈의 기능을 거부하며, 그래서 제대로 기능하지 않는다고 인식된다. "현자의 말은 항상 우화에 불과하다고, 일상의 삶, 우리에게 주어진 그 유일한 삶에 아무런 쓸모가 없다고 불평하는 이가 많았다."[152] 하지만 겉보기의 미적인 영역이 현실과 관련 있듯이 우화도 일상의 삶과 관련있다. 우화는 항상 불확실하고 모호해서 파악하거나 고정할 수 없다. 겉보기로서 우화의 성격은 그래서 근본적인 불확실성을, 부정적인 것이 아니라 긍정적인 불확실성을 낳으며, 그 목적은 이해할 수 없는 것들 그 자체를 긍정적으로 표현하는 것이다. "이 우화들 전부가 진정으로 의미하는 것은 이해할 수 없는 것들은 어차피 이해할 수 없다는 것인데, 이미 우리는 그것을 알고 있었다." 다시 한번 명확해지는 사실은 이러한 언어적 우화가 이미지 없는 이미지라는 점, 상징하지 않는다는 점이다. 우화는 언어적 이미지이기 때문에 상징이라는 이미지의 근본적 기능을 수행하지 않는다. 글쓰기의 수준에서는 유사한 형태의 직접적 형상화가 이루어진다. 카프카에게 언어는 글쓰기로, '에크리튀르écriture'로 구현된다. 그리하여 언어는 형상적인 것이 된다. 언어가 이미지의 기능을 맡는다는 것은 의미의 측면에서 그렇다는 것이 아니라 기호라는 물질적 형태로, 문자 그대로의 '슈리프트쾨르퍼Schriftkörper', 즉 글의 육체로서 그렇다는 뜻이다.[153] 글쓰기는 육체로서의 기호, 즉 '시니피앙signifiant'의 자기 묘사이자 자기주장이며, 오로지 이러한 의미에서만 그것은 '슈리프트 - 빌트Schrift-Bild', 즉 '이미지로서의 글'이 된다. 그러나 카프카에게 글쓰기의 물질성이 직접적이고 명백한 경우, 다시 말해 문자 그대로인 경우는 거의 없고, 대개 간접적이고 불가사의하게 표현된다. 글의 육체는 말하자면 '그래픽 아이콘'인데, 이 용어는 '이미지 없는 이미지'와 상보적이다. 그래픽 아이콘은 표현과 묘사의 기능을 거부하며, 글이 육체로서 물리적으로, 시각적인 그래픽의 형태로 나타나게 한다.

카프카의 초기 단편집 『관찰』이 이를 예증한다. 앞에서 언급한 대로, 카프카가 이 텍스트를 창작한 시기는 그림에 가장 열심이었던 시기와 겹친다. 이 작품의 경우, 출판인 에른스트 로볼트가 삽화를 넣겠다는 의향을 밝히기도 전에 저자는 특이하게도 선호하는 활자체를 미리 알렸다. 카프카가 1912년 9월 7일 에른스트 로볼트에게 전달한 디자인 콘셉트는 '이미지로서의 글'이라는 이 텍스트의 정체성에 대한 체계적 선언과 다름없다. 대형 활자체가 초소형 산문 텍스트라는 형식과 뻔뻔스러울 정도의 대조를 이루어야 했다.

저는 귀사에서 출간된 책들을 매우 높이 사기 때문에 이 책과 관련해 이런저런 제안

을 드려가며 간섭할 생각이 없습니다. 다만 귀사의 계획과 일관된 선에서 가장 큰 활
자를 사용해주십사 부탁드리고 싶습니다. 이 책에 어두운색 판지로 된 표지와 클라
이스트의 『일화들 *Anecdotes*』에 쓴 것과 유사한 색상지를 쓸 수 있다면 저는 무척 흡족할
것 같습니다 — 그러나 당연히, 귀사의 애초 계획에 방해가 되지 않아야 하겠지요.[154]

카프카는 11월 8일 펠리체 바우어에게 특기할 만한 해설과 함께 특대형 테르티아 폰트의 샘플
을 보냈다. 이 편지에서 그는 자신이 요청한 활자체의 엄청난 규모를 표현하기 위해 물리적 형
태의 글을 율법적 이미지와 결합시킨다. 카프카는 모세의 거대한 십계명 판의 이미지를 자신
의 "자잘한 헛소리"와 대비되게 놓는다 — 숭고하고 신성한 율법과 대비되는, 세속적이고 너
무나 인간적인 술수를 부리는 문학의 형상들.

> 지금은 밤 열두시 반이라서 편지지를 가져올 수가 없네요…… 그래서 내 책의 조판
> 견본을 당신에게 보여줄 겸 지금 이 교정쇄에 글을 쓰고 있습니다…… 이 조판 견본
> 을 어떻게 생각해요? (당연히 실제 용지는 다를 거예요.) 활자체가 너무 의식적으로 아
> 름다워서 내 자잘한 헛소리보다는 모세의 십계명 판에나 어울릴 게 분명해요. 하지만
> 지금 그렇게 인쇄되는 중입니다.[155]

『관찰』의 비평자들은 눈에 띄게 큰 활자를 강조해서 언급했다. 그중 로베르트 무질은 이를 묘
사하기 위해 역시 이미지 — 활자를 하나의 훌륭한 곡예적 예술 형식으로 제시하는 예술적인
이미지 — 를 사용했다. 1914년 8월 그는 『디 노이에 룬트샤우』에서 그 활자가 마치 "여기, 의
도적으로 지면을 꽉 채우는 이 문장들에서…… 빙판에 긴 고리와 도형을 그리는 동작을 수행
하는 피겨스케이터의 성실한 우울함이 보이는 듯하다"고 썼다.[156] 무질은 카프카의 『관찰』에
서 — 육체로서의 — 글이 의미론을 거부하는 한편, 미학적이고 물질적인 측면의 권리를 주장
하는 이미지가 되었다는 사실을 적절하게, 다시 말해 비유적으로 서술한다.

『관찰』에 포함된 단편 가운데 일부는 텍스트의 특성에 대한 우화로서, 역시 형상적 측
면에서 기호의 물질성을 주제로 다룬다. 예를 들면, 「산으로의 소풍」과 「나무들」이 이 경우에
해당한다. 여기에서 예로 들 「나무들」의 짧은 네 문장은 '이미지로서의 글'을 그 두 가지 형태
로 실행하는데, 하나는 간접적 우화의 형태이고 다른 하나는 직접적 그래픽의 형태다. 「나무

Die Bäume

———

Denn wir sind wie Baum-
stämme im Schnee. Scheinbar
liegen sie glatt auf, und mit
kleinem Anstoß sollte man sie
wegschieben können. Nein, das
kann man nicht, denn sie sind
fest mit dem Boden verbun-
den. Aber sieh, sogar das ist
nur scheinbar.

[79]

프란츠 카프카, 「나무」, 『관찰』
(라이프치히: 에른스트 로볼트 출판사,
1912)에 수록, 79쪽

들」의 문장은 이미지 없는 이미지이자 그래픽 아이콘이며, 간접적 우화의 과정인 동시에 이미지로 바뀐 글이다. 다시 말해, 한편으로는 비유의 과정에서 진술을 연거푸 뒤집고 지연시키고 전이하는 일이며, 다른 한편으로는 우회적인 방식으로 텍스트를 이미지로 드러내는 일이다. 구체적인 형상으로 표현하자면, 텍스트는 눈 속에 파묻힌 나무줄기로, 혹은 흰 지면의 공터 위에 놓인 글자의 숲으로 이미지화된다. 여기에서 텍스트와 이미지는 끝없이 열린 '이미지로서의 글'이 되어 서로 중첩하면서, 처음에는 한쪽으로, 다음에는 반대쪽으로 끊임없이 흔들린다. "우리는 눈 속에 파묻힌 나무줄기와 같기 때문이다. 나무줄기들은 쌓인 눈 표면에 매끈하게 얹힌 것처럼 보여서 힘을 살짝만 주어도 밀려날 것 같다. 아니, 그건 불가능하다. 나무는 땅에 단단히 박혀 있으니까. 하지만 보라, 그조차도 겉보기에만 그럴 뿐이다."[157]

　　마지막 부분의 전환 역시 카프카 작품 속 텍스트와 이미지의 부정변증법을 문자 그대

271

로 확인해준다. 부정변증법의 목적은 반명제의 종합적이고 통합적인 해결이 아니다. 오히려 두 매체는 진동하고 흔들리면서 긴장 관계를 이루는데, 그 관계 속에서 이미지는 결코 텍스트로 통합되지 않고 물리적, 의미적 자립을, 심지어 저항을 유지한다. 이는 이미지 자체가 불확실하고 모호할 때조차, 그것이 소묘, 스케치, 초안일 때조차 그러하다.[158] 대충 스케치한 그림이라도 그것이 기호의 영역, 텍스트의 영역으로 들어가는 순간, 거기에서 그림이 글이 되는(것처럼 보이는) 바로 그 순간에, 그림은 자신의 불확실한 특권을 주장한다.

"하지만 무슨 땅이 그렇고, 무슨 벽이 그렇단 말인가?"

카프카가 스케치한 육체적 삶

주디스 버틀러

카프카의 작품은 글과 그림 모두 다음의 질문들을 다룬다. 땅에 닿는 것이 가능한가? 몸을 스케치로 표현하면 땅의 필요성이 없어지는가? 땅에 닿지 못하는 문제는 카프카의 작품 전반에 계속 나타나는 듯하지만, 땅에 머무르는, 심지어 벽에 기대는 문제도 마찬가지로 빈번히 나타난다. 그러나 말도 안 되게 높이 떠 있거나, 추락의 두려움 없이 옆걸음으로 벽을 타고 천장을 가로질러 기적적으로 움직이는 인물들 역시 그렇다고 해서 중력으로부터 자유로운 것은 아니다. 아무렴,「변신」(1912년작)을 보더라도, 방안에서 벽을 타고 잽싸게 오르내리던 그레고르 잠자의 경이로운 움직임은 자신의 정체停滯 상태에 대한 무서운 인식으로 귀결되고, 결국 그는 움직임 없는 다친 몸의 무게에 굴복하며 죽음에 이른다.

어떤 몸은 높은 곳에서 떨어지는 것처럼 보인다. 「선고」(1912년작)에서 게오르크 벤데만이 아버지의 사형선고를 순종적으로 이행하며 다리 난간 위로 곡예하듯 몸을 던질 때처럼 말이다. 그러나 떨어진 몸이 내는 소리는 묘사되지 않으며, 게오르크는 그런 방식으로 제 종말을 연출하기로 결심한 것 같다. "소년 시절 부모에게 자랑을 안겨준 뛰어난 체조 선수의 실력으로" 다리 난간 위로 몸을 휙 넘기고, 잠시 후 "난간을 붙잡은 손의 힘이 점점 빠져가는 가운데…… 자신이 떨어지는 소리를 쉽사리 삼켜버릴[übertönen würde] 버스가 달려오는 모습을 다리의 난간 사이로 보면서" 게오르크는 살인적인 아버지까지 포함해 부모님께 사랑의 말을 남긴 뒤 화려한 피학의 몸짓을 하며 "아래로 떨어졌다. 바로 이 순간 다리 위로 끝없는 차량 행럴이[unendlicher Verkehr] 지나가고 있었다".[1] 소설의 이 마지막 줄은 의미가 모호하다. 그것은 소리 죽인 죽음이었을까? 아니면 죽음이 아니라, 성교중의 요동이나 성적인 소란이었을까?

　　우리가 아는 전부는 추락이 일어난 후 서술자의 보고이자 냉정한 익명의 관찰인 마지막 한 문장만 남고, 결말에 대한 확실한 앎은 차단되었다는 사실뿐이다. 공감적인 삼인칭 서술이 갑자기 전지적으로 바뀌었다. 이 문장은 분명히 그것과 꼭 묶여 있던 인물보다 더 오래 살아남는다. 이야기의 끝에 가서도 어떤 서술자가 여전히 남아 있는 듯해서, 처음부터 끝까지 게오르크의 시점에 밀착해 있던 서술자의 목소리가 게오르크의 추락과 함께 끝나지 않았음을 암시한다. 추락 뒤에도 살아남은 목소리는 무엇일까? 그는 어디에 서 있었을까? 그는 애초에 땅을 딛고 안착할 수 있는 육체이기는 했을까 ― 아니면 멀리서 주위를 맴도는 친구였을까? 육체에서 분리되어, 심지어 그 육체의 죽음처럼 보이는 순간 뒤에도 남아서 이런 모호한 보고를 하는 그 한 줄의 글에 특별한 무언가가 있는 걸까? 작중인물도 아니고 육신의 형체도 없는 존재가 말하는 이 문장은 육체적 형태가 모습을 드러낼 필요 없이 모든 요구 조건에서 풀려나 글 속으로 피신했음을 보여준다. 이것은 다리 난간을 뛰어넘은 게오르크의 사라짐을 반영하면서 우리에게 다음과 같은 질문을 남기는 움직임이다. 그 일이 정말 일어났을까? 혹은, 방금 일어난 그 일은 무엇일까?

　　이 단편소설에서 러시아의 추운 오지에 있는 친구는 게오르크의 또다른 자아이며, 그와는 편지로, 따라서 글을 통해 연결되어 있다. 이 친구가 정말로 존재하는지, 아니면 그저 글쓰기를 통해 만들어진 역할에 불과한지는 이야기 전체에서 끝내 답해지지 않은 질문이다. 이 질문은 다시 소설 자체를 향한다. 누가 게오르크의 추락에 대해 쓰고 있으며, 이 서술자는 왜 자신의 정체를 밝히지 않는가? 익명의 저자는 인물로부터 분리되고 육체를 탈출해 오로지 글로 된 선의 형태만을 취한다. 어쩌면 그 육체가 다리 위에서 은유적으로 폐기됨으로써, 서술자의 목소리가 몸에서 분리되어 초연하게, 순수하게 글로만 이루어진 선으로 나타날 수 있는지도 모른다. 아버지의 사형선고를 받은 육체가 되는 끔찍한 결과는 인물이 서술자의 목소리로, 글자의 선으로 융해되어 어디에도 서지 않은 채 홀로 섬으로써 무효화된다 ― 육체를 잃고 글자의 선으로 계속 살아남는 최상의 언어적 성취.

　　「양동이 기사」(1917년작)라는 짧은 소품은 추위에 떨다가 석탄을 찾기 위해 양동이를 타고 하늘로 날아가는 사람의 이야기다. 양동이 기사는 추위에 시달리고 그로 인해 죽을까봐 두려워하기도 하는, 오감을 지닌 육신이다. 이 고통받는 남자는 석탄 상인이 "살인하지 말라"

라는 계명을 깨고 싶지는 않을 테니 자기를 죽게 놔두지 않을 거라고 판단한다. 양동이를 타면 석탄 상인을 설득하는 데 도움이 되리라고 확신한 그는 하늘로 날아올라 자신과 소설을 환상 장르로 이끈다. "양동이가 솟아오른다, 멋들어지게, 멋들어지게." "바닥에 납작 쪼그려앉았다가…… 일어나는 낙타들도 이보다 더 위엄 있게 일어나지는 못한다"는 구절에서는 양동이가 낙타에 비유된다. 낙타와의 동일시에서 생겨난 추진력 때문인지 양동이는 점점 빨리 달리고, 이 시점에서 우리는 양동이와 인간의 조합이 어떻게 땅에서 떠올라 목적지 위 허공에 "대단한 높이로 떠" 있는지 정확한 이미지를 떠올리지 못하는 채로 이야기의 흐름을 따라가게 된다.

우리는 남자가 추위에 떤다는 사실은 알지만 어떻게 중력을 완전히 잃었는지, 공중에 뜬 양동이까지 석탄이 어떻게 전달될지는 이해하지 못한다. 남자가 아래에 있는 석탄 상인에게 큰 소리로 외칠 때, 우리는 서술자가 땅으로 다시 내려가지 못한다고 가정할 수밖에 없다. 석탄 상인은 사람의 목소리가 잘 안 들린다면서도 밖에 석탄을 사러 온 손님이 있을지도 모른다고 생각한다. 확인을 하러 밖으로 나온 석탄 상인의 아내는 "당연히" 공중에 뜬 채로 석탄값을 치를 돈이 없다고 말하는 남자를 본다. 하지만 아내는 "아무것도 아니"라고, 아무것도 안 보이고, 아무 소리도 안 들린다고 외친다.[2] 실로 이 이야기 속에서 아무것도 아니는 그 거지의 유일한 이름이다. 석탄 상인의 아내는 허공에 주먹을 내젓는데, 이는 파시스트적 열성까지 나아가지는 않더라도 자비를 구하는 빈자에게 경멸을 내보이는 정치적 몸짓임은 분명하다. "아무것도 아니"라고 불리는 사람으로서, 양동이 기사는 살인할 — 혹은 죽게 내버려둘 — 대상으로 여겨지지도 않는다. 인간의 목숨을 빼앗지 말라는 계명은 그 인간이 이미 아무것도 아닌 비인간으로 격하되었을 때는 유효하지 않다. 위태롭게 가벼운, 아마도 굶주림으로 쇠약해진 그의 몸은 더이상 중력에 의해 내리눌리지 않는다. 남자가 석탄 상인의 아내에게 탄원하듯 외치자 — "이 나쁜 여자!" — 여자는 그를 향해 앞치마를 휘두른다. 이는 그를 사라지게 하는 힘이 있는 수행적 몸짓이며, 그러자 남자는 정말로 사라진다.

「선고」와는 달리 「양동이 기사」의 일인칭 서술자는 자신이 사라진 뒤에도 남아서 그 사실을 보고한다. 여자가 앞치마를 휘두르고, "그러자 나는 빙하로 뒤덮인 산악지대로 올라가 영원히 사라진다".[3] 최종적인 사라짐을 일인칭으로 서술하는 이 문장은 과거 시제를 예상할 법한 상황에서 현재 시제를 쓴다. "나는 사라진다"가 "나는 사라졌다"가 되지 않는다면 누군가는 사라졌는데도 계속 말하고 있는 셈이다. 본인의 죽음으로 보이는 사건을 보고하는 그 마지막 문장에 아직 살아 있는 것이다. 어쩌면 "아무것도 아니"라고 묘사되는 존재는 이런 식으

275

로 말하는지도 모른다. 자신의 종말을 서술하는 순간 "나"는 육신에서 분리된다. 그는 산 채로 영원히 사라지는 걸까? 아니면 생명을 잃은 걸까? 이 질문들은 「선고」의 끝부분에 나타난 불확실성을 그대로 반영한다. 이는 인물의 형태를 해체해 순수한 선으로 바꾸고, 몸의 요구를 해소함으로써 육신의 힘에 대한 환상적인 다시 쓰기를 실현하는, 육체로부터의 최종적인 분리라는 이상ideal일까? 뒤에 남겨져 말하거나 서술하는 "나"는 육신이 사라진다고 이야기하는 한 줄의 문장을 전달한다. 아니면 육신이 여전히 존재하는 걸까? 특정한 장소와 시간에 속하지 않은, 온기에 대한 신체적 요구를 없애 추위에도 살아남은 육신이? 그렇다면 그는 여전히 존재하지만 몸의 요구에서 분리되었다. 거리를 헤아릴 수 없을 만큼 먼 곳, 순전한 추위의 장소에 거하는 몸 아닌 몸이다.

우리는 이와 유사한 것을 「선고」의 마지막 줄에서 보았다. 죽음처럼 보이는 장면을 공감적인 삼인칭으로 서술하던 목소리가 죽음 뒤에 갑자기 살아나는 그 순간에. 냉정하고 간결한 그 마지막 한 줄이 서술자를 추락하는 몸에서 분리함으로써 육신의 삶에 수반되는 부피와 무게라는 문제를 없애버린다. 육신이 선으로 바뀌고 그 밀도가 납작하게 축소될 때, 음식과 거처와 타인의 살인적 행위로부터의 보호를 포함한 육신의 충족되지 않은 요구는 소멸하는 것 같다.

「양동이 기사」에서 양동이는 거지를 높이 띄운다. 혹은, 양동이와 거지가 함께 떠올라 중력을 잃고 모든 무게에서 벗어나 동시에 달린다. 서술자는 양동이라는 이동 수단 특유의 장점을 인정하지만 저항력이 없다며 한탄한다. 따라서 이 이야기를 읽고 나면 우리는 안타깝고 허무한 분노를 느끼게 된다. 저항력만 있었다면! 테오도어 아도르노는 이 단편이 임차인의 권리를 다뤘다는 점에서 카프카의 작품 중 유독 눈에 띄지 않느냐고 묻는다.[4] 저항력이 없어서, 양동이 기사는 완전하고 영원한 추위 속으로 승천한다. 그는 석탄을 구할 수 없기에, '살아남는' 유일한 방법은 애초에 석탄이 필요한 원인인 육신의 요구를 없애는 것이다. 그러한 조건에서 생존이란 어떤 형태를 띠게 될까? 생존은 더이상 육체적인 것이 아니라 허구적인 것이 되어, 살아남기 위해 반드시 충족해야 할 조건이 분명한 생물체라는 의미의 육신으로부터 서술자가 분리되는 불가능한 장면을 창조한다.

이러한 분리가 분명히 드러나는 사례로 「유형지에서」(1914년작, 1919년 출간)에 나오는 어떤 또다른 몸의 치명적 상태에 대한 묘사를 들 수 있다. 이 몸의 상태는 (카프카의 청년기 직업이었던) 노동자재해보험공사 변호사의 냉정한 어조로 전달된다. 이 단편에서는 글을 새기는 도구가 그 몸을 죽을 때까지 계속 찌른다. 육체의 죽음은 글로 적힌 문장의 완성과 동시에 일어나고, 판결은 판독할 수 없는, 치명적인 방식으로 육체에 집행된다. 사람이 필기도구를 사용하는 게 아니라, 오히려 필기도구가 그 사람의 생명을 앗아간다. "공정하라!"라는 문장이 명백히 불공정한 행위를 통해 몸에 새겨진다. 이로써 언어적, 사법적 의미의 판결이 하나로 수렴되지만, 여기에서 판결은 또한 처벌 — 처형 그 자체 — 이다. 판결이 담긴 문장은 그 문장으로 인해 죽은 사람보다 더 오래 살아남는다. 이 한 줄의 글이 살아 있는 몸을 희생하여 죽음에 이르게 함으로써 생겨날 때 그것은 어떤 기이한 성취를 이루는가? 수행적이면서 동시에 묘사적인 언어의 일례인 그 문장은 육체를 제거함으로써 중력과 취약성과 필멸성에 얽매인 육체에서 분리된다. 몸에서 생명을 빼앗으려 하는, 그러면서도 자신은 고유의 방식으로 생명을 유지하는 언어의 한 형태인 것이다. 카프카의 글에서는 무수한 문장이 육체와 분리되는 과정에서 살아남는, 생명의 활기찬 폐허를 품고 있다. 그 문장들은 카프카의 스케치 작품들이 그의 글에 어떻게 의지하고, 또 어떻게 거기에서 벗어나는가 하는 질문의 해답으로 가는 길을 보여줄지도 모른다. 그의 스케치는 확실히 글에 의지하기도 하고 글에서 벗어나기도 하기 때문이다(안드레아스 킬허, 「카프카의 그림과 글쓰기」 211쪽 참조).

그래픽적인 선의 문제는 글과 그림 모두에 존재하지만, 글과 그림에서 매우 다르게 기능한다. 그림에서 그것은 글이 무엇을 할 수 있는지에 대한 비평의 기능을 하면서 언어적 제약에서 벗어난다. 나아가 그림에서는 육체가 중력에 구애받지 않고, 바닥이 없는 상태로 — 높이 떠오른 쇠약한 몸이지만 환상적인 방식으로 뻗어나가고 움직이는 모습으로 — 묘사된다. 그림은 문자적 이미지가 아니라, 말하자면, 글에서 풀려난 이미지다. 심지어 그림이 글의 가장 근본적인 관심사를, 글과는 다른 표현 방식으로, 다시 다룰 때도 마찬가지다.

나는 지금까지 카프카의 글에서 몸을 갖춘 존재를 순수한 선으로 융해하려는 욕망과 추동이 반복된다는 의견을 제시했다. 실체와 무게 없이, 부피의 상실로 생긴 힘으로 중력을 거슬러 허공에 띄워진 순수한 선. 그러한 초월, 혹은 변신은 잔혹한 죽음과 관련해 나타난다. 아버지를 거역하고(「선고」), 죽음을 다루는 장치에 복종하고(「유형지에서」), 법이 범죄와 구별되지 않는 절차의 지배를 받거나(『소송』, 1915년작), 침대 밖으로 나가 제시간에 출근할 수 없는(「변신」) 이들의 죽음 말이다. 육체의 변형과 왜소화는 다양한 방식으로 일어나며, 그 거식증적 양상은 「단식 광대」(1922년작, 같은 해 출간)를 비롯해 일인칭시점이 몸이 사라진 뒤에도 살아남아 관찰하고 서술하는 여러 사례에서 드러난다.

지면 위의 글줄은 개념적 명제이지만, 지면 위의 어떤 선들은 그림을 구성하는 그래픽

277

적 기호이기도 하다. 카프카의 노트에는 대체로 글 사이에 흩어진 그림이 있고, 그래서 궁금해
진다. 어디에서 글이 끝나고 그림이 시작될까? 그림에서 그래픽적 선들은 동작으로 이어지며
수평을 희롱하거나 거부하고, 때로 허공에서 곡예를 부리고, 말도 안 되는 방식으로 돌진하거
나 구부러지고, 바닥 위에 둥둥 떠 있는 발로 균형을 잡고, 중력과 자세와 신체적 형태의 통일
성뿐만 아니라 바닥이나 벽 같은 주변 구조에 대한 의존조차 무시하는 육체의 불완전한 윤곽
을 그린다. 116번 작품의 펜싱하는 사람은 발을 바닥에 붙이고 있을 수도 있지만, 지면 중간의
위치로 보아 아마도 이미 바닥에서 떠올라 움직이고 있을 것이다. 또한 사람의 손과 손잡이와
보호대가 있어야 할 자리가 빈 공간이라서 그의 몸은 펜싱 칼과 분리되어 있다. 선의 연속성은
재현되기보다 암시되며, 그것은 다시 한번 글줄과 그림의 선을 구분하는 특성이다.

그림은 글과 중요한 관련을 맺을 때조차도 단편이나 짧은 텍스트의 삽화로만 존재하
지 않는다. 어떤 그림은 노트나 일기의 여백에 그려져 있고, 어떤 그림은 편지에 삽입되거나
낱장 종이에 독립적으로 그려져 있다. 때로는 글이 끊어지는 순간 스케치가 시작된다. 킬허가
분명히 말했듯이 "글이 끝나는 곳에서 그림은 시작된다". 그러면 그래픽적 선은 더이상 문어
적 의미를 구성하지 못하고, 바로 옆 지면에서, 심지어는 같은 지면 안에서도 글에서 벗어난 그
림으로 기능한다. 스케치는 종종 완성된 형태를 포기하고라도 선에 몰두한다. 육신의 형체가
있는 곳에서 그 형체는 주름이나 접힌 자리, 묘사된 직물의 흩날림으로 암시되거나, 현실의 육
체는 구현할 수 없는 도약의 움직임, 인간의 동작이라는 흔적만 지닌 채 솟구쳐오르는 움직임
으로 암시된다. 대부분의 경우 육체는 알아볼 수 있는 완결된 형태가 없이 나타나며, 예외적으
로 선 하나가 공간적으로 확장되어 평면 혹은 기하학적 형태를 이루면서 팔이나 다리, 혹은 몸
과 반쯤 연결된 탁자의 다리 등으로 기능하기도 한다. 114번 그림의 각진 형태는 이 그림의 선
에 대한 이해가 큐비즘까지는 아니더라도 기하학에 근접했음을 보여준다.

이번에 처음 공개되는 작품들의 출간에 앞서 이미 광범위하게 유포된 이 그림에서, 몸
은 부피감 있게 표현되었고, 비현실적인 각도로 팔꿈치를 구부린 양팔은 나무 날개처럼 옆으
로 뻗었으며, 발가락을 쭉 뻗은 왼다리는 직선에 가깝다. 우리는 이 그림이 책상 위에 쓰러진
카프카를 묘사한 것이라고 추측할지 모르지만, 어쩌면 이 사람은 쓰러진 무용수일 수도 있다.
몸을 이루는 선은 단순한 선보다 현저히 더 두꺼워서 거의 판처럼 보이기도 하지만, 마치 사람
과 사물이 선의 두 가지 양상에 불과하기라도 하듯, 사람의 형상과 사물은 오직 선을 그린 방식
의 차이로만 구분된다.

278

그렇다면 이 그림들을 이해하기 위해, 우리는 선의 그래픽적 차원이 문자 텍스트에서 해방되어 새로운 형식을 취하는 방식을 살펴보아야 한다. 그러나 다른 그림들로 눈을 돌리기 전에, 부피와 무게를 잃은 채 공중에 뜬 육체의 문학적 이미지를 하나 살펴보고자 한다. 내 의도는 글과 그림 양쪽에서 같은 문제가 나타난다고 주장하려는 것이 아니다. 비록 글쓰기나 그림 모두, 특히 카프카에게는, 지면 위로 움직이는 손처럼 선의 시각적 형태에 의존하더라도, 그 두 행위 각각의 장르와 매체는 서로 다르다. 유고에서 발췌한 다음의 토막글에서는, 비록 문자적 형식에 저항하며 안간힘을 쓰는 몸을 그림으로 재현하는 어려움이 엿보이기는 하지만, 그렇다고 그림과 등가를 이루지는 않는 문학적 이미지를 보여준다.[5]

다리랍시고 놓아둔 바스러진 판자 위를 까치발을 들고 건너노라면, 발밑에는 아무것도 없이, 발을 디딘 자리의 땅을 긁어모아야만 하는데, 아래쪽 물에 비친 자신의 모습 외엔 아무것도 없는 곳을 걸으며, 발로 이 세상을 꽉 붙들고, 손은 경련이 나도록 허공을 움켜쥐며 이 고난을 이겨내야 하는 난감한 문제.

Eine heikle Aufgabe, ein Auf – den – Fußspitzen – gehn über einen Brüchigen Balken der als Brücke dient, nichts unter den Füßen haben, mit den Füßen erst den Boden… zusammenscharren, auf dem man gehn wird, auf nichts gehn als auf seinem Spiegelbild das man unter sich im Wasser sieht, mit den Füßen die Welt zusammenhalten, die Hände nur oben in der Luft verkrampfen um diese Mühe bestehn zu können.[6]

'man'이라는 단어는 미지의 인간, 어쩌면 모든 인간, 혹은 어쩌면 성스러운 것을 체현하는 과제를 맡은 한 남성 인간, 즉 예수를 가리킬 수도 있는 중요한 표현이다. 이 'man'이 물위를 걷다가 수면에 아래를 내려다보는 남자의 모습이 비치면, 이것은 나르키소스의 이미지에 더 가깝다. "바스러진 판자"는 처음에는 허술한 다리 역할을 하다가 녹아버리면서 물에 비친 상이 되는데, 이 시점에서는 인간의 형상으로 이해되는 'man'이 서 있는지, 걷고 있기는 한지 불분명해진다. 이때 완곡한 비판이 형태를 갖춘다. 주여, 당신이 걷는 곳은 물위가 아니라 단지 물에 비친 상일 뿐입니다. 팔다리는 발로 세상을 붙들어야 한다는, 명백히 불가능한 과제에 짓눌리고 있다. 이 '사람'은 발로 세상을 꽉 붙들고 있지만 그 발을 지지하는 것은 전혀 없으며, 손

279

은 "경련이 나도록 허공을 움켜쥐며 이 고난을 이겨내"려 한다. 아무것도 붙잡을 수 없는 머리 위 허공에서 고통스럽고 헛된 손짓을 하며 경직된 손은, 역설적이게도, 이 고난을 이겨내는 수단으로 제시되지만 경련이 생존에 도움이 될 것 같지는 않다. 손은 고통에 시달리고 있다. 근육이 이 고난을 견디느라 혹사당하고 있다. 그리스의 신이든 기독교의 신이든, 이 'man'의 형상은 위엄과 허약함을 모두 드러내고 있다. 지탱할 곳 없이 과중한 짐을 진 채로 서로에게서, 그리고 어디든 중심이라 할 만한 곳에서 떨어져나가고 있는 팔다리로만 인식되는 하나의 몸. 통일체로 상상할 수 없는 그 몸은 허공에 떠서 어떤 인간도 체화할 수 없는 신적 위력을 떠안은 채, 자신을 희생해가며 불가능한 과제를 수행하려 한다.

킬허는 카프카가 글쓰기에서 탈선한 상황에 대해 쓴 1910년의 일기 한 구절을 인용한다. 그 탈선으로부터 그림이 부상한다고 킬허는 주장한다. 글쓰기의 교착 상태를 토로한 이 글은 이미 카프카의 글쓰기에서 그림의 중요성을 드러내는 일련의 형상에 의지하고 있다. 의미심장하게도 이 사색의 글 중간에 그림 하나가 지면에 나타나며, 이는 글쓰기로부터의 이탈을 표시한다. 이 이탈을 촉발한 "상태", 글을 쓸 수 없음을 나타내는 이 "상태"를 묘사하기 위해 그는 자신에게 인상이 생겨나는 방식을 언급한다. "내 머리에 떠오르는 모든 것은 뿌리부터가[der Wurzel aus] 아니라 중간 어딘가에서부터 생각난다. 그러면 누군가가 그 생각들을 움켜쥐게 하자. 풀잎이 중간부터 자라기 시작할 때 그것을 움켜쥐고 꽉 붙들게 하자." 그리고 아마 "일본인 곡예사라면" 이런 일을 할 수 있을 거라고 말한 뒤, 카프카는 곡예사들이 그 일을 해내는 과정을 상상하는데, 그것은 그가 그린 그림 몇 점과 유사하다. "[그들은] 땅에 고정된 것이 아니라 바닥에 반쯤 누워 다리를 들어올린 사람의 발바닥에 놓인, 벽에 기대어지지 않은 채 그저 허공으로 솟은 사다리를 타고" 오른다. 그러고 나서는 지난 크리스마스 파티에서 경험했던 괴로운 상태, "사다리 맨 꼭대기 단"에 있는 것처럼 자신을 주체할 수 없었던 때를 묘사하면서, 사다리는 "고요히 땅에 놓이고 벽에 기대어져" 있는 형상이었다고 말한다. 중력이 작용하고, 그 순간의 시공간적 관계는 평범하므로, 이 묘사는 꽤 차분해 보인다. 하지만 일견 평범한 듯한 분위기는 이내 돌변하며 절망에 찬 의문이 터져나온다. "하지만 무슨 땅이 그렇고, 무슨 벽이 그렇단 말인가!" 이 의문을 임시로나마 해결하는 것은 처음에는 선언이고 그다음은 그림이다. "그래도 사다리는 무너지지 않았다. 내 발이 사다리를 땅에 단단히 누르고 있어서, 내 발이 사다리를 벽에 단단히 기대고 있어서 그런 것이다."[7] 이 선언은 방안의 물체를 땅과 벽에 안정적으로 붙들어놓는 강한 발의 힘을 상정하는데, 사실 그것은 원래 기본적인 중력의 법칙만으로 가능했어야 하는 상태다. 처음에는 방안에 있는 사다리의 안정성이 확실했고 카프카만이 자신을 주체할 수 없었다면, 이제는 카프카의 발이 다른 형체를 아틀라스처럼 굳건히 지탱하는 힘에 사다리가 고스란히 의존한다. 땅이 무너지고 인간의 등과 발이 땅의 역할을 맡는다. 유고에서 발췌한 위의 토막글에서 발이 세상을 꽉 붙들고 있는 것처럼, 인간의 몸이 세상의 땅을 고정하는 터무니없는 책임을 맡고 있다.

카프카는 발이 지닌 압도적이고 환상적인 힘에 대해 이렇게 쓰고 난 뒤 곧바로 일기 글을 멈추고 138번 작품의 스케치를 그려넣는다. 아마도 1909년의 처참한 크리스마스 파티를 그린 듯한 군중 장면이 있고, 맨 아래에 자그마한 인물이 높은 탁자의 상판 위에 살짝 뜬 채로 누워서 발로 사다리를 들어올리고 있다. 그리고 이 사다리는 맨 꼭대기에서 발 하나로 아슬아슬하게 균형을 잡는 곡예사 같은 인물을 떠받친다. 오른쪽에 있는 구경꾼들의 처진 얼굴은 곡예사들이 주는 인상과는 달리 중력의 힘이 실제로 작용하고 있고, 그래서 이것이 얼마나 어처구니없는 상황인지를 폭로한다. 이들 중에서 몸의 윤곽이 일부분이나마 표현된 사람은 단 한 명뿐이다. 사람들은 몸을 앞으로 기울였고 대개 목이 없으며, 사라진 몸속으로 푹 꺼질 듯 보이는 얼굴은 멍한 매혹을 드러낸다. 지면 왼쪽에 부분적으로 그려진 얼굴은 곡예 장면에서 눈을 돌린 상태인데, 줄 하나가 세로로 얼굴을 가로지르고, 눈으로 구불구불 연결된 선은 생명선인지 어딘가로 연결되었다가 끊어진 선의 잔해인지 불분명하다. 사다리의 가로대조차 왼쪽에서부터 오른쪽 끝까지 완전히 연결되어 있지 않다. 스케치의 모든 측면이 불완전하다. 선들은 끊어졌거나 풀어져 사라진다. 이 스케치는 위에서 언급한 환상적 인물에 대한 글 바로 뒤에 나오지만, 그 글의 '삽화'로 기능하지는 않는다. 만일 삽화였다면, 비현실적인 위력을 묘사하는 장면이 되었을 것이다. 하지만 이 자그마한 인물은 본인이 수행하지 않는 곡예 묘기를 위한 받침대 역할을 떠맡았다. 땅과 벽은 무너져버렸다. 별도의 중력을 받아 처진 얼굴들이 흐릿하게 나타난다. 몸까지 묘사된 단 두 사람은 감당할 수 없는 무게를 감당하고 있거나, 인간 척추의 한계를 넘어서 돌고래 같은 방식으로 움직이고 있다. 이들의 육체는 명확한 부피나 형태 없이 단순한 선으로만 이루어져 있다.

이 스케치는 문자적 묘사로 축소될 수 없다. 제아무리 자세한 에크프라시스*라 해도, 글은 그래픽 매체와는 완전히 다른 작용을 하기 때문이다. 일기에 적힌 카프카의 자기평가를

---

* ekphrasis. 예술 작품을 상세하게 묘사하는 글을 뜻하는 그리스어.

신뢰할 수 있다면, 그는 글을 쓸 수가 없고 그래서 글쓰기에서 탈선해 스케치로 진입한다.

　　이러한 관점에서 117번 그림을 살펴보자. 여기에서 발은 발레처럼 정확하게 몸의 균형을 잡는다 ― 지팡이가 있기는 하지만 바닥까지 닿지 않아 지지 역할을 할 수 없으므로, 이것은 말하자면 효용의 부족을 명시하는 세로선에 불과하다. 손에서 흡사 흘러내리는 듯한 이 세로선은 글쓰기의 수평적 성격을 거역하는 것처럼 보인다. 발가락은 땅을 살짝 스칠 뿐이어서, 이 몸이 균형을 잡는 데 그 선/지팡이는 필요하지 않다. 지팡이는 공중에 뜬 세로선이 됨으로써 그 기능을 상실한다. 지면 위에서 (혹은 지면에 눌려) 납작해진 몸은 무게가 완전히 없어진다. 사실 이 스케치는 무게에서 해방된 이차원의 가벼운 육체를 우리에게 보여준다. 그것은 중력의 법칙뿐만 아니라 수평선을 따르는 글쓰기의 법칙이 지배하는, 그리고 형태가 글자의 모양으로 한정되는 세속의 관할을 거역하는 육체다.

　　106번 작품의 스케치(오른쪽 면)를 보면, 팔다리가 공간적으로 분리되어 있고, 펜싱하는 사람들은 동작을 나타내는 선으로 단순화되며, 몸통은 미약하게 암시되거나 완전히 부재한다. 우측 상단에 묘사된 런지와 수평 찌르기 동작, 좌측에 묘사된 수직 찌르기 동작은 신체의 중심부 없이 팔다리만으로 동작을 표현하며, 팔다리는 극도로 단순화된 머리에서 하나같이 분리되어 있다. 이와 대조적으로 좌측 하단의 인물은 머리와 몸통이 희미한 선으로 살짝 분리된 하나의 면으로 되어 있다. 중앙에 있는 인물은 몸통이 아예 없으며, 살짝 위로 향한 선 하나는 미소를 나타낸다고 볼 수도 있다. 위쪽 두 인물의 다리는 깡충 뛰거나 달리는 중이고, 우측 상단의 환상적인 몸은 순수한 수평선으로 뻗어나가 지면 밖으로 확장된다. 마치 한 줄로 써나가는 글의 관습을 대체하여, 잠시 글에서 해방된 형태들을 줄의 제약으로부터 풀어주는 듯하다.

　　마르바흐 독일문학기록보관소에 소장된 카프카의 유고 중 일부인 134번 스케치의 충격적인 이미지를 보면, 인간의 형체가 말 그대로 잡아 찢기는 동안 구경꾼 한 사람이 이를 별일 아니라는 듯 바라보고 있다. 구경꾼은 기둥에 거의 기댄 모습이지만, 기둥과는 가느다란 흰 여백으로 분리되어 있다. 이 고문과 파열의 장면은 몸통이 있어야 할 부분에 균열을 만들어낸다. 주장컨대, 이것은 십자가 처형의 장면이기도 하며, 팔짱을 끼고 살짝 찌푸린 표정으로 이를 바라보는 인물, 이 냉정한 고문의 관찰자는 「유형지에서」에 등장하는 탐험가를 연상케 한다. 이 그림에서는 몸이 허공에 떠 있거나, 바닥에 닿지 않는 발끝 세우기 기술로 균형을 잡거나, 직선에 가까운 수평선으로 늘어나지 않는다. 아니다, 여기에서는 몸을 늘이고 찢는 장치가 구경꾼 ― 혹은 고문자 ― 과 관계된 위치에 놓여 있고, 그는 이 장면을 보고도 마음이 꽤 편해 보인다. 불룩한 V자 모양으로 표현된 배는 기둥에 기댄 관찰자가 배불리 먹는 사람임을 암시하지만, 찢긴 인물에겐 아예 배가 없다.

카프카의 신체 스케치들은 시공간 감각 상실, 기괴한 공중 부양 동작, 중력 작용의 완화 등을 묘사할 뿐만 아니라 신체 각부의 공감각적 조화에도 이의를 제기한다. 머리, 혹은 카프카의 그림에서 머리로 나타나는 둥근 구는 자주 몸통에서 분리되어 있고, 몸통마저도 기껏해야 일부만 존재할 뿐이다. 때로 팔다리는 비현실적 길이와 움직임을 나타내고, 어떤 때는 아예 팔다리가 없거나 허공에 따로 떠 있다. 사지가 자연스럽게 조화를 이루며 움직이는 경우는 드물다.

카프카의 초기 저작 중 하나인 「어느 투쟁의 기록」(1904년에서 1907년 사이 집필, 1912년 최초 출간)에서, 작가는 자기수용성 방향감각과 신체 협응이 결핍된 인물들의 갈등을 소개한다. 그들의 팔다리는 애써 들어올려 이리저리 움직여야 하는 물건으로 취급된다. 의식적이지 않은 신체의 움직임은 없다. 한 사람이 상대방에게 교회에서 기도하는 방식을 지적하며 화를 내고, 이윽고 용납할 수 없는 자세를 두고 싸움이 벌어진다. 하지만 싸움의 과정에서 자세는 실로 당혹스러운, 동성애적 긴장이 스민 문제로 판명된다. 화가 난 인물은 이 장면을 서술하면서, 마치 모든 행동을 공들여 만들어내는 것처럼, 자기 몸에 대해 일련의 의도적 결정을 내린다. "나는 몸을 똑바로 세우고 앞으로 한 걸음 성큼 다가가…… [목덜미를 잡아] 그를 붙들었다." 화가 난 쪽이 상대방에게 왜 그렇게 우스꽝스러운 방식으로 기도를 하느냐고 묻기 시작하자, 상대방의 머리가 몸의 다른 부분에서 분리되는 것처럼 보인다. "그가 몸을 벽에 밀어붙이자, 그의 머리만 허공에서 천천히 움직였다." 둘은 소통에 실패하고, 타박을 들은 남자가 더욱 애원조로 나오자 첫번째 남자는 공격을 감행하려 든다. "나는 두 손을 위쪽 계단 위에 놓고 뒤로 기대어, 레슬링 선수의 최후 수단, 거의 난공불락인 자세"를 취한다. 흥미롭게도, 이때 그는 동료의 불성실을 비난하면서 레슬링 선수의 자세를 취하려 하지만, 오히려 몸을 뒤로 기댄 그는 아무런 방어를 하지 못하는 한심한 상태가 된다. 그는 소통을 위한 몸짓을 찾으려 하지만 대체로 불가능하다. 애원하는 사람의 처지도 나을 게 없다. "그는 몸이 하나로 결속할 수 있도록 양손을 마주잡았다."⁸ 이는 기도하는 자세로 손을 맞잡는 것이 몸의 결속을 위한 마지막 방안임을 암시한다. 양손은 맞잡은 동작을 통해 상실한 신체적 결속을 회복하려 하는데, 한편으로는 바로 그 때문에 이 두 사람이 몹시 우스꽝스러워진다. 그들은 두 손만 가지고 그 결속을 보여주지만 나머지 몸은 따라오지 않는다. 혹은, 그들은 몸의 자기수용성 신체 협응을 위해 기

283

도하지만 아무도 그 탄원에 응답하지 않는다. 두 인물은 어색하게 자세를 조정하다가, 결국 타박을 들은 인물[9]이 세상에서 육신으로 존재해야 하는 불합리를 한탄한다. "어쨌거나 왜 나는 똑바로 서서 정상적인 걸음걸이로 걷지 않는다는 것을, 지팡이로 보도를 두드리지 않는다는 것을[작품 번호 117 참조], 소란스럽게 지나가는 사람들의 옷깃을 스치지 않는다는 것을 수치스러워해야 합니까? 오히려 나는 뚜렷한 윤곽선이 없는 그림자처럼 주택가를 펄쩍펄쩍 뛰어다니고, 때로는 가게 진열창 유리 속으로 사라져야 한다는 사실을 억울해하며 불평할 권리가 있지 않습니까?"[10]

저 "펄쩍펄쩍 뛰어"라는 표현은 몸의 움직임을 가리키는 듯하지만, 그 몸은 "뚜렷한 윤곽선이 없"이 모양과 부피와 무게를 잃는다. 그것은 사회적 존재가 되지 못한 채 그림자처럼 스쳐가다가, 결국 유리창 안으로 사라져, 세상 자체를 바라보기보다 바깥의 세상을 내다보는 투명한 물질의 일부가 된다. 출발점은 몸이다. 펄쩍펄쩍 뛰는 것은 인간의 움직임이지만, 그 움직임은 몸을 버리고 떠나 사라지는 환상적 힘으로 전환되기 때문이다. 그러나 그 환상적 힘도 애초에 그러한 움직임을 초래한 고통과 수치심은 떨쳐낼 수 없다. 하지만 어떤 스케치들(작품 번호 9, 6[가운데] 참조)에서는 모종의 기쁨을 찾을 수도 있다. 여기에서 선은 신체적 움직임을 상기시키는 순수한 동작을 향해 흘러가는데, 재빠른 동작의 기본적인 윤곽이 형태를 갖추면서 그 순수한 동작은 신체적 움직임을 추월하거나 심지어 아예 내팽개친다. 이 가벼운 형체는 활동적인 인체와, 다시 말해 뒤로 뻗은 팔을 그린 선들이 암시하는 돌진하고 달리는 몸과 관련을 유지한다. 하지만 그 선들은 순식간에 움직이고, 높이 떠 있고, 중력을 거스르고, 윤곽의 경계선이 군데군데 끊어진 몸짓의 묘사로 남는다. 재빨리 스케치한 허공의 인물은 붙잡을 수 없어 보이며, 중력, 정체, 제약, 혹은 고문과 대척점에 있다. 몸통은 몸의 앞면을 나타내는 획 하나로 축소되었고, 비워진 배와 장기는 지면의 흰 공간이 대신한다.

가벼운 동작을 스케치한 이 그림들은 빙하 산맥 속으로 사라진 양동이 기사보다, 심지어 죽음에 이르는 고문을 냉정히 바라보며 뒤로 기댄 인물보다 더 해방의 분위기를 풍기지만, 이것들은 분명히 연결되어 있다. 그런데 이 그림들 속에서 끝이 열린 선의 형태로 축소되어 부피와 무게와 중력을 비워낸 인체는 몸을 최소화하여 거식증을 향해 나아가는 듯하다. 추위를 느끼거나 음식과 거처가 필요할 가능성을, 육체적 삶에 수반하는 의존성과 노출과 취약성의 전 영역에 관여할 가능성을 원천적으로 배제한다. 그림 속 인물 중 일부는 안정적인 바닥의 지지를 구하기보다는 허공에 떠서 단단히 지탱해주지도 못하는 벽을 향해 몸을 기울인 채 발로 세상을 떠받치려 한다. 선이 되는 것은 군살을 덜어내는 일이자, 터무니없이 가벼워져 바닥을 떠나는 일이다. 이는 현실의 전지적 역전이되, 부분적으로만 작동하는 역전이다. 이 형상들은 절대로 통일체를 이루지 않는다. 선들은 육체를 대신하려 하지만 육체를 완전히 품지 못한다. 거의 어김없이 존재하는 흰 여백이 언젠가 몸이 있던 곳, 혹은 몸이 있으리라 기대되는 곳을 암시하는 몇 개의 선에서 둥근 머리를 분리한다. 카프카의 일기만 보더라도 글 사이사이에 스케치가 흩어져 있다. 흰 여백은 어떤 형상, 새로운 선의 군집을 위한 배경이 된다. 어쩌면 노트 자체가 앞서 언급한 독일문학기록보관소의 134번 스케치에 등장하는 찢긴 인물과 같을지도 모른다. 그의 몸은 왼쪽과 오른쪽 사이에 간극이 생겨 몸통의 자리에 흰 공간이 있다. 긴장은 치열하고 극심하다. 고도의 종합과 요약을 통해서도 스케치와 문자 텍스트 사이의 완벽한 조화라는 논지에 설득력을 부여할 수 없다. 그러나 텍스트가 스케치로 터져나가는 곳, 텍스트 안에서 그림이 문자적 형식의 제한에 안간힘을 다해 저항하는 사례가 일기와 편지 곳곳에 나타난다.

일부 비평가들은 카프카의 스케치가 파울 클레의 초기작과 비슷하며, 모더니즘의 확립된 미적 기준에 따르면 클레의 작품이 단연코 더 우수하다고 말할지도 모른다. 카프카의 스케치가 하위 등급의 표현주의에 속한다고 말하고 논의를 끝내버리는 이들도 있을 수 있다. 하지만 이 그림 컬렉션은 너무나 다면적이고 흥미로워서 그런 식의 요약이 정당화되지 않는다. 그러한 미적 판단은 이 스케치 작품들을 맥락에서 분리해 바라보는 경향이 있거나, 오히려 맥락과의 단절이야말로 그의 스케치가 추구하는 상태라는 점, 불완전성은 의도적이라는 점을 보지 못한다. 고문 장치를 구경꾼과 별개로 이해할 수 없듯이, 스케치도 그것이 분리되어 나온 텍스트와 별개로 이해할 수 없다. 이 스케치 작품들이 어떤 독립성을 지니든, 그것은 문자적 형식과 단절함으로써 얻어낸 것이다. 글을 이루던 선이 그래픽적 성격을 띠고 지면 위를 어느 방향으로든 자유롭게 뻗어나가도록 변모함으로써 얻은 독립성이다. 글과 그림에 유사한 주제가 나타나더라도 장르에 따라 주제의 형태와 배치되는 방식, 심지어 주제를 이해할 수 있는 조건까지 달라진다. 「가장의 근심」(1917년작, 1919년 출간)에 나오는 오드라데크의 경우, 그 형상이 글로 자세히 묘사되는데도 그 묘사만으로 고정된 이미지가 생겨나지 않는다. 여러 색의 실 가닥, 실패, 가로지르는 막대, 별, 또하나의 막대라는 요소를 조합해 오드라데크를 그려보려는 독자의 시도는 늘 허사가 된다. 묘사는 이미지를 만들어내는 데 실패한다. 하지만 그림이 되지 못한다는 것이야말로 오드라데크의 본질일 뿐만 아니라 글쓰기 자체의 특징이기도 하다. 에크프라시스는 그 짧은 텍스트 안에서 한계를 보여준다. 서술자는 "사람들은 이 창조물[Gebilde]에 예전에는 어떤 목적에 알맞은 분명한 형태[zweckmäßsige Form]가 있었으나 그저 그것이 부서졌을[zerbrochen] 뿐이라고 믿고 싶은 유혹을 느낀다"고 말했다가 지각적 증거를 토대로 그러한 생각을 일축한다. "표면의 어디를 봐도 그런 추측의 근거가 될 만한 것, 이음매나 부서진 곳이 전혀 없다……"[11] 카프카의 스케치에 대해서도 같은 말을 할 수 있을까?

어쩌면 이 문학작품 안에 실마리가 있는지도 모르겠다. 그것은 설명을 그림으로 옮기는 일은 불가능함을 확인하고 카프카의 스케치에 대한 최선의 접근법을 명확히 제시하는 실마리일 것이다. 카프카의 스케치 속 이미지는 윤곽이 온전히 이어져 있거나 완전히 묘사된 경우가 거의 없다. 거의 모든 연결 부위에 지면의 흰 여백이 끼어든다. 실제로 그 이미지들을 하나로 묶는 것은 희고 평평한 표면일 뿐, 살과 피 혹은 신체적 결속을 위한 이상이 아니다. 서술자는 오드라데크에 대해 "전체적으로 무의미해 보이지만, 또 그 나름의 방식으로 완벽하게 완성되어 보인다[in seiner Art abgeschlossen]"고 말한다. 그러고는 이내 그 말을 확신할 수 없음을 깨닫는다. "오드라데크는 유난히 민첩하고[beweglich] 잡기가 불가능[nicht zu fangen ist]" 하기 때문이다.[12] 단단히 붙잡을 수 없고 계속 움직이는 이것은 카프카의 스케치 작품들에서도 찾을 수 있다. 그의 그림들에서 육체는 고유의 적절한 형태로부터 탈주하면서 '적절성'을 까발린다. 육체가 포착을 피해 도망치는 형상이 되어 선으로, 동작으로, 허공으로 분해되려 할 때, 그 해체를 드러내 육체의 결합을 막는 균열을 숨기는 것이 바로 그 '적절성'이라는 것이다.

카탈로그 레조네

파벨 슈미트

카프카의 소묘화 작품을 기술하는 글을 시작하기 전에, 다음 두 가지 구분에 대해 먼저 설명할 필요가 있다. 첫째는 문학과 그림의 범주 구분이고, 둘째는 그림이라는 범주 안에서 타율적인 그림과 자율적인 그림을 나누는 내적 구분이다.

타율적 그림은 항상 다른 것을 위한 기능을 수행한다. 그 목적은 기록 혹은 삽화일 것이다. 초안이나 도면 혹은 나중에 실행할 아이디어를 기록하는 역할을 할 수도 있다. 그럴 경우 소묘는 예술적 과정 속의 한 단계를 의미한다. 회화나 조각을 위한 습작일 수도 있고, 심지어 더 규모가 큰 작업을 실행하는 과정 전반에서 쓰일 수도 있다. 기술 도안, 설명서, 삽화, 연재 만화 등이 타율적 그림의 범주에 속하며, 대화중에 설명을 위해 그린 스케치도 마찬가지다.

반면에 자율적 그림은 그림 외적인 기능이 없다. 이 경우 화가는 무언가를 보고 그대로 따라 그리면서 그것을 기록하거나 재현하는 것이 아니다. 경험적 현실의 삼차원 영역에서 그림 속 이차원 영역으로의 직접적인 변환이 없다. 자율적 그림은 매체 — 지지물(종이와 같은)과 그림 도구(연필과 같은) — 안에 온전히 내재하며 자기 고유의 법칙만을 따른다. 그러므로 이런 종류의 그림은 다른 무엇보다 내적 참조를 통해 설명할 수 있다. 이 범주에 속한 그림은 전에는 존재한 적 없는 무언가를 물질적 형태로 창조해낸다.

카프카의 소묘화 대부분은 자기 자신만을 대변하는 자율적 그림의 세계에 속한다. 하지만 그의 창작 과정은 피드백의 형식을 따를 때도 있는데, 각기 문자적 형태와 시각적 형태를

287

띤 동일한 생각이 동시에 혹은 나란히 나타나는 경우, 또는 문자와 이미지, 문자 – 이미지와 이미지 – 문자, 그림과 글쓰기의 상호 침투가 이루어지는 경우 등이 이에 해당한다.

뒤에 나올 그림 설명에는 이러한 측면의 특성이 반영될 것이다. 각 설명은 제작 날짜, 매체와 지지물, 크기, 소장처, 그리고 이전에 발표된 적 있는 작품의 경우는 최초 출간일 등에 관한 정보와 함께 시작된다.

그러나 카프카의 그림에는 제작 일자와 제목이 없거나, 심지어 서명도 없는 경우가 많다. 편지나 일기처럼 글로 된 원고에 포함된 그림은 제작 일자가 확실하지만, 특히 예루살렘 유고에서 처음으로 공개된 그림들을 포함한 작품 대다수는 이러한 외적 기준이 부족하다. 그리하여 이 그림들의 제작 시기는 대략 1901년경부터 1907년경까지라고 뭉뚱그려 기록할 수밖에 없다. 향후 개별 작품에 대한 조사를 통해 좀더 정확한 일자를 알아낼 수도 있을 것이다.

일반적으로 그림의 제목은 해석보다는 설명에 기반을 둔, 최대한 중립적인 것으로 정했다. 예외는 카프카가 지면에 직접 제목을 써놓은 그림들이다. 이러한 제목은 항상 인용 부호와 함께 표기했다.

그림의 제작 일자를 정확히 판정하기 어려운 까닭에 그림들을 책에 어떤 순서로 배치해야 할지도 문제였다. 그림의 순서는 기본적으로 시간순이며, 그래서 1907년경까지의 초기작이 담긴 방대한 이스라엘국립도서관 소장품이 앞부분에 소개된다. 그러나 여기에 속하는 작품군 안에서 더 정확한 순서를 확정하기는 불가능하다. 그래서 이 부분에는 또다른 원칙을 적용했다. 이 시기의 작품군 맨 앞에는 한 면 혹은 두 면짜리 낱장 그림들을 먼저 소개하고 끝에는 카프카의 스케치북과 거기에서 잘라낸 그림들을 배치했다.

초기 작품군 뒤에는 여행 일기, 편지, 일기, 그리고 1909년에서 1924년까지 쓴 노트에서 발견된 그림들이 나오며, 대체로 이들 작품의 제작 일자는 좀더 정확히 특정할 수 있다. 카탈로그 레조네의 끝부분에는 글 원고에 그려진 장식적인 그림들이 소개된다. 여기에는 글쓰기 과정에서 생겨나긴 했지만 독자적인 그림으로 인정될 수 있는 스케치가 소량 포함된다. 글쓰기를 (혹은 이미 적힌 글을 지우는 것을) 주된 목적으로 하는 장식적 그림은 여기에 포함되지 않는다.

축약어

아카이브:

Albertina   알베르티나미술관, 빈

BLO   보들리언도서관, 옥스퍼드

DLA   독일문학기록보관소, 마르바흐

NLI   이스라엘국립도서관, 예루살렘

카프카의 작품:

R   맬컴 페이즐리 편,『막스 브로트와 프란츠 카프카: 우정, 여행 기록 *Max Brod/ Franz Kafka: Eine Freundschaft; Reiseaufzeichnungen*』, 프랑크푸르트: 피셔 출판사, 1987

FB   맬컴 페이즐리 편,『막스 브로트와 프란츠 카프카: 우정, 서신 *Max Brod/Franz Kafka: Eine Freundschaft; Briefwechsel*』, 프랑크푸르트: 피셔 출판사, 1989

KA   위르겐 보른, 게르하르트 노이만, 맬컴 페이즐리, 요스트 실레마이트 편, 원고, 일기, 편지: 비평본 *Schriften-Tagebücher-Briefe: Kritische Ausgabe*, 프랑크푸르트: 피셔 출판사, 1982

기타 포함:

한스게르트 코흐 편,『편지 *Briefe*, 1918~1920』, 2013

한스게르트 코흐, 미하엘 뮐러, 맬컴 페이즐리 편,『일기 *Tagebücher*』, 1990

HKA   롤란트 로이스, 페터 슈텡글레 편, 수기 원고, 인쇄물, 타자 원고 전작 역사비평본 *Historisch-Kritische Ausgabe sämtlicher Handschriften, Drucke und Typoskripte*, 프랑크푸르트: 스트룀펠트, 1997~2018. 괴팅겐: 발슈타인, 2019~현재

기타 포함:

옥스퍼드 8절판 노트 *Oxforder Oktavhefte* 3&4. 2009

옥스퍼드 8절판 노트 5&6. 2009

옥스퍼드 8절판 노트 7&8. 2011

『성』. 2018

1. 한 면 혹은 두 면짜리 낱장 그림, 1901~1907년경

1, 2. 카프카의 명함 뒷면에 그린 머리

1907년경, 판지에 연필, 10.6 × 6.4cm

소장처: NLI, ARC. 4* 2000 5 80 (작은 스케치와 소묘화)

카프카의 명함 뒷면(작품 번호 1)에 매끄럽고 두꺼운 선으로 윤곽을 다채롭게 표현한 초상화가 있다. 초상화의 지면상 위치와 그림 자체의 구성 요소들에 의해 공간이 분명하게 분할된다. 초상화 주변을 감싼 선이 관자놀이에서 시작해 어깨를 따라 팔꿈치까지 수직으로 내려와 수평으로 꺾인 뒤, 마주보는 두 사람의 옆모습을 수평으로 가르고 지나가면서 지면을 삼등분하는 구도를 형성한다. 아래쪽에 그려진 머리 두 개는, 카프카가 자주 사용한 방식대로, 반원의 곡선들을 사용해 그렸다. 4분의 3 측면 각도로 가장 세밀히 묘사된 맨 위쪽 얼굴을 자세히 보면 그 안에서 두번째 얼굴, 심지어 세번째 얼굴까지 찾을 수 있다. 아울러 인물의 정수리에서 시작되어 배경으로 물러나며 지면에 입체감을 더해주는 선도 주목할 만하다.

3, 4. 낱장에 그린 소묘화 세 점

1901~1907년경, 종이에 연필, 22.7 × 14.6cm

소장처: NLI, ARC. 4* 2000 5 91

최초 출간(작품 번호 4): 막스 브로트, 『프란츠 카프카: 전기 *Franz Kafka: Eine Biographie*』, 제3판(베를린: 피셔 출판사, 1954), 256쪽.

노트에서 뜯은 속지일 가능성이 있는, 반으로 접힌 양면지.

앞면(작품 번호 3): 아래쪽 그림: 이 선화線畫는 오른쪽에서 왼쪽으로 감상할 수 있다. 오른쪽에서 한 인물이 카프카가 손으로 적은 "형사 소송(Strafprozeß)"이라는 글 밖으로 걸어나온다. 두번째 인물은 왼쪽의 의자에 앉아 있다. 두 사람은 그림의 형태와 내용 면에서 서로 연관되어 있고, 병렬 배치로 인해 긴장감과 공간감이 생긴다. 움직이는 인물은 단순한 직선으로, 앉아 있는 인물은 가는 곡선으로 그렸다. 지면 오른쪽에서 세로로 적힌 글자가 걷는 인물의 등에 닿으며 그림과 통합된다. 서 있는 인물이 옮기고 있는 물건은 헝겊을 드리운 쟁반이거나 앉은 인물에게 줄 스툴일 수도 있다. 이와 같은 각진 형태가 위쪽의 그림에서도 반복되지만, 해석에 그리 큰 도움을 주지는 않는다.

위쪽 그림: 이 선화의 일부 선은 강조를 위해 여러 번 겹쳐 그렸다. 오른쪽 어깨와 팔, 손은 확실히 구분되며, 손에는 지휘봉이나 악기의 활, 마술사의 지팡이 등으로 보이는 막대기를 들고 있다. 인물 뒤쪽에서 각진 형상이 나타난다 — 악기일 수도 있고 마술사의 헝겊일 수도 있는데, 아마도 인물이 왼팔로 들고 있는 듯하다. 모자는 또렷이 표현되었고, 목깃 아래 달린 턱수염, 혹은 나비넥타이도 마찬가지다. 지면 왼쪽에 카프카가 세로로 쓴 글이 있다. "주관적인. 거짓?/ 전환/ 로트비르허?(subjektiv. Falschheit?/ Convertierung/ Rodtbircher?)"

뒷면(작품 번호 4): 지면 위쪽 반을 차지하는 이 그림은 팽팽하게 긴장된 대조를 이루는 흑백의 형체를 보여준다. 음영을 넣은 검은 양복과 흰 셔츠를 입은 인물이 가운데에 있고, 그 주위를 세 인물이 이상한 손짓을 하며 휘돌고 있다. 가운데의 검은 인물은 팔다리를 대칭으로 드리운 채 가만히 서 있다. 이와 대조적으로 다른 세 인물은 발이 땅에서 떨어져 있는 듯하고, 모호한 동작의 순간에 포착되었으며, 가벼운 획 몇 개로만 그려졌다. 막스 브로트는 이 그림에 "판사와 그 주위에서 춤을 추는 세 인물"이라는 제목을 붙였다. (브로트가 호딘에게 보여주기 위해 고른 그림들의 목록은 '머리말' 18쪽 참조.)

5, 6. 낱장에 그린 소묘화 여섯 점

1901~1907년경, 종이에 연필, 34.2 × 21.3cm

소장처: NLI, ARC. 4* 2000 5 88

최초 출간(작품 번호 6): 막스 브로트, 『프란츠 카프카에 대하여 Über Franz Kafka』(프랑크푸르트: 피셔 출판사, 1966), 401쪽.

소포용 포장지일 가능성이 있는 황토색 종이로, 두 번 접힌 자국이 있고 왼쪽 아래가 찢어졌다.

여섯 점의 그림은 언뜻 서로 무관해 보이지만, 연재만화와 유사한 서사를 형성할 수도 있다.

앞면(작품 번호 5, 세로 방향): 맨 아래 그림은 위아래가 뒤바뀌었다. 그림 세 점 중 두 점은 끝부분이 종이의 접힌 선에 맞춰져 있다.

네 인물이 맨 아래 칸의 반을 차지하고 있고, 말 등에 올라탄 다섯번째 인물이 그들 뒤에 있는데, 머리는 지면 가장자리에 잘려서 보이지 않는다. 선화에 음영 처리를 했다. 서 있는 네 인물은 장총 혹은 총검을 들고 똑같은 옷과 모자로 이루어진 제복을 입은 듯하다.

가운데 칸의 그림은 장애물을 넘는 말을 단순한 선으로 묘사한다. 말 등에 탄 이는 제복을 입고 손에 장총과 군도 혹은 고삐를 쥐었다. 그의 뒤(지면 오른쪽)에는 뒷발로 선 말이 있고 말에 탄 이는 오른팔로 고삐를 잡고 있으며, 왼팔은 지면 오른쪽 가장자리에 쓰인 글 ─ "보상. -무상의/ 일방 -양방의(entgeltl. -unentgeltlich/ einseit -zweiseitig)" ─ 과 겹쳐졌다. 아울러 수평 방향의 그림과 직각을 이루는 이 글은 형상적 성격을 띤다. 말에 탄 사람이 지면 가장자리에서, 즉 글자들로부터 나오는 것처럼 보인다.

맨 위 그림은 세 인물을 옅게 스케치한 것으로, 이들은 코트 차림으로 서 있거나 걷고 있으며 역시 군도로 무장했을 가능성이 있다.

뒷면(작품 번호 6, 세로 방향): 아래쪽 그림: 단순한 획으로 구체적 사물을 명확히 그렸는데도 내용이 모호한 장면. 오른쪽 인물의 발에서 시작되어 다리와 머리로, 오른팔로, 이어서 손에 들린 긴 막대기까지 이어지는 사선으로 인해 입체감이 생긴다. 막대기는 아마도 바리케이드 역할을 하는 듯한 정체불명의 물체를 넘어, 왼쪽의 무리 중 가장 뒤쪽 인물의 머리를 향하고 있다. 무리는 다섯 명의 인물로 이루어졌다. 무리 중 눈에 띄게 긴 다리 혹은 소지품을 지닌 가장 왼쪽 인물은 바리케이드 반대편에서 몸을 쭉 늘린 인물과 함께 구도상 중요한 역할을 담당한다. 두 인물 각각의 바깥쪽 다리가 삼각 구도의 양쪽 세로면을 구성한다. 땅바닥에 누워 있고 머리가 작은 원 하나로 표현된 가장 아래쪽 인물은 더욱 의문을 일으킨다. 오른쪽 인물의 강하게 강조된 커다란 왼손도 눈에 띄는데, 손이 아니라 권총일 수도 있다.

가운데 그림: 움직이고 있는 만화 같은 세 인물. 간결하고 단순하고 재빠른 획으로 그린 기교적이고 과장된 선.

위쪽 그림: 앞면의 그림들과 비슷한, 군인의 머리일 가능성이 있는 조각 그림.

7, 8, 9. 두 장에 그린 소묘화 여러 점

1901~1907년경, 소묘용 혹은 수채용 종이에 먹물, 27.8 × 14cm, 6.3 × 13cm

소장처: NLI, ARC. 4* 2000 5 89

최초 출간(작품 번호 9): 막스 브로트, 『프란츠 카프카의 신앙과 학설 *Franz Kafkas Glauben und Lehre*』

(빈터투어: 몬디알 출판사, 1948), 53쪽.

원래 한 장이었던 종이 두 장의 양면에 그려진 소묘화. 오른쪽 면의 큰 조각은 유실되었다.

첫째 장 앞면과 둘째 장 앞면(작품 번호 7): 첫째 장은 두 번 접힌 자국이 있지만 이러한 구조상의 특징이 전체 지면에 그려진 그림의 일관성을 해치지는 않는다. 둘째 장의 앞면인 작은 조각도 이 단일 구성의 일부다. 이 그림의 남은 부분에서는 두 인물이 가장 두드러져 보인다. 아래쪽 인물은 먹물로 면을 채운 일종의 실루엣이다. 브로트는 호딘에게 보여줄 그림 스물한 점을 고를 때 이 인물을 따로 한 점으로 포함했고 제목을 "스케치"라고 붙였다. 인물의 발 쪽으로 내려갈수록 먹물이 연해지면서 그 아래에 스케치한 외곽선이 드러난다. 발의 위치로 보아 이 인물은 걷고 있는 듯 보인다. 아래쪽 인물의 옆과 위에는, 선으로 윤곽만 그린 거대한 인물이 솟아 있다. 이 가운데 인물 주위에 다른 얼굴과 인물 형상을 식별할 수 있는데, 그중 하나는 가운데 인물 위에 올라타고 있는 듯하다.

첫째 장 뒷면(작품 번호 8): 빠르고 가벼운 획으로 그려진 몸들이 오른쪽에서 왼쪽으로 움직이고, 이들의 얼굴은 전부 같은 방향을 보고 있다. 지면 아래에서 위쪽에 걸쳐 몸집이 더 큰 인물 셋이 보이고 꼭대기에는 다른 한 인물이 탁자 혹은 난간에 기대어 쉬고 있다. 앞면과 마찬가지로 지면의 상당 부분이 유실된 탓에 전체 맥락을 파악하기는 어렵다. 브로트는 이 인물들의 그림도 호딘을 위해 골랐고, "난간에 기댄 남자"라는 제목을 붙였다.

둘째 장 뒷면(작품 번호 9): 이 그림은 막스 브로트가 1948년 자르거나 찢어내 삽화로 사용했다. 전력 질주중이거나 도약을 준비하는 한 인물이 따로 담겨 있다. 다리를 최대한 벌리고 양팔을 평행하게 뒤로 뻗은 이 인물은 결승선을 지나는 달리기 선수일 수도 있다. 카프카는 기교적인 곡선 몇 개만으로 그림에 동적 활력을 부여했다. 이 선들을 배치한 솜씨로 보아 카프카가 이 자세를 시험삼아 자주 그려봤음을 알 수 있다. 이와 유사한 작품은 스케치북에 있는 펜싱 선수의 그림이다.

10. 파란 종이에 그린 승마 기수

1901~1907년경, 파란 종이에 연필, 10.4 × 20.9cm
소장처: NLI, ARC. 4* 2000 5 80 (소형 스케치와 소묘화)

코팅이 되지 않은 푸르스름한 종이.

선영이나 음영, 혹은 입체감을 전달할 공간적 특징이 없는 단순한 선화. 반원과 4분의 3 원을 이루는 곡선은 기교적이고 캐리커처 같은 느낌을 준다. 고도로 추상화된 그림이지만, 카프카는 질주하는 말과 기수의 동적 활력을 성공적으로 전달한다.

11, 12. "붐빔"

1901~1907년경, 종이에 연필, 7 × 10.5cm
소장처: NLI, ARC. 4* 2000 5 76

모눈종이의 위와 아래가 가위로 잘려나갔다.

이 단순한 선화의 제목은 "붐빔(Volkshaufen)"이며 뒷면(작품 번호 12)에 카프카의 손글씨로 적혀 있다. 다섯 명의 인물이 오른쪽에서 왼쪽으로 걸어가고 일부는 손짓을 하고 있다. 특정 부분을 과감히 삭제하기는 했지만 각 인물의 전신을 묘사했다. 인물 모두 머리가 불균형적으로 작다. 맨 오른쪽 인물은 윗부분이 잘렸다.

13. 『디 무스케테』 지면에 그린 인물들

1906년 이후, 신문 용지에 연필, 37 × 27.5cm

소장처: 개인 소장

최초 출간: 하르트무트 빈더, 『카프카의 빈: 어려운 관계의 초상 *Kafkas Wien: Portrait einer schwierigen Beziehung*』(미터펠스: 비탈리스 출판사, 2013), 44쪽.

빈의 풍자잡지 『디 무스케테 *Die Muskete*』 1906년 4월 12일자 부록 IV(뒷장)의 지면. 활판인쇄로 조판된 글이 있는 지면 아래쪽 반에는 자사 잡지 광고가 실려 있다. 바보들이 갇힌 우리의 창살 밖으로 다양한 인물의 머리가 튀어나와 있고, 그 앞에 광대가 있는 장면을 묘사한 만화의 형태다. 카프카의 그림은 이 인물들에게 반응한다. 광대를 시작점으로 그린 인물들도 있고, 지면 가장자리와 여백을 차지한 인물들도 있다. 이렇게 카프카는 총 열 명의 인물을 추가로 지면에 그려넣었다.

14, 15. 강의록에 그린 그림들

1902~1906년경, 종이에 연필과 파란 색연필, 8.3 × 20.4cm

소장처: NLI, ARC. 4* 2000 5 80 (소형 스케치와 소묘화)

법학 강의 노트에서 찢어낸 빛바랜 종잇조각.

앞면(작품 번호 14): 막스 브로트는 카프카가 수업중에 강의 노트에 소묘와 스케치를 하는 모습을 봤고 나중에 이에 대해 언급했다. 밑줄 사이에 그려진 원양 정기선이 보이고 밑줄들은 수평선과 잔잔한 파도를 이룬다. 아래쪽에서 밑줄은 난간의 가로대가 되며 거기에 세 인물이 있다.

뒷면(작품 번호 15): 많은 밑줄, 카프카의 자필로 쓰인 강의 메모:

    1.) 형식적 차이 민법은 구두와 서면 청약을 구분한다/ 상법은 출석 당사자와 불출석 당사자를 구분(formeller Unterschied AB G. B. unterscheidet zwischen muündlichen und schriftlichen Offerten/ HGB zwischen Anwesenden und Abwesenden)

2.) 민법은 동일 장소 서면 청약의 경우 24시간 숙의를 허용한다/ 상법은 특정한 조건에서만 (AB GB giebt bei schriftl. Offerten am selben Orte 24/ Stunden Überlegung, Handelsgesetzb. nur solange als man den)

16, 17, 18, 19. 강의록에서 찢은 종이에 담긴 그림들

1902~1906년경, 종이에 연필과 파란 색연필, 3.8 × 16.9cm(16), 3 × 4.3cm(17), 3 × 11.4cm (18), 3 × 20.4cm(19)

소장처: NLI, ARC. 4* 2000 5 73

전부 법학 강의 노트로 보이는 한 장의 종이에서 자르거나 찢은 네 장의 종잇조각으로, 일부는 접혀 있다. 막스 브로트는 별도의 종이에 적은 메모와 함께 이 조각들을 편지봉투에 담아 보관했다. "나의 1905~1906년 일기 속에서 찾음[출처는 법학 강의 노트 여백]." 384라는 쪽수가 적힌 조각(작품 번호 16)은 세로 형식 지면의 상단부를 잘라낸 것이다.

연필로 그렸으며 일부 선은 지면 가장자리까지 이어진다. 그림의 배열이 선형적이고 윤곽을 또렷하게 그린 형상이 많은데 그중 일부는 안쪽에 음영을 넣었다. 이 그림들은 원래의 맥락에서 분리되었기 때문에 글이나 전체 지면과의 정확한 관계를 확정할 수 없다. 이것은 강의록 내용에 대한 주석이 아니라 여백을 활용한 그림이다. 카프카는 글의 내용이나 강의와 관련한 삽화를 그린 것이 아니라 지면에 독립적인 시각적 세계를 불러냈다.

가장 긴 조각(작품 번호 19)의 그림은 기다란 몸이 팽팽하게 긴장한 말과 기수 그림들(작품 번호 56 참조)을 상기시킨다. 미세하게 그린 선들은 풍경 혹은 세차게 일어나는 먼지를 암시한다. 종이 네 조각에 그려진 이미지들 사이에서 대단한 긴장감이 흐른다. 각 조각 뒷면에 쓰인 숫자는 막스 브로트가 표시한 것이다.

20, 21. "고대의 무용수"

뒷면에 1906년 5월 1일이라고 표기, 갈색 종이에 연필, 15.5 × 12cm

소장처: NLI, ARC. 4* 2000 5 75

가위로 자른, 코팅되지 않은 포장지. 카프카가 뒷면에 날짜(작품 번호 21)와 제목을 적었다. "고대의 무용수(Alterthümlicher Tänzer 1/5/1906)."

원근법이 적용되지 않은 이 그림은 선영이나 음영 없이 명확한 선으로 그려졌고 주요한 윤곽선은 닫힌 형태다. 머리가 몸에 선으로 연결되지 않은 채 살짝 떨어져 있지만, 그러면서도 앞으로 뻗은 다리와 몸이 이루는 사선의 흐름을 따른다는 점을 주목할 만하다. 양다리를 넓게 벌려 생겨난 커다란 아치는 곡선으로 잘린 종이의 모양을 그대로 반영한다(혹은 종이의 곡선이 다리의 아치를 반영한 것일 수도 있다). 몸 안쪽에 위치한 팔은 또하나의 뾰족하고 작은 아치를 만든다. 전체적으로 인물은 고도로 추상화되었지만, 좀더 오래 바라보면 전체가 눈에 들어온다. 인물의 기울어진 자세로 인해 원근감의 효과가 생겨난다.

22, 23. 삼각형 종이에 그린 그림들

1906년경, 갈색 종이에 연필, 10.3 × 8.3 × 7.8cm

소장처: NLI, ARC. 4* 2000 5 80 (소형 스케치와 소묘화)

삼각형으로 찢거나 자른, 코팅되지 않은 포장지.

앞면(작품 번호 22): 인간보다는 동물에 가까운 생물체가 오른쪽에서 왼쪽으로 활보하는 모습이 선과 음영으로 표현되었다. 동물 같은 머리에 자라다 만 오른팔, 특이한 다리를 가진 형상이다. 오른발은 뒤꿈치와 발바닥까지 분명히 표현되었고, 왼발은 극단적으로 짧아서 곤봉발 혹은 발굽처럼 보인다. 사람의 것일 수도 있는 머리 하나가 엉덩이 부근에 튀어나와 있다. 다른 이미지(작품 번호 24)에 등장하는 목

말을 태운 생물체와 비견할 만한 괴물 혹은 야수. 그러나 그림을 반시계 방향으로 120도 정도 돌리면, 얼굴과 팔 두 개, 비틀린 다리가 두 개인 인간의 형상이 분명히 나타난다.

뒷면(작품 번호 23): 삼각형의 지면을 채우는 생물체. 몸은 주로 골반 부위 — 삼각형의 꼭대기 — 에서 꺾인 두 개의 평행선으로 표현되었고, 팔 두 개와 다리 두 개가 몸을 지탱한다. 머리는 매우 작다. 이 생물체는 그렇게 엉덩이를 공중에 쳐들고 있으며, 아래쪽의 팔과 다리 사이에 카프카가 손으로 쓴 "웅얼거림(Mauscheln)"이라는 단어가 보인다. 이 단어는 그래픽적 측면에서 구도의 한 요소가 되지만 내용과는 무관하다. 그림을 종이의 삼각형에 맞춰 그렸는지, 나중에 종이를 그림의 형태에 맞게 자르거나 찢었는지는 불명확하다. 종이와 묘사된 형체가 〈고대의 무용수〉(작품 번호 20 참조)와 닮았다.

24, 25. 낱장에 그린 그림 여러 점

1901~1907년경, 종이에 연필, 17.1 × 10.6cm

소장처: NLI, ARC. 4* 2000 5 80 (소형 스케치와 소묘화)

유선 노트의 낱장.

앞면(작품 번호 24): 윤곽선이 분명하고 안쪽은 음영 처리가 된 그림. 사람 형상 하나, 동물 형상 하나, 그리고 군중이 보인다. 정체불명의 거대한 동물이 뒷발로 서 있다. 사람 형상이 동물의 등에 아슬아슬하게 올라탄 채, 오른손으로는 동물의 목덜미를 붙잡고 쭉 뻗은 왼손으로는 권총을 들고 있다. 권총의 총열이 아래쪽에 작게 그려진 군중의 머리 위, 지면 왼쪽 가장자리 너머의 불분명한 표적 — 동물과 그 등에 탄 사람에게만 보이는 표적 — 을 겨냥한다. 사람과 동물 형상의 머리는 불균형적으로 작다.

뒷면(작품 번호 25): 카드놀이를 하는 것처럼 보이는 중앙의 인물이 지면을 장악하고 있다. 고르게 넣은 선영이 인물과 탁자와 의자 혹은 벤치에 통일감을 준다. 상체와 하체는 비틀러 있으며, 인물 옆 우측 하단에 불명확한 그림이 하나 더 있다. 우측 상단의 그림은 달리는 인물을 만화풍으로 묘사했는데, 과장된 정강이와 신발이 카드놀이를 하는 인물의 발과 대조된다. 좌측 상단에는 합계가 91이 되는 덧셈이 적혀 있다.

26, 27. "재력의 오만함"

1901~1907년경, 갈색 종이에 연필, 18.4 × 21.1cm

소장처: NLI, ARC. 4* 2000 5 74

가운데에 세로로 접힌 자국이 있는 포장지. 카프카는 우측 상단에 "재력의/ 오만함(Übermuth des/ Reichthums)"이라는 문구를, 뒷면(작품 번호 26)의 거의 같은 높이에 "가련한 하인들(bedauernswerte Dienerschaft)"이라는 문구를 적었다. 그림의 왼쪽 일부가 잘려나간 듯하다 — 좌측 하단에 화폭으로 들어오고 있거나 밖으로 나가고 있는 듯한 인물이 있다.

브로트는 이 그림을 호딘에게 보여줄 최고 작품 스물한 점 중 하나로 골랐다. 그림의 초점이 여러 군데에 대략 대칭적으로 배열되어 있고, 다양한 시점 — 상면, 측면, 소실점 — 에서 표현된, 의미가 모호한 개별 장면 여러 개로 구성된 작품이다. 좌측 상단의 울타리는 공중에 떠 있거나 멀리에 위치한 듯하고, 그 안에 일고여덟 명의 인물이 대략 원형으로 배열된 의자에 앉아 있다. 그들을 쟁반 위에 올려 내놓는 상황일 가능성도 있지만, 그것은 윤곽선 안을 음영 처리한 거대한 팔처럼 보이는 부분에 근거한 짐작일 뿐이다. 이들은 음악가일 수도 있고 뒷면에 언급된 "가련한 하인들"일 수도 있다. 이 사람들 아래로 도로이거나, 강이거나, 혹은 일종의 연결부일 수도 있는 것이 아래쪽 지지 구조물까지 이어지는데, 아마도 이 구조물은 다리가 하나이고 위에는 유리잔이 여러 개 놓인 탁자인 듯하다. 혹은, 지면 가운데 부분과 마찬가지로 여기도 몸에 딱 붙는 줄무늬 옷을 입은 인물 — 아마도 새 - 인간, 혹은 앞에서 언급한 "하인들" — 이 무용수 같은 발걸음으로 잔을 올린 쟁반을 받쳐들고 손님들에게 권하는 모습일까? 그림 가운데 부분에서 쟁반에 올려 운반하거나 선보이는 것이 무엇이든, 그것은 정확히 정의할 수 없는, 오직 묘사만이 가능한 모호한 물건임이 분명하다. 그것은 양 측면에 활짝 펼친 공작 깃털이 달린 부조리한 사물이다. 오른쪽에 식탁보로 장식된 긴 탁자에는 마찬가지로 정의하기 힘든 인물 둘이 앉아 있다. 이 한 장면을 제외하면 전체 구도에 명확한 소실점이 없으나, 분명한 입체감은 있다. 이 인물들 위에는 십자형으로 배치된 초 여섯 개가 그리다 만 나뭇가지 모양 촛대처럼 공중에 떠 있다.

파울 클레와 호안 미로에게도 영감을 주었던 어린이들의 그림처럼, 이 지면의 그림도 사실적인 시점의 묘사가 아닌 사물과 인물의 병치가 특징이다. 묘사된 사물의 크기는 현실 속의 실상이 아니라 각각에 부여된 개인적 중요도에 따라 결정된다. 전체 장면은 각기 다른 차원의 현실을 병치한 것처럼 보인다. 그러나 명시되지 않은 순서로 그려진 서사, 어쩌면 여러 번 반복해 그린 꿈의 장면일 수도 있다. 따라서, 이 그림의 구성은 '정교한 시체 Cadavres exquis' ● 기법으로 알려진 예술적 과정을 통해 창조된 초현실주의 소묘 작품을 떠올리게 한다.

28, 29. 낱장에 그린 그림 네 점

1901~1907년경, 종이에 연필, 23 × 14.4cm

소장처: NLI, ARC. 4* 2000 5 90

최초 출간(작품 번호 28): 클라우스 바겐바흐, 『프란츠 카프카: 청년기 전기 Franz Kafka: Eine Biographie seiner Jugend』(베른: 프랑케 출판사, 1958), 112쪽.

가로로 접힌 모눈종이로, 스케치북이나 더 큰 종이에서 잘라낸 것일 가능성이 크다.

앞면(작품 번호 28): 두 부분으로 이루어진 이 그림은 브로트가 호딘에게 제시한 스물한 점의 그림 중 하나다. 그 과정에서 브로트는 이 그림에 "가마가 두 곳의 풍경을 지나간다"라는 제목을 붙였다.

아래쪽 그림: 구상적이고 자족적인 특성이 뚜렷한 구성이다. 지평선과 나무와 구름이 있는 풍경으로 이루어진 장면으로, 전경에 그려진 형체들은 울타리이거나 길가 혹은 들판 가장자리에 자라난 식물일 수도 있지만, 또한 장식적인 기능을 수행하기도 한다. 나무 아래에는 사람 형상 하나가 움직임이 일어나는 곳을 외면한 채 앉아 있다. 상자 같기도 하고 비현실적으로 가느다란 장대가 달린 가마 같기도 한 물체를 두 인물이 과장된 걸음걸이로 오른쪽에서 왼쪽으로 옮기고 있다. 측면 창문 안에 보이는 것은 사람 형상일 수도 있다.

위쪽 그림: 나무, 개울, 도로, 작은 인물 둘과 상자로 구성된 풍경이 조감도로 표현되었다. 전경에 머리가 극도로 작은 유령 같은 인물 여섯이 허공에 뜬 채 오른쪽에서 왼쪽으로 지나간다.

뒷면(작품 번호 29): 아래쪽 그림: 선이 덜 또렷하고, 네 군데에 진한 음영 처리가 되어 있다. 어떤 풍경,

● 초현실주의 예술가들이 처음 시도한 집단 창작 방식으로, 여러 화가가 돌아가며 각기 맡은 부분만 그려 예측 불가한 기묘한 이미지를 창조해내는 기법이다.

정의하기 어려운 공간을 어렴풋이 묘사한 그림. 오른쪽에 다리와 상판으로 구성된 가구를 닮은 기하학적 구조물 두 개가 보인다. 신체 일부로 보이는 부위들이 사람의 형상을 암시한다.

위쪽 그림: 왼쪽에 카프카의 메모가 있다. "지역권에 의거하여/ 주택의/ 거주 가능한 구역을/ 본인의 필요에 따라 사용(durch das Recht der Dienstbarkeit/ bewohnbare Teile eines/ Hauses zu seinem/ Bedürfnis zu benützen)." 줄을 그어 지운 부분은 "건축할 권리(Bauungsrecht)"라고 쓰려던 것일 수도 있다. 우측 하단에 있는 형상이 무엇인지는 명확히 알 수 없지만, 그로 인해 글로 된 지면의 형식이 아래쪽 절반의 공간에서 그림으로 전환된다.

30, 31. 낱장에 그린 그림 여러 점

1901~1907년경, 종이에 연필, 16.3 × 19.8cm

소장처: NLI, ARC. 4* 2000 5 82

두 면으로 펼쳐진 유선 노트 내지, 앞면에 눈에 띄는 갈색 잉크 얼룩.

앞면(작품 번호 30, 가로 방향): 카프카는 여기에서 다양한 경도의 연필을 사용했다. 단순한 획과 선으로 그린 그림들로, 어떤 선들은 강조를 위해 여러 번 겹쳐 그렸으며 십자형 선영을 넣은 부분도 있다. 양식과 내용 면에서 다양한 여러 대상이 있고, 각각이 고유한 현실을 구성한다 ― 거칠게 스케치한 대상도 있으나, 보다 완전하게 묘사한 대상도 있다. 두 면으로 펼쳐진 종이의 왼쪽과 오른쪽 사이에 공통점은 전혀 없어 보인다. 오른쪽 면에서 가장 눈에 띄는 것은 말의 뒷모습이며 그 오른편에 옅게 스케치한 세 인물이 있다. 왼쪽 면에는 검은 양복을 입은 인물이 아마도 그릇 두 개인 듯한 정물이 놓인 단 옆에서 공중에 살짝 떠 있다. 가운데 가르마가 또렷한 인물의 머리 모양과 대중에 알려진 카프카의 사진들을 비교하면, 이것이 자화상일 가능성도 있어 보인다. 다른 세 인물이 그 위 허공에 있는데 서로 관련은 없는 듯하다. 십자형 선영을 넣은 가장 위쪽 인물은 지팡이를 짚고 걷는 모습이며, 지팡이가 땅에 그려진 선들과 통일된 구도를 이룬다. 이 인물 발치에는 주로 머리와 다리로만 이루어진 생물체가 간략히 스케치되어 있다. 셋 중 가장 아래에 있는 인물은 과장된 신체 부위와 이상한 신발이 특징이며 맥락에서 완전히 벗어나 있고, 손에 든 막대기 형태의 알 수 없는 물건이 지면 공간을 삼등분한다.

뒷면(작품 번호 31, 가로 방향): 여기에서는 두 면으로 펼쳐진 종이의 왼쪽과 오른쪽이 서로 연결되어 있다. 좌측 하단의 그림은 구상주의적이고 서사적인 장면을 나타낸다고 볼 수도 있다. 하지만 지면의 다른 그림들은 이 장면의 내용과 관련 없이 제각기 자체의 회화적 논리를 따른다. 또렷하게 그려진 건물 — 대문이 달린 일종의 탑 — 앞에 인물 여럿과 급격히 굽은 길이 보이며, 그 길은 바로 옆에 있는 인물의 목깃과 겹쳐진다. 이 반신상과 탑 주위에는 간략히 스케치된 인물 둘이 있는데, 하나는 좌측 상단 구석에 거꾸로 매달려 건물과 맞닿아 있고, 다른 한 명은 기묘한 모자를 쓴 아래쪽 인물의 초상화 위로 떠오르는 듯 보인다. 지면 오른쪽에는 건축적 성격의 장식들이 있고, 그중 일부는 조형적 특성을 보인다.

위 두 면의 그림들은 카프카가 다양한 소묘 기법을 사용해 개개 요소를 이토록 다채롭고 독립적으로 표현했다는 점에서 특기할 만하다.

32. 프렌치도어 앞의 인물

1901~1907년경, 종이에 잉크, 8 × 8.2cm

소장처: NLI, ARC. 4* 2000 5 80 (소형 스케치와 소묘화)

아마도 스케치북에서 가위로 잘라낸 낱장.

브로트가 호딘에게 보여주기 위해 고른 스물한 점의 그림 중 하나로, 브로트는 "커튼이 처진 창가의 남자"라는 제목을 붙였다. 직선이 주를 이루고 유리창 앞 난간 부분은 선을 몇 번 더 겹쳐 그렸다. 바깥 풍경이 보이는 실내 공간을 가벼운 손길로 정확히 포착한다. 이 공간의 특징적 요소는 유리창과 장식적 요소가 강조된 발코니, 창문 윗부분에 걸린 주름 커튼뿐이다. 얼굴 혹은 뒤통수가 검은 사람 형상이 유리창 오른쪽에 아마도 기댄 채로 서 있다. 팔 하나를 길게 뻗어 손을 문손잡이 위에 올려놓았고, 다른 팔은 굽힌 채 형체가 또렷한 손에 무언가를 들고 있는 듯하다. 카프카는 인물의 어깨 부분은 그리지 않았다. 이 신속한 스케치의 놀라운 점은 사람의 몸과 발코니 문 구조의 공간적 상호 침투성이다. 문틀은 구부린 쪽 팔뚝과 합쳐져 다리까지 이어진다. 인물과 유리문은 단일한 전체로 섞여든다. 인물은 방안을 바라보고 있는가, 유리문 밖을 바라보고 있는가? 야누스적 순간이다. 내부 세계와 외부 세계가 서로 합쳐진다.

33. 스케치

1901~1907년경, 종이에 연필과 파란 색연필, 17.1 × 10.6cm

소장처: NLI, ARC. 4* 2000 5 80 (소형 스케치와 소묘화)

노트에서 잘라낸 유선 내지.

아래쪽에 상대적으로 두꺼운 파란 색연필로 그은 선 네 개가 있고, 가운데에는 다른 색연필로 끄적인 구불구불한 선 하나가 있다. 맨 위쪽에는 다른 연필로 무언가를 그리려 한 듯하다. 평행한 선들, 구조물, 그리고 가장 위에 길게 그린 가로선이 보인다. 연습지에 지나지 않지만 세심히 고려한 구조와 구도상의 비례가 돋보인다. 괴테의 정원 별장(작품 번호 125 참조), 혹은 정원이 있는 집(작품 번호 34 참조)을 그리다 중단했거나 그만둔 흔적이라고 볼 여지도 있다.

34, 35. 정원이 있는 집

1901~1907년경, 종이에 연필, 16.8 × 10.1cm

소장처: NLI, ARC. 4* 2000 5 80 (소형 스케치와 소묘화)

유선지.

앞면(작품 번호 34): 사실적인 방식으로 알아보기 쉽게 그린, 정원이 있는 집. 법학과 관련한 세 가지 요점이 카프카의 자필로 맨 위에 적혀 있어 균형 잡힌 시각적 구성을 이루지만, 그림의 내용과는 무관하다.

조건

1. forum delicti commissi [즉, 불법행위지법不法行爲地法]

2. 예방 언제

　a. 책임이 더 큰

　b. 범행 유형 불분명

이 이미지는 카프카가 바이마르에 있는 괴테의 정원 별장을 소묘한 그림(작품 번호 125 참조)을 연상시킨다. 집의 우측 하단 모퉁이 옆에 있는 사람 형상으로 인해 불확실성의 요소가 생겨난다. 이 인물은 긴 장대를 들고 있으며, 양쪽 발로 보이는 부분은 그림자일 수도 있다.

뒷면(작품 번호 35): 카프카가 연필을 사용해 손으로 쓴 법학 강의 메모. 속기가 일부 포함된 이 메모는 앞면의 그림과 무관하다.

> 공식적 행위에 법원은 책임이
>
> 없다 ["최소 두 배"를 줄로 그어 삭제]
>
> 예컨대 거주지 혹은 관할지의
>
> 법원 1이 외부 기관과 함께
>
> 실시하는 심리 —
>
> 모독에 대한 필수적인
>
> 예방조치 — 위원회 회의실
>
> 요청 — 예컨대 법원 2 —
>
> 법무장관
>
> 어떤 경우든 두 법원 모두
>
> 유예가 불가한 일을
>
> 잠정적으로 처리해야 함

36, 37. 낱장에 그린 그림 세 점

1901~1907년경, 종이에 연필, 16.7 × 9.6cm

소장처: NLI, ARC. 4* 2000 5 80 (소형 스케치와 소묘화)

305

노트의 유선 내지, 우측 상단 가장자리가 일부 찢어짐.

앞면(작품 번호 36): 두 무리의 인물들이 묘사되어 있다. 아래쪽 무리는 움직이는 인물 한 명 또는 두 명 — 발이 달린 다리가 세 개 보인다 — 과 외곽선이 명확하고 회색으로 음영을 넣은 인물 하나로 구성된다. 후자의 인물은 이 지면에서 유일하게 완전히 묘사된 형상으로, 『홀륭한 병사 슈베이크』로 잘 알려진 체코 삽화가 요세프 라다를 떠올리게 하는, (작품 번호 25와 유사한) 매우 눈에 띄는 검은 신발을 신었다. 위쪽 무리는 간략히 스케치된 인물 둘 혹은 셋으로 이루어졌고, 세번째 인물은 아마도 다른 두 명 사이로 떨어지고 있는 듯하다.

뒷면(작품 번호 37): 힘차고 매끄러운 연필 획을 사용해 군데군데 선을 겹쳐 그려 강조했고 다양한 유형의 음영을 넣었다. 머리와 상체로 표현된 중심인물이 지면 대부분을 차지한다. 가운을 입었고 스카프를 맨 듯하며 뾰족한 모자를 썼고, 긴 머리카락이 만화적인 선 몇 개로 표현되었다. 가운 위에 그린 그림은 머리 윤곽이 생략된 얼굴인 듯하며, 곱슬머리와 코에 걸린 안경이 보인다. 뾰족한 모자 위로 한 인물이 비눗방울 안에 둥둥 뜬 채 솟아 있는데, 발과 손은 단순화되어 흔적만 있다. 몸 전체를 덮는 가운을 입었고 머리는 기형이며 머리카락이 없고 입이 매우 크다.

38. 머리와 인물

1901~1907년경, 종이에 연필, 16.9 × 10.8cm
소장처: NLI, ARC. 4* 2000 5 80 (소형 스케치와 소묘화)

지면의 상당 부분이 가위로 잘려나갔다.

강한 선과 음영으로 그린 두 인물이 보인다. 전경에 음영을 넣은 야회복 재킷을 입은 남자가 있다. 그 옆, 혹은 뒤에 머리가 불균형적으로 큰 소녀, 또는 여자가 있는데, 머리에 단 리본, 통통한 볼, 도톰한 입술, 두드러진 턱, 휘어진 코가 특징이다. 여자의 머리는 만화 같고 외곽선이 닫힌 형태이지만, 남자의 머리는 열린 형태로, 얼굴과 머리카락 다발만 있고 두개골이나 뼈는 없다. 눈에 띄게 돌출된 귀는 카프카 자신의 것일 수도 있으며, 남자의 오른쪽 귀가 여자의 왼쪽 볼을 스친다. 여자의 머리 왼쪽에는 매우 희미한 선으로 그린 또다른 머리와 가르마를 탄 머리카락이 보인다. 브로트가 호딘에게 보이기 위해 고른 그림 스물한 점 중 하나다. 브로트는 이 그림의 제목을 "하급 웨이터와 볼이 통통한 소녀"라고 정했다.

39, 40. 반쪽짜리 개를 데리고 있는 인물

1905년경, 종이에 연필, 12.3 × 5.5cm

소장처: NLI, ARC. 4* 2000 5 80 (소형 스케치와 소묘화)

왼쪽에서 종이 일부(따라서 그림 일부)가 잘려나갔다. 뒷면에서 배어나온 잉크가 비친다.

이 그림은 커다란 개와 함께 걷는 남자를 보여주는데, 개 그림은 배 부근에서 앞쪽이 잘려나갔다. 개의 몸은 글씨 혹은 모종의 무늬로 장식되었다. 그림은 단순하고 선형적이며 지팡이와 남자의 체크무늬 바지가 도드라진다. 순박할 정도의 이러한 재현 방식에 혼란을 일으키는 것은 한데 뒤섞인 남자의 신발과 개의 발이다. 발밑에는 판석 혹은 모종의 얇은 판들이 있고 이는 뒷면에서 비치는 글과 뒤섞인 듯 보인다. 뒷면(작품 번호 40)에 카프카가 연필로 쓴 글이 있다. "실패한 숙녀/ 성공한 신[사] (mißlungene Dame/ wohlgelungener He[rr])." 이는 또한 지면의 왼쪽 부분이 없는 이유를 설명해준다. 카프카는 "실패한 숙녀"를 없애버린 듯하다. 그 뒤에 이어지는 잉크로 쓰인 메모도 동일한 결론을 가리킨다. 서명에 "I. F."라고 쓰여 있는데 아마도 베르타 판타의 자매인 이다 프로인트일 테고(「카프카의 그림과 글쓰기」 223쪽 참조), 메모는 그림을 직접 언급한다. "멋져!!! 숙녀가 사라져서 안타까워. 오티가 말하길 숙녀가 거기에 있었는데 잘려나갔다고 하네. 하지만 신사만으로도 충분할 거야. 신사가 사랑스럽잖아. 이보다 더 아름다운 남자는 (한 사람 빼고) 본 적이 없어.

안부를 전하며.

I. F.

(남자가 정말이지 ['Pr'를 썼다가 지움] 멋쟁이야.)"

"오티"는 이다 프로인트의 친구인 피아니스트 오틸리 나겔일 가능성이 있다.

41, 42. "탄원자와 고귀한 후원자"

1901~1907년경, 종이에 연필과 먹물, 11.5 × 14.3cm

소장처: NLI, ARC. 4* 2000 5 77

최초 출간(작품 번호 41): 막스 브로트, 『프란츠 카프카: 전기』, 제3판(베를린: 피셔 출판사, 1954), 256쪽.

지면 가장자리 두 군데가 찢겨나갔다. 위쪽 가장자리부터 왼쪽 인물의 가슴과 머리에 이르는 부분에 작은 종이 한 조각을 덧대 풀로 붙여놓았다. 종이를 젖혀서 열 수 있게 되어 있지만 지금까지 이 그림은 그 부분이 가려진 채 출간되었다. 브로트는 호딘에게 보여줄 때도 그런 상태로 촬영했다.

좌측 하단에 카프카가 다음과 같이 썼다. "탄원자와 고귀한/ 후원자(Bittsteller und vornehmer/ Gönner)." 서로를 향해 걸어가는 두 인물은 극도로 과장된, 캐리커처에 가까운 자세와 옷, 표정을 보여준다. 둘 다 연필로 밑그림을 그렸다. 상체가 길게 과장된 "탄원자"는 획 몇 개로만 표현한 머리를 빼면 전신이 먹물로 칠해졌다. 그는 모자를 상체 앞에 붙들고 있는 듯 보인다. "고귀한 후원자"는 카프카의 글씨를 받침대 삼아 그 위에 다리를 벌리고 서서 정교한 모양의 모자를 든 채 탄원자에게 무용수처럼 인사한다. 허리 아래로는 옷을 입지 않은 듯하다. 구도와 흑백 대조가 두 인물 사이에, 그리고 두 인물과 종이 사이에 강한 긴장을 일으킨다.

뒷면(작품 번호 42)에는 카프카가 헤르만 주더만의 시 「우수憂愁 부인Frau Sorge」(1886)의 일부를 가벨스베르거 속기로 전사해놓았다. 아마도 카프카가 '독서와 강연 홀'을 통해 접한 작품일 것이다. 카프카의 전사본은 누락과 실수가 많지만, 베르타 오버베크가 1891년 같은 구절을 영문으로 옮긴 번역본을 보면 시의 전반적인 분위기를 파악할 수 있다.

……언제나 그렇게,

노동의 피로에 지친 날의 괴로움과,

잠 못 이룬 수많은 밤의 고통 속에서

늘 사라지지 않는 결핍과 고난.

당신은 늙고 기력이 쇠하였으나,

두꺼운 베일을 쓴 부인은 여전히

흔들림 없는 눈빛과 축복하는 손길로

가난한 집 구석구석을 끝없이 훑고 지나갑니다.

낡아빠진 식탁에서 텅 빈 궤짝까지,

문턱에서 문턱으로, 아궁이의 이글거리는

불꽃에 숨을 불어넣으며, 언제나 그렇게

지친 하루하루를 끝없이 이어갑니다.

오 사랑하는 부모님, 노력을 멈추지 마세요,

일평생 일하고 근심했으니

그토록 힘겨운, 그토록 긴 일평생

그러니 마침내 하늘에서 내려올 거예요

근심이 멈추는 안식의 날이.

43. 둥근 인물과 해쓱한 인물

1901~1907년경, 종이에 연필, 13.2 × 11.1cm

소장처: NLI, ARC. 4* 2000 5 80 (소형 스케치와 소묘화)

루시 V. 색스턴Lucie V. Thagston(?)이라는 사람이 영어로 쓴 편지 뒷면에 카프카는 두 인물을 그렸다. 지면 대부분을 차지하는 둥근 인물은 왼쪽으로 성큼성큼 걸어가는 모습으로 자세히 묘사했고 해쓱한 인물은 옅게 스케치했다. 둥근 인물의 과시적인 걸음걸이가 좌측 하단 구석에 희미하게 그려진 작은 형체에서 그대로 반복되고 있다. 그리고 그 둘 사이에 역시 왼쪽으로 걸어가는 어떤 동물 — 개, 고양이, 조류 — 이 있다. 둥근 인물은 코가 지나치게 길고 머리는 과하게 작으며 무엇인지 정확히 알기 힘든 망토를 입었다. 망토 아래로 살짝 보이는 손이 이 인물의 것인지 — 그렇다면 그는 대단히 비대하다 — 혹은 손이 아니라 옷 아래에 숨겨진 다른 사람의 발인지는 확실하지 않다. 흡사 유령 같은 두번째 인물은 둥근 인물과 서로 맞닿아 있지만 모든 면에서 대조를 이룬다. 두번째 인물의 목을 감싼 것은 두꺼운 주름 목깃이나 스카프, 혹은 무성하게 기른 턱수염일 수도 있다.

44. "D. R./ 국제 사법私法"

1901~1907년경, 종이에 연필, 14.5 × 11.3cm

소장처: NLI, ARC. 4* 2000 5 80 (소형 스케치와 소묘화)

맨 윗부분이 접히고 찢어졌다.

부드러운 연필로 그린 이 그림은 서로 등을 돌리고 선 두 사람의 형상을 보여주며 그들의 머리 위에는 글이 쓰여 있다. 단순하고 진한 선으로 그린 오른쪽 인물은 아마 남자일 것이다. 머리는 기묘한 모양이고 얼굴 표정이 특이하며 배가 불룩 나왔다. 임신한 여자일 가능성도 있다. 이 인물은 전신을 덮는 일체형 옷을 입었고, 왼팔을 들어올린 채 얼굴은 감상자 쪽을 향해 돌린 모습이다. 이상한 발 모양, 가면 같은 불가사의한 머리, 여러 곳에서 끊어진 윤곽선 등 모든 것이 카프카 고유의 회화적 현실을 형상화하며, 이 그림의 자족적인 본질을 강조한다. 이 인물과 긴장을 이루는 왼쪽 인물은 옆모습을 보인 채 옆 사람에게서 멀어지며 활동의 중심에서 벗어나고 있다. 왼쪽 인물의 윤곽선은 공백과 끊김 없이 닫힌 형태를 보인다. 얼굴은 주름 목깃과 모자 사이에 끼어 있고, 긴 드레스 밑으로 여자의 신발이 보인다. 치맛단과 모자 꼭대기의 장식으로 판단컨대 이 옷은 민속 의상일 수 있다. 오른쪽 인물의 곡선과는 대조적으로 이 인물은 곧고 경직된 세로선으로 그렸다. 유일하게 가로선이 침범한 곳은 그릇을 얹은 쟁반인 듯한 미지의 물건을 옮기느라 쭉 뻗은 팔뿐이다. 이 인물 머리 위에는 "D. R."이라는 글자가 있는데, 사람의 이름 혹은 '박사Doktor'의 약자일 수 있다. 왼쪽 인물 머리 위에 카프카가 써놓은 글귀는 "국제 사법(intern. [ationales] Privat.[recht])"이다. 카프카는 1903년과 1904년 호라스 크라스노폴스키 교수의 오스트리아 사법 강의를 들었다.

45. 남자, 여자

1901~1907년경, 황토색 종이에 연필, 10.8 × 7.3cm

소장처: NLI, ARC. 4* 2000 5 80 (소형 스케치와 소묘화)

두꺼운 선과 가는 선을 섞어 그린 선화. 남성 인물은 몸이 앙상하고 위팔이 몸에 딱 붙어 있으며 안경을 낀 얼굴은 꽤 자세히 묘사되었다. 그 옆의 여성 인물은 풍성한 드레스를 입었고, 우스꽝스러울 정도로 작은 발이 치맛단 아래로 살짝 보인다. 여자의 상체를 이루는 불룩 튀어나온 옷의 몸판 부분은 자체적인 생명을 지닌 듯한데, 어쩌면 머리를 살짝 가릴 정도로 크게 노출된 가슴일 수도 있다. 여자의 팔 역시 몸통에 딱 붙어 수동적으로 보인다. 이와 대조적으로, 남자의 아래팔과 손은 남근과 같은 능동적인 부속물로 해석할 수 있다. 브로트가 호딘에게 보여주기 위해 고른 그림 스물한 점 중 하나로, 그는 여기에 "기괴한 부부"라는 제목을 붙였다.

46, 47. 서 있는 두 사람, 초상화

1901~1907년경, 황토색 종이에 연필, 10.9 × 8.6cm

소장처: NLI, ARC. 4* 2000 5 80 (소형 스케치와 소묘화)

왼쪽 가장자리가 곡선으로 잘렸다.

앞면(작품 번호 46): 종이가 잘린 방식으로 인해, 지면 형태와 관련한 그림의 공간적 구성이 원래 어떠했는지는 불확실하다. 두 인물이 있고, 아마 둘 다 남자인 듯한데, 왼쪽은 옆모습으로, 오른쪽은 앞모습으로 묘사되었다. 오른쪽 인물은 신발 없이 바지를 입었고 양손을 겹쳐 배 앞에 놓았다. 왼쪽 인물은 긴 외투와 바지를 입었고 독특하게 묘사된 신발을 신었으며, 팔이 지나치게 길고 손이 크다. 둘 다 머리는 불균형적으로 작다. 브로트는 이 그림에 "두 현대인"이라는 제목을 붙여 호딘에게 보여주었다.

뒷면(작품 번호 47): 사람의 머리, 젊은 남자의 초상화로 빌리 노바크과 다소 닮았다. 세밀하고 섬세하게 그린 얼굴에 미세한 선영이 들어가 있어 조각 같은 느낌을 준다. 소묘 수업에서 모델을 두고 그린 듯한 학습적 초상화다. 아래쪽 가장자리에 분간이 되지 않는 어떤 요소가 있는데, 종이 아래쪽이 잘렸을 수도 있다. 브로트는 이 작품도 호딘에게 보일 그림으로 골랐다.

48, 49. 가브리엘레 단눈치오

1901~1907년경, 종이에 연필, 15.4 × 10.8cm

소장처: NLI, ARC. 4* 2000 5 80 (소형 스케치와 소묘화)

앞면(작품 번호 48): 서명이 있는 가브리엘레 단눈치오의 1889년 초상 사진을 이용한 사진석판화. 이 사진은 S. 피셔 출판사가 배포했고 출판사의 1899년 카탈로그(*Verlags-Katalog, 1886-1900*, 6쪽)에 실려 있다. 카프카는 이 카탈로그에 있는 다른 작가 두 명의 사진(혹은 사진 뒷면)에도 그림을 그렸다. 한 명은 아르투어 슈니츨러(카탈로그 60쪽)이고 다른 한 명은 엘렌 케이(카탈로그 66쪽; 작품 번호 50, 51, 52, 53 참조)이다. 카프카는 1909년 브레시아에서 열린 에어쇼에서 단눈치오를 봤고 그를 묘사하는 글을 썼다(프란츠 카프카, 『생전의 그림 *Drucke zu Lebzeiten*』[프랑크푸르트: 피셔 출판사, 1994], 407쪽). 카프카는 사진 위의 흰 가장자리 여백에 4분의 3 측면 초상화를 베껴 그리려 했다. 굵은 선으로 표정을 다소 왜곡해 재현했다.

뒷면(작품 번호 49): 음영과 공간을 특징적으로 활용한 초상화로 아마 단눈치오의 사진을 모델로 그렸을 것이다. 초상 사진의 머리와 대략 같은 높이에 위치한다.

50, 51. 여성 인물

1901~1907년경, 종이에 연필, 10.1 × 6.6cm

소장처: NLI, ARC. 4* 2000 5 80 (소형 스케치와 소묘화)

서명이 있는 아르투어 슈니츨러의 1900년경 초상 사진(작품 번호 51)을 이용한 사진석판화 뒷면. 사진석판화는 S. 피셔 출판사의 1899년 카탈로그(60쪽; 작품 번호 48, 49, 52, 53 참조)에 실린 것이다. 사진은 가위로 잘려 있다.

카프카는 사진 뒷면에 섬세한 선으로 여성 인물을 그렸다(작품 번호 50). 발의 위치로 보아 감상자를 향해 다가오고 있는 듯하다. 그림의 나머지 부분과는 대조적으로, 머리, 모자, 신발이 세심히 묘사되었다.

브로트는 호딘에게 보여줄 카프카의 최고작 스물한 점을 고를 때 이 그림을 포함했고 제목을 "스케치"라고 붙였다.

52, 53. 지붕 위의 인물

1901~1907년경, 종이에 연필, 11 × 6.2cm

소장처: Albertina, 31339r/31339v

최초 출간(작품 번호 52): 막스 브로트,『프란츠 카프카의 신앙과 학설』(빈터투어: 몬디알 출판사, 1948), 38쪽.

스웨덴의 교육개혁가 엘렌 케이의 사진석판화에서 자른 종잇조각. 카프카는 이 사진을 S. 피셔 출판사의 1899년 카탈로그(66쪽)에서 찾았고, 단눈치오와 슈니츨러의 사진들(작품 번호 48, 49, 50, 51 참조)도 역시 이 책에서 잘라냈다. 이 경우에는 양면 모두에 그림을 그렸다.

뒷면(작품 번호 52): 이 그림의 구도는 뛰어난 비례와 균형 감각을 보여준다. 걸어가는 인물과 지붕을 묘사하고 있는데, 자세히 살펴보면 이 둘은 잘 어우러지는 것 같지 않다. 여윈 인물은 팔 하나를 든 채 균형을 잡고 있거나 어쩌면 공중에 뜬 것 같기도 한데, 발가락이 지붕의 기와에 닿지도 않았다. 인물의 팔이 굴뚝처럼 보이는 것과 맞닿는 곳에서도 둘 사이의 밀접한 연결은 없다. 구도의 측면에서 보면 모든 요소가 그림의 유일한 가로선을 주위로 둥글게 배치되었는데, 이 가로선은 지면의 중심 수직축에서 시작되어 오른쪽 가장자리까지 뻗어나가 지면을 황금 비율에 따라 가로로 분할한다. 이 또렷한 선은 인물을 지붕에 동적으로 연결하는 가상의 원의 반지름일 수도 있다. 이 중심부 주위로 길게 뻗은 팔, 앞으로 내민 다리, 그로부터 몸에 딱 붙인 다른 팔로 계속 이어지는 선, 그리고 구부린 다리 등이 보인다. 신발은 목이 짧은 장화 같고 바지와 스타킹은 가터벨트로 연결되었다. 혹은 이 인물은 신발 없이 스타킹만 신은 채 지붕 위에 떠 있는 걸까? 머리 크기가 작은 데 비해 머리카락은 숱이 많고 눈썹도 진하지만, 그 밖에 다른 형태는 분명하지 않다. 길고 금욕적인 몸은 카프카 자신의 것일 수도 있다.

앞면(작품 번호 53): 이 옆모습의 머리가 카프카를 묘사하는 것인지 불분명하다.

54, 55. 두 남성 인물

1901~1907년경, 종이에 연필, 10.6 × 8.6cm

소장처: NLI, ARC. 4* 2000 5 80 (소형 스케치와 소묘화)

두 장으로 찢은 유선 노트 내지에 부드러운 연필로 그림. 이 두 작품도 막스 브로트가 호딘에게 보여주기 위해 골랐고, 제목은 "춤추는 남자"(작품 번호 54)과 "우울한 남자"(작품 번호 55)라고 붙였다.

앞면(작품 번호 54): 걸음을 성큼 내딛는 남성 인물을 고도로 기교적인 방식으로 그렸고, 의복에 진한 음영을 넣었다. 극명한 명암 대비와 동작중에 순간 포착된 듯한 자세가 긴장감을 일으킨다. 우측 하단 모서리부터 좌측 상단 모서리까지, 한쪽 발부터 다른 쪽 무릎까지 이어지는 사선이 간략히 스케치한 손이 달린 두 팔에서 다시 한번 반복되는 구도를 이룬다. 지면의 네 변에서 인물의 외곽선까지의 거리가 각기 다른 점도 주목할 만하다. 머리는 몸통과 연결되지 않은 채 둥둥 떠 있다. 특이한 신발을 신은 이 남성은 오른쪽에서 왼쪽으로 의기양양하고 자신 있게 행진한다.

뒷면(작품 번호 55): 이 인물 또한 진하게 음영 처리되었고, 앞면의 인물처럼 지면의 사선 축을 따라 위치한다. 오른쪽에서 왼쪽으로, 걷는다기보다는 기어가는 듯하다. 팔이 없거나 보이지 않고 자세는 구부정하며 민머리를 아래로 숙이고 있다는 점 등이 앞면의 인물과 극명한 대조를 이룬다. 신발만 보고 판단한다면, 둘은 같은 인물일 수 있다. 반대편 지면의 연필 선이 비쳐 보이는 탓에, 한 인물의 젖혀진 등이 다른 인물의 수그린 등이 된다 — 한 인물은 기쁨에 들뜬 활력을 보여주고 다른 인물은 굽은 선으로 축소된다. 뒷면 인물의 상체와 하체가 만나는 곳에서 서로 교차하는 두 개의 호가 숫자 8의 반쪽을 떠올리게 한다. 한가운데의 밝은 부분이 도드라지는데, 아마도 남자의 손일 것이다.

56, 57. 기수와 말들

1901~1907년경, 종이에 연필, 앞면은 먹물도 사용, 16.4 × 20.2cm

소장처: NLI, ARC. 4* 2000 5 83

최초 출간(작품 번호 56): 막스 브로트, 『프란츠 카프카: 전기 *Franz Kafka: Eine Biographie*』(프라하: 하인리히 메르치 존 출판사, 1937), 부록.

가운데가 접힌 노트의 유선 내지.

앞면(작품 번호 56, 가로 방향): 음영 처리된 단순한 선화로, 장애물을 뛰어넘는 말, 그리고 말 등에 앉아 채찍을 휘두르는 기수를 그렸다. 각 요소의 공간 구성이 긴장감과 입체감을 준다. 긴 사선 하나가 수평 공간 대부분을 차지하면서 검은 선 다발과 교차한다. 넓은 면을 이루는 이 선 다발은 지면 오른쪽 가장자리까지 이어지고, 왼쪽 끝은 지면 아래쪽 중간 근처에서 직각으로 굽어 하단부 끝까지 내려간다. 그리하여 이 검은 선 다발은 정체가 불분명한 장애물 혹은 허들의 두 면을 이루며 원근감을 형성한다. 일반적으로 강하고 육중한 말의 몸통을 축약해 머리에서 등을 거쳐 꼬리까지 곧게 뻗은 사선으로 묘사함으로써 말의 도약 방향을 강조한다. 줄무늬 옷을 입은 기수는 말의 등 위에 웅크려 앉았고, 바지와 말의 몸이 선영을 통해 연결되어 있다. 기수의 왼쪽 다리가 뒤로 뻗은 말의 다리로 이어지며, 고삐를 잡은 기수의 손은 거의 묘사되지 않았다. 말은 장애물 위로 날아오른 듯하고, 그 동작으로 인해 말의 뒷다리가 장애물 꼭대기와 교차하는 — 사실상 통합되는 — 부분이 더욱 주목할 만한 그림의 특징이 된다. 구성과 내용 모두, 장애물과 그 극복을 연결해 보여준다. 움직임의 방향은 노트 내지의 선과 거의 수직을 이룬다.

뒷면(작품 번호 57): 여기 묘사된 각기 다른 크기의 말 세 마리는 위아래로 층층이 배치되어 유선 노트의 선과 평행을 이루며 움직인다. 말들의 다리 모양을 보면 카프카가 말의 움직임을 정확히 관찰했음을 알 수 있다. 맨 아래쪽 말의 등에는 사람이 타고 있는데, 모자로 보아 경마 기수인 듯하다. 앞면에 그린 말과 마찬가지로, 말의 귀에서 골반까지 이어지는 직선이 눈에 띈다. 양식화된 직선으로 표현한 말의 등과 대조적인 둥그스름한 배를 드러내려는 듯 기수의 왼쪽 다리가 부자연스럽게 굽었다. 이 그림은 앞면 그림을 위한 습작일 수도 있다. 지면 중간에 있는 말은 기수 없이 자유롭게 움직인다. 세번째 말은 역용마로, 뒤에 있는 짐을 끌기 위해 마구를 착용했다. 짐은 둥그스름한 수레이거나, 바퀴가 없는 농장 마차거나, 썰매로 보인다. 말과 수레 사이에 유난히 긴 채찍을 말 위로 드리운 마부가 있다.

58, 59. "다리에서 바라본 헤엄치는 사람"

1901~1907년경, 종이에 연필, 10.1 × 16.1cm

소장처: NLI, ARC. 4* 2000 5 79

왼쪽 상단의 지면 일부가 찢겨나갔다. 아래쪽 가장자리가 노트에서 찢거나 잘라낸 부분이다.

이 그림의 가장 눈에 띄는 요소는 위쪽 가장자리 중간에서 오른쪽 가장자리 중간까지 이어지는 이중선인데, 그 안쪽에 인물 몇 명의 윤곽이 띄엄띄엄 그려져 있다. 카프카가 뒷면(작품 번호 59)에 적어놓은, "다리에서 바라본 헤엄치는 사람(Badender von der Brücke aus betrachtet)"이라는 제목에서 알 수 있듯, 개략적인 스케치로 묘사한 이 형상은 다리다. 또하나의 이중선이 다리를 교차하는데, 이것은 강둑일 수도 있고 헤엄치는 사람의 한쪽 다리일 수도 있다. 헤엄치는 남자는 단 몇 개의 선으로 표현한 상체, 쭉 뻗은 양팔, 평영 발차기를 위해 앞쪽으로 굽힌 다리 등으로 이루어졌다. 체크무늬로 꼼꼼히 그린 수영복이 더 옅고 간략하게 그린 선들과 대조를 이룬다. 인물 아래쪽 물위에 뜬 두 동물은 물고기 혹은 다른 수생생물을 닮았다. 다리 위의 네 인물은 서 있고 둘은 급한 일이 있는 양 달리고 있다. "다리에서 바라본……"이라고, 대상을 보는 관점을 확실히 밝힌 점이 주목할 만하다. 지면에 거꾸로 뒤집어 써놓은 기호는 오스트리아 속기법에서 하이픈을 나타낸다.

60, 61. 낱장에 그린 다양한 인물

1901~1907년경. 종이에 연필, 4.7 × 10.6cm

소장처: NLI, ARC. 4* 2000 5 80 (소형 스케치와 소묘화)

부드러운 연필로 그림.

앞면(작품 번호 60): 길 위에 사람 형상 셋이 있다. 길은 불규칙한 각도로 꺾여 있고, 그 위에 선 인물들의 넓게 벌린 다리에 비해 폭이 지나치게 좁다. 배경에 그려진 길의 경계는 선명히 두드러지지만, 다른 특징이나 근처의 땅 모양 등은 명확히 표현되지 않았다. 세 인물이 입은 체크무늬 망토, 그 아래로 튀어나온 다리와 발이 특히 눈에 띈다. 과도하게 큰 발은 아이들의 그림을 연상시키는데, 바닥을 다지며 걷기 위한 도구일 가능성도 있다. 망토 중 어떤 것은 상자 모양처럼 보이는데, 그 위에 목 없는 머리가 얹혀 있고 그중 둘은 모자를 썼다. 오른쪽 인물은 — 발과 마찬가지로 둥근 모양에 손가락을 알아볼 수 있게 그린 — 손을 발 옆에 놓은 것처럼 보인다. 세부를 꼼꼼하고 자세히 표현한 체크무늬 망토와 거칠게 스케치한 다른 부분들이 대조를 이룬다. 유아적인 요소가 있기는 하지만 세 인물의 강렬함은 아이의 그림과는 거리가 멀다. 체크무늬는 39번 그림의 바지와 58번 그림의 수영복을 연상시킨다.

뒷면(작품 번호 61): 구도에서 가장 눈에 띄는 부분은 그림 왼쪽 가장자리의 두 인물이다 — 외곽선을 그리고 하나는 검은색으로, 다른 하나는 회색으로 음영을 넣었다. 왼쪽 인물의 외곽선은 주로 직선이고 오른쪽 인물은 좀더 곡선에 가깝다. 둘 다 움직이는 중인데, 아마도 실랑이를 벌이는 듯하다. 맨 아래쪽에 위아래가 뒤집힌 카프카의 자필로 "농업 정책(Agrarpolitik)"이라는 단어가 적혀 있다. 이는 1904/05년 겨울 학기에 수강한 로베르트 추커칸들 교수의 국가경제정책 강의와 관련있을 수도 있다. 글 위에는 기다란 물체 하나, 앞면에 있는 것과 닮은 작은 형상 하나, 정체를 알 수 없는 반원형 모양 하나가 있다. 직선들이 지면 여백을 채운다.

62, 63. 두 쪽짜리 종이에 그린 다양한 그림

1901~1907년경, 종이에 연필, 33.8 × 10.3cm

소장처: NLI, ARC. 4* 2000 5 80 (소형 스케치와 소묘화)

가로 방향으로 두 면이 이어진 종이.

앞면(작품 번호 63, 세로 방향): 지면 최상단에는 위아래가 뒤집힌 소파가 세심하게 묘사되어 있고, 그 뒤와 옆에 몸이 지나치게 길고 머리가 아주 작은 인물들이 있다. 중간 부분에는 몇 개의 획만으로 표현된 인물이 의자에 앉아 웅크리고 있다. 인물 위쪽에 그려진 여러 형태는 이 인물의 변형인 듯하다. 지면 아래쪽에 옅은 선으로 간략히 스케치한 동작은 아마도 말에 탄 인물을 나타내는 듯하다.

뒷면(작품 번호 62, 세로 방향): 위쪽 지면 꼭대기에는 에곤 에발트 프리브람이 잉크로 쓰고 줄을 그어 지운 메모가 있다. "프리브람 에발트, 일 년 계약 자원봉사자, 자비로 활동." 프리브람은 카프카의 급우였다. 그의 아버지 오토 프리브람은 노동자재해보험공사의 회장으로, 카프카가 1908년 7월 말에 그곳에 취직할 때 도움을 주었다. 이 메모 밑에는 외곽선이 없는 이목구비가 하나 있다 ─ 이 모티프는 지면 아래쪽에서 여러 번 반복된다. 아래쪽 지면에서 가장 주된 요소는 두껍게 여러 번 덧칠한 선으로 그린 머리이며, 머리 아래의 상체는 대강의 흔적만 있다. 옆으로 기울어진 머리에 크고 둥근 입과 콧수염으로 보이는 것이 있다. 그 위의 커다란 구멍들을 눈과 코라고 단언하기는 힘들고, 그 사이에도 작은 다른 구멍들이 있는 듯 보인다. 머리 왼쪽에는 다리와 발을 분간할 수 있는, 매우 추상적이고 불완전한 인물 형상이 있다.

64, 65. 편지봉투에 그린 다양한 인물과 머리

1905년 10월 말 이후, 종이에 연필, 주소는 검은 잉크, 14.3 × 18.7cm
소장처: NLI, ARC. 4* 2000 5 80 (소형 스케치와 소묘화)

부드러운 연필, 펼쳐진 편지봉투에 우표와 소인 두 개, 프라하 히베르네르가세, 마리엔빌트에 사는 막스 호르프가 수신자로 되어 있다. 소인 하나의 날짜는 1905년 10월 20일이다. 1907년 말 젊은 나이로 사망한 호르프는 카프카뿐만 아니라 막스 브로트와도 아는 사이였다. 주소를 적은 글씨는 카프카의 필체가 아니다. 지금은 심하게 손상된 이 봉투가 어떻게 카프카의 수중에 들어갔는지 확실히 판단할 수는 없으나 막스 브로트가 유력한 매개 인물이다. 이러한 상황을 감안할 때, 그림을 호르프가 그렸을 가능성도 남아 있다(「카프카의 그림과 글쓰기」 246쪽 이하 참조).

앞면(작품 번호 64, 가로 방향): 호르프의 작품이 연상되는 캐리커처 양식으로 그린 다양한 인물과 머리로, 모두가 턱수염을 기른 듯 보인다. 서 있는 인물 넷을 왼쪽 지면에 그렸는데, 연미복을 입은 한 인물은 코트와 모자 차림의 더 큰 인물 안에 그려넣었다. 이 바깥쪽 인물의 머리 부분을 봉투 오른쪽 지면(앞면)에 유사하게 반복해 그렸고, 그 주위에 그리다 만 다른 머리들, 그리고 정체를 특정하기 힘든 네 개의 형태가 있다.

뒷면(작품 번호 65, 가로 방향): 왼쪽 지면에서 가장 주된 요소는 수염이 무성하고 눈썹이 진한 남자의 옆모습 초상 두 개다. 이 지면의 우측 상단에 연필로 테두리를 그린 그림 속에는 바닥과 벽, 머리가 없는 누드 형상이 있으며, 전경에 있는 형상은 가구, 옷가지, 혹은 머리가 있는 다른 인물일 수 있다. 벽에는 그림일 수도 있고 밖으로 난 창문일 수도 있는 사각형이 보인다. 여기에서 우리는 현실의 여러 차원을 맞닥뜨린다. 오른쪽 지면에는 세 인물의 초상이 있고, 그중 둘은 중첩되었다. 그중 가장 큰 초상은 왼쪽 지면과 같은 남자를 묘사한 것 같다.

66, 67. 낱장에 그린 다양한 그림

1901~1907년경, 종이에 연필, 10.7 × 16.9cm

소장처: NLI, ARC. 4* 2000 5 80 (소형 스케치와 소묘화)

최초 출간(작품 번호 66): 막스 브로트, 『프란츠 카프카에 대하여』(프랑크푸르트: 피셔 출판사, 1974), 402쪽. (이 책과 이후의 모든 간행물에서는 좌우가 뒤집힌 거울상으로 복제됨)

최초 출간(작품 번호 67): 막스 브로트, 『프란츠 카프카에 대하여』(프랑크푸르트: 피셔 출판사, 1974), 401쪽.

유선 노트 내지. 뒷면 아래쪽에 종잇조각 하나가 붙어 있다.

앞면(작품 번호 66, 가로 방향): 또렷하고 단순한 선화로, 인물들을 유선 노트 지면의 선과 평행하게 배치했다. 만화처럼 그린 형상 다섯이 오른쪽에서 왼쪽을 향해 힘찬 발걸음으로 행진한다. 한 인물의 손에 들린 깃발이 행진하는 방향으로 날리는 것으로 보아 바람이 등뒤에서 불어오는 듯하다. 모종의 집회 장면으로 보이고, 여성으로 보이는 인물은 행렬 위에 둥실 떠 간다. 곡선과 직선이 상호작용하도록 기교적으로 사용되었다.

뒷면(작품 번호 67): 지면의 가장 주된 요소는 팔을 평행하게 내뻗은 남자의 머리와 상체다. 남자는 셔츠와 타이 위에 망토나 가운처럼 보이는 옷을 걸쳤다. 눈과 코와 입의 묘사가 보기 드물게 세밀하다. 인물은 아마도 탁자나 교탁인 듯한 각진 사물 앞에 서 있다. 강렬한 이목구비와 윤곽이 도드라진 얼굴은 배경에 섞여들도록 표현한 헝클어진 머리카락과 대조를 이룬다. 오른쪽에서 다른 세 인물, 혹은 세 개의 머리가 남자의 행위를 관찰하고 있는 듯한데, 그 행위의 성격은 불확실하다.

68, 69. 술꾼과 다른 인물

1901~1907년경, 앞면은 종이에 먹물과 연필, 뒷면은 종이에 잉크, 16.2 × 10cm

소장처: NLI, ARC. 4* 2000 5 81

최초 출간(작품 번호 68): 막스 브로트, 『프란츠 카프카: 전기』(프라하: 하인리히 메르치 존 출판사, 1937), 부록. (이 책에서는 연필 획 대부분을 수정해 먹물 그림만 보이게 했다)

유선 노트 내지.

앞면(작품 번호 68): 굵은 선으로 재빠르게 그려 풍부하게 표현한 이 인물은 탁자의 경직된 모서리와 긴장 관계에 있다. 식탁보가 깔린 탁자인데도 가장자리를 선명하게 표현했고, 연필로 그린 외곽선을 먹물을 사용해 강조했다. 인물의 머리와 표정은 곡선을 사용해 캐리커처 양식으로 그렸다. 그는 식탁보에 그림자를 드리운 유리잔에 시선을 고정하고 있으며, 먹물로 완전히 칠한 유리잔이 비었는지 가장자리 부근까지 찼는지는 분간할 수 없다. 다소 거친 인상의 이 인물은 가득찬 잔을 향해 달려드는 것일까, 잔이 비었다고 화를 내는 것일까? 과장되게 커다란 부속물 — 아마도 손 — 은 잔을 향해 움직이지 않는다. 이것은 사실, 모양으로 판단컨대, 인물의 남성적 리비도를 표현한 것일 수 있다.

뒷면(작품 번호 69): 다리를 넓게 벌리고 선 사람의 형상이 보인다. 다리가 지나치게 길고 머리 양옆에 얼굴 옆모습이 각각 어렴풋이 나타나 있어서, 머리와 다리만 있고 몸통이 없는 막대기 같은 형상을 떠올리게 하는 그림이다. 가장 눈에 띄는 요소들 — 머리와 두 발 — 이 이등변삼각형의 세 꼭짓점을 형성한다.

70. 레오나르도 다빈치를 따라 그린 그림

1901~1907년경, 종이에 연필, 17 × 10.5cm

소장처: DLA 아트 컬렉션, B 94.949

최초 출간: 자클린 수다카베나제라프, 『프란츠 카프카의 시선: 작가의 그림 *Le regard de Franz Kafka: Dessins d'un écrivain*』(파리: 메조뇌브 에 라로즈, 2001), 58쪽.

유선 메모장 내지.

이 지면의 그림들은 카프카가 '예술가 모노그래프 Künstler-Monographien' 시리즈(「카프카의 그림과 글쓰기」 223쪽 참조)로 발간된 아돌프 로젠베르크의 1898년 저서에서 본 레오나르도 다빈치의 습작을 바탕으로 그린 것이다. 모델이 된 다빈치의 작품들은 로젠베르크의 책에 그림 31 〈기마상 습작〉(33쪽)과, 그림 94 〈두상 습작〉(96쪽)으로 실렸다. 그래서 카프카는 1911년 9월 루브르박물관을 관람하기에 앞서 이 그림들을 그려보았고, 여행 일기로 쓴 노트와는 다른 메모장에 그렸다. 지면의 가장 주된 요소는 위쪽 절반을 꽉 채우는 초상화로, 미술 수업용 소묘처럼 학습적인 방식으로 그렸다. 선영과 선묘, 일부 특징의 생략 등에 의해 원근감이 생긴다. 눈, 코, 입 주위를 강조했고 얼굴의 왼쪽 절반은 외곽선을 또렷하게 그렸다. 아래쪽 그림은 지면을 반시계 방향으로 돌려야 감상이 용이한데, 발굽이 있는 말의 다리를 간략히 스케치한 것이다. 지면을 원래대로 되돌리면 말의 가슴과 어깨, 목이 사람의 엉덩이와 오른쪽 허벅지를 닮아 보인다. 이러한 요소들의 조합으로 인해 학습 미술과는 차이가 나는 독특한 개성이, 심지어 약간의 유머가 생겨난다.

71. 걷는 인물

1901~1907년경, 종이에 연필, 10.3 × 7.5cm

소장처: NLI, ARC. 4* 2000 5 80 (소형 스케치와 소묘화)

지면 왼쪽 3분의 1 정도의 공간에 길게 늘여 그린 사람 형상이 지팡이를 든 채 마치 왼쪽 가장자리의 경게 밖으로 나가려는 것 같다. 인물은 몇 개의 선만으로 구성되었다. 머리부터 왼쪽 발끝까지 이어지는 직선이 눈에 띄며, 구불거리는 오른다리와 특히 대조를 이룬다. 지면의 수평 및 수직 분할에 무의식적으로 적용한 듯한 황금 비율은 카프카의 탁월한 공간 감각을 입증한다. 좌측 상단에 잉크 얼룩이 있다.

72. 서 있는 인물

1901~1907년경, 종이에 연필, 10.8 × 14.7cm

소장처: NLI, ARC. 4* 2000 5 80 (소형 스케치와 소묘화)

지면 왼쪽 가장자리에 서 있는 자세로 그린 인물은 단 몇 개의 선으로 이루어졌고, 그중 대부분이 직선이다. 머리 위의 구불구불한 선은 요새 벽이나 성채의 성가퀴일 수 있다.

73. 허리를 구부린 인물

1901~1907년경, 종이에 연필, 6.8 × 3.6cm

소장처: DLA 아트 컬렉션, B 94.950

이 작은 지면은 가로로 봐야 하는지, 세로로 봐야 하는지 확실하지 않다. 그림 맨 아래쪽에 그린 두껍고 진한 선은 지면 가장자리와 평행하지 않으며, 인물의 길게 뻗은 왼쪽 다리와 현저한 긴장 관계를 이룬다. 두꺼운 선에서 시작되어 배경의 희미한 선까지 이어지는 두 개의 평행선뿐만 아니라 인물의 두 팔, 오른다리, 몸통이 이루는 각도로 인해 입체감이 생겨난다. 몸통은 왼쪽의 머리와 모자까지 이어진다. 지면을 수직 방향으로 보면 인물의 엉덩이가 지면 오른쪽 가장자리에 닿고 머리는 위쪽 가장자리에 닿아 긴장감이 더욱 강조된다. 이 두 접점은 지면 가장자리의 두 변을 대략 황금 비율로 분할한다. 전체적으로 어둡게 음영 처리한 이 인물은 손으로 두꺼운 사선을 붙잡고 발을 그 뒤쪽 표면에 놓은 모습이다. 이 인물은 올라가는 중일까, 내려가는 중일까? 비틀거리고 있을까, 손발을 바닥에 댄 채 기어가고 있을까, 아니면 일어나려고 준비하는 걸까? 왼쪽 어깨에 매달린 제삼의 형상은 정체가 모호한 채로 남아 있다.

지면을 가로 방향으로 돌리면 이 인물은 손발을 바닥에 대고 몸을 구부린 모습이다.

74. 두 인물

1901~1907년경, 종이에 연필, 16 × 8.7cm

소장처: Albertina, 31340

최초 출간: 막스 브로트, 『프란츠 카프카의 신앙과 학설』(빈터투어: 몬디알 출판사, 1948), 84쪽.

아마도 노트 내지일 유선지로, 위아래 오른쪽 모서리가 잘려나갔다.

이 그림은 몇 개의 선만으로 극적인 효과를 거두며, 대소, 명암, 좌우의 대조를 통해 긴장을 일으킨다. 작은 인물의 옷은 음영 처리했고 얼굴 묘사는 자세하지만 발은 간단히 스케치했다. 이 인물은 팔짱을 끼고 다리를 꼰 모습이다. 외곽선만으로 그린 다른 인물은 몸집이 더 크고, 지면 절반을 가득 채우고 있다. 모자를 썼고 턱수염이 두드러지며, 콧수염도 있는 듯하다. 서 있는지, 아니면 보이지 않는 무언가에 쭈그리고 앉은 모습인지는 불명확하다. 손을 꽉 쥐었지만 팔은 보이지 않고 발은 흔적만 있다.

75, 76. 턱시도를 입은 남자

1901~1907년경, 종이에 연필, 27 × 18.5cm

소장처: NLI ARC. 4* 2000 5 92

최초 출간: 막스 브로트, 『프란츠 카프카에 대하여』(프랑크푸르트: 피셔 출판사, 1966), 403쪽.

이 그림의 (현재 남아 있는) 전체 모습은 이 책에서 처음으로 공개되는 것이다. 지면은 찢어지고 접혀 있다. 거친 가위질로 좌측 상단 모서리를 직사각형으로 잘라내 인물들의 앞과 뒤가 잘려나갔다. 게다가 여기에 결이 다른 종이를 풀로 덧붙였다. 그 결과 지면의 원래 구조와 카프카가 그린 그림의 공간 구성이 훼손되었다.

앞면(작품 번호 75): 남자가 입은 검은 턱시도의 —카프카의 기준에서는 이례적으로 — 짙은 음영과 기계적이고 단조로운 수직 획들을 상쇄하는 것은 셔츠 칼라의, 그리고 무엇보다 머리의 형식적 자유로움이다. 재킷의 진한 면들은 불규칙한 기하학적 형태에 가까운 반면, 머리는 유기적이고 무정형한 환영 같은 효과를 내면서, 두 요소가 극명한 대조를 이룬다. 머리 부분과 연결되는 흰 셔츠와 재킷의 진회색 음영 역시 강렬한 시각적 대비를 형성한다. 특히 더 진하게 칠한 옷깃 두 개는 셔츠 칼라 밑에 있는 나비넥타이로 인해 서로 연결된다. 얼굴에서는 입술, 코끝, 왼쪽 귀가 두드러지게 강조되었다. 품위 있는 양복을 입은 남성 인물들은 3번, 4번, 38번, 64번 작품에서도 찾아볼 수 있다.

남자의 머리 위에는 일부가 긴 종이로 가려진 다른 그림의 잔재가 있다. 완전히 구체화되고 풍부하게 표현된 정면 방향의 인물 옆에 그와 다른 비례로, 주로 외곽선만 간략히 그린 환영 같은 형상(작품 번호 43, 74, 144 참조)을 나란히 배치했다. 아마도 손이 달린 팔인 듯한 모종의 형태가 두번째 인물의 배 부위에서 턱시도를 입은 인물을 향해 튀어나와 있다.

뒷면(작품 번호 76): 두 인물의 동적이고 신중한 동작의 순간을 스케치했다. 입체감이나 양감 없이 선형적인 방식으로 재빨리 그렸다. 지면의 모서리가 잘리고 다른 종이가 붙은 상태라서 두 인물 간의 연결성은 추측의 영역으로 남겨둘 수밖에 없다.

77, 78. "책 읽는 마르타"

1901~1907년경, 종이에 연필, 10 × 16.2cm

소장처: NLI, ARC. 4* 2000 5 78

이 그림은 브로트가 호딘에게 보여준 작품 스물한 점 중 하나다. 카프카의 자필로 "책 읽는 마르타(Lesende Martha)"라는 제목이 적혀 있다. 제목에 덧붙여 브로트가 괄호 안에 "카프카의 사촌"이라고 썼고, 이는 마르타 뢰비를 가리킨다. 지면이 수직으로 접혀 있다. 카프카가 뒷면(작품 번호 78)에 잉크를 사용해 해독이 힘든 오스트리아 속기로 단편적인 메모를 했다. "개선/ 하이픈 무작위적으로 뒤따르는 바위 이로운 가장 이로운 불충분한(Verbesserung /Trennstrich willkuürlich folgend Fels vorteilhaft vorteilhaftest duürftig)."

카프카는 인물 전체를 옅게 스케치한 뒤, 주요 외곽선을 진하게 덧그려 강조했다. 구도에 활기를 더해주는 것은 왼쪽 팔뚝에서 오른쪽 어깨로, 다시 말해 지면의 우측 하단 모서리에서 좌측 상단으로 이어진 힘찬 사선이다. 이 사선 아래에 그려진 인물의 불규칙한 형태는 우측 상단 모서리에 있는 카프카의 손글씨와 구도상의 대위를 이룬다. 손깍지를 끼고 어깨 아래로 머리를 숙인 인물의 몸은 강한 선으로 강조한 닫힌 형태로, 기하학적으로 단순화시키면 사다리꼴이 된다.

79. 율리에 카프카의 초상

1905~1907년경 혹은 약간 이후, 황토색 종이에 연필, 7.7 × 7.8cm
소장처: NLI, ARC. 4* 2000 5 87

가위로 세 변을 자르고 왼쪽 가장자리를 찢어낸 포장지.

카프카의 어머니 율리에 카프카를 모델로 하여 소묘 수업에서와 같은 학습적인 양식으로 그린 이 그림은 형태를 나타내는 외곽선과 입체감을 불어넣는 선영의 상호작용을 보여준다. 위쪽, 아래쪽, 오른쪽 가장자리 밖으로 잘려나간 선들이 일부 있어서, 지면 전체를 어떻게 배치하려 했는지 확실히 판단하기는 어렵다. 이 초상화는 브로트가 호딘에게 보여준 작품 스물한 점 중 하나다. 브로트는 "어머니"라는 제목을 붙였다.

80, 81. 두 개의 초상과 인물들

1905~1907년경 혹은 약간 이후, 종이에 연필, 17.5 × 11.2cm
소장처: NLI, ARC. 4* 2000 5 87
최초 출간(작품 번호 80): 막스 브로트, 『프란츠 카프카: 전기』, 제3판(베를린: 피셔 출판사, 1954), 257쪽.

가운데에서 반으로 접혔고 세 변의 가장자리는 반듯하다. 오른쪽 가장자리 부분에서 찢어낸 더 큰 종이의 일부이거나, 노트 혹은 스케치북에서 뜯은 낱장이다.

앞면(작품 번호 80): 브로트가 호딘에게 보여준 작품 스물한 점 중 하나다. 브로트는 "책 읽는 어머니/자화상"이라는 제목을 붙였다. 지면이 두 구역으로 뚜렷이 나뉘었고 가운데 접힌 선으로 인해 구분이 강조된다. 두 사람의 머리가 위아래로, 세로 방향으로 정렬되었다. 카프카는 지면을 나누고 초상화를 배치하면서 황금 비율을 직감적으로 활용했고, 그로 인해 두 그림은 나뉜 채로 연결되어 있다. 그러나 종이가 접히면서 생긴 선은 이 예술 규칙에 부합하지 않는다. 지면의 위쪽 3분의 2 정도를 꽉 채우는 여성의 초상화는 상체 윗부분까지 묘사되었고, 지면의 세 가장자리까지 펼쳐져 있다. 이 사람은 카프카의 어머니 율리에다. 아래쪽 3분의 1에 해당하는 공간에는, 카프카의 것임이 분명한 둥근 머리의 정면을 그린 자화상이 중앙에 위치해 있다. 카프카는 선영을 넣고 일부 특징을 생략해 명암 효과를 만들어냄으로써 두 사람의 머리에 입체감이 살도록 표현했다. 자화상은 윤곽선이 선명한 닫힌 형태로, 카프카의 얼굴만을 따로 묘사했다. 반면에 어머니를 그릴 때는 관자놀이와 볼 부분의 얼굴선을 생략함으로써 공간적 긴장과 대비를 강화했다. 어깨와 상체가 머리를 떠받치고 있으며, 초상화의 가장 아래쪽 가슴께에 그린 선들이 카프카 자화상의 정수리를 스친다. 카프카가 그림을 그릴 때 자신의 사진을 참고했는지(예컨대, 하르트무트 빈더가 쓴 『카프카의 세계 *Kafkas Welt*』 [라인베크: 로볼트 출판사, 2008], 192쪽에는 머리 가르마를 타고 넥타이를 맨 카프카의 사진이 실려 있다), 그리는 동안 거울을 본 것인지, 혹은 기억나는 대로 그린 것인지는 불분명하다.

뒷면(작품 번호 81, 가로 방향): 앞면에서와 마찬가지로 이 그림도 접힌 자국을 따라 반으로 나뉜다. 두 줄로 늘어선 인물들이 곧바로 눈에 들어오며, 윗줄엔 여덟 명, 아랫줄엔 세 명이 있다. 여성과 남성 인물들이 걷거나, 달리거나, 팔을 움직이거나, 물건을 든 채로 서 있는 모습을 간략히 — 하지만 정확히 관찰하여 — 스케치했다. 매우 단순한 선화임에도 대단한 동적 격렬함을 불러일으켜, 눈에 초점을 풀고 오래 주시하면 겹쳐진 형태들이 까딱거리거나 뛰어오르는 것처럼 보일 수도 있다. 선의 흐름과 인물들이 움직이는 방향을 감안할 때 카프카는 이 인물들을 오른쪽에서 왼쪽으로, 즉, 히브리어를 쓰고 읽는 방향대로 그렸다고 추측해볼 수 있다.

앞면과 대조적으로 뒷면의 그림에는 선영, 음영, 섬세한 세부 묘사가 없다. 여기에서 우리는 두 그림 스타일이 전혀 다른 두 세계처럼 확연히 다르다는 점과 두 작품을 완전히 다른 시기에 그렸을 가능성도 있다는 점을 알아볼 수 있다. 펠리체 바우어에게 쓴 편지에서 한 말이 아마도 이런 의미였을 것이다. "난 말이에요, 한때 굉장한 소묘화가였는데, 어떤 고약한 여자 화가에게서 정식 수업을 받다가 재능을 망쳐버렸어요." (「카프카의 그림과 글쓰기」, 235~236쪽 참조)

82, 83, 84. 낱장 두 장에 그린 자화상 세 점

1905~1907년경 혹은 약간 이후, 종이에 연필, 10.5 × 17.1cm

소장처: NLI, ARC. 4* 2000 5 86

브로트는 이 초상화 세 점도 호딘에게 보여주었다.

첫째 장, 앞면(작품 번호 82): 왼쪽 5분의 1 지점에 그린 강렬한 수직선이 색다른 공간적 긴장을 일으킨다. 이 수직선의 아래쪽 끝에서 그림의 우측 상단까지 이어지는 가상의 사선 축이 구도를 지배한다. 실제 그림은 이 사선 위쪽에 위치하지만 그 아래쪽에도 텅 빈 공간의 팽팽한 긴장감이 가득하다. 중앙에서 살짝 비켜난 왼쪽에 단 몇 개의 선으로 그린 인물의 머리와 어깨가 있고, 그 옆에 전등일 가능성이 있는 어떤 물체가 볼에 닿아 있다.

첫째 장, 뒷면(작품 번호 83): 음영 기법과 얼굴 왼쪽의 공간으로 인해 입체감이 생긴다. 지면 왼쪽, 그림이 완성되지 않은 채로 희미해지는 부분에 감상자의 시선이 집중된다.

둘째 장(작품 번호 84): 지면 한가운데에 정면 얼굴을 그린 습작으로, 귀와 눈과 코와 입에 집중하면서 정수리와 얼굴 오른쪽의 곡선은 생략했다. 의도적으로 미완으로 남긴 이 선들을 통해 상상의 여지를 열어둠으로써, 이 머리 그림은 깊이가 정의되지 않는 나머지 지면과 공간적으로 연결된다. 따라서 이 그림은 지면 위에 있다기보다는 그 안에 있다고 말할 수 있다.

2. 스케치북

85~108. 스케치북

1901~1907년경, 종이에 먹물과 잉크, 20.5 × 16.4cm

소장처: NLI, ARC. 4* 2000 5 37 (검은 노트)

막스 브로트는 1954년 1월 6일 요세프 파울 호딘에게 보내는 편지에서 스케치북을 처음 언급했다('머리말' 20쪽 참조). 몇 페이지만 제외하고 전체가 그림으로 채워진 이 8절판 노트는 카프카의 소묘화가 가장 많이 실린 모음집이다. 스케치북은 52면의 무선 내지로 구성되었고, 한 면에 그림이 여러 점 있는 경우도 있다. 첫 두 면에는 글이 쓰여 있는데, 브로트가 1953년 출간한 카프카의 미완성 단편이다. 이 글은 대략 1917년 이후 스케치북 앞쪽에 추가된 것이다(「카프카의 그림과 글쓰기」 255쪽 참조). 그 뒤 11면은 백지로 남아 있다.

제본은 부분적으로만 보존되었다. 앞표지가 유실되고 검은 뒤표지만 남아 있다. 스케치북의 내지를 뜯어낸 경우도 있는데, 대부분 막스 브로트가 그랬을 것이다. 그는 지면에서 그림만 잘라내기도 했다. 특히, 한번은 그림 여섯 점을, 다른 한번은 네 점을 잘라냈고, 이를 별도의 봉투 두 개에 담아두었다(아래에 작품 번호 109~118로 수록). 이중에는 스케치북 내지의 잘린 공간에 딱 들어맞는 그림들도 있다(329~330쪽 참조). 브로트의 의도는 자신이 보기에 가장 뛰어난 작품을 선별해 발표하려는 것이었다. 예를 들어, 앞에서 언급한 그림 여섯 점은 그가 1937년 쓴 카프카 전기에 발표했다. 이렇게 내지를 자르면서 생긴 손상 외에도 스케치북 일부가 습기에 노출되었다.

스케치북에 지금까지 남아 있는 그림들과 브로트가 잘라낸 그림 열 점은 연필, 먹물, 혹은 농축 잉크로 작업한 것이다. 잉크의 광택과 농도를 근거로, 많은 양의 먹물이 종이 위로 번지기 전에 말라붙은 부분들을 알아볼 수 있다. 그런 방식으로 얻어낸 무광택의 검정 색조와 잉크의 농도는 그림 곳곳에서 다양한 양상으로 나타난다. 스케치북 안의 여러 그림을 비롯해 브로트가 잘라낸 그림 열 점에서, 잉크는 외곽선 안쪽을 중간 색조 없이 균일하게 채울 수 있을 만큼 두껍고 불투명하게 칠해졌다. 이 그림들은 음영이나 선영, 또는 이미지의 공간감이나 심도를 강조할 그림자 없이, 흑색과 백색의 극단적인 대조로 인해 생기를 띤다.

대조를 활용하는 이러한 방식은 일본과 중국의 판화뿐만 아니라 표현주의 목판화를 연상시키는 강렬하고 웅변적인 스타일을 보여준다. 그러나 앙토넹 아르토, 오브리 비어즐리, 프리드리히 파이글, 바실리 칸딘스키, 파울 클레, 알프레트 쿠빈, 오딜롱 르동, 루이 수테 등 비슷한 시기에 활동한 화가들의 작품에서도 강렬한 흑백 대조가 나타난다.

스케치북의 그림들은 카프카가 그림을 그리는 일뿐만 아니라 미술사와 현대미술에도 깊은 관심을 갖고 관여했음을 입증한다. 특정 주제를 반복해서 묘사하고 연습했다는 점도 형태와 인물과 자세에 대한 그의 탐색이 얼마나 진지했는지를 보여준다. 카프카는 이러한 변주를 통해 경험과 기술을 습득한 뒤 실제로 그림에 적용할 수 있었다. 그는 형태 묘사와 관련한 기본 어휘를 개발했고 이를 필요에 따라 불러내 적용할 수 있었다.

이 그림들은 또한 소묘라는 매체의 특성인 표현의 신속성을 향한 카프카의 노력을 보여준다. 두뇌, 손, 펜과 종이가 연합해 단일한 행동을 수행한다. 그는 어느 페이지에 어떤 순서로 그림을 그릴지 신경쓰지 않는 듯하다. 지면을 넘기는 방향도 고려하지 않는다. 그리고 펜에 잉크가 얼마나 묻어 있는지도 확인하지 않는 것 같다. 그는 그저 그릴 뿐이다.

109~118. 스케치북에서 잘라낸 인물들

1901~1907년경, 종이에 먹물, 5.1 × 6.7cm (109), 6.4 × 5.5cm (110), 6.4 × 5.2cm (111), 6.4 × 4.9cm (112), 8.7 × 6.5cm (113), 12.5 × 8.5cm (114), 5.2 × 6.3cm (115), 5.9 × 10.9cm (116), 6.3 × 4.6cm (117), 6.7 × 6.8cm (118)

소장처: NLI, ARC. 4* 2000 5 37

최초 출간(작품 번호 113~118): 막스 브로트, 『프란츠 카프카: 전기』(프라하: 하인리히 메르치존 출판사, 1937), 부록.

브로트는 소묘화가로서 카프카의 명성을 확립하기 위해, 1937년부터 계속해서 여러 번 스케치북의 그림들을 잘라냈다. 그는 봉투 두 개에 각각 네 점(작품 번호 109~112)짜리 그림 한 묶음과 여섯 점(작품 번호 113~118)짜리 한 묶음을 보관했다. 그 작품들이 스케치북 안에서 원래 어디에 있었는지 아직도 어느 정도는 파악할 수 있다. 116번은 89번의 왼쪽에서 잘라냈고, 111번은 90번의 왼쪽에서, 113번은 92번의 왼쪽에서 잘라냈으며, 114번은 92번의 왼쪽과 오른쪽 사이에서 찢어낸 조각이다. 브로트는 여섯 점짜리 묶음에 속한 그림들을 출간했으나 네 점짜리 묶음의 그림은 지금까지 발표된 적이 없다.

119. 앉은 인물

1901~1907년경, 종이에 먹물, 크기 미상(출간된 책에서 복제 및 색 보정)

소장처: 미상(브로트의 소장품에서 나온 그림)

최초 출간: 사라 롭, 『프란츠 카프카: 유대인 정체성이라는 문제 *Franz Kafka: A Question of Jewish Identity*』, 히브리어판(텔아비브: 호차아트 하 – 키부츠 하 – 메우하드 출판사, 1998), 108쪽.

이 인물은 아마도 브로트가 예루살렘의 스케치북에서 잘라낸 다른 먹물 그림 인물들과 같은 시리즈에 속했을 것이다. 자립적인 직사각형 구도가 극도로 단순하면서도 강렬한 표현력을 보여준다. 직사각형 구도는 의자의 등받이와 다리, 인물의 두 발, 한쪽 정강이와 한쪽 아래팔, 머리, 의자 등받이 위로 뻗은 다른 한쪽 팔에 의해 형성된다. 몸을 틀고 있는 이 인물은 삼각형 다섯 개와 직사각형 세 개로 이루어진 구도를 장악한다. 지면 왼쪽에 위치한 손에서 오른쪽의 발끝까지, 그리고 머리에서 의자의 왼쪽 다리까지 가상의 사선이 이어진다. 아울러, 이 인물은 뒤러의 〈멜랑콜리아〉나 로댕의 〈생각하는 사람〉과 같은 모델을 떠올리게 한다.

3. 여행 일기에 그린 그림, 1911~1912년

120. 보덴 호숫가 골다흐 근처의 다리

1911년 8월 27일, 종이에 잉크, 대략 15 × 9.8cm

소장처: NLI, ARC. 4* 2000 5 13

최초 출간: R, 144쪽.

1911년 8월 26일부터 9월 13일까지, 카프카와 막스 브로트는 뮌헨, 취리히, 루체른, 루가노, 밀라노를 거쳐 파리까지 함께 여행했다. 여행중에 두 사람은 각자 여행 일기를 썼고, 카프카의 일기에는 그림도 일부 담겨 있다. 카프카의 기록은 내지를 떼어낼 수 있는 노트 세 권에 담겨 있다(R, 152쪽).

이 그림은 보덴 호숫가의 마을 골다흐에 있는 제분소 브루크뮐레 옆의 다리를 보여준다. 카프카는 8월 27일 아침에 뮌헨에서 취리히로 가는 도중 기차를 타고 골다흐 고가교를 건널 때 창밖으로 잠시 이 다리를 볼 수 있었다("이런 다리를 언뜻 보았다[beim Anblick einer derartigen Brücke]"). 주요 교각이 위로 갈수록 가늘어지기는 하지만 비례는 정확히 포착되었고, 가운데에 넓은 아치가 생기는 다리의 특징적인 분할 형태도 그림에 잘 나타나 있다. 다리 난간은 과장된 지그재그 선으로 표현했다.

121. 룰렛

1911년 8월 27일, 종이에 잉크, 대략 9.8 × 30cm

소장처: NLI, ARC. 4* 2000 5 13

최초 출간: R, 149쪽.

카프카의 일기 속 글과 직접 관련된 이 그림 두 점은 루체른에 있는 카지노를 나타낸다. 카프카와 브로트는 루체른에서 렙슈토크호텔에 머물렀다. 이것은 삽화라기보다는 기억을 되살리기 위한 그림이다.

룰렛 바퀴가 있는 룰렛 테이블 그림과 함께 별도로 숫자판을 확대해 자세히 그려놓았다. 카프카가 표기한 숫자는 표준적인 배열의 근사치에 불과하며, 이는 그림이 실제 상황과 비슷한 기록일 뿐임을 분명히 보여준다. 룰렛 테이블 오른쪽 위에 카프카는 이렇게 적었다. "구슬이 굴러간다(Kugel rollt)."

122, 123. 루가노호수의 집과 분수

1911년 9월 1~2일, 종이에 연필, 대략 15 × 9.8cm

소장처: NLI, ARC. 4* 2000 5 13

최초 출간: R, 152쪽.

그림 두 점이 위아래로 배치되어 있다. 루가노호수에서 배를 탔을 때의 인상을 떠올려 스케치한 것이다. 위쪽의 선화에서는 풍광 좋은 마을의 집들을 볼 수 있다. 아마도 물위에서 바라본 풍경일 것이다. 가파른 언덕이 호수까지 이어진 이 마을은 스위스의 간드리아이거나 이탈리아의 산타마르게리타인 듯하다. 아래쪽 그림에서는 로마네스크식 둥근 아치가 보이는데, 산타마르게리타에 있는 분수라고 일기글에 적혀 있다. 여기에서 카프카는 미술이 아니라 스냅사진처럼 현실을 재빨리 포착하는 데 관심이 있다. 한 그림에서는 전체를, 다른 그림에서는 세부를 포착한다.

124. 오스테노의 교회탑

1911년 9월 1~2일, 종이에 연필, 대략 15 × 9.8cm

소장처: NLI, ARC. 4* 2000 5 13

최초 출간: R, 153.

일기글에서 알 수 있듯이, 카프카와 브로트가 탄 배는 루가노에서 동쪽으로 이동했다가 다시 돌아오면서, 스위스와 이탈리아 간 국경을 여러 번 건넜다. 아마도 루가노호수의 북쪽과 남쪽 연안을 지그재그로 오가는 경로였던 것 같다. 이 그림은 이탈리아 오스테노의 교회와 종탑, 그 옆의 나무를 그린 듯하다.

125. 바이마르에 있는 괴테의 정원 별장

1912년 7월 1일, 종이에 연필, 9.9 × 15.2cm

소장처: NLI, ARC. 4* 2000 5 85

최초 출간: 막스 브로트, 『프란츠 카프카의 신앙과 학설』(빈터투어: 몬디알 출판사, 1948), 109쪽.

절취선이 있는 메모장에서 뜯어낸 내지다. 뒷면에 막스 브로트가 적은 글이 있다.

1912년 7월 1일, 브로트와 함께 바이마르를 여행하던 카프카는 요한 볼프강 폰 괴테가 (바이마르의 프라우엔플란의 집에 머무르지 않을 때) 살던 일름 강변 공원 내의 집과 정원을 방문했다. 이 그림은 카프카가 그린 다른 모든 그림, 심지어 남아 있는 교과서 스타일의 초상화 몇 점과도 현저히 다르다. 그는 여기서 대상을 재현할 때의 기록적 정확성을 기하기 위해 노력한 듯하다. 창문이 여러 개 달린 집이 정원과 산울타리, 정원 대문, 나무들로 둘러싸여 있다. 그림은 집과 바로 옆에 있는 나무들에 집중하고, 주위의 다른 사물은 연하고 불완전하게 스케치함으로써 지면에 입체감을 부여한다. 선들이 미숙해 보이고 빽빽하며 조급한 분위기마저 띤다. 카프카는 이곳에 방문한 동안 관리인과 그의 딸 마르가레테 키르히너와 친해졌으므로(카프카, 『프란츠 카프카의 일기, 1910~1923』, 469쪽 이하), 그가 어린 소녀에게 일기의 그림을 거들도록 했다는 추측도 가능하다. 그림이 "불타는 시골집을 닮았다"는 논평(슈타흐, 『카프카: 결정적 시기 *The Decisive Years*』, 82쪽)을 비롯한 다른 해석들은 인쇄 상태가 불량한 복제화를 근거로 한 터라, 나뭇가지와 잎을 선으로 분명히 묘사한 원화를 제대로 설명하지 못한다.

4. 편지에 그린 그림, 1909~1921년

126. "이것은 죄네켄에서 나온 펜촉……"

막스 브로트에게 보낸 편지, 1909년 여름으로 추정, 종이에 연필 또는 잉크 연필, 16.7 ×
20.3cm

소장처: NLI, ARC. 4* 2000 3 280

최초 출간: FB, 78쪽.

가로로 한 번, 세로로 한 번 접힌 유선지.

막스 브로트에게 보낸 이 편지에서, 카프카는 자신이 평소에 쓰는 필기도구를 그린 다음 이렇게 적었다.
"이건 죄네켄에서 나온 펜촉이야. 아까 한 이야기와는 무관해." (카프카, 『친구, 가족, 그리고 편집자 들에게
보내는 서신』, 63쪽) 카프카는 그것이 만년필인지 잉크를 찍어서 쓰는 펜인지 특정하지 않는다. 카프카는
일반적으로 펜대와 펜촉이 있고 잉크에 담가 쓰는 펜으로 글을 쓰고 그림을 그리기를 선호했다. 죄네켄은
본에 있는 회사로 펜촉과 만년필 등의 상품을 생산했다. 이 지면은 글과 이미지의 근접성을 보여주는 사
례다. 여기에서 필기도구는 그림과 글쓰기 양쪽 모두의 대상이 된다.

127. "……꿈속에서 우리가 함께 걷던 모습을……"

펠리체 바우어에게 보낸 편지, 1913년 2월 11~12일, 종이에 잉크. 크기 미상(사본에서 복제 및
색 보정)

소장처: 개인 소장 (사본: 카프카 비평본 아카이브)

최초 출간: 프리데리케 펠너, 『카프카의 그림 *Kafkas Zeichnungen*』 (파더보른: 빌헬름 핑크 출판사,
2014), 237쪽.

이 그림은 편지에 쓴 글의 내용과 관련이 있지만, 글에 대한 그림의 우월성을 주장하는 사례이기도 하다 (「카프카의 그림과 글쓰기」 235~236쪽). 여기에서 두 매체는 일종의 평행한 플롯으로 전개되며, 카프카의 "복합 재능"(막스 브로트의 표현)이 동시에 발현되는 사례를 보여준다. 이 그림은 카프카가 팔을, 그리고 특히 손을 그리는 전형적인 방식으로 묘사되어 있으며, 맥락이 없다면 다리와 발이라고 보기도 쉬울 것이다.

128. "오틀라의 가벼운 오찬"

오틀라 카프카가 요제프 다비트에게 보낸 엽서, 1915년 5월 16일, 엽서에 연필, 14 × 9cm

소장처: DLA (BLO 와 MS. Kafka 의 공동소유 50, fol. 1v)

최초 출간: 프란츠 카프카, 『오틀라와 가족들에게 보내는 편지』, 하르트무트 빈더와 클라우스 바겐바흐 편(프랑크푸르트: 피셔 출판사, 2011), 9쪽.

카프카의 여동생 오틀라가 남편 요제프 다비트에게 보낸 이 흑백 엽서는 프라하 동부에 있는 마을 우발리의 "전경(Celkový pohled)"을 보여준다. 카프카는 여동생과 함께 그곳으로 여행을 갔다. 카프카도 엽서에 서명을 하고, 앞면의 밝은 하늘 배경에 그림을 그렸다. 사진은 가로 방향이지만 카프카의 그림은 세로 방향이어서 엽서에 두 가지 다른 공간적 방위가 존재한다. 커튼이 드리운 창문 앞에서 한 인물— 오틀라 — 이 음식을 담은 쟁반과 술병들이 놓인 탁자 앞에 앉아 식사를 하고 있다.

129. "……증거가 되는 오틀라의 그림"

1917년, 갈색 종이에 연필, 13.3 × 19.5cm

소장처: NLI, ARC. 4* 2000 5 84

포장지, 가장자리 전부와 그림 일부가 가위로 잘려나갔다.

이 간략한 스케치는 카프카의 여동생 오틀라의 작품이다. 햇빛 가리개 모자를 쓰고 아마도 맨다리를 내

335

놓은 채 접이식 의자에 비스듬히 누운 카프카를 그렸다. 맨 위쪽, 그의 머리 옆에 화살표로 표시한 곳에 카프카의 자필 메모가 적혀 있다. "눈을 보호하기 위한 햇빛 가리개(Schirm zum Schutz der Augen)." 그림 아래쪽의 세로선들 위에는 여동생의 스케치를 해학적으로 해석하는 글을 썼다. "내가 긴 접이식 의자를 가졌다는 증거가 되는 오틀라의 그림. 저 컵은 성배가 아니라 사워밀크가 든 유리잔일 뿐이다(Ottlas Zeichnung zum Beweis, dass ich einen Liegestuhl habe. Der Becher ist nicht der heilige Gral, sondern ein Glas sauerer Milch)."

130. "내 인생의 장면들"

오틀라 카프카에게 보낸 엽서, 1918년 12월 초, 엽서에 잉크, 9 × 14cm

소장처: DLA (BLO 와 MS. Kafka 의 공동소유 49, fol. 79r)

최초 출간: 클라우스 바겐바흐 편, 『프란츠 카프카, 1883~1924: 원고, 원화, 서류, 사진*Franz Kafka, 1883-1924: Manuskripte, Erstdrucke, Dokumente, Photographien*』(베를린: 예술아카데미, 1966), 78쪽.

카프카는 셸레젠에서 이 엽서를 여동생 오틀라에게 보냈다. 지금은 젤리지라고 불리는 중부 보헤미아의 이 도시에서, 그는 1918년 11월 30일부터 12월 22일까지 펜션 스투들에 머물며 결핵을 치료하고 요양했다. 그림은 엽서 한쪽 면의 백지에 그렸고, 나머지 글과 주소는 반대쪽 면에 있다. 엽서의 지면은 가로 세 줄로 나뉘며, 위의 두 줄 각각에 그림이 세 점씩 있다. 연재만화와 비슷한 이 여섯 점의 그림 아래로, 엽서 하단에 글이 쓰여 있다. 그림에 대한 설명인 "내 인생의 장면들(Ansichten aus meinem Leben)"은 물결치는 리본이나 유기적인 곡선 형태의 벌레처럼 보이는 구불구불한 틀 안에 적혀 있다. 그림 설명 아래에는 오틀라에게 쓴 글 두 줄이 있다. "어떻게 지내니? 크리스마스에 노트와 책을 가져와라. 내가 시험문제를 내줄게." (카프카, 『오틀라와 가족들에게 보내는 편지』, 32쪽) 단순함의 측면에서 이 그림들은 표현이 강렬하고 흑백 대조로 활기를 띠던 초기의 먹물 그림들을 떠올리게 한다. 요양 시설에서 보내는 규칙적인 일과를 간략히 스케치한 것으로, 첫번째 줄 좌측 상단에 침실이 있는데, 아마도 침대 위에 사람이 누워 있는 듯하다. 그 옆에는 처치실 혹은 치료 시설과 식당이 있다. 두번째 줄에는 또다른 처치실 혹은 치료 시설, 사람이 올라서서 체중을 재는 저울, 라운지가 있다.

131. 웅크린 인물

오틀라 카프카에게 보낸 엽서, 1918년 12월 11일, 엽서에 잉크, 9 × 14cm

소장처: BLO, MS. Kafka 49, fol. 80v

최초 출간: KA,『편지, 1918~1920*Briefe, 1918~1920*』, 62쪽.

카프카는 셀레젠에 있는 펜션 스투들에서 이 엽서를 여동생에게 보냈다. 맨 아래쪽에 웅크린 인물의 옆
모습을 그리고 그 주위에 글을 썼다. "'음식을 찾아다닌다'는 말이 무슨 뜻이야? 안타깝구나, 내 식탁에
오면 음식을 아주 많이 찾을 수 있을 텐데. 하지만 대신 나는 이걸 그릴 거야: [그림] 네 공부 시간을 또
한번 망치려고 말이야. 프란츠."(카프카,『오틀라와 가족들에게 보내는 편지』, 33쪽) 이 인물은 예루살렘
스케치북에서 잘라낸 열 점의 먹물 그림(작품 번호 109~118)을 떠올리게 한다.

132. "어려운 그림 수수께끼"

밀레나 예센스카에게 보낸 편지, 1920년 7월 28일, 종이에 잉크, 23 × 14.4cm

소장처: DLA, D 80.15/18

최초 출간: KA,『편지, 1918~1920』, 256쪽 이하.

가운데가 접힌 모눈종이.

이 그림은 그림 – 글자 조합 수수께끼다. 지면 위쪽 3분의 1 지점, 글 사이에 그린 칸막이 안에 수수께끼
가 있다. 지면 왼쪽과 상단 여백을 따라, 카프카는 프라하의 화가이자 그래픽아티스트인 게오르크 일
로프스키를 언급하는 메모를 적었다. "당신은 이야기 속에서 왜 일로프스키를 혼동하나요? 아직도 내
앞의 압지 위에 그가 그린 당신과 관련한 그림이 있는데 말이에요(Warum mischst Du Jilovský auch in die
Geschichten? Ich habe da vor mir auf dem Fließblatt noch eine Dich betreffende Zeichnung von ihm)." 손으로
그린 칸막이 안에 그는 이렇게 썼다. "그 그림은 대충 이런 거예요: [그림] 어려운 그림 수수께끼죠(Die
Zeichnung ist etwa so: [drawing] ein schweres / Bilderrätsel)." 따라서 카프카의 스케치는 일로프스키의 그

림을 바탕으로 한다. 짧은 세로선 하나와 더 긴 선 두 개가 있는데, 그중 하나는 살짝 구불거리고 세 선이 한 점에서 교차한다. 아마도 세 선은 라틴어 글자 K와 A를 이루거나, 아니면 그저 장식적인 십자 모양일 것이다. 세 개의 길이 짧은 세로선으로 표시된 한 점에서 만나는 모습을 그린 것일 가능성도 있어 보인다.

133. 세 개의 선

밀레나 예센스카에게 보낸 편지, 1920년 8월 13일, 종이에 연필, 22.9 × 14.6cm

소장처: DLA, D 80.15/38

가운데가 접힌 모눈종이. 밀레나에게 보낸 편지의 셋째 장 뒷면.

지면을 시계 방향으로 90도 회전시키면, 이 형상은 132번 작품인 〈어려운 그림 수수께끼〉의 반복임을 알 수 있다.

134, 135. 고문 장면

밀레나 예센스카에게 보낸 편지에 동봉, 1920년 10월 29일, 종이에 잉크, 8.7 × 22.7cm

소장처: DLA, D 80.16/11

최초 출간: KA, 『편지, 1918~1920』, 364~365쪽.

위아래가 찢겨나간 모눈종이.

앞면(작품 번호 134): 두 인물을 그린 선화. 두 인물 사이의 여백이 긴장감과 상호 연결감을 강화한다. 카프카는 편지에서 이 그림을 묘사하는데(「카프카의 그림과 글쓰기」 259쪽 참조), 둥근 구멍을 뚫고 막대를 비스듬히 끼운 말뚝 여러 개를 나란히 세운 가상의 구조물에 한 사람이 묶인 채 두 조각으로 찢기는 모습이다. 그의 사지와 머리는 구조물을 이루는 부속들과 비슷해 보인다. 다른 한 인물 — 고문 기구의 "발명가" — 은 기둥에 기대어 이 장면을 즐기듯 바라본다.

뒷면(작품 번호 135): 편지와 관련 없는 글이 아홉 줄 있고, 카프카는 그 대부분을 두꺼운 선영을 덧칠해 지웠다(카프카, 『편지, 1918~1920』, 1037쪽 참조). 카프카가 꼼꼼하게, 거의 기계적으로 모든 단어를 지워 문양과 장식을 창조해내는 이러한 방식에서 글로부터 그림으로의 전환을 볼 수 있다.

136. 마틀리아리의 온천 호텔

막스 브로트에게 보낸 편지, 1921년 1월 하순, 종이에 잉크, 22.9 × 14.5cm

소장처: NLI, ARC. 4* 2000 3 289

최초 출간: FB, 306쪽.

오늘날의 슬로바키아에 위치한 타트라산지의 온천 마을 마틀리아리에서 보낸 이 편지에서, 그림은 글로 쓴 내용을 시각적으로 명백히 드러내는 역할을 한다. 즉 온천 호텔의 소음으로 인한 고통이 그림으로 표현되어 있다. 카프카는 그림 바로 위에 이렇게 썼다. "발코니의 재앙에서 회복될 기미가 전혀 없어. 확실히 위쪽 발코니는 이제 조용해졌는데 두려움으로 예리해진 내 귀에는 모든 소리가 들려. 나와는 창문이 네 칸이나 떨어져 있고 한 층 차이까지 나는 방에서 지내는 치과기공사의 소리까지 말이야." (카프카, 『친구, 가족, 그리고 편집자 들에게 보내는 서신』, 252쪽) 그림의 한 층에는 "내 방(meine Wohnung)"과 "나(ich)", 그리고 왼쪽의 다른 방들을 표시해두었고, 위층에는 "의사(Arzt)"와 "카샤우 출신 치과기공사(Kaschauer Zahntechniker)", 그리고 "조용하고 가끔만 살짝 열리는 약사의 방 창문(stille nur manchmal gähnende Apothekerswitwe)"을 표기했다. 이들은 카프카와 브로트의 편지에서 자주 언급되는데, 예를 들어 "카샤우 출신 치과기공사"는 25세의 슬로바키아 청년 아르트후르 스지나이로, "발코니의 재앙"을 일으켜 카프카의 평온을 방해하고 다른 투숙객들이 방을 옮기게 만든 사람이다. 이 그림은 이와 같은 매우 구체적인 주거 상황을 장난스러우면서도 형식적으로 단순한 방식으로 다루고 있지만, 그 이면의 실존적 고통을 감추지는 못한다. 소음에 대한 카프카의 민감성은 불안증과 불면증의 한 증상일 뿐이었다.

5. 일기와 노트에 그린 그림, 1909~1924년

137. 세 인물

1909년 5월 24일부터 몇 주 혹은 몇 달 사이, 종이에 잉크, 24.6 × 20.2cm

소장처: BLO, MS. Kafka 1, fol. 2v

최초 출간: 프란츠 카프카, 『일기, 1910~1923』(프랑크푸르트: 피서 출판사, 1951), 8쪽.

처음으로 일기를 쓰기 시작했을 때, 카프카는 예술적인 장면들을 다루는 그림 여러 점(작품 번호 137, 138, 139)을 일기에 그렸다. 이 그림 앞에는 일기 두 편이 먼저 나온다. 하나는 옥스퍼드 4절판 노트 첫 번째 권 맨 앞에 쓴 "무용수 에두아르도바"에 관한 글로, 1909년 5월 24일과 25일 프라하에서 공연했던 러시아 발레 무용수 에브게니아 에두아르도바를 가리킨다. 다른 한 편은 그 무용수가 나오는 꿈에서 표출된 실존적 절망에 대한 글이다. 여기에서 카프카는 "내 몸에 대한 절망, 그리고 이 몸과 함께할 미래에 대한 절망"(카프카, 『일기』, 10쪽)에 대해 말한다. 발레를 보고 받은 영감이 그림의 인물들에 어느 정도 반영되었다고 보는 게 합리적일 것이다. 일견 굉장한 직접성이 묘사의 특징을 이룬다. 그림 속 세 인물이 서로 강한 긴장 관계를 형성하고 있다. 오른쪽에서 왼쪽으로 갈수록 크기가 줄어든다. 각 인물의 왼다리가 저마다 확연히 다른 자세를 취한다. 오른쪽 인물은 수직으로 지탱하는 자세이고, 가운데 인물은 기울인 다리에 압박을 받는 자세이며, 왼쪽 인물은 다리를 구부린 자세다. 세 인물 모두 오른다리를 내딛고 있다. 머리, 손, 발은 전부 단순화되었다. 지면 전체의 구성에 카프카의 직관이 드러난다. 세로로 볼 때나 가로로 볼 때나, 세 인물의 위치는 그가 직관적으로 황금 비율을 사용하고 있음을 나타낸다.

138. 일본인 곡예사

1909년 11월 중순부터 몇 주 혹은 몇 달 사이, 종이에 잉크, 24.6 × 20.2cm

소장처: BLO, MS. Kafka 1, fol. 4r

최초 출간: 프란츠 카프카, 『일기, 1910~1923』(프랑크푸르트: 피셔 출판사, 1951), 588쪽.

1909년 11월 16일에서 30일까지 프라하의 바리에테극장에서 공연한 일본인 곡예단 미쓰다 가족의 묘기가 이 그림에 영감을 주었다(「카프카의 그림과 글쓰기」 257쪽 참조). 그림은 일기장 지면의 아래쪽 4분의 1 정도를 차지한다. 만화풍의 인물과 머리들이 글 밖으로 나온 것 같은 느낌이다. 부서질 듯 연약한 사다리 꼭대기에서 중심을 잡는 인물은 무게중심을 낮게 유지하려고 몸을 굽혔을 뿐 아니라, 위쪽 글 마지막 줄의 단어들 아래 눌려 있다. 왼쪽을 보는 인물들 모두가 그의 균형 잡기 묘기를 지켜보고 있는 듯하다. 발과 다리는 두 곡예사에게만 있는데, 한 사람은 발로 사다리를 디뎠고, 다른 사람은 누운 채로 다리와 발로 사다리를 높이 잡고 있다. 반면에 수동적인 관람객들은 육신과 분리된 듯하다. 실제의 공연을 보고 영감을 얻기는 했지만, 여기 묘사된 장면은 상상의 산물이다. 그리하여 이 그림은, 어쩌면 꿈속 현실을 재현하면서, 서사적이고 회화적인 현실을 창조한다. 브로트가 호딘에게 보여준 스물한 점의 그림 중 하나다.

139. 문가의 인물들

대략 1910년 11월 초, 종이에 연필, 24.6 × 20.2cm

소장처: BLO, MS. Kafka 2, fol. 8v

최초 출간: KA, 『일기』, 119쪽.

이 그림은 일기가 적힌 두번째 노트에 있다. 그림 앞에 나오는 몇 편의 일기는 「어느 투쟁의 기록」 집필과 관련한 내용이다. 그 뒤로 1910년 11월 6일자 일기가 나온다. 이 그림 바로 위에는 망각과 자기 망각에 대한 단상을 적었는데, 이 글은 다음과 같은 문장으로 끝난다. "우리는 법 밖에 있다. 그 사실을 아는 사람은 아무도 없지만, 그런데도 모두가 우리를 법에 따라 취급한다."(카프카, 『일기』, 24쪽) 카프카는 계속 글을 쓰려고 했지만, "Was ich(무엇을 내가)"를 덧칠해 지우고 그 위에 선을 그은 뒤 선 아래의 공간에 그림을 그렸다. 그리하여 그는 지면 아래쪽 3분의 1 지점에서 글과 그림을 공간적, 형식적으로 명확히 구분했고, 그로 인해 그림에 더욱 큰 독립성이 확보되었다. 선으로 그린 이 그림 속 문 근처에는 여러 인물이 있다. 문 오른쪽에 확실히 구분되는 인물 두 명이 서 있고, 세번째 인물이 문 아래에 있으며, 네번째 인물(어쩌면 동물일 수도 있다)은 문 왼쪽에 있다. 웅장한 문은 기둥과 장식적인 아치로 이루어졌는데, 아치의 가운데 부분에 문장紋章 혹은 방패가 있고, 왼쪽과 오른쪽 기둥에 각각 등불이 하나씩 달려 있다. 문 아래에 있는 사람은 망토와 모자 차림의 수위(혹은 '문지기')이고, 문으로 다가가는 남자는 입장 허락을 구하는 것처럼 보이며 그의 뒤를 따르는 사람이 한 명 더 있다. 『소송』의 일부로 포함된 우화 「법 앞에서」를 쓴 것은 훗날(1914~1915년)의 일이지만, "우리는 법 밖에 있다"라는 선언이 암시하는 관련성은 그림에 의해 더욱 강화된다.

140. 책상 앞에서

1915년 2월 15일, 종이에 잉크, 24.6 × 20.2cm
소장처: BLO, MS. Kafka 10, fol. 11v
최초 출간: KA, 『일기』, 728쪽.

일기에 그린 이 그림 앞에는 글을 쓰려 할 때 맞닥뜨리는 어려움과 산만함에 대한 언급이 나온다. "모든 것이 정체 상태다. 잘못된, 불규칙한 일정. 이 집은 모든 면에서 나를 방해한다. 오늘도 주인집 딸이 프랑스어 수업을 받는 소리가 들렸다."(카프카, 『일기』, 331쪽) 그림 속에는 두 인물이 있다. 왼쪽은 전등이 켜진 원형 탁자에 구부정하게 앉아 손에 머리를 얹은 작은 인물의 뒷모습이고, 오른쪽은 훨씬 덩치가 큰 인물의 옆모습이다. 헝겊 혹은 머리카락으로 머리와 몸이 뒤덮인 이 두번째 인물은 긴 머리와 가슴의 굴곡으로 미루어 왜곡된 여성의 형상인 듯하다. 두 인물 사이에는 사다리꼴의 물체가 있는데, 둘 사이를 가르는 벽이거나 여성 인물이 자신의 모습을 비춰 보는 거울일 수도 있다.

141. 아브라함과 이삭

1916년 7월 13~15일, 종이에 잉크, 24.6 × 20.2cm
소장처: BLO, MS. Kafka 11, fol. 23r
최초 출간: KA, 『일기』, 796쪽.

이 그림은 성경 속 '아케다트 이츠하크Akedat Yitzchak,' 즉 이삭의 '결박' 장면(「창세기」 22장 1절~19절)을 변주한 일기글에 삽입되어 있다. 카프카는 글 속에서 그 장면을 직접적으로 서술하지는 않지만, 에서와 야곱 같은 관련 인물들을 언급한다. 게다가 이 일기글에는 집에 들어오는 것과 관련한 다른 장면도 끼어든다. 그림은 세 부분으로 나뉘는데, 글과 그림의 연결뿐만 아니라 각 그림 사이의 연결도 즉각 명확히 파악되지는 않고 암시만 되어 있다. 한 가지 가능성은 왼쪽에서 오른쪽으로 읽어, 이삭의 결박 이야기를 일련의 그림으로 나타냈다고 보는 것이다. 첫번째 그림은 손을 올린 아브라함 앞에 머리를 숙이고 무릎을 꿇은 채 희생 제물이 될 준비를 마친 이삭을 보여준다. 두번째 그림은 아브라함을 부르는 천사일 수도 있다. 오른쪽의 여러 형상은 손에 칼을 든 아브라함과, 하느님이 이삭 대신 제물로 바치게 한 숫양을 나타낼 수도 있다. 그러나 이를 에서와 야곱의 이야기로 보고, 먼저 태어난 에서를 축복하는 장면(왼쪽)부터 에서가 사냥하는 장면(오른쪽)까지 묘사했다고 이해하는 것도 가능하다. 이처럼 가능한 독법들이 있지만, 재현된 그림은 모호하고 의미가 열려 있어서 명확한 설명이나 규명은 궁극적으로 불가능하다.

142. 마차

1916년 11/12월, 종이에 연필, 16.5 × 9.9cm

소장처: BLO, MS. Kafka 19, fol. 18r

최초 출간: 클라우스 바겐바흐, 『프란츠 카프카: 인생의 그림들 Franz Kafka: Bilder aus seinem Leben』, 제2판, (베를린: 바겐바흐, 1994), 203쪽.

8절판 노트 첫 권에 나오는 이 그림 앞에는 삭제된 문단이 있다. "말을 앞으로 몰았다. 남자는/ 주저했다. 여자는 승인의 표시로/ 눈을 감았다./ 시골길에서 마부들의 무리가/ 왔다. 그들은 서로에게 따뜻하게 인사했다." 이 그림은 말과 죽음의 모티프가 반복적으로 나타나는 작품, 예컨대 1916년 말과 1917년 초에 쓰여 1920년 출간된 『시골 의사』나, 작가 사후에 출간된 「사냥꾼 그라쿠스」와 「묘지지기」 등의 글과도 연결 지을 수 있다. 경사도가 45도에 이르는 가파른 언덕의 역동성이 지면을 지배한다. 그곳에서 극적인 장면이 벌어지고 있다. 마차에 연결된 말이 극도로 안간힘을 쓰며 언덕을 오르고, 마부는 격렬하게 말을 몰아대며, 인물 넷이 마차 뒤를 힘차게 민다. 마차 지붕에 있는 거대한 십자가는 각도 때문에 X자로 보인다. 마차 안의 검게 칠한 부분은, 특히 십자가를 고려할 때, 관일 수도 있고, 그런 경우라면 마차는 장의차가 된다. 마부의 위 혹은 옆에 나타난 중첩된 두 인물로 인해 십자가는 더욱 강조된다. 그들은 깜짝 놀란 듯 양팔을 올리고 있는데, 둘 중 한 명은 언덕의 경사면과 평행하게 누운 자세이고 다른 한 명은 서 있다. 그러나 이 두 인물은 마차 장면이나 극적인 언덕과는 아무런 관련이 없을 가능성도 있다.

143. 두 인물

1918년 2월경, 종이에 연필, 9.9 × 16.5cm

소장처: BLO, MS. Kafka 26, fol. 29v

최초 출간: HKA, 옥스퍼드 8절판 노트 제8권, 123쪽.

이 그림은 카프카가 취라우에서 사용한 8절판 노트 마지막 권 뒷부분에 있다. 이 노트에는 철학, 신학, 윤리학적 주제를 다룬 글이 많다. 그림과 인접한 지면들에서는 히브리어를 연습한 흔적과 포장 명세, 이름을 밝힌 다음의 특정 인물 두 명에 대한 언급 등이 발견된다. "요세프 호른 중위, IR 92(호무토프)"와 "요세프 테스흐Tesch 멍청한 푸주한……"(fol.30v). 올바른 이름은 테트스흐Tetsch인 두번째 사람은 취라우에서 근무중 왼팔을 잃은 뒤 꾀병을 부려 병역을 회피하려 한다는 의심을 받았다. 카프카는 그 사람을 알게 된 뒤 그의 시도를 도왔다. 이 그림은 상반되는 두 인물을 군대의 맥락에서, 장교와 부상병으로 표현한 것일 가능성이 있다. 가로 방향 그림이다. 두 인물이 있는데, 왼쪽 인물은 정적인 모습으로 자세히 묘사한 반면 오른쪽 인물은 비교적 더 동적으로 간략히 스케치했다. 후자가 전자에게 다가가고 있거나 전자를 보고 움츠러드는 장면인데, 둘은 서로 대조를 이루기도 하지만 연결될 가능성도 있다. 오른쪽 인물은 팔의 끝부분이 없는 모습으로 그려졌고 그 부위에 장교의 구부린 왼팔이 닿을락 말락 한다. 후자는 유령, 그림자에 가까워 보인다. 대조는 강렬하다. 한 인물은 제복과 모자와 지위의 상징으로 장식했고, 다른 한 인물은 옷을 입었든 안 입었든 명확히 포착되지 않는다.

144. 8절판 노트 제5권 표지

1917년 여름 무렵, 표지 라벨에 연필, 16.5 × 9.9cm, 라벨: 5.5 × 7.5cm

소장처: BLO, MS. Kafka 23, 앞표지

최초 출간: HKA, 옥스퍼드 8절판 노트 제5권, 3쪽.

파란색 학생용 노트에 붙인 라벨. 라벨에 기하학적 형태의 빨간색과 검은색 테두리가 인쇄되어 있고, 모서리 두 곳이 찢어졌다.

두 부분으로 나뉜 연필 그림으로, 오른쪽은 매우 단순하게 그린, 캐리커처에 가까운 머리의 옆모습이다. 왼쪽은 이와 대조적으로 좀더 자세한 그림인데, 해석의 여지가 커서 자유로운 상상이 가능하다.

145. 유령 같은 인물

1923년, 카드 용지에 연필, 17.4 × 21.6cm

소장처: BLO, MS. Kafka 33, 앞표지 안쪽, 1r

최초 출간: 닐스 복호버와 마레이커 판도르스트,『마침내 위대한 화가로: 시각예술가로서의 프란츠 카프카 *Einmal ein großer Zeichner: Franz Kafka als bildender Künstler*』(미터펠스: 비탈리스, 2006), 47쪽.

표지 안쪽에 그림이 실린 이 노트의 내지에는 히브리어 어휘(독일어 – 히브리어 단어장)가 적혀 있고, 같은 페이지의 지면 반대편 끝에서 쓰기 시작한, 아마도 더 이른 시기의 메모인 듯한 글은 미완성 소설의 일부다. 두 가지 다 그림 맞은편 지면에 적혀 있는데, 소설의 주제는 땅을 파는 행위다. 그림은 아마도 그 뒤에 연필로 적은, "문턱"과 "문턱의 수호신(shomer ha – sof)"을 뜻하는 히브리어와 관련된 맥락에서 그렸을 것이다. 그런데 이 표현은 여러 갈래의 의미와 연결될 수 있기 때문에 주목할 만하다. 예를 들면, 이 단어는 '문지기'로도 번역될 수 있는데, 문지기는 하시딤 유대 문학에서도 한 역할을 담당하는 인물이다. 카프카가 적은 "문턱의 수호신"이라는 용어가 신지학적_{神智學的} 울림을 줄 수도 있다. 루돌프 슈타이너의『어떻게 더 높은 세계를 인식하는가? *Wie erlangt man Erkenntnisse der höherer Welten?*』라는 소론 시리즈는

1905년 「문턱의 수호신」이라는 소론으로 마무리되었다. 카프카는 1910년 슈타이너의 프라하 방문을 기대하며 책으로 나온 그의 소론을 읽었고, 두 사람은 이때 개인적으로 직접 만나기도 했다. 슈타이너에게 '문턱의 수호신'은 삶과 죽음 사이의 '초감각적인 존재'이자 '죽음의 천사'다. 카프카의 그림은 아마도 눈과 코를 제외하면 전체를 한 획에 그렸을, 선 하나로 이루어진 형상을 보여준다. 눈은 정형화된 물방울을 닮았고 두 눈 사이의 짧은 선이 코를 이룬다. 입과 팔과 다리는 없고, 지면 맨 아래쪽 외곽선은 열려 있다. 그 부분만 빼면 전체적으로 대칭을 이루는 닫힌 형태이며, 머리와 목, 가슴, 허리, 아래쪽으로 가늘어지는 골반으로 이루어져 있다. 유령 같고, 종잡을 수 없고, 구불구불한 형상이다. 맞은편 지면의 방향과 물방울 모양 눈을 고려할 때, 이 형상은 위아래가 뒤집힌 채 아래에서 위쪽으로 움직이는 모습일 수도 있다.

146. 여인의 초상

1924년 봄, 종이에 연필, 22.1 × 14.3cm

소장처: BLO, MS. Kafka 46, fol. 39v

최초 출간: 야샤 다비드, 『카프카의 세기 *Le siècle de Kafka*』(파리: 상트르 조르주 퐁피두, 1984), 126쪽.

이 여인의 초상화는 카프카의 마지막 단편 「가수 요제피네, 혹은 쥐의 종족」의 초고에 삽입되어 있다. 그림 뒷면에 단편의 결말이 간단히 적혀 있다. 이러한 맥락은 이것이 카프카의 마지막 그림임을 시사하는 듯하다. 그림은 서사와 관련이 없다. 여인의 초상은 지면의 좌측 상단에 있다. 기억 혹은 사진을 바탕으로 섬세하게 스케치한 그림이다. 1923년 7월 이후로 카프카의 마지막 연인이었던 도라 디아만트가 고개를 갸웃하고 찍은 어느 사진과 유사하다. 그러나 그 연결이 확실하지는 않으므로, 현재로서는 독립적인 그림으로 간주한다.

6. 원고에 그린 문양과 장식, 1913~1922년

카프카의 원고에서는 단어들을 지우거나 버리거나 (글줄 속으로) 끼워넣거나, (줄 사이에) 추가할 때, 글의 흐름 속에서 그림의 요소들이 거듭해 나타나고, 이 요소 중 일부는 온전한 그림으로 발전하기도 한다. 그리하여 글과 그림 사이에 새로운 영역, 전환의 회색 지대가 열린다. 이것은 글과 그림 사이의, 차원도 시간도 없는 무의식적이고 창조적인 인터페이스다. 이를 도약의 그림이라고 부를 수도 있을 것이다. 여기서 우리는 글을 쓰는 과정에서 사고가 어떻게 멈추는지 관찰할 수 있다. 올바른 단어나 표현을 찾을 수 없을 때, 혹은 생각의 흐름이 끊길 때, 글쓰기의 기제가 자동적으로 끄적거림과 그림 그리기로 바뀔 수 있다. 글쓰기를, 혹은 그리기를 계속할 것인지 의식적인 결정이 이루어지지 않는 순간에, 글을 쓰던 지면이나 그 밖의 다른 매체에 전환의 징후가 나타나는데, 이 징후는 생각의 과정, 혹은 딴생각의 과정, 혹은 심지어 무념무상의 과정과 병행하여 무의식적으로 생겨난다.

카프카의 이러한 병행 창조를 보여주는 두드러진 사례들이 있다. 강의 노트에 그린 그림들(작품 번호 14~19)은 강의를 듣는 도중 나타난 전환의 징후다. 다른 예로, 150번 작품은 카프카가 글을 쓰던 지면에 꽃무늬 두 개를 그린 것으로, 하나는 꽃잎이 여섯 장이고 다른 하나는 일곱 장이다. 161번 작품에서는 원고 여백에 그린 머리카락이 긴, 혹은 머리쓰개를 한 사람의 얼굴과 그 아래에 무엇인지 알 수 없는 모양 혹은 형태가 발견된다. 전환의 그림은 무늬, 장식, 형상 사이에 있는 이미지다. 예컨대 152번의 사례에서처럼, 수직 선영을 넣어 강조한 선과 이중선의 대형이 불확실하고 무의식적이고 새로운 형태를 띠는 곳에서 글은 멈춘다. 카프카의 편지들(작품 번호 147, 159, 160)이나 스케치북(작품 번호 96)에서도 확인할 수 있듯, 심지어 불현듯 떠오른 생각마저도 일종의 기계적인 문양이나 음영으로 발전할 수 있다. 이러한 병행 창조에서 끄적임은 거기에 얼마나 주의를 기울였는지에 따라 다음과 같은 형태가 될 수 있다.

문양: 작품 번호 135, 147, 151, 153, 157, 158, 159, 160, 162, 163

장식: 작품 번호 148, 149, 150, 152, 153, 154, 155, 156, 157, 158

혹은 집중도가 높아지는 경우에는 심지어 다음과 같은 형태를 띠기도 한다

형상: 작품 번호 150, 154, 156, 161.

147

오틀라 카프카에게 보낸 엽서, 1913년 9월 24일, 엽서에 잉크, 9 × 14cm

소장처: DLA, HS.2011.0037.00020 (BLO와 공동소유)

최초 출간: 하르트무트 빈더, 『카프카와 함께 남쪽으로: 스위스와 이탈리아 북부 호수들로 가

는 역사적 그림 여행 *Mit Kafka in den Süden: Eine historische Bilderreise in die Schweiz und zu den oberitalienischen Seen*』(미

터펠스: 비탈리스 출판사, 2007), 86쪽.

148

1914/1915년, 종이에 잉크, 24.8 × 20cm

소장처: DLA, 88.160.1 (『소송』의 원고에서)

최초 출간: 막스 브로트, 『프란츠 카프카의 작품에 나타난 절망과 구원 *Verzweiflung und Erlösung im Werk*

Franz Kafkas』(프랑크푸르트: 피셔 출판사, 1959), 82쪽.

149

1917년 3/4월경(4월 22일 이전), 종이에 연필, 16.5 × 9.9cm

소장처: BLO, MS. Kafka 22, fol. 10r

최초 출간: HKA, 옥스퍼드 8절판 노트 제4권, 41쪽.

150

1917년 8월 말/9월 초, 종이에 연필, 16.5 × 19.8cm

소장처: BLO, MS. Kafka 23, fol. 5v, 6r

최초 출간: HKA, 옥스퍼드 8절판 노트 제5권, 22쪽, 25쪽.

151

1917년 8월, 종이에 연필, 16.5 × 9.9cm

소장처: BLO, MS. Kafka 23, fol. 2r

최초 출간: HKA, 옥스퍼드 8절판 노트 제5권, 9쪽.

152

1917년 8월 말/9월 초, 종이에 연필, 16.5 × 9.9cm

소장처: BLO, MS. Kafka 23, fol. 7r

최초 출간: HKA, 옥스퍼드 8절판 노트 제5권, 29쪽.

153

1917년 8월 말/9월 초, 종이에 연필, 16.5 × 9.9cm

소장처: BLO, MS. Kafka 23, fol. 10r

최초 출간: HKA, 옥스퍼드 8절판 노트 제5권, 41쪽.

154

1917년 8월 말/9월 초, 종이에 연필, 16.5 × 9.9cm

소장처: BLO, MS. Kafka 23, fol. 11r

최초 출간: HKA, 옥스퍼드 8절판 노트 제5권, 45쪽.

155

1917년 8월 말/9월 초, 종이에 연필, 16.5 × 9.9cm

소장처: BLO, MS. Kafka 23, fol. 15v

최초 출간: HKA, 옥스퍼드 8절판 노트 제5권, 62쪽.

156

1917년 8월 말/9월 초, 종이에 연필, 16.5 × 9.9cm

소장처: BLO, MS. Kafka 23, fol. 17r

최초 출간: HKA, 옥스퍼드 8절판 노트 제5권, 69쪽.

157

1918년 2월, 종이에 연필, 16.5 × 9.9cm

소장처: BLO, MS. Kafka 26, fol. 9v

최초 출간: HKA, 옥스퍼드 8절판 노트 제8권, 38쪽.

158

1918년 3/4월경, 종이에 연필, 16.5 × 9.9cm

소장처: BLO, MS. Kafka 26, fol. 27r

최초 출간: HKA, 옥스퍼드 8절판 노트 제8권, 109쪽.

159, 160

밀레나 예센스카에게 보낸 편지, 1920년 8월 8~9일, 종이에 잉크, 22.9 × 14.4cm

소장처: DLA, D 80.15133

최초 출간: 프란츠 카프카, 『1920년 여름부터 밀레나 예센스카에게 보낸 세 통의 편지』, K. D.

볼프, 페터 슈텡글레, 롤란트 로이스 편(프랑크푸르트: 스트뢰펠트, 1995), 33쪽.

161

1921년 1월 말, 종이에 연필과 잉크, 26.5 × 21.4cm

소장처: BLO, MS. Kafka 34, fol. 1r

최초 출간: HKA, 『성』, 『성』 노트 제1권, 5쪽.

162

1922년 10/11월, 종이에 연필, 20.2 × 16cm

소장처: BLO, MS. Kafka 40, fol. 1r (「부부」 노트)

1922년 10/11월, 종이에 연필, 22.2 × 14.4cm

소장처: BLO, MS. Kafka 46, fol. 5v (「부부」 노트 낱장)

소장처: BLO, MS. Kafka 46, fol. 5v (「부부」 노트 낱장)

감사의 말

이 책은 시작부터 공동 작업으로 진행되었다. 구상 단계부터 인쇄된 책으로 나오기까지 전 과정에서 이 프로젝트를 지원해준 많은 이들에게 감사드려야 한다. 우선, 이 국제적 작업을 실현하는 데 결정적 역할을 한 마르크 코랄니크(리프만 에이전시)에게 감사드린다. 책의 제작을 세심히 감독해준 슈테파니 횔셔(C. H. 베크 출판사)와 캐서린 볼러(예일대학교 출판부)에게도 진심으로 감사드린다. 여러 기록보관소의 직원들께도 깊이 감사드린다. 이 프로젝트를 실현하기 위해서는, 특히 기록의 검토와 관리를 제약하는 여러 외적인 조건들 속에서는 더욱 그들의 지원이 필수적이었다. 우선 슈테판 리트(이스라엘국립도서관, 예루살렘), 자비네 피셔, 클라우디아 그라츠, 미르얌 호일러, 카롤리네 예센, 미르코 노트샤이트, 울리히 폰 뷜로(독일문학기록보관소, 마르바흐), 마거릿 체필(보들리언도서관, 옥스퍼드), 그리고 율리아 에슬과 잉그리트 카스텔(알베르티나미술관, 빈)에게 감사드린다. 또한 카프카와 그의 배경에 관한 심오한 지식으로 이 프로젝트를 지원하고, 그림 속 수기 메모의 전사에도 도움을 준 한스게르트 코흐, 그리고 1900년경 프라하 미술의 전문가인 니컬러스 사위키(리하이대학교)에게도 감사드린다. 마지막으로 그림의 외형 묘사에 대체 불가능한 도움을 준 가브리엘레 슈텔린에게도 특별히 감사드린다.

—안드레아스 킬허, 취리히, 2021년 3월

주

머리말: 카프카의 그림에 얽힌 역사와 법정 분쟁

1. Wolfgang Rothe, "Zeichnungen," in *Kafka - Handbuch*, ed. Hartmut Binder (Stuttgart: Alfred Kröner, 1979), pp. 562~568.

2. Jacqueline Sudaka – Bénazéraf, *Le regard de Franz Kafka: Dessins d'un écrivain* (Paris: Maisonneuve et Larose, 2001); Friederike Fellner, *Kafkas Zeichnungen* (Paderborn: Wilhelm Fink, 2014).

3. Ulrich Ott, "Kafkas Nachlass," *Marbacher Magazin* 52 (1990): pp. 61~99 참조.

4. 더 깊은 논의는 이 책의 소론「카프카의 그림과 글쓰기」참조.

5. Max Brod, *Franz Kafkas Glauben und Lehre* (Winterthur: Mondial, 1948), p. 137.

6. Reiner Stach, *Is That Kafka?: 99 Finds,* trans. Kurt Beals (New York: New Directions, 2016), p. 270.

7. Max Brod, "Franz Kafkas Nachlaß," *Die Weltbühne* 20, no. 29 (July 17, 1924): pp. 106~109.

8. Max Brod, "Franz Kafka in seinen Briefen," *Merkur* 4 (1950): p. 942. 또한 Max Brod, *Franz Kafka als wegweisende Gestalt* (St. Gall: Tschudy, 1951), pp. 47~48 참조.

9. Alena Wagnerová, *Die Familie Kafka aus Prag* (Frankfurt: Fischer, 2001) 참조.

10. Brod, *Franz Kafkas Glauben und Lehre*, pp. 136~137.

11. 매매 관련 문서는 오스트리아 빈의 알베르티나미술관 기록보관소에 있다. Zl.959_1952.

12. Andreas Kilcher, "Die Akte Kafka: Der Zürcher Banksafe birgt zahlreiche neue Erkenntnisse," *Neue Zürcher Zeitung*, July 30, 2010, pp. 53~54 참조. 막스 브로트의 증여 문서는 이스라엘국립도서관에 있다. ARC. 4* 2000 1 13.1.

13. Andreas Kilcher, "Humanismus in extremis: Max Brod und Thomas Mann," *Thomas Mann Jahrbuch* 31 (2008): pp. 9~24에서 인용.

14. 호페 역시 이와 똑같은 용어를 사용했다. 또한 Max Brod, *Streitbares Leben, 1884~1968*, new edition, revised and expanded by the author (Munich: F. A. Herbig, 1969), p. 343 참조.

15. 딸인 에바 호페가 인터뷰에서 쓴 표현. Christoph Schult, "Die Erbschaft," *Der Spiegel*, September 26,

2009, p. 153.

16. Brod, *Streitbares Leben, 1884-1968*, p. 303.

17. "내 유산의 이 부분 또한 일제 에스터 호페 부인에게 상속될 것이다. 그러나 호페 부인은 사후에 자신의 상속자들이…… 물적 권리와 특권(사례비, 인세 등)을 유지하되…… 원고, 편지, 기타 다른 문서와 서류의 경우는…… 만일 일제 에스터 호페 부인이 생전에 다른 방안을 마련해두지 않았다면, 보존을 위해 예루살렘의 히브리대학교 도서관이나 텔아비브시립도서관, 혹은 국내외의 기타 공공 기록보관소에 위탁하도록 확실히 보장할 의무가 있다." 브로트의 유언장들은 이스라엘국립도서관에 유치된 그의 서류에 포함되어 있다. 여기에서 인용된 유언장의 참조 번호는 ARC. 4* 2000 1 30.

18. 이 과정은 호딘이 타자로 작성한 원고 "Franz Kafka's Drawings: A Critical Study"에 기술되어 있으며(p. 29 이하 참조), 원고는 런던의 테이트미술관 기록보관소에서 찾을 수 있다. 호딘의 문서는 참조 번호가 TGA 20062이며 여든다섯 개의 상자에 담겨 있으나, 내용물 목록은 작성되어 있지 않다. 이 타자 원고를 비롯해 호딘과 브로트 사이의 서신은 164번 상자에서 찾을 수 있다. 이 문서에 접근할 수 있도록 도움을 준 니컬러스 사위키(리하이대학교)에게 감사드린다.

19. Ibid., 브로트가 호딘에게 보낸 서신, 1953년 8월 5일.

20. Ibid., 호딘이 브로트에게 보낸 서신, 1953년 8월.

21. 호딘의 문서에 이 제안과 관련한 서류가 포함되어 있다. 미주 18번 참조.

22. Deutsches Literaturarchiv – DLA, Marbach, Collection A: Fischer, Samuel Verlag/Brod, Max, HS.NZ85.0003. S. Fischer Verlag, 루돌프 히르슈가 막스 브로트에게 보낸 서신, 1961년 7월 11일. 피셔 자료보관소의 이 문서와 다른 자료를 참고할 수 있도록 도움을 준 카롤리네 예센에게 감사드린다.

23. Ibid., 브로트가 히르슈에게 보낸 서신, 1961년 8월 3일.

24. 일찍이 1951년부터, 브로트는 카프카 사후에 그의 작품을 선정하고 편집하는 작업을 진행하며 맞닥뜨린 "무시와 냉대"에 대해 불만을 토로하기 시작했다. Brod, *Franz Kafka als wegweisende Gestalt*, P. 9.

25. 피셔 자료보관소(미주 22번 참조), 1965년 2월 4일자 내부 서신.

26. Ibid., 1965년 9월 30일과 1966년 3월 31일자 기록.

27. 미하엘 크뤼거가 본 저자에게 보낸 2020년 11월 6일자 이메일.

28. Florian Illies and Stefan Koldehoff, "Wem gehört Kafka?," *Die Zeit*, November 19, 2009, p. 47.

29. Hodin, "Franz Kafka's Drawings," p. 29.

30. 이 재판은 국제적 관심과 논란을 일으켰다. 또한 Judith Butler, "Who Owns Kafka?," *London Review* of Books 33, no. 5 (March, 2011): pp. 3~8; Andreas Kilcher, "Kafka im Betrieb: Eine kritische Analyse des Streits um Kafkas Nachlass," in *Literaturbetrieb*, ed. Philipp Theisohn and Christine Weder (Paderborn: Wilhelm Fink, 2013), pp. 213~234 참조.

31. Kilcher, "Die Akte Kafka"; Andreas Kilcher, "Franz Kafkas Nachlass: Epischer Streit findet ein Ende," *Neue Zürcher Zeitung*, August 13, 2016; Benjamin Balint, *Kafka's Last Trial: The Case of a Literary Legacy* (New York: W. W. Norton, 2018) 참조.

32. Andreas Kilcher, "Letzter Akt in Kafkas Prozess," *Tachles*, August 16, 2019 참조.

33. 이 스케치북은 이스라엘국립도서관에 있다. ARC. 4* 2000 5 37.

34. ARC. 4* 2000 5 73; ARC. 4* 2000 5 74; ARC. 4* 2000 5 75; ARC. 4* 2000 5 76; ARC. 4* 2000 5 77; ARC. 4* 2000 5 78; ARC. 4* 2000 5 79; ARC. 4* 2000 5 80; ARC. 4* 2000 5 81; ARC. 4* 2000 5 82; ARC. 4* 2000 5 83; ARC. 4* 2000 5 85; ARC. 4* 2000 5 86; ARC. 4* 2000 5 87; ARC. 4* 2000 5 88; ARC. 4* 2000 5 89; ARC. 4* 2000 5 90; ARC. 4* 2000 5 91; ARC. 4* 2000 5 92.

35. *Briefe an Ottla: Von Franz Kafka und anderen* (Marbach: Deutsches Literaturarchiv, 2011) 참조.

36. 개인 소장품인 이 잡지 낱장은 2013년 책에 실렸고(Hartmut Binder, *Kafkas Wien* [Mitterfels: Vitalis, 2013], p.44), 2021년 4월 J. A. 슈타르가르트 경매소에서 팔렸다.

37. 잘만 쇼켄은 이 편지들을 1948년 빌리 하스에게서 구입했다. 또한 Barbara Hahn and Marie Luise Knott, *Hannah Arendt: Von den Dichtern erwarten wir Wahrheit*, Texte aus dem Literaturhaus Berlin 17 (Berlin: Matthes und Seitz, 2007), pp. 29~32 참조.

카프카의 그림과 글쓰기

1. 이 소론의 바탕이 된 안드레아스 킬허의 「이미지/글쓰기: 카프카의 그림과 글쓰기 Bilder/Schrift: Zeichnen und Schreiben bei Franz Kafka」는 『유럽 유대 문학 연구 연감 *Yearbook for European Jewish Literature Studies*』 7권(2020: pp.117~146)에 수록되었다. 야누흐에 대해서는 Alena Wagnerova, "Als Janouch mir entgegenkam: Franz Kafka—ein Fall auch fur Hochstapler und Wichtigtuer," *Neue Zürcher Zeitung*, November 4, 2006 참조.

2. Wolfgang Rothe, "Zeichnungen," in *Kafka-Handbuch*, ed. Hartmut Binder, vol. 2 (Stuttgart: Alfred Kröner, 1979), pp. 562~568 참조. 카프카의 그림에 관한 더 최근의 연구들도 야누흐의 저서를 신

뢰성 있는 자료라고 여긴다. 그 예로 다음의 연구가 있다. Gerhard Neumann, "Überschreibung und Überzeichnung: Franz Kafkas Poetologie auf der Grenze zwischen Schrift und Bild," in *Öffnungen: Zur Theorie und Geschichte der Zeichnung*, ed. Friedrich Teja Bach and Wolfram Pichler (Paderborn: Wilhelm Fink, 2009), p. 164. 데틀레프 쇠트커 역시 야누흐를 참조하며 프리데리케 펠너 또한 다소 신중한 태도를 보이기는 하지만 야누흐를 참조한다. Detlev Schöttker, "Vielfältiges Sehen: Franz Kafka und der Kubismus in Prag," *Zeitschrift für Ideengeschichte* 4 (2010): pp. 85~98; Friederike Fellner, *Kafkas Zeichnungen* (Paderborn: Wilhelm Fink, 2014), pp. 13~14.

3. Gustav Janouch, *Conversations with Kafka*, trans. Goronwy Rees (New York: New Directions, 1971), p. 152.

4. Christoph Dohmen, *Das Bilderverbot: Seine Entstehung und seine Entwicklung im Alten Testament*, 2nd ed. (Frankfurt: Athenäum, 1987) 참조.

5. Andreas Kilcher, "Diasporakonzepte," in *Handbuch der deutsch-jüdischen Literatur*, ed. Hans O. Horch (Berlin: De Gruyter, 2016), pp. 135~150.

6. "나는 프란츠 카프카의 소설과 일기를 읽을 수가 없다. 그가 나와 잘 맞지 않아서가 아니라 너무 가까워서다. 내가 알던 생전의 카프카는 그의 친구 막스 브로트가 파괴의 위기에서 구해내 사후에 출간한 그의 책들보다 훨씬 더 위대했다. (……) 나는 그가 사망한 후 최초로 발표된 글을 정독하면 그의 개성이 지닌 마법이 약해지거나 흩어지거나 완전히 사라져버릴까 두려워 프란츠 카프카의 책을 읽을 수가 없다." Janouch, *Conversations with Kafka*, pp. 195~196.

7. Fellner, *Kafkas Zeichnungen*, p. 15 참조. "목적은 카프카의 그림을 독자적이고 완결된 시각예술 작품으로 확립하려는 것이 아니다. 그보다 나는 그 그림들이 카프카 문학에 어떤 의미를 지니는지를 탐구하고자 한다."

8. Detlef Kremer, *Kafka: Die Erotik des Schreibens; Schreiben als Lebensentzug* (Frankfurt: Athenäum, 1989) 참조. 울리히 슈타들러는 카프카 시학의 이러한 회화적 차원을 어느 정도 고려해왔다. Ulrich Stadler, *Kafkas Poetik* (Berlin: De Gruyter, 2019).

9. 시각예술과 관련한 카프카의 활동을 다룬 자료는 다음을 참조하라. Heinz Ladendorf, "Kafka und die Kunstgeschichte I," *Wallraf-Richartz-Jahrbuch* 23 (1961): pp. 293~326; Heinz Ladendorf, "Kafka und die Kunstgeschichte II," *Wallraf-Richartz-Jahrbuch* 25 (1963): pp. 227~262; Hartmut Binder, "Anschauung ersehnten Lebens: Kafkas Verständnis bildender Künstler und ihrer Werke," in *Was bleibt*

von Franz Kafka? Kafka - Symposium Wien 1983, ed. Wendelin Schmidt – Dengler (Wien: Braumüller, 1985), pp. 17~41; Jiři Kotalík, "Franz Kafka und die bildende Kunst," in *Kafka und Prag: Colloquium im Goethe - Institut Prag 24.–27. November 1992*, ed. Kurt Krolop and Hans – Dieter Zimmermann (Berlin: De Gruyter, 1994), pp. 67~82; Fellner, *Kafkas Zeichnungen*.

10. Max Brod, *Franz Kafka: A Biography*, trans. G. Humphreys Roberts and Richard Winston, 2nd, enlarged edition (New York: Schocken Books, 1960), pp. 54~59 참조.

11. "Der Dürerbund," *Der Kunstwart* 16, no.3 (November 1902): pp. 97~98 참조.

12. Brod, *Franz Kafka*, p. 57.

13. Brod, p. 59. 이 책이 이 편지에 대한 유일한 기록이다.

14. Ferdinand Avenarius, "Zehn Gebote zur Wohnungseinrichtung," *Der Kunstwart: Rundschau über alle Gebiete des Schönen; Monatshefte für Kunst, Literatur und Leben* 13, no.9 (February 1900): pp. 341~343.

15. Max Brod, *The Kingdom of Love*, trans. Eric Sutton (London: Secker, 1930), p. 61. 영문 번역문 수정함. 영문판 역자 서턴은 브로트가 독일어 원문에서 언급한 『데어 쿤스트바르트』를 누락했다.

16. "카프카의 책상 위에는 한스 토마의 그림 〈쟁기질하는 사람〉의 복제본이 걸려 있었다. 측면 벽에는 작은 복고풍 부조 조각의 석고 모형이 걸려 있었는데, 고깃조각 — 정확히 말하자면 소의 넓적다리 — 을 휘두르는 마이나드를 묘사한 것이었다." Brod, *Franz Kafka*, pp. 53~54.

17. 이 우편 주문 카탈로그의 이름은 "전 시대 조각 걸작품의 고전적 석고 모형 복제품 카탈로그 *Katalog über antik imitierte Gipsabgüsse von plastischen Meisterwerken aller Zeiten*"였다. Franz Kafka, *Briefe, 1900-1912*, Kritische Ausgabe, ed. Hans – Gerd Koch (Frankfurt: Fischer, 1999), pp. 22~23.

18. Binder, "Anschauung ersehnten Lebens," p. 22, p. 39의 24번 주 참조.

19. Franz Kafka, *Nachgelassene Schriften und Fragmente I*, Kritische Ausgabe, ed. Malcolm Pasley (Frankfurt: Fischer, 1992), p. 332.

20. Jürgen Born, *Kafkas Bibliothek: Ein beschreibendes Verzeichnis* (Frankfurt: Fischer, 1990), pp. 142~143 참조.

21. Brod, *Kingdom of Love*, p. 45.

22. Klaus Wagenbach, *Franz Kafka: Eine Biographie seiner Jugend* (Bern: Francke, 1958), pp. 243~244; Reiner Stach, *Kafka, the Early Years*, trans. Shelley Frisch (Princeton, NJ: Princeton University Press, 2017), p. 208 이하 참조.

23. Hartmut Binder, "Kafka in der Lese‒und Redehalle," *Else‒Lasker‒Schüler‒Jahrbuch zur klassischen Moderne* 2 (2003): pp. 160~207 참조.

24. Max Brod, *Streitbares Leben, 1884~1968*, rev. ed. (München: F. A. Herbig, 1969), p. 159 참조.

25. *55. Jahres‒Bericht der Lese‒und Redehalle der deutschen Studenten in Prag*, 1903, p. 37 참조.

26. 이와 관련한 자세한 내용은 Binder, "Kafka in der Lese‒und Redehalle," pp. 180~181에 재구성되어 있다.

27. "Die Kunst der Japaner," *Prager Tagblatt*, December 29, 1901, p. 8.

28. *Deutsche Zeitung Bohemia*, November 25, 1902, Supplement, p. 3 참조.

29. Binder, "Kafka in der Lese‒und Redehalle," p. 181에서 인용. 또한 *Deutsche Zeitung Bohemia*, December 9, 1902, p. 5에 보도된 내용 참조.

30. Klaus Berger, *Japonisme in Western Painting from Whistler to Matisse*, trans. David Britt (New York: Cambridge University Press, 1992); Setsuko Kuwabara, *Emil Orlik und Japan* (Frankfurt: Haag und Herchen, 1987) 참조.

31. Binder, "Kafka in der Lese‒und Redehalle," p. 182.

32. Emil Orlik, "Aus einem Briefe [Tokio, Juni 1900]," *Deutsche Arbeit* 2, no. 1 (October 1902): p. 62.

33. Emil Orlik, "Anmerkungen über den Farbholzschnitt in Japan," *Die Graphischen Künste* (1902): p. 34.

34. Roland Barthes, *Empire of Signs*, trans. Richard Howard (New York: Hill and Wang, 1987) 참조.

35. Franz Kafka, *Letters to Friends, Family, and Editors*, trans. Richard Winston and Clara Winston (New York: Schocken Books, 1977), p. 47.

36. Born, *Kafkas Bibliothek*, p. 187 참조.

37. Emil Utitz, "Acht Jahre auf dem Altstädter Gymnasium," in *"Als Kafka mir entgegenkam......":
Erinnerungen an Franz Kafka*, ed. Hans‒Gerd Koch, rev. ed. (Berlin: Wagenbach, 2005), pp. 46~51.

38. *Prager Tagblatt*, January 7, 1904, p. 5.

39. Binder, "Kafka in der Lese‒und Redehalle," p. 199.

40. Georg Gimpl, *Weil der Boden selbst hier brennt: Aus dem Prager Salon der Berta Fanta (1865~1918)* (Praha: Vitalis, 2001), p. 174.

41. Kafka, *Briefe, 1900~1912*, p. 22.

42. "Der Klub deutscher Künstlerinnen in Prag," *Der Bund: Zentralblatt des Bundes österreichischer*

Frauenvereine 2 (February 1907): p. 6; Hartmut Binder, "Der Klub deutscher Künstlerinnen in Prag, 1906~1918," in *Sudetenland* (Nürnberg: Helmut Preußler Verlag, 2010), pp. 394~420 참조.

43. Hartmut Binder, *Kafka - Handbuch* (Stuttgart: Alfred Kröner, 1979), Bd 1, p. 265 참조.

44. Born, *Kafkas Bibliothek*, p. 133 참조.

45. Nicholas Sawicki, "The Critic as Patron and Mediator: Max Brod, Modern Art, and Jewish Identity in Early Twentieth - Century Prague," *Images* 6, no.1 (2012): pp. 30~51; Barbora Šrámková, *Max Brod und die tschechische Kultur* (Wuppertal: Arco, 2010), pp. 265~278 참조.

46. Friedrich Adler, "Die neuere Kunst," in *Deutsche Arbeit in Böhmen: Kulturbilder*, ed. Hermann Bachmann (Berlin: Concordia Deutsche Verlags - Anstalt, 1900), pp. 237~245; Ernst Rychnovsky, "Der Verein der deutschen bildenden Künstler," in *Der Heimat zum Gruß*, ed. Oskar Wiener and Johann Pilz (Berlin: Prometheus, 1914), pp. 237~246; Hugo Steiner - Prag, "Fröhliche Erinnerung: Einleitung," in *Aus einer Kneipzeitung des Vereins deutscher bildender Künstler in Böhmen* (Praha: Gesellschaft deutscher Bücherfreunde in Böhmen, 1933), pp. 3~17; Julia Hadwiger, "'"Jungprag" war kein Verein und kein Klub, es war ein Herzensbund Gleichgesinnter⋯⋯' - Spurensuche und Versuch einer Zuordnung," in *Brücken: Zeitschrift für Sprach -, Literatur - und Kulturwissenschaft* 20 (2012): pp. 9~40 참조.

47. Johann Pilz, "Deutschböhmen im Bilde," in *Der Heimat zum Gruß*, ed. Oskar Wiener and Johann Pilz (Berlin: Prometheus, 1914), pp. 229~236 참조.

48. Kafka, *Nachgelassene Schriften und Fragmente I*, pp. 9~11. 또한 Max Brod, "Ungedrucktes von Franz Kafka," *Die Zeit*, October 22, 1965; Max Brod, *Der Prager Kreis* (Stuttgart: Kohlhammer, 1966), p. 93 이하 참조.

49. Hartmut Binder, *Kafkas Welt* (Reinbek: Rowohlt, 2008), p. 102 참조.

50. Malcolm Pasley, ed., *Max Brod/Franz Kafka: Eine Freundschaft; Reiseaufzeichnungen* (Frankfurt: Fischer, 1987), p. 37 이하, p. 106 이하.

51. Reiner Stach, *Is That Kafka?: 99 Finds*, trans. Kurt Beals (New York: New Directions, 2016), p. 167.

52. Stach, pp. 170~171.

53. Franz Kafka, *The Diaries of Franz Kafka, 1910~1923*, trans. Joseph Kresh and Martin Greenberg (New York: Schocken, 1988), p. 446, pp. 459~460.

54. Kafka, p. 460.

55. Max Brod, "Neue Romane: Nähere und weitere Umgebung," *Prager Tagblatt*, January 28, 1912, p. 20, p. 25.

56. 브로트가 소장했던 포트폴리오와 1908년 1월 9일 한스 폰 베버에게 보낸 엽서는 2020년 이스라엘과 독일에서 경매에 올라왔다.

57. Max Brod, "Literarische und unliterarische Malerei," *Die Gegenwart*, April 4, 1908, p. 221.

58. 쿠빈이 브로트에게 보낸 편지들은 1971년 호페가 판매한 유품에 포함되어 있었다. 1971년 11월 에른스트 하우스베델 경매소의 경매물 제181호 "희귀 서적: 서명본 *Wertvolle Bücher: Autographen*"의 카탈로그 참조. 이 카탈로그 152쪽에 6월 10일의 편지가 등재되어 있다. 1909년 8월 6일의 편지를 포함해, 쿠빈이 브로트에게 보낸 다른 편지들은 로스앤젤레스의 게티연구소가 소장하고 있다(특별소장품, 수납번호 860575).

59. Kafka, *Diaries*, p. 55. (Entry for September 26, 1911.)

60. Kafka, *Letters to Friends, Family, and Editors*, p. 110.

61. Brod, *Prager Kreis*, p. 56.

62. Max Brod, "Ausstellung 'Die Pilger,'" *Prager Abendblatt*, April 8, 1921, p. 6.

63. Kafka, *Diaries*, p. 418. 전시에 대해서는, *Prager Tagblatt*, April 5, 1922, p. 7, 그리고 April 9, 1922, p. 7 참조.

64. 가장 최근의 연구로는, Gérard - Georges Lemaire, *Kafka et Kubin* (Paris: La différence, 2002) 참조.

65. Kafka, *Diaries*, p. 58.

66. Kafka, *Letters to Friends, Family, and Editors*, p. 348. 또한 Šrámková, *Max Brod und die tschechische Kultur*, p. 276 이하 참조.

67. Kafka, *Letters to Friends, Family, and Editors*, p. 278.

68. Kafka, pp. 278~279.

69. Kafka, p. 279.

70. Franz Kafka, *Drucke zu Lebzeiten*, Kritische Ausgabe, ed. Wolf Kittler, Hans - Gerd Koch, and Gerhard Neumann (Frankfurt: Fischer, 1994), p. 443.

71. Franz Kafka, *Letters to Felice*, ed. Erich Heller and Jurgen Born, trans. James Stern and Elisabeth Duckworth (New York: Schocken Books, 1973), p. 189.

72. Kafka, p. 189.

73. 카프카의 그림 선생이 이다 프로인트였을 가능성도 있다. 프로인트는 '프라하 독일 여성 예술가 클럽'의 공동 창립자였고 카프카의 그림 몇 점에 대해 논평한 적이 있다(작품 번호 39, 40 참조).

74. Brod, *Franz Kafka*, p. 60.

75. Brod, *Streitbares Leben, 1884~1968*, p. 159. 카프카가 법학 강의 노트에 거듭 그림을 그렸다는 사실 역시 이 소묘 작품들이 대학 시절 그린 것임을 시사한다(작품 번호 29, 34, 45 참조).

76. Max Brod, *Franz Kafkas Glauben und Lehre* (Winterthur: Mondial, 1948), p. 137.

77. Brod, p. 137.

78. Brod, p. 137.

79. Brod, *Prager Kreis*, p. 56.

80. Max Brod, "Frühling in Prag," *Die Gegenwart*, May 18, 1907, p. 316.

81. Max Brod, "Kunstausstellung Willy Nowak," *Prager Abendblatt*, January 29, 1923, p. 5.

82. Jiri Svestka and Tomas Vlcek, eds., *1909~1925, Kubismus in Prag: Malerei, Skulptur, Kunstgewerbe, Architektur* (Stuttgart: Gerd Hatje, 1991); Miroslav Lamač, *Osma a Skupina výtvarných umělců, 1907~1917* (Prague: Odeon, 1992); Heinke Fabritius and Ludger Hagedorn, eds., *Frühling in Prag oder Wege des Kubismus* (München: Deutsche Verlags - Anstalt, 2005); Schöttker, "Vielfältiges Sehen"; Nicholas Sawicki, "Becoming Modern: The Prague Eight and Modern Art, 1900~1910" (PhD diss., University of Pennsylvania, 2007) 참조.

83. Brod, "Literarische und unliterarische Malerei."

84. Dieter Sudhoff, "Der Fliegenprinz von Arkadien: Notizen zum Leben und Schreiben des Prager Dichters Ernst Feigl," in *Prager Profile: Vergessene Autoren im schatten Kafkas*, ed. Hartmut Binder (Berlin: Mann, 1991), pp. 325~356.

85. J. P. Hodin, "Memories of Franz Kafka," *Horizon* 17 (October 1948): p. 31.

86. Hodin, p. 32.

87. Hodin, p. 34.

88. Hodin, p. 28.

89. Kafka, *Letters to Felice*, p. 494.

90. Kafka, p. 75.

91. 파이글은 실제로 1916~1917년 겨울 프라하에 머물렀다. 오스카어 비너의 선집 『프라하의 독일 작

가들 *Deutsche Dichter aus Prag*』에 들어갈 초상화를 그리기 위해서였다. 이 그림은 나중에 그린 카프카의 초상화와 스타일이 매우 유사하다. 비너의 선집은 1919년 출간되었고 여기에 카프카의 글은 실리지 않았다. Otto Pick, "20 Jahre deutsches Schrifttum in Prag," *Witiko* 2, no. 3 (1929): p. 119 참조. 또한 Nicholas Sawicki, *Friedrich Feigl, 1884~1965* (Řevnice and Cheb: Arbor Vitae, 1916), pp. 193~194 참조.

92. Sabine Fischer, " 'Franz Kafka liest den Kübelreiter': Ein Porträt des Autors als Autorenporträt?," in *Jahrbuch der Deutschen Schillergesellschaft*, vol. 63 (Berlin: De Gruyter, 2019), pp. 119~143 참조. 이 초상화는 마르바흐의 독일문학기록보관소에 소장되어 있다.

93. Šrámková, *Max Brod und die tschechische Kultur* 참조. 여기서 "Max Brod und die tschechische bildende Kunst"라는 장은 노바크를 주로 다룬다.

94. Willi Nowak, "Die 'Brücke' nach Bimini," *Die Aktion*, May 8, 1912, pp. 588~592.

95. Brod, "Kunstausstellung Willy Nowak."

96. Kafka, *Letters to Friends, Family, and Editors*, p. 58; Sawicki, "Critic as Patron and Mediator," p. 39의 34번 주 참조.

97. 이 유화는 1911년 '보헤미아 지역 독일 시각예술가 협회'의 전시에서 첫선을 보였다. 현재 프라하의 유대인박물관이 소장하고 있다.

98. "Neue Farblithographien von Willi Nowak," *Prager Tagblatt*, December 24, 1911, p. 12.

99. Kafka, *Diaries*, p. 145.

100. Brod's diary entry of February 15, 1911, National Library of Israel, ARC. 4* 2000 1 33.1 참조.

101. 노바크의 석판화들을 포함해 브로트가 소장한 예술품 일부는 2020년에서 2021년으로 넘어가는 가을과 겨울 이스라엘에서 경매로 팔렸다. 카프카가 구매한 석판화 두 점이 브로트의 수중에 들어갔을 가능성도 있다. 이 가능성을 제외하면, 카프카가 소유했던 그림 중 상속인들에게 전해진 작품은 전혀 없다. 이 정보를 제공한 한스게르트 코흐에게 감사드린다.

102. Kafka, *Diaries*, pp. 144~145.

103. Kafka, *Letters to Friends, Family, and Editors*, pp. 116~117. 이 책의 영문판 번역본은 카프카가 쓴 "Hochzeitsgeschenk meiner Eltern"이라는 구절을 "부모님의 결혼기념일 선물로(an anniversary present for my parents)"라고 부정확하게 옮겼다.

104. Kafka, *Letters to Felice*, p. 489.

105. Kafka, pp. 493~494.

106. Kafka, p. 512 참조.

107. Hodin, "Memories of Franz Kafka," p. 33에서 인용.

108. Brod, *Prager Kreis*, p. 56 참조.

109. 브로트는 고등학교 시절을 회고한 책에서 이 시기에 대해 썼다. Max Brod, *Beinahe ein Vorzug-schüler* (Zürich: Manesse Verlag, 1952), p. 94. 또한 Max Brod, *Jugend im Nebel* (Berlin: Eckhart, 1959), p. 77 참조.

110. Brod, *Jugend im Nebel*, p. 77.

111. *Prager Tagblatt*, December 11, 1907, p. 4 참조.

112. 브로트 소장품 중 호르프의 그림들은 2021년 1월 이스라엘에서 경매로 팔렸다. 미주 101번 참조.

113. *Max Horb: Zur bleibenden Erinnerung, gewidmet von seinen Freunden* (Praha: C. Bellmann, 1908), unpaginated (ca. p. 15).

114. 브로트는 자신의 소장품 중 해당 그림들이 카프카의 작품이라고 밝혔고 호르프의 그림과 카프카의 그림을 각기 다른 곳에 보관하기는 했지만, 호르프의 주소가 적힌 봉투의 그림들을 호르프 자신이 그렸다고 볼 여지도 분명히 있다.

115. Albrecht Hellmann(=Siegmund Kaznelson), "Erinnerungen an gemeinsame Kampfjahre," in *Jüdischer Almanach auf das Jahr 5695*, ed. Felix Weltsch (Praha: Selbstwehr, 1935), pp. 166~170.

116. Hartmut Binder, "Franz Kafka und die Wochenschrift 'Selbstwehr,'" *Deutsche Vierteljahrsschrift für Literaturwissenschaft und Geistesgeschichte* 41 (1967): pp. 283~304 참조. 카프카의 『팔레스타인 *Palästina*』과 『동방과 서방 *Ost und West*』 구독에 관련해서는, Born, *Kafkas Bibliothek*, p. 163, p. 215 참조. 또한 Leo Winz, "Bildende Kunst und Judentum," *Ost und West* 1, no. 2 (February 1901): pp. 91~102; Lesser Ury, "Gedanken über jüdische Kunst," *Ost und West* 1, no. 2 (February 1901): p. 145; Martin Buber, "Jüdische Kunst," *Ost und West* 2, no. 3 (March 1902): pp. 205~210; Martin Buber, ed., *Juedische Kuenstler* (Berlin: Juedischer Verlag, 1903) 참조.

117. Hartmut Binder, "Zwischen Bäumchen und Abgrund: Wie Max Brod versuchte, Kafka als Zeichner zu etablieren," *Frankfurter Allgemeine Zeitung*, November 23, 2000, p. 58에서 인용. 악셀 융커에게 보내는 막스 브로트의 편지들은 이스라엘국립도서관에 소장되어 있으나, 그중에 이 편지는 없다.

118. Max Brod, *Experimente* (Stuttgart: Axel Juncker, 1907), p. 37.

119. 브로트가 융커에게 보낸 서신, 1907년 10월 7일, 이스라엘국립도서관, 997009349785305171.

120. Kafka, *Letters to Friends, Family, and Editors*, p. 37.

121. 브로트가 융커에게 보낸 서신, 1907년 9월 23일, 이스라엘국립도서관, 997009349785305171.

122. Kafka, *Letters to Friends, Family, and Editors*, p. 26.

123. Oscar Bie, *Die moderne Zeichenkunst* (Berlin: Bard, Marquardt, 1905), p. 23.

124. 카프카의 「어느 투쟁의 기록Beschreibung eines Kampfes」에는 카프카의 그림 속 신체들에 견줄 만한 신체 묘사가 담겨 있다. 서술자의 특징적 생김새를 그의 "지인"이 설명하는 부분도 여기에 포함된다. "그의 생김새는— 어떻게 묘사해야 할까 — 피부가 누렇고 머리카락이 검은 해골이 늘어진 장대 위에 다소 서투르게 얹힌 모양새로 보인다." Franz Kafka, *Abandoned Fragments: Unedited Works, 1897~1917*, trans. Ina Pfitzner (Elektron eBooks, 2013), n.p. 기괴한 신체의 특징 묘사에 관해서는 Mikhail Bakhtin, *Rabelais and His World*, trans. Hélène Iswolsky (Bloomington: Indiana University Press, 1968) 참조.

125. Fellner, *Kafkas Zeichnungen*, p. 84. 또한 Claude Gandelman, "Kafka as an Expressionist Draftsman," *Neohelicon* 2, no. 3 (1974): pp. 237~277 참조.

126. Schöttker, "Vielfältiges Sehen" 참조.

127. Janouch, *Conversations with Kafka*, pp. 34~35.

128. Janouch, p. 36.

129. 브로트의 원고와 개인 장서 일부는 이스라엘국립도서관에 보관되어 있지만, 여행 일기에 담긴 스케치를 제외한 그의 그림들은 이곳에 있지 않다. 그 그림들은 2020년에서 2021년으로 넘어가는 가을과 겨울, 당시까지 일제 에스터 호페의 아파트에 남아 있던 브로트의 다른 유산과 함께 이스라엘에서 경매로 팔렸다. 미주 101번 참조.

130. Pasley, *Max Brod/Franz Kafka*, p. 227.

131. Kafka, *Diaries*, p. 469.

132. Franz Kafka, *Hochzeitsvorbereitungen auf dem Lande und andere Prosa aus dem Nachlass* (New York: Schocken Books, 1953), pp. 455~457; Franz Kafka, *Nachgelassene Schriften und Fragmente II*, Kritische Ausgabe, ed. Jost Schillemeit (Frankfurt: Fischer, 1992), pp. 545~546; Max Brod, "Zur Textgestaltung der Hochzeitsvorbereitungen," *Die neue Rundschau* 62, no. 1 (1951): p. 18 이하 참조.

133. Andreas Kilcher, "Nachrichten aus der Ferne: Franz Kafkas 'hebräische Kraftanstrengung,'" *Neue Zürcher Zeitung*, April 8, 2000, pp. 53~54 참조.

134. Kafka, *Diaries*, p. 12. 또한 Franz Kafka, *Oxforder Quarthefte* 1 & 2, Historisch - Kritische Ausgabe

sämtlicher Handschriften, Drucke und Typoskripte, ed. Roland Reuß and Peter Staengle (Frankfurt: Stroemfeld, 1997~2018).

135. 카프카의 일기 비평본인 Franz Kafka, *Tagebücher*, Kritische Ausgabe, ed. Hans - Gerd Koch, Michael Müller, and Malcolm Pasley (Frankfurt: Fischer, 1990), p. 12 참조.

136. *Bohemia*, November 17, 1909, p. 7.

137. *Prager Tagblatt*, November 17, 1909, p. 7.

138. Kafka, *Diaries*, p. 12 이하.

139. Franz Kafka, *Letters to Milena*, trans. Philip Boehm (New York: Schocken, 1990), p. 201.

140. 베르펠에 대해서는 Klaus Schuhmann, *Walter Hasenclever, Kurt Pinthus und Franz Werfel im Leipziger Kurt Wolff Verlag (1913-1919)* (Leipzig: Leipziger Universitätsverlag, 2000) 참조. 당시 삽화의 관행에 대해서는 Marc Kettler, *Text - Bild - Verhältnisse im Expressionismus: Eine Untersuchung des Zusammenwirkens von Literatur und Kunst anhand ausgewählter Beispiele illustrierter Texte von Alfred Döblin, Albert Ehrenstein, Georg Heym, Oskar Kokoschka und Mynona* (Hamburg: Verlag Dr. Kovač, 2016); Ralph Jentsch, ed., *Illustrierte Bücher des deutschen Expressionismus* (Stuttgart: Edition Cantz, 1989) 참조.

141. Jürgen Born, ed., *Deutschsprachige Literatur aus Prag und den böhmischen Ländern: Buch - und Plakatkunst, 1900~1939* (Praha: Pražská Edice, 2006) 참조.

142. Kurt Wolff, *Briefwechsel eines Verlegers, 1911-1963* (Frankfurt: Fischer, 1966), pp. 29~30. 출판사에 대해서는 Wolfram Göbel, *Der Kurt Wolff Verlag, 1913-1930: Expressionismus als verlegerische Aufgabe* (München: Allitera Verlag, 2007); Friedrich Pfäfflin, ed., *Kurt Wolff, Ernst Rowohlt: Bücherkunst, Kunstbücher* (Marbach: Deutsche Schillergesellschaft, 1987) 참조.

143. Kafka, *Letters to Friends, Family, and Editors*, p. 98.

144. 또한 Ludwig Dietz, *Franz Kafka: Die Veröffentlichungen zu seinen Lebzeiten, 1908-1924* (Heidelberg: Stiehm, 1982), pp. 54~55 참조.

145. Wolff, *Briefwechsel eines Verlegers*, p. 32.

146. Dietz, *Franz Kafka*, p. 71에서 인용. 또한 Ottomar Starke, "Kafka und die Illustration," *Neue literarische Welt* 9 (1953): p. 3 참조.

147. Kafka, *Letters to Friends, Family, and Editors*, pp. 114~115.

148. 이러한 견해를 밝힌 이들 중 대표적인 인물로는 아스트리트 랑게키르히하임(Astrid Lange -

Kirchheim)이 있다. "Zur Präsenz von Wilhelm Buschs Bildergeschichten in Franz Kafkas Texten," in *Textverkehr: Kafka und die Tradition*, ed. Claudia Liebrand and Franziska Schössler (Würzburg: Königshausen und Neumann, 2004), p. 178 참조.

149. Franz Kafka, *The Trial*, trans. Breon Mitchell (New York: Schocken, 1999), p. 163.

150. Gerhard Neumann, "Umkehrung und Ablenkung: Franz Kafkas 'Gleitendes Paradox,'" *Deutsche Vierteljahrsschrift für Literaturwissenschaft und Geistesgeschichte* 42, no. 1 (1968): pp. 702~744.

151. 장 파울 리히터의 『미학 입문 *Vorschule der Ästhetik*』에 나오는 "비유적이지 않은 위트(unbildlicher Witz)"에 대한 논의와 유사점이 있다. *Horn of Oberon: Jean Paul Richter's School for Aesthetics*, trans. Margaret Hale (Detroit: Wayne State University Press, 1973), pp. 123~125 참조.

152. Franz Kafka, *Shorter Works*, trans. Malcolm Pasley, vol. 1 (London: Secker and Warburg, 1973), p. 191.

153. Kremer, *Kafka: Die Erotik des Schreibens* 참조.

154. Kafka, *Letters to Friends, Family, and Editors*, p. 85.

155. Kafka, *Letters to Felice*, p. 33.

156. Jürgen Born, ed., *Franz Kafka: Kritik und Rezeption zu seinen Lebzeiten, 1912~1924* (Frankfurt: Fischer, 1983), p. 34.

157. Franz Kafka, *The Transformation ("Metamorphosis") and Other Stories*, trans. Malcolm Pasley (New York: Penguin, 1992), p. 32.

158. Karin Krauthausen and Omar W. Nasim, eds., *Notieren, Skizzieren: Schreiben und Zeichnen als Verfahren des Entwurfs* (Zürich: Diaphanes, 2010) 참조.

"하지만 무슨 땅이 그렇고, 무슨 벽이 그렇단 말인가?": 카프카가 스케치한 육체적 삶

1. "The Judgment," in Franz Kafka, *The Complete Stories*, ed. Nahum Glatzer, trans. Willa and Edwin Muir (New York: Schocken, 1995), p. 88. 이 글에 삽입된 독일어의 출처는 Franz Kafka, *Die Erzahlungen Originalfassung* (Frankfurt: Fischer, 1998).

2. "The Bucket Rider," in Kafka, *Complete Stories*, pp. 412~414.

3. Kafka, p. 414.

4. Theodor W. Adorno, *Prisms*, trans. Sam and Shierry Weber (Cambridge, MA: MIT Press, 1984), pp.

367

256~257.

5. 「가장의 근심」에 등장하는 오드라데크의 형체는 회화적 이미지가 자신을 만들어낸 글의 형식에 저항하는 또다른 예가 될 수 있다.

6. Franz Kafka, *Nachgelassene Schriften und Fragmente II*, Kritische Ausgabe, ed. Jost Schillemeit (Frankfurt: Fischer, 1992), p. 312; Reiner Stach, *The Lost Writings: Franz Kafka*, trans. Michael Hoffman (New York: New Directions, 2020), p. 23.

7. *The Diaries of Franz Kafka, 1910~1923*, ed. Max Brod, trans. Joseph Kresh and Martin Greenberg (New York: Schocken, 1948~1949), p. 12. 독일어 원문: "Alle Dinge nämlich, die mir einfallen, fallen mir nicht von der Wurzel aus ein, sondern erst irgendwo gegen ihre Mitte. Versuche sie dann jemand zu halten, versuche jemand ein Gras und sich an ihm zu halten, das erst in der Mitte des Stengels zu wachsen anfängt." Franz Kafka, *Tagebücher*, vol. 1, *1909~1912*, Kritische Ausgabe, eds. Hans-Gerd Koch, Michael Müller, Malcolm Pasley (Frankfurt: Fischer, 1990), p. 14.

8. "Description of a Struggle," in Kafka, *Complete Stories*, p. 31, pp. 33~34.

9. 사실 글 속의 두 인물 중 누가 말하고 있는지는 불분명하다.

10. Kafka, *Complete Stories*, p. 35.

11. "The Cares of a Family Man," in Kafka, *Complete Stories*, p. 428. 나의 번역은 출간된 번역문을 수정한 것이다.

12. Kafka, p. 428.

도판 크레디트

본문 캡션에 표기된 소유자 외에 사진작가와 시각자료의 출처는 아래와 같습니다. 최대한 정확하고 완전한 크레디트 표기를 위해 최선을 다했지만, 혹시라도 실수나 빠진 내용이 있다면 다음 쇄에 반영하겠습니다.

p. 2, p. 6: 프란츠 카프카의 그림. 막스 브로트의 문학 유산, 이스라엘국립도서관, 예루살렘. 사진: Ardon Bar Hama

머리말

p. 8: ⓒ Fischer Verlag; p. 11: 개인 소장 (왼쪽과 오른쪽); p. 12: 개인 소장 (왼쪽), 알베르티나미술관, 빈 (오른쪽); p. 14: 막스 브로트의 문학 유산, 이스라엘국립도서관, 예루살렘. 사진: Ardon Bar Hama; p. 15: 프리드리히 파이글의 유산, 사진: 개인 소장 (왼쪽), All rights reserved Menashe Kadishman estate, 사진: 개인 소장 (오른쪽); p. 16: 개인 소장, 호페 가족 소장 (왼쪽과 오른쪽); p. 19: 막스 브로트의 문학 유산, 이스라엘국립도서관, 예루살렘. 사진: Ardon Bar Hama

요세프 파울 호딘의 미출간 원고 인용은 테이트미술관 기록보관소와 안나벨 호딘의 허가를 받아 재인쇄되었다.

카프카의 그림과 글쓰기

p. 214: ⓒ 한스 토마 미술관, 베르나우; p. 215: ⓒ 영국박물관 신탁위원회 (Object no.: 1805,0703.131); p. 216: 바이에른주립도서관, Signature H.lit.p. 181 fm – 1898 / 1903, p. 37; p. 217: 취리히연방공과대학, 회화 컬렉션; p. 219: 취리히연방공과대학, 회화 컬렉션 (왼쪽과 오른쪽); p. 221: bpk / 드레스덴국립미술관 / Andreas Diesend (왼쪽), 취리히연방공과대학, 회화 컬렉션 (오른쪽); p. 222: 막스 브로트의 문학 유산, 이스라엘국립도서관, 예루살렘. 사진: Ardon Bar Hama; p. 226: bpk / RMN – 그랑 팔레

/ Daniel Lebée / Carine Déambrosis (왼쪽), Bridgeman, Berlin (가운데), 프란츠 카프카의 그림. 막스 브로트의 문학 유산, 이스라엘국립도서관, 예루살렘. 사진: Ardon Bar Hama (오른쪽 위와 아래); p. 227: 장식예술박물관, 프라하; p. 228: 개인 소장 (왼쪽), ⓒ Eberhard Spangenberg, München / VG Bild - Kunst, Bonn 2021, 사진: 개인 소장 (오른쪽); p. 229: 막스 브로트의 그림. 막스 브로트의 문학 유산, 이스라엘국립도서관, 예루살렘. 사진: Ardon Bar Hama (왼쪽), bpk / Städtische Galerie im Lenbachhaus und Kunstbau München, Gabriele Münter Stiftung 1957 / Lenbachhaus / 사진: B. Dittmar (오른쪽); p. 230: ⓒ Eberhard Spangenberg, Munchen / VG Bild - Kunst, Bonn 2021, 사진: 개인 소장 (왼쪽); ⓒ Eberhard Spangenberg, München / VG Bild - Kunst, Bonn 2021, 사진: 알프레트 쿠빈, 카프카의 『시골 의사』에 실린 펜화 (프랑크프루트, 2003) (오른쪽); p. 231: ⓒ Eberhard Spangenberg, Munchen / VG Bild - Kunst, Bonn 2021, 사진: 개인 소장; p. 234: akg - images / 클라우스 바겐바흐 출판사 자료보관소; p. 236: 복사본: 카프카 비평본 아카이브; p. 239: 장식예술박물관, 프라하 (오른쪽과 왼쪽); p. 241: 프리드리히 파이글의 유산 / 독일문학기록보관소, 마르바흐 (왼쪽), Copyright ⓒ 빌리 노바크 - 상속인, 사진: 개인 소장 (오른쪽); p. 243: Copyright ⓒ 빌리 노바크 - 상속인, 사진: 개인 소장 (왼쪽과 오른쪽); p. 245: 개인 소장; p. 247: 개인 소장 (왼쪽), 막스 브로트의 문학 유산, 이스라엘국립도서관, 예루살렘. 사진: Ardon Bar Hama (오른쪽); p. 250: 막스 브로트의 수채화. 막스 브로트의 문학 유산, 이스라엘국립도서관, 예루살렘, 사진: 개인 소장(왼쪽과 가운데); Photo Scala, Florence. Courtesy of the Ministero Beni e Attività. Culturali e del Turismo (오른쪽); p. 252: 프란츠 카프카의 그림. 막스 브로트의 문학 유산, 이스라엘국립도서관, 예루살렘. 사진: Ardon Bar Hama (왼쪽), 막스 브로트의 그림. 막스 브로트의 문학 유산, 이스라엘국립도서관, 예루살렘. 사진: Ardon Bar Hama (오른쪽); p. 253: 막스 브로트의 그림. 막스 브로트의 문학 유산, 이스라엘국립도서관, 예루살렘. 사진: Ardon Bar Hama (위), 프란츠 카프카의 그림. 막스 브로트의 문학 유산, 이스라엘국립도서관, 예루살렘. 사진: Ardon Bar Hama (아래); p. 257: 보들리언도서관, 옥스퍼드대학교 (왼쪽), akg - images (오른쪽 위), Bohemia, 15.10.1909 (오른쪽 아래); p. 260: 독일문학기록보관소, 마르바흐; p. 263: 개인 소장; p. 264: Chris Kreussling / Flickr; p. 266: 개인 소장; p. 271: 개인 소장

그림들

작품 번호 1, 2, 3, 4, 5, 6, 7, 8, 9, 10, 11, 12, 14, 15, 16, 17, 18, 19, 20, 21, 22, 23, 24, 25, 26, 27, 28, 29, 30,

31, 32, 33, 34, 35, 36, 37, 38, 39, 40, 41, 42, 43, 44, 45, 46, 47, 48, 49, 50, 51, 54, 55, 56, 57, 58, 59, 60, 61, 62, 63, 64, 65, 66, 67, 68, 69, 71, 72, 75, 76, 77, 78, 79, 80, 81, 82, 83, 84, 85~108, 109~118, 120, 121, 122, 123, 124, 125, 126, 129, 136: 프란츠 카프카의 그림. 막스 브로트의 문학 유산, 이스라엘국립도서관, 예루살렘. 사진: Ardon Bar Hama

작품 번호 13: 개인 소장

작품 번호 52, 53, 74: 알베르티나미술관, 빈

작품 번호 70, 73, 132, 133, 134, 135, 148, 159, 160: 독일문학기록보관소, 마르바흐

작품 번호 119: Niels Bokhove/Marijke van Dorst: Einmal ein großer Zeichner. Franz Kafka als bildender Künstler, 제2판(프라하, 2011)에서

작품 번호 127: 복사본: 카프카 비평본 아카이브

작품 번호 128, 130, 147: 독일문학기록보관소, 마르바흐 / 보들리언도서관, 옥스퍼드대학교

작품 번호 131, 137, 138, 139, 140, 141, 142, 143, 144, 145, 146, 149, 150, 151, 152, 153, 154, 155, 156, 157, 158, 161, 162, 163: 보들리언도서관, 옥스퍼드대학교

편저자 **안드레아스 킬허**

바젤과 뮌헨의 대학에서 독일문학과 역사, 철학을 공부했다. 독일계 유대인의 문학과 문화의 역사를 주로 연구하며, 프란츠 카프카에 대한 저서 집필과 강연 등을 이어나가고 있다. 취리히연방공과대학에서 문학과 문화연구를 가르친다. 이 책의 편저자로, 시각예술가로서의 카프카에 주목해 그의 그림과 글쓰기에 대한 소론을 썼다.

옮긴이 **민은영**

고려대학교 영어교육과를 졸업하고 이화여자대학교 통번역대학원에서 석사학위를 받았다. 현재 전문 번역가로 활동중이며, 옮긴 책으로 『거지 소녀』 『사랑의 역사』 『남자가 된다는 것』 『어떤 날들』 『곰』 『칠드런 액트』 『존 치버의 편지』 『여름의 끝』 『에논』 『내 휴식과 이완의 해』 등이 있다.

프란츠 카프카의 그림들

초판 인쇄 2024년 5월 3일 | 초판 발행 2024년 5월 31일

지은이 안드레아스 킬허 外 | 옮긴이 민은영
책임편집 윤정민 | 편집 황문정 이봄이랑
디자인 김문비 | 저작권 박지영 형소진 최은진 서연주 오서영
마케팅 정민호 서지화 한민아 이민경 안남영 왕지경 정경주 김수인 김혜원 김하연 김예진
브랜딩 함유지 함근아 고보미 박민재 김희숙 박다솔 조다현 정승민 배진성
제작 강신은 김동욱 이순호 | 제작처 한영문화사(인쇄) 경일제책사(제본)

펴낸곳 (주)문학동네 | 펴낸이 김소영
출판등록 1993년 10월 22일 제2003-000045호
주소 10881 경기도 파주시 회동길 210
전자우편 editor@munhak.com | 대표전화 031)955-8888 | 팩스 031)955-8855
문의전화 031)955-1927(마케팅), 031)955-2634(편집)
문학동네카페 http://cafe.naver.com/mhdn
인스타그램 @munhakdongne | 트위터 @munhakdongne
북클럽문학동네 http://bookclubmunhak.com

ISBN 979-11-416-0033-4 03850

www.munhak.com